Robert Merle

DIE RACHE DER KÖNIGIN

Die Romanfolge »Fortune de France«
erzählt die Geschichte dreier Generationen
der Adelsfamilie Siorac
in dem dramatischen Jahrhundert von 1550 bis 1643,
das erschüttert wurde von blutigen Glaubenskriegen
zwischen Katholiken und Protestanten
und den Kämpfen
für ein starkes französisches Königtum.
Schauplatz der Handlung ist anfangs die Burg Mespech
in der Provinz Périgord, später der Hof Heinrichs III.,
Heinrichs IV., schließlich seines Sohnes Ludwig XIII.

In chronologischer Reihenfolge
sind auf deutsch bisher erschienen:

Fortune de France
In unseren grünen Jahren
Die gute Stadt Paris
Noch immer schwelt die Glut
Paris ist eine Messe wert
Der Tag bricht an
Der wilde Tanz der Seidenröcke
Das Königskind
Die Rosen des Lebens
Lilie und Purpur
Ein Kardinal vor La Rochelle

ROBERT MERLE

DIE RACHE DER KÖNIGIN

Roman

Aus dem Französischen
von Christel Gersch

Aufbau-Verlag

Die Originalausgabe ist unter dem Titel
»Complots et Cabales«
2001 bei den Éditions de Fallois in Paris erschienen.

Mit Fußnoten des Autors

ISBN-10: 3-351-03066-5
ISBN-13: 978-3-351-03066-7

1. Auflage 2006

Einbandgestaltung Preuße & Hülpüsch Grafik-Design
Druck und Binden Clausen & Bosse, Leck
Printed in Germany

www.aufbau-verlag.de

Dieser Roman,
zwölfter Band von »Fortune de France«,
ist herzlich zugeeignet
meinen sechs Kindern,
meinen siebzehn Enkeln
und sechs Urenkeln.

ERSTES KAPITEL

Als die Belagerung von La Rochelle im November 1628 höchst ruhmvoll für unsere Waffen, für die arme hugenottische Stadt aber höchst grauenvoll endete, weil im Lauf jenes Jahres über zwei Drittel ihrer Bewohner verhungert waren, bewegten mich sehr gegensätzliche Gefühle. Einerseits Mitleid, das mich beim Einzug in die unglückselige Stadt angesichts der Hungerleichen überall, mehr aber noch der wankenden, zum Skelett abgemagerten Überlebenden ergriff. Andererseits aber, auch wenn ich, wie Richelieu sagte (der ja immer alles über alle wußte), »schon fast Herr auf Schloß Brézolles« war und mich aus begreiflichen Gründen dort wie zu Hause fühlte, durchströmte mich mit innigster Freude der Gedanke, daß ich endlich nun die Marquise de Brézolles in Nantes aufsuchen konnte, um sie und ihr Söhnchen, das auch meines war, in mein Herzogtum Orbieu heimzuführen. Als Angehöriger des Königlichen Hauses, der ich dem König mit Herz und Tatkraft in heiklen und stets dringlichen Missionen diente, welche Kardinal Richelieu mir in seinem Namen anvertraute, durfte ich freilich ohne Zustimmung meines Herrn weder heiraten noch auch nur nach Nantes reisen, um Madame de Brézolles erst einmal um ihre Hand zu bitten.

Nun stellte sich aber, bevor ich überhaupt um diese Zustimmung einkam, die Frage: Sollte ich mein Vorhaben zuerst Richelieu unterbreiten, oder gebührte der Vortritt dem König? Immerhin hielten beide sehr empfindlich auf die ihnen geschuldeten Rücksichten, der König, weil er in seiner Kindheit von einer lieblosen Mutter und ihren elenden Günstlingen furchtbar geschurigelt worden war, und der Kardinal, weil er, nachdem er sich nicht ohne Leid und Fleiß in den Königlichen Rat hinaufgedient hatte, doch noch allerhand von hoher Seite erdulden mußte, bis man seinen Rang anerkannte.

Um beiden gerecht zu werden, entschloß ich mich zu einem Kompromiß: nämlich Richelieu um seinen geschätzten Rat zu bitten, meine Absichten aber dem König darzulegen. Doch schon beim ersten Wort, das ich in der Angelegenheit vorbrachte, unterbrach mich der Kardinal und sagte unumwunden, Seine Majestät erinnere sich bestens an Monsieur de Brézolles und daran, daß er als sein Offizier in der letzten Schlacht, die Buckingham von der Insel Ré vertrieb, gefallen war, und wie er, Richelieu, gehört habe, sei seine Witwe eine in jeder Hinsicht vortreffliche Dame. Wenn ich vorhätte, mich mit ihr zu verbinden, würde Seine Majestät gewiß nichts dagegen einzuwenden haben.

Hieraus ersah ich, daß der Kardinal bei allen erdrückenden Sorgen und übermenschlichen Anstrengungen, die ihm die Belagerung von La Rochelle auferlegt hatte, gleichwohl noch begierig nach Auskünften über Madame de Brézolles gewesen war, und ich konnte mir lebhaft vorstellen, wie tief die Ergebnisse ihn befriedigt hatten.

Denn daraus, daß die Dame von sehr gutem Adel und dazu reich begütert war, daß sie ihre Interessen auch aufs beste vertrat – wie es ihr Prozeß gegen ihre Schwiegerfamilie ja bewies –, konnte er schließen, daß sie mich gewiß niemals an den Bettelstab bringen und ich somit der Finanzen Seiner Majestät nicht bedürfen würde, um meine Schatulle aufzufüllen. Des weiteren mußte ihn sehr beruhigen, daß die Dame stets nur inmitten gediegenen Provinzadels gelebt und also nie von den Giften und Wonnen im Kreis jener hochnäsigen höfischen Zierpuppen gekostet hatte, die aus purer Lust am Ränkeschmieden nach wie vor gegen den König und seinen Minister intrigierten, von der Königin und der Königinmutter einmal ganz zu schweigen. Kurz, wenn ich Madame de Brézolles heiratete, würde ich keine Frau heiraten, die meine guten Anlagen verderben und mich gegen die Macht aufhetzen würde, wie es leider der Prinzessin Conti mit Bassompierre gelungen war, seit die zwei sich insgeheim vermählt hatten. Was nun den König anging, der vom Kardinal über alle Madame de Brézolles betreffenden Dinge informiert worden war, so sagte er mir kurz und knapp, daß er mein Vorhaben sehr gutheiße, war es doch »die vornehmste Pflicht eines Edelmannes, seine Erbfolge zu sichern«, wie mein Vater, der Marquis de Siorac, mich oft gemahnt hatte, um mir eine Verehelichung nahezulegen.

Allerdings dachte mein Vater nicht daran, daß eine Ehe mir

nicht auch Vergnügen bringen sollte, während der König diese tatsächlich nur als eine dynastische Pflicht betrachtete. Und der kam er gewissenhaft fünf- bis sechsmal im Monat nach, so gewissenhaft sogar, daß er die Königin in der Frühe zweimal beehrte – was am folgenden Morgen die im Gemach anwesende Kammerfrau zu bezeugen hatte, die es augenblicklich dem königlichen Leibarzt Bouvard meldete, der es der Königinmutter meldete, die es alsdann dem Hof verkündete.

Ludwigs Bemühungen waren besonders verdienstvoll, weil vergeblich; bislang hatte die Königin noch keine ihrer vier Schwangerschaften auszutragen vermocht, weshalb die Ärmste in Verzweiflung geriet bei dem Gedanken, daß sie, wenn der König stürbe, gar nichts wäre, weil kein Thronfolger sie dann zur allseits geehrten Königinmutter machen konnte. Noch größer war aber sicherlich Ludwigs Betrübnis, auch wenn er kaum darüber sprach, daß ihm, wenn er keinen Sohn bekäme, sein Bruder Gaston nachfolgen würde, von dem er keine allzu hohe Meinung hegte, und das nicht ohne Grund.

Wie dem auch sei, Ludwig erteilte mir sein Einverständnis sowohl für meine Vermählung wie für meine Reise nach Nantes, die allerdings entfiel. Am Morgen vor dem für meine Abreise vorgesehenen Tag kleidete ich mich eben an, als im Hof von Brézolles großes Geläut erscholl, und mit einem Blick durchs Fenster sah ich vorm Gittertor eine Karosse samt zwei, drei Kutschwagen halten. Schon kamen mein Hauptmann Hörner und seine Schweizer gewaffnet aus den Pferdeställen gelaufen, sicherlich um die Ankömmlinge zu fragen, was, zum Teufel, sie in dieser Frühe von mir wollten. Ich selber war ganz verwundert und wußte mir das Wieso und Warum des unverhofften Besuchs nicht zu deuten. Als ich indessen sah, daß Hörner, statt seinen Degen zu ziehen, tief den Hut zog und die Besucher ehrerbietigst grüßte, begann das Herz mir wie wild zu klopfen, im Nu lief ich, im bloßen Wams und ohne Hut, die große Schloßtreppe hinab und trat auf den Perron, gerade als die Karosse, der die Kutschen nachfolgten, an der Freitreppe hielt. Kaum sah ich das Wappen am Schlag, als ich auch schon die Stufen hinunterstürzte, während der Kutscher rasch vom Bock herabsprang und den Schlag öffnete. Zum Vorschein kam das lachende Gesicht von Madame de Brézolles. Und als der Diener den Tritt niederklappte, begann sie der Karosse zu entsteigen, oder vielmehr, sich ihr zu entwinden, denn wegen ihres umfangreichen Reifrocks war das kein leichtes Unterfangen. Endlich gelang es, und die niedlichen Füße zu Boden setzend, reichte sie mir ihre Hand zum Kuß.

»Monsieur«, sagte sie dabei mit süßer Stimme, »wie freue ich mich, wieder auf meinem Landsitz zu sein, und vor allem, Euch wiederzusehen! Und hier ist Euer Sohn«, setzte sie leise hinzu, »aber laßt Euch Eure Rührung nicht anmerken.«

Und schon entstieg derselben Karosse eine Amme, die wie das Heilige Sakrament das geliebte Kindlein trug, das laut Taufregister der Kathedrale von Nantes der postume Sohn des Herrn Marquis de Brézolles, in Wahrheit aber der meine war, wie ich es im vorigen Band dieser Memoiren erzählte.

Diese Amme, die ich zuerst kaum beachtete, weil meine Augen nur bei meinem Sohn und mein Herz bei seiner Mutter weilten, wurde aber im Haus Brézolles dann eine so wichtige Person, daß ich hier ein für allemal mein Verslein über sie singen will, ehe ich mich größeren Dingen zuwende.

Mutter Natur hatte sie mit prächtigen Brüsten ausgestattet, die denn auch ihr ganzer Schatz und Broterwerb waren, brachte sie doch, wie ich später hörte, ihr dralles junges Leben damit zu, sich von ihrem Mann schwängern zu lassen, sobald eine hohe Dame sich ihrer Bereitschaft versicherte, um dann ungefähr zur gleichen Zeit niederzukommen und von ihrer überreichen Milch das Kind der Herrin wie das eigene zu nähren. So war dies nun ihr sechster Sprößling, für den sie, ebenso wie für die fünf vorherigen, von ihrer Auftraggeberin eine kleine Leibrente bezog, zusätzlich zu dem Lohngeschenk für ihre guten Dienste. Sie hieß Honorée, die »Geehrte«, und gedachte dies auch zu bleiben, hatte der Herr sie doch mit einer Wundergabe gesegnet, wobei sie überdies noch schmuck und kräftig war, mit klaren Augen, Apfelbacken, breitem Lächeln und gesunden Zähnen. Ich glaube, sie war furchtbar stolz auf ihre beiden Lebensbrünnlein und hielt sich für eine Art Priesterin, die nichts zu keuscher Scham verpflichtete, denn sowie das Bübchen quärrte, nestelte sie sich auf, wie viele Zuschauer auch zugegen sein mochten. Und saugte der kleine Schreihals dann gestillt in vollen Zügen, streichelte sie ihre Brust zärtlich mit ganzer Hand und lobte sie für ihre Ergiebigkeit.

»Mein Freund«, sagte Madame de Brézolles, als wir auf der

Freitreppe anlangten, »erlaubt, daß ich Euch gleich wieder verlasse, um mich auf meinem Zimmer ein wenig frisch zu machen. Kommt Ihr in einem halben Stündchen in mein Kabinett, daß wir miteinander frühstücken?«

Ach, was für einen Blick sie mir vor dem Gehen schenkte, ich kann es nicht beschreiben, zumal es ein ganz kurzer Blick war, denn schon kamen Kammerfrauen und Diener munter aus den anderen Kutschen gesprungen und erklommen quasi im Laufschritt die Stufen des Perrons, wo sie nur innehielten, um mich, den sie bereits als ihren Herrn ansahen, bodentief zu grüßen. Doch Madame de Bazimont, die Intendantin, die neben mir auftauchte, brachte Ordnung in den Schwarm, indem sie jedem und jeder die Aufgaben für die nächste Stunde zuteilte. Nachdem sie ihrer Pflicht genügt hatte, erwies sie mir eine halbe Reverenz – einen tieferen Knicks verbot ihr das Alter – und hob ihre freudefeuchten Augen.

»Monseigneur, ist dies für Euch und uns alle nicht ein Segenstag?«

»Ganz gewiß, Madame«, erwiderte ich, wohl wissend, wie dieses »Madame« ihr schmeichelte, denn trotz dem »de« vor ihrem Namen war sie nicht adlig, Bazimont hieß nur ein Stückchen Land, das ihr seliger Mann einst gekauft hatte.

»Monseigneur«, bat sie, »darf ich von Euch Urlaub nehmen? Mit dem Aufgabenerteilen ist es ja nicht getan«, fuhr sie weise fort, »man muß achtgeben, daß sie auch erfüllt werden.«

Kaum hatte ich zugestimmt, erschien Hauptmann Hörner, meine Befehle einzuholen.

»Was sind das dort für Leute?« fragte ich ihn, auf die Eskorte weisend, die Madame de Brézolles herbegleitet hatten.

»Schweizer, Monseigneur, genauso wie jene, die Euch zu dienen die Ehre haben.«

»Wie steht es mit ihren Pferden?«

»Müde sind sie, und mehrere haben ein Eisen verloren.«

»Dann sollen die Männer, bevor Madame de Brézolles sie bezahlt und entläßt, einen Tag und eine Nacht hier rasten, damit sie ihre Pferde versorgen und beschlagen können. Wie findest du sie, Hörner?«

»Es sind Schweizer!« wiederholte er in einem Ton, als bürgte das Wort Schweizer allein für alle Tugenden der Welt.

»Gut«, sagte ich, »dann bewirte sie, wie sie es verdienen.

Geiz nicht mit Fleisch noch Wein, gib letzteren aber dennoch mit Maßen.«

»Seid unbesorgt, Monseigneur.«

Vor Glück spürte ich den Boden nicht, als ich auf mein Zimmer eilte. Flugs warf ich mein Wams ab, um mich zu rasieren, da klopfte es an der Tür, die ich nicht verriegelt hatte, und Nicolas de Clérac trat ein.

»Monseigneur, braucht Ihr Euren Junker?« fragte er.

»Aber nein, Chevalier! Geh nur. Deine schöne Frau langweilt sich ohne dich zu Tode.«

»Ach, Monseigneur«, sagte er, froh, daß er von ihr sprechen durfte, »Henriette ist ganz aufgeregt, weil Madame de Brézolles zurückgekehrt ist, und sie bangt, daß sie ihr nicht gefallen könnte.«

»Unsinn, Chevalier. Sie wird ihr sogar sehr gefallen, das versichere ich dir, und nun geh ihr das sagen.«

»Noch etwas, Monseigneur.«

»Ich höre.«

»Madame de Bazimont läßt Euch ausrichten, das Kindchen schlafe jetzt am Busen der Amme. Ihr könnt es erst nach dem Frühstück sehen.«

Und mit erneuter Verbeugung entschwand Nicolas, ich aber seifte meine Wangen, um selbst das Messer anzulegen, denn nie überließ ich mich dazu einem Barbier, in der Jugend hatte mich ein Pfuscher einmal geschnitten. Hierauf bürstete und legte ich mir sorgsam die Haare, um mir durch weitere Verschönerungsversuche die endlose Zeit zu vertreiben, die mich von meiner Schönsten trennte. Aber was half es! Offenbar wandte Madame de Brézolles noch weit ausführlichere Sorgfalt auf als ich. Minute um Minute verrann noch eine volle Stunde, bis Monsieur de Vignevieille melden kam, seine Herrin erwarte mich.

Im Kabinett von Madame de Brézolles war der Tisch reizend gedeckt, sicherlich nach ihren besonderen Anweisungen, dekorierte sie doch gern auch die kleinsten Dinge und machte sie zu Kunstwerken. Nach einem bewundernden Blick für diese ihr eigene Eleganz hingen meine Augen allerdings nur mehr an ihrer Zimmertür, so sehnlich wartete ich, daß diese sich öffne. Sehnlich, sage ich, und nicht ungeduldig, denn ich wußte, daß Madame de Brézolles mich nicht absichtlich schmachten ließ, war sie doch keine dieser höfischen Zierpuppen, die einen

Mann, der ihnen ins Netz gegangen ist, durch Gleichgültigkeit und Verspätungen auf die Folter spannen.

Ein Frühstück auf Brézolles ist immer eine schlichte Mahlzeit: Gereicht wird Verbenentee oder Milch, gebuttertes Brot und, wenn man mag, Konfitüre. Aber ehrlich gestanden, an jenem Morgen wäre ich freiwillig nüchtern geblieben, so sehr hungerte und dürstete mich einzig nach meiner Besucherin, die zugleich meine Wirtin war. Endlich trat sie herein, mit klarer Stirn, hübsch gelegten Haaren, Lippen und Wangen lieblich geschminkt, und sowie sie da so schlank wie süß gerundet vor mir stand, erhellte sich alles, sogar der stürmische graue Tag, der durch die verregneten Scheiben fiel.

»Monsieur«, sagte sie, »wie froh bin ich, Euch wiederzusehen! Die Zeit ist mir sehr lang geworden ohne Euch!«

Hiermit reichte sie mir die Hand, die ich vor Küssen am liebsten verschlungen hätte, aber wenn ich mein Verlangen nach ihr auch geziemend beherrschte, schlug mir das Herz doch in einem Maße, daß ich kein Wort hervorbrachte. Zum Glück kamen uns die Nichtigkeiten der Konversation zu Hilfe, die ja in jedem Fall nützlich sind, ob man sich nun viel zu sagen hat oder nichts, und einander gegenübersitzend, wechselten wir bei diesem beiderseits achtlos verzehrten Frühstück eine Weile nur jene kleinen Worte, die nicht mehr sind als wohltuendes Geräusch in den Ohren.

Während dieses ganzen höflichen Gewispers betrachtete ich Madame de Brézolles mit innigster Glut. Und sie sparte ihrerseits nicht mit zärtlichen Blicken und Mienen. Ihres resoluten Wesens eingedenk, sagte ich mir aber, daß sie gewiß als erste zum Wesentlichen käme. Wie es denn auch geschah.

»Monsieur«, begann sie, »als der König Eure Grafschaft Orbieu zum Herzogtum erhob, schriebt Ihr mir einen wunderschönen Brief, den ich so oft las, bis ich ihn auswendig wußte. Ihr wollt, sagtet Ihr darin, wenngleich nun Herzog und Pair, Euch alle Mühe geben, nicht dünkelhaft, prahlerisch und überheblich zu werden, um Eurer Umgebung kein Ärgernis zu geben. Mein Freund, ich kann gar nicht sagen«, fuhr Madame de Brézolles lächelnd fort, »wie sehr ich diese funkelnde Demut bewundere.«

»Die ›funkelnde Demut‹, Madame, ist zweifelsohne ein hübscher Fund, aber werft Ihr damit nicht einen kleinen Stein in meinen Garten?«

»Nein, nein, Monsieur! Es ist pures Lob. Denn bedeutet das nicht, daß es, wenn man ist, was Ihr nun seid, ziemlich schwerfällt, bescheiden zu sein, ohne daß man sich, ganz zu Unrecht, gleich einer gewissen Künstelei verdächtig macht?«

»Madame, Ihr müßt Fee oder Hexe sein, daß Ihr einen harschen Stein so rasch in eine blühende Blume verwandelt. Nur sitzt am Stengel dieser Blume noch ein Dorn: das Wörtchen ›Künstelei‹.«

»Wenn ich ihm einen Fingerschnipp gebe, sind wir dann wieder Freunde?«

»Ich habe nie aufgehört, es zu sein, Madame.«

»Und ich hoffe, Ihr werdet es noch mehr, Monsieur, wenn Ihr das Weitere vernehmt.«

»Sprecht, Madame! Ich bin für Euch ganz Herz, ganz Auge und ganz Ohr.«

»Wie schade, daß Ihr bei Eurer Aufzählung die Hand auslaßt!«

»Die ist eingeschlossen.«

»Euer Glück, Monsieur! Nachdem Ihr in Eurem Brief beteuertet, Eurer Umgebung kein Ärgernis durch Hochmut geben zu wollen, setztet Ihr hinzu: ›meinen Freunden, meinen Untergebenen‹ und: ›vor allem aber denen, die ich am meisten auf der Welt liebe: meinem Sohn und derjenigen, die ihn mir geschenkt hat‹. Erinnert Ihr Euch dieser Worte? Und drücken sie noch aus, was Ihr jetzt fühlt?«

»Voll und ganz.«

»Seid Ihr Euch klar, daß dieser Satz mehr beinhaltet?«

»Ich denke.«

»Es ist also eine Liebeserklärung, die indes nicht so weit geht, um meine Hand anzuhalten, obwohl sie dem sehr nahe kommt. Und da, Monsieur, drückt mich der Schuh. Wieso die halben Worte, woher die Zurückhaltung? Seid Ihr Eurer Gefühle für mich nicht mehr so sicher? Geht Ihr einen Schritt auf mich zu, nur um einen zurückzuweichen? Oder wollt Ihr, falls Eure Gesinnung sich ändert, Euch ein Hintertürchen offenhalten?«

»Liebste«, entgegnete ich, »erlaubt, Euch klipp und klar zu sagen: Eure Deutung ist absolut irrig. Die Zurückhaltung, die Ihr beklagt, war in besagtem Brief nichts als Skrupel und Scheu. Als ich Euch meinen Aufstieg im Adelsrang mitteilte, wollte ich nicht zu sehr vorpreschen, damit Ihr nicht denkt, ich fühlte mich, weil nun Herzog, Eures Jaworts bereits sicher.«

»Mein Freund, dieser Skrupel ehrt Euch ungemein.«

»Nein, nein, Liebste! Begreift ihn lediglich als einen Ausdruck meiner ›funkelnden Demut‹.«

Worauf sie lachte und ihr schönes Gesicht eine entzückende Weichheit annahm.

»Also«, fragte sie halb lächelnd, halb bebend, »liebt Ihr mich?«

»Ja, Madame.«

»Und wollt um meine Hand bitten?«

»Gewiß.«

»Dann bittet!«

»Aber, Madame«, sagte ich etwas verdattert, »habe ich das nicht soeben getan?«

»Durchaus nicht. Bisher habt Ihr nur meine Fragen beantwortet. Jetzt müßt Ihr von Euch aus die Frage stellen.«

»Madame«, sagte ich, »ist das nicht ein bißchen sehr zeremoniell?«

»Monsieur«, sagte sie mit einem hinreißenden Lächeln, »auch wenn Ihr langjährige Erfahrungen mit Frauen habt, kennt Ihr sie doch noch immer nicht. Ihr könnt Euch nicht vorstellen, mein Freund, welch tiefe Freude es einer Frau bereitet, wenn der Edelmann, den sie seit Ewigkeiten liebt, rundweg sagt: ›Meine Freundin, ich liebe Euch und möchte Euch heiraten.‹«

»Mit Verlaub, Madame, käme diese Frage nicht ein bißchen spät, da wir miteinander schon ein Kind gemacht haben?«

»Und wenn schon, trotzdem könnte ich immer noch nein sagen.«

»Was soll das heißen, Madame?«

»Ach, Monsieur, streiten wir nicht. Macht bitte nur, was ich will.«

»Ich bin ja bereit, Euch zu willfahren, Madame. Dennoch kann ich nicht verhehlen, daß ich mir dabei ein bißchen lächerlich vorkomme.«

»Das ist es doch aber, Monsieur! Gerade das Lächerliche wird mir ins Herz gehen.«

»Teufelin! Ihr wollt mich zum besten haben! Gut denn! Der Wein ist gezogen, er muß getrunken sein. Soll ich zu meiner Erklärung aufstehen?«

»Das reicht nicht. Am schönsten wäre es, Ihr fielt vor mir auf die Knie.«

»Madame, Ihr wißt doch, daß ein Herzog das Knie nur vor König und Königin beugt.«

»Bin ich nicht Eure Königin?«

»Gewiß seid Ihr das, aus tiefstem Herzen sage ich es. Aber soll das heißen, daß Ihr in meinem Haus das erste Wort haben wollt? Wißt Ihr nicht, wie man einen Mann verlacht, dessen Frau die Hosen anhat?«

»Pfui, Monsieur! Verkennt mich nicht! Sowie Ihr mir die Frage gestellt habt, die ich so gern von Euch hören möchte, bin ich auf immer Eure ergebene, gehorsame und untertänige Dienerin.«

»Madame, das Versprechen gilt.«

Womit ich mich von meinem Lehnstuhl erhob, vor Madame de Brézolles hintrat und mich tief verneigte, doch ohne daß mein Knie den Boden berührte.

»Madame«, sprach ich mit allem Ernst, »ich liebe Euch von Herzen, und Ihr würdet mich zum glücklichsten Menschen machen, wenn Ihr mir Eure Hand reichen wolltet.«

»Hier ist sie!« sagte sie.

Doch damit nicht genug, stand sie auf, fiel mir in die Arme, und indem sie sich eng an mich schmiegte, küßte sie mein ganzes Gesicht, ohne ein Fleckchen auszulassen, wie im Sturm, der mich zugleich mit Glück erfüllte und mir den Atem benahm.

* * *

Der König, der vom Kardinal gehört hatte, daß Madame de Brézolles nach Saint-Jean-des-Sables zurückgekehrt war, ließ mir durch Monsieur de Guron ausrichten, es wäre ihm lieb, wenn unsere Trauung spätestens am elften November stattfände, weil er am Dreizehnten nach Paris reisen müsse. Da er, fügte er hinzu, meiner Hochzeit beiwohnen und mein Trauzeuge sein wolle, wünsche er, die Messe wäre kurz, weil er beim Drunter und Drüber vor seiner Abreise wenig Zeit habe. Trotzdem wolle er sich am Zwölften Muße lassen, damit ich ihm die Herzogin von Orbieu in größerer Ruhe als in der Kirche vorstellen und er sie an seinem Hof empfangen könne. Ich möge also mit ihr an jenem Tag um Schlag elf Uhr bei ihm sein.

Als meine Schöne das hörte, war sie gleichzeitig höchst geschmeichelt und aufgeregt.

»Jesus!« rief sie, »wo nehme ich in der kurzen Zeit nur meine Sachen her, wenn wir schon am Elften heiraten?«

»Liebste«, sagte ich, »eine Witwe, die sich wiedervermählt, muß keinen Brautstaat anlegen: Wählt einfach Euer schönstes Kleid.«

»Und wenn es noch hergerichtet werden muß?« rief sie. »Können wir die Hochzeit nicht wenigstens um einen Tag verschieben?«

»Liebste«, sagte ich, »soll ich den König fragen, ob er seine Reise Euretwegen aufschieben kann?«

»Warum nicht?« sagte sie und fiel mir, übermütig lachend, um den Hals.

Dem ausdrücklichen königlichen Wunsch gemäß, der ja die höflichste Form eines Befehls ist, wurden Catherine und ich am elften November in der Kirche von Surgères getraut. Eine kürzere Messe war in der Tat nicht denkbar, und nach dem *Ite, missa est* ging der König. Zugegen bei der Zeremonie waren die Herzöge, Minister und Marschälle.

Zunächst überraschte es mich, daß auch Bassompierre gekommen war, weil er mir seit Anfang der Belagerung soviel Kälte und Distanz bezeigt hatte. Doch erklärte sich seine Anwesenheit bei meiner Trauung daraus, daß der König bis zu seiner Abreise in Bassompierres Haus zu Laleu zu Gast weilte. Offenbar wollte der Marschall, der unter dem Einfluß seiner Frau und der diabolischen Reifröcke die Politik des Königs und des Kardinals ja bekrittelt und demzufolge die Belagerung La Rochelles abgelehnt und deren Erfolg nicht gewünscht hatten, nunmehr gute Miene zum bösen Spiel machen und sich der königlichen Gnade sowohl durch seine generöse Gastfreundschaft wie durch seine Teilnahme an der Hochzeit neuerdings versichern. Somit also wurde er, weil die königliche Armee La Rochelle genommen hatte, wieder mein Freund. Ja, Leser, es ist traurig, aber wahr: Nichts ist so erfolgreich wie der Erfolg, wie die Engländer sagen.

Weil Ludwig nicht, wie sein galanter Vater, von Liebschaft zu Liebschaft eilte und – wie es ehedem der Nuntius dem Papst in dezenten Worten vermeldete – überdies einige Schwierigkeiten gehabt hatte, »seine Ehe mit Anna von Österreich zu vollziehen«, behauptete der Hofklatsch, wenn auch hinter vorgehaltener Hand, Ludwig habe nichts übrig für Frauen.

Richtig ist, daß er seine Mutter, Maria von Medici, nicht liebte, denn sie war ihm, wie schon gesagt, seit je eine böse Stiefmutter gewesen, die ihn auf alle mögliche Weise erniedrigt, geschurigelt und gedemütigt hatte, ja zeitweilig sogar die Waffen gegen ihn erhob.

Leider war Ludwig mit Anna von Österreich nicht viel besser dran, die ihr neues Vaterland gleich zu Anfang verriet, sich späterhin als Feindin ihres Gemahls erwies und an Komplotten gegen ihn beteiligte. Demgemäß wäre Ludwig, wenn er die Frauen allein nach seiner Mutter und seiner Gemahlin beurteilt hätte, durchaus entschuldigt gewesen, wäre er der charmantesten Hälfte der Menschheit durchweg mit Unbehagen und Argwohn begegnet.

Doch dem war nicht so, wie es Jahre später auch die große Liebe bewies, die ihm die »feurigen blauen Augen« von Mademoiselle de Hautefort einflößen sollten, eine Leidenschaft, die wegen der ehernen Gottesfurcht des Königs allerdings platonisch blieb.

Als ich, Ludwigs Wunsch entsprechend, am zwölften November mit Catherine d'Orbieu zu ihm nach Laleu kam, schien er mir keineswegs unbeeindruckt von der Anmut und Schönheit meiner Gemahlin. Und war er auch »kein großer Redner«, wie er als Kind einmal von sich gesagt hatte, begegnete er ihr doch mit liebenswürdiger Zuvorkommenheit und nannte sie »meine Cousine«, was nun freilich die protokollarische Anrede war, die der König einer Herzogin schuldete und die er nicht einmal Madame de Rohan vorenthielt, wenn er an sie schrieb, obwohl sie die hugenottische Rebellion in La Rochelle angeführt hatte.

»Mein Freund«, sagte meine kleine Herzogin mit bebender Stimme, kaum daß sie wieder neben mir in der Karosse saß, »habt Ihr's gehört? Der König hat mich ›meine Cousine‹ genannt, und mehrere Male! Ich weiß, Ihr werdet mir antworten, so sei das Protokoll! Aber ich dachte immer, das gelte nur für sehr alte Herzoginnen, die sehr alten Familien entstammen und am Hof leben! Und nun sagt der König zu mir kleinen Provinzlerin, aus Nantes gebürtig und erst fünfundzwanzig Jahre alt, ›meine Cousine‹! Ist das nicht unfaßlich? Lieber Gott, und da hieß es immer, er sei harsch und barsch! Aber er ist das ganze Gegenteil! Ich werde im Leben nicht vergessen, wie gütig und huldvoll er mich an seinem Hof aufgenommen hat!«

»Liebste«, sagte ich, »der König ist harsch und barsch, wenn es gilt, Komplotteure, Rebellen und Verräter zu strafen, und Gott weiß, wie viele es in diesem unglücklichen Lande gibt! Und kommt einer in die Bastille oder gar auf den Richtblock, dürft Ihr sicher sein, daß er es tausendfach verdient hat. Wer ihm aber treu und ergeben dient ...«

»So wie Ihr, mein Freund.«

»... dem beweist Ludwig, daß er eine ebenso schöne wie seltene Tugend besitzt: die Dankbarkeit. Da zeigt er sich unbedingt freundschaftlich, und selbst wenn er einmal grollt und schmollt wie zum Beispiel mit dem Kardinal, möchte ich doch behaupten, daß er auch für ihn eine Zuneigung hegt, die manchmal geradezu einer Sohnesliebe gleicht.«

»Das heißt«, sagte seufzend Catherine, »Ihr liebt Ludwig.«

»Und ob! Was mir viel Feindschaft und sogar einen Mordanschlag eingetragen hat, wie ich Euch schon erzählte.«

»Mir fiel übrigens auf, daß er Euch öfter Sioac nennt als ›mein Cousin‹.«

»Und das rührt mich unendlich. Denn als Kind konnte er das nicht sprechen, und so war ich für ihn denn Sioac, als wir im Park von Saint-Germain-en-Laye einmal Soldat spielten, wobei ich seine ganze Armee war und er mein Hauptmann.«

»*Sioac!* Wie drollig! Ich hätte große Lust, Euch künftig auch so zu nennen.«

»Oh, nein! Lassen wir dieses Vorrecht Ludwig!«

»Habe ich nicht ebenso viele Rechte wie er?« fragte sie, ihren Kopf zärtlich an meine Schulter lehnend. »Bin ich jetzt nicht Eure Spielgefährtin und Ihr mein Hauptmann?«

Ach, Leser! Wie wünschte ich, die fröhlichen und übermütigen Tage nach dem Ende der Belagerung hätten ewig gewährt! La Rochelle war besiegt, und es erwachte zu neuem Leben, denn der König päppelte es quasi tagtäglich mit dem Löffel. Die siegreiche, von einem mitfühlenden Herrscher befehligte Armee freute sich eines Ruhms, der in ganz Europa widerhallte und das Heldentum des Siegers ebenso pries wie die Standhaftigkeit der Besiegten. Doch kaum wieder in Paris, und obwohl gefeiert vom ganzen Volk, bekamen der König und sein genialer Minister es zu spüren, wie im verborgenen die »Hohenpriester«

wühlten, um sie beide zu trennen. Und welche heimtückischen Absichten diese hegten, das hatte Richelieu sogar schon während der Belagerung geahnt.

Erlaube, Leser, daß ich mit meiner Erzählung um einiges zurückgreife, bis zu jenem Zeitpunkt nämlich, als der König und der Kardinal die Redouten um La Rochelle bereits fertig errichtet hatten und den Bau des berühmten Deichs vorbereiteten, um den Engländern die Hafeneinfahrt zu sperren.

Wer hätte gedacht, daß das Gift unserer frömmelnden Fanatiker als erstes die Form eines unschuldigen und einfältigen Briefes annehmen würde, den Kardinal de Bérulle an Richelieu schrieb? Damals begab ich mich allmorgendlich in aller Frühe nach Pont de Pierre zu Richelieu, um seine Aufträge entgegenzunehmen. An jenem Tag nun streckte mir Richelieu mit sorgenvoller Miene ein Schreiben hin.

»Orbieu«, sagte er, »hier ist ein Brief von Kardinal de Bérulle, lest ihn und sagt mir, was Ihr davon haltet.«

Ich las, und meine Verwunderung, ja Verblüffung wuchs mit jeder Zeile; und so las ich abermals, um sicherzugehen, daß ich mich nicht täuschte. Leider blieb mir keine Zeit, diesen Brief auswendig zu lernen, doch wenn ich seinen genauen Wortlaut auch nicht wiedergeben kann, bin ich mir seines Inhalts gewiß: Bérulle vertraute dem Kardinal an, daß er, wie zuvor schon hinsichtlich der Insel Ré, eine La Rochelle angehende Erleuchtung des Allerhöchsten gehabt habe: Die Stadt werde dem König wie ein reife Frucht in die Hände fallen. Darum sei es unnütz, alle diese Befestigungen und erst recht den ruinösen Deich zu bauen. Die Stadt werde von ganz allein fallen.

»Nun, Orbieu, was sagt Ihr?« fragte Richelieu.

»Das ist ein wahrhaft erstaunlicher Brief, Herr Kardinal. Darf ich fragen, ob Monsieur de Bérulle Euch auch Tag und Stunde der wundersamen Kapitulation mitgeteilt hat?«

»Zweimal habe ich ihn bereits danach gefragt«, sagte Richelieu. »Beim zweitenmal antwortete mir der Kardinal, die Erleuchtung habe kein Datum genannt.«

»Also war es eine unvollständige Erleuchtung … Andererseits, Eminenz, wenn der Herr über La Rochelles Fall bestimmt, ist dabei selbstverständlich keinerlei Verdienst zu erwerben, weder für Seine Majestät noch für Euch, Herr Kardinal, noch für die Marschälle oder Soldaten.«

»Richtig«, sagte Richelieu, »das ist die unerfreuliche Seite der Erleuchtung. Unser Ruhm ist hinfällig noch vor dem Sieg.«

»Es kann auch sein«, sagte ich, »daß der Herr Kardinal de Bérulle die Belagerung La Rochelles für unnötig hält, weil er meint, man solle sich lieber England vornehmen, die wahre Bastion des Protestantismus in Europa.«

»Ja, wahrscheinlich meint er das, weil er vor La Rochelle tatenloses Abwarten empfiehlt, nur daß sein Brief es nicht ausspricht. Habt Dank für Eure Bemerkungen, Monsieur d'Orbieu. Ich werde sie Seiner Majestät samt den meinen übermitteln. Man scheut sich doch immer, ein Urteil über einen Freund zu fällen, für dessen Aufstieg man viel getan hat und der sich von einem zu entfernen scheint. Deshalb war mir Eure Meinung wichtig.«

Als ich nach dieser Unterredung zu Nicolas und unseren Pferden ging, fiel mir plötzlich ein, daß ich ja meinen alten Freund, den Doktor der Medizin und Domherrn Fogacer, zum Mittagessen eingeladen hatte, sicherlich wartete er schon auf uns, ich trieb also mein Tier an, um Schloß Brézolles schnellstmöglich zu erreichen. Und wirklich, Fogacer war bereits da, groß, schmal und spinnengleich mit seinen überlangen Armen und Beinen, die Haare weiß, die dünnen schwarzen Brauen nach den Schläfen hin gespitzt, während ein langsames, gewundenes Lächeln seinen großen Mund in die Breite zog. Man muß sagen, daß ihm dies etwas Mephistophelisches verlieh, das in seinen jungen Jahren durchaus ein wenig der Realität entsprochen hatte, war er damals doch schwul und Atheist. Inzwischen aber steckte nichts mehr dahinter, weil er seinen sodomitischen Neigungen wie seinem Unglauben, Gott sei Dank, entsagt hatte und in den Schoß der Kirche heimgekehrt war. Dabei hatte er nichts von einem trägen alten Domherrn, denn seine Augen blitzten, seine Bewegungen waren lebhaft und seine Rede rasch.

Madame de Bazimont, die für ihn schwärmte, hatte ihm bis zu meinem Eintreffen in einem kleinen Kabinett eine Flasche Aunis-Wein und ein paar Leckereien vorgesetzt. Sowie er mich erblickte, kam er und schloß mich wie gewöhnlich mit einer Zärtlichkeit in die Arme, die mich leicht genierte, weil sie nicht ganz so brüderlich war, wie sie sollte. Ich trank ein Glas Wein mit ihm, aber nur ein kleines, denn ich verlege mir vor der

Mahlzeit nicht gern den Appetit. Weil nun der bei Richelieu gelesene Brief mich noch beschäftigte und ich ja wußte, wie gut Fogacer immer über alles informiert war, fragte ich ihn, ob er von der Erleuchtung des Kardinals Bérulle über den wunderbaren Fall von La Rochelle wisse.

»Allerdings!« sagte er mit seinem sehr eigenen Lächeln, »und nach einem Brief, den ich gestern aus Paris erhielt, macht diese Erleuchtung am Hof Furore. Die einen glauben dran, die anderen nicht, doch ohne jede Vernunft auf beiden Seiten, einzig danach, ob die Erleuchtung ihre vorgefaßte Parteinahme bestärkt oder entmutigt.«

»Das heißt, mein sibyllinischer Freund?«

»Daß sogar hier, im Lager vor La Rochelle, Monsieur de Marillac ...«

»Welcher von beiden?«

»Der Siegelbewahrer. Sein Bruder, der Kriegsmann, handelt, ohne viel zu denken. Doch könnte er, wenn es drauf ankäme, sich dem Standpunkt des älteren Bruders, der so weise und geistvoll ist, stürmisch anschließen.«

»Und Monsieur de Marillac glaubt an die Erleuchtung Bérulles?«

»Er wird es im Lager nicht sagen, um dem Kardinal und dem König nicht zu mißfallen. Aber ich bin überzeugt, daß er dran glaubt oder vielmehr glauben will.«

»Warum denn aber?«

»Weil er fromm ist.«

»Mein Freund, der König ist auch fromm.«

»Aber nicht so! Der König ist fromm aus Gottesfurcht.«

»Was ist der Unterschied?«

»Er ist riesig! Die Gottesfürchtigen folgen, so gut sie können, den Lehren Christi, die frömmlerischen Frommen dagegen leiten sich direkt von den Ligisten der Heiligen Liga her und sind Fanatiker, die die protestantische Ketzerei mit Feuer und Schwert ausrotten wollen. Sie hätten ganz und gar nichts gegen eine Bartholomäusnacht in europäischem Maßstab. Aber dazu können sie natürlich weder auf Ludwig zählen, der das Edikt von Nantes, das Werk seines bewunderten und geliebten Vaters, niemals widerrufen wird, noch auf den Kardinal, dem die Interessen des französischen Reiches am Herzen liegen wie keinem einzigen dieser erbitterten Frömmler. Für sie ist die Belagerung von La Rochelle ganz unnütz und sogar schädlich. Denn sie wissen sehr wohl, daß Ludwig, sobald die Stadt genommen ist, zwar den katholischen Kult dort wiederaufrichten wird, doch ohne deshalb den protestantischen zu zerschlagen. Dadurch werden die Hugenotten, anstatt wie jetzt rebellische Untertanen und Verräter des Vaterlands zu sein, sich zu treuen Dienern des Herrschers wandeln und so in aller Augen sogar eine neue Rechtmäßigkeit erlangen. Außerdem, wenn La Rochelle genommen wird, wächst Richelieus Kredit bei Ludwig dermaßen, daß man ihn schwerlich mehr dem König entzweien und zermalmen kann.«

»Ihn zermalmen! Großer Gott! Und wer will den ›zermalmten‹ Richelieu beim König ersetzen?«

»Das versteht sich doch von selbst: Marillac. Marillac und Bérulle sind Geier derselben Brut, frömmlerische Fanatiker alle beide, mit guten Zähnen und starken Klauen bewehrt, so glatt und sanftmütig sie auch erscheinen mögen.«

»Und was würde unter ihrer scheinheiligen Tyrannei aus Frankreich?«

»Ein demütiger Gehilfe des Königs von Spanien!«

»Himmel! Und wieso?«

»Weil unsere Fanatiker der Auffassung sind – ich zitiere –, daß ›die Ketzerei nur ausgerottet werden kann, wenn die Katholiken, fortan von einem einzigen Monarchen als Oberhaupt angeführt, nur mehr das eine Interesse haben, sie zu zermalmen.«

»Schon wieder zermalmen! Zum Teufel, bei unseren Herren Frömmlern wird aber viel zermalmt!«

»Und beachtet bitte, daß sie besten Gewissens zermalmen, handelt es sich dabei doch um den Willen Gottes, der sich unseren Frömmlern, wie Ihr wißt, durch Erleuchtungen mitteilt.«

Hier lächelte Fogacer sein gewundenes Lächeln, das seine dünnen schwarzen Brauen nach den Schläfen hin spitzte.

»Heißt das, mein teurer Doktor, daß Ihr an der Erleuchtung des Herrn de Bérulle, den Fall La Rochelles betreffend, zweifelt?«

»Nein, nein! Wer bin denn ich kleiner Domherr, daß ich die Erleuchtung eines hohen Kardinals in Zweifel ziehen dürfte, wo er doch Gott so nahe ist und so große Gnade bei der Königinmutter genießt?«

»Ihr schenkt ihr also Glauben?«

»Da auch nicht! Weiß ich denn nicht, daß der Heilige Vater, dem ich als bescheidener Soldat unter anderen diene, Erleuchtungen, Ekstasen, die Stimmen von Heiligen und andere Direktverbindungen gewisser Gläubigen zu Gott mit Unwillen und Argwohn sieht, weil dies unzulässige Eingriffe in das wesentliche Vorrecht des Heiligen Vaters sind, den Katholiken zu sagen, was sie glauben sollen?«

»Alles in allem, mein lieber Domherr, glaubt Ihr und glaubt auch wieder nicht an besagte Prophezeiung ...«

»Vor allem aber, mein temperamentvoller junger Freund, halte ich, außer gegen Euch, hierüber hübsch brav meinen Mund, denn die Frömmler, weiß ich, sind furchtbare Leute. Und wenn Ihr mir zum Schluß den väterlichen Rat erlauben wollt, solltet Ihr mich in dieser Vorsicht nachahmen, denn hat man nicht bereits versucht, auch Euch zu ›zermalmen‹?«

* * *

Es war ein Jahr nach diesem Gespräch, fast auf den Tag genau, nämlich am 25. September 1628. Ich war nach langer Reise mit Catherine, unserem Söhnchen, unserer Amme und unseren Schweizern in Paris eingetroffen und legte mich in meinem Hôtel in der Rue des Bourbons zur Ruhe, heilfroh einerseits, endlich mit Catherine in meiner Pariser Häuslichkeit geborgen zu sein, und andererseits tief beunruhigt, weil ich am nächsten Tag im Louvre am Großen Königlichen Rat teilzunehmen hatte, wo eine folgenschwere Angelegenheit zur Debatte stand, die meiner Voraussicht nach sehr gefährlich werden würde: Es war mit wütendem Zorn, wenn nicht dumpfem Haß auf den König und Richelieu zu rechnen und, warum sollte ich es verschweigen, auch auf die meisten ihrer getreuen Diener.

Erschöpft von der langen, Tag um Tag auf holprigen Straßen und bei Winterkälte durchgestandenen Reise, sank meine kleine Herzogin, kaum daß sie im Bette lag, in Schlummer, während ich mit meinen sorgenvollen Gedanken noch endlos wachte; und als ich endlich einschlief, plagten mich angstvolle Träume. So war ich denn sehr erleichtert, als das Morgenlicht durch die Gardinen am Fenster und die Bettvorhänge drang, mir die Augen öffnete und mich aus dieser Hölle erlöste.

Doch war die Erleichterung von kurzer Dauer, denn als ich die Augen aufschlug, sah ich ganz bestürzt, daß Catherine, auf einen Ellbogen gestützt, mich voller Zorn betrachtete.

»Monsieur«, sagte sie, »Ihr seid ein Verräter!«

»Meine Liebe, ich ein Verräter? Was habe ich getan, eine so schmähliche Anklage zu verdienen?«

»Ein Scheusal!« begann sie wieder. »Immerzu spracht Ihr im Traum von einer Casale. Wer ist die Weibsperson, wo habt Ihr sie getroffen, was treibt Ihr mit der, das möchte ich jetzt wissen!«

Hier konnte ich nicht anders und brach in Lachen aus, worauf die Ärmste in einen Zorn geriet, daß sie die Fäuste hob und auf meine Brust eingetrommelt hätte, glaube ich, hätte ich ihre zarten Handgelenke nicht rasch festgehalten.

»Um Vergebung, Liebste«, sagte ich, »aber Casale ist keine Weibsperson, sondern eine italienische Stadt.«

»Eine Stadt?«

»Um genau zu sein«, sagte ich, ihre Hände loslassend, »ist es die Hauptstadt der Grafschaft Monferrato, die an Savoyen grenzt, aber dem Herzog von Mantua gehört, dessen Herzogtum unglücklicherweise weit entfernt von dieser seiner Grafschaft liegt, nämlich im Osten der Halbinsel, nahe der Adria. Um von Mantua nach Casale zu kommen, müßte der Herzog die Lombardei und, was schlimmer ist, das Mailänder Land durchqueren.«

»Wieso ›was schlimmer ist‹?«

»Weil das Mailänder Land von den Spaniern besetzt ist, die sich die ganzen norditalienischen Gebiete einzuverleiben versuchen; es geht den Habsburgern um bequeme Truppenverbindungen zwischen Spanien und Österreich.

Nun ist der Herzog von Savoyen, Karl Emmanuel, dem die Grafschaft Monferrato so nahe, ihrem wahren Herrn aber so ferne liegt, ein kleiner Ehrgeizling, der in seiner ein halbes Jahrhundert währenden Herrschaft stets das Ziel verfolgte, König zu werden, und zu diesem Zweck sich ständig auf Kosten seiner Nachbarn zu vergrößern trachtete. Aber soll ich wirklich fortfahren, meine Liebe? Für eine Geschichtsstunde ist ein Bett vielleicht nicht der beste Ort.«

»Monsieur«, sagte Catherine mit einem Funkeln in ihren Goldaugen, »Ihr könnt Euch sicherlich eines größeren Schädels rühmen als ich, das heißt aber noch lange nicht, daß mein Gehirn weniger rege ist. Glaubt Ihr, ich wäre einzig mit Putz und Tand und Firlefanz beschäftigt?«

»Weder von Euch, Liebste, noch von Euren Geschlechtsgenossinnen habe ich je eine so klägliche Meinung gehegt. Ich hatte bei meiner Bemerkung ganz anderes im Sinn; schließlich kann man in einem Bett nicht nur schlafen und träumen.«

Hier wechselte Catherine so schnell vom Zorn zum Lachen, daß ich sah, um wieviel reger ihr Gehirn als das meine war.

»Mein Freund«, sagte sie und besänftigte sich mit jedem Wort, indem sie meine Wange streichelte, »leider bin ich für Eure Werbung heute morgen wenig zugänglich. Eure Geschichtsstunde kommt also gar nicht ungelegen. Erzählt nur weiter von Karl Emmanuel von Savoyen, der kleinen herzoglichen Maus, die gern ein großer König wäre.«

»Hört denn die Geschichte der Maus. Die einzige Annexion, die ihr glückte, war die erste: Heinrich II. von Frankreich hatte dem Herzog einst die Grafschaft Saluccio geraubt, und diese holte er sich 1588 schlau zurück, als Heinrich III. gezwungen war, Paris dem Herzog von Guise zu überlassen. Der arme König ohne Geld und ohne Hauptstadt war natürlich nicht imstande, gegen unseren Herzog zu kämpfen, und so konnte dieser die Grafschaft Saluccio glücklich behalten.«

»Mein Freund, darf ich fragen, wo denn die Grafschaft Saluccio liegt?«

»Im Süden grenzt sie an die Grafschaft Nizza und im Nordwesten an unser Barcelonnette. Nachdem Karl Emmanuel diesen hübschen Bissen geschluckt hatte, schnappte er in seiner törichten Gier nach Genua, das ihn aber zurückschlug, und nach Grenoble. Mein Lieb, stellt Euch das vor! Da herrscht der unbesiegliche Henri Quatre über unser liebliches Frankreich, und Karl Emmanuel I. von Savoyen vergreift sich an Grenoble! Und was, glaubt Ihr, passiert? Der französische Tiger brüllt vor Verblüffung, daß diese savoyardische Maus ihm die Nüstern kitzelt. Er schickt Lesdiguières, und im Handumdrehen ist das Herzogtum besetzt.

Als alles zu Ende ist, kommt Henri Quatre, witzelnd und gutmütig, aber seine Interessen scharf im Auge. Er läßt Karl Emmanuel die Grafschaft Saluccio, fordert aber dafür die Bresse, das Bugey, das Valromey und das Land Gex, um Frankreichs

Karte durch ein paar hübsche Flecken Erde abzurunden. Wie er den armen Herzog nun ganz untröstlich sieht, verspricht Henri, wenn er künftighin sein treuester Verbündeter sein wolle, ihm bei der Eroberung des Herzogtums Mailand zu helfen und ihn darauf als König anzuerkennen. Mit diesem großzügigen Angebot, das ihn nichts kostet, erheitert er Karl Emmanuels Laune, und nachdem Henri fort ist, schwebt unser Herzog, der vor Glück über seine künftige Würde seine Gebietsverluste vergißt, auf einer Wolke, von der er 1610 brutal zu Boden stürzt, als Ravaillacs Messer Henri durchbohrt und damit auch seine Hoffnungen begräbt.«

»Das ist ja alles sehr interessant, mein Freund, und – was Karl Emmanuel betrifft – auch komisch. Aber was haben Casale und die Grafschaft Monferrato damit zu tun?«

»Dazu komme ich, mein Herz, macht Euch auf fabelhafte Dinge gefaßt. Am sechsundzwanzigsten Dezember 1627 – Ludwig und Richelieu sind seit einem Vierteljahr rastlos mit der Belagerung La Rochelles beschäftigt – stirbt Herzog Vincent von Mantua, und sein einziger Erbe ist der Herzog von Nevers, ein französischer Prinz. Was für ein Stein in dem italienischen Pfuhl!

Sofort wird die Erbfolge von vier Prätendenten, darunter Spanien, bestritten, selbstverständlich auch von Karl Emmanuel, der namens unerfindlicher Rechte die Grafschaft Monferrato für seine Enkelin fordert. Was Spanien angeht, so gerät es in Gestalt Don Gonzalo de Córdobas, des Gouverneurs von Mailand, in unaussprechliche Ängste: Wenn sich ein französischer Prinz, schreibt er an Olivares, den Minister Philipps IV. von Spanien, sowohl im östlichen Mantua wie im westlichen Monferrato einnistet, wird es ihm ein leichtes sein, das spanische Mailand in die Zange zu nehmen und an zwei Fronten anzugreifen.

Olivares, durch das alarmierende Sendschreiben aufgescheucht, beschließt zu handeln. Doch ist er ein spanischer Frömmler, zeremoniös und formalistisch. Er versammelt seine Theologen und stellt ihnen die Frage, ob der König von Spanien vor Gott gerechtfertigt ist, wenn er zur Durchsetzung seiner Rechte Gewalt gebraucht. Nach langer, ernster Debatte sagen die Theologen einmütig ja.«

»Ach, mein Freund«, rief meine kleine Herzogin lachend, »das ist gar zu hübsch! Haben die Vorfahren Philipps IV. auch ihre Theologen befragt, ehe sie die Indianer in Amerika ausrotteten, ehe sie die Unbesiegliche Armada gegen England schickten, die Niederlande tyrannisch besetzten und sich Mailands bemächtigten?«

»Meine Liebe«, sagte ich, indem ich Catherine in die Arme nahm, »Ihr macht mich baff! Wie ferne sind wir Putz und Tand und Firlefanz! Euer Gehirn ist nicht nur rege, es ist auch gut gefüllt! Wollt Ihr mir jetzt womöglich noch enthüllen, daß Ihr auch Griechisch könnt und Latein?«

»Gott bewahre! So weit bin ich nicht gediehen. Auch würde Euch das wohl etwas verdrießen, mein Freund«, setzte sie hell lachend hinzu. »Aber mein Herr Vater war auf Geschichte versessen und sprach darüber gern am Familientisch. Meine Brüder taten nur, als ob sie zuhörten, sie hatten nichts als Fechten, Jagen und Pferde im Sinn, doch ich sog alles begierig auf, weil ich meinen Vater über alles liebte. Zurück also zu Monferrato und Casale. Was geschah weiter?«

»Karl Emmanuel von Savoyen und Don Gonzalo karteten sich ab wie Spitzbuben auf dem Jahrmarkt. Ersterer greift sich Monferrato samt einigen Festen am linken Ufer des Po, und der noch gierigere Gonzalo belagert Casale, die große, strategisch wichtige Festung, die den Übergang über den Po und den Zugang zum spanischen Mailand beherrscht. Und jetzt beweint das traurige Los der ›Weibsperson‹, von der ich träumte! Casale ist in großer Gefahr, dem bösen Hidalgo zu erliegen!«

»Ihr neckt mich schon wieder, Monsieur! Aber hütet Euch! Nehmt mich noch einmal hoch, und Ihr bekommt ›Hiebe und Püffe‹, wie Jeanne d'Arc sagte.«

»Mein Schatz«, sagte ich, »wie soll das aussehen, wenn meine Jungfrau mich schlägt? Und wenn ich ganz verunstaltet und blutig im Königlichen Rat erscheine? Übrigens«, setzte ich mit einem Blick auf meine Uhr hinzu, »ist es höchste Zeit, daß ich aufstehe und Toilette mache, wenn ich im Louvre sein will, bevor die Türen sich hinter den Königlichen Räten schließen. Aber wollt Ihr vorher nicht wissen, was Casale machte, als der böse Gonzalo ihm Gewalt antun wollte?«

»Ich höre.«

»Casale leistete Widerstand, sogar noch wackerer und länger als La Rochelle, denn es widersteht immer noch. Und mittlerweile fragt sich unser Gonzalo, ob er den Blitzschlag, den er abwenden wollte, sich nun nicht gerade auf den Hals zieht.«

»Soll das heißen, mein Freund, daß Ludwig Casale befreien will? Verständlich wäre es ja, immerhin ist der neue Herzog von Mantua ein französischer Prinz.«

»Warten wir's ab! Es gibt Leute im Rat, die es, ganz im Gegenteil, widernatürlich und beinahe gotteslästerlich finden werden, die Spanier anzugreifen. Nach allem, was ich weiß und vermute, wird es heute im Königlichen Rat hoch hergehen, und der Groll, ja Haß, der daraus erwachsen mag, wird uns, fürchte ich, noch großes Ungemach bereiten.«

ZWEITES KAPITEL

Der Große Königliche Rat, zu dem ich keine Minute zu früh eintraf, hatte am sechsundzwanzigsten Dezember 1628 statt. Dieses Datum wird in meinem Gedächtnis wohl unauslöschlich bleiben, denn wie bereits angedeutet, strotzten die dort vorgebrachten Reden von Drohungen, direkten gegen Richelieu, indirekten gegen den König und somit gegen alle, die ihnen und ihrer Politik die Treue hielten.

Niemand gehörte allein aufgrund seines Ranges oder seines Geblüts zum Königlichen Rat. Die Entscheidung traf Ludwig. Selbst die Königinmutter erhielt nach der Rückkehr aus ihrer wohlverdienten Verbannung nur mit einiger Mühe den Zutritt für sich und mit noch weit größerer für Richelieu, der damals ja als ihr treuester Diener galt.

Gaston hatte nie einen Sitz, soviel Geschrei er danach auch erhob. Was die Herzöge und Pairs betraf, so waren sie nicht sämtlich vertreten, und von den zehn Marschällen nur Schomberg und Bassompierre. Die anderen acht – Vitry, Saint-Géran, Chaulnes, Créqui, Châtillon, La Force, d'Estrée, Saint-Luc – gehörten nicht zum Rat und von den vier Kardinälen – La Rochefoucauld, La Valette, Bérulle und Richelieu – nur die zwei letzteren.

Ausgewählt hatte Ludwig die Räte nach seinen Vorstellungen von ihrem Sachverstand, ihrer Verschwiegenheit und ihrer Treue, dergestalt daß nicht einmal die Königin zugelassen war, hatte der König doch allen Grund, ihre Loyalität ihm und ihrem neuen Land gegenüber zu bezweifeln.

Hinzufügen will ich, daß Ludwig, der mit seinen Finanzen streng haushielt, die Zahl seiner Räte nicht unnötig zu erhöhen trachtete, denn sie erhielten Bezüge, die auch jene gern nahmen, die, so wie ich, nicht arm waren. Ludwig wußte das, und als Bassompierre, der ständige Frondeur, sich einmal weigerte, seine Ansicht zu äußern, machte er ihm dies unverblümt zum Vorwurf: »Sprecht, mein Cousin, sprecht!« rief Ludwig. »Das ist Eure Pflicht und Schuldigkeit als Königlicher Rat! *Werdet Ihr nicht gut dafür bezahlt?*«

Wenn der Rat zusammentrat, saßen nur der König und die Königinmutter. Die Räte standen, was auf die Dauer anstrengend war, immerhin aber den Vorteil hatte, daß keiner die Debatte durch Wortgeklingel in die Länge zu ziehen versuchte.

Richelieu stand links neben dem König, zu seiner Rechten saß die Königinmutter. Geschmückt wie ein Götzenbild, mit der Schöpfkelle geschminkt und mit Schmuck überladen, füllte sie den Lehnstuhl mit ihrem üppigen Körper gänzlich aus, an den Seiten quollen ihre Hüften sogar über die Sitzfläche, dazu war ihr Gesicht pausbäckig und endete in einem Doppelkinn.

Obwohl sie die schlechteste Regentin der Reichsgeschichte gewesen war, hegte sie von sich eine hohe Meinung und maß die Königlichen Räte mit geringschätzigem, borniertem und starrsinnigem Blick.

Von den großen Dingen, die in ihrer Gegenwart verhandelt wurden, verstand sie nichts; sie konnte über ihren eigenen Tellerrand nicht hinaussehen und sich um ein Nichts so erbosen, daß sie den Gegenstand ihres Grolls mit Beschimpfungen überhäufte wie ein Fischweib aus den Hallen, wobei man sich fragte, wo sie derlei gelernt hatte, da sie doch im Louvre lebte. Und sobald die ihr unverständlichen langen Wortgefechte sie langweilten, brabbelte sie wirres Zeug, dem niemand die geringste Beachtung schenkte, auch nicht ihr Sohn.

Wenn ich, wie gesagt, keine Minute zu früh zum Rat eintraf, so erschien der Kardinal de Bérulle um Minuten zu spät, doch so blaß und so sichtlich angegriffen, daß Ludwig dem hinter ihm stehenden Beringhen befahl, dem Prälaten einen Stuhl bringen zu lassen. Mir war sofort klar, und Richelieu, dem ich einen Blick zuwarf, verstand es besser als alle anderen: Der arme, kranke und vor Fieber schweißnasse Bérulle hatte sich gewaltsam seinem Krankenlager entrissen, nur um beim Rat zugegen zu sein und vehement die Frage zu verneinen, die sich den Räten an diesem Morgen stellte: Sollen wir dem von den Spaniern belagerten Casale zu Hilfe eilen oder nicht?

Sosehr ich die Politik des Kardinals Bérulle ablehnte, weil sie für Frankreich höchst unheilvoll gewesen wäre, empfand ich doch Respekt für seine Person und sein Werk, das Oratoire, das er gegründet hatte, um die französische Priesterschaft aus ihrem Unwissen und ihren üblen Sitten emporzuheben. Und mit diesem Verdienst und Ruhm hätte Monsieur de Bérulle sich begnügen sollen. Leider hatte er sich jedoch in den Kopf gesetzt, nur Spanien besitze Macht und Gelder genug, um die protestantische Ketzerei auszurotten, und demgemäß hatte Bérulle 1626 den verhängnisvollen Vertrag von Monzon inspiriert mit dem Ziel, Spanien und Frankreich unter Aufgabe unserer italienischen Bündnisse einander wieder anzunähern.

Dabei muß er sieben Jahre zuvor noch durchaus anders gedacht haben, als er in königlichem Auftrag nach Rom reiste, um einen Dispens, der ihm sonst in höchstem Maß skandalös hätte erscheinen müssen, für die Eheschließung der katholischen Henriette von Frankreich, Schwester Ludwigs XIII., mit dem protestantischen Prinz von Wales zu erwirken! Ich meine damit, er wäre besser beim Leisten seiner Glaubensdinge geblieben, anstatt sich auf das schwierige Terrain der großen politischen Reichsaffären zu wagen.

»Das Problem Casale«, sagte er schwer atmend und kaum hörbar, »ist eines der großen, vor denen Seine Majestät heute steht. Und um ganz unverhohlen zu sprechen, scheint es mir völlig verfehlt, diese kleine italienische Stadt und unbedeutende Grafschaft unter großen Gefahren und Kosten zu entsetzen, während so viele protestantische Städte hier in Frankreich sich Eurer Majestät mit erhobenen Waffen entgegenstellen. Der Himmel in seiner erhabenen Güte hat Euch, Sire, soeben den Ruhm geschenkt, La Rochelle zu beugen: Muß man nun nicht in der Bahn bleiben, die der Herr Euch gewiesen, und die Frechheit der Ketzer überall, wo sie noch rührig ist, beugen und bestrafen? Begeht man sonst nicht den Irrtum, das Feuer in einem abgelegenen Stall zu löschen, während Teile des Schlosses bereits ein Raub der Flammen sind?«

Leser, du hast zweifellos bemerkt, daß Monsieur de Bérulle in dieser Rede mit keinem Wort Spanien erwähnte und ebensowenig die Notwendigkeit, sich mit ihm zu verständigen, anstatt Casale seinen Klauen zu entreißen. Dieselbe Zurückhaltung wahrte in seiner hierauf folgenden Rede auch der Siegelbewahrer Marillac, wollte doch keiner der beiden sich dem Verdacht aussetzen, er opfere der Kirche die Reichsinteressen.

Kaum war Kardinal Bérulle, sichtlich erschöpft von der Anstrengung, verstummt, als der Siegelbewahrer Marillac ums

Wort bat, und weil er demselben Club der fanatischen Frömmler angehörte, wußte jeder, was nun käme, noch bevor er den Mund auftat. Doch war er auch vom selben Verein, hatte er darum längst kein so argloses Herz wie Kardinal Bérulle, ein »guter Mensch«, wie Ludwig ihn nannte, eine »gute Seele« laut Richelieu, aber so töricht in seiner tugendsamen Einfalt, daß er wahrhaftig glaubte, Spanien habe in der Welt kein anderes Ziel, als die Ketzerei zu besiegen. »Eine Utopie!« sagte Richelieu jedem, der es hören wollte. »Der König von Spanien nennt sich das Oberhaupt der Katholiken! Wer aber wüßte nicht, daß Spanien dem Krebs gleicht, der den Körper, in den er einfällt, durch und durch zerfrißt, und wer wüßte nicht ebenso, daß dies unter dem Vorwand der Religion geschieht!«

Ich zweifle nicht, daß Herr von Marillac in seinem Irrtum aufrichtig war, trotzdem muß ich hinzusetzen, daß er das Ziel, die Ketzerei zu vernichten, mit einem sehr viel weltlicheren Ehrgeiz verband: Wenn Richelieus Politik aufgegeben würde und Richelieu selbst in schwarze Ungnade fiele, hoffte Marillac an seine Stelle zu treten.

Zu diesem Zweck erhielt er sich, wie auch Bérulle, nur in sehr verschiedener Absicht, bei der Königinmutter in Gnaden. Für mein Gefühl bewies er damit nicht viel Witz, denn das hieß den Einfluß weit überschätzen, den sie auf ihren Sohn ausübte, dessen Wesen ja keineswegs angetan war, empfangene Kränkungen zu vergessen, und erst recht nicht, diese zu vergeben. Bekanntlich war ihm Maria von Medici nie eine gute Mutter. Und Gott weiß, wieviel Zwist Ludwig nicht nur als Kind, sondern auch als Erwachsener mit ihr hatte, mußte er doch zweimal die Waffen gegen die Aufrührer ergreifen, die sie gegen ihn zusammenrottete.

Übrigens hatte Marillac, der vor giftigen Mitteln nicht zurückscheute, lange vor der hier geschilderten berühmten Ratstagung bereits versucht, Richelieu bei der Königinmutter anzuschwärzen. Zu diesem Zweck hatte er eine tückische Strategie angewandt, in die er den unglücklichen Kardinal de Bérulle mit eingespannt hatte.

Das Manöver bestand darin, daß die beiden Gevatter jedesmal, wenn vor der Königinmutter von Richelieu gesprochen wurde, ganz betont schwiegen, traurig den Kopf senkten und mitleidig oder furchtsam seufzten, rechte Frömmlergrimassen, die über den Feind viel Böses sagten, gerade indem sie nichts sagten. Auf Marias beschränkten und argwöhnischen Geist hatte das wiederholte Getue schließlich die gewünschte Wirkung, und sowie die Königinmutter schwankend und zweifelnd wurde, wechselten unsere Frömmler die Taktik und attackierten frontal.

Daß Richelieu ein großer Minister sei, gar keine Frage, doch erwies er sich denn nicht als undankbar, wenn er sich vor Entscheidungen niemals mehr mit der Königinmutter beriet? Vergaß er, daß er es ihr verdankte, was er jetzt war? Zeigte er nicht unverhohlen, daß er sich von ihr keinerlei Aufklärung mehr erwartete? Er setzte sie herab! Er vernachlässigte sie! Er liebte einzig den König! Nur ihm galten sein Denken und Tun! Schlimmer noch, er stand zwischen ihr und Ludwig, hielt sie von ihm fern, wie in Dunkel und Ohnmacht verstoßen! War es nicht unerträglich kränkend, wie dieser Emporkömmling sie überall verdrängte, sie, die einmal Frankreich regiert hatte? Die Mutter des Königs! Deren Ratschläge Richelieu auf Knien hätte erbitten und befolgen müssen! Und jetzt tat Richelieu auch noch, als teile er die gerechte Abneigung der Königinmutter gegen Gastons Vermählung mit der Tochter des Herzogs von Nevers, doch in Wahrheit, und sie hätten den Beweis (den sie aber nicht zu liefern wußten), ermutigte er Gaston heimlich in diesem ungehörigen Plan.

Leser, es war die reine Lüge, und eine sehr unreine Lüge! Der König wie Richelieu waren einer wie der andere, wenn auch aus anderen Gründen als Maria von Medici, gegen Gastons Vermählung mit der Tochter des Herzogs von Nevers, der ja kürzlich jener Herzog von Mantua geworden war, dem der Spanier Casale zu nehmen versuchte. Und damit, Leser, sind wir denn wieder bei unserem Ausgangspunkt, nämlich Herrn von Marillacs auf dieser Ratstagung geäußerten Worten.

»Sire«, sagte er, »auch ich meine, daß Casale nicht so bedeutend ist, wie manche behaupten. Zudem sprechen gute und handfeste Gründe gegen unser erneutes Engagement. Die Armeen Eurer Majestät sind von der langen Belagerung La Rochelles erschöpft. Sind sie imstande, abermals eine so große Anstrengung zu leisten? Und erschöpft wie die Männer sind auch unsere Finanzen. Hinzu kommt, daß man mit einem Eingreifen nicht bis zum Frühjahr warten dürfte, denn bis dahin könnte Casale gefallen sein. Das hieße sofortigen Aufbruch!

Aber ein Feldzug mitten im Winter birgt zahllose Gefahren. Nach Savoyen muß man die Hochalpen überqueren, bis zu den Knien im Schnee. Könnte Seine Majestät, bei Ihrer fragilen Gesundheit, die Mühen und Gefahren einer solchen Unternehmung wagen? Und geschähe Ihr – was Gott verhüten wolle – das Schlimmste, ließe Sie eine völlig ungesicherte Erbfolge zurück. Und was wäre schließlich, wenn unser Heer anlangte zu Susa, und der Herzog von Savoyen in seiner unzuverlässigen Laune und Treue würde ihm und den nachfolgenden Proviantzügen den Durchlaß nach Casale verweigern?«

Obwohl Ludwig sich nichts anmerken ließ, glaube ich, daß ihm die Anspielungen auf seine Gesundheit und seine problematische Thronfolge wenig behagten, denn er warf den Kopf auf und sprach mit kalter Höflichkeit in der Stimme:

»Monsieur de Marillac, Ihr fragt, was ich täte, wenn der Herzog von Savoyen unser Bündnis brechen und mir die Versorgung meiner Armeen und den Marsch durch sein Land nach Casale verweigern würde?«

»Ja, Sire«, sagte Monsieur de Marillac.

»Nun, das gleiche wie Henri Quatre 1601: Ich würde den Herzog schlagen und seine Hauptstadt Susa samt Schloß besetzen. Dann hätte ich gutes Quartier, Proviant für meine Soldaten und freien Durchzug nach Casale.«

Ludwig sprach mit einem Nachdruck, daß ich mir sagte, er müsse bereits, und nicht ohne Vergnügen, erwogen haben, mit diesem Feldzug in die Fußstapfen seines verehrten Vaters zu treten. Auch dachte ich, daß der Sieg unserer Frömmler noch längst nicht ausgemacht war, ja, daß der sogar ziemlich fraglich aussah. Dies schien auch die Königinmutter zu spüren, denn sie verlangte das Wort. Da sie im Verlauf ihrer unglücklichen Regentschaft stets von allen sich bietenden Optionen die jeweils ungünstigste gewählt hatte, zweifelte niemand, welcher sie in diesem Fall den Vorzug geben wollte. Doch mit den Gründen, die sie für ihre Wahl nannte, wußte sie alle Räte zu überraschen, den König und Richelieu eingeschlossen.

»Sire«, sagte sie in hochfahrendem Ton, »wenn ich recht verstehe, gedenkt Ihr das Schwert gegen den Herzog von Savoyen zu ziehen, sollte er Euch keinen Durchzug nach Casale gewähren.«

»Richtig, Madame!«

»Sire! Das geht nicht. Der Herzog von Savoyen ist mein Schwiegersohn.«

»Mit Verlaub, Madame«, sagte Ludwig, »nicht der Herzog von Savoyen ist Euer Schwiegersohn, vielmehr ist dessen Sohn, der Fürst von Piemont, der Gemahl meiner Schwester Christine.«

Der kleine Rüffel, den Ludwig ihr nicht ohne Vergnügen erteilte, brachte Maria von Medici auf. Unversehens verlor sie die Beherrschung, vergaß Dekorum und Dezenz und erging sich in Heftigkeiten. Mit purpurrotem Gesicht, wutsprühenden Augen, hochgehendem Busen brach sie in ihr kreischendes, vulgäres und schmähliches Gegeifer aus, wie es den Louvre regelmäßig erschütterte, seit sie ihn als Gemahlin Henri Quatres betreten hatte.

»Ob Vater oder Sohn«, schrie sie, »was schert das mich! Er ist mein Verwandter! Wollt Ihr Krieg machen gegen meinen Verwandten? Und überhaupt bin ich entschieden dagegen, daß wir Casale beistehen!«

»Madame«, sagte Ludwig mit größter Ruhe, »darf ich fragen, warum?«

»Casale gehört dem Herzog von Nevers, und für mich ist der Herzog von Nevers *il più emerito furfante della creazione*[1].«

»Madame«, sagte der König, »darf ich Euch bitten, weniger unziemliche Worte für den Herzog von Nevers zu gebrauchen? Und uns den Grund Eurer Feindseligkeit gegen ihn zu nennen?«

»Il detestabile bandito ha arruolato un esercito contro di me durante la mia reggenza.«[2]

»Madame, Ihr wart Königin von Frankreich, und im Königlichen Rat pflegen die Räte Französisch zu sprechen. Außerdem, Madame, ist diese Rebellion des Herzogs von Nevers gegen Euch zwanzig Jahre her, und ihm wurde gleichzeitig mit allen denen vergeben, die sich nach meinem Machtantritt, 1617, gegen mich erhoben.«

Daß Ludwig hiermit auf die bewaffneten Rebellionen Marias von Medici gegen ihn anspielte, entging niemandem im Rat außer wohl der Betroffenen.

1 (ital.) Der größte Schuft der Schöpfung.

2 Der schändliche Bandit hat in meiner Regentschaft Krieg gegen mich geführt.

»Ma un simile insulto non può essere perdonato!«[1] schrie die Königinmutter aufgebracht. »Im übrigen«, fuhr sie fort, »hat Gaston, der seine Witwerschaft schwer erträgt, sich in die Tochter des Herzogs von Nevers vergafft. Aber diese Ehe will ich um keinen Preis. Ich habe es gesagt und sage es noch einmal«, schrie sie, in höchstem Zorn um sich blickend, »um keinen Preis will ich diese Ehe!«

»Madame«, sagte der König, »das ist eine Familiensache, darüber diskutieren wir nicht in meinem Rat. Wenn es Euch beruhigt, wißt, daß auch ich ganz gegen dieses Vorhaben bin, wenngleich aus anderen Gründen.«

Und daß die Gründe der Königinmutter wie üblich kleinlich und persönlich waren, das empfanden alle Räte, die ihr wie stets mit vorgetäuschtem Respekt zugehört hatten.

Obwohl es für Maria eine gute Nachricht sein mußte, daß auch der König Gastons Eheplan ablehnte, hätte sie dies trotzdem nicht zur Ruhe gebracht, wäre ihr von ihrem Wüten nicht der Atem knapp geworden. So aber preßte sie die Wurstfinger an ihren mächtigen Busen, um ihr tobendes Herz zu beschwichtigen, und hielt nach einigem Gebrabbel endlich den Schnabel, nicht ohne der Partei, der sie hatte dienen wollen, großen Schaden zugefügt zu haben.

Um mich dessen zu versichern, brauchte ich nur verstohlen zu sehen, was für trübe, lange Gesichter Bérulle und Marillac zogen. Noch als ich mich ein Jahr später dieser Szene entsann, konnte ich mich nur wundern: Wie hatte ein überragender Mann wie Marillac abermals so unklug sein können, sich zu seinen Zwecken einer so plumpen und unberatenen Fürstin zu bedienen, daß jegliches Komplott, dem sie sich verschrieb, nur scheitern konnte? Aber das ist eine andere Geschichte, und als ich sie dann durchleben mußte, stürzte sie mich in unaussprechliche Schrecken und Ängste.

Nachdem das Toben der Königinmutter verstummt war, ließ Ludwig seinen Blick über die Räte schweifen, doch sah er keinen, der sich getraut hätte, Marias Reden zu billigen oder zu mißbilligen, um nicht entweder ihren Zorn oder den Zorn ihres Sohnes auf sich zu ziehen. Und obwohl Richelieu, wie zu Stein erstarrt, sich nicht rührte, erteilte Ludwig ihm das Wort, ohne

1 Aber ein solcher Schimpf kann nicht verziehen werden!

daß er es erbeten hatte. Auf einmal trat lebhafte Neugier in die Gesichter der Räte, die meisten fragten sich wohl, wie Richelieu es anstellen werde, seine Meinung zu äußern, ohne es sich mit der Königinmutter unwiderruflich zu verscherzen. Doch Richelieu zeigte auch bei dieser Gelegenheit, daß es ihm einzig um den König und das Reichsinteresse ging.

»Der Ruf Eurer Majestät«, sagte er, sich dem König zuwendend, »nötigt Euch, Euren Verbündeten beizustehen, sobald ihnen Schaden droht. Spanien verspricht sich von der Einnahme Casales einen unerhörten Vorteil. Wenn Ihr es zwingt, die Belagerung aufzuheben, Sire, helft Ihr nicht nur dem Herzog von Nevers, sondern Ihr beruhigt auch die italienischen Stadtstaaten, die sich täglich durch den unersättlichen spanischen Appetit bedroht fühlen: Florenz, Parma, Modena, die Republik Venedig zittern davor, ihre Unabhängigkeit zu verlieren. Sogar der Papst fürchtet um seine Staaten (sieh an, dachte ich, welch hübschen Stein er da nebenher in den Garten der Frömmler wirft). Sire, Italien ist gleichsam das Herz der Welt. Alles konzentriert sich dort, und Mailand ist das Hauptstück der spanischen Herrschaft. Denn seit die Madrider Habsburger Mailand besetzt haben, können sie sich jederzeit mit den Wiener Habsburgern vereinigen und somit ihre Kräfte verdoppeln. Es geht also nicht an, sanftmütig die Augen zu verschließen und Casale zu vergessen. Zumal der Spanier einen Angriff in Italien am meisten fürchtet, weil er dort am verwundbarsten ist.«

Nach dieser Analyse, in der so viele Tatsachen in so wenigen Worten dargelegt waren, daß die Einsprüche Bérulles und Marillacs im Vergleich hohl, kläglich und unangemessen erschienen, legte Richelieu eine Pause ein und blickte den König an, als bäte er um die Erlaubnis fortzufahren. Dieses wohlbedachte Schweigen aber hatte den Zweck, Ludwig zu erinnern, daß er der Herr war und daß sein Minister nur auf seinen Befehl dachte und sprach.

»Sprecht weiter, Herr Kardinal«, sagte der König.

»Es besteht kein Anlaß, Sire«, sagte Richelieu, »die Aufhebung der Belagerung Casales und die Fortsetzung unseres Kampfes gegen die Hugenotten in Konkurrenz zu setzen. Diese Unternehmungen müssen eine nach der anderen durchgeführt werden, notwendig sind beide. Sire, ich bin kein Prophet, doch glaube ich Eurer Majestät versichern zu können, daß, wenn mit der Ausführung keine Zeit verloren wird, Ihr die Belagerung von Casale im Mai beendigen und Italien den Frieden geben könnt. Wenn Ihr danach mit Eurer Armee abzieht, könnt Ihr die protestantischen Städte des Languedoc Eurem Gehorsam unterwerfen und dort im Juli Frieden schließen. Also daß Eure Majestät, wie ich hoffe, im August siegreich nach Paris heimkehren kann.«

Die Gewandtheit dieser Rede machte mich sprachlos.

* * *

»Monsieur, auf ein Wort, bitte.«

»Schöne Leserin, ich leihe Ihnen gern mein Ohr.«

»Das fehlte auch, daß Sie mir das abschlügen! Nachdem ich Ihnen so viele Dienste geleistet habe: Jedesmal wenn Sie mit Ihren Memoiren an einem schwierigen Punkt sind, rufen Sie mich zu Hilfe, um dem Leser die Dinge auseinanderzusetzen.«

»Den Leser spreche ich doch auch an!«

»Sie erteilen ihm aber nie das Wort.«

»Weil er es nicht ergreift, Madame. Wer wüßte nicht, daß Damen nun einmal eher, schneller und lieber reden als Herren?«

»Weshalb ich ja auch fürchte, daß Ihre rege kleine Herzogin mich künftig in die Vorhöfe Ihres Wohlwollens verbannen wird.«

»Seien Sie unbesorgt, Madame, ich werde meine geneigten Leserinnen darum nicht vergessen, und Ihre klugen Fragen sollen mir wie stets willkommen sein.«

»Wenn Sie mich so ermutigen, fange ich gleich damit an: Warum, Monsieur, finden Sie diesen epischen Zeitplan, den Richelieu für den König entwirft (zuerst beendigt Ihr die Belagerung von Casale, dann bringt Ihr die Hugenotten zur Räson), so bewundernswert?«

»Eben weil er episch ist, Madame. Daraus, wie der Kardinal hier vorgeht und spricht, springt einem seine Finesse geradezu in die Augen. Zuerst überzeugt er Ludwig durch Gründe: Alles wird gesagt und gut gesagt, mit Energie und in wenig Worten. Doch genügt es nicht, den König zu überzeugen; er muß gewonnen werden. Daher der Kriegskalender. Aus bekannten Gründen liebt Ludwig seine Mutter nicht; dagegen liebt er seinen Vater über alles. Seine Feldzüge, seine Siege kennt er auswendig.

Immer hat er sich gewünscht, ihm gleich zu werden. Und plötzlich, weil er La Rochelle mit Erfolg belagert hat, eröffnet sich ihm diese berauschende Möglichkeit. Er wird siegen, weil er La Rochelle besiegt hat; doch wird er dabei nicht stehenbleiben, sondern seinen Waffenruhm noch vermehren. Er wird, wenn das Landesinteresse es erfordert, ein Soldatenkönig sein wie sein Vater, wird trotz Winter und Schnee an der Spitze seiner Armeen aufbrechen, heldenmütig die Alpen überschreiten und Casale befreien.«

Im Königlichen Rat wird nicht abgestimmt, der König hört die verschiedenen Meinungen, dann wählt er aus und entscheidet. An diesem sechsundzwanzigsten Dezember entscheidet er im erwähnten Sinn, aber so schnell, daß Richelieu in Sorge gerät, es könnte auf die Räte wirken, als stürze er sich überhastet in die gefährliche Unternehmung. Nachdem er den König in ebendiese Richtung gedrängt hat, will er ihn in letzter Sekunde bremsen, vielmehr vorgeben, ihn zu bremsen: Er bittet ihn, sich mit seiner Entscheidung drei Tage Bedenkzeit zu lassen. So legt er ohne großen Aufwand die Handschuhe der Vorsicht an, weil er genau weiß – denn er kennt Ludwig und seine eherne Entschlossenheit –, daß der seine Entscheidung nicht mehr umstoßen wird.

Wie der Leser weiß, bin ich wahrlich kein Soldat. Ich diene Ludwig, wie mein Vater Henri IV. gedient hat, und erfülle die unterschiedlichsten Missionen, meistens diplomatische, oft geheime, seltener gefährliche, wie es gleichwohl einmal während der Belagerung La Rochelles ein nächtlicher Marsch durch die Sümpfe war, um das Maubec-Tor auszukundschaften, ein um so unheimlicheres Abenteuer, als ich es in der alleinigen Gesellschaft des *più emerito furfante della creazione* bestehen mußte, wie die Königinmutter gesagt hätte.

Deshalb hatte ich im Traum nicht erwartet, daß Ludwig mich auffordern würde, ihn nach Italien zu begleiten. Als Grund geruhte er zu nennen, daß ich ihm wegen meines guten Italienisch bei Verhandlungen mit dem Herzog von Savoyen kostbar sein könnte, der, wie er fürchte, ihm den Marsch durch sein Land nach Casale aus Angst vor den Spaniern in Mailand verweigern werde.

Zurück in der Rue des Bourbons, fand ich zu meiner Überraschung dort Nicolas, der mit dem Ende der Belagerung von La Rochelle seinen Junkerdienst bei mir hatte einstellen und zu den Königlichen Musketieren einrücken müssen, wie es von Anfang an für ihn vorgesehen war. Sein älterer Bruder, Monsieur de Clérac, war einer der Hauptleute dieses berühmten Korps.

Ich freute mich sehr, ihn wiederzusehen, und umarmte ihn herzlich, was er ungescheut erwiderte, sah er mich doch als den Lehrherrn und Mentor seiner grünen Jahre an und brachte mir, weil er ohne Vater aufgewachsen war, etwas wie kindliche Dankbarkeit entgegen.

»Nicolas«, sagte ich, »wie schön du bist als Musketier! Aber sag, wie kommst du hierher, wo deine Kameraden schon im Quartier festsitzen, ihre Uniformen und Waffen putzen und ihre Pferde striegeln müssen, um mit Ludwig nach Italien zu ziehen?«

»Monseigneur, ich bin hier auf Befehl Seiner Majestät.«

»Und was will der König?«

»Er fürchtet, Ihr könntet bis zur Abreise nach Italien keinen Nachfolger für mich finden, und damit Ihr auf der langen Reise nicht ohne Junker seid, hat er mich für die Dauer des Feldzugs von den Musketieren für Euch freigestellt.«

»Ich bin unendlich gerührt!« sagte ich, »daß Ludwig bei allem, was es jetzt zu tun gibt, an meine Bequemlichkeit denkt. Und es ist mir wirklich eine große Freude, Nicolas, dich in der kommenden Zeit an meiner Seite zu wissen. Denn ehrlich gesagt, ich habe dich sehr vermißt. Doch eine Frage, Nicolas: Hast du Madame d'Orbieu gesagt, weshalb du hier bist?«

»Hätte ich es lieber verschweigen sollen?« fragte Nicolas zögernd.

»Im Gegenteil! Dann muß ich es ihr nicht sagen. Wie hat sie es aufgenommen?«

»Monseigneur, genauso, wie Ihr denkt.«

»Das heißt?«

»Mit Erschrecken und Tränen am Wimpernrand, die bestimmt noch viele Schwestern bekommen, wenn ich danach gehe, wie Henriette aus demselben Grund weint.«

Und richtig, sowie Catherine mich erblickte, erhob sie sich von ihrem Lager, wo sie sich die Seele aus dem Leib geschluchzt hatte, und umhalste mich, als wolle sie mich niemals loslassen, und all das ohne ein Wort und indem sie meine Brust mit Tränen netzte. Diese Umarmung dauerte eine volle Minute. Hierauf löste sie sich und trocknete mit einem bestickten Tüchlein ihre Augen.

»Monsieur«, sagte sie, sich gerade aufrichtend, mit mehr Zorn als Kummer, »Ihr seid abscheulich! Kaum habt Ihr mich geheiratet, da laßt Ihr mich schon im Stich.«

»Liebste«, sagte ich, betroffen über ihren Ton, »ich lasse Euch doch nicht im Stich. Der König hat mir befohlen, ihm auf seinem italienischen Feldzug zu folgen. Könnt Ihr mir vorwerfen, daß ich ihm gehorche?«

»Aber Ihr seid kein Soldat!«

»Ich begleite Seine Majestät als Dolmetsch des Italienischen und als Diplomat.«

»Glaubt Ihr«, sagte sie, »daß eine feindliche Kugel zwischen Soldat und Dolmetsch unterscheidet?«

»Liebste, besagte Kugel braucht nicht zu unterscheiden. Ich werde mich nicht an Orte begeben, wo Angriffe stattfinden.«

»Monsieur«, fragte sie übergangslos, »sagtet Ihr nicht einmal, Ihr hättet die fremden Sprachen, die Ihr kennt, im Umgang mit schönen Frauen gelernt?«

»So ist es.«

»Wäre es unmöglich, Monsieur«, sagte sie mit gefährlichem Glitzern in den Goldaugen, »daß Ihr, weit, sehr weit von mir, in Italien versucht wäret, Euer Italienisch in weiblichem Umgang zu vervollkommnen?«

»Madame, dazu werde ich weder Gelegenheit noch Lust haben.«

»Aber wenn Ihr Gelegenheit hättet, hättet Ihr Lust?«

»Nein, Madame! Ihr verdreht mir die Worte im Mund. Mein Satz sollte ausdrücken: Auch wenn ich Gelegenheit bekäme, hätte ich keine Lust.«

»Aber bekommt Ihr Gelegenheit?«

»Es hat gar nichts zu sagen, Madame, ob ich Gelegenheit bekomme, weil ich keine Lust haben werde.«

Doch verfing diese unabweisliche Logik nicht bei Catherine.

»Ihr müßt zugeben, Monsieur, daß Euer Satz etwas unglücklich war.«

»Unglücklich war er nur für Ohren, die nicht verstehen wollten, was er besagte.«

»Monsieur!« rief sie aufgebracht, »wie redet Ihr mit mir?«

»Meine Liebe«, sagte ich sanft und ernst, »wenn mein Ton und meine Worte Euch irgend Anlaß boten, mich für ungehörig zu halten, so bitte ich aus ganzem Herzen um Verzeihung.«

Leser, diese Methode kann ich wirklich nur empfehlen: Wenn eine Dame dich in einem Streit hart angeht, bitte du sie um Vergebung. Sie wird dir Dank wissen, daß du sie um eben die Entschuldigung bittest, die sie an dich hätte richten müssen.

Tatsächlich legte sich der Sturm, der Blick meiner Schönen besänftigte sich, ihr Ton wurde wieder lieb und weiblich.

»Ach, mein Freund!« sagte sie, »verzeiht meiner närrischen Phantasie, aber seit ich zu meinem Schmerz von Eurem Aufbruch hörte, sah ich Euch verwundet, treulos oder tot.«

Zwischen diesen drei Möglichkeiten vor die Wahl gestellt, hätte ich wohl die zweite bevorzugt, doch wäre dies, hätte ich es geäußert, ebenso übel aufgenommen worden wie der wirklich unglückliche Satz von »der Gelegenheit und der Lust«. So schwieg ich weislich.

In den Tagen bis zu meinem Aufbruch und auch danach bemühte ich mich, Catherine zu überzeugen, daß dieser Feldzug keine Gefahr für mich bedeuten werde. Doch hütete ich mich vor jedem Treueversprechen, denn gerade das hätte ihre Zweifel erregt. Gleichwohl gelobte ich mir im stillen eherne Treue und wappnete mich so im voraus gegen die Reize der italienischen Weiblichkeit.

Obwohl niemand weiß, wie man Abwesenheiten und Unbequemlichkeiten messen soll, litt ich unter unserer Trennung nicht weniger als Catherine, und trotz der neuen und interessanten Dinge, die ich im schönen Italien zu sehen hoffte, fand ich, sobald auf dem Feldzug der Tag der Nacht wich und ich mein einsames Lager aufsuchte, mein Leben fade, dumm, sinnlos und mir selber fremd.

Vor meinem Fortgehen versuchte ich Catherine, so gut ich konnte, vor den Unannehmlichkeiten und Gefahren des Alleinseins zu bewahren. Nicht grundlos vermißte sie ja ihr schönes Nantes, wo Himmel und Erde immer wieder durch eine frische Brise vom Meer blank gefegt wurden. Paris war für sie ein schmutziger, stinkender Moloch von Stadt, die Gassen voller Kot und von so vielen Kutschen, Karossen, Sänften, Reitern und Fußgängern verstopft, daß jeder nur im Schrittempo und unter stetem Gebrüll, Gezänk und dem Peitschenknallen der Kutscher vorwärts kam. Dazu wurden diese Gassen bei Nacht durch Banden verunsichert, Börsenschneider, Raubmörder, Vergewaltiger, die um ein Menschenleben nicht viel Federlesens machten. Und ständig herrschte ein unerträglicher Lärm. Kaum war man abends eingeschlafen, fingen in der Frühe die zweihundert Kirchen der Hauptstadt alle gleichzeitig zu läuten an und die Gläubigen zur Morgenandacht zu rufen. Und wenn besagte Glocken verstummten, begannen die zehn- oder zwanzigtausend Hähne zu krähen, denn jeder in Paris hielt Hühner, der frischen Eier wegen.

Gewiß lag mein Hôtel in der Rue des Bourbons gut gesichert hinter einem schweren eichenen Tor mit Eisenbeschlag und sehr hohen Mauern mit scharfen Spitzen auf dem First, dazu wurde es von einem herkulischen Portier und vier deutschen Doggen bewacht, bei deren bloßem Anblick sich einem die Haare sträubten.

Aber die Verwegenheit der Pariser Banditen war grenzenlos, und ich fand meine Liebste trotz aller Befestigungen ungenügend beschützt und sogar völlig schutzlos, wenn sie zu Einkäufen ausfahren wollte.

Ich drehte und wendete die Sache einen Tag in meinem Kopf, dann schickte ich Nicolas, den Hauptmann Hörner um einen recht baldigen Besuch bei mir zu bitten. Doch umgehend erschien er schon in meinem Schreibkabinett, wo ich ihm Platz an einem Tischchen mit einer Flasche Moselwein nebst ein paar Mundbissen bot. Als ich sein für gewöhnlich so frisches Gesicht betrachtete, fiel mir auf, daß es schmal und blaß geworden war.

»Herr Hörner«, sagte ich auf deutsch, *»wie geht es Ihnen? Sie sehen etwas abgemagert aus.«*

»Das stimmt«, sagte Hörner. »Abgemagert bin ich ziemlich, und meine Männer auch. Seit wir Euch, nach dem Ende der Belagerung von La Rochelle, nach Paris eskortierten, fanden wir kein neues Engagement mehr. Und weil ein Unglück nicht allein kommt, wird der italienische Feldzug uns vollends um unser Brot bringen.«

»Warum das?« fragte ich.

»Liebe Zeit, Monseigneur, weil es keinen Edelmann aus gutem Hause gibt, der nicht in der königlichen Armee mitziehen will, und sei es nur, um sich nachher damit vor seiner Dame zu brüsten. Und da wir meistens von Edelleuten gedungen werden, sind wir jetzt ruiniert. Doch was hilft es? Der italienische Feldzug wird mindestens vier Monate dauern (ein Glück, dachte ich, daß Catherine diese verdrießliche Prophezeiung nicht hört), aber von meinen Männern sitzen mehrere schon jetzt auf dem trockenen und haben keinen blanken Heller mehr, ihren Mietzins zu bezahlen. Und unsere schönen und guten Pferde, die unser ganzer Stolz sind, mußten wir mangels Gerste und Hafer an eine Reitschule verleihen, wo sie zwar gefüttert, aber auch verdorben werden, weil nun jeder erstbeste sie reiten kann.«

Während er diese traurige Rede hielt, griff der sonst so zurückhaltende Hörner tüchtig nach den Mundbissen und putzte den ganzen Teller leer. Sieh an, dachte ich, also sitzt er selbst wohl »auf dem trockenen«. Das tat mir sehr leid, denn ich achtete meine guten Schweizer sehr, die ihre heimatlichen Berge, die sie nicht ernährten, verlassen hatten und in der Fremde ihr Leben damit verdienten, daß sie es riskierten. Nie vergesse ich, wie loyal, diszipliniert und tapfer sie bei dem Überfall zu Fleury-en-Bière mit mir und für mich gekämpft hatten; mehrere von ihnen waren bei dem Gefecht ernstlich verwundet und zwei sogar getötet worden.

Nicht weniger löblich, wenn auch nicht so ruhmvoll war es, wie sie während der Belagerungszeit vor La Rochelle, da sie mich durch ein Feldlager von zwanzigtausend Soldaten ja nicht eskortieren mußten, sich aus eigenem Entschluß darangemacht hatten, mit Geduld und Ausdauer die Umfriedungsmauer von Schloß Brézolles wiederaufzubauen, die stellenweise völlig niedergebrochen war.

»Herr Hörner«, sagte ich, »die Dinge können sich für Sie und Ihre Männer ändern, wir müssen uns nur über die Bedingungen einig werden. Ich möchte Sie als ständige Eskorte auf unbegrenzte Zeit engagieren.«

Hörner traute seinen Ohren nicht.

»Ständig, Monseigneur!« rief er, »ständig und unbegrenzt! Das wäre das Glück vom Glück! Und die Gnade der Gnaden! Ständig und unbegrenzt! Ein Himmelsgeschenk! Nicht mehr die arge Beklemmung verspüren, wenn eine Eskorte zu Ende geht, weil man nicht weiß, wie schnell man eine neue findet! Wer von uns kennt nicht die Angst vor der Zukunft, vor dem

Hunger und davor, sich wehrlos und ausgestoßen zu fühlen in einer Welt, die einen nicht braucht!«

Dies alles kam, mit vor Glück tremulierender Stimme, tief aus seiner Seele. Und ich schenkte ihm ein zweites Glas Moselwein ein und läutete dem Diener, den leeren Teller abermals zu füllen.

Dann bot ich Hörner und seinen Männern zur Wohnstatt einen großen Boden über meinem Pferdestall, wo sie auch kochen könnten wie auf Brézolles.

Zu meiner Verwunderung aber und obwohl mein Angebot mich durchaus ehrenhaft dünkte, stritt Hörner, so glücklich er war, hart um die Höhe des Solds. Während ich meinte, der Sold für eine ständige Anstellung könne nicht so hoch sein wie für eine zeitlich begrenzte Eskorte, hielt Hörner dagegen, daß er genauso hoch sein müsse, weil Gefahr und Mühsal die gleichen seien. Zuletzt schämte ich mich, mit diesen braven Leuten, die so gut und treu dienten, länger zu feilschen (»Womit Ihr sehr Unrecht hattet«, sagte mein Vater), und gestand Hörner zu, was er verlangte. Diese Ausgabe, dachte ich, wird mich nicht arm machen, und für Catherines Sicherheit in und außerhalb unserer Mauern zu sorgen ist kein hinausgeworfenes Geld.

Kurios nun, daß Catherine, die mir für meine Fürsorge großen Dank wußte, die dauerhafte Anstellung Hörners und seiner Leute aber noch aus sehr anderem Grunde guthieß.

»Ein Glück!« rief sie. »So könnt Ihr, wenn Ihr künftig in den Louvre geht, Euch mit einer Begleitung sehen lassen, die Euch geziemt! Mein Gott, seid Ihr nicht Herzog und Pair und schuldet Eurem Rang mehr Pomp und Glanz? Eure guten Schweizer mit ihrer furchteinflößenden Statur, ihrem starken und mannhaften Aussehen werden das trefflich machen, Ihr müßt sie nur noch in Eure Farben kleiden, am besten Grün und Gold, das ergibt die schönste Wirkung. Und jeder, der dann einen unserer Schweizer durch die Straßen reiten sieht, wird bedeutsam nicken und sagen: ›Das ist ein Schweizer des Herzogs von Orbieu! Wer weiß, um welche große Affäre er so geschwind eilt?‹ Jaja, mein Freund, es geht nicht so weiter, daß Ihr Euch gebt, als wärt Ihr ein mickriger kleiner Provinzherzog, der keinen Heller besitzt und an allem knausert, wo wir doch beide hübsch vermögend sind. Mein Freund, erkennt die Zeichen der Zeit: Am Hof darf man nicht nur sein, man muß auch scheinen!«

Als ich, vor meiner Abreise nach Italien, dies meinem Vater berichtete, gab er meiner kleinen Herzogin zu meiner nicht geringen Überraschung recht.

»Eure reizende Gemahlin«, sagte er, »trägt einen gut bestellten Kopf auf den schönen Schultern. Wir einstigen Hugenotten sind noch immer biblisch sparsam – ›das Heringsfaß stinkt eben immer noch nach Hering‹ –, wir halten unsere Taler wie mit Krallen fest. Wir hätten gut in die antike römische Republik gepaßt, die karg und tugendhaft war. Aber in einer Monarchie wie der unseren ist Prunk ein Machtmittel. Der König muß durch seine Großartigkeit nicht nur die eigenen Untertanen beeindrucken, sondern auch die anderen Könige Europas, damit sie denken, wenn er soviel Geld für seinen Glanz ausgeben kann, hat er noch viel mehr, um gegebenenfalls mächtige Armeen aufzustellen. Und so genügt es eben nicht, daß ein Herzog und Pair, der innerhalb seines Umkreises ja ein kleiner König ist, sich als eine der Säulen des Staates versteht, er muß sich auch als solche darstellen.«

* * *

Von allen Kreuzen, die mein armer König in seinem kurzen und nicht sehr glücklichen Leben zu tragen hatte, waren sicherlich diejenigen am schwersten, die seine Mutter, sein Bruder und seine Gemahlin ihm auferlegten. Das Wort Familie vermag ja höchst Unterschiedliches zu bedeuten: Heißt es für den einen geteilte Einsamkeit, Beistand in Prüfungen, inniges Beisammensein, so für den anderen giftige Spitzen, Scherereien und Bitternisse ohne Ende.

Wie vermeldet, hatte der junge Gaston d'Orléans, der untröstliche Witwer, sich bald nach dem Tod seiner Gemahlin in Maria von Gonzaga verliebt, die Tochter jenes Herzogs von Nevers, dem jüngst das Herzogtum Mantua zugefallen war. Die Königinmutter widersetzte sich dieser Verbindung, wie man sah, mit der wenig triftigen Begründung, daß der Vater der jungen Dame vor zwanzig Jahren gegen sie die Waffen erhoben hatte. Doch auch der König und Richelieu wollten nichts davon wissen, und das aus folgendem Grund: Zu leicht konnte Gaston, der ewige Störenfried, der gegen seinen älteren Bruder andauernd mehr oder minder offen rebellierte, wegen jeder

Nichtigkeit dann zu seinem Schwiegervater nach Italien laufen und von dort nach Lust und Laune Ärger stiften, wer weiß, womöglich sogar sich mit den Mailänder Spaniern verbünden.

Lebhaft, geistvoll, liebenswürdig, aber meist auf Tollheiten und Hanswurstiaden aus, nahm Gaston stets größere Bissen, als er kauen konnte. Bei der Belagerung von La Rochelle wollte er unbedingt ein Kommando, fiel aber bei einem Ausfall töricht aus seiner Generalsrolle und spielte in vorderster Linie den Helden. Schnell nun des Kriegspielens leid wie auch des flachen Rochelaiser Landes mit seinen Sümpfen und seinem unwirtlichen Klima, verschwand er still und heimlich nach Paris, wo er sich, fern dem Louvre und den mütterlichen Augen, auf weniger anstrengende Weise betätigte.

Eine Frau war für Gaston nur eine Frau, und so sehr liebte er Maria von Gonzaga nicht, daß er ihretwegen die Ungnade seines Bruders und den Entzug von Geldern auf sich genommen hätte, die er um so nötiger brauchte, als sie ihm nur so durch die Finger rannen. Also wollte er dem König einen ziemlich unappetitlichen Tausch anbieten: Für seinen Verzicht auf Maria von Gonzaga sollte der König ihm den Befehl über die Italienarmee und fünfzigtausend Goldtaler für seine Reiterausstattung geben. Ganz vergnügt war Gaston, mit seinen Räten dieses Geschäft ausgeknobelt zu haben, dessen Indezenz er nicht einmal bemerkte. Der Kardinal war zugegen und ich an seiner Seite, als der König das schamlose Sendschreiben mit dem Vorschlag erhielt. So ernst und streng der König sonst auch war – er mußte lachen.

»Fünfzigtausend Taler!« sagte er, »das ist teuer für eine Schabracke! Was meint Ihr, Herr Kardinal?«

»Sire«, sagte Richelieu ernst, »der Herr Herzog von Orléans ist dem Rang nach die zweite Persönlichkeit im Staat. Es ist ebenso schwer, ihm diesen Befehl zu verweigern wie ihn zu gewähren.«

»Trotzdem werde ich ablehnen«, sagte Ludwig. »Aber wie? Das ist der Punkt. Denn ich sehe ein, daß Schonung geboten ist.«

»Sire«, sagte Richelieu, »die einzige höfliche Möglichkeit, Eurem Bruder den Oberbefehl zu verweigern, ist, daß Ihr selbst ihn übernehmt.«

»Das war mein Vorsatz«, sagte Ludwig, sehr froh, zu einer

Entscheidung gedrängt worden zu sein, die er ohnehin im Auge gehabt, ohne daß er sie schon hatte bekanntgeben wollen.

»Indessen könntet Ihr«, sagte Richelieu, »den Herrn Herzog von Orléans bitten, auf diesem Feldzug Euer glanzvoller Stellvertreter zu sein.«

»Ich weiß nicht, ob ich das tun sollte«, sagte Ludwig seufzend. »Er könnte akzeptieren.«

Worauf der Kardinal sich ein stilles Lächeln genehmigte, ich mir ebenfalls, Ludwig aber ein volles Lachen. Es muß ein gottgesegneter Tag gewesen sein und Ludwig sehr glücklich bei dem Gedanken, wieder ein Soldatenkönig zu werden, daß er zweimal lachte an ein und demselben Tag.

»Sire«, sagte Richelieu, »seid ohne Sorge, daß der Herr Herzog von Orléans das Angebot annimmt. Wenn, wie ich glaube, dieser Italienfeldzug Euren Ruhm vollenden wird, wird der Herr Herzog von Orléans sich mit dessen fahlem Abglanz nicht begnügen wollen.«

Und wirklich hörte der Kardinal tags darauf von seinen Spionen, daß Gaston die Idee, am Italienfeldzug teilzunehmen, schon verworfen hatte. Seine Gegenwart, hatte er gesagt, wäre überflüssig, weil Richelieu den König begleiten, mithin sowieso alles wissen und alles machen werde ... Kein unscharfer Pfeil, geeignet, den älteren Bruder ebenso zu treffen wie den Kardinal.

»Alles wissen werde ich nicht«, sagte Richelieu, als er mir die boshaften Worte wiedergab, »aber ich werde alles tun, was ich kann, im dunkeln und ohne Ruhm, um Fourage und Munition, Etappenaufenthalte und Soldzahlungen zu organisieren.«

Und das, Leser, bedeutete eine übermenschliche Aufgabe, die von den königlichen Intendanten bisher wenig befriedigend, außer für ihren eigenen Beutel, versehen worden war.

* * *

Am fünfzehnten Januar 1629 brach Ludwig mit dreißigtausend Mann Fußvolk und fünftausend Reitern von Paris gen Italien auf: eine sehr große Armee, wie man sieht, ebenso groß wie diejenige, die er 1627 vor La Rochelle eingesetzt hatte, um den Gegner allein schon durch die Zahl in Schrecken zu setzen.

Um diese Armee zu befehligen, nahm Ludwig neben dem

Kardinal – in ebender besagten demütigen, aber höchst entscheidenden Rolle – vier Marschälle mit: Schomberg, Bassompierre, d'Estrées und Créqui. Leser, ich weiß nicht, in welchem Grad du in einer Armee gedient hast, doch wirst du, auch wenn er bescheiden war, die Rollen gerne einmal umkehren und diese vier Marschälle mit mir Revue passieren lassen.

Von den beiden ersten habe ich in den vorhergehenden Bänden meiner Memoiren schon erzählt, und wer sie gelesen hat, dem ist es nichts Neues, was ich hier sage. Beginnen wir mit Schomberg, denn Tugend läßt sich in wenig Worte fassen: Schomberg war tapfer, diszipliniert, kompetent, gewissenhaft und dem König so ehern treu wie seiner Frau. Es verdient bemerkt zu werden, daß selbst der Hof (womit ich hier die Schwätzer und Schwätzerinnen meine, von denen es an diesem geschlossenen Ort geradezu wimmelt) niemals irgend etwas zu seinem Nachteil zu sagen wußte.

Bassompierre hingegen, Sohn eines lothringischen Vaters und einer französischen Mutter, war eine erstaunliche Mischung großer Vorzüge und nicht geringer Fehler; mag der Leser selbst entscheiden, welche davon französisch und welche germanisch waren. Bassompierre war ein vielbelesener Mann, ohne deshalb ein Pedant zu sein. Er kannte das Waffenhandwerk aus dem Effeff. Dazu war er lebenslustig, geschmeidig, geistreich, charmant und wurde nicht nur von zahllosen Frauen geliebt, sondern auch von Henri Quatre, von der Königinmutter und von Ludwig XIII. Zu seinem Unglück überhob er sich nach seiner Heirat mit meiner Halbschwester, der Prinzessin Conti, und tanzte unterm Einfluß der diabolischen Reifröcke, also namentlich der Herzogin von Chevreuse und der Prinzessin Conti, so unbesonnen auf dem Seil der Fronde und der Untreue, ja des halben Verrats, daß Ludwig ihn schließlich fallenließ und in die Bastille sperrte.

Der Marschall d'Estrées war – was schon fast alles besagt – der ältere Bruder der schönen Gabrielle d'Estrées, der Geliebten von Henri Quatre. Er hatte noch fünf andere Schwestern, eine so unerträglich anmaßend und unverschämt wie die andere, wie er selbst und Gabrielle, weshalb die Geschwister am Hof »die sieben Todsünden« hießen.

Zu Beginn des Italienfeldzugs war er zweiundfünfzig Jahre alt, aber quirlig, leichtsinnig und sprunghaft wie ein frisch vom

Collège de Clermont entlassener Jüngling, zugleich voll Dankbarkeit für seine jesuitischen Lehrer und herzlich froh, ihnen entronnen zu sein.

Als einziger der vier Marschälle überquerte er auf diesem Feldzug nicht die Alpen. Ludwig beauftragte ihn, nach Nizza zu ziehen und das Umland der Stadt zu verheeren: Auf diese Weise sollten die Truppen des Gouverneurs Felix von Savoyen an die Küste gefesselt werden, damit sie nicht Susa zu Hilfe eilten, falls dessen Einnahme notwendig würde, um freien Marsch nach Casale zu erlangen.

Marschall d'Estrées starb als fast Hundertjähriger, nämlich mit achtundneunzig Jahren, weshalb es am Hof hieß, daß Laster anscheinend gesünder seien als die Tugend.

Créqui wiederum war von den Marschällen der einzige, der gut Italienisch sprach, denn um Henri Quatre dienen zu dürfen, hatte er 1597 vom eigenen Geld ein Regiment aufgestellt und Karl Emmanuel I. von Savoyen drei Jahre lang, von 1597 bis 1600, bekriegt.

Zu tüchtig, um besiegt zu werden, war sein kleines Heer zu schwach zum Siegen. Wenigstens aber wurde Créqui die Genugtuung, Philippe, den Halbbruder des Herzogs, der ihn herausgefordert hatte, im Duell zu töten.

Im übrigen gefiel ihm Italien. Dem *gentil sesso*[1] ergeben, nutzte er seine Zeit und schlürfte in jeder Windstille nach einem Sturm die schöne, melodische Sprache von den Lippen einer schönen Italienerin. Um diese Unterhaltungen zu ergänzen, tat er, was er in Frankreich selten getan: Er schlug ein Buch auf und las. Es war Dantes »Commedia« und wurde seine Liebe.

Ludwig nahm Créqui mit nach Savoyen, weil er Land, Sitten und Sprache gut kannte. Obwohl nicht sehr gesund, ließ der Marschall sich um so freudiger auf die Sache ein, als sein Sohn, Graf von Sault, dabei ein Regiment befehligte. Im Lauf des Feldzugs teilte ich mit dem Grafen Prüfungen und Gefahren, fand ihn einen sehr ehrenhaften Mann, und wir wurden Freunde.

Leser, jetzt kennst du die Akteure dieses Feldzugs. Auf der einen Seite Karl Emmanuel I., Herzog von Savoyen, sein Sohn, Fürst von Piemont (vermählt, wie du weißt, mit Christine von

1 (ital.) Dem schönen Geschlecht.

Frankreich), und Don Gonzalo de Córdoba, der Casale belagert. Auf unserer Seite Ludwig, Richelieu, die vier Marschälle, der Feldmeister Toiras, der, von La Rochelle kommend, in Grenoble zu uns stieß, der liebenswerte junge Graf Sault und schließlich ich, den ich dich als Barden dieser Geschichte zu akzeptieren bitte. Und nun ist es wirklich Zeit, dreimal mit dem Stab aufzustoßen: Nehme denn das Drama im wundervollen Dekor der Savoyer Alpen seinen Lauf – ein Drama, das natürlich auch komische Momente hatte und aus dem sich vielleicht sogar Lehren ziehen ließen. Wovor ich mich aber hüten werde, das gehört nicht zu meiner Rolle.

DRITTES KAPITEL

Der König, der Kardinal, besagte vier Marschälle und die Italienarmee, bestehend aus dreißigtausend Fußsoldaten und fünftausend Reitern, verließen am fünfzehnten Januar Paris und erreichten am fünfzehnten Februar Grenoble. Leser, vielleicht willst du mir jetzt sagen, in einunddreißig Tagen hundertzweiundvierzig Meilen[1], also knappe fünf Meilen pro Tag, zurückzulegen, das sei kein Kunststück. Ha, für Kavallerie und Karossen, ja! Aber für die marschierenden Soldaten war es heroisch! Vor allem in der Frühe, wenn es mit geschwollenen Füßen wieder in die Stiefel fahren hieß und die schwere Muskete schultern und weiter die endlose Straße marschieren, wo einem der eisige Wind mit tausend Nadelstichen ins Gesicht schlug.

Zelte und Piken waren, Gott sei Dank, samt dem Proviant auf den Karren verstaut, doch welch mühseliges Vorwärtskommen war das für die Karren, auch für die Karossen übrigens, auf den schlecht gepflasterten Straßen des Königreichs! Wie oft brachen Räder oder Achsen, und dann hieß es mit steifgefrorenen Fingern reparieren. In den Städten fehlte es an Raum, so viele Menschen unterzubringen, so mußten am Abend die Zelte aufgeschlagen und im Morgengrauen wieder abgebrochen werden, was viel Zeit kostete, ganz zu schweigen von den notwendigen Rasten, damit die Truppen Atem holen und etwas zu sich nehmen konnten. Mehrfach auf dem langen Marsch hörte ich, wie alte Soldaten, gebürtig aus den Schweizer Bergen, gewissermaßen zum Trost zu den Rekruten sagten: »Herrgott, Junge! Was jammerst du, bis jetzt geht es immer noch so gut wie auf ebener Erde! Warte nur, wenn es hinter Grenoble über die Pässe geht! Über den Lautaret! Durch Schnee bis zu den Knien!«

Da mir kein Kommando oblag, konnte ich der Armee im Wagen nachfolgen. Gleichwohl ritt ich dann und wann meine Accla, um mich in Bewegung und sie in Fühlung mit mir zu

1 Zwischen vier und fünf Kilometer.

halten, so gut sie sich in Nicolas' Obhut auch befand. Die Kälte schien sie in ihrem dichten Winterfell besser als ich zu ertragen, nicht aber den Wind, vor dem mich mein Kapuzenmantel schützte.

Einige Meilen vor Grenoble kam ein Musketier des Kardinals zu meiner Karosse geprescht und meldete, daß Seine Eminenz mich beim nächstbevorstehenden Halt sprechen wolle. Wenn ich mein Pferd bestiege, sagte er, könne er mich leichter als im Wagen durch die endlose Truppenschlange geleiten, die über eine reichliche Meile die ganze Breite der Chaussee einnahm, weshalb denn auch Aufklärer weit vorauseilten und den zu Roß oder zu Fuß uns entgegenkommenden Leuten geboten, unseren Durchzug abzuwarten.

In der Karosse des Kardinals umfing mich wohlige und tröstliche Wärme. Sie ging von etlichen Glutbecken aus, die am Kutschboden verteilt waren und ohne die die drei Sekretäre Eisfüße und infolgedessen zu starre Finger gehabt hätten, um abwechselnd nach Richelieus Diktat zu schreiben. Charpentier, den ich gut kannte, rückte beiseite, um mir seinen Platz neben dem Kardinal einzuräumen, und ich war heilfroh, daß ich meine Stiefel auf sein Wärmebecken stellen konnte.

Diese Karosse war ersichtlich das Arbeitskabinett des Kardinals, von hier gingen seine Botschaften mit präzisen Instruktionen an alle Posten der Armee. Wenn ihn nicht Geholper hier und da daran erinnerte, konnte der Kardinal für mein Gefühl völlig vergessen, daß dieses Kabinett auf Rädern über Frankreichs Straßen rollte. Wer ihn nicht kannte, hätte ihn nach seinem hageren, dreieckigen Gesicht, seiner scharf gebogenen Nase und seinen tiefliegenden Augen für leidend gehalten. Doch dem war nicht so. Hinter seiner scheinbaren Zartheit steckten ungeahnte Kräfte. Und ebenso trog die ernste und angestrengte Miene, die ihm seine unablässige Arbeit verlieh. Daß er froh war, seit er Paris verlassen hatte, war gar kein Ausdruck: Er strahlte innerlich vor Befriedigung. Das kam daher, daß er nach dem großen Abenteuer, der Belagerung von La Rochelle, deren Erfolg ja wesentlich sein Werk gewesen war, sich nun zu einem weiteren anschickte, entsprechend jener entschlossenen und unternehmenden Politik, in der er sich mit Ludwig einig wußte: die Interessen Frankreichs und seiner Verbündeten überall, wo es nützlich war, mit Klauen und Zähnen zu verteidigen und keinen einzigen Augenblick Spaniens heimtückische Vorherrschaft zu dulden, wie es unsere Erzfrömmler blindlings wünschten.

Außerdem hatte dieser neue Feldzug trotz aller Wintershärten das Berauschende, daß unsere dem Herzog von Savoyen wie auch den Mailänder und den Kaiserlichen Spaniern überlegene Truppenstärke uns diesmal einen raschen Sieg verhieß.

Für Richelieu bestand zwischen seiner Prälatenrobe und dem Kriegführen kein Widerspruch, sofern es ein gerechter und defensiver Krieg war. Im übrigen hielt er große Stücke auf seinen Adel, und ich bin fest überzeugt, daß er die Waffenlaufbahn erwählt hätte, wenn er nicht hätte Bischof werden müssen, um seiner Familie das ererbte Bistum zu erhalten. Wie jeder weiß, widmete er sich seinen Amtspflichten jedoch mit so unablässigem Fleiß und Eifer, daß sein kleines Bistum, nach seinen Worten »das lausigste von ganz Frankreich«, zum bestgeführten wurde. Sein Geist aber dürstete nach einem größeren Handlungskreis, und stufenweise näherte er sich den großen Reichsgeschäften, die ihn nicht aus Großmannssucht oder Begehrlichkeit anzogen, sondern weil er wußte, daß er, zu höchster Macht gelangt, seine Sache trefflich machen würde, und zwar nicht nur zum Wohle eines kleinen Bistums, sondern eines großen Königreichs.

In seinen Wagen eingestiegen, öffnete ich kaum den Mund, als der Kardinal mit leichter Geste die Grußzeremonie unterbrach.

»Mein Cousin«, sagte er, »Ludwig möchte Euch mit einer delikaten Angelegenheit betrauen. Dazu müßt Ihr wissen: In Grenoble wird Toiras mit den Resten der La-Rochelle-Armee, circa fünftausend Mann, zu uns stoßen. Der Fourier hat Befehl, in besagter Stadt für die Dauer des Aufenthalts ein Logis zu finden, das Ihr mit Toiras teilen sollt. Seid Ihr damit einverstanden?«

»Sehr, Eminenz.«

»Also mögt Ihr Toiras?«

»Ich mag ihn, und ich schätze ihn, wenngleich mit Nuancen.«

»Wie meint Ihr das?«

»Toiras, Eminenz, ist ein aufrechter Mann, lauter wie ein unbenagter Taler, tapfer, beharrlich, klug. Und er versteht sich auf den Krieg.«

»Und die Nuancen?«

»Nun, Eminenz, sagen wir, daß Toiras sich seiner Heldentaten gern ein bißchen reichlich rühmt und leider, wie jeder

Prahlhans, übermäßig empfindlich ist. Fühlt er sich nicht hinreichend geehrt, gerät er in stürmischen Zorn, der nichts und niemanden verschont. Seine Majestät kennt sich aus, Toiras war einst des Königs Favorit.«

Eigentlich wußte Richelieu dies alles so gut wie ich, und es kam ihm bei seiner Befragung auch nicht so sehr auf diese Fakten als auf die Gefühle an, die Toiras mir einflößte.

»Wißt Ihr für diese Zornesausbrüche ein Beispiel?«

»Ein berühmtes, Eminenz, aber das kennt der ganze Hof.«

»Erzählt es trotzdem. Ich möchte Eure Version hören.«

»Nun, als Toiras von seinem Favoritensockel stürzte und Ludwig ihn durch Saint-Simon ersetzte, brach Toiras *urbi et orbi* in heftigste abschätzige Worte gegen seinen armen Nachfolger aus, indem er lauthals sagte, das ganze Genie dieses ›Scheißers‹ bestehe darin, daß er dem König auf der Jagd, als sein Pferd todmüde war, das Ersatzpferd genau parallel gestellt habe, so daß Seine Majestät vom einen Sattel in den anderen steigen konnte, ohne den Boden zu berühren. Wie Eure Eminenz weiß, wollte der entrüstete Saint-Simon Toiras seine Zeugen schicken, doch der König verbot es ihm und sagte: ›Toiras tötet dich, Saint-Simon, dann muß ich ihm den Kopf abschlagen und verliere derweise zwei gute Diener. Das will ich nicht.‹«

»Und wie kamt Ihr, mein Freund, mit seinem aufbrausenden Charakter zurecht«, fragte der Kardinal, »als Ihr in der Festung auf der Insel Ré monatelang von Buckingham belagert wurdet?«

»Zu Anfang schlecht, Eminenz. Dann aber sehr gut. Es erforderte meinerseits nur einige Löffel Honig und einige Demutsbekundungen.«

»Demut«, sagte Richelieu, der in diesem Moment an sein Verhältnis zu Ludwig denken mochte, »ist nicht nur eine löbliche Tugend, sie kann manchmal auch äußerst nützlich sein. Es freut mich, daß Ihr sie einzusetzen wißt. Toiras ist trotz seiner stacheligen Seiten ein sehr guter Soldat. Und der König, der ihn in Italien für eine ebenso schwierige wie gefährliche Aufgabe einsetzen will, zählt auf Eure Hilfe dabei, ihm diese schmackhaft zu machen.«

»Meine, Eminenz?«

»Ja, Eure, mein Cousin. Dazu folgendes: Sobald wir – mit oder ohne Zustimmung Karl Emmanuels von Savoyen – den Susa-Paß überschritten haben, steht uns der Weg nach Casale offen, das der Spanier Don Gonzalo de Córdoba bekanntlich seit Monaten belagert. Das Heer Don Gonzalos umfaßt zehntausend Mann; voraussichtlich wird er mit unserem dreimal so starken nicht zusammentreffen wollen und sich von Casale zurückziehen, ohne einen Schuß Pulver abzugeben. Damit ist die Stadt unser, doch auf wie lange? Noch am selben Tag, an dem wir Italien verlassen, werden die Spanier sie erneut belagern. Und wen werden Olivares und Philipp IV. von Spanien mit dieser zweiten Belagerung betrauen, wenn nicht den berühmten Sieger von Breda, General Spinola. In dieser gefährlichen Lage, meint der König, können wir dem Primus der Belagerer nur den Primus der Belagerten gegenüberstellen: Toiras.«

Hier warf Richelieu mir einen durchdringenden Blick zu und verstummte.

»Demnach, Eminenz, soll ich Toiras überreden, daß er sich abermals auf ein Jahr oder noch länger in einer belagerten Stadt einschließen läßt. Das wird nicht ganz einfach sein.«

Bei diesen Worten blickte ich Richelieu mit dem inständigen Wunsch an, er möge mittels seiner feinen Antennen erspüren, was sich in diesem Moment in meinem Geist abspielte. Ich wurde nicht enttäuscht, denn der Kardinal setzte ein vielsagendes kleines Lächeln auf.

»Mein Cousin«, sagte er, als wisse er von nichts, »der König erwartet jedoch nicht, daß Ihr Toiras abermals Hilfe leistet; Ihr müßt bei dieser Belagerung nicht zwingend mitwirken. Toiras spricht Italienisch, nicht so gut wie Marschall Créqui und Ihr, aber doch genug, um sich verständlich zu machen.«

Ich fühlte mich so unendlich erleichtert, daß mir ums Haar Flügel gewachsen wären. Ach, Catherine, mein lieber Engel! dachte ich, die ich verlassen mußte, kaum daß wir verheiratet waren! Du weißt gar nicht und wirst auch nie wissen, welch unerträglich langer Trennung wir soeben entgangen sind!

»Dennoch, Eminenz«, versetzte ich, »es wird nicht einfach sein. Toiras steckt voller Groll und Bitterkeit, denn er meint, sein glanzvoller Widerstand auf der Insel Ré hätte ihm den Marschallstab einbringen müssen.«

»Ja, leider!« sagte seufzend der Kardinal. »Er hätte ihn auch bekommen, wäre er nicht so prahlerisch und ruhmredig gewesen und hätte sein Eigenlob in alle Winde geschrien. Was Ludwig aber vor allem gegen ihn einnahm, war diese tollköpfige

Treibjagd, die er mitten in der Belagerung zwischen den Rochelaiser und unseren Linien abhielt, ohne zu beachten, daß er von beiden Seiten hätte abgeschossen werden können. Und das wegen zwei Hasen! An jenem Tag hat Monsieur de Toiras sich selbst jede Aussicht auf das Marschallamt verbaut.«

»Ich begreife, Eminenz, wie sehr dieses Wagestück des Königs Sinn für Anstand und Disziplin verletzt hat. Gleichwohl schiene es mir eher erfolgversprechend, Ludwig würde mich autorisieren, Monsieur de Toiras zu sagen, wenn er wenigstens ein Jahr in dem von Spinola belagerten Casale durchhält, ist ihm für solche Heldentat die ersehnte Würde sicher.«

»Ich werde den König gleich nachher um diese Autorisierung für Euch bitten«, sagte Richelieu, »und lasse Euch durch Charpentier dann mündlich seine Antwort wissen.«

Mit anderen Worten, ich würde über diese Zusicherung nichts Schriftliches in Händen haben, und sollte Ludwig sein Versprechen nicht einhalten, geriete ich gegenüber Toiras in eine üble Position.

In Grenoble bezog ich ein gutes, ja sehr gutes Quartier, sehr bequem und, Gott sei Dank, schön geheizt, und wurde obendrein quasi mit offenen Armen von einer reizenden Witwe empfangen, die mich für die ausgestandenen Härten der langen Reise durch die Annehmlichkeiten ihres Hauses aufs beste zu entschädigen versprach. Oh, mein Gott! dachte ich, schon die erste Versuchung! Hilf, lieber Gott! Wie soll ich widerstehen? Ich habe es doch nie geübt!

»Monseigneur«, sagte Nicolas, der mir beim Entkleiden half, als ich mich vorm Abendessen säubern und umziehen wollte, »mir scheint, unsere Wirtin macht Euch schöne Augen?«

»Und was kümmert das dich, Chevalier?«

»Um Vergebung, Monseigneur, es kümmert mich insofern, als die Jungfer, die mir meine Kammer zeigte, es nicht anders machte, ja mich auch noch wie eine Katze leise streifte. Und nun frage ich, was ist Euer Rat und Beispiel in dieser Lage?«

»Nicolas!« rief ich, »unterstehe dich! Was zum Teufel geht mich dein Gewissen an, habe ich an meinem nicht genug?«

»Es ist nur, weil Ihr älter und erfahrener seid als ich, Monseigneur.«

»Woher wäre ich erfahrener als du in der Kunst, dem schönen Geschlecht zu widerstehen! Es ist jetzt einen Monat her, seit du deine Gemahlin verlassen hast so wie ich meine. Und wenn du schon nach einem Monat schwankst, ist das nicht ein schlechtes Zeichen für die Zukunft? Zum Teufel, drückt's dich denn so?«

»Was mich drückt, Monseigneur«, sagte Nicolas errötend (wie schön er aussah mit diesen geröteten Wangen! Und wie gut man die Kammerjungfer verstand, die ihn so gern streicheln würde!), »was mich drückt, Monseigneur, ist nur die Furcht, daß meine Klinge rostet.«

Ich lachte hellauf.

»Nicolas, so schnell rostet eine gute Klinge nicht. Ich frage mich sogar, ob sie jemals rostet, wenn ich höre, daß ein gewisser Marschall von Frankreich mit fast achtzig Jahren zum zweitenmal Nachwuchs gezeugt hat. Außerdem ist dieses Darben nicht das gleiche, wie wenn der Magen hungert. Es quält, macht aber nicht kraftlos. Also kann man sich's auch versagen – nur vielleicht nicht zu lange.«

»Heißt das, Monseigneur, Ihr wollt der Versuchung widerstehen?«

»Das weiß ich noch nicht! Bitte, Nicolas, hör auf, mich auf diesem Gebiet zum Vorbild zu nehmen! Tugend ist schon für einen schwer genug, geschweige denn für zwei.«

Wir waren im Begriff, zu Tisch zu gehen, als auch Monsieur de Toiras eintraf. Weil es sein kann, daß der Leser vergessen hat, wie Toiras aussah, will ich ihn hier noch einmal beschreiben. Er war nicht groß, aber stämmig, hatte volle kastanienfarbene Lockenhaare und schwarze Augen, die bald lustig blitzten, bald Flammen schleuderten; sein Gesicht war wettergebräunt, die Nase groß, das Kinn breit, der Knochenbau kräftig. Wenn Sie, liebe Leserin, mir erlauben wollten, mich an Ihre Stelle zu versetzen, würde ich sagen, er war nicht schön, aber sehr männlich. Das schien jedenfalls unsere Wirtin zu denken, als ich ihr Toiras vorstellte, denn bei Tisch teilten sich ihre huldreichen Blicke nun zu gleichen Teilen zwischen Nicolas, Toiras und mir. Und ich leugne nicht, daß es mir nach all der Kälte und den äußersten Strapazen sehr wohltat, in dieser warmen Häuslichkeit so warmäugig betrachtet zu werden. Eine schöne Leserin wies mich in ihrem schönen Brief einmal mit einem Anflug von Ironie darauf hin, daß die Wirtinnen in meinen Memoiren oft äußerst zugänglich für die Wünsche ihrer Gäste seien. Ich muß mich deswegen nicht entschuldigen, denke ich, denn dafür gibt es einen Grund.

Wenn der Quartiermeister an einer Etappe ein Nachtquartier für einen hochrangigen Edelmann sucht, wendet er sich klüglich an eine Witwe, um gar nicht erst Ärger mit einem Eheherrn zu riskieren. Und obwohl diese Witwe sein Ersuchen auch abweisen kann, nimmt sie es meistens doch an, entweder um in ihr einsames und gleichförmiges Leben Abwechslung zu bringen oder aber weil sie für das andere Geschlecht etwas übrig hat.

Als Madame de Chamont – so der Name unserer Witwe – beobachtete, daß Toiras und ich in Andeutungen sprachen, bewies sie eine mustergültige Diskretion und zog sich nach dem letzten Bissen graziös in ihre Gemächer zurück. Und als Nicolas ihrem Beispiel folgte und ich mit Toiras allein blieb, eröffnete ich ihm, was der König mit ihm vorhatte.

Er wurde steif und starr, wie erwartet, und war, glaube ich, sehr versucht aufzubrausen, doch besann er sich im letzten Moment auf kalten Hohn.

»Besten Dank«, sagte er, »ich habe mehr getan, als es meine Pflicht war. Die Belagerung auf der Insel Ré hat mir gereicht. Aber wer weiß, wenn ich annähme«, setzte er bitter hinzu, »würde ich zum Dank vielleicht zum Sergeanten ernannt?«

»Die Haltung Seiner Majestät Euch gegenüber hat sich geändert!« entgegnete ich. »Der König bedauert, daß er Euch nach Eurer glänzenden Heldentat auf Ré nicht nach Eurem Verdienst belohnt hat. Und ich bin überzeugt, daß er es diesmal nicht versäumen wird, Euren Wert durch ein Eurer würdiges Avancement anzuerkennen.«

»Wer soll dem werten Herrn denn glauben?« versetzte Toiras nicht eben respektvoll. »Ihr werdet sehen, er wartet, bis ich tot bin, um mich postum zum Marschall zu ernennen. Ich kenne ihn besser als Ihr! Er verträgt meine Art nicht«, sagte er. »Die grätzt ihn. Und wenn er grätzig ist, obwohl er im Grunde ein gutes Herz hat, wird er mißtrauisch, boshaft und rachsüchtig. Ich glaube, er ist als Kind von seiner Mutter sehr schäbig behandelt worden. Und wenn er jetzt glaubt, man lasse es an etwas gegen ihn fehlen, fühlt er sich gekränkt und trägt es einem ewig nach. So ist er eben! Wahrhaftig, nicht daß ich Richelieu sonderlich liebte, aber es gibt Tage, an denen er mir leid tut, daß er Ludwig von früh bis spät ertragen muß! Und glaubt mir, es war kein Zuckerschlecken, sein Favorit zu sein. Er wollte mich unbedingt bessern. Von morgens bis abends nichts wie Gemecker und Vorhaltungen. Aber was ist an meiner Art denn so Verwerfliches? Was meint Ihr, Herzog? Sprecht ganz offen.«

Teufel auch! Offen zu Toiras? Wie sollte man ihm auch nur den Anfang vom Anfang der Wahrheit sagen?

»Mein Freund«, sagte ich schließlich, »Ich sehe nichts Verwerfliches an Euch. Ihr seid lauter wie Gold. Nur, wer in dem Maße lauter ist, ist schwerlich zugleich auch diplomatisch.«

Herr im Himmel! Was hatte ich gesagt?

»Ich und nicht diplomatisch?« brüllte er. »Das ist der Gipfel!«

Zum Glück meldete just in dem Moment der Majordomus von Madame de Chamont, ein gewisser Charpentier, angeblich Sekretär des Kardinals von Richelieu, wolle mich trotz der späten Stunde sprechen.

»Laßt eintreten!« sagte ich rasch.

Und als Toiras sich zurückziehen wollte, bat ich ihn zu bleiben. Die Botschaft betreffe ihn.

Charpentier trat also herein, grüßte tief ergeben und verkündete, indem er mich anblickte, mit einer gewissen Feierlichkeit, die Antwort Seiner Majestät, Monsieur de Toiras betreffend, laute »ja«.

»Und was heißt dieses ›Ja‹?« fragte Toiras kämpferisch.

»Davon, mein Freund«, sagte ich, »weiß Monsieur Charpentier nichts, das muß ich Euch schon erklären.«

Und während Charpentier seine Kratzfüße machte, um wieder fortzukommen, kochte Toiras vor Ungeduld.

»Mein Freund«, sagte ich, »faßt Euch bitte in Geduld, und hört mir zu. Der König denkt Casale zu nehmen, denn Don Gonzalo wird sich mit einer so großen Armee nicht anlegen wollen. Er denkt aber auch, daß der Spanier, sobald die königliche Armee Italien verlassen hat, die Belagerung erneuern wird, und diesmal unter General Spinola, dessen außerordentlicher Ruhm seit der Übergabe von Breda Euch bekannt sein wird. Und deswegen will der König vor dem Rückmarsch Euch als Verteidiger der Stadt in ihren Mauern wissen, um dem Primus der Belagerer voll Siegeszuversicht den Primus der Belagerten entgegenzustellen.«

»Hat das der König gesagt?« fragte Toiras, plötzlich in Tränen.

»Ja«, sagte ich, »das hat er gesagt.«

Lieber Gott! dachte ich, verzeih die Lüge.

»Und was bedeutet das ›Ja‹ von Charpentier?« fragte Toiras.

»Wenn Ihr ein Jahr, Tag um Tag, durchhaltet in Casale, will der König in der Euch bekannten Weise Euch seine Dankbarkeit bekunden.«

Da ging mit Toiras eine wundersame Verwandlung vor, man könnte sagen, er wurde ein anderer Mensch. Er stand auf, reckte Schultern und Rückgrat und hob das Haupt.

»Mein lieber Herzog«, sagte er in seinem schneidigsten Ton, »beliebt Seiner Majestät zu sagen: Sowie Sie Casale einnimmt, bin ich zur Stelle. Und dort bin ich auch noch nach einem Jahr. Nicht eine Zehenspitze wird Spinola in die Stadt setzen! Und wo er glauben sollte, mich mit Vorteil anzugreifen, kriegt er einen Arschtritt.«

* * *

Von Grenoble nach Briançon sind es neunundzwanzig Meilen, die uns, bei unserem Tagespensum von fünf Meilen, in guter Jahreszeit nicht allzu schwergefallen wären, doch der Winter war sehr kalt an diesem Februarende, und der Schnee gefror immer aufs neue. Wenn er stellenweise taute, sank man knietief ein, was den Pferden so zu schaffen machte, daß die Reiter absteigen und sie am Zügel führen mußten, damit sie überhaupt vorwärts gingen. Außerdem stieg unsere Straße immer steiler an (der Lautaret-Paß, den wir zwischen Le Grave und Le Monetier überschritten, liegt eintausendneunundvierzig Klafter[1] hoch), und alle Flachländer unter uns hatten große Mühe, in dieser Höhe zu atmen; ständig mußten Ruhepausen für die Fußsoldaten eingelegt werden. Doch am schwersten hatten es wohl die Artilleristen. Immerfort mußten die Unglücklichen ihre Kanonen freischaufeln, und völlig zerschlagen erreichten sie die Etappen, zwei bis drei Stunden nach dem Gros der Armee. Der mitleidige Kardinal ließ ihnen für die harte Arbeit doppelte Rationen Fleisch und Wein austeilen.

Zwischen Grenoble und Briançon rastete die Armee in den

1 Ein Klafter sind zwei Meter.

Flecken Vizille, Bourg-d'Oisans, Le Grave, dann Monetier und Chantemerle. Auf der drübigen Seite, in den italienischen Alpen, die den unseren so gleich sehen, gibt es ein Dorf Cantamerlo, in welchem ich viel später mit Graf Sault und dem Schweizerregiment, das er befehligte, eine halbe Stunde nach einem erschöpfenden Marsch verweilen sollte, von dem noch die Rede sein wird, weil ihm beim Angriff auf Susa große Bedeutung zukam.

Doch zurück nach Briançon, der letzten Etappe vor dem Montgenèvre-Paß, bevor wir die italienische Grenze überschritten. Dort richtete der König ein Sendschreiben an Herzog Karl Emmanuel I. von Savoyen mit der Bitte, uns freien Marsch durch Susa zu gewähren, um Casale zu befreien. Dieser Brief, den ich die Ehre hatte ins Italienische zu übersetzen, war selbstverständlich höflich und sogar liebevoll abgefaßt, war doch des Herzogs Sohn, der Fürst von Piemont, mit Chrétienne[1], der Schwester des Königs, vermählt. Hierauf erschien der Fürst von Piemont persönlich, der wie sein Vater sich übermäßig viel auf den strategischen Wert von Susa zugute hielt, das er als den »Schlüssel zu Italien« bezeichnete, und stellte dementsprechend überhöhte finanzielle wie territoriale Forderungen, um den Franzosen *il passo di Susa* zu öffnen, welcher aus drei dem großen Stadttor vorgelagerten Barrikaden bestand. Und was Richelieu auch unternahm, den Fürsten zur Mäßigung seiner Forderungen zu bewegen, wich dieser doch keinen Deut davon ab. Worauf der Kardinal denn vermutete, daß diese Gespräche einzig zum Zeitgewinn dienten. Und wirklich erfuhr man später, daß der Fürst von seinem Vater die geheime Instruktion erhalten hatte, *di trattare, ma di concludere nulla.*[2]

* * *

Bevor nun der Schwager nach Susa zurückkehrte, nahm Ludwig ihn beiseite und sagte, wenn er mit dem Herzog von Savoyen zur Einigung gelangen würde, wolle er, wenn der Fürst es erlaube, gern seine jüngste Schwester Chrétienne wiedersehen, und der Fürst versicherte ihm sogleich, daß dies geschehen solle.

Ludwig hatte bekanntlich drei jüngere Schwestern: Elisabeth,

1 Chrétienne oder Christine.

2 (ital.) Zu verhandeln, aber nichts abzuschließen.

die Gemahlin Philipps IV. von Spanien, Henriette, Gemahlin Karls I. von England, und Chrétienne, die man dem Fürsten von Piemont zur Frau gegeben hatte, der nun im Vergleich mit besagten mächtigen Monarchen ein sehr kleiner Herr war, aber wenigstens seine Frau glücklich machte. Denn wer mußte die armen Prinzessinnen nicht bedauern, die durch ihren Rang dazu verdammt waren, ihr ganzes Leben wie Verbannte in fremden Ländern zu verbringen, ohne jede Verbindung mit ihren Nächsten, und die im Namen zeitweiliger Allianzen mit Unbekannten verheiratet wurden, die ihrerseits keinen Grund zur Freude an ihnen hatten. Schlimmer noch! Die Ironie dieser traurigen politischen Ehen war doch, daß sie letztendlich zu gar nichts nützten, denn daß Elisabeth in Spanien, Henriette in England und Chrétienne in Savoyen lebten, verhinderte keinesfalls, daß von Zeit zu Zeit Kriege zwischen den drei Ländern und Frankreich ausbrachen.

Kein Zweifel, daß Elisabeth sich in Spanien nicht allzu glücklich fühlte, wo sie einer erstickend strengen Etikette unterlag und den Fürsten von der traurigen Gestalt selten zu Gesicht bekam, weil er ihr die Jagd vorzog. Am unglücklichsten aber war Henriette dran. Vom englischen Volk als Französin und Katholikin verabscheut, hatte die Ärmste einen Fürsten zum Gemahl, der zwar kein Bösewicht war, sich aus dem weiblichen Geschlecht aber nichts machte und ein Diamantarmband eher seinem Geliebten als seiner Gemahlin schenkte.

Nachdem Ludwig als Knabe seinen angebeteten Vater verloren hatte, übertrug er seine große Liebe natürlich nicht auf die lieblose Mutter, sondern auf seine drei kleinen Schwestern, von denen er sich »Papachen« nennen ließ und bei denen er den väterlichen großen Bruder auch tatsächlich perfekt spielte, sie bald schalt, bald liebkoste, Omelettes für sie buk und ihnen zu bestimmten Gelegenheiten mit größter Sorgfalt ausgewählte Geschenke machte. »Kleine Sachen« nannte Ludwig seine Gaben, und es waren wohl auch keine Kostbarkeiten, war es um seinen Beutel doch höchst kärglich bestellt, während seine Mutter zur selben Zeit ihre Günstlinge mit Gold überschüttete.

Wenn der Leser mir noch eine Abschweifung erlaubt, will ich ihm in Erinnerung rufen, welch furchtbaren Schmerz Ludwig mit fünfzehn Jahren erlebte, als er auf einer Insel in der Bidassoa, dem Grenzfluß zwischen Frankreich und Spanien, von

Elisabeth scheiden mußte – die mit dreizehn Jahren den Prinzen von Asturien heiraten sollte – und zum Tausch von den Spaniern seine künftige Gemahlin Anna von Österreich erhielt. Mein Gott, wie unwillkommen diese dem Herzen des Königs war, als sie neben ihm den Platz der geliebten Schwester einnahm! Wie verzweifelt hatte er sie beim Abschied umschlungen, hatte, schluchzend, schreiend, in Tränen zerflossen, ihr Gesicht mit Küssen bedeckt, schmerzvoller, als wenn sie gestorben wäre, denn die Ärmste lebte ja, doch ohne daß die Geschwister sich jemals wiedersehen konnten, außer er wäre an der Spitze eines siegreichen Heeres in Spanien einmarschiert.

Nun, Leser, und auf ebenden Punkt wollte ich kommen. Bestimmt war Ludwig zu gewissenhaft und sich seiner königlichen Pflichten zu stark bewußt, um die machtvolle Italienarmee mit dem einzigen Ziel zu versammeln, eine familiäre Sehnsucht zu befriedigen. Und dennoch übersah er nicht, daß der siegreiche Einmarsch in Susa für ihn persönlich eine ganz besondere Freude bedeuten würde: das Wiedersehen mit seiner jüngsten Schwester.

* * *

Nach dem Besuch des Fürsten von Piemont zu Briançon beschlossen Ludwig und der Kardinal, die sich durch ebenso langwierige wie leere Verhandlungen nicht an der Nase herumführen lassen wollten, die Grenze zwischen Frankreich und Savoyen zu überschreiten. Doch obwohl es nur zehn Meilen bis Susa waren, eine Entfernung, die man in zwei, drei Tagen bewältigt hätte, wollten sie vorerst in dem Dorf Oulx abwarten, ob ihr Vordringen auf savoyardisches Gebiet den Herzog Karl Emmanuel nicht zum Einlenken bringen würde. Und wirklich, kaum war die königliche Armee in Oulx einquartiert, als ein Reiter erschien und Seiner Majestät den Grafen meldete, den Gesandten des Herzogs von Savoyen. Der Graf von Verrua machte zuerst auch den besten Eindruck, war er doch ein schöner Edelmann mit sehr gewandter Zunge und besten Manieren, ein Musterbild jener *gentilezza*, die dem italienischen Volk in ganz Europa einen so guten Ruf einträgt.

Bald aber zeigte sich, daß *il bel conte*[1] auch nur dieselben

1 (ital.) Der schöne Graf.

unannehmbaren Bedingungen zu bieten hatte wie bereits der Fürst von Piemont und daß auch er die Anweisung hatte, *di trattare, ma di concludere nulla.* So verabschiedete man ihn denn mit höflichen Worten und Geschenken.

Hierauf erhielten wir durch einen Spion, den der Kardinal noch vor Beginn des Feldzugs nach Susa geschickt hatte, eine aufschlußreiche Nachricht: Don Gonzalo de Córdoba, der Casale belagerte, hatte dem Herzog von Savoyen eine Armee von achttausend Mann zur Verstärkung gegen die Franzosen versprochen. So trügerisch dieses Versprechen auch war – denn in dem Fall hätte Don Gonzalo für die Belagerung Casales ja nur noch zweitausend Soldaten übriggehabt –, schmeichelte es dem Herzog von Savoyen doch mit falschen Hoffnungen, weshalb er uns gegenüber auf Zeit spielte.

Il bel conte hatte unser Lager kaum verlassen (nicht ohne die Größe unserer Armee mit wachem Auge ausgespäht zu haben), als der Kardinal mich quasi bei Morgengrauen durch einen Musketier in das höchst bescheidene Logis bitten ließ, das er in Oulx bewohnte.

So mißvergnügt ich auch war, bei solcher Kälte so früh aufstehen zu müssen, beeilte ich mich doch und fand Richelieu bereits beim Studium einer italienischen Grammatik, der er sich trotz seiner gewaltigen täglichen Arbeit allmorgendlich ein wenig widmete, um seine Kenntnisse aufzufrischen.

»Mein Cousin«, sagte der Kardinal, »der König möchte Euch eine Gesandtschaft nach Susa anvertrauen. Ludwig ist die Hinhaltetaktik des Herzogs von Savoyen leid. Er will«, und hier wechselte der Kardinal kokett ins Italienische, »*contrapporre astucia ad astucia*[1] und dem Herzog ebenso zum Schein Verhandlungen anbieten, während Ihr an Ort und Stelle beobachten sollt, wie es mit den Barrikaden vor Susa steht, ob die Flanken besagter Barrikaden befestigt sind, über wie viele Soldaten und vor allem wie viele Kanonen die Verteidiger verfügen.«

Sobald die dazu nötigen Leute beisammen waren, ein königlicher Herold, ein Trompeter, ein Halbdutzend Musketiere und mein Nicolas – Zelte und Proviant auf einem Karren nicht zu vergessen –, brach ich auf.

1 (ital.) List gegen List setzen.

Richelieu hatte mir eine sehr gute kleine Landkarte mitgegeben, die ich vor dem Aufbruch studierte. Um nach Susa zu gelangen, brauchte ich nur der einstigen Römerstraße zu folgen, die Norditalien mit dem Südwesten Galliens verband und die durch eine Schlucht an einem Fluß entlangführt, den die Savoyarden Dora Riparia nennen.

Es war ein sehr beeindruckender Kontrast zwischen dem linken, von hohen Bergen beherrschten Ufer, wo der Cimo Vallone tausendzweihundertachtzehn Klafter erreicht, und dem so fröhlichen rechten Ufer, dessen runde Hügelkuppen vierhundert Klafter nicht übersteigen.

Auf dem Weg mußte ich durch zwei Dörfer, Exilles und Chiomonte. Ersteres bereitete mir zuerst einige Furcht, denn auf meiner Karte sah ich, daß Exilles, am Zusammenfluß von Dora Riparia und Rio Salambra gelegen, rechts wie links von einem *forte della guardia* und einer *fortezza* bewacht wurde, und fragte mich, ob das Fort und die Feste nicht etwa von Garnisonen besetzt waren, die meiner schwachen Eskorte übelwollten. Darum schickte ich den Herold und den Trompeter voraus, damit sie meldeten, wer ich sei. Schnell kamen sie wieder, sie waren nur auf verängstigte Bauern getroffen. Die Garnisonen waren auf die Nachricht, daß Ludwigs Armee in Oulx einmarschiert sei, nach Susa verlegt worden. Sieh an, dachte ich, das mutet nicht sehr kriegerisch an. Doch wollte ich Klarheit, und nachdem ich die Dörfler durch kleine Geschenke unserer friedlichen Gesinnung versichert hatte, besuchte ich die beiden Befestigungswerke und fand, daß sie ihren italienischen Erbauern große Ehre machten und die königliche Armee leicht mehrere Tage hätten aufhalten können, hätte der Herzog von Savoyen mehr vom Krieg verstanden.

Ich beschloß, mein Lager in Exilles aufzuschlagen, doch außerhalb des Dorfes, um vor Überraschungen sicher zu sein, und nicht, ohne Feuer anzuzünden und Wachen aufstellen zu lassen.

In ihrer italienischen *gentilezza* führten uns die Bauern auf ein Feld, wo wir die Zelte aufschlagen konnten, und zeigten uns in ihrer Großmut sogar ihre Brunnen, was manche mir bekannte Dörfler in Frankreich nicht getan hätten, so eifersüchtig wachten sie über ihr Wasser. Allerdings hatten diese Bauern mit der Dora Riparia vor ihrer Tür auch mehr Wasser, als sie brauchten.

Das ganze Dorf war bei unserer Ankunft versammelt und betrachtete uns im Fackelschein; die Männer bewunderten unsere Waffen und Pferde, mehrere Weibsbilder äugten nach meinen Musketieren, die sich denn auch gleich in die Brust warfen und den Schnurrbart strichen.

Ich rief ihren Sergeanten und sagte ihm leise, Ort und Zeit wären für Liebeshändel schlecht gewählt, und sollten einige seiner Leute über die Stränge schlagen und damit unsere Sicherheit gefährden, träfe sie bei der Rückkehr der Bannstrahl des Kardinals.

Das genügte, daß unsere Weiberhelden auf süße Träume in eisiger Nacht verzichteten. Was mich anging, hätte ich meinem Zelt bestimmt das bescheidenste Bauernhaus vorgezogen, hätte es nur ein Dach, vier Wände und ein schönes Herdfeuer gehabt, doch ich wollte mich nicht über meine Leute erheben, indem ich besser wohnte als sie.

Meine nächste Etappe war Chiomonte, ein Dorf ohne Fort, ohne Feste am rechten Ufer der Dora Riparia, doch ein wenig abseits vom Fluß und etwas höher gelegen, sicherlich zum Schutz vor Hochwasser, das sehr gewalttätig sein mußte, weil aller Regen und Schnee aus dem Hochgebirge des linken Ufers in die Dora Riparia floß.

In Chiomonte wurden wir genauso gut aufgenommen wie in Exilles, sowie die Dorfbewohner sich unserer Absichten versichert hatten. Weil aber auch sie wußten, daß eine sehr starke französische Armee in Oulx lag, fragte ich mich, ob sie ihren Herzog so sehr liebten, wenn sie so freundlich zu uns waren.

Auch ihnen machte ich Geschenke, und diese Aufmerksamkeiten trugen mir ihre große Dankbarkeit ein. Außerdem ließ ich meinen Wagner den einzigen Karren des ganzen Dorfes reparieren, denn seit Monaten war dessen eine Achse zerbrochen, und keiner hatte sie ersetzen können.

Ungeduldig, mein Ziel zu erreichen, hob ich früh am nächsten Morgen das Lager auf, um zur hellsten Tageszeit in Susa anzulangen. Während Nicolas unser Gepäck reisefertig machte, kam ein Dörfler aus Chiomonte, stellte sich mir als Filiberto vor und bat unter wer weiß wie vielem Hutschwenken, ich möge ihn nach Susa mitnehmen, wo ein Verwandter von ihm wohne; es ging um eine Angelegenheit, die er mir haarklein auseinandersetzte, ohne daß ich ein Wort verstand.

Filiberto war klein, knotig, wettergegerbt, und sein Gesicht schien nur aus schwarzen Haaren zu bestehen, sie wuchsen ihm dicht in die niedrige Stirn, überwucherten als Bart seine Wangen, seine Augen als buschige Brauen und sprossen ihm aus Nase und Ohren, so daß man kaum eine unbehaarte Stelle sah. Indes blickten seine Äuglein pfiffig, auch war er vollendet höflich und bedankte sich tausendmal, als ich ihm einen Platz auf dem Kutschbock meiner Karosse anbot.

Und er war uns nützlich im Laufe der Fahrt. Als ich ihn fragte, wo auf der Strecke nach Susa wir Rast halten könnten, um einen Imbiß einzunehmen, antwortete Filiberto, ohne zu überlegen: »Am schönsten ist die Stelle, wo der Rio Clarea in die Dora Riparia stürzt.« Und das Wort »stürzt« erwies sich als treffend, denn der kleinere Fluß mündet in den größeren tatsächlich mit wildem Getöse, mit Wirbeln und weißem Schaum.

Trotz der für mich fast unerträglichen Kälte fand ich, der ich in der Ebene aufgewachsen war, diese hohen Berge, diesen ewigen Schnee, diese schwarzen Tannenwälder und diese so raschen, klaren Alpenflüsse wunderbar schön. Oh, wie gern hätte ich all dies meiner Catherine gezeigt! Ja, schöne Leserin, nur daran dachte ich – nicht an meine Mission –, nur davon träumte ich, während ich in die brausende Dora Riparia schaute.

Diese nun biegt, wo der Rio Clarea sich in sie »stürzt«, von ihrer nordöstlichen Richtung nach Osten, und die hohen Berge an ihrem linken Ufer senken sich auf die Höhe des rechten Ufers ab, das heißt nach meiner Schätzung auf ungefähr vierhundert Klafter, worauf die Dora Riparia bald die Stadt Susa erreicht, in welche sie durch ein steinernes Gewölbe in der Mauer fließ, das inwendig sicherlich durch ein starkes Gitter versperrt ist, um Eindringlinge abzuwehren. Doch wer hätte sich im Winter schon in die Stadt einschleichen wollen, indem er durch eisiges Wasser schwamm? Und schließlich erblickte ich mit diesen meinen Augen die berühmten Barrikaden. Sie waren auf der Straße zwischen dem Fluß zur Linken und einem Hügel errichtet, der schroff zu ihr abfiel.

Würde man diesen Hügel rechter Hand erklettern, sähe man von seinem Gipfel, auf dem nach Süden liegenden Hang, ein Gebiet aus nicht sehr hohen Bergkuppen und Tälern mit Dörfern hier und da. Dieses Gebiet heißt das Gravere, ich erinnere mich seiner mit einigem Grund, und du, Leser, tätest gut daran, dir das Gravere ins Gedächtnis einzuprägen, es wird in dieser Erzählung noch eine Rolle spielen.

Dreißig Klafter vor den drei Barrikaden, die den Zugang nach Susa versperrten, ließ ich meine Karosse halten und bestieg meine Accla, um ein ritterliches Bild abzugeben, wenn auch vorerst nur für die Soldaten, die über die erste Barrikade nach uns spähten, doch ohne daß sich auch nur ein Musketenlauf zeigte. Allerdings nahten wir uns auch so langsam und majestätisch, daß an einen Angriff wohl kaum zu denken war.

An der Spitze ritt auf großem Schimmel der Herold, sehr prächtig angetan, wie es sich für den Repräsentanten eines großen Königs gehörte, und mit einem schönen, männlichen Gesicht auf den breiten Schultern. Jeder Zoll an ihm sprach von Würde, auch seine Stimme, die den Klang und Umfang einer großen Orgel erreichte. Neben ihm, auch auf einem makellosen, aber viel kleineren Schimmel, kam der Trompeter, nicht ganz so stattlich, aber ebenso schön gebaut, mit hübschem Gesicht und einem kleinen Mund, dessen Kleinheit man aber nicht glauben durfte, denn sowie der Mann seine Trompete ansetzte, entlockte er ihr bald melancholische, bald schmetternd machtvolle Töne.

Dahinter ich in tadelloser Haltung auf meiner Accla und in meinem schönsten Gewand, ganz der Herzog und Pair von Frankreich, dem auf dieser Bühne die Hauptrolle zukam, zugleich aber alles mit wachem, flinken Blick erfassend, wie es meinem Auftrag entsprach. Nach mir dann Nicolas, der mich wahrscheinlich vollkommen nachahmte und sich im Kopf schon die Wörter zurechtlegte, um diese unsere Gesandtschaft seiner Liebsten daheim zu erzählen.

Von den sechs Musketieren, die ihm folgten, konnte ich nichts sehen, doch bin ich mir sicher, daß sie vollendet die tapfere und höfliche Männlichkeit zur Schau stellten, als deren Muster sie, wie sie wohl wußten, in Frankreich galten, und zwar in den Bettgassen der Damen ebenso wie auf den Schlachtfeldern des Königs.

Nach dem Solo des Trompeters und der Ankündigung des Herolds, eins so beeindruckend wie das andere, erschien hinter der Barrikade eine neue Person, der Feldmeister Signor Bellone nämlich, der mich mit allem gebührenden Respekt wissen ließ, daß er einen Sergeanten ausschicke, meine Ankunft und Mission Seiner Erlauchten Hoheit, Karl Emmanuel I., Herzog von Savoyen, zu melden.

Die Pforte der Barrikaden wurde mir aufgetan, kurzerhand saß ich ab, und während ich, mit dem rundum runden Signor Bellone plaudernd, auf und ab ging, sah ich alles, was ich von diesen Verteidigungsanlagen sehen wollte.

Was ich beobachtete, machte mir keinen großen Eindruck. Die Befestigung bestand aus drei hintereinander liegenden hölzernen Barrikaden, je mit einem Graben davor, doch waren diese Gräben völlig unnütz, denn damit Karossen und Karren stadtaus und -ein fahren konnten, war ein Überweg gebaut, den ein eventueller Feind genausogut passieren konnte, ohne sich durch besagte Gräben aufhalten zu lassen. Außerdem war die Pforte in der äußeren Barrikade, die man mir geöffnet hatte, für meine Begriffe viel zu schwach; sie konnte allein mit Manneskraft gesprengt werden, ohne eine Kanone zu benutzen. Des weiteren war der Zwischenraum zwischen dem monumentalen Stadttor und der ersten Barrikade viel zu schmal, um mehr als zweihundert Verteidiger aufzunehmen, und was vermochten die gegen unsere fünfunddreißigtausend Soldaten?

Was nun das monumentale Stadttor anging, von dem ich sprach, so sprang mir dessen Schwäche geradezu ins Auge: Es war weder durch eine Zugbrücke geschützt noch durch einen Wassergraben und ebensowenig durch einen Torturm mit Wachgang und Pechnasen, von denen aus ein Angreifer mit Musketenfeuer zurückgeschlagen werden konnte. Ohne Aufschneiderei möchte ich behaupten, daß die Burg Mespech im Périgord, die Wiege meiner Ahnen, denn doch anders bewehrt war, und sei es nur durch die umgebenden Gräben, für die hier die Dora Riparia Wasser im Überfluß geliefert hätte.

Ich solle ein wenig innerhalb der Barrikaden warten, sagte Bellone, bis ein Edelmann komme und mich zum Herzogsschloß von Susa führe. Als *buon diavolo*, der sich nichts Böses dachte, gestand mir Bellone, er sei am Vortag erst aus dem Mailändischen eingetroffen, um die Barrikaden zu verstärken, und hoffe sehr, daß es keinen Krieg geben werde, der sein Werk zerstören könnte. Als ich hieraus sah, wie wenig er seiner Aufgabe genügte, fragte ich, den Harmlosen spielend, ob er den steilen Hügel zu befestigen gedenke, der die Barrikaden zur Rechten überragte. *»Ma no! Ma no!«* rief er lachend, »wer sollte denn durch das Gravere gehen, wo nichts als Berge und Täler sind und Maultierpfade, die im Winter unterm Schnee verschwinden, wenn er doch, ohne sich zu verirren und ohne Hindernisse, auf so guter Straße zu uns gelangen kann wie entlang der Dora Riparia?« Wie man weiß, bin ich selbst kein Mann des Krieges, doch in dem Moment lernte ich, daß es für einen General nichts Fataleres gibt als Voreingenommenheit.

Wer anders erschien nun, um mich zum Schloß zu führen, wenn nicht der *bel Conte di Verrua*? Da wir uns zu Briançon zwei-, dreimal begegnet waren, dachte er wohl, wir seien große Freunde, und umarmte mich herzlich, was ich, von seinem offenen Wesen sofort eingenommen, gern erwiderte. Er befahl, die großen Torflügel zu öffnen, um mich und meine Eskorte in die Stadt einzulassen, worauf an allen Fenstern im Handumdrehen sich viele Neugierige, Männer wie Frauen, einfanden, die uns ohne jede Feindseligkeit, ja sogar mit einer Gunst betrachteten, als wäre unser Einzug für sie ein ebenso erfreuliches wie glänzendes Schauspiel.

Ich konnte es kaum erwarten, den Herzog von Savoyen, von dem schon soviel die Rede gewesen war, endlich von Angesicht zu sehen. Wie man sich erinnern wird, hatte dieser Zaunkönig gar zu gern König werden wollen und nacheinander erfolglos seine Nachbarn angegriffen, um sich auf ihre Kosten zu vergrößern: die Schweiz, Frankreich und das Monferrato, weshalb er am französischen Hof nicht eben als Heiliger galt. »In den fünfzig Jahren, die er regiert«, sagte Richelieu verächtlich über ihn, »hatte er ständig zu tun, sich durch List und Tücke aus den üblen Lagen zu retten, in die ihn sein ungerechter Ehrgeiz gebracht hatte.«

Was ich fand, war ein gichtlahmer alter Mann auf einem spärlich vergoldeten Lehnstuhl, der sich Karl Emmanuel der Große nennen ließ, ohne daß das Großwerden ihm recht hatte glücken wollen. Sein langes Gesicht wirkte noch länger durch eine sehr hohe samtene Mütze, auf der eine abermals verlängernde weiße Feder steckte, was alles mich wie das Symbol einer kindischen Selbstüberhöhung anmutete.

Da er wie schon der Gesandte, den er uns geschickt hatte, offenbar selbst der Devise folgte, *di trattare, ma di concludere nulla*, und da ich von Richelieu im gleichen Sinne beauftragt worden war, konnte unser Gespräch nur eine Art Spiel sein, und wenn schon Spiel, dachte ich, will ich mir auch einen Spaß daraus machen. Maliziös unterbreitete ich dem Herzog also die gleichen Friedensangebote, die der Graf von Verrua in seinem Namen Ludwig gemacht hatte, und der Herzog lehnte sie, wie erwartet, prompt ab.

Wahrscheinlich, sagte ich mir, war Karl Emmanuels Gehirn genauso lahm geworden wie seine Füße. Weil ich andererseits für den alten Mann aber eine kuriose Mischung aus Antipathie und Mitleid empfand, die mir dieses Gegenüber peinlich machte, beschloß ich, den Spaß zu beenden und lieber meinen Urlaub zu erbitten.

Der Herzog schien überrascht und beunruhigt, daß unser nutzloser Austausch nicht so lange dauerte, wie er sich vorgenommen hatte, und beurlaubte mich mit betont hochmütiger Miene, was ich, so von Herzog zu Herzog, ziemlich verwunderlich fand. Ich kassierte es jedoch ohne jedes Wimpernzucken und machte Seiner Durchlaucht zum Abschied meine tiefe Verbeugung samt großem Hutschwenk.

Die Würfel waren gefallen! Und der arme Tor hatte keine guten Zahlen! Doch was verlor er letztlich? Sein Sohn war Ludwigs Schwager, nichts würde ihm genommen, eher wohl noch Geld bezahlt werden für den »Schlüssel zu Italien«.

VIERTES KAPITEL

Kaum war ich im königlichen Feldlager zu Oulx abgesessen, kam schon ein Musketier gelaufen und sagte, daß Seine Majestät mich umgehend erwarte. Das bedeutete, ich durfte mir nicht einmal Zeit lassen, die Stiefel auszuziehen, mich zu waschen, zu rasieren, frische Kleider anzulegen noch einen Happen zu essen.

Der Verdruß, den ich hierüber empfand, stieß mich wieder einmal mit dem Finger darauf, weshalb das Waffenhandwerk mich nie verlockt hatte: Mir widerstrebte es, sinnlos strenge und darum ärgerliche Befehle zu empfangen. Daß Ludwig und der Kardinal mir dann und wann Instruktionen erteilten, mochte hingehen, doch täglich Instruktionen des arroganten Bassompierre, des zornmütigen Toiras, des pingeligen Schomberg oder selbst des zeremoniösen Créqui hinzunehmen, das hätte ich nie und nimmer ertragen.

Ausgerechnet aber unsere vier Marschälle, die der Leser schon kennt und denen ich Toiras vorzeitig hinzuzähle, waren beim König versammelt, ausgeruht, frisch, satt und wohl in ihrer Haut, mit Ausnahme des armen Créqui freilich, der hustete, schniefte und vor allem lamentierte, was für einen Soldaten schmählich ist.

Ludwig kürzte meine Begrüßung nicht ab, wie Richelieu das zu tun pflegte, dafür hatte er aber die Freundlichkeit, die der Kardinal nicht gehabt hätte, seiner Frage eine familiäre Note zu geben, indem er mich Sioac nannte, der Leser weiß, warum.

»Nun, Sioac«, sagte er, »wie steht es mit den Befestigungen von Susa?«

Ich berichtete über die drei Barrikaden, ihre Schwachstellen, die unnützen Gräben, den fehlenden Torturm, und ich betonte vor allem die Tatsache, daß der Steilhang rechter Hand über den Barrikaden nicht befestigt, ja nicht einmal bewacht war, weil der Signor Bellone es von vornherein ausschloß, daß ein Feind von dort kommen könnte, weil er hinter Chiomonte die

Straße verlassen und über Berge und Täler mit zugeschneiten Maultierpfaden ziehen müßte.

»Sioac, wie heißt das Gebiet dort?« fragte Ludwig.

»Das Gravere, Sire, obwohl keines der Dörfer diesen Namen trägt.«

»Wie hoch sind die Berge?«

»Selten über vierhundert Klafter.«

»Es wäre aber nicht leicht«, sagte Bassompierre, »sich in einem Labyrinth aus Bergen und Tälern zu orientieren, wenn die Pfade zugeschneit sind. Man kann sich verirren und im Kreis laufen.«

»Der Kompaß«, sagte Toiras in wenig liebenswürdigem Ton, »ist in der königlichen Armee nicht unbekannt.«

Bassompierre tat, als habe er die Bemerkung nicht gehört.

»Es gibt aber nicht nur den Kompaß«, sagte ich, »man kann auch Dorfbewohner des Gravere zum Führer nehmen.«

»Kommen die Leute Eindringlingen so bereitwillig entgegen?« fragte Bassompierre ironisch.

»Allerdings«, schaltete sich mit sanfter Stimme der Kardinal ein. »Die Franzosen haben in Savoyen einen guten Ruf. Und den verdanken sie Eurem Herrn Vater, Sire. Als er das Herzogtum 1601 besetzte, hatten die Soldaten Befehl, Tiere, Vorräte, Häuser und Frauen nicht anzurühren.«

Dieser wenigstens hinsichtlich des *gentil sesso* erstaunliche Befehl aus dem Munde des galanten Königs veranlaßte die Marschälle zu einem Lächeln, Ludwig hingegen nahm ein so frivoles Detail nicht einmal wahr. Wie stets war er quasi zu Tränen gerührt, wenn er seinen Vater rühmen hörte. Und Richelieu hatte zwei Fliegen mit einer Klappe geschlagen. Er hatte sich gleich eingangs der Debatte die Sympathie des Königs gesichert und die Marschälle durch seine Kenntnis des früheren Kriegszuges verblüfft.

»Außerdem«, fuhr Richelieu fort, »erhielten die Truppen Befehl, alles, was sie kauften, mit dem doppelten Preis zu bezahlen. Man kann sich vorstellen, welch gutes Ansehen sie sich damit erwarben.«

»Aber was machen wir nun?« fragte Bassompierre in so ungeduldigem und herrischem Ton, als wären die von Richelieu erwähnten Dinge nichtiges Geplapper.

»Die Frage müßt Ihr Euch selber stellen, meine Herren«,

sagte Ludwig, den die Worte des Kardinals erfreut hatten und der nicht wollte, daß Bassompierre sie so wegwischte.

»Die Frage«, wiederholte Ludwig, »müßt Ihr Euch schon selbst stellen, meine Herren.«

Wie immer in einem solchen Fall trat langes Schweigen ein, keiner wollte als erster sprechen.

»Schomberg?« fragte der König.

»Die Alternative ist folgende, Sire«, sagte Schomberg, methodisch und genau wie immer, »entweder wir führen gegen die Barrikaden einen Frontalangriff, oder wir begleiten diesen durch einen Angriff an der Südflanke der Barrikaden, indem wir über das Gravere gehen. Für meine Begriffe wäre dieser Angriff entscheidend, wenn besagte Flanke tatsächlich von jeder Verteidigung und Bewachung frei ist.«

»Derzeit ist sie es«, sagte ich, sogleich erschrocken, daß ich, ohne zu fragen, das Wort ergriffen hatte, »doch kann ich für die Zukunft nicht garantieren. Aber Signor Bellone war so fest überzeugt, daß die Franzosen nicht von dort angreifen würden, daß ich annehme, die Südflanke wird bleiben, wie sie war, das heißt ungeschützt.«

»Ich kann den Sinn dieser umkreisenden Bewegung nicht einsehen«, sagte Créqui. »Wenn die Barrikaden aus Holz sind, genügen ein paar Kanonenkugeln, und die Sache ist erledigt.«

Vielleicht fürchtete er bei seinem schlechten Zustand, daß man die Expedition in das Gravere ihm anvertrauen würde, weil er Italien und die Italiener kannte und daher am besten geeignet war, Führer über die verschneiten Pfade zu finden.

Ich hob die Hand, das Wort zu erbitten.

»Mein Cousin«, sagte Ludwig, »Ihr könnt in die Debatte genauso eingreifen wie unsere vier Marschälle, denn Ihr habt uns diese Auskünfte gebracht.«

Aus dem Augenwinkel bemerkte ich, wie verdattert und beglückt Toiras war, vom König zu den »vier Marschällen« gezählt zu werden, obwohl er den Titel noch gar nicht hatte; ob das nun ein Versehen war oder ein Versprechen, es wärmte ihm jedenfalls das Herz.

»Sire, was ich sagen wollte«, wandte ich mich an den König: »Bei dem Dorf Exilles, auf halbem Weg zwischen Oulx und Chiomonte, war die Straße so zugeschneit, daß unser Karren tief einsank und den Pferden der Schnee bis zum Bauch reichte.

Es hat Stunden gedauert, um sie freizuschaufeln. Wenn nicht Tauwetter eintritt, was unwahrscheinlich ist, kann Eure Artillerie diesen Weg nicht nehmen, und es gibt auch keinen anderen, denn zur Linken ist der Fluß und rechts ein Steilhang.«

Hierauf trat langes, bedrücktes Schweigen ein, denn welcher Kriegsmann will ins Feld ziehen ohne seine Artillerie?

»Nun ja, Sire«, sagte Toiras, der nach seiner unausgesprochenen Beförderung sich weniger scheute, unter »seinesgleichen« das Wort zu ergreifen, »das ändert alles. Ohne Artillerie kann ein Frontalangriff auf die Barrikaden nur ein Kampf Muskete gegen Muskete sein, und das ist sehr verlustreich. Folglich sind wir wohl zu einem Angriff von der ungeschützten Flanke her gezwungen.«

»Das denke ich auch«, sagte Schomberg.

Créqui und Bassompierre schwiegen. Der erste aus dem genannten Grund, Bassompierre, weil er gern den Schwierigen spielte und sich in der Feste seiner unendlichen Überlegenheit verschloß. Der König, der dies sattsam kannte, ignorierte sein Schweigen und fragte den Kardinal nach seiner Meinung.

»Sire«, sagte Richelieu, »Eure Majestät erlaube mir einen Rückblick in die Vergangenheit, um die Gegenwart zu erhellen. Als der Konnetabel von Montmorency 1537 vor Susa stand, griff er gleichzeitig frontal und an der Südflanke an, die die Savoyarden auch damals nicht befestigt hatten, und die Stadt wurde im Handumdrehen genommen. Ich schlage Eurer Majestät dieselbe Strategie vor.«

Ob die Marschälle von dieser fast ein Jahrhundert zurückliegenden Belagerung nun wußten oder nicht, sie staunten nicht schlecht, mancher wohl auch mit Unbehagen, daß Richelieu wieder einmal alles über alles und alle wußte, in Krieg und Frieden, in Vergangenheit und Gegenwart.

»Dies scheint mir die beste Methode«, sagte Ludwig in entschiedenem Ton. »Meine Herren Marschälle, unser Gespräch ist beendet. Wir wollen jedoch, daß Marschall von Créqui und der Herzog von Orbieu noch hierbleiben.«

Die drei Marschälle zogen sich zurück, jeder auf andere Weise. Schomberg als disziplinierter Soldat, für den ein Befehl Befehl ist und keinen Widerspruch, nicht einmal das Nachdenken darüber, duldet. Toiras, der seinen inneren Jubel, schon zu den Marschällen gerechnet zu werden, kaum verbergen konnte, und Bassompierre, der an der königlichen Entscheidung nicht hatte teilnehmen wollen und sich nun vorbehielt, diese im Prinzip wie in der Ausführung endlos zu bekritteln, wie er es bereits vor La Rochelle getan hatte, vom ersten bis zum letzten Tag der Belagerung.

Der arme Créqui, der sich mit Mühe aufrecht hielt, gab mit seinen tränenden Augen und seiner laufenden Nase eine traurige Figur ab, die es mehr nach dem Bett und heißem Kräutertee als nach einem langwierigen und beschwerlichen Marsch verlangte.

»Mein Cousin«, sagte Ludwig zu ihm, »Euer Sohn, Graf von Sault, hat sich an der Spitze seines Schweizerregiments bewährt. Da diese Schweizer die Berge kennen und ich über Graf von Sault viel Gutes höre, möchte ich ihm die Aufgabe anvertrauen, sich über die Südflanke den Barrikaden von Susa zu nähern und sie anzugreifen, bevor mein Frontalangriff beginnt.«

»Sire«, sagte Créqui, zugleich erleichtert, daß der Kelch an ihm vorüberging, und betrübt, eine Expedition nicht befehligen zu können, die seinen Ruhm vergrößert hätte, »diese Aufgabe hätte ich mit Freuden übernommen, wenn ich durch meinen Katarrh nicht reichlich geschwächt wäre, und ich bin Euch unendlich dankbar, daß Ihr sie meinem Sohn übergebt.«

»Ich danke Euch, mein Cousin«, sagte Ludwig. »Doktor Bouvard wird Euch zu Eurem Logis begleiten und Euch alle Fürsorge angedeihen lassen, die Euer Zustand erfordert.«

Nachdem der Marschall gegangen war, wandte sich Ludwig an mich.

»Mein Cousin, seid Ihr einverstanden, dem jungen Grafen von Sault Eure diplomatischen Talente und Eure Italienischkenntnisse zur Verfügung zu stellen, und wäre es nur, um den Bauern des Gravere Zutrauen einzuflößen und unter ihnen geeignete Führer zu finden?«

Einverstanden, dachte ich, du lieber Gott! Als ob ich nicht einverstanden sein dürfte!

»Mit Vergnügen, Sire«, sagte ich und machte eine tiefe Verbeugung.

Und nicht ohne Ironie sagte ich mir, sosehr ich dem Waffenhandwerk auszuweichen versuchte, schnappte es, den Teufel noch eins, doch immer wieder nach mir, zuletzt auf der Insel Ré bei Toiras und jetzt im Gravere mit Graf von Sault. Und Catherine hatte sehr recht gehabt, als sie fragte, ob Karl Emmanuels

Soldaten zwischen dem Kriegsmann und seinem Dolmetscher würden unterscheiden können.

* * *

Ludwig legte großen Wert auf die Gesundheit seiner Soldaten und hatte deshalb den Sanitätsdienst in den Armeen bedeutend verstärkt; der wurde nicht mehr nur von Feldscheren versehen, sondern auch von Doktoren der Medizin, dazu gab es Fußpfleger, die zugleich Entlauser waren, denn Läuse waren die große Plage der Feldlager. Auch fanden regelmäßige Kontrollen statt, die Haupthaare wurden kurz geschoren und die Körperhaare rasiert, damit sich kein Ungeziefer einniste.

Wegen solcher prosaischen Notwendigkeiten blieben wir nach dem geschilderten Kriegsrat noch zwei Tage länger in Oulx.

Marschall von Créqui nützte diesen Aufschub, mich mit seinem Sohn, Graf von Sault, zum Diner einzuladen. Ich mochte den Marschall, auch wenn er ein wenig hochmütig war, und bewunderte, mit welcher Üppigkeit er seine Gäste bewirtete. Nie zog er ins Feld, ohne sich mit allem Zubehör seines Behagens zu umgeben, einem Teil seines Weinkellers und seines in der Farbe seiner Augen fein bemalten chinesischen Porzellans; dazu führte er einen vorzüglichen Koch mit und, wie man munkelte, sogar zwei Kammerkätzchen, die als Pagen verkleidet waren, um dem König kein Ärgernis zu geben. Ich habe sie nicht gesehen, doch wurde geraunt, daß sie dem Marschall auf den Etappen das Bett wärmten. Welche Witzeleien über das ausreichende Maß dieser Erwärmung daher in Umlauf waren, als Créqui von seinem fiebrigen Katarrh befallen wurde, kann man sich denken.

Die Speisen bei Créquis Diner waren wirklich sehr gut, doch aß Créqui selbst nur wie ein Spatz und verließ die Tafel alsbald, um wieder in sein Bett zu kriechen, so daß ich in aller Muße mit Graf von Sault plaudern konnte.

Ein Créqui vom Vater her, von der Mutter her ein Lesdiguières, brauchte er sich um seine Zukunft nicht zu sorgen. Doch war er nicht nur, wie die Engländer sagen, mit einem silbernen Löffel im Mund geboren, sondern auch groß und gut gewachsen, hatte ein schönes Gesicht mit prächtigen schwarzen Lockenhaaren, hellbraune Augen und blendendweiße Zähne.

Er hätte also allen Grund gehabt, auf die Dauer ebenso eingebildet und überheblich zu werden wie Bassompierre. Doch fand sich bei ihm keine Spur von Hochmut, weder in seinem Auftreten noch in seiner Sprache. Woher er dieses gute Naturell nun haben mochte, doch von Vater und Mutter gewiß nicht, die nicht gerade Vorbilder an Bescheidenheit waren, er jedenfalls begegnete allen, auch dem Gesinde, seinem Reitknecht und den Soldaten mit so geduldiger Höflichkeit, daß man ihn womöglich verachtet hätte, wäre er dabei nicht so schön, so tapfer und so reich gewesen. Obwohl er nie brüllte und selten strafte, herrschte in seinem Regiment eine mustergültige Disziplin. Freilich waren es Schweizer, die er befehligte, und wenn ich meinem guten Hörner glaubte, waren die Schweizer »Soldaten vom Mutterleib an«.

Da ich mich erinnerte, wie ich bei meiner Ankunft in der Zitadelle von Ré Ärger mit Toiras bekam, der mich vom König beauftragt glaubte, seine Befehlsgewalt zu teilen, beeilte ich mich, Graf von Sault in dieser Hinsicht von vornherein zu beruhigen. Ich sagte ihm daher, daß ich vom Kriegführen nichts verstehe und mein Auftrag sich darauf begrenze, ihm bei den Bauern des Gravere als Dolmetscher zu dienen. Und freimütig antwortete er, genauso verstehe auch er die Sache, doch wisse er wohl, daß ich im Lauf meiner Missionen große Erfahrung gesammelt habe und daß er nicht verfehlen werde, in einem schwierigen Fall auch darauf zurückzugreifen. Diese Worte, die auf charmante Weise sein Vertrauen ausdrückten, erfreuten mich, und es begann an jenem Tag eine Freundschaft zwischen ihm und mir, die bis zum heutigen Tag dauert.

Am dritten März 1629 verließ unsere Armee auf Befehl Ludwigs XIII. Oulx und nahm den Weg längs der Dora Riparia. Und da ich besagten Weg schon zweimal zurückgelegt hatte, von Oulx nach Susa und von Susa nach Oulx, jeweils über Exilles und Chiomonte, schickte Seine Majestät mich als Avantgarde voraus, um den Einwohnern unsere Ankunft anzukündigen, damit sie vor einer so großen Armee nicht in Furcht und Schrecken gerieten.

Ich bat Seine Majestät, mir die Quartiermacher, die Zelte und Zeltbauer mitzugeben, vor allem aber den prachtvollen Herold, der mich bei meiner Gesandtschaft nach Susa begleitet hatte, weil die Bauern von Exilles und Chiomonte ihn so groß und schön und samt seinem Pferd so wunderbar geschmückt fanden, daß sie ihn wie einen heiligen Georg verehrten. Sowie ein Streit zwischen einem Soldaten und einem Bauern sich anbahnte, brauchte der Herold nur zu erscheinen, und es war Frieden. Allerdings hatte er auch Anweisung von mir, dem Bauern, wenn möglich, recht zu geben.

Bald hatte ich großen Vorsprung vor dem Gros der Armee, meine ganze Truppe saß zu Pferde wie ich (und wie Nicolas, der mir wie mein Schatten folgte). Meine wappengezierte Karosse war schnöde dazu verdammt, mit den Gepäckkarren hinter uns her zu zuckeln.

Meine Accla, die mit mir schmollte, wenn ich sie zuwenig ritt, die hinwiederum auch nicht zuviel geritten sein wollte, war noch in ihrer reizenden Morgenlaune, was ich an ihren vergnügt zuckenden Ohren sah, und in leichtem Trab zog ich die alte Römerstraße an der Dora Riparia, schaute bald auf den klaren, reißenden Fluß, bald nach den hohen, nebelumwallten Gipfeln dahinter und bald auf die rundlichen Kuppen des Gravere zu meiner Rechten. Mehr und mehr verliebte ich mich in dieses Bergland, und mein Hochgefühl wuchs, als auch noch helle Sonne durch die Wolken brach. Leider war uns die Sonne nicht treu. Manchmal wärmte sie schon ein wenig und wiegte uns in der trügerischen Hoffnung, der Winter sei vorbei, dann verschwand sie wieder hinter einer dicken Wolkendecke und überließ uns der um so rauher empfundenen Kälte.

Wieder brachen bei Exilles, wo wir Rast hielten, unsere Gefährte im Schnee ein, die Karren bis über die Räder und die Pferde bis zum Bauch. Die guten Leute des Ortes, nachdem sie uns freudig begrüßt und dem *duca d'Orbiou* die Hand geküßt hatten (damit, mußt du wissen, Leser, war natürlich ich gemeint), erboten sich sogleich, uns auszugraben, und unverweilt krempelten auch die Musketiere, ihres Adels ungeachtet, die Ärmel auf. An Schaufeln fehlte es nicht, Richelieu hatte uns gut damit versorgt. Doch schloß ich aus diesem wiederholten Mißgeschick, daß der König seine Artillerie nicht über Exilles würde hinausführen können, was ich ihm auch unverzüglich melden ließ. Er konnte sie nur über eine solide Steinbrücke auf das andere Ufer der Dora Riparia und in die Feste transportieren, um sie dort bis zur Schneeschmelze zu verwahren.

Die Dinge vollzogen sich denn auch, wie von mir vorgesehen,

und obwohl es dem König bitter leid war, seine Artillerie gerade in dem Moment zurückzulassen, da er Susa angreifen wollte, ließ er sich dies nicht anmerken, als ich ihn wiedersah. Sobald er eingetroffen war und ich ihm alles am Ort gezeigt hatte, setzte ich meinen Weg nach Chiomonte fort, das Seine Majestät zur Ausgangsbasis seines Angriffs auf Susa erkoren hatte, welcher laut seinem Befehl am sechsten März statthaben sollte. Ich erreichte Chiomonte am vierten März, Seine Majestät am fünften.

War der Empfang in Exilles freudig gewesen, war der in Chiomonte an jenem hellen Morgen ganz und gar überschwenglich. Der Grund dafür war, daß die Dorfbewohner mir über alle Maßen dankbar waren, daß ihr einziger Karren durch meine Mithilfe instand gesetzt worden war.

Auf einmal erblickte ich in der Menge, die sich um mein Pferd drängte, in einem Wust von Haupt- und Barthaaren zwei blinkende jettschwarze Augen, und an der Haardichte erkannte ich Filiberto.

»Filiberto«, rief ich, *»vieni qui!«*

Er spaltete die Menge mit der neuen Autorität, die mein Ruf ihm verlieh, der ihn in seinem Empfinden weit über seinesgleichen erhob. Zumal er ja schon die unvergeßliche Gunst genossen hatte, einer Familienangelegenheit wegen auf meinem Kutschbock mit nach Susa zu fahren. Filiberto hatte folglich das Gefühl, fortan zu meinem Gesinde zu gehören und mich gewissermaßen als seinen Herrn zu betrachten.

»Vostra Altezza si ricorda di me e del mio nome!« rief er, überglücklich vor Stolz.

»Si, certamente, Filiberto. Vieni nella mia tenda a mezzogiorno in punto. Vorrei parlarti.«

»Agli ordini, Vostra Altezza«[1], sagte er und verneigte sich bis zur Erde.

Und er zog sich wieder in die Menge zurück, wie es seiner neuen Würde gebührte, mit einer Art Feierlichkeit, die in keiner Weise lächerlich wirkte, so gut war sie gespielt. Gott, wie dieses Volk mir gefällt! dachte ich. Es hat im höchsten Maße den Sinn für Spiel und Komödie.

Ich beendete mein Mittagsmahl, als Filiberto in ehrerbieti-

1 (ital.) Eure Hoheit erinnert sich an mich und meinen Namen! – Ja, sicher, Filiberto. Komm heute mittag in mein Zelt. Ich möchte dich sprechen. – Zu Diensten, Eure Hoheit.

gem Schritt in mein Zelt trat, und es kostete mich einige Mühe, bis er bereit war, sich zu setzen und aus den Händen meines Dieners ein Glas Wein entgegenzunehmen. Wenn er sich aus Respekt auch nur mit einer Hinterbacke auf den Schemel niederließ, ehrte er doch meinen Weinkeller, indem er sein Glas auf einen Zug leerte. Von diesem Wein, dachte ich, wird in Chiomonte noch in Jahrhunderten die Rede sein.

»Filiberto«, sagte ich, »ich will dir ein Geheimnis anvertrauen, das du auf immer verschweigen wirst, und dich um einen Dienst bitten, der, wenn du ihn annimmst, ebenfalls für alle Zeit in der Tiefe deines Gedächtnisses ruhen muß.«

»Vostra Altezza«, sagte er feierlich, »wenn dieser Dienst nicht gegen mein Gewissen geht, werde ich ihn mit Freude leisten, ich bin Eurer Hoheit ergeben mit *anima e corpo*[1].«

»Filiberto«, sagte ich, »er geht nicht gegen dein Gewissen. Ich will mich morgen nach Susa begeben, aber nicht auf dem Weg entlang der Dora Riparia, sondern über das Gravere.«

»Una marcia lunghissima e difficoltosa«[2], meinte Filiberto. »Darf ich Eure Hoheit fragen, ob Ihr allein gehen werdet oder in Begleitung?«

»Ich gehe mit einem Regiment.«

»Dann ist es also eine militärische Aktion«, sagte ernst Filiberto.

»Nein. Der König von Frankreich will Seine Hoheit Herzog Karl Emmanuel um den freien und freundschaftlichen Durchzug durch sein Gebiet nach Casale bitten.«

»Seiner Erlauchten Hoheit dem Herzog wird also kein Leid geschehen?«

»Keines. Sein Sohn ist, wie du weißt, der Schwager des Königs von Frankreich.«

»Lo so«, sagte Filiberto, *»e sono ora interamente rassicurato.«*[3]

Für mein Gefühl beruhigte er sich mit einer Leichtigkeit, die wenig Liebe zu seinem Landesherrn bewies. Wahrscheinlich hatte er, wie die Leute von Exilles und Chiomonte, dafür seine Gründe. Ich liebte den Herzog auch nicht, sein langes Gesicht, die lange weiße Feder darüber, und seine törichte Arroganz.

1 Leib und Seele.

2 Ein sehr langer und schwieriger Marsch.

3 Ich weiß, und jetzt bin ich vollkommen beruhigt.

»Der König«, fuhr ich fort, »wird natürlich den Weg entlang der Dora Riparia nach Susa nehmen. Aber wo muß ich diesen Weg verlassen, um in das Gravere in Richtung Susa abzubiegen?«

»Das werde ich Euch sagen, *Vostra Altezza*, ein Stückchen vor der Stelle, wo der Rio Clarea sich in die Dora Riparia stürzt. Von da muß Eure Hoheit geradeaus nach Osten gehen.«

»Und dann gelange ich ins Gravere?«

»Eure Hoheit, das Gravere besteht aus mehreren Dörfern, das wichtigste davon ist Refornetto.«

»Und warum ist es so wichtig?«

»Weil es eine Kirche hat und in der Kirche einen Pfarrer.«

»Und was geht mich der Pfarrer an?«

»Tutto.«[1]

Dieses tutto verwunderte mich.

»Steck mir ein Licht auf, Filiberto«, sagte ich. »Muß ich den Pfarrer besuchen?«

»Ja. Und ihm die Räder schmieren.«

»Warum muß ich ihm die Räder schmieren?«

»Damit sie in Eurem Sinn rollen, Hoheit, und nicht entgegengesetzt. Wenn ich ihm sage, daß Ihr Vincenzo Tallarico zum Führer nehmen wollt, muß er mit der Wahl einverstanden sein.«

»Und wenn er nicht einverstanden ist?«

»Hoheit, was kann man von einem Karren erwarten, wenn seine Räder schlecht geschmiert sind? Sie quietschen! Und es kann sein, daß dieses Quietschen bis zu den Ohren Seiner Erlauchten Hoheit, des Herzogs von Savoyen, dringt. *E allora che disgrazia per il povero Vincenzo Tallarico!«*[2]

»Wer ist dieser Vincenzo? Wo wohnt er, und was macht er?«

»Das habe ich doch gesagt: Er wohnt in Refornetto, er ist mein Cousin. Und sein Gewerbe ist, daß er Möbel baut.«

»Also ist er Tischler.«

»No, certamente, Vostra Altezza!« protestierte Filiberto mit einiger Entrüstung. »*Vincenzo e un grande artista!*[3] Er entwirft Möbel. Und er baut sie. Und außerdem ist er ein großer Wanderer und kennt alle Pfade des Gravere auswendig.«

1 Alles.

2 Und dann wehe dem armen Vincenzo Tallarico!

3 Aber nein, Hoheit! Vincenzo ist ein großer Künstler!

»Willst du damit sagen, daß er mich gegebenenfalls von Refornetto nach Susa führen würde?«

»*Si, certamente.* Wenn ich ihn darum bitte und wenn sein Pfarrer einverstanden ist.«

»Und wie willst du ihn danach fragen?«

»Wenn Eure Hoheit vom Weg an der Dora Riparia abbiegt nach dem Gravere und Eure Hoheit einverstanden ist, dann rechne ich es mir zur großen Ehre an, Euch nach Refornetto zu führen.«

»Ma sei un tesoro, Filiberto!«[1] rief ich. »Damit erweist du mir einen großen Dienst, und ich nehme ihn an, wie du ihn mir anbietest, aus ganzem Herzen.«

Am sechsten März, noch vor Morgengrauen, setzte sich *il grandissimo esercito francese*[2], wie die Chimonteser sagten, auf der Straße entlang der Dora Riparia in Bewegung nach Susa. Der König wollte, daß das Schweizerregiment, Graf von Sault, ich und mein Führer seinem Heer eine halbe Meile vorauszögen, damit wir die Straße an der Mündung des Rio Clarea verlassen und in das Gravere vordringen konnten, ohne die nach uns kommenden Marschkolonnen aufzuhalten.

Es ging auch alles sehr gut, nur daß es keine reine Freude war, in Kälte und grauer Frühe einen verschneiten Pfad nach dem anderen über Berg und Tal zurückzulegen, auch wenn besagte Höhen vierhundert Klafter nicht überstiegen. »Aber das ist noch gar nichts«, sagte Filiberto, mir zum Trost, »schlimmer wird es von Refornetto nach Susa.«

Wir erreichten Refornetto, als der Pfarrer eben die Frühmesse beendete. So konnte ich die Gläubigen, die aus der *chiesa parrochiale* kamen, ansprechen und versichern, daß wir ihnen kein Leid antun würden, keine Gewalt, Beschimpfung, Plünderung oder Vergewaltigung, daß wir lediglich in aller Freundschaft durch den Ort ziehen wollten, nachdem wir ihrem guten Pfarrer unsere Ehrerbietung bezeigt hätten.

In dem Moment trat besagter Pfarrer majestätisch auf die Schwelle seiner Kirche, ich zog sogleich graziös meinen Hut, Graf von Sault desgleichen, und Filiberto machte ihm eine tiefe Verbeugung, während unsere Schweizer strammstanden und

1 Du bist ja ein Schatz, Filiberto!

2 Das große französische Heer.

die Hacken zusammenschlugen, welches Schlagen übrigens wenig Lärm machte, weil besagte Stiefel in dickem Schnee steckten.

Der Pfarrer neigte mit schönstem Wohlwollen den Kopf und bat uns in die Sakristei, wo ein tüchtiges Feuer brannte und von wo er rasch die drei *chierichetti*[1] vertrieb, die sich dort noch herumdrückten, sicherlich wollte er bei unserem Gespräch keine Zeugen.

Ich habe vergessen, wie der Pfarrer hieß, und das ist schade, denn oft charakterisiert der Name den Mann, der ihn trägt. Nehmen wir zum Beispiel Filiberto. Welcher Name hätte besser zu seinem herzlichen und wortgewandten Wesen gepaßt? Ohne einen Namen jedenfalls scheint es mir schwierig, den Pfarrer von Refornetto zu beschreiben, denn soweit ich mich erinnere, war es ein Mann von mittlerem Alter, mittlerem Wuchs, mittlerer Korpulenz und, so würde ich sagen, auch mittlerer Seele.

Auf jeden Fall sah er nichts Unschickliches darin, daß ich ihm »die Räder schmierte«, zum ersten mit fünf Flaschen Wein, die Nicolas ihm übergab und die er auf einen langen Tisch stellen mußte, wo bis auf den Faden durchgewetzte priesterliche Gewandstücke ausgebreitet lagen. Zum zweiten bot ich ihm eine kleine Börse, die zwei Louisdor enthielt. Er zog sie einen nach dem anderen hervor, wog sie in der Hand, betrachtete lange das Profil Ludwigs XIII., und daß er nicht hineinbiß, um sich der Reinheit der Münzen zu versichern, lag wohl nur daran, daß er im letzten Moment Scham empfand.

Schöne Leserin, ich möchte nicht, daß Sie denken, ich machte mich hier über den armen Pfarrer lustig. Denn arm war er wirklich, so wie alle Landpfarrer, ob in Italien oder Frankreich, weil sie von ihren schwerreichen Bischöfen nur den erbärmlichsten Lohn erhielten. Weshalb ihr Leben oft von der Gebefreudigkeit ihrer Schäflein abhing, die aber genauso arme Teufel waren. Obwohl ich noch gut weiß, wie Ludwig sich einmal über diese Armut der Landpfarrer entrüstete und dem Episkopat deshalb schwere Vorhaltungen machte, kann ich nicht sagen, ob diese irgendeine Wirkung hatten.

Nachdem ich ihm also »die Räder geschmiert« hatte, ohne mit der Schmiere zu knausern, fragte ich den Pfarrer, ob er etwas

1 Chorknaben.

dagegen habe, wenn ich Vincenzo Tallarico, sein Pfarrkind, bäte, mir als Führer von Refornetto nach Susa zu dienen.

Er beteuerte sogleich, durchaus nicht, und ich könne Vincenzo Tallarico sagen, er sehe nichts Unrechtes dabei, und sofern er, Vincenzo, einverstanden sei, sei er es auch.

Bevor wir aufbrachen, fragte er mich jedoch, warum ich den langen und schwierigen Umweg über das Gravere nähme, wo es doch viel leichter für mich wäre, die Straße an der Dora Riparia entlang nach Susa zu nehmen. Die Frage dünkte mich nicht ungefährlich, und ich täuschte Unkenntnis vor: Ich wisse nicht, was der Umweg solle, ich gehorchte nur dem Befehl meines Königs. Ob der Pfarrer mir glaubte oder nicht, weiß ich nicht, doch hielt er es offenbar für klüger, die Befragung seinerseits nicht fortzusetzen, und ließ mich ohne weitere Erklärungen ziehen.

Als wir die Kirche verließen, lobte mich Graf von Sault.

»Mein Herr Bruder (so nannten wir einander, um uns nicht bei jedem Wort mit den Titeln aufzuhalten), ich bewundere, wie Ihr die Dinge mit dem guten Pfarrer von Refornetto geregelt habt.«

»Mein Herr Bruder«, sagte ich, »das ist die Wirkung der *gentilezza*. Wenn ich in Italien bin, fühle ich mich ganz wie ein Italiener.«

Für einen »großen Künstler« wohnte Vincenzo Tallarico ziemlich beengt, aber mit viel Geschmack. Gleich auf Filibertos erste Worte hin war er, fast ohne den Mund aufzutun, bereit, uns als Führer zu dienen, und ging sich unverweilt in einem Nebenraum ankleiden, so daß wir mit seiner Frau allein blieben, die es nicht ganz leicht hatte, einerseits Wolle mit ihrem Rocken zu spinnen und andererseits zwei kleine Mädchen zu überwachen, die um sie herum stoben und tausend Schelmereien trieben. Die Mama hieß Francesca und war sehr schön, Sault und ich betrachteten sie voll stiller Bewunderung, doch so diskret wie möglich. Die Mädelchen nun, da sie uns schließlich bemerkten, hörten mit ihrem Unfug auf, stellten sich vor uns und musterten uns mit dem größten Ernst von unten bis oben. Nach beendeter Musterung streckten sie ihre kleinen Zeigefinger nach uns und sangen: *»Sono belli! Sono belli! Sono belli!«*[1], mit welchem Gesang sie erst aufhörten, als ihr Vater wieder eintrat.

1 Sie sind schön!

Die reizende Szene entzückte und betrübte mich zugleich. So allerliebst sie war, rief sie mir doch Catherine und mein Söhnchen in Erinnerung, von denen ich so weit getrennt war. Und was mich am traurigsten machte, war, daß ich nicht einmal wußte, wann ich sie wiedersehen würde, dieser Feldzug fing ja gerade erst an.

Filiberto gab ich zum Abschied zwei Ecus, und er war erstaunt und geschmeichelt, daß er genausoviel bekam wie der Pfarrer von Refornetto. Er protestierte zuerst, das sei *»troppo, Vostra Altezza, troppo!«*[1]. Anstatt sich aber bei seinem Vetter eine Weile auszuruhen, beschloß er zu meiner großen Überraschung, sofort den Rückweg anzutreten, sei es, daß ihn in Chiomonte eine dringliche Arbeit erwartete oder daß er darauf brannte, seiner Frau zu zeigen, wie seine Mühe belohnt worden war.

Vincenzo Tallarico hatte sich für den langen Marsch durch Schnee und Kälte trefflich gerüstet. Er war ein großer, kräftig gebauter Mann mit starker Brust und wettergegerbtem Gesicht, seine regelmäßigen, männlichen Züge ließen mich an einen römischen Legionär denken. Wie er so an der Spitze unserer Kolonne marschierte, schien es mir zuerst, daß er recht langsam gehe, bald aber merkte ich, daß dies der Schritt des Gebirglers war, der lange Strecken zu meistern vermag, ohne das Tempo zu ändern, ob es bergauf ging oder bergab. Die ganze Zeit, die Vincenzo bei uns war, blieb er außerordentlich schweigsam, sei es, daß er es von Natur aus war, sei es, daß er seinen Atem sparen wollte.

Leser, dieser lange, lange Marsch von Refornetto nach Susa war so hart, daß es mir eine Pein wäre, ihn auch noch zu erzählen. Zumal außer ein paar Stürzen nichts Bemerkenswertes passierte, nur daß gegen Ende ein paar Schweizer, die im Gehen eingeschlafen waren, sich verirrten, doch fanden sie sich tags darauf wieder ein. Mein Herz begann zu klopfen, als Vincenzo mich rufen ließ und sagte, vom Gipfel des Berges, den wir gerade erstiegen, würde ich Susa und seine Barrikaden sehen. Ich schickte Nicolas, es Graf von Sault zu melden, der sogleich eine Rast einzulegen befahl. Dann fragte er mich, ob ich die Lage nicht selbst erkunden wolle, in welchem Fall er mir zwei Schweizer zur Begleitung mitgäbe.

1 Zuviel, Eure Hoheit, zuviel!

Ich machte mich also auf mit den beiden Schweizern, obwohl ich nicht recht wußte, was sie für mich tun könnten, es sei denn, meine Leiche zu Graf von Sault zu tragen, sollten wir hinter dem Gipfel auf einen Vorposten stoßen. Doch nicht dies bereitete mir die meiste Sorge, so unerfreulich es auch war. Vielmehr zitterte ich davor, daß die Lage sich seit meinem Besuch bei Karl Emmanuel verändert haben könnte. Angenommen, Bellones Gewißheit, daß die Franzosen nicht von der Südflanke her angreifen würden, war ins Wanken geraten, und er hatte sich nach meinem Besuch im letzten Moment entschieden, besagte Flanke zu sichern, eine Befestigung zu bauen und Soldaten hineinzustellen, dann verlor die Strategie, die meine Auskünfte dem Kardinal und dem König eingegeben hatten, vollständig ihren Überraschungsvorteil.

Obwohl der Himmel bewölkt war, gab es nicht einen Anflug von Nebel, der uns verbergen konnte, und wir erklommen die letzten Klafter bis zum Gipfel auf dem Bauch im Schnee. Oben angelangt, hob ich vorsichtig den Kopf, riskierte eine Auge, und mir fiel ein riesiger Stein vom Herzen. Gott sei Dank! Keine Befestigungen, keine Vorposten, keine Soldaten. Die Südflanke der Barrikaden lag kahl und bloß. Ohne einen Schuß Pulver verschossen zu haben, waren wir die Herren der Höhe und sahen alles, ohne gesehen zu werden.

Mir schien sogar, daß die Soldaten innerhalb der drei gestaffelten Barrikaden gar nicht wirklich in Alarmbereitschaft waren, obwohl doch auf der Straße an der Dora Riparia, natürlich außerhalb der savoyardischen Schußweite, reglos und Muskete bei Fuß, unsere Armee in exakten Vierergruppen bereitstand.

»Die Unseren warten auf unseren Angriff, um ihrerseits anzugreifen«, sagte Graf von Sault, der sich, bäuchlings im Schnee wie ich, zu meiner Rechten einstellte. »Also lassen wir sie nicht länger schmachten!«

Als ich den Kopf wandte, sah ich eine Kompanie Arkebusiere in zwei Reihen herankriechen, eine, um den Hügelkamm zu besetzen, und die zweite, einen Klafter dahinter, um an die Stelle der ersten aufzurücken, sobald deren Ladung verschossen war.

»Unser Stand ist fast zu gut«, raunte Graf von Sault, »beinahe schäme ich mich, auf die armen Leute dort unten zu schießen.«

Trotzdem zog er seine Pistole, hob sie über den Kopf und schoß in die Luft, Hauptmann, Leutnant und Feldwebel des Regiments taten es ihm nach. Die vier aufeinanderfolgenden Schüsse gaben den Arkebusieren das Signal, alle zugleich auf die Barrikaden anzulegen. Das Musketenfeuer brach los wie der Donner, kurz und ohrenbetäubend, und als der Pulverdampf verflog, sah man, wie die Savoyarden von ihren Barrikaden fort und durch das große Stadttor stürzten, um sich in Sicherheit zu bringen. Im selben Augenblick strömte auf der Straße die königliche Armee heran, besetzte, ohne auf Widerstand zu stoßen, die Barrikaden und rannte durch das Tor, das die flüchtenden Feinde offengelassen hatten.

* * *

»Schöne Leserin, wollten Sie etwas sagen?«

»Monsieur, ich bin baß erstaunt. So wird der Kampf am Susa-Paß doch sonst nirgends erzählt!«

»Richtig, Madame. Und ich habe die beiden bekanntesten Versionen des Ereignisses, die französische und die savoyardische, noch mit keinem Wort erwähnt, weil ich weder der einen noch der anderen beistimmen kann.«

»Aber wenn Sie erlauben, Monsieur, würde ich sie trotzdem gern hören.«

»Bitte sehr. Ich mache Sie, Madame, zum Schiedsrichter meiner Zurückhaltung. Die verbreitete französische Version verdanken wir Marschall von Bassompierre. Nach beendetem Italien-Feldzug wieder in Paris, erzählte er diese seine Version im Kreis der Prinzessin Conti, der Herzogin von Chevreuse, kurz, der diabolischen Reifröcke und ihrer Anhänger am Hof, die für den König und den Kardinal nur Haß und Verachtung übrig hatten.

Gehen Sie mit mir bitte ein Stück in der Zeit zurück, Madame, bis zu jenem Moment nämlich, bevor die Schweizer von Graf Sault mit ihren Musketen auf dem Hügelkamm erscheinen, der die Südflanke der Barrikaden beherrscht. Wie gesagt, steht hundert Klafter vor besagten Barrikaden die königliche Armee Gewehr bei Fuß. Noch einmal hat Ludwig durch seinen Herold den Herzog von Savoyen um freie und freundschaftliche Passage ersucht, und abermals hat der Herzog von Savoyen diese abgelehnt. Und wem reißt nun der Geduldsfaden, wenn nicht unserem großen Bassompierre, unserem wunderbaren Bassompierre? Und das sagt er dem König denn auch in jenem geschwollenen, metaphorischen Stil, für den unsere höfischen Zierpuppen schwärmen, den aber der König verabscheut, der wie sein Vater eine knappe, soldatische Sprache schätzt.

›Sire‹, sagt Bassompierre, ›die Gesellschaft ist versammelt, die Violinen haben die Plätze eingenommen, und die Masken stehen an der Tür. Wenn es Eurer Majestät beliebt, kann der Tanz beginnen.‹

Worauf der König entgegnet, er habe keine fünf Pfund Blei im Magazin seiner Artillerie. Was für Worte legt Bassompierre ihm da in den Mund! Madame, mutet es Sie nicht sonderbar an, daß der König klagt, keine Munition zu haben, die er, wenn er sie hätte, gar nicht benutzen könnte, weil seine Artillerie, wie Sie wissen, im Fort von Exilles, gute zwei Tagesmärsche vor Susa, zurückgeblieben ist? Ist der König nicht bei ganz Trost? Hat er sein Gedächtnis verloren und weiß nicht mehr, was er redet?

Natürlich fegt Bassompierre den dummen Einwand im Nu beiseite. Er schilt und tadelt den König sogar, als wäre der ein Grünschnabel, und führt mit seinem Furor die Entscheidung herbei.

›Sire‹, sagt er, ›daran zu denken, ist es auch jetzt gerade Zeit! Soll der Tanz nicht beginnen, nur weil eine Maske fehlt?‹

Sehen Sie nicht, Madame, was für eine schöne Rolle Bassompierre sich hier zuschreibt! Mit welch prächtigem Gewand er sich drapiert! Und wie er neben dem armen Ludwig, der unter seiner Sudelfeder schwach, töricht und unfähig zur Tat erscheint, sich selbst als den strahlenden Heros darstellt, voll jener von den Italienern so bewunderten *furia francese*, indem er diesen schönen kriegerischen Tugenden auch noch die sehr französischen und von den Damen so bewunderten Attribute hinzufügt: Draufgängertum und Esprit. Madame, ich nehme Sie zum Zeugen, muß man angesichts einer derart galanten Sprache nicht die Sinne verlieren: ›Soll der Tanz nicht beginnen, nur weil eine Maske fehlt?‹ Die vierundsechzig Kanonen der französischen Artillerie mit einer ›fehlenden Maske‹ zu vergleichen! Hört, gute Leute, hört! Hier spricht ein Marschall von Frankreich!«

»Sie schenken diesem Bericht also keinerlei Glauben, Monsieur?«

»Nicht den geringsten. Weder dem Bericht noch der Rolle, die Bassompierre sich zuschreibt, noch seinen Reden, zumal er sie dem König von Angesicht zu Angesicht gehalten haben will. Denn dabei zugegen war erstlich der Favorit des Königs, Saint-Simon, der zwar den Mund hielt, aber die Ohren aufsperrte. Und es war vor allem zugegen, und wie merkwürdig, daß Bassompierre ihn, eine im Staat so bedeutende Persönlichkeit, nicht an seiner Seite bemerkt haben will...«

»Richelieu?«

»Ja, Richelieu. Der, vom König um seine Meinung befragt, dabei blieb, die Barrikaden nicht eher anzugreifen, als bis Graf Sault auf der ungeschützten Südflanke erscheinen und ebenjene Überraschung und Furcht auslösen würde, die man sich davon versprach. Und selbstverständlich war es diese Meinung, die beim König den Ausschlag gab. Das Umgehungsmanöver war mit großer Sorgfalt und Mühe vorbereitet worden, und da hätte man im letzten Moment darauf verzichten sollen, wie Bassompierre es wollte, um einen Frontalangriff zu führen, der stets viele Leben kostet?«

»Und nach allem, was Sie andeuteten, Monsieur, sind die savoyardischen Berichte der Wahrheit auch nicht viel näher?«

»Vermutlich, Madame. Nur sind sie in meinen Augen besser entschuldigt. Die Savoyarden waren die Besiegten und mußten sich hierüber trösten, indem sie ihr Heldentum in der Niederlage herausstrichen.

So wurde erzählt, Karl Emmanuel, so gichtlahm er auch war, habe sich samt seinem Lehnstuhl mitten in die Barrikaden tragen lassen, was ja geheißen hätte, er und seine Träger hätten im Fall des Rückzugs leicht gefangen werden können. Ebenso soll er, als der königliche Herold ihn um freie und freundschaftliche Passage der königlichen Armee ersuchte, mit einem jener prächtigen Sprüche geantwortet haben, aus denen man später historische Worte macht. Er sagte nein, klar, aber indem er sich mit der savoyardischen Ehre drapierte: *›Noi‹*, soll er gesagt haben, *›non siamo inglesi e sapremo difendere i nostri passagi.‹*[1] Ein deut-

1 (ital.) Wir sind keine Engländer und werden unsere Passage zu verteidigen wissen.

liche Anspielung, Madame, auf die Belagerung von La Rochelle, nur daß diese Anspielung ein bißchen hinkt, denn in La Rochelle waren es nicht die Engländer, die ihre Passagen verteidigten, sondern die Franzosen waren es, die ihnen die Passage dank dem berühmten Deich verwehrten, der in ganz Europa Bewunderung erregt hat.

Und nun zu der zweiten heroischen Episode im Bericht der savoyardischen Historiographen. Als die Franzosen in die Barrikaden einbrachen, habe der Sohn des Herzogs von Savoyen, Fürst von Piemont, seinen Vater vor der Gefangennahme durch *una brillante carica*[1] gerettet. Wie muß man sich die vorstellen? Zu Pferde, über Gräben und Barrikaden? Oder zu Fuß, als die Barrikaden bereits von der königlichen Armee und von den Schweizern unter Graf Sault überflutet sind, als die Verteidiger durch das weit offene Stadttor von Susa fliehen und die Angreifer ihnen nachsetzen? Wieso aber soll man überhaupt glauben, Madame, daß der Herzog und sein Sohn in die Barrikaden gekommen waren? Auf die Gefahr hin, daß beide im Kampf getötet würden und das Haus Savoyen auf immer erloschen wäre? Ich weiß nicht, wie es die italienischen Fürsten halten, aber in Frankreich und in ganz Europa ist es Brauch, daß die Herrscher sich nicht ›gefährlichen Orten‹ aussetzen, wie Richelieu es ausdrückte, wo sie getötet werden konnten, weil ihr Tod fast immer die prompte Niederlage ihres Heeres nach sich zog.«

»Sie meinen also, Monsieur, der Herzog von Savoyen hat sich gar nicht auf seinem Stuhl in die Barrikaden tragen lassen?«

»So unhöflich will ich gegen das Haus Savoyen nicht sein. Ich meine nur, daß der Herzog, nachdem er die Verteidigung der Stadt inspiziert und die Verteidiger ermutigt hat, in sein Schloß zurückgekehrt ist, um den Ausgang der Schlacht abzuwarten. Woran ja nichts Ehrenrühriges ist und was jeder europäische Monarch genauso gemacht hätte.«

»Aber, Monsieur, wenn man nur eine Handvoll Männer hat, ist es dann nicht eine Torheit, sich mit einer so mächtigen Armee wie der Ludwigs zu messen?«

»Torheit? Nein! Ich würde es eher Berechnung nennen.«

1 Eine glänzende Aktion.

»Berechnung? Wenn eine so schwache Garnison mit einem so gut wie gelähmten Feldherrn an der Spitze sich fünfunddreißigtausend Soldaten entgegenstellt?«

»Wenn Ihnen Berechnung nicht gefällt, nennen wir es Täuschung.«

»Täuschung?«

»Gewiß, Madame! Bedenken Sie doch, in welcher schwierigen Lage sich Karl Emmanuel zwischen seinen zwei mächtigen Nachbarn befindet, dem ständigen Nachbarn Spanien und dem immer nur zeitweilig in Italien aufkreuzenden Frankreich. Wenn er mit letzterem zu sehr fraternisiert, wird ihm Spanien nach dessen Abzug die Leviten lesen, vielleicht Schlimmeres. Vergessen Sie nicht, daß Karl Emmanuel von Savoyen mit dem König von Spanien verbündet ist und daß sie als Verbündete sich die Städte Monferratos aufgeteilt haben: für Spanien Casale, für Savoyen Tino. Den Franzosen den Schlüssel zu Italien zu übergeben hätte für Gonzalo de Córdoba Verrat am spanischen Verbündeten bedeutet. Wurde der einem aber mit Gewalt entrissen, sah die Sache ganz anders aus. Dann stand Karl Emmanuel weiß da wie Schnee.«

»Und hatte das Täuschungsmanöver den erwünschten Effekt?«

»Es ist der Fehler jeder machiavellistischen Politik, Madame, daß sie nur eine Zeitlang verfängt. Lange ließ der Spanier sich nicht narren, höchstens bis er hörte, welche sehr milden Friedensbedingungen Karl Emmanuel von Ludwig gestellt wurden: Der Herzog durfte Tino behalten und erhielt eine Jahresrente von fünfzehntausend Ecus zugesprochen. Als Gonzalo dann noch vom Wiedersehen unter Freudentränen und Herzensergüssen des Königs von Frankreich mit seiner kleinen Schwester hörte, der Prinzessin von Piemont, war ihm wohl klar, daß man ihn hinters Licht geführt hatte. Zumal die königliche Armee ihre freie Passage durch Susa erhielt, Casale von der Belagerung befreit wurde und Toiras sich mit starker Garnison dort festsetzen konnte.

Die Folgen ließen nicht auf sich warten. Kaum war Ludwig in sein liebliches Frankreich heimgekehrt, zeigte der Spanier dem Herzog die Zähne und forderte, daß er eine Klausel des Vertrags mit Ludwig nicht erfülle: Toiras in Casale zu ernähren. Was dem geizigen Karl Emmanuel aber sehr recht war und Toiras nicht allzusehr störte, weil er, in Belagerungen erfahren, große Vorräte angelegt hatte. Alles in allem, meine ich, sind Karl Emmanuel wenig Vorwürfe zu machen. Seine unglückliche geographische Lage nötigte ihn, bald Spanien und bald Frankreich zu verraten. Und was uns angeht, schöne Leserin, war es nicht unvermeidlich, daß wir, um Casale, Mantua, Savoyen und die Republik Venedig zu unterstützen, immer wieder mal nach Italien kommen mußten, denn unsere Erfolge dort waren doch nie von Dauer.«

FÜNFTES KAPITEL

Herr nun von Susa, betraute der König Richelieu – und nicht Bassompierre – mit der Aufgabe, die Stadt zu befrieden, was der Kardinal sehr geschickt und geduldig vollbrachte und ohne jede Sorge um glanzvollen Ruhm, dergestalt, daß er sich erbot, einen der drei Türme intra muros, der sich nicht ergeben wollte, nicht anzugreifen, wenn seine Verteidiger sich verpflichteten, nicht auf unsere Soldaten zu schießen. Sie versprachen es und hielten auch Wort.

Gegenüber Karl Emmanuel von Savoyen und dem Fürsten von Piemont zeigte Ludwig die gleiche Milde. Auf ihre Bitte erlaubte er, daß sie sich nach Avellana, einer kleinen Feste, zurückzogen, und mit seltener Rücksichtnahme verzichtete Ludwig darauf, das Schloß, das sie verlassen hatten, zu besetzen, sondern nahm mit einem benachbarten Haus fürlieb, das entschieden weniger schön und bequem war.

Den Friedensvertrag schloß Ludwig mit seinem Schwager, dem Fürsten von Piemont, und wie man sah, waren die Bedingungen äußerst günstig für den Herzog und seinen Sohn. Das Verhältnis zwischen ihnen und uns verschlechterte sich allerdings gegen Ende unseres Aufenthalts. Und das hatte seinen Grund.

Leser, wenn du schusselig, vergeßlich und unordentlich bist wie ich – außer in meinen Pflichten und Missionen –, sollst du wissen, daß dies nicht etwa ein läßlicher Fehler ist, mit dem man sich unter Freunden aufziehen kann, sondern ein schlimmes Laster, dessen unabsehbare Folgen den Sünder, wenn er kein Edelmann ist, eines Tages sogar an den Galgen bringen können.

In jenem Jahr und dem Monat, der uns beschäftigt, verlor ein gewisser Clausel auf seiner Reise durch Frankreich Papiere, welche demjenigen, der sie fand und las, von so hoher und großer Wichtigkeit erschienen, daß er sie über eine Kette von Vertrauensleuten bis nach Susa weiterreichen und dem König überbringen ließ.

Ludwig las diese Papiere und las sie abermals, verblüfft und außer sich vor Entrüstung. Sofort rief er den Kardinal, der seinerseits las und dem das Lesen die Sprache verschlug: Es handelte sich um einen Vertrag zwischen dem sehr katholischen König Philipp IV. von Spanien und dem Herzog von Rohan, Oberhaupt der französischen Hugenotten. Diesem Vertrag zufolge sollte der Herzog jährlich vierzigtausend Golddukaten erhalten, wenn es ihm gelänge, innerhalb Frankreichs einen unabhängigen protestantischen Staat zu schaffen.

Wahrhaftig, man hätte platzen können! Die unsägliche Scheinheiligkeit der spanischen Politik – aus diesem unappetitlichen Dokument sprang sie voll ins Auge. Urbi et orbi gab sich der König von Spanien als Führer der katholischen Kirche aus und proklamierte, daß er als einziger die Mittel besitze, die Ketzerei auszurotten. Aber gleichzeitig bot er dem Herzog von Rohan Gold, damit er in Frankreich einen protestantischen Staat errichte zu dem alleinigen Zweck, das einzige Land zu schwächen, das sich seinem Traum von einer habsburgischen Universalmonarchie in Europa widersetzte.

Ludwig geriet bei der Lektüre des Vertrags, wie gesagt, in brodelnden Zorn, doch erreichte dieser Zorn den höchsten Grad, als er entdeckte, daß die Person, die bei besagter Abmachung zwischen dem Herzog von Rohan und dem König von Spanien den Mittler gespielt hatte, niemand anders war als sein Schwager, der Fürst von Piemont. Der König ließ ihn von Avellana kommen, wusch ihm gnadenlos den Kopf und forderte von ihm ein handschriftliches Schuldbekenntnis, das er, wieder in Frankreich, samt dem Vertrag unseren Frömmlern vorlegte, die bekanntlich den König von Spanien auf Knien anbeten. Doch sind die Frömmler ja seltsame Leute, die einmal glauben, was sie glauben, und sonst gar nichts. Sie bestritten alles. Der Vertrag sei eine offenbare Fälschung, die Geschichte seines Verlustes unwahrscheinlich, und übrigens habe man den Mann, der ihn verlor, nicht dingfest machen können. Was das Einbekenntnis des Fürsten anging, so war es ihm von dem Sieger von Susa diktiert worden. All dies wurde aus Respekt vor dem König beileibe nicht laut gesagt, es ging von Mund zu Ohr als frommes Gemurmel. Und sogar als Clausel endlich gefaßt wurde und vorm Hängen gestand, bestritt man seine Geständnisse. Arrangiert sei das alles, Ausgeburt eines hinterhältigen

Hirns, Ihr wißt schon, wessen, hieß es mit Seufzen und schiefem Augenaufschlag.

Die Entdeckung des Geheimvertrags zwischen Rohan und dem spanischen König machte es zur noch dringlicheren Aufgabe, die hugenottischen Städte des Reiches ein für allemal zu unterwerfen. Zu meiner großen Erleichterung drängte der König, nachdem er vierzig Tage in Susa verweilt hatte, nun zum schleunigen Aufbruch nach Frankreich. Und überglücklich hoffte ich, bald schon die bukolischen Freuden von Orbieu wiederzufinden, wo Catherine mich erwartete. Schließlich bedurfte der König meiner Dolmetscherei doch nicht mehr, diesmal spielte sich die Schlacht ab unter Franzosen.

Doch, ach, es wurde nichts daraus. Ludwig blieb stur und stumm, sooft ich auf mein Herzogtum Orbieu anspielte und zu verstehen gab, wie gern ich dort zum Heuen oder zur Kornernte wäre.

»Das Heu hat einen breiten Rücken«, witzelte Nicolas, ganz als erginge es ihm nicht genauso, denn seit es Sommer war, leistete seine Henriette meiner Catherine auf unserem Gut Gesellschaft.

Da ich beim König auf Granit biß und mich dem Kardinal nicht zu eröffnen wagte, klagte ich meinen Fall Monsieur de Guron, von dem ich bereits im vorigen Band sprach.

Glücklich die Menschen, die mit einem Wort zu beschreiben sind: Schomberg mit Geradheit, mit Treue Guron. Und glücklich auch jene, die sie zu Freunden haben. Ihnen können sie alles sagen, ohne Argwohn, ohne Rückhalt.

Auf einer Etappe unserer Armee, zu Orange war es, lud ich Monsieur de Guron – der einer der großen Schlemmer bei Hofe war – zu einem kräftigen Mahl in dem mir zugeteilten Logis, und beim Dessert nun und einem letzten Gläschen vertraute ich ihm meinen Kummer an.

»Mein Freund«, sagte Guron, den es kein bißchen nach Paris zog, weil er längst nur noch Lust und Liebe bei Frauenzimmern suchte, die er auf dieser und jener Etappe fand. »Mein Freund«, sagte er also, »Ihr seid das Opfer Eurer trefflichen Gaben. Hat Eure Mittlerschaft Ludwig schon auf der Insel Ré große Dienste geleistet, Euer *go between* zwischen Buckingham und Toiras, um wieviel glänzendere waren es erst im Gravere. Und so denkt der König Eure diplomatischen Talente zu gebrauchen, um gegebenenfalls mit den hugenottischen Städten zu verhandeln und vielleicht sogar mit dem Herzog von Rohan. Schließlich rechnet dieser es Euch hoch an, wie liebenswürdig und zuvorkommend Ihr der Herzogin, seiner Frau Mutter, begegnet seid, als Ihr sie im belagerten La Rochelle besuchtet.«

»Gewiß!« sagte ich, »ich erinnere mich gut an die reizende alte Dame (reizend, aber auch ziemlich hochmütig), die mich in La Rochelle empfing. Wie sehr bewunderte ich ihre Standhaftigkeit, bei ihren Untertanen zu bleiben und Hunger und Gefahren mit ihnen zu teilen, obwohl Ludwig ihr zu wiederholten Malen anbot, sich aus dieser Hölle auf ein friedliches nahes Schloß zurückzuziehen.«

Es ist also aus, dachte ich, als ich Guron zu seinem Pferd begleitete, ich muß noch einmal fronen, fern von Catherine und meinem kleinen Sohn, und wer weiß, wie lange?

Leser, vielleicht kannst du dich der Tatsachen entsinnen und weißt noch, daß nach der Einnahme von La Rochelle und trotz aller Milde, mit welcher der König die Stadt behandelte, dennoch keine andere hugenottische Stadt sich zur Einsicht bekehrt hatte. Nachdem Susa genommen und Casale befreit war, blieb folglich nichts anderes übrig, als mit der Heimkehr ins süße Frankreich auch dieses Problem anzugehen, wenn man wollte, daß das Reich endlich von seinen Bürgerkriegen genas und dem König in seiner Gänze gehörte.

Wer eine Karte des Königreichs betrachtet, kommt nicht umhin zu bemerken, daß die hugenottischen Städte einen Bogen bilden, der von Privas über Saint-Ambroix, Alès und Anduze bis nach Nîmes reicht. Von Nîmes verläuft der Bogen dann in weitem Schwung gen Westen, mit Castres, Mazamet und Montauban.

Noch nie hatte die königliche Macht sich unterfangen, diese Städte alle gleichzeitig anzugreifen, sondern sie nahm sich bald die eine, bald die andere vor, mit dem Ergebnis, daß die Hugenotten, wenn eine fiel, sich über ihren Verlust trösteten, indem sie sich all jene herzählten, die ihnen »dank der Vorsehung« blieben. Wenn hingegen die königliche Macht vor einer Stadt scheiterte, wie zum Beispiel vor Montauban, hob dies den Mut aller anderen und bestärkte sie noch mehr im Gefühl ihrer Unbesieglichkeit, wie es ihre Pastoren ihnen im Namen der Sache eingetrichtert hatten.

Zurück aus Italien, vertraute Ludwig dem Kardinal von Richelieu die Rückeroberung der hugenottischen Städte an.

Damit wurde Richelieu vom Ersten Minister Seiner Majestät auch zum Generaloberst seiner Armeen, ohne daß er den Titel trug. Anders als alle seine Vorgänger in diesem Amt gebot er über einen unerhörten Vorteil: ein großes Heer, das seit der Einnahme von La Rochelle und der Besetzung von Casale obendrein als unbesiegbar galt. Außerdem war dieses Heer gut besoldet und ernährt, diszipliniert und kriegserfahren.

Darüber hinaus aber besaß er einen Trumpf, über den unsere wackeren Marschälle nicht unbedingt verfügen konnten: ein klares, von Voreingenommenheiten freies Urteil, welches das Für und Wider einer Situation und einer Strategie bis ins feinste zu erwägen vermochte, bevor es in aller Klarheit und Sachkenntnis eine Entscheidung traf. Und so beschließt er denn, nicht etwa eine einzelne wichtige Hugenottenstadt, sondern ausnahmslos alle anzugreifen, und alle zur selben Zeit. Nun, die Armee, über die er gebietet, ist groß genug, daß er sie aufteilen und überall hinschicken kann, wo die Rebellion sich noch hinter Mauern verschanzt: Der Prinz von Condé schließt den Belagerungsring um Montauban, Monsieur de Vantadour den um Castres, Marschall von Estrées den um Nîmes. Was den König und Richelieu betrifft, so attackieren sie den höchsten Punkt des von uns beschriebenen Kreisbogens, das heißt den nördlichsten Brückenkopf der Hugenotten in Frankreich: Privas. Am neunzehnten Mai wird die Stadt von neunzehntausend Mann Infanterie, sechshundert Mann Kavallerie und einer Artillerie umzingelt, welcher der Schnee von Exilles nichts mehr anhaben kann. Am sechsundzwanzigsten Mai ergibt sich die Stadt.

Schöne Leserin, vergeben Sie mir: Ihre schönen Augen werden nun weinen. Als Privas gefallen ist, erörtern der König und der Kardinal, ob sie der Stadt die gleich großmütige Gnade gewähren sollen wie La Rochelle nach dessen Kapitulation, und obwohl sie beide keine grausame Ader haben, kommen sie zu dem Schluß, daß Großmut, so edel sie an sich ist, nichts erbringt. Immerhin hatte sich nach La Rochelle keine zweite hugenottische Stadt ergeben. Und so entschlossen sie sich zur Strenge. Zum erstenmal, und ich glaube, nicht ohne Scham und Gewissenspein, ließ Ludwig seinen Soldaten die Zügel schießen. Es kam zu allen in solchem Fall üblichen Schandtaten. Privas wurde geplündert und gebrandschatzt, und als ich die verzweifelten Schreie der armen Einwohner hörte und die hohen Flammen sah, die ihre Häuser verschlangen, war ich verstört und unglücklich wie nie; ich konnte jedoch nicht bestreiten, daß an den darauffolgenden Tagen Saint-Ambroix, Alès, Anduze, Nîmes, Castres, Mazamet, Montauban eine nach der anderen dem König ihre Tore öffneten. Es waren keine erfreulichen Gedanken über die menschliche Gattung, die mich angesichts dieser Kapitulationen ohne einen Schuß Gegenwehr bewegten, hatte doch das Wüten der Soldateska in Privas bewirkt, was Gnade und Milde nicht vermocht hatten.

Trotzdem kehrten Gnade und Milde wieder, allerdings von Vorsichtsmaßnahmen begleitet, als Ludwig am siebenundzwanzigsten Juni das Gnadenedikt für die protestantischen Städte erließ. Sie mußten ihre Mauern und Wälle schleifen und, das war das mindeste, den katholischen Kult überall wieder zulassen. Abgeschafft wurden die ihnen von Henri Quatre gewährten Privilegien, besonders jenes, das sie von der Taille, der königlichen Steuer, befreit hatte. Doch vor allem – ein Wunder an königlicher Gerechtigkeit! – wurden ihnen die konfiszierten Güter wiedererstattet, und um einen Schlußstrich unter die Vergangenheit zu ziehen, verpflichtete sich Ludwig, künftig die Sicherheit der Hugenotten und ihre Religion in Frankreich zu respektieren.

Was mich anlangte, brauchte ich keine großen diplomatischen Fähigkeiten aufzubieten, um im Namen des Königs mit dem Herzog von Rohan zu verhandeln. Er war nur zu sehr interessiert, das Spiel zu beenden, und das aus guten Gründen. Hatte ihn der Friedensvertrag zwischen Frankreich und England bereits seines natürlichen Verbündeten beraubt, nahm ihm die Kapitulation der hugenottischen Städte zugleich mit jeglicher Hoffnung auf einen protestantischen Staat innerhalb Frankreichs auch seinen widernatürlichen Verbündeten: Spanien. Offenbar sind die Großen dieser Welt in der Religionsfrage weniger kitzlig als ihre Völker.

Die Bedingungen, die ich dem Herzog von Rohan zu bieten hatte, waren so großzügig, daß schwerlich etwas daran auszusetzen war. Er wurde begnadigt, erhielt seinen Besitz zurück und hunderttausend Ecus zum Trost für seine Niederlage. Gleichwohl hatte das Idyll einen Schatten: Der Herzog mußte künftighin außerhalb Frankreichs residieren, und zwar fürs erste in der uns langjährig verbundenen Republik Venedig, die in ihrer Furcht vor spanischen Übergriffen vom Mailändischen her eines Kriegsherrn bedurfte, der dem Feldherrn Spinola im gegnerischen Lager mindestens ebenbürtig war.

So wurde der Herzog von Rohan denn mit allen möglichen Ehren nach Toulon geleitet, wo er sich mit Gemahlin, Tochter und Schätzen einschiffte nach der Perle der Adria. Und er leistete ihr tatsächlich die größten Dienste, bis er sich dem König ebenso kostbar erweisen konnte, als er die Spanier hinderte, sich im Veltlin festzusetzen – was mangels Verstärkung jedoch nur für begrenzte Zeit gelang.

Wie ich schon hundertmal sagte, war Ludwig das windige, regnerische und stürmische Klima von La Rochelle und dem Land Aunis schlecht bekommen. Kaum nun fiel ihm im Juni 1629 Nîmes in die Hände, fand er die schöne Stadt trotz ihrer Bäume und Brunnen so drückend heiß und unerträglich, daß er nur noch an Abreise dachte. Womit ich nicht behaupten will, daß ihm das Pariser Klima behagt hätte, denn sowie er den Louvre verließ, klagte er über den Gestank in den Straßen seiner Hauptstadt. Die Annehmlichkeit an Paris bestand für ihn darin, daß Saint-Germain-en-Laye, die Wiege seiner Kindertage, in der Nähe lag, wo er endlich aufatmen und nach Herzenslust jagen konnte im Gehege von Pecq.

Er überließ es dem Kardinal, im Languedoc über die Umsetzung des Gnadenfriedens zu wachen, und verließ am fünfzehnten Juli Nîmes. Und völlig unvorbereitet und unerwartet wie üblich erfuhr ich zwei Stunden vor seinem Aufbruch, daß ich ihm folgen solle. Obwohl es nicht ausgeschlossen war, daß er meinen Wunsch, zur Erntezeit in meinem Herzogtum Orbieu zu sein, nicht vergessen hatte, hütete ich mich, daran auch nur mit einem Wort zu rühren oder ihm zu danken, damit er ja nicht glaubte, meiner Anregung gefolgt zu sein, denn das hätte er nicht ertragen, so argwöhnisch, empfindlich und eifersüchtig hielt er auf seine Autorität.

Nur Schomberg, Saint-Simon, Monsieur de Guron, die Offiziere seines Hauses und mich nahm er mit und als Eskorte seine drei besten Regimenter, von denen übrigens jedes, ohne es zu laut zu sagen, behauptete, es sei noch besser als die zwei anderen.

Saint-Simon[1] – zweifellos der feinste, klügste, treueste und am wenigsten angeberische unter den königlichen Favoriten – durfte als einziger durchgehend in der Karosse des Königs mitreisen, wobei »durchgehend« jedoch zuviel gesagt ist, denn manchmal warf Ludwig ihn hinaus, und dann flüchtete sich der Ärmste in meine Karosse oder in die von Schomberg oder Guron. Als ich ihn eines solchen Tages bei mir aufnahm, fragte ich, womit er sich den Zorn des Königs zugezogen habe.

»Wie alle, die ihm treu dienen«, erwiderte er leise lächelnd, »werde ich Ludwig bisweilen lästig.«

»Und weshalb?«

»Einmal rede ich ihm zuviel in seiner Karosse, ein andermal rede ich zuwenig.«

»Wird ihm auch der Kardinal gelegentlich lästig?«

»Ei«, sagte Saint-Simon mit jenem verschmitzten, jugendlichen Lächeln, das ihn bei allen so beliebt machte, »ei, Monseigneur, was für eine heikle Frage!«

»Ich ziehe sie zurück«, sagte ich, »wenn sie Euch indiskret dünkt.«

»Nein, nein! Ludwig liebt, schätzt und bewundert den Kardinal mehr als jeden anderen auf der Welt, aber manchmal erträgt er seine erdrückende Überlegenheit eben nicht, und dann versetzt er ihm wie einem widerspenstigen Pferd mit der Reitgerte einen Nasenstüber, um ihn daran zu erinnern, wer Roß und wer Reiter ist. Aber, beim Teufel, Monseigneur, damit sage ich Euch doch nur, was Ihr genauso erlebt habt wie ich.«

»Ei«, sagte ich lachend, »welch eine heikle Frage! Doch ehrlich gestanden, die Antwort ist ›ja‹. Ludwig liebt es, die Menschen, die ihm dienen, zu foppen und auf die Folter zu spannen, und in dieser Absicht, glaube ich, versprach er mir mein Herzogtum, mehrere Monate bevor ich es wirklich erhielt.«

Hierauf aber blieb Saint-Simon still und stumm, weshalb ich mir sagte, daß das am Hof umlaufende Gerücht wohl nicht falsch war, nach dem der König auch ihm ein Herzogtum versprochen hatte ... Lieber Gott! dachte ich, wie wenig hat dieser nette Reitknecht geleistet, um nun in den Hochadel aufzusteigen, und wie mußten andere dafür fronen!

1 Der Vater des Autors jener berühmten »Memoiren«, die das Leben am französischen Hof in den Jahren von 1694 bis 1723 erzählen.

Es war, wenn ich nicht irre, auf der vorletzten Etappe vor Paris, daß Ludwig mich in seiner Karosse empfing, und er wirkte an diesem hellen Morgen so finster, daß ich mich fragte, ob die mir erwiesene Ehre unterwegs nicht ins Gegenteil umschlagen würde. Die Reise begann mit einem sehr langen, beunruhigenden Schweigen, denn selbstverständlich durfte ich den Mund nicht auftun, bevor er nicht sprach, was aber Ludwig in keiner Weise gehindert hätte, mir mein Schweigen zum Vorwurf zu machen.

Wie erleichtert war ich demnach, als er ein Schreiben aus seinem Wamsärmel zog und es mir hinreichte.

»Sioac«, sagte er, »Ihr wißt, ich kann in fahrender Karosse nicht lesen, mir wird von dem Stuckern schwindlig. Hier ist ein Bericht, den ich heute morgen vom Kardinal erhielt. Er schickt mir ja jeden Morgen einen«, setzte er angewidert hinzu, und ich dachte, daß er doch wohl höchst ungehalten wäre, würde Richelieu sich unterfangen, ihm auch nur einen einzigen Tag keinen Bericht über die Reichsgeschäfte vorzulegen. »Bitte, lest das Schreiben.«

»Laut, Sire?«

»Nein! Ich wüßte Euch keinen Dank, wenn Ihr mir die Stille vertreiben würdet. Lest für Euch, und wenn Ihr fertig seid, gebt mir ein Resümee. Der Herr Kardinal schreibt immer so lang. Er muß immer alles bis ins Unendliche begründen.«

Nun war es ja gerade diese sokratische Dialektik, die ich an Richelieu am meisten bewunderte. Übrigens hatte ich auch mehrmals gehört, wie selbst Ludwig ihn für die Klarheit, die Methode und den erschöpfenden Charakter seiner Darlegungen lobte.

Ich las also Richelieus Brief still für mich.

»Sire, ich bin fertig«, sagte ich dann.

»Ich höre«, sagte Ludwig mit einer Miene größten Überdrusses, die sein Vergnügen, vom Kardinal tagtäglich über alles unterrichtet zu werden, schlecht verhehlte.

»Sire, der Kardinal schreibt Euch von Schloß Piquecos.«

»Piquecos?« fragte Ludwig, »ein komischer Name!«

»Es ist ein Name aus dem Languedoc, Sire.«

»Das dachte ich mir. Und wo liegt Schloß Piquecos?«

»Unweit von Montauban, Sire.«

»Schön. Der Herr Kardinal wollte also nicht in der Stadt wohnen, die sich ihm gerade erst ergeben hat. Weiter, Sioac.«

»Als der Kardinal auf seinem Pferd in die Stadt einzog, wollte der Stadtrat, daß er unter einem Baldachin Platz nehme, den man ihm zu Ehren errichtet hatte. Aber Seine Eminenz hat es abgelehnt und gesagt, dies sei ein Privileg, das allein dem König gebühre.«

»Richtig. So ist es«, sagte Ludwig befriedigt.

»Aus demselben Grund hat der Kardinal es abgelehnt, daß die Konsuln der Stadt ihn zu Fuß zum Rathaus geleiteten.«

»Auch gut. Wieso geben sich diese Leute eigentlich römische Namen? Konsuln! Sind wir in Rom oder in Montauban?«

»Sire, ›Konsuln‹ nennen sich im Languedoc die Mitglieder des Stadtrats.«

»Weiter, Sioac.«

»Als der Herr Kardinal sah, daß von der Sankt-Jacobs-Kirche zu Montauban nur noch eine Kapelle übrig ist, so haben die Reformierten sie zerstört, hat er befohlen, sie sofort auf königliche Kosten wiederaufzubauen.«

»Das ist das mindeste, was ich tun kann«, meinte Ludwig.

»Und schließlich, Sire, hat Seine Eminenz die Prediger des hugenottischen Kults ins Gebet genommen und ihnen gesagt, daß Eure Majestät Ihre Untertanen künftighin nach ihrer Treue gegen Eure Person, Sire, und nicht nach ihrer Religion unterscheiden wird.«

»Gut.«

»Eure Majestät, hat er zum Schluß erklärt, wünsche, daß alle Ihre Untertanen im selben Glauben einig seien, doch erhoffe Sie sich dies allein von Gottes Willen und allein von Gott.«

»Das wird unseren guten Frömmlern nicht gefallen«, sagte Ludwig, »aber es ist genau, was ich denke.«

»Der Herr Kardinal beschließt seinen Brief mit einem an Eure Person gerichteten starken Wort. Darf ich es zitieren, Sire?«

»Zitiert, Sioac.«

»›Sire, alles beugt sich Eurem Namen. Man kann jetzt wahrhaft sagen, daß die Quellen der Ketzerei und der Rebellion versiegt sind.‹«

Ludwig überlegte ein Weilchen.

»Nein«, sagte er dann langsam, »das ist nur zur Hälfte wahr: Die Quellen der Rebellion sind tatsächlich versiegt, aber nicht die der Ketzerei. Nur, was können wir anderes tun, als dieses Gnadenedikt umzusetzen? Die Hugenotten abschlachten? Gute

Franzosen aus Frankreich verjagen? Oder andere Unmenschlichkeiten begehen, über die unsere guten Frömmler sich die Köpfe heiß reden?«

Hiermit schloß Ludwig die Augen und blieb so lange stumm, daß ich dachte, er wolle schlummern. Doch mit einemmal schlug er die Augen auf.

»Man muß dem Kardinal«, sagte er mit klarer Stimme, »die Ehre erweisen, die er verdient. Alle glücklichen Erfolge, die es im Reich und außerhalb des Reiches gibt, sind seinem Rat und seinem mutigen Wirken zu danken.«

* * *

Drei Tage darauf gewährte Ludwig mir aufs neue Gastrecht in seiner Karosse, nun aber zu einem ganz unverhofften und freundschaftlichen Zweck, so daß ich hocherfreut war.

»Sioac«, sagte er, »wißt Ihr noch, wie ich Euch einmal einen Plan für ein Torgebäude in Orbieu zeichnete, nachdem Ihr von marodierenden Soldaten überfallen worden wart?«

»Und wie gut ich das weiß, Sire! Euren Plan ließ ich hinter Glas und in einen Goldrahmen setzen, und so schmückt er meinen schönsten Salon.«

»Was, Sioac! Eingerahmt und aufgehängt habt Ihr ihn? War der Plan als Wandschmuck gedacht? Oder um wirklich danach zu bauen?«

»Aber genauso verstand ich ihn, Sire. Ich habe besagtes Torgebäude exakt nach Eurem Plan errichten lassen, habe Soldaten hineingesetzt, und seitdem gibt es keine Überfälle mehr.«

»Das habt Ihr gut gemacht«, sagte Ludwig. »Ob Herzogtum, ob Königreich, es muß den Feinden wehren.«

»Sioac«, fuhr er nach kurzem fort, »morgen abend erreichen wir Montfort-l'Amaury, ich habe Order gegeben, daß meine Regimenter dort biwakieren. Aber was mich angeht, wäre ich glücklich, wenn es Euch recht wäre, in Orbieu zu übernachten.«

»Sire«, sagte ich, »es wird meiner Gemahlin und mir ein hohes Glück und eine außerordentliche Ehre sein, Euch in Orbieu zu empfangen, und ich bin mir sicher, daß das Datum Eures Besuchs noch für meine Kinder und Kindeskinder alljährlich ein Tag freudigen und stolzen Gedenkens sein wird.«

Hierzu muß ich sagen, daß es gar nicht so leicht war, Ludwig durch Dankesworte zufriedenzustellen. War man zu lang und zu rhetorisch, witterte er Getue und Schmeichelei. War man zu kurz, fand er das ungeniert und quasi eine Verletzung seiner Würde. Nach dem Anflug eines Lächelns zu urteilen, das über sein ernstes Antlitz huschte, hatte ich diesmal wohl das rechte Maß getroffen.

Da der Lindwurm unserer Karossen, Kavallerie, Karren und Fußsoldaten alle zwei Stunden anhielt, beurlaubte mich Ludwig beim nächsten Halt, und ich machte mich eiligst auf die Suche nach Nicolas, seinem Bruder, dem Hauptmann von Clérac, und Marschall von Schomberg. Nicolas sagte ich, er solle sich am folgenden Morgen zwei Stunden vor Tag aufmachen, der Herzogin von Orbieu zu melden, daß der König in der kommenden Nacht bei uns logieren werde und alles zu seinem würdigen Empfang vorzubereiten sei. Monsieur de Clérac bat ich, er möge seinem Bruder Nicolas zehn seiner Musketiere zur Eskorte nach Montfort-l'Amaury mitgeben. Und Schomberg, er solle seinen Gardisten und Wachen Befehl erteilen, diesen Peloton vor der festgesetzten Aufbruchsstunde passieren zu lassen.

»Gott sei Dank«, meinte Schomberg, »daß unsere nächste Etappe Montfort-l'Amaury ist. Dort gibt es nämlich an einem Teich, wo wir unsere Zelte aufschlagen können, ein weites Gelände, das Henri Quatres Feld heißt, Gott weiß warum.«

»Aber ich weiß es! Von meinem Vater«, erwiederte ich lachend. »Henri wäre dort von einer jungen Bäuerin einmal beinahe mit einer Sichel erschlagen worden; sie war furchtbar aufgebracht gegen ihn, weil er auf ihrem Feld sein Geschäft verrichtete.«

»Und wie hat Henri sich gerettet?«

»Mit seinem üblichen Witz. ›Meine Schöne‹, hat er gesagt, ›wäre es nicht großes Unrecht, den König totzuhauen, nur weil er euren Acker düngt?‹ – ›Ich wußte nicht, daß Ihr der König seid‹, meinte die Bäuerin. ›Aufs Maul gefallen seid Ihr freilich nicht, wie es ja auch von ihm heißt, und Ihr starrt auch den Weibern auf den Busen.‹«

* * *

Ich muß nun gestehen, daß ich mehr geschmeichelt als glücklich war, den König in meinem kleinen Reich zu empfangen, denn ich hatte mir meine Heimkehr anders vorgestellt, eher wie

Odysseus, dem nach dem Trojanischen Krieg Herz und Sinn einzig danach standen, Ithaka und seine treue Penelope wiederzusehen. Nach dem langen Umherziehen in Italien und Languedoc, nun, da endlich Frieden war, sehnte auch ich mich nach meiner ländlichen Zuflucht und nach ihr, deren schönster Zier, die mir in meinen Träumen mit dem Knäblein im Arm entgegentrat, das sie mir geboren hatte.

Ja, ehrlich gesagt, Leser, und ohne meine Anhänglichkeit an den besten aller Herren zu schmälern, hätte ich das Wiedersehen mit meiner lieben Gattin gern gefeiert, ohne mir gleichzeitig den Kopf zerbrechen zu müssen, wie ich Ludwig nach allen Regeln des Protokolls bewirten könnte.

Auf besagtes Protokoll hielt Ludwig tatsächlich viel, und einen selbst ungewollten Verstoß gegen die ihm geschuldeten Rücksichten verzieh er kaum. Diese Eigenheit (über die sein Vater Henri gelacht hätte, er, der immer und überall mit jedermann auf vertrautem Fuß war), ach, sie entsprang bei ihm nicht aufgeblasener Eitelkeit, sondern der Tatsache, daß er in Kindheit und Jugend unverschämt behandelt worden war von den Usurpatoren seiner Macht: von seiner Mutter und dem schändlichen Pärchen Concini.

Unter all ihren Kindern, Knaben wie Mädchen, liebte die Königinmutter nur den einen: Gaston. Ohne tiefere Bewegung hatte sie ihre drei Töchter für immer aus Frankreich fortgehen lassen. Und sie vergoß keine Träne, als ihr von klein auf kränklicher Sohn Nicolas starb. Schlimmer noch. Obwohl sie wissen mußte, daß Ludwig sehr an dem armen Bruder hing, schickte sie ihm die traurige Nachricht nach Saint-Germain just durch den elenden Concini, der sich dieser Aufgabe mit einer Roheit entledigte, als genösse er den Kummer, den er hervorrief. Sogar als Ludwig gekrönt war, hörten die Demütigungen nicht auf, und als er zum erstenmal dem Rat vorsaß, der seinen Namen trug, und das Wort ergreifen wollte, schrie die Rabenmutter mit wütender Stimme: »Seid doch still!«

Ludwig wollte vor versammeltem Rat keine Auseinandersetzung mit seiner Mutter. Er schwieg. Er ließ sich nichts anmerken. Verziehen hat er ihr nie.

Später, als er endlich zur Macht kam, von der er so lange nur den Anschein besaß, ließ er Concini ermorden und verbannte seine Mutter nach Blois, was er wortkarg wie stets kommentierte: »Die Königinmutter hat mich weder wie den König noch wie einen Sohn behandelt.«

Die Wunden, welche die lieblose und demütigende Mutter ihm zugefügt hatte, heilten nie ganz, obwohl der Schmerz mit der Zeit an Schärfe verlor. Und ich behaupte, daß Ludwigs ewiges Pochen auf seine königlichen Vorrechte noch dessen ferne Auswirkung war. Andauernd fürchtete er, man lasse es gegen ihn am gebührenden Respekt fehlen. Seine Diener kannten diese übermäßige Empfindlichkeit, und obwohl deren größter, Richelieu, ihm demütiger, behutsamer und ehrerbietiger begegnete als der allerletzte Diener und sich auch nie irgendeiner Arroganz oder Unverschämtheit oder Unhöflichkeit wissentlich schuldig machte, traf ihn trotzdem dann und wann jener Nasenstüber, von dem ich sprach.

Hieraus ersiehst du, Leser, wie sehr mir davor bangte, daß ich Ludwig bei diesem Besuch in meinem Haus verletzen oder daß Catherine, die von je eine freie Sprache führte, ohne besonderen Respekt vor den Großen dieser Welt, ihn durch ein allzu offenes Wort kränken könnte. Doch dem war nicht so, es ging alles gut. Ludwig besichtigte mein Torgebäude und war davon so befriedigt, als hätte er es eigenhändig erbaut. Er besichtigte auch die Kirche von Orbieu und vernahm erfreut aus meinem Mund, daß ich, ohne auf den pflichtvergessenen Bischof zu warten, aus eigenen Mitteln das Kirchendach hatte decken und das Pfarrhaus herrichten lassen und daß ich für das materielle Wohl des Pfarrers sorgte.

Ludwigs Interesse ging so weit, daß er die Bücher mit den Einnahmen und Ausgaben des Gutes sehen wollte, und weil Monsieur de Saint-Clair die Bücher führte, wobei Lorena ihm half, stellte ich ihm das junge Paar vor. Die Schönheit der beiden schien ihn sehr zu beeindrucken, im besonderen aber die Jugend Lorenas, die er »meine Hübsche« nannte, und diese Anrede kam aus seinem Mund so bar aller Hintergedanken, wie sie bei seinem Vater deren voll gewesen wäre.

Dann wollte er mein Fürstentum zu Pferde umrunden, und hierbei zeigte er sich etwas weniger zufrieden als bisher.

»Ich verstehe«, sagte er, »daß es ruinös gewesen wäre, dieses große Besitztum mit Mauern zu umgeben, aber pflanzt doch wenigstens Hecken. Wenn eine Hecke hoch und dicht genug ist, ist sie sogar schwerer zu überwinden als eine Mauer.«

»Aber man kann sie in Brand stecken, Sire.«

»Ein Feuer sieht man von weitem«, sagte Ludwig, »das verdirbt den Angreifern den Überrumpelungseffekt.«

Dann wollte er meine Schweizer inspizieren, und weil ich dies vorausgesehen hatte, blitzte alles an ihnen wie die Sonne, als sie vor dem König antraten. Ludwig lobte ihre Haltung, ihre Kleider und Waffen, bemängelte jedoch ihre geringe Zahl.

»Sioac«, sagte er, »Ihr braucht doppelt so viele. Es geht um Eure Sicherheit, aber auch um Eure Würde als Herzog und Pair.«

Betrübten Herzens versprach ich es ihm. Ich war gewiß nicht knickerig, aber ich war sparsam wie mein Vater.

Und als ich am Ende dieses erschöpfenden Tages alle Türen hinter mir schließen konnte und endlich zu Catherine unter unseren Betthimmel schlüpfte, maulte sie, sie habe den König kaum gesehen, was ja wohl hieß, daß er sie kaum angesehen hatte.

»Was wollt Ihr, meine Liebe«, sagte ich, »Ludwig ist ein Soldatenkönig wie sein Vater.«

»Man kann doch, wie sein Vater, Soldat und galant sein.«

»Aber ehrlich gestanden, Liebste, hätte ich seinen Vater nicht so leichten Herzens hier empfangen. Denkt nur daran, wie der Prinz von Condé mit seiner schönen Gemahlin in die Niederlande fliehen mußte, um sie vor den Nachstellungen des Béarnaisers in Sicherheit zu bringen.«

»Wie dem auch sei«, meinte sie in leicht gekränktem Ton, »jedenfalls ist Euer Ludwig, auf den Ihr soviel haltet, den Frauen nicht zugetan.«

»Seine Mutter liebt er nicht und nicht seine Gemahlin, aber seine Schwestern liebte er sehr. Und vor allem achtet er das Gebot: Du sollst nicht begehren deines Nächsten Weib.«

»Und Ihr, Monsieur«, fuhr Catherine auf und bohrte ihre Goldaugen in meine Augen, »seid Ihr auf Euren Kriegszügen diesem Gebot gefolgt, Eures Nächsten Weib nicht zu begehren?«

Wahrhaftig, schöne Leserin, ich war baff, mit welcher Geschwindigkeit Catherine die Waffen zückte! Und ich sagte mir, daß ihr Verhör leicht inquisitorischer werden könnte als die Inspektion des Königs!

Ich verlegte mich also auf die Wahrheit, die aber, wie du weißt, Leser, gefährlich sein kann, selbst wenn man unschuldig ist.

»Verführerischen Damen«, sagte ich, »bin ich nur zweimal begegnet, doch ohne ihren Lockungen zu erliegen.«

Wo, wer, wann, wollte Catherine sofort wissen und forschte in anklagendem Ton, wes Nächsten Weib es denn war, das ich nicht hätte begehren dürfen?

»Es gab keinen Nächsten, meine Liebe. Die eine war eine Witwe, bei der ich einquartiert war, und die anderen waren zwei junge Waisen, bei denen Graf von Sault und ich in Susa logierten.«

»Höre ich recht?« rief Catherine, »zwei Italienerinnen! Zwei feurige Frauenzimmer! Und Ihr wollt mir weismachen, Ihr wäret ihnen nicht erlegen?«

»Nein, Madame, davor bewahrte mich Graf von Sault. Er nahm es auf sich, sich während unseres ganzen Aufenthalts zu Susa der Bigamie zu ergeben.«

»Graf von Sault soll Euch bewahrt haben! Noch so ein Liebhaber der Weiblichkeit! Eine schöne Garantie! Ich glaube eher, daß Ihr einander die feurigen Weibsbilder geteilt habt!«

»Meine Teure«, sagte ich verstimmt, »Ihr habt nicht den mindesten Grund zu Eurem Verdacht. Ich war Euch auf diesem ganzen Feldzug ehern treu, und damit Punktum, wie Ihr zu sagen beliebt.«

Doch wenn ich glaubte, ihrem Verhör mit dieser Redewendung ein Ende zu setzen, hätte ich ebensogut versuchen können, einen Sturzbach durch einen Kiesel aufzuhalten. Sie hörte und hörte nicht auf, bis ich ihr schließlich entnervt den Rücken kehrte, was freilich nicht besonders liebenswürdig war, ich bekenne es, und denn auch ein Schluchzen heraufbeschwor, das einem das Herz zerriß. So konnte ich nicht anders, als ihr gut zuzureden, sie zu streicheln, zu liebkosen, bis wir beide fanden, daß es keiner Worte mehr bedürfe. Und obwohl Catherine ihre törichten Anschuldigungen nicht zurücknahm, ließ sie sie doch fallen, beide taten wir in schweigendem Einvernehmen, als hätten wir sie vergessen, und die Nacht endete, Gott sei Dank, zärtlicher, als sie begonnen hatte.

* * *

Ludwig blieb nur zwei Tage und zwei Nächte in Orbieu. Am einundzwanzigsten Juli reiste er ab, und bei unserer letzten gemeinsamen Mahlzeit wandte er sich endlich an Catherine mit der Anrede »meine Cousine«.

Auch wenn es nur die gebührende protokollarische Anrede für eine Herzogin war, konnte Catherine nicht verhindern, daß Rosenfarbe ihr Gesicht überlief und ihre Augen erglänzten.

»Meine Cousine«, sagte der König, »mein Cousin Siorac ist einer der wenigen Herzöge in diesem Reich, der keine Mühe scheut, wenn es darum geht, seinem König zu dienen und seinen Besitz gut zu verwalten. Dafür soll er bedankt und belohnt werden, zumal er mir in Italien und im Languedoc so gut gedient hat. Ich habe den Herrn Kardinal gebeten, auf seiner Heimkehr über Montfort-l'Amaury zu reisen und ihn wie Euch, meine Cousine, mit nach Paris zu bringen. Dies wird um den zehnten September sein, so daß ich Euren Gemahl für einen guten Monat Eurer Obhut überlasse.«

»Habt den größten Dank, Sire«, sagte Catherine, Tränen in den Augen.

Ludwig sah die Tränen, und schon begann er, ohne Übergang, von der Jagd zu reden. Alles, was im Betragen einer Frau weiblich war, löste bei ihm Abwehr aus, wahrscheinlich weil es ihn wiederum an seine Mutter mit ihren Szenen, Krisen, ihren Heul- und Wutanfällen erinnerte. Trotzdem und entgegen allem verstohlenen Geflüster im Louvre liebte er die Frauen, doch zeigte sich auch hier wieder ein würgender Knoten, der in seiner Kindheit geknüpft worden war. Man hatte so sehr befürchtet, er könnte ein ebenso flatterhafter Anbeter der Weiblichkeit werden wie sein Vater, daß wohlmeinende Priester ihn in tiefer Abscheu vor der fleischlichen Sünde erzogen hatten; sie wurde ihm als die verwerflichste unter allen dargestellt, ja als eine Todsünde, möchte ich sagen, die ihn geradewegs in die Hölle brächte.

Nie aber werde ich zwei Dinge vergessen, die Ludwig mir sagte, als Catherine und ich ihn zu seinem Wagen begleiteten.

»Unsere guten Freibeuter«, sagte er, »haben während der Belagerung von La Rochelle trefflich gegen die englischen Flotte gekämpft. Besonders ausgezeichnet haben sich hierin Monsieur de La Lathumière und Eure beiden Brüder, Pierre und Olivier de Siorac. Alle drei werde ich binnen kurzem zum Marquis ernennen. Das könnt Ihr ihnen schon ankündigen.«

Ich dankte ihm voller Freude, meinen Brüdern eine so wunderbare Nachricht unverzüglich durch ein Sendschreiben mitteilen zu dürfen, und meine Catherine, die mit Madame de La Lathumière gut bekannt war, freute sich für ihre große Freundin, der diese Beförderung sicherlich größere Befriedigung bereiten würde als ihrem Gemahl, dem Ruhm und Geld wichtiger waren als Titel.

»Majestät«, sagte ich, als Ludwig seine Kutsche bestieg, »nach Euren Triumphen in Italien und im Languedoc muß es Euch doch eine große Genugtuung sein, endlich nach Paris zurückzukehren.«

»Nicht, wie ich wünschte«, sagte Ludwig, und sein Gesicht verdüsterte sich. »Nach allem, was ich höre, treffe ich auf die gleichen Kabalen wie bei meiner Abreise, nur daß sie in meiner langen Abwesenheit noch böswilliger und giftiger geworden sind.«

Und umgeben von seinen Garden, vor ihm seine drei Regimenter, trug ihn die Karosse davon.

Catherine sandte, beunruhigt durch die letzten Worte des Königs, mir einen fragenden Blick. Weil die Gegenwart von Monsieur de Saint-Clair und Lorena ihr Schweigen gebot, kam sie auf ihre Frage erst zurück, als die Bettvorhänge uns beide von der Welt abschlossen unter unserem Baldachin und das Bett zu einem warmen kleinen Raum im großen machten. Natürlich waren die Vorhänge nicht so dicht, daß der Lichtschein der Leuchter, die beiderseits zu Häupten des Bettes brannten, nicht zu uns hereingedrungen wäre.

Ob unser »Kopfkissenplausch«, wie Catherine es nannte, der Liebe nun voranging oder folgte, früher oder später kam es immer dazu, waren wir doch beide nicht auf den Mund gefallen. Diese traulichen Zwiegespräche wurden uns zur lieben Gewohnheit und währten oft bis in die tiefe Nacht.

»Lieber«, sagte Catherine, als sie an meiner Seite lag, das schöne Gesicht vom gedämpften Lichtschein umspielt, »wie kann es sein, daß ein so mächtiger König im Louvre Feinde hat, die ihn in Unruhe versetzen? Was sind das für Kabalen, deren Gift er fürchtet?«

»Laut Richelieu handelt es sich um drei Gruppierungen.«

»Drei?«

»Die ›Großen‹, die Frauen und die ›Ausländer‹ oder Frömmler. Alle drei sind gegen Richelieu und arbeiten fieberhaft an seinem Untergang. Und gelänge der ihnen, wäre es zwar nicht der Untergang des Königs, wenigstens aber ein schwerer Verlust für ihn.«

»Wer sind die Frauen?«

»Bitte, laßt mich nach Richelieus Reihenfolge mit den Großen beginnen.«

»Und wer sind die?«

»Nicht alle, die zu dieser Gruppierung gehören, sind bekannt. Sie gehen auf sehr leisen Sohlen, schließlich haben sie viel zu verlieren. Nennen kann ich, glaube ich, trotzdem den Herzog von Epernon, den Prinz von Condé, den Herzog von Guise, Graf von Soissons, Herzog von Bellegarde und Herzog von Montmorency.«

»Und diese Herren hassen Richelieu?«

»Aus tiefstem Herzen.«

»Aus welchem Grund?«

»Sie wissen genau, daß er von seinem Vorsatz nicht weichen wird, die Macht des Hochadels im Reich zu brechen. Und in dieser für sie höchst verdrießlichen Voraussicht versetzte ihnen die Einnahme von La Rochelle einen Todesschrecken.«

»Wie das?«

»Wenn der König und Richelieu mit einer so stark verschanzten Festung wie La Rochelle fertig werden konnten, können sie auch ›unsere Festen schleifen‹, wie der Herzog von Epernon es formuliert hat.«

»Sind sie wirklich gefährlich, diese Großen?«

»Nicht in dem Maße, wie sie es möchten. Selbst wenn sie ihre Kräfte vereinen würden, was schon sehr schwerhielte, wären sie denen des Königs nicht gewachsen.«

»Denken sie an Mord?«

»Vermutlich wiegen sie sich in solch lieblichen Träumen, doch wissen sie, daß es Schäume sind. Der König und der Kardinal sind Tag und Nacht stark bewacht, und die Polizei des Kardinals verfügt über zahllose Spione, die überall ihre Netze spinnen. Kein Großer in diesem Reich kann Milch, Brühe oder Wein trinken, ohne daß selbst sein Becher noch es Richelieu hinterbrächte.«

»Womit wir denn«, sagte Catherine lachend, »zur Kabale der Frauen kommen.«

»Ah, die hat es Euch wohl angetan, Madame!«

»Es ist doch sonnenklar, daß eine Frau wissen will, was eine Frau an der Spitze des Reiches vermag.«

»Seid versichert: das Allerschlimmste!«

»Oh, seid Ihr boshaft! Ab jetzt habt Ihr von mir nichts mehr zu erwarten!«

Und zürnend näherte sie mir ihren Mund, den ich aber so süß und kosig fand, daß der drohende Sturm im Nu zerstob.

»Nein, nein, mein Schatz«, sagte ich, »Ihr wißt, ich denke das ganze Gegenteil davon. Nur werde ich Euch jetzt nicht all die Frauen aufzählen, die in Englands und Frankreichs Regierungen Großes vorbrachten. Das ist ein anderes Thema. Die Damen, die uns beschäftigen, sind für den Staat wirklich unheilvoll.«

»Und wer sind die?«

»Die Herzogin von Guise.«

»Die Herzogin von Guise! Eure eigene Mutter!«

»Liebchen, sagt das nicht laut! Auch wenn es am Hof ein offenes Geheimnis ist, fühle ich mich gehalten, es zu wahren. Immerhin liebe ich die Herzogin sehr, trotz ihrer offenkundigen Schwächen.«

»Ihrer Schwächen?«

»Sie hält sich für die höchste Dame am Hof nach den Königinnen, was sie aber nicht ist. Die Prinzessinnen von Geblüt kommen vor ihr.«

»Und in ihrem Alter intrigiert sie noch?«

»Ehrlich gesagt, steckt sie nur mit einer Pfote drin, weil sie vorsichtig ist und schon gebrechlich. Einige andere dieser Damen sind weit gefährlicher: meine Halbschwester, die Prinzessin Conti, die Gräfin von Soissons, vor allem aber die teuflische Herzogin von Chevreuse. Lest meine Memoiren, Liebste, sie sind ihrer Missetaten voll.«

»Ich lese sie bestimmt. Aber sagt mir trotzdem: Warum hassen sie den König und Richelieu?«

»Es sind Töchter und Gemahlinnen großer Feudalherren, also haben sie Angst, ihre Macht einzubüßen. Aber es gibt noch einen anderen Grund: Diese Frauen sind schön, und ihre Schönheit würde sie zu großen Rollen am Hof berechtigen, wenn der König und Richelieu ihnen gegenüber nicht kalt wären wie Eis. Verschmäht zu werden, das können sie ihnen niemals verzeihen.«

»Sind sie gefährlich?«

»Und ob! Es war die Herzogin von Chevreuse, die den armen, törichten Chalais auf den Gedanken brachte, Ludwig zu ermorden.«

»Hätte er es denn gekonnt?«

»Er verfügte über alle Mittel. Er war Kammerherr.«

»Kann man diese Übeltäterinnen nicht bestrafen?«

»Liebste, in Frankreich schlägt man Damen nicht den Kopf ab.«

»Man könnte sie doch verbannen.«

»Das hieße immer Zwist mit einer großen Familie. Trotzdem wurde bei der Chevreuse so verfahren. Leider richtete die schöne Verbannte außer Landes noch mehr Ärger an als drinnen. Also rief man sie zurück.«

»Und wie macht sich der Haß dieser Teufelinnen jetzt bemerkbar?«

»Weniger über ihre Ehegesponse denn über die Königinmutter. Ihr Einfluß auf diese verstärkt den der Frömmler oder, wenn Euch das lieber ist, der ›Ausländer‹.«

»Ihr wollt mir doch nicht erzählen«, sagte Catherine mit einem Seufzer, »daß die Kabale der Ausländer die schlimmste ist!«

»Das ist sie aber! Wobei Ihr wissen müßt, daß der König und Richelieu mit diesen ›Ausländern‹ nicht etwa nur die in Paris lebenden Spanier meinen, deren rührigster Señor Mirabel ist, Philipps IV. Gesandter und Spion.«

»Aber«, sagte Catherine, »wie kann man Menschen, die in Frankreich geboren sind, denn als Nicht-Franzosen bezeichnen?«

»Weil sie sich aus Haß auf die Hugenotten der spanischen Sache verschrieben haben. Es sind jene fanatischen Frömmler, von denen ich bereits sprach. Ihre Anführer, Marillac und Bérulle, haben, wie Ihr wißt, das Ohr der Königinmutter und ihr Hirn, sofern sie welches hat.«

»Oho, mein Herr Gemahl«, sagte Catherine, halb lachend, halb drohend, »redet nicht so von der Königinmutter!«

»Keine Bange, mein Lieb. Das werde ich vor dem König nicht sagen, obwohl ich nicht einmal sicher bin, ob er mir im stillen nicht beipflichten würde.«

»Also, eigentlich«, meinte Catherine, nachdem sie ein wenig überlegt hatte, »müßten die Frömmler dem König doch Dank wissen, daß er die hugenottische Rebellion ein für allemal beendet hat.«

»Nur daß der König dies nicht genutzt hat, um die Ketzerei

mit Feuer und Schwert auszurotten – ein unverzeihliches Verbrechen in den Augen unserer Fanatiker. Vielmehr hat er durch das Gnadenedikt ihren Fortbestand gesichert, mit anderen Worten, er setzt die Toleranzpolitik und die antispanische Politik fort, derentwegen sein Vater Henri ermordet wurde.«

Nach dem Wort »ermordet« blieb Catherine lange still, so daß ich schon dachte, sie sei, wie öfters, von einem Moment zum anderen eingeschlafen. Was mich, weiß ich, warum, jedesmal sehr rührte; ich fand sie dann so kindlich, so vertrauensvoll, so schutzbedürftig.

Doch sie schlief nicht.

»Also täuscht sich der König nicht«, sagte sie auf einmal leise und betrübt, »wenn er fürchtet, daß der Kardinal bei seiner Rückkehr nach Paris nur auf Haß und Bosheit treffen wird.«

»Mein Lieb«, sagte ich, »warten wir's ab, doch leider kann ich für das Gegenteil nicht bürgen.«

SECHSTES KAPITEL

Ludwig trennte sich weder gern noch lange von Dienern, denen er voll vertraute. Gerecht, wie er war, bemühte er sich dennoch, jedem das Seine zuzugestehen. Obwohl er seine Gemahlin nicht gerade liebte, hatte er durchaus bemerkt, wie sehr ich an der meinen hing, und mir deshalb einen weit längeren Urlaub bewilligt, als ich zu hoffen gewagt. Dafür wußte ich ihm unendlichen Dank.

Die vierzig Tage, die ich mit meiner Penelope in meinem Ithaka verlebte, waren so köstlich, daß sie zu meinen liebsten Erinnerungen gehören. Versuche ich aber, davon zu sprechen, sträubt sich meine Feder. Weiß der Teufel, warum es uns so leichtfällt, über Kummer, Leid und Sorgen zu reden, während die Worte sich nur schwer einstellen, will man das Glück beschreiben.

Vielleicht rührt es daher, daß der Mensch doch mehr zur Hoffnung denn zur Verzweiflung neigt und im Grunde meint, Glück sei, ebenso wie gute Gesundheit, ein Zustand, über den es nicht viel zu reden gibt, weil er uns natürlich ist, während Kummer eine Art Krankheit ist und der Besprechung bedarf. Und wie hätten Catherine und ich in unserem natürlichen Wohlbefinden denken sollen, daß wir nicht auch von ebenso glücklichen Menschen umgeben seien: Monsieur de Saint-Clair mit seiner Lorena und Nicolas mit seiner Henriette?

Eine große Liebe, glaube ich, erlebt man wie unschuldig, ohne zu grübeln, ohne zu fragen. Erst wenn ein Paar sich fremd wird, beginnt der Mensch, der sein Liebstes verloren hat und sich auf einmal leer und einsam fühlt, sein leidendes Herz zu erforschen.

In der ersten Blüte einer großen Liebe läßt man sich einfach von der Woge tragen, nimmt die Dinge, wie sie sich eins aus dem anderen ergeben, ohne groß nachzudenken, und selbst eine Windstille kann Wonne sein. Sind die Körper glücklich ermattet, beginnt trauliches Geplauder, man redet nur Nichtigkeiten, denen aber die Stimme, der Blick, ein Seufzer einen Sinn geben, der über die Worte hinausreicht.

Trotzdem kam es in unserem zärtlichen Beisammensein wenigstens zweimal zum Streit; mit ausgefahrenen Krallen und argwöhnischem Blick warf Catherine mir die beiden heißblütigen Schwestern von Susa vor, als hätte ich deren Blut in Hitze gesetzt. Ich ließ meinem Zorn über ihre wiederholten ungerechten Beschuldigungen freien Lauf und fragte mich wieder einmal, ob es nicht klüger gewesen wäre, meine Versuchungen zu verschweigen, da ich ihnen doch gar nicht erlegen war.

Solche kleinen Hakeleien zwischen Catherine und mir blieben jedoch folgenlos; weder bei ihr noch bei mir hinterließen sie Narben. Ich sagte mir, daß die Liebe zum anderen sicherlich die schönste, aber auch die unvernünftigste der menschlichen Leidenschaften ist, und wäre Catherine so wie ich auf lange Zeit in die Ferne gereist, hätte mich bestimmt dieselbe Eifersucht geplagt. Nur hätte ich es vielleicht nicht ausgesprochen, denn nie hatte auch nur der Schatten eines Verdachts ihren Ruf gestreift, während ich vor der Ehe das *gentil sesso* so unersättlich liebte, daß ich es, wo es mir unerreichbar war, doch wenigstens bewunderte. Wenn ich zum Beispiel im Louvre einen Saal betrat, wo sich zufällig nur Herren befanden, ohne daß ein einziger Reifrock der Versammlung Zauber und Farbe gab, verspürte ich sofort ein Gefühl von Unbehagen und Melancholie. Und da man im Louvre, wo alle Höflinge wie unter einer Glocke leben, ständig beobachtet wird, so wie man selbst ja beobachtet, hatten die höfischen Klatschmäuler diese meine Empfindlichkeit unfehlbar bemerkt und machten hinter meinem Rücken darüber ihre Verschen und Epigramme. Nun ja, am Hof ist niemand, nicht einmal Ludwig, vor solch kleinen Bosheiten gefeit.

In jenen vierzig Tagen mit Catherine waren wir nicht nur jeder durch den anderen glücklich, sondern auch einer so glücklich wie der andere, wenn wir Emmanuel in den Armen hielten. Schöne Leserin, wenn Sie der Gnade teilhaftig sind, Mutter zu sein, und liebende Mutter, die ihre Kinder in den Himmel hebt, nicht wahr, dann können Sie mir die väterliche Parteilichkeit vergeben, wenn ich behaupte, daß Emmanuel das schönste Söhnchen der Welt war und seine Mama die beste aller Mütter?

Man muß freilich zugeben, daß die Damen in diesem Reich, je höher sie gestellt sind, sich desto weniger um ihre Kinder kümmern und diese Pflichten den Ammen und Kammerfrauen überlassen, die ja nun nicht immer die saubersten noch die sanftesten sind. Weil Catherine nicht genug Milch hatte, mußte auch sie eine Amme nehmen, die sie aber mit größtem Bedacht ausgewählt hatte, und sie wohnte jedem Stillen bei, scheute sich nicht, den Kleinen selbst zu wickeln und zu baden, und weinte er bei Nacht in der kleinen Stube neben uns, war sie noch vor der Amme bei ihm. Hätte Madame de Guise von all diesen Anstalten gewußt, hätte sie sie im höchsten Grad mißbilligt; sie wären ihr sehr bürgerlich, um nicht zu sagen gewöhnlich, erschienen.

Leider wurden die guten Tage nur zu bald Nächte und die Nächte wieder Tage und die Tage wieder Nächte; es lief die höllische Maschine der Zeit, so lang für Sterbende, für Liebende so kurz und ohne einen Halt.

Der vierzigste Tag neigte sich zum Ende, als ich unverhofften Besuch erhielt: Marschall Schomberg, mein vertrauter und unwandelbarer Freund, überbrachte mir den Befehl des Königs, mich unverweilt zu Richelieu in Nemours zu begeben, seiner letzten Etappe vor Fontainebleau, wo dann der König und die Königinnen ihn erwarten würden, um ihn zu ehren und zu den großartigen Erfolgen von La Rochelle und im Languedoc zu beglückwünschen. Der ganze Hof war bereits auf dem Weg nach Nemours, um ihm Beifall zu spenden und ihm das Ehrengeleit nach Fontainebleau zu geben.

Ich freute mich auf diese Feierlichkeiten und beschloß, am nächsten Morgen in aller Frühe mit Schomberg zu reisen. Catherine wollte nicht so schnell aufbrechen, sie benötigte wenigstens zwei Tage, um ihre Sachen zu packen, und weil sie keine Lust hatte, sich in das gigantische Reisegetümmel des Hofes zu stürzen, vereinbarten wir, daß sie, von meinen Schweizern eskortiert, mich am Wochenende in meinem Pariser Haus in der Rue des Bourbons einholen würde. Ich selbst kam ja ohne unsere Schweizer aus, denn Schomberg wurde von seinen Soldaten begleitet.

Die Reise nach Nemours in Schombergs Karosse war sehr instruktiv. Der Marschall erzählte mir, was sich in Nîmes zwischen Richelieu und dem König zugetragen hatte, als dieser, höchst inkommodiert durch die in der Stadt herrschende Hitze, beschloß, unverzüglich nach Paris zurückzukehren. Worauf der

Kardinal sagte, daß er sich seinem Wunsch gern füge, »sofern«, fügte er hinzu, »Seine Majestät zuvor Ihren feierlichen Einzug in Nîmes halte«.

Dieser Einzug nämlich war für Richelieu von großer politischer Bedeutung, denn hierbei sollte der König den Hugenotten von Nîmes sein Versprechen, daß er ihnen Kultfreiheit gewähre, bekräftigen. Kaum aber habe Richelieu ihm den Rücken gekehrt, sei Ludwig in flammenden Zorn geraten.

»Warum das?« fragte ich Schomberg verwundert.

»Wegen des ›sofern‹.«

»Welches ›sofern‹?«

»So laßt mich denn den Satz wiederholen. Der Kardinal sagte, er füge sich gern dem Wunsch des Königs, nach Paris zurückzukehren, ›sofern Seine Majestät zuvor Ihren feierlichen Einzug in Nîmes halte‹.«

»Und was war daran so schlimm?«

»Das ›sofern‹, das dem König unerträglich in den Ohren lag, und er ließ seinem Zorn vor Zeugen freien Lauf: ›Der Kardinal stellt mir Bedingungen. Habt Ihr das gehört? Man behandelt mich wie einen Knaben, dem man die Brote buttert! Man will erlauben, daß ich nach Paris gehe, *sofern* ich meinen Einzug in Nîmes halte! Und was, wenn ich mich weigere, meinen Einzug in Nîmes zu halten? Darf ich dann nicht nach Paris? Zum Teufel, bin ich ein Schuljunge? Ist der Kardinal mein Hofmeister? Gibt es auf der Welt etwas Starrsinnigeres als den Kardinal, der sich nicht im geringsten um meine Gesundheit schert? Mein Gott, diese greuliche Hitze hier! Soll ich mich etwa dem Herrn Kardinal zu Gefallen über das glühende Pflaster dieser Stadt schleppen? ›Sofern‹! Hat man je eine solche Unverschämtheit gehört?‹

Keine Stunde nach dem königlichen Zornesausbruch – über den die einen sich betrüben, die anderen jubilieren – hört Richelieu von einem seiner Lauscher, welche Worte gegen ihn gefallen sind: Er zittert, er errötet, er weint.«

»Er weint?«

»Ja, er weint! Bei diesem Mann hat alles Übermaß: das unerhörte Wissen, der scharfsinnige Verstand, die Arbeitskraft, der Wille, der unzähmbare Mut, aber, müßt Ihr wissen, mein lieber Herzog, eben auch die Empfindsamkeit. Doch unbesorgt, bald hat der Kardinal seine Tränen getrocknet, seine Augen gebadet, er eilt zum König und unterbreitet ihm, ganz Milch und Honig, einen genehmeren Plan: ›Man gibt bekannt, daß der König seinen Einzug in Nîmes halten wird. Im letzten Moment stellt man den französischen Garden und den Schweizern aber einen Marschall voran, und ich erkläre dem Stadtrat, der König habe eiligst abreisen müssen, um der Ständeversammlung von Tarascon vorzusitzen, und dann bestätige ich Eure Versprechen, Sire, mit allem, was die Kultfreiheit betrifft, die Ihr der Stadt gewährt.«

»Wie merkwürdig«, sagte ich, »die Hetzschreiber in Gastons Diensten verklagen Richelieu, er tyrannisiere den König! In diesem Fall ist es das ganze Gegenteil!«

»Wartet's ab, lieber Herzog. Die Geschichte nimmt noch eine pikante Wendung.«

»Ich höre.«

»Der König ist wieder im Lot, Richelieu geht heim, wieder einmal gerettet, jedoch tief traurig, tief bekümmert. Wie bei allen Nervösen schmerzt ihn, weil die Seele leidet, fast der ganze Körper. Er legt sich nieder, verbringt eine unruhige und gequälte Nacht, und als es ihm am Morgen nicht besser ist, bleibt er im Bett liegen. Und wie er so im Bette liegt, hört er in seinem Logis großen Aufruhr, Stiefel lärmen, Türen schlagen, plötzlich geht seine Zimmertür auf, und der König bricht wie der Sturmwind herein.

›Ich habe meine Meinung geändert!‹ sagt er mit rascher Stimme. ›Ich werde schleunigst an der Spitze meiner Soldaten meinen feierlichen Einzug in Nîmes halten! Und es versuche niemand‹, setzt er in scharfem Ton hinzu, ›mich davon abzubringen! Man würde mich ebenso schwer verärgern wie gestern, als man mich zu überreden versuchte, es zu tun!‹

Und erhobenen Hauptes geht er davon.«

Hierauf wandte Schomberg mir sein breites Gesicht zu. »Nun, was sagt Ihr dazu?« fragte er.

»Daß der Umschwung ein bißchen kindisch ist, aber gleichzeitig auch unendlich rührend. Ludwig ist ein Mensch, für den das Wort ›Pflicht‹ keine leere Hülse ist. Nachdem er Richelieu abgekanzelt hatte, muß ihm klargeworden sein, daß es wirklich allein seine Sache war, feierlich in Nîmes einzuziehen und den Einwohnern Sicherheit für ihre Zukunft und die freie Ausübung ihres Kults zu geben. Also fügt er sich, aber so, daß er Richelieu seinem Gesetz unterwirft.«

»Und die Szene hat noch einen Aspekt«, sagte Schomberg.

»Sie ähnelt doch stark einem Liebesstreit, der gut ausgeht, weil auf beiden Seiten die Liebe und Achtung zu groß sind, als daß ein Bruch in Frage käme.«

»Und an dieser Beobachtung merkt man«, sagte ich, indem ich den schönen Schomberg lächelnd ansah, »daß hier ein getreuer Ehemann spricht.«

Worauf Schomberg laut auflachte.

»Ha, mein lieber Herzog!« sagte er, »sind wir auf dem Gebiet nicht Brüder geworden? Wie ich hörte, wart Ihr in Italien der einzige Edelmann, der den Italienerinnen widerstand. Und unsere liebwerten Klatschmäuler vom Hofe waren herb enttäuscht, weil sie nicht wie früher allerhand Geschichtchen über Euch verbreiten können.«

* * *

»Monsieur, auf ein Wort, bitte!«

»Gern, schöne Leserin, ich bin ganz Ohr.«

»Sie und ganz Ohr? Daß ich nicht staune!«

»Wieso? Habe ich Sie jemals abgewiesen?«

»Nein, nein. Aber offenbar brauchen Sie mich doch nicht mehr.«

»Ich bitte Sie, warum denn nicht?«

»Weil jetzt die Frau Herzogin von Orbieu die Fragen stellt. Demnach ist meine Rolle beendet.«

»Schöne Leserin, wie kommen Sie darauf? Sie werden doch, nur weil Sie sich zurückgesetzt fühlen, was aber reine Einbildung ist, einen so vergnüglichen Umgang wie den unseren nicht abbrechen wollen? Hören Sie, Madame, wenn Catherine mich etwas fragt, werde ich ihr doch Antwort geben, nicht wahr? Und wenn Sie eine Frage haben, warum sollte ich nicht auch Ihnen antworten?«

»Mein Gott, wie froh und erleichtert ich bin! Ich sah mich schon in die Vorhöfe Ihres Wohlwollens verdrängt.«

»Aber, Madame, wie kommen Sie darauf? Reden Sie!«

»Gut denn! Zweierlei Fragen möchte ich Ihnen stellen, eine ganz kleine und eine große.«

»Die ganz kleine zuerst.«

»Monsieur, wie kommt es, daß Sie in dem italienischen Kapitel dieses Bandes die beiden Schwestern von Susa nur erwähnen, aber nicht beschreiben?«

»Warum hätte ich sie beschreiben sollen? Es ist ja nichts passiert.«

»Der Graf von Sault wird Ihnen doch ausführlich von diesen reizenden Schwestern erzählt haben?«

»Aber, Madame! Graf von Sault ist ein Edelmann! Er plaudert nichts aus über die Schönen, die ihm ihre Gunst schenken. Madame, zu Ihrer großen Frage.«

»Ach, nun sind Sie mir böse! Ich habe wohl wirklich ausgespielt!«

»Nein, nein. Aber Sie müssen auch verstehen, daß mir diese Fräulein von Susa schon zu den Ohren heraushängen! ... Madame, Ihre zweite Frage, bitte!«

»Na schön. Warum sind der Kardinal und Ludwig, wie ja vorher schon Henri Quatre, dermaßen gegen Spanien eingestellt?«

»Wenn Sie erlauben, Madame, dehne ich Ihre Frage auf ganz Europa aus: Warum wird diese Abneigung überall geteilt, in England, Holland, den Niederlanden, den lutherischen deutschen Fürstentümern, in Schweden, im Graubündischen Veltlin, im Mailändischen, in Mantua, in der Republik Venedig? Weil all diese Staaten, ob groß, ob klein, von den spanischen und österreichischen Habsburgern bereits überfallen und unterjocht wurden oder aber deren Überfall befürchten müssen, denn diese Habsburger bedrohen mit ihren machtvollen Pranken ganz Europa, sie verheeren Deutschland, und immer noch halten sie Frankreich in tödlichem Würgegriff.«

»Welcher der beiden Habsburger Zweige hat das Spiel eröffnet?«

»Spanien, der ältere. Er war der mächtigere, weil er über das amerikanische Gold gebot und eine Infanterie besaß, die Henri Quatre, der darin Fachmann war, als die beste Europas bezeichnete. Was war da verlockender, als die angrenzenden Staaten Stück für Stück zu verschlingen? Zumal Gott es so wollte.«

»Gott wollte es?«

»Madame, Sie würden Philipp IV. höchlich erzürnen, erführe er, daß Sie das zu bezweifeln wagen! Darf ich Ihnen ins Gedächtnis rufen, daß dieser fromme und gewissenhafte König nichts unternimmt – auch nicht die opferreiche Eroberung Casales –, ohne zuvor seine Theologen zu konsultieren, und wenn ich ›seine‹ sage, dann mit Grund!«

»Und zu welchem Schluß kamen sie?«

»Daß Gott die Einnahme von Casale gutheiße … Und als der König von Spanien sie über seine Großmachtpläne befragte, legten sie mit langen, beim Propheten Daniel entliehenen Zitaten dar, daß eine von Spanien dominierte Universalmonarchie in Europa Gott gefallen würde.«

»Ist das zu glauben? Und wie rechtfertigten sie diesen maßlosen Anspruch?«

»Damit, daß der Allerchristlichste König der bewaffnete Arm des Papstes sei und als einziger imstande, das Tridentinische Konzil in die Tat umzusetzen, das heißt überall in Europa die protestantische Ketzerei mit Feuer und Schwert zu vernichten.«

»Wenn ich das höre, Monsieur, schaudert's mich.«

»Wen wohl nicht? Intoleranz und Grausamkeit sind menschliche Laster. Doch wie sich einer Gott nahe fühlen kann, der sich ihnen verschreibt, ist mir unbegreiflich.«

* * *

Als Schomberg und ich am zwölften September in Nemours eintrafen, hatte sich dort schon der ganze Hof eingefunden. Die Stadt war wie von einer neuen Population überschwemmt und das Gedränge auf den Gassen so groß, daß wir die Karosse verlassen und zu Pferde steigen mußten. In der unübersehbaren Menge von Fußgängern, die sich da unter ohrenbetäubendem Stimmenlärm um uns tummelte, sah ich zu meiner Verblüffung sogar schöne Edelherren und hohe Damen fürbaß gehen, die offensichtlich keinen anderen Weg wußten, zum Stadthaus zu gelangen, wo Richelieu sich befand. Sie stolperten auf dem holprigen Pflaster und verrenkten sich die Knöchel, man sah, daß ihnen diese Übung ungewohnt war. Und verwundert hörte ich auf einmal eine weibliche Stimme mehrmals »Mein Cousin!« rufen. Zuerst glaubte ich nicht, daß der Ruf mir gelte, als ich mich aber beim drittenmal im Sattel umwandte, erblickte ich die Prinzessin Conti, zu Fuß, ja, Sie lesen richtig: zu Fuß! Und rechts und links wurde sie von Graf von Sault und von Marschall Bassompierre eingehakt.

In Hof und Stadt nannte mich die Prinzessin Conti stets »mein Cousin«, um jedermann zu verhehlen, was jedermann wußte, nämlich daß sie meine Halbschwester war und dieselbe Mutter hatte wie ich, die Herzogin von Guise.

»Mein Cousin«, sagte oder vielmehr schrie sie, denn anders hätte ich sie in dieser brausenden Volksmenge nicht verstanden, »ich wäre Euch mein Leben lang verpflichtet, wenn Ihr mich hinter Euch auf die Kruppe nähmt! Mir bluten die Füße!«

»Mit Freuden!« erwiderte ich, »wenn die Herren Euch zu mir heraufheben wollten? Ich weiß nur nicht, wie Ihr rittlings auf meiner Accla aufsitzen wollt mit Eurem Reifrock.«

»Daran soll es nicht scheitern«, sagte die Prinzessin. »Den zieh ich aus.«

»Aber, meine Liebe!« rief Bassompierre. »Habe ich recht gehört? In der Öffentlichkeit! Vor all den Leuten!«

»Warum denn nicht?« versetzte die Prinzessin in einem Ton, der zeigte, daß unser großer Bassompierre daheim nicht die Hosen anhatte.

Und schon tat sie, wie angekündigt, und das mit einer Behendigkeit, die bewies, daß auch eine sehr hohe Dame nicht immer einer Zofe bedurfte, um sich zu entkleiden. Graf von Sault und Bassompierre war dies weitaus peinlicher war als ihr, und sie mühten sich nach Kräften, indem sie sie umstellten, die Entkleidung zu verbergen.

»Meine Accla«, sagte ich leise, indem ich ihre feinen Ohren liebkoste, »daß du mir jetzt nicht bockst! Du wirst gleich eine titelschwere, aber leichtgewichtige Prinzessin zusätzlich auf deinem Rücken tragen, und wenn du brav bist, bekommst du zur Belohnung heute abend eine große Kelle Honig.«

»Mein lieber Herzog«, sagte Graf von Sault, »glaubt Ihr, daß sie Euch versteht?«

»Das Wort ›brav‹ versteht sie sehr gut, und noch besser das Wort ›Honig‹; das genügt, daß sie das Ganze versteht.«

Und tatsächlich, Accla muckste nicht, als die Prinzessin Conti, von ihren galanten Helfern emporgehoben, sich auf ihrer Kruppe niederließ. Dann verlangte die Dame ihren Reifrock und knüpfte ihn sich wieder um die Lenden. Worauf sie mich mit beiden Armen umschlang und sich an meinen Rücken schmiegte.

»Meine Cousine«, sagte ich leise, mich zu ihr umwendend, »ist es nicht seltsam, daß Ihr Euch soviel Mühe macht, einen Minister zu sehen, den Ihr haßt?«

»Oh, ja, ich hasse ihn und werde ihn sogar noch nach dem schmachvollen Tod hassen, den ich ihm wünsche«, erwiderte sie rasch. »Aber wenn Ihr, mein Cousin, den Hof besser kennen würdet, wüßtet Ihr, daß es Ereignisse gibt, wo man sehen und gesehen werden muß.«

»Vornehmlich gesehen werden, schätze ich.«

»Spottet ruhig, Verehrtester! Ihr werdet erleben, daß der Ruhm Eures albernen Kardinals schon morgen zerronnen ist und alle Welt bei Hofe allein von mir und meiner öffentlichen Entkleidung reden wird.«

Worin meine schöne Stiefschwester irrte, denn zur allgemeinen Verblüffung ereignete sich am folgenden Tag in Fontainebleau ein Skandal, der die Grundfesten des Staates erschütterte, und in dem gewaltigen Wirbel, den er auslöste, fiel die Entkleidung meiner schönen Cousine wie ein Blättchen ins Wasser.

Was mich angeht, so war ich entzückt, als der Kardinal auf die Freitreppe des Stadthauses trat und ein Beifall mit freudigen Rufen ohne Ende aufbrandete, aber nicht etwa nur seitens des Hofes, der doch vollzählig versammelt war, gut erkennbar an seinem prächtigen Gefieder, sondern auch von den Bürgern der Stadt, von Priestern, Kaufleuten, Marktschreiern, Maurern und Straßenarbeitern, ja sogar von Bauern aus den umliegenden Dörfern. Der Kardinal sagte nur wenige Worte, er sprach über die Wohltaten der endlich nun errungenen Einigkeit aller Franzosen, die das Reich in einem Maße stärken werde, daß der König die Angriffe des Feindes künftig siegreich bestehen könne.

So kurz seine Rede war, dünkte sie mich doch sehr geschickt, denn Richelieu verstand es, sich unauffällig Gerechtigkeit zu erweisen, gerade indem er allen Ruhm dem König zusprach. Das Ergebnis war, wie er es erwartete: Ludwigs Name wurde lauter und höher gepriesen als seiner.

Doch es wurde Abend, und in ganz Nemours war beim besten Willen keine Unterkunft aufzutreiben. Wie unsere Fouriere zu sagen pflegten: Nirgends ging mehr eine Nadel hinein. Zu guter Letzt bot Schomberg mir die eine Bank seiner Karosse, und er bezog die andere, nicht ohne einen unserer Junker samt unseren vier Pferden ins Lager der Musketiere des Kardinals zu schicken, damit der Kardinal uns am nächsten Morgen zu finden wisse.

Und das war wohlgetan, denn in der Frühe erschien ein Gefreiter besagter Musketiere samt unseren Knechten und Pferden und sagte, er habe Order, uns zur Karosse des Kardinals zu geleiten.

Richelieu empfing uns mit einer Leutseligkeit, die ihm nicht alle Tage zu Gebote stand, und Schomberg fragte ihn, ob er mit der Wendung zufrieden sei, welche die Dinge in Frankreich und außerhalb Frankreichs genommen hatten. Wäre Schomberg nicht ein so schlichter und ehrenwerter Mann gewesen, hätte Richelieu, der Fragen ebensowenig liebte wie der König, ihm wohl eine Abfuhr erteilt. Doch sei es, daß er den langjährigen treuen Diener des Königs nicht vor den Kopf stoßen wollte, sei es, daß ihm bei dem Gedanken an all die gegen ihn gerichteten heimtückischen Intrigen das Herz überquoll, jedenfalls sprach er dies eine Mal rückhaltlos.

»Die Belagerung von La Rochelle«, sagte er, »der Sieg von Susa, die Befreiung von Casale, die Unterwerfung des Languedoc waren für den König große Erfolge, zu denen ich mein Bestes beigetragen habe. Doch vergolten werden diese Erfolge offensichtlich mit einem Haß, der, weil er Seine Majestät nicht erreichen kann, mich zu treffen droht. Nie wird es in diesem Reich an niedrigen und erbärmlichen Seelen mangeln, denen es angesichts der Tugend eines anderen nicht das Innerste zerreißt vor Begier, ihn zu vernichten, wenn sie könnten, nur weil er Vorzüge besitzt, die sie nicht haben.«

»Und doch, Eminenz«, sagte Schomberg, »habt Ihr allen Grund, mit dem Ergebnis Eurer unermeßlichen Arbeit zufrieden zu sein.«

»Ich bin zufrieden, ja«, sagte Richelieu, »aber offengestanden esse ich mein Brot in Schweiß und Sorgen.«

Hierauf herrschte großes Schweigen in der Karosse, weder Schomberg noch ich mochten diesem erschütternden Geständnis auch nur ein Wort hinzufügen. Recht bedacht, schien es mir aber, daß die Sorgen des Kardinals nicht gerechtfertigt waren und daß er die Entschlossenheit des Königs, ihn gegen seine Feinde zu verteidigen, unterschätzte. Wahrscheinlich lag es daran, daß Richelieu in seiner außerordentlichen Empfindlichkeit den königlichen Hieb von Nîmes als den härtesten empfand, denn der Zorn des Königs auf seinen Minister hatte sich öffentlich, unter demütigenden Bedingungen entäußert.

Was der Kardinal uns soeben anvertraut hatte, mochte ihn selbst überrascht haben, denn gleich danach lehnte er seinen schmalen, schmerzenden Kopf an die lederne Rücklehne und schloß die Augen, nicht um zu schlafen, denke ich, sondern um deutlich zu machen, daß er kein weiteres Gespräch wünschte, bis wir in Fontainebleau einträfen.

Wir hatten Nemours so frühzeitig verlassen, daß erst eine Hälfte des Hofes in Fontainebleau eingetroffen war, als wir am Schloß anlangten, und dort nun meldete man Richelieu zu seiner großen Enttäuschung, der König sei noch nicht zurück von der Jagd. Jedoch sei die Königinmutter, verkündete der Großkämmerer, von seiner Ankunft unterrichtet und erwarte ihn mit den Höchsten des Hofes. Richelieu war verstimmt, denn immerhin hatte er am Vorabend in Nemours ein Billett erhalten, worin der König seine Freude auf ihr baldiges Wiedersehen ausdrückte.

Leser, nun höre, wie der Empfang sich abspielte. Ich betrat vor Richelieu den großen Saal, wo die Königinmutter thronte, und war nach tiefer Verbeugung vor Ihrer Majestät im Begriff, ihr die Ankunft des Kardinals zu melden, als sie mich in jener schroffen und garstigen Art ansprach, die sie für Größe hielt.

»Nun, Herzog«, sagte sie, »wo ist unser Mann?«

»Madame«, sagte ich, »der Herr Kardinal war kaum seiner Karosse entstiegen, als er von einer Menschenmenge umringt wurde. Seine Musketiere mußten ihm einen Weg bahnen, was seine Zeit brauchte, doch in Kürze wird der Herr Kardinal sich Eurer Majestät zu Füßen werfen.«

Sie erwiderte nichts darauf, sondern sah von mir ab auf ihr Diamantarmband, das sie um ihr Handgelenk kreisen ließ. Eine Unhöflichkeit, die jeder von ihr kannte, der nicht mindestens Marschall von Frankreich oder Prinz von Geblüt war. Nicht grundlos sagt Saint-Simon von ihr, sie sei »in höchster Weise borniert« gewesen, und vermutlich sprach sich in dieser Borniertheit aus, welchen außerordentlichen Rang sie sich beimaß. Wie mir berichtet wurde, sagte sie, nachdem sie zum zweitenmal von ihrem Sohn verbannt wurde: »Ich mußte ertragen, was eine Frau von minderem Rang als ich nicht so geduldig gelitten hätte.« Dieser Satz scheint mir von einer Einfalt, daß ich mich scheue, seinen Sinn zu ergründen. Meinte sie, daß eine Königin trotz ihres Ranges leide wie ihre Kammerfrau? Und wäre dies der Sinn, wie sollte man ihr nicht recht geben? Auch gegen die Großen dieser Welt benehmen sich Krankheit und Tod sehr ungezogen.

Ich verneigte mich also ein zweites Mal und trat, wie es das Protokoll befahl, drei Schritt zurück, grüßte von neuem und gesellte mich zur Gruppe der Großen und der hohen Damen, wo ich gute Aufnahme fand, bei den Damen, weil sie mich als ihren großen Bewunderer kannten, und bei ihren Galanen, weil auch jene, die nicht an unseren Kämpfen teilgenommen hatten, sich unserer Siege freuten. Kurz, ich mischte mich unter sie und blickte wie alle zur Königinmutter mit einem Respekt, dem Sie, Leser, wären Sie zugegen gewesen, nicht hätten trauen dürfen, denn hinter ihrem Rücken nannten einige von uns sie »Jesabel«, kein sehr schmeichelhafter Spitzname, wie Sie sich aus der Bibel entsinnen werden.

Und während ich so nach ihr blickte, sagte ich mir, daß man, wenn man alt wird, ja nicht unbedingt schlank bleiben müsse wie meine Patin[1], die Herzogin von Guise, immer noch elegant in Gestalt, Haltung und Gang. Denn leider glich die Königinmutter ihr in diesen Punkten ganz und gar nicht. Dem guten Essen, dem Schlaf und den Süßigkeiten hold, stand sie mehr als üppig im Fleisch, und ihr Gesicht wurde von Hängebacken und einem Doppelkinn entstellt.

Was für ein Jammer, daß nicht eine gute Fee ihr die Hälfte ihres Gewichts wegzaubern konnte, denn sie war so prunkvoll geputzt, ihr hellblaues Seidengewand über und über mit Perlen besetzt, und ihren Nacken umgab ein hoher, diamantenübersäter Spitzenkragen. Schöne Leserin, verzeihen Sie, wenn ich Ihnen die drei Kolliers nicht im einzelnen beschreibe, die sie unter ihrem Doppelkinn trug, auch das halbe Dutzend kostbarer Ringe an ihren Fingern nicht, denn meine Augen hafteten gänzlich an dem prächtigen Armband an ihrem linken Handgelenk, auf das sie sehr stolz sein mußte, weil sie es immerzu ins beste Licht zu rücken trachtete.

Dieses berühmte Kleinod hatte eine Geschichte. Die Königin hatte es zu Anfang des Jahrhunderts von italienischen Ju-

1 Obwohl – oder auch weil – es am Hof ein offenes Geheimnis ist, daß die Herzogin von Guise, eine vergangene leidenschaftliche Liaison von Siorac-Vater, die Mutter von Pierre-Emmanuel ist, nennt der Erzähler sie stets nur »meine liebe Patin«.

welieren erworben. Und es war unstreitig das größte, schwerste und kostspieligste Diamantarmband, das es seinerzeit in Europa gab. Vierhundertfünfzigtausend Livres sollte es kosten. Als Henri Quatre diesen Preis hörte, platzte er vor Zorn: »Und Ihr habt es genommen!« schrie er. »Sankt Grises Bauch, Madame, Ihr seid so verrückt! Ihr seid verrückt, daß man Euch fesseln sollte! Wollt Ihr das Reich ruinieren? Vierhundertfünfzigtausend Livres! So viel, um eine ganze Armee gegen unsere Feinde aufzustellen! Gebt diese blöden Steine den gerissenen Juwelieren zurück, die sie Euch angedreht haben. Ihr könnt todsicher sein, daß ich sie nie und nimmer bezahlen werde.«

Die Juweliere waren tatsächlich sehr schlaue Leute. Da der König unbeugsam blieb, trafen sie mit der Königin eine Abmachung, die für sie vorteilhafter nicht sein konnte: Die Königin hatte ihnen jährlich eine hohe Zinsrate auf die vierhundertfünfzigtausend Livres zu zahlen, und das blieb bis zu dem Tag, an dem sie diese Summe bezahlen konnte. Die Königin war begeistert. Sie akzeptierte und zahlte besagte Zinsen Jahr für Jahr, und als sie durch Henri Quatres Ermordung Regentin wurde, legte sie Hand an den Staatsschatz der Bastille, bezahlte die Juweliere und vergeudete den Rest mit törichten Festen. Man hätte die Königinmutter in großes Erstaunen versetzt, hätte man ihr gesagt, daß dieses Armband sie mit den alljährlichen Zinsen und der Kaufsumme, die sie am Ende beglich, das Doppelte des ursprünglichen Preises gekostet hatte.

Endlich betrat Richelieu den Saal und trat gemessenen Schrittes vor den Thron, wo die Königinmutter saß. Das Schweigen, das herrschte, wurde noch tiefer. Die Großen des Hofes hielten streng den Mund und spitzten das Ohr, um jedes Wort zu erlauschen, das der Kardinal zur Königinmutter sagen und das sie dem Minister antworten würde, der ihrem Sohn bei seinen Feldzügen so vortrefflich gedient hatte.

»Madame«, sagte Richelieu, »es ist mir eine große Freude, Eure Majestät wiederzusehen nach so vielen Siegen, die den Armeen des Königs zu danken sind und die Euch, Madame, Eurer Majestät und Eurem Sohn einen Ruhm einbringen, der noch durch künftige Jahrhunderte hallen wird.«

Wie in allen Lebenssituationen, ob im Großen Königlichen Rat oder im persönlichen Gespräch, wußte Richelieu unfehlbar die den Umständen und seinem jeweiligen Gespächspartner gemäßen Worte zu finden, und niemand wunderte sich über dieses so gewandte und wohlgeformte Kompliment. Was die Anwesenden jedoch verwunderte oder vielmehr sprachlos machte, war das Verhalten der Königinmutter. Denn sie gab dem großen Minister, diesem treuen königlichen Diener, dem das Reich soviel verdankte, keine Antwort: Hoch aufgerichtet, mit verkniffenen Lippen und eisigem Blick maß sie ihn verächtlich von oben herab. Wäre diese Haltung nicht so verletzend gewesen, hätte ich sie komisch gefunden. Denn offenbar waren dieses kränkende Schweigen und diese verächtliche Haltung gegenüber dem Werkmeister unserer Siege vorbedacht und im voraus zurechtgelegt worden, womöglich sogar vor einem Spiegel geprobt. Nur war die Königinmutter leider eine schlechte Komödiantin: Sie chargierte.

So verletzt der Kardinal von einem so unerwarteten Empfang im Innern auch war, wartete er doch ehrerbietig, sehr bleich, aber beherrscht, daß die Königinmutter ihn beurlaube. Was sie nun in arge Bedrängnis brachte, denn einmal zu eisigem und verächtlichem Schweigen entschlossen, wußte sie nicht mehr heraus, und je länger das währte, desto künstlicher wirkte es, gegen alle Regeln des Protokolls.

Schließlich setzte der Kardinal der Peinlichkeit selbst ein Ende: Er grüßte die Königinmutter, indem er in seine Verneigung allen Respekt legte, den er ihr schuldete, wich drei Schritt zurück, verneigte sich wiederum tief und ging. Alle diese Bewegungen entsprachen den protokollarischen Regeln und wurden mit der Grazie ausgeführt, die man am Hof von einem Edelmann erwartet.

Kaum hatte Richelieu die Schwelle des Saals überschritten, da hob ein Raunen an, die Anwesenden machten einander *sotto voce*[1] tausenderlei und, wie mir schien, für die Königinmutter meistenteils nachteilige Bemerkungen, denn auch wer den Kardinal nicht liebte, fand, sie sei in Schroffheit und Verachtung zu weit gegangen, Richelieus Anteil an unseren Siegen war unumstritten.

Währenddessen betrachtete ich die Königinmutter mit aller Aufmerksamkeit und hatte den Eindruck, daß sie höchst zufrieden war, so hart mit Richelieu gebrochen zu haben. Wahr-

1 (ital.) Halblaut.

scheinlich bildete sie sich in ihrem bißchen Gehirn sogar ein, daß sie aufgrund ihres Ranges den Krieg nur gewinnen könne, den sie diesem »Hanswurst von Kardinal« soeben erklärt hatte.

Wenn Richelieu eines Balsams für seine Wunde bedurfte, brauchte er hierauf nicht lange zu warten. Von der Jagd zurück, empfing ihn der König – laut den Worten des Kardinals – »so liebreich und zugewandt, wie es sich gar nicht sagen läßt«. Und als er ihn um ein vertrauliches Gespräch bat, willigte der König ein, worauf er sich mit ihm in ein Kabinett begab, in welches Richelieu mich als Zeugen des Vorgefallenen mitnehmen durfte, denn der König sollte nicht denken, er übertreibe seine Herabsetzung durch die Königinmutter. Tatsächlich hatte die Szene sich ja ohne Worte abgespielt, und nichts ist so schwierig, wie Mienen zu beschreiben.

Richelieu gab dem König einen nüchternen Bericht, und zum Schluß wandte er sich an mich, damit ich seine Aussage bestätige. Doch Ludwig unterbrach ihn.

»Monsieur d'Orbieu«, sagte er, »Euer Zeugnis ist unnötig. Ich glaube dem Kardinal. Ich kenne das theatralische Gehaben nur zu gut, mit dem die Königinmutter von ihrem Olymp herab ihre tiefste Verachtung bekundet. Mehr als einmal habe ich das als Kind erlebt. Wenn man wie sie das vorstehende Kinn der Habsburger geerbt hat, fällt es leicht, Mienen zu ziehen, die man für vernichtend hält.«

»Sire«, sagte Richelieu, »es ist nur so, daß die Königinmutter, die zweite Person im Staate, mich öffentlich beleidigt hat. Unter diesen Umständen kann ich Euch nur bitten, akzeptieren zu wollen, daß ich mich von den Geschäften zurückziehe.«

»Oh, davon kann gar nicht die Rede sein! Keinen Augenblick!« sagte Ludwig mit aller Festigkeit. »Ich will, daß Ihr die Staatsgeschäfte weiterführt. Habt Ihr bedacht, welch großen Eklat und Schaden Eure Demission nicht nur im Reich, sondern auch im Ausland auslösen würde? Was die Königinmutter angeht, beunruhigt Euch wegen ihrer Mimik nicht. Früher oder später mache ich mich von ihren Ungehörigkeiten frei und setze damit auch dem Treiben der Kabalen ein Ende.«

Wir verließen das Kabinett, der König schied von uns, und der Kardinal nahm mich mit zu den Räumen des Schlosses, die ihm zugeteilt waren. Seine Diener, sein Majordomus, ein Hauptmann und zwei Musketiere waren bereits am Werk, die einen, die Zimmer zu säubern, die anderen, den Wachdienst einzurichten.

»Charpentier! Wo ist Charpentier? Ich brauche Charpentier! Wo, zum Teufel, ist Charpentier?« rief ungeduldig der Kardinal, indem er durch die Zimmer eilte.

»Eminenz«, sagte der Majordomus mit jener Langsamkeit und Schwerfälligkeit, die diesem Amt anzuhaften scheinen, »Euer Herr Sekretär ist nicht hier.«

»Wo ist er denn?«

»Eure Eminenz schickten ihn mit einer Nachricht zum Herrn Marschall von Bassompierre.«

»Richtig! Richtig!« rief der Kardinal, »und bei allen Heiligen«, setzte er aufgebracht hinzu, »nun ist er weg, wo ich ihn am nötigsten brauche.«

Dieser Vorwurf war von so schreiender und komischer Ungerechtigkeit, daß er es selber merkte. Auf der Stelle wurde er ruhig und wandte sich lächelnd an mich.

»Mein Cousin«, sagte er, »würdet Ihr Euch sehr erniedrigt fühlen, wenn ich Euch bäte, nach meinem Diktat einen Brief an die Königinmutter zu schreiben?«

»Eminenz, ich würde mich überhaupt nicht erniedrigt, vielmehr hoch geehrt fühlen. Wie Ihr vielleicht noch wißt, habe ich Euch schon einmal in Eurer Karosse als Sekretär gedient.«

»Ja«, sagte Richelieu, »und ich weiß auch noch, wie hurtig und elegant Eure Schrift war.«

Ich schlürfte diesen Löffel Honig mit gebührendem Respekt, und als ein Diener Briefbogen, Tinte und einen ganzen Satz Federn brachte, wählte ich mir die bestgespitzte, tauchte sie ins Tintenfaß und wartete. Und Sie glauben ja nicht, Leser, mit welchem Frohlocken ich das Diktat des Kardinals zu dem nachfolgenden Brief aufnahm. Denn dieser Brief war durchaus nicht das Spiel von Katz und Maus, sondern, umgekehrt, das Spiel einer Maus, die den Krallen der Katze entwischt ist und sich nun den Spaß macht, dieser den Schnurrbart zu kitzeln.

Madame, ich habe am heutigen Tag die gleiche Leidenschaft, Euch zu dienen, wie ich sie immer hatte. Da ich aber sehe, daß ich Euch mißfalle, empfinde ich die größte Pein, die ich je empfand, und bitte Euch gutzuheißen, daß ich mich zurückziehe. Mit Respekt lege ich alle Ämter in Eure Hände, die ich von Euch erhielt. Mit mir nehme ich meine Verwandten, die in Eurem Dienst standen. Glaubt bitte, daß ich, auch wenn ich Euer Wohlwollen verloren habe, mich gleichwohl nicht von dem entbunden fühle, was ich Euch seit vierzehn Jahren schulde. Ich bleibe Euer Diener bis zum letzten Seufzer meines Lebens. Inständig bitte ich Euch, beim König dafür einzutreten, daß er meine Demission annimmt, mein Entschluß in diesem Punkt ist so unumstößlich, daß ich lieber sterben wollte, als am Hof zu bleiben zu einer Zeit, da mein Schatten mir Pein bereitet.

Kardinal von Richelieu

Dieses Briefchen, das nur scheinbar liebevoll und respektvoll nur an der Oberfläche war, wurde mir in einem Zug diktiert, und während ich es, so schnell ich konnte, aufs Papier warf, bewunderte ich Richelieus Eleganz und Wortreichtum – besonders jenes »da mein Schatten mir Pein bereitet« am Ende des Diktats. Der Kardinal rief seinen Majordomus, faltete, siegelte das Sendschreiben und übergab es ihm mit der Order, es sogleich der Königinmutter zu überbringen. Dann erhob er sich, öffnete ein Fenster, atmete tief durch, doch als sein Blick auf die Menge der Höflinge fiel, die da unten wartete, schloß er besagtes Fenster und wandte sich zu mir.

»Die Herren dort warten auf Euch. Wenn sie Euch fragen, wie es jetzt mit mir steht, was antwortet Ihr ihnen?«

»Daß der König«, erwiderte ich nach kurzem Nachdenken, »den Herrn Kardinal über den ersten Empfang, der ihm hier bereitet wurde, getröstet hat.«

»Nein! Nein!« rief lebhaft Richelieu. »Das geht nicht! Das hieße die Königinmutter kritisieren! Sagt nur, daß ich getröstet bin, ohne zu sagen, worüber.«

Dann fuhr er fort: »Mein Cousin, die Fouriere haben Euch im Schloß bei Monsieur de Guron logiert. Sagt ihm, er möge gegen Abend das Gesinde entfernen. Höchstwahrscheinlich wird Euch zur Vesperzeit ein Frauenzimmer besuchen.«

»Eminenz«, sagte ich, »darf ich, da ich ihr die Tür öffnen muß, ihren Namen wissen?«

»Ihr seid ihr schon begegnet.«

Und die Stimme dämpfend, als ob die Wände Ohren hätten, setzte er hinzu: »Es ist die Zocoli.«

SIEBENTES KAPITEL

Die Zocoli, Leser, gehörte zur niederen, aber sehr nützlichen Rasse der Spitzel, derer sich Richelieu wie kein anderer Minister vor ihm bediente, denn er legte höchsten Wert darauf, Tag für Tag, ja Stunde für Stunde, würde ich sagen, über die laufenden Kabalen am Hofe sowie über die Umtriebe des Auslands informiert zu sein.

Auf die Rekrutierung dieser Spitzel verwandte der Kardinal größte Sorgfalt. Er verstand es vortrefflich, sie zu instruieren, zu überwachen, zu belohnen und notfalls auszuschalten. Denn sobald die Spione erst einmal Experten darin waren, die Geheimnisse unserer Feinde zu erlauschen, konnten sie natürlich auch versucht sein, ihnen die unseren zu verkaufen.

Was die Zocoli anging, ein besonders gewitztes Ding, war es Richelieu über Mittelsleute geglückt, sie als Kammerfrau in der Entourage der Königinmutter unterzubringen. Und sie machte ihre Sache großartig, besaß sie doch feine Ohren und unerschrockenen Mut. Um ihrer Sicherheit willen und um den guten Ruf des Kardinals nicht zu gefährden – der selbstverständlich von solchen Niederungen gar nichts wußte –, durfte sie niemals in seine Nähe kommen, sondern mußte sich an Monsieur de Guron oder mich halten, die wir ihre Berichte an Seine Eminenz weitergaben. Derweise war ich der Zocoli schon ein erstes Mal begegnet, und nicht ohne Gefahr für meine Tugend, denn der Himmel hatte ihr ein Engelsgesicht verliehen und der Teufel ein Körperchen, es hätte einen Klosterbruder in Verdammnis gestürzt. Der Kardinal hatte sie deshalb zunächst nicht verwenden wollen. Die Schöne war, wie zu hören, derart auf Mannsbilder versessen, daß ihr jede Gelegenheit recht kam, außerhalb des Ehebettes zu vögeln, das allerdings auch den Signor Zocoli selten sah, der ein Schwuler war, wie es hieß.

Trotzdem ließ Richelieu die Kleine beobachten, und es stellte sich heraus, daß sie, so mannstoll sie war, dabei doch einen kühlen Kopf bewahrte und säuberlich abwägte, mit wem sie es trieb, indem sie sich nur an Freunde und Kreaturen des Kardinals hielt, nie aber an seine Feinde oder solche, die ihr als solche erschienen. So überließ der Kardinal denn dem Herrgott die Sorge, die irdischen Verfehlungen der Zocoli im gegebenen Moment zu vergeben oder zu strafen, und nahm sie in Dienst, woran er weise tat, denn sie war findig und listig wie keiner guten Mutter Tochter in Frankreich.

Monsieur de Guron, der bereits wußte, wer mich bei ihm aufsuchen würde, empfing mich, ich sage nicht, mit offenen Armen, denn just in diese schloß er mich, klopfte mir mehrfach auf den Rücken, daß es weh tat, und erdrückte mich fast mit seinem Furor.

»Verdammt!« rief er, »mir fehlen die Worte, zu sagen, wie ich mich freue, Euch hier zu haben! Das wollen wir uns doch zunutze machen und einmal in aller Ausführlichkeit schwätzen!« Ich aber dachte, daß der Schwätzer von uns beiden doch wohl er sein würde.

»Ich weiß nicht«, sagte ich, »ob die Zocoli uns soviel Zeit lassen wird. Doch sagt, um einer Störung vorzubeugen: Wird Euer Quartier bewacht?«

»Von vier Schweizern, die frisch aus den helvetischen Bergen kommen und die Französisch sprechen wie ich Deutsch.«

»Und wie sprecht Ihr Deutsch?«

»Der, die, das!« sagte er und lachte schallend.

Natürlich enthob das Warten auf die Spionin uns nicht, »das arme Tier« zu füttern. Der Leser wird sich erinnern, daß Monsieur de Guron einer der »Freßsäcke« vom Hofe war, weshalb eine Mahlzeit bei ihm vier von meinen aufwog, ungeachtet des Weins, der dabei in Strömen floß – jedenfalls in seine Kehle. Und wie zu erwarten, hinderten ihn die größten Bissen nicht, nach Herzenslust zu schwatzen, und immer von sich.

Sein Redeschwall hätte mich umgebracht, hätte es, kaum daß die Mahlzeit beendet war, nicht geklopft. Monsieur de Guron und ich gingen ins Vorzimmer und zur Tür, gefolgt von den vier Schweizer Riesen mit gesenkter Pike. Ich trug eine Pistole in der linken Hand und eine zweite im Gürtel. Monsieur de Guron zog die drei schweren Riegel auf, ich öffnete einen Spalt, und als ich das hübsche Mäulchen der Zocoli erspähte, öffnete ich den Flügel so weit, daß ihre schmucke kleine Gestalt hereinschlüpfen konnte.

»Da seid Ihr ja wieder, gnädiger Herr!« rief die Zocoli. »Kennt Ihr mich noch? Aber nennt mich bitte nicht Zocoli. Für Euch bin ich Clairette, sehr zu Diensten!«

Hiermit schlang sie mir einen Arm um die Taille, daß ich einige Mühe hatte, mich von der kleinen Schlange zu befreien. Alle Wetter! dachte ich, wenn sie mir schon beim zweitenmal so kommt, wie dann erst beim drittenmal?

»Clairette«, fragte ich, »bist du ungehindert hierhergekommen?«

»Ungehindert, ja! Ich bin doch da!« sagte die Zocoli, die als Pariser Kind einen gutgewetzten Schnabel hatte und wie alle ihrer Art frisch, frei, frech war und sich vor nichts auf der Welt fürchtete. »Was sind denn das für Soldaten?« setzte sie hinzu, als sie die Männer bemerkte, die im matten Licht in Habtachtstellung standen.

»Schweizer von Monsieur de Guron sind es. Sie sollen dich beschützen.«

»Sind die schön! Richtige Riesen!« sagte die Zocoli und betrachtete sie mit leuchtenden Augen und offenem Mund.

»Kindchen, anstatt dich im Anblick dieser Prachtkerle zu verlieren, solltest du mir besser deinen Vers vortragen.«

»Gnädiger Herr«, wandte sie sich an Monsieur de Guron, indem sie ungeniert in einem Lehnstuhl Platz nahm, den ihr das Protokoll nicht gestattet hätte, »Ihr würdet ein gutes Werk tun, wenn Ihr mir vorher einen kleinen Schluck Wein vorsetztet, meine Kehle ist ganz trocken, und ein Häppchen zu essen, mir knurrt der Magen nach dem langen Weg durch die düsteren Flure von Fontainebleau.«

Monsieur de Guron, von Mitleid ergriffen – aber war es Mitleid? –, ließ ihr auftragen, was uns hienieden zu unserem Leibeswohl frommt. Die Zocoli leerte einen ganzen Krug Wein, verputzte einen Schinken und hinterdrein Sahnespeise und Zuckerzeug, damit das Ganze gut rutsche. Monsieur de Guron, der sie mit einer Bewunderung betrachtete, die von Minute zu Minute wuchs, raunte mir *sotto voce* ins Ohr, diese Art Weib hungere es jeden Tag, den Gott werden läßt, aus allen Leibesöffnungen.

Hierbei sah er sie selbst mit so hungrigen Augen an, daß ich beschloß, sie ihm zu überlassen, sobald sie mir berichtet hätte. Und als Monsieur de Guron sich diskret entfernte, begann sie mit ihrer Geschichte, nach der ich die beste Meinung von ihrem Urteil gewann.

»Gnädiger Herr«, sagte sie, »ich weiß die Stunde nicht, als heute Madame (die sie klugerweise nie anders nannte) ein Sendschreiben erhielt. Kaum hatte sie es gelesen, da geriet sie in Wut. Und wer Madame nicht in Wut gesehen hat, hat nichts gesehen! Nicht, daß ich sie dabei in Ruhe hätte beobachten können, denn wie der Sturm losbrach, warf ich mich flach auf den Bauch hinter eine Truhe, die ich gerade mit dem Flederwisch abstauben wollte. In solchem Fall darf man sich nämlich um keinen Preis vor Madame blicken lassen, sie zerschlägt dann nicht nur alles, was ihr unter die Finger kommt, sie ohrfeigt auch jedes menschliche Wesen in ihrer Reichweite. Aber die Neugier war größer als die Angst, ab und zu riskierte ich ein Auge um eine Truhenecke, das Spektakel zu sehen. Meiner Treu, gnädiger Herr, das schafft kein Pariser Schiffersknecht! Die Dame erbleicht, stampft mit den Füßen, wird puterrot, Schweiß strömt ihr übers Gesicht. Sie schnappt nach Luft, ohne Scham reißt sie das Mieder auf, zerrauft sich die Haare. Und bei alledem speit sie eine Flut schmutziger und ungezogener Wörter. Wahrhaftig, ein Fischweib von den Hallen würde vor Neid erblassen! Endlich erschöpft von ihrem Toben, verstummt Madame, und wie ich um die Truhenecke linse, plumpst sie auf den einzigen Lehnstuhl im Salon. Sie ringt um Atem, schnauft wie ein Blasebalg. Da höre ich den Majordomus fragen, ob Ihre Majestät Monsieur de Marillac empfangen wolle. Mit erloschener Stimme sagt sie ›Ja‹, und ich sehe, wie sie ihr Mieder zuknöpft, aber nicht bis oben, weil ihr die Luft noch immer knapp ist, und ihre dicken Brüste liegen halb bloß, es war zu komisch!«

»Was war daran komisch, Clairette?«

»Monsieur de Marillac, müßt Ihr wissen, ist ein großer Busenverächter, und kriegt er einen auch nur ein bißchen zu Gesicht, zieht er rasch den Kopf ein wie eine Schildkröte. Doch Madame liebt Monsieur de Marillac, und kaum tritt er herein, befiehlt sie ihm, Platz zu nehmen.«

»Sie befiehlt?«

»Oh, gebeten wird bei Madame nicht! Bei ihrem Rang! Höchstenfalls der Herrgott. Und weil Monsieur de Marillac keinen zweiten Stuhl sieht, setzt er sich auf meine Truhe, was mir einen Schreck einjagt, denn er bräuchte sich nur umzudrehen, und ich wäre entdeckt. Ich beruhige mich aber, weil ja laut Protokoll niemand Madame den Rücken kehren darf, und freue mich in dem Gedanken, gleich das ganze schöne Zwiegespräch mit anzuhören, denn einen vollen Monat konnte ich nichts Rechtes sammeln. Diesmal, dachte ich, kann ich wenigstens gute Ernte halten für den Herrn Kardinal.«

Womit die Zocoli eine Pause einlegte, sei es, um Atem zu schöpfen, denn als Pariserin sprach sie sehr geschwind, sei es, um ihrer Rede neues Gewicht zu geben.

»Kaum also sitzt Monsieur de Marillac auf meiner Truhe, fängt Madame wieder zu schreien an.

›Monsieur de Marillac, Ihr werdet es nicht glauben! Dieser Hanswurst von Kardinal hat mir geschrieben! Mir! Er hat mir geschrieben, nachdem ich ihn mit meiner wütenden Verachtung in aller Öffentlichkeit zerschmettert habe! Er wagt es, mir zu schreiben! Mir, die ich diesen Bettler vom Hof, aus meinem Haus, aus dem Reich verjagt habe! Und er treibt die Schamlosigkeit so weit, mir zu schreiben und sich auch noch meinen Diener zu nennen!‹

›Madame‹, sagt darauf ernst Marillac, ›der Kardinal ist keinesfalls zerschmettert, ganz im Gegenteil, und es besteht kein Anlaß zu triumphieren. Als er den großen Saal verließ, wo Ihr ihn mit Eurer Verachtung straftet, rannen ihm Tränen wie dicke Erbsen über die Wangen – Ihr wißt ja‹, setzt er boshaft hinzu, ›wie nahe unser großer Mann am Wasser gebaut hat! Aber als der König von der Jagd kam, schloß er sich mit dem Kardinal in ein Kabinett ein, und als der Kardinal Seiner Majestät dann die Tür öffnete, faßte der Hof Richelieu scharf ins Auge und erkannte von Tränen keine Spur, sondern nur ein strahlendes Gesicht. Woraufhin Richelieu sich längere Zeit mit dem Herzog von Orbieu zurückzog. Der ganze Hof wartete unter den Fenstern auf den Herzog, und als der endlich erschien, bestürmte man ihn mit Fragen, und seine Antwort war schlicht: ›Der König hat den Herrn Kardinal getröstet.‹ Was der Hof mit Freude und Frohlocken begrüßte.‹

›Frohlocken?‹ fragt Madame. *›E che cosa significa questa parola?‹*[1]

›Große Freude, Madame.‹

1 (ital.) Was bedeutet dieses Wort?

›Große Freude? *Santa Maria! C'è da impazzire!*[1] Was für Erznarren diese Franzosen doch sind! Ich, Königin von Frankreich, zertrete diesen kleinen Auswurf mit meiner wütenden Verachtung! Und der König, mein Sohn, umarmt ihn! Der Hof klatscht Beifall! *E tutta la nazione è contro di mi!*‹[2]

›Narren oder nicht, Madame‹, sagt Marillac, ›der Hof hat für den Kardinal Partei ergriffen und, leider, gegen Eure Majestät. Auch ich wurde geschmäht, beschimpft. Man beschuldigte mich, Euch diesen Skandal eingeflüstert zu haben. Und mehr als einer prophezeite mir mit falschem Mitgefühl, der König würde mich vom Hof verjagen. Und Bérulle ebenso.‹

›Bérulle, Bérulle!‹ sagt auf einmal Madame, fahrig, wie sie ist. ›Wo ist überhaupt Bérulle? Wieso, zum Teufel, ist er nicht hier? Ist das nicht der Gipfel, daß er nicht bei mir ist, um *aiutarmi come l'ho aiutato io di tasca mia. Che persona ingrata!*‹[3]

›Madame, der Kardinal ist nicht undankbar. Er liegt zu Bett. Es wird wohl sein Sterbelager sein, laut den Ärzten macht er es nicht mehr lange.‹

›Aber er soll nicht sterben!‹ schreit Madame entrüstet. ›Sagt ihm von mir, daß er nicht sterben darf! Ich brauche ihn doch so sehr!‹

›Aber wozu, Madame? Damit er Euch wieder zu einem schrecklichen Fehler verleitet?‹ sagt Marillac mit falscher Sanftmut. ›Ich hatte Euch gewarnt, Madame, und habe vergebens auch Bérulle gewarnt! Man kann doch Richelieu nicht öffentlich zertreten, wenn er ruhmbedeckt aus dem Languedoc heimkehrt!‹

›Und trotzdem‹, sagt Madame, ihren großen Zorn wiederkäuend, ›hat der Schurke mir zu schreiben gewagt!‹

›Geschrieben hat er Euch?‹ fragt Marillac verdutzt. ›Madame, wollt Ihr gnädigst erlauben, daß ich den Brief lese?‹

›*Che puzzo!*‹[4] sagt Madame.

Nun war eine ganze Weile Schweigen, während Monsieur de Marillac den Brief las und vielleicht zweimal las.

›Dieser Brief, Madame‹, sagt er dann, ›gibt sich demütig,

1 Heilige Maria! Das ist ja zum Verrücktwerden!

2 Und die ganze Nation ist gegen mich!

3 Um mir beizustehen, so wie ich ihm beistand mit meiner Börse. Was für ein undankbarer Mensch!

4 Der reine Dreck!

unterwürfig und ehrerbietig. Doch in der Tat, Madame, wenn man zwischen den Zeilen liest, schraubt Euch der Kardinal.‹

›Er schraubt mich? *E che cosa signifia questa parola?*‹[1]

›Er macht sich über Euch lustig, Madame.‹

›Über mich? Er macht sich lustig über mich, MICH!‹ brüllt Madame. ›Und … und … und wie?‹

Ich denke, jetzt geht das Toben wieder los. Es kommt aber nichts. Die Neugier ist zu groß.

›Und wie?‹ fragt sie wieder.

›Indem er Euch bittet, beim König dafür einzutreten, daß er seine Demission annimmt.‹

›Und wieso macht er sich damit über mich lustig?‹

›Diese Demission, Madame, wurde offensichtlich vom König bereits abgelehnt, und wenn Ihr bei Ludwig dafür eintretet, erhaltet Ihr nur eine strenge Abfuhr.‹

›Aber, das ist ja ein Satan, dieser Hanswurst von Kardinal!‹ schrie Madame.

So, gnädiger Herr«, schloß die Zocoli, »das ist alles, was ich Euch berichten kann, außer daß Madame nach dem Besuch von Monsieur de Marillac gleich zu Bett ging und ich mein Versteck endlich verlassen konnte.«

Ich dankte der Zocoli und wollte ihr für die schöne Geschichte einen Taler geben, den sie aber mit Würde ablehnte, sie habe einen Herrn, sagte sie, der sie gut bezahle. Gern hätte ich sie, weil ich so zufrieden mit ihr war, zum Abschied freundschaftlich umarmt, sagte mir aber, daß es bei ihr nicht bei der Freundschaft bleiben würde, überließ sie also Monsieur de Guron und eilte frohen Herzens in mein Zimmer. Doch anstatt mich schlafen zu legen, brachte ich erst alles zu Papier, was die Königinmutter gesagt hatte, um es wortwörtlich für den Kardinal festzuhalten.

Ich war sehr müde nach diesem langen Tag, an dem sich soviel ereignet hatte. Rasch entkleidete ich mich – es war spät, ich wollte meinen Diener nicht mehr wecken –, zog um mein Bett die Vorhänge zu und wartete auf den Schlummer, der aber nicht kam. Statt dessen geriet ich ins Grübeln über Marillac.

Mir scheint, Leser, daß ich Ihnen schon andeutete, wie ich über ihn dachte. Doch was ich auch gesagt haben mag, hier braucht es ausführlichere, gründlichere Worte, denke ich, als

1 Und was bedeutet nun wieder dieses Wort?

eine Bemerkung nebenher. Marillac war gewiß nicht dumm und einfältig wie der arme Bérulle, der, weil er so oft zu Gott sprach, sich schließlich einbildete, Gott vergelte ihm dies mit Vertraulichkeiten und Prophezeiungen. Wie der Leser sich erinnern wird, hatte er sich befugt geglaubt, Richelieu zu schreiben, er müsse den Deich vor La Rochelle gar nicht bauen, die Mauern der Feste würden von selber fallen: Er habe diesbezüglich eine Erleuchtung gehabt.

Nein, Monsieur de Marillac war ein Mann von großem Verstand, sehr arbeitsam und erfüllte sein Amt als Siegelbewahrer aufs beste.

Gut, man konnte verstehen, daß er in seiner fanatischen Frömmelei nichts so sehr wünschte wie die Ausrottung der hugenottischen Ketzer und daß er daher eine spanische Allianz für erstrebenswert hielt, trotz aller Gefahren, die das für Frankreich bedeutete. Man konnte notfalls sogar verstehen, daß er glaubte, er selbst sei der rechte Mann, um diese Politik durchzusetzen, und Richelieu müsse verschwinden, damit er an dessen Stelle treten könne. Doch genau an diesem Punkt meiner Rede drückt mich der Schuh.

Auf wen oder was konnte Monsieur de Marillac sich zur Durchsetzung dieses Ziels denn stützen? Auf den König? Aber Ludwig, der seinen Vater verehrte, war unwiderruflich anti-spanisch. Er wußte genau, daß dieser über alles geliebte Vater durchaus nicht zufällig zu einem Zeitpunkt ermordet worden war, als er zum entscheidenden Krieg gegen Spanien rüstete. Ludwig wußte auch, daß dieser Vater den Plan einer spanischen Heirat für seinen Dauphin abgelehnt hatte, jenen Plan, den zu seinem großen Kummer die Witwe gewordene Mutter dann verwirklichte. Und gab es auch andere Gründe dafür, daß er die Ehe mit Anna von Österreich zunächst nicht vollziehen konnte, wurde seine Glut durch die Tatsache, daß sie Spanierin war, nicht eben entfacht. Ein Beweis dafür ist, daß er die turbulenten Gesellschafterinnen, die mit Anna von Österreich nach Frankreich gekommen waren, nicht ohne Schroffheit zurückschickte über die Bidassoa. Und ich glaubte, er hätte auch Anna zurückgeschickt, wenn er gekonnt hätte.

Rechnete Monsieur de Marillac also darauf, daß die Königinmutter Ludwig dahin bringen würde, die spanische Allianz zu akzeptieren? Sollte er das wirklich geglaubt haben, wäre es der schwerste Fehler, der diesem geistvollen Mann je unterlaufen wäre. Längst war zwischen dem König und der Königinmutter jede Gefühlsbindung den protokollarisch befohlenen Respektsbezeigungen gewichen. Hundertmal habe ich gesagt und sage es, verzeih, Leser, noch einmal: Ungeliebt, gedemütigt als Kind, hatte er für Maria von Medici nicht nur keine Liebe, er konnte sie nicht einmal achten, weil er von ihrer Vernunft und ihrem Charakter die allergeringste Meinung hatte. Ihn graute vor ihren starren Voreingenommenheiten, ihren wütenden Verbohrtheiten, ihren tobenden Zornausbrüchen und am allermeisten vor ihrer vulgären Sprache.

Wahrhaftig, wenn es auf der Welt etwas gab, was Ludwig von ganzem Herzen haßte, dann daß man in seiner Gegenwart sich zu Zänkereien hinreißen ließ, die Stimme hob, gemeine und anstößige Ausdrücke gebrauchte. Er empfand dies als den schlimmsten Verstoß gegen seine königliche Würde. Als er von seinem Schlafgemach einmal hörte, wie der Graf von Guiche einen Türhüter mit schriller Stimme und groben Worten beschimpfte, weil der ihm den Zutritt zum König verwehrte, schickte er auf der Stelle ein Dutzend Garden, ließ ihn festnehmen und für eine Woche in die Bastille sperren.

Die Königinmutter, guter Gott! dachte ich in meinem nächtlichen Sinnen, wie konnte ein Mann von Geist wie Marillac sich zur Erreichung seiner Ziele nur ein so unzuverlässiges Instrument wählen, das seinen Händen jeden Augenblick entgleiten und alles durchkreuzen konnte, wobei die Verantwortung für ihre Fehler ihm zufiel, denn er war als ihr Ratgeber bekannt. Eine sehr gefährliche Position, die ihn von einem Tag auf den anderen in eine Ungnade stürzen konnte, die voraussichtlich kein Zuckerschlecken sein würde.

Am fünfzehnten September gelang es dem König, zwischen Richelieu und seiner Mutter eine Art Burgfrieden herzustellen. Und was meines Erachtens die sonst ewig Grollende zu so schnellem Einlenken brachte, war die Mißbilligung, die ihr in diesem Fall vom gesamten Hof widerfuhr. Der Kardinal, der sich unendlich erleichtert fühlte, lud mich ein, am selben Abend mit ihm zu speisen, was Monsieur de Guron ein wenig grätzte, obwohl er sich eine Woche zuvor desselben Privilegs hatte rühmen dürfen. »Bah!« sagte er und zog ein abfälliges Maul, indem er mir auf die Schulter klopfte, »Ihr werdet sehen, mein lieber Herzog, große Ehre, zweifellos, aber verdammt kleine Schüsseln!« Da sprach natürlich der Fresser und Schlemmer vom Hofe, denn was mich anlangt, so trinke ich wenig und esse noch weniger. Und das, Leser, nicht etwa aus Askese oder Tugend, vielmehr ist es schlichte Eitelkeit, denn »Schmerbauch« ist für mich gleichbedeutend mit »Graubart«; ich will mir doch die schlanke Linie, solange ich kann, erhalten, für die meine Catherine mich lobt.

Der Leser errät sicherlich, daß ein Souper mit dem Kardinal nicht heißt, Allerweltsgespräche zu führen. Man arbeitet mehr, als man ißt. Und kaum hatten wir vor unseren goldenen Gedecken Platz genommen, begann Seine Eminenz in drängendem Ton zu fragen.

»Nun, mein Cousin, was hat die Zocoli gesagt?«

»Eminenz«, entgegnete ich, »ich habe alles, was sie mir berichtete, zu Papier gebracht. Wünscht Ihr den Rapport zu lesen, oder soll ich die Dinge mündlich vortragen?«

»Die schriftliche Form genügt mir«, sagte Richelieu. »Ich weiß, daß Eure Rapporte ausgezeichnet sind.«

So überreichte ich ihm denn die Blätter und beobachtete ihn insgeheim, während er las. Sein Gesicht war blaß und abgezehrt und von grenzenloser Erschöpfung gezeichnet. Mein Gott, dachte ich, welch eherner Mut, welch unnachgiebige Beharrlichkeit, welche Ergebenheit! Und, außer vom König, wie wenig belohnt! Je mehr Gutes er dem Reich erweist, desto übler spielt man ihm mit!

Nachdem der Kardinal seine Lektüre beendet hatte, faltete er die Bogen und steckte sie in die Innentasche seiner Soutane, wobei er wie im Selbstgespräch sagte: »Das muß der König lesen.« Dann senkte er die Augen auf seinen Teller und verharrte so eine Weile.

Was nun geschah, Leser, erregte mein größtes Erstaunen. Denn es geschah selten, daß der stets verschwiegene und mit Worten sparsame Kardinal sich vor einem wenngleich voll vertrauenswürdigen Diener herbeiließ, eine Gemütsbewegung zu äußern oder eine seiner Erinnerungen zu berufen. Und beides tat er an diesem Abend.

»Mein Cousin«, sagte er, »glaubt Ihr, daß die Königinmutter mir gegenüber eines Tages Reue zeigen wird?«

»Mir scheint, Eminenz, nach der schmerzhaften Schlappe, die sie einstecken mußte, wäre es nur vernünftig, wenn sie es täte.«

»Vernünftig!« sagte Richelieu, indem er große Augen machte. »Wann wäre sie jemals vernünftig gewesen?«

Mehr sagte er nicht, und für eine Weile wahrte er Schweigen. Auch ich schwieg. Bekanntlich stellt man, wie dem König, auch dem Kardinal keine Fragen. Diese Regel zu übertreten wäre die schlimmste Ungehörigkeit. Ich blieb also still wie ein Maulwurf im Bau, gleichzeitig aber auf der Lauer, denn für mein Gefühl hatte Richelieu schon zuviel gesagt, um nicht noch mehr zu sagen. Und wirklich kam er, wenn auch auf einigen Umwegen, zu seinem Thema zurück.

»Mein Cousin«, fuhr er fort, »man muß Euch, der Ihr so mutig daran beteiligt wart, nicht an den Staatsstreich vom vierundzwanzigsten April 1617 erinnern. Der infame Concini auf königlichen Befehl exekutiert, seine Megäre im Kerker, die Königsmacht den unwürdigen Händen entrissen und die Königinmutter festgehalten in ihren Gemächern. Ihr entsinnt Euch dieser überraschenden Tatsachen, nicht wahr? Um ihr jeden Fluchtweg zu nehmen, scheute Ludwig keine Mittel: Kurzerhand ersetzte er ihre Leibgarde durch seine, schickte Maurer, die beiden Geheimtüren ihrer Wohnung zuzumauern, und drei starke Erdarbeiter mußten die kleine Holzbrücke abreißen, mittels deren seine Mutter den Graben hatte überschreiten und in den Gärten an der Seine lustwandeln können: eine weitere Möglichkeit, den Louvre zu verlassen. So kam es, daß die Königinmutter sich noch vor ihrer Verbannung nach Schloß Blois gefangen fühlte und es unstreitig auch war. Worauf sie in einen ihrer Wutausbrüche verfiel, wie sie die Gewölbe des Louvre lange erschüttert hatten und von denen die Zocoli uns ja ein Beispiel geschildert hat. Brüllend, heulend, sich die Haare raufend und die Hände ringend, verwünschte sie die Concinis, die sie so lange angebetet hatte, und bezeugte durch die Initiativen, die sie gleichzeitig ergriff, ihren herrischen Charakter.

Sie schickte ihren Rittmeister, Monsieur de Bressieux, dem König zu sagen, daß sie ihn sprechen wolle. Wäre ich zu dem Zeitpunkt bei ihr gewesen«, fuhr Richelieu fort, »ich hätte ihr von einem so unangebrachten Schritt abgeraten. Die Königinmutter hatte Ludwig sogar noch, als er schon großjährig war, so abscheulich seiner königlichen Vorrechte beraubt, daß eine Einigung im Moment völlig ausgeschlossen war.

Mehr noch, daß Ludwig den Günstling Concini ermorden und

die Galigaï hinrichten ließ, zeigte einen Grad von Entschlossenheit und Unerbittlichkeit, der der Königinmutter nicht die mindeste Hoffnung ließ, daß er seine Entscheidungen ändern werde. So überraschte es mich nicht, daß Monsieur de Bressieux, als er dem König das Anliegen der Königinmutter vortrug, die dürre Antwort erhielt: ›Ich werde sie zu gegebener Zeit sprechen.‹ Jeder andere als die Königinmutter hätte sich das gesagt sein lassen. Sie mitnichten. Sie schickte den Mann zum zweitenmal mit derselben Forderung und erfuhr dieselbe Ablehnung. Hierauf mußte Monsieur de Bressieux ein drittes Mal zum König gehen. Diesmal war es keine Ablehnung, es war eine drohende Abfuhr, der König entgegnete dem armen Bressieux, wenn er ihm noch einmal mit derselben Botschaft komme, werde er ihn in die Bastille sperren.

Denkt Ihr, die Königinmutter hätte ihre Drängeleien jetzt eingestellt? Aber nein! Sie schickte die Prinzessin Conti, die, klüger als Monsieur de Bressieux, Ludwig um eine Audienz bat. Einer Prinzessin und Angehörigen des mächtigen Hauses Guise konnte man nicht mit der Bastille drohen. Der König antwortete ihr galant, er wolle sie gern empfangen, vorausgesetzt, sie spreche nicht von der Königinmutter. Wer hätte gedacht, daß Maria von Medici nach dieser völlig unnützen Demarche einen fünften Versuch machen würde? Ihren Instruktionen gehorsam, warf sich ihre Ehrendame, Madame de Guercheville, als sie in einem Flur des Louvre dem König begegnete, ihm dramatisch zu Füßen: ›Sire!‹ schrie sie, ›könnt Ihr Eure Mutter verjagen?!‹ – ›Sie ist meine Mutter, ja‹, sagte Ludwig. ›Aber bis jetzt hat sie mich nicht als Sohn behandelt.‹«

Diese Worte waren für mich von besonderem Interesse, denn als ich in einem früheren Band meiner Memoiren von jenen unzeitgemäßen Ersuchen der Königinmutter sprach, hatte ich sie in drei Zeilen abgehandelt, und weil ich nicht so gut informiert war wie Richelieu, hatte ich die fünf Demarchen der Königinmutter Gott weiß warum auf sechs beziffert.

»Die Lehre aus dieser Geschichte ist«, schloß Richelieu, »daß man über den Unterschied zwischen Unnachgiebigkeit und Hartnäckigkeit nachdenkt.«

»Ich gestehe, Eminenz, daß ich einen Unterschied empfinde, aber nicht definieren kann.«

»Ich habe mich darin versucht«, sagte Richelieu mit einer

Bescheidenheit, auf die ich nicht hereinfiel (denn er liebte die Dichter und die Feinheiten der Sprache). »Ich für mein Teil würde sagen, daß Unnachgiebigkeit der von der Vernunft erleuchtete Wille ist. Und daß Hartnäckigkeit der Verbohrtheit nahe kommt, der Sturheit, einem Willen ohne Vernunft. Ich vergleiche Hartnäckigkeit mit einer dicken Wespe, die hundertmal gegen dieselbe Scheibe stößt, ohne das offene Fenster zu suchen und zu finden, durch das sie davonfliegen könnte. Deshalb«, setzte er nach kurzem Schweigen hinzu, »mache ich mir keine Illusionen über den prekären Frieden, den Ludwig zwischen seiner Mutter und mir hergestellt hat. Ich mag es gut oder schlecht machen, die Königinmutter hat sich ein für allemal gegen mich verbohrt, und immer wird ihr Stachel mich verfolgen.«

Hier überflog leichte Röte das blasse und abgezehrte Gesicht des Kardinals. Und er schien mir ein wenig verlegen, weil er sich von seiner Metapher hatte verleiten lassen, hinsichtlich der Königinmutter von »Stachel« zu sprechen, so als setze er sie mit jener dicken Wespe gleich, deren zielloses Anrennen gegen die Scheibe er vorher geschildert hatte.

Doch da ich mir nichts anmerken ließ, etwa daß ich irgendeine Verbindung zwischen der dicken Wespe und dem Stachel zöge, gewann Richelieu seine Ruhe zurück.

»Mein Cousin«, sagte er in dem knappen und bestimmenden Ton, den er pflegte, »es ist spät und, wie Henri Quatre sagte, mich schläfert, und Euch wird es auch schläfern. Morgen früh um acht Uhr tritt der Große Königliche Rat zusammen. Seid pünktlich. Zur Debatte stehen wird unsere verschlechterte Situation in Italien. Und die Abwesenheit von Monsieur! Monsieur, der einem wahrlich einen sehr harten Knochen zu knacken gibt.«

Meine Güte! dachte ich, als ich ging, zuerst eine dicke Wespe! Dann ein harter Knochen! *Che famiglia!* wie der Venezianer Zorzi sagte.

* * *

»Monsieur, auf ein Wort, bitte.«

»Schöne Leserin, ich höre.«

»Darf ich fragen, warum Sie in Ihren Memoiren bis jetzt so wenig von Monsieur, dem Bruder des Königs, gesprochen haben?«

»Oh, doch! Ich habe von ihm gesprochen, Madame, hier und dort in den verschiedenen Bänden meiner Memoiren, die Sie vielleicht nur nicht alle gelesen haben. Daher mag es ganz angebracht sein, wenn ich in Anbetracht der Rolle, die er im folgenden spielen wird, all die Einzelheiten einmal versammle und ein vollständigeres Bild von ihm gebe.

Auch wenn ich das Gegenteil wünschte, muß ich leider sagen, daß Gaston von Anfang bis Ende der Regentschaft seines Bruders eine schädliche und unerquickliche Rolle gespielt hat. Haben Sie auf Schloß Blois einmal die Statue von Gaston d'Orléans gesehen? Was daran am meisten auffällt, wenn man aufmerksam hinsieht, sind seine weichlichen und schwächlichen Züge. Das allein wirft ein erhellendes Licht auf ihn.«

»Monsieur, könnten Sie das näher erläutern?«

»Nun, in erster Linie, Madame, war Gaston sehr ausschweifend.«

»Ach, Monsieur, nur weil Sie durch Ihre Ehe – wenn auch unfreiwillig – tugendhaft geworden sind, müssen Sie jetzt nicht über menschliche Schwächen die Nase rümpfen. Wenn ich mich recht entsinne, gab es in Ihren Jugendtagen einen ganzen Reigen bereitwilliger Persönchen.«

»Ach, Madame! Sie werden die armen Weiber, die Edelmännern ihren Unterleib für eine Nacht verkaufen, doch nicht mit meinen reizenden Kammerjungfern vergleichen wollen! Sie arbeiteten für ihre Herrschaft. Sie waren ihrer Herrschaft ergeben, und sie liebten mich, und ich liebte sie auch, und das Band dauerte, solange ich konnte. Und jedesmal wenn ich eine verlassen mußte, standen Tränen nicht nur in ihren Augen.«

»Verzeihen Sie, Monsieur, daß ich es gewagt habe, Sie zu kritisieren. Verschlimmere ich mein Unrecht, wenn ich sage, daß ich Sie jetzt, in Ihrer Tugendrolle, nicht mehr so verführerisch finde?«

»Besten Dank, Madame, für den Trost, den Sie meiner Bescheidenheit spenden. Natürlich wird ein verheirateter Mann selten verführerisch sein, er hat seine Wahl ja getroffen.«

»Und eine ausgezeichnete Wahl, Monsieur, nach allem, was ich höre.«

»Dank, schöne Leserin, für die großmütige Antwort. Sie macht alles wett. Ich hätte es bedauert, wenn unser freundliches Gegenüber ein Gegeneinander geworden wäre.«

»Zurück denn, Monsieur, zu unseren weißen Schafen.«

»Leider, Madame, ist Gaston gar nicht so weiß. Allerdings rührt ein Teil seiner Fehler aus seiner Situation her. Als jüngerer Bruder eines Königs, der keinen Sohn hat, und somit potentieller Thronerbe hegte Gaston, dieser lustige Kumpan, dem nichts über Spiel, Spaß und Hanswurstiaden ging, trotzdem große Ambitionen. Und da, Madame, zeigt sich das Manko unseres Systems: Das Geblüt verleiht den Rang, aber der Rang besitzt in keiner Weise den Geist, die Übung, die Erfahrung, den Eifer, deren es bedarf, um die großen Geschäfte zu führen. Und genau das bewies Gaston, als er lauthals danach schrie, die Belagerung von La Rochelle zu befehligen. Darf ich Ihnen, Madame, diese beinahe komische Episode ins Gedächtnis rufen? Des Geschreis müde, schickte man ihn nach La Rochelle, unter die diskrete Überwachung durch die Marschälle. Gaston brachte nichts zuwege. Beim ersten Ausfall der Rochelaiser wollte er seine Tapferkeit beweisen und stellte sich in die vorderste Angriffslinie, womit seine Männer ohne Kommando waren. Am selben Abend warf Marschall Schomberg Gaston in etwas scharfem Ton, doch mit allem seinem Rang geschuldeten Respekt vor, er habe sich betragen wie ein Soldat, aber nicht wie ein Chef. Doch Gaston zeigte überhaupt keine Berufung zu den Waffen. Nach ein paar kurzen Wochen hatte er das windige und stürmische Klima an der Küste und vor allem die erdrückende Monotonie des Militärlebens vollkommen satt. Also ließ er, ohne Obacht zu rufen und ohne die geringste Scham, seine Armee sitzen und kehrte eigenmächtig zurück nach Paris, wo er, um sich der Kontrolle der Königinmutter zu entziehen, nicht im Louvre wohnte, sondern in einem verschwiegenen kleinen Hôtel. Und dort ergab er sich in andauerndem Dolcefarniente seinen Ausschweifungen, seinen Gastmählern und den Bubenstreichen, die er über alles liebte.

Nicht daß er dumm war, Madame, er hatte sogar viel Witz. Aber es war ein müßiggängerischer Witz. Obwohl im Oberstübchen besser ausgestattet als die meisten seiner Zeitgenossen, war er zu faul, dies zu nutzen. Soll ich ein Beispiel nennen? Als der König in seinen frühen Jahren hörte, daß der Hofmeister seines Bruders, Marschall von Ornano, Gaston ermutigte, sich dem königlichen Willen zu widersetzen, schickte er den Marschall ins Gefängnis. Sofort war Gaston, ohne den Anschein eines Beweises zu haben, überzeugt, daß Richelieu diese Maßnahme veranlaßt habe, und beschloß, ihn zu ermorden. Diese Geschichte habe ich Ihnen, Madame, schon geboten, ich raffe sie also in wenigen Zeilen zusammen. Gaston knobelte den Plan aus, sich mit etwa dreißig Freunden vom Kardinal auf dessen Schloß zu Fleury-en-Bière einladen zu lassen. Im Verlauf des Mahls sollten seine Freunde sich in die Haare geraten, die Degen ziehen, und in dem hieraus entstehenden Tumult sollte ein Degen wie zufällig das Herz des Kardinals durchbohren.«

»Und was geschah?«

»Der Kardinal erfuhr von dem Plan, noch bevor er ausgereift war, und ging zu Gastons Lever. Dabei schüchterte er ihn durch seine Eskorte ein und erbot sich gleichzeitig sehr liebenswürdig, Schloß Fleury-en-Bière gegen das Schloß von Gaston zu tauschen, das weniger bequem war. Gaston fand den Kardinal ›höchst charmant‹, nahm das Angebot an, und von einem Gastmahl nach italienischer Manier war nie mehr die Rede. Was Italien angeht, bedenken Sie, schöne Leserin, daß Gaston vom Vater her Bourbone war, aber von der Mutter ein Medici.«

»Wie ich hörte, Monsieur, soll Gaston auch schlechte Ratgeber gehabt haben.«

»Schlecht, Madame, ist gar kein Ausdruck! Ich würde mit einem lateinischen Zitat behaupten, sie waren *abominandi atque execrabiles*! Die Namen dieser traurigen Herren: Le Coigneux, Bellegarde, Puylaurens. Der arme Gaston war eine Kasperpuppe in ihren Händen, eine Marionette. Sie werden sich erinnern, daß Marillac und Bérulle, unsere guten Apostel, der Königinmutter schließlich einzureden wußten, daß Richelieu sie im Lauf der Jahre zu seiner ›Marionette‹ gemacht habe, weshalb sie ihn fortan mit unsäglichem Haß verfolgte.

Doch um auf Gaston zurückzukommen, als der erste italienische Feldzug bevorstand ...«

»Monsieur, warum der erste? Gab es noch einen zweiten?«

»Ich fürchte, es wird einen zweiten geben, Madame. Aber das wird sich morgen im Königlichen Rat herausstellen, wo es um die ungute Wendung unserer Affären in Italien gehen soll. Um also beim ersten italienischen Feldzug zu bleiben, forderte Gaston, kaum daß er beschlossen war, den Oberbefehl.«

»Und das nach allem, was er sich in La Rochelle geleistet hatte?«

»Was wollen Sie, Madame, Ungenügen ist oft die Mutter des Dünkels. Man konnte ihm das Kommando natürlich unmöglich bewilligen, konnte aber dem Bruder des Königs auch schwer eine demütigende Ablehnung erteilen. Es gab nur ein Mittel, das Schlimmste zu verhüten, und dafür entschied sich der König: Er übernahm selbst das Kommando.«

»Dann war ja alles gut.«

»Leider nein, Madame, es war schlecht! Kaum war der eine Familienzwist beigelegt, brach ein neuer los. Darf ich Sie daran erinnern: Gastons Gemahlin, Madame de Montpensier, stirbt am vierten Juni im Wochenbett. Der untröstliche Witwer Gaston trocknet vier Tage später seine Tränen, denkt nur mehr an Neuvermählung und verliebt sich in Maria von Gonzaga, die Tochter des Herzogs von Nevers, heute Herzog von Mantua. Neu ist an dieser Geschichte, daß die Königinmutter und der König dieses eine Mal übereinstimmen, beide sind gegen die Verbindung. Die Königinmutter aus dem wenig vernünftigen Grund, daß der Herzog von Nevers vor zwanzig Jahren die Waffen gegen sie erhob. Das Nein des Königs hat politische Gründe: Wenn Gaston der Schwiegersohn des Herzogs von Mantua wird, steht ihm Italien offen. Gaston hat nämlich eine Schwäche für die Feinde seines Bruders. Er ist ein sehr naher Freund des Herzogs von Lothringen, der uns haßt. Und wer könnte ihn hindern, sich in Italien mit den Spaniern zu verbünden?

Wie Sie sehen, schöne Leserin, hat Gaston den Sinn des Wortes Vaterland noch nicht entdeckt, worin er den meisten Großen sehr ähnlich ist, die sich unter der schwachen Regentschaft der Königinmutter nicht scheuten, mit den Waffen in der Hand gegen ihre Macht zu revoltieren, um ihr Land oder Gelder abzupressen.

Als Ludwig siegreich von seinem Italienfeldzug heimkehrt, geht Gaston, um seinen Groll zu bekunden, nach Lothringen, und der Herzog, unser Feind, ist entzückt. Für ihn und seine guten Freunde, die Habsburger, ist das ein immenser Vorteil. Wenn sie Ludwig angreifen wollten, könnten sie es damit tarnen, daß sie die Interessen seines Bruders verteidigen müßten, was ihrem Angriff eine gewisse Legitimität verleihen würde. Andererseits begreifen Gaston und das traurige Trio, dessen Marionette er ist, daß es für Ludwig in den Kriegen, die ihm drohen, darauf ankommt, seinen jüngeren Bruder an seiner Seite zu haben. Sie ließen ihn also wissen, daß Gaston nicht abgeneigt wäre, nach Frankreich zurückzukehren, jedoch zu seinem Preis. Und an Ländereien, Apanagen, Festungen, Titeln und Geldern für sich und sein trauriges Trio forderte Gaston den Mond. Die königliche Antwort ließ nicht auf sich warten. Ludwig verlegte eine Armee in die Champagne, um einen möglichen Angriff Lothringens abzuwehren, und Richelieu trat mit Gaston in Verhandlung. Und Sie können sich vorstellen, meine Freundin, was für ein hartes Geschäft das war!«

»Und was kam dabei heraus?«

»Das weiß ich noch nicht. Ich werde es morgen um halb neun im Königlichen Rat erfahren. Nur wissen Sie ja, Madame, nach geschlossenem Rat sind die Königlichen Räte stumm wie die Karpfen.«

* * *

Ludwig hing sehr an Schloß Saint-Germain-en-Laye, dem Aufenthalt seiner Kinderjahre. Er liebte den Park, die schöne Aussicht auf die Seine und den Wald von Vésinet, die gewiß viel reinere Luft als in Paris, das Wildgehege Le Pecq, das ihn schon damals von der Hirschjagd träumen ließ. Am schönsten aber war es für ihn, wenn sein geliebter Vater ihn besuchen kam, und er kam oft, und, Gipfel des Glücks, er kam allein, so daß das Königskind nichts vom Gekreisch, von Rüffeln und Androhungen der Peitsche seitens der Mutter zu fürchten hatte.

Was mich angeht, so muß ich, trotz der wundersamen Begegnung, die ich als Zehnjähriger dort mit dem ein wenig jüngeren königlichen Knaben hatte, gestehen, daß das Schloß selbst – besonders wenn man es mit Fontainebleau vergleicht – nicht sonderlich anziehend ist. Was eine Residenz liebenswert macht, das ist doch, wie sehr sie von jenen geliebt wurde, die sie erbaut und die dort gelebt haben. Und das war bei Fontainebleau der Fall, das Franz I. auf den Ruinen eines Schlosses und eines Klosters hatte errichten und von italienischen Künstlern, die er bewunderte, ausschmücken lassen. Von Henri Quatre war es noch weiter verschönert worden, der, so knauserig er sonst war, zweieinhalb Millionen Livres dafür aufwandte. Leider gab Ludwig XIII., der dort geboren wurde, viel weniger Geld für Fontainebleau aus, denn obwohl er die prachtvolle

Residenz sehr liebte, zog er sich Versailles vor, weil Versailles nur fünf Meilen von Paris entfernt lag, was keinen so großen Umzug erforderte wie Fontainebleau, das, wie meine Alizon sagte, »beim Teufel« lag.

Um Viertel nach acht, pünktlich wie ein preußischer Offizier, stieg ich verdrossen die Treppe Heinrichs II. hinan und schimpfte lauthals über deren jämmerlichen Zustand, denn die Gefahr war groß, auf den bröckelnden Stufen auszugleiten und zu stürzen. Endlich erblickte ich Beringhen, der mich, übers ganze Gesicht lachend, an der Schwelle der offenen Flügeltür erwartete. Daß Sie sich nicht täuschen, Leser: Wenn mein Kammerdiener ein braver Bauernsohn ist, so ist Beringhen von Adel (wer dürfte den König an- und auskleiden, wenn nicht ein Edelmann?), und übrigens nennt er sich auch nicht Diener, sondern Offizier des Königlichen Hauses. Deren gibt es mehrere, aber Beringhen ist unter ihnen der Erste, weshalb man ihn, nicht ohne Respekt »Monsieur le Premier« nennt, ein Titel, dessen er sich gerne rühmt, und zu Recht. Beringhen ist flämischen Ursprungs, hat blaue Augen, rosige Haut, blonde Haare, die nun langsam weiß werden, ein gutes Mundwerk und einen wackeren Schmerbauch, und weil er das Protokoll samt allen Subtilitäten genauestens kennt, konsultiert ihn gelegentlich sogar der König.

»Meine Hochachtung, Monseigneur«, sagte Beringhen mit tiefer Verbeugung, wobei er aber im Ton schönster Vertrautheit sprach, weil mein Vater den seinen kannte und stets auf freundschaftlichem Fuße mit ihm stand. »Ich meinte zu hören«, setzte er hinzu, »daß Euch die Treppe Heinrichs II. nicht gefällt. Sie gefällt wirklich niemandem, und alle fürchten dort zu stürzen. Von Zeit zu Zeit erlaube ich mir, es Seiner Majestät zu sagen.«

»Und was ist Ihre Antwort?«

»›Später, Beringhen! Später! Im Augenblick habe ich keinen blanken Heller. Meine Kriege verschlingen alles.‹«

Am Ende der Galerie Franz' I., die ich nie ohne einige Gemütserhebung durchschreite, so prachtvoll finde ich sie, zog mich Berlinghen nach der linken Seite, nicht nach der rechten, wie ich erwartete, denn für gewöhnlich trat der Große Rat im Ballsaal zusammen. Ich erriet den Grund der Änderung, sagte aber keinen Ton.

Der monumentale Kamin im Ballsaal wird zu beiden Seiten

von Satyrn aus schwarzer Bronze flankiert. Sie haben stark behaarte Schenkel, Symbole der Fleischeslust. Daß sie der Feuerstätte so nahe stehen, deutet an, daß ihr zügelloses Leben im Jenseits in den Höllenflammen endet.

Wenn Henri Quatre Rat hielt, setzte er sich mit dem Rücken zum Kamin und war derweise eingerahmt von den zwei Satyrn, was ihn so wenig genierte, daß er ab und zu lose Witze darüber machte.

Aus Respekt vor dem geliebten Vater hielt Ludwig, wenn er in Fontainebleau weilte, seinen Rat in diesem Saal, auch er mit dem Rücken zum Feuer. Doch bin ich überzeugt, daß die zwei Satyrn ihn störten, denn sobald das Wetter ungnädig wurde, sagte er, der Ballsaal sei wegen seiner riesigen Glasfenster zu groß und zu kalt, und versammelte den Rat in einem erheblich kleineren Raum, genannt der Salon des Königs, denn es war das Gemach, wo er das Licht der Welt erblickt hatte.

Beringhen, der noch die anderen Herzöge und Pairs sowie die beiden Marschälle von Frankreich empfangen mußte, verließ mich in der Galerie Franz' I. und kehrte zur Treppe Heinrichs II. zurück. Was mich anging, so begab ich mich zum Salon Ludwigs XIII., wo ich aber nicht lange allein blieb. Denn wen traf ich davor, wenn nicht den Ehrwürdigen Doktor der Medizin Fogacer, der mich herzlich umarmte und mich lange mit sichtlichem Wohlgefallen betrachtete:

»Meiner Treu!« sagte ich, »was macht Ihr hier, Ehrwürdiger Doktor? Soweit ich weiß, gehört Ihr dem Großen Rat nicht an.«

»Das nicht, nein! Aber als Auge und Ohr des apostolischen Nuntius werde ich aus Respekt vor Seiner Heiligkeit dem Papst im Flur des Salons geduldet.«

»Aber was bringt es Euch, wenn Ihr draußen seid anstatt drinnen?«

»Ich warte, bis die Räte aus dem Rat kommen, mustere die Gesichter der Parteigänger des Königs und Richelieus, mustere auch die Gesichter der Frömmler und ziehe nach den Mienen der einen und der anderen meine Schlüsse.«

»Dazu müßtet Ihr doch aber mehr wissen!«

»Vieles weiß ich schon«, sagte Fogacer mit seinem gewundenen Lächeln. »Unterschätzt Ihr die Diplomatie des Heiligen Stuhls?«

»Zum Beispiel?«

»Zum Beispiel, daß es um Frankreichs Dinge in Italien nicht zum besten steht und daß es in der Sitzung, der Ihr gleich beiwohnen werdet, mein lieber Herzog, hoch hergehen wird, ich würde sogar sagen, stürmisch.«

ACHTES KAPITEL

Die Räte – darauf hielt der König mit strenger Hand – erschienen zu unseren Versammlungen sehr pünktlich. Der einzige, der mit einiger Verspätung eintraf und dem sofort ein Lehnstuhl gebracht wurde, war der arme Kardinal von Bérulle. Und ich staunte. Dem Bericht der Zocoli zufolge hatte Marillac seinen Zustand als hoffnungslos bezeichnet, er läge krank, »quasi auf dem Sterbebett«, hatte er gesagt.

Ich schloß hieraus, daß Marillac, als er der Königinmutter diese Auskunft gab, durch eine fromme Lüge hatte verhindern wollen, daß sie den Kardinal zu ihrer Verstärkung rufe, damit er ihr einziger Ratgeber blieb. Doch nicht, daß es dem armen Bérulle besser gegangen wäre. Er war totenblaß, konnte nur auf zwei Geistliche gestützt gehen und ließ sich mit sichtlicher Erleichterung auf dem herbeigeholten Lehnstuhl nieder.

In der Abneigung wie in der Zuneigung gibt es Grade, und ich empfand für Bérulle weniger Abneigung als für Marillac. Nach meinem Eindruck war Bérulle nicht boshaft. Er war nur borniert und völlig phantasielos. Wenn er sagte, und er sagte es oft, die protestantische Ketzerei müsse »mit Feuer und Schwert ausgerottet« werden, dachte er nicht etwa an eine europaweite Bartholomäusnacht, er stellte sich gar nichts darunter vor. Was sich dabei in seinem Geist abspielte, blieb wirr und abstrakt.

Für gewöhnlich stellte der König zu Beginn der Ratssitzung in großen Umrissen die Angelegenheit dar, die zu behandeln stand, und nachdem alle, die es wünschten, sich dazu geäußert hatten, fragte er Richelieu um seine Meinung.

Damit bot er dem Kardinal die Gelegenheit zu einer umfassenden Darstellung. Der nahm die ganze Affäre von Anfang an durch, samt all ihren Bestandteilen, worauf er dem König zwei Lösungen vorschlug, zwischen welchen er ihn zu wählen bat.

Die Analyse war klar, vollständig, methodisch, sie basierte einzig auf den Tatsachen und auf der Vernunft, niemals auf Leidenschaften oder Vorurteilen. Ich weiß nicht, ob Richelieu die *Regulae ad directionem ingenii* von Descartes gelesen hatte, die 1628, just nach der Einnahme von La Rochelle erschienen waren. Doch auch wenn Richelieu das Werk nicht gelesen hatte, war er Cartesianer, ohne es zu wissen. Was mich anging, wartete ich stets mit größter Neugier auf seine glänzenden Ausführungen. Welche Freude war es, besonders nach den Eseleien und wirren Projekten der anderen, ihm zu lauschen!

An diesem Morgen trat der König undurchdringlichen Gesichts herein, nahm auf der vorm Kamin stehenden Estrade, mit dem Rücken zum Feuer, Platz. Die Königinmutter setzte sich mit einiger Dreistigkeit fast gleichzeitig mit ihm und hielt sich steif auf ihrem Sitz, das Kinn gereckt, die Unterlippe vorgeschoben, den Busen herausgestreckt, und mit einer Miene, sagte Guron, als wolle sie partout nichts von dem hören, was gesagt werden würde.

Kaum saß die Königinmutter zur Rechten des Königs und stand zu seiner Linken Richelieu, änderte Seine Majestät zur allgemeinen Überraschung die gewohnte Tagesordnung, und anstatt es selbst zu tun, bat er Richelieu, den aktuellen Stand unserer Affären in Italien darzulegen.

Das Exposé des Kardinals, nüchtern und gründlich wie stets, machte die Räte starr vor Betrübnis: Die kaiserlichen Österreicher waren mit siebenundzwanzigtausend Mann wortbrüchig ins Veltlin einmarschiert und belagerten Mantua; der unglückliche Herzog von Nevers hatte nicht viel Chancen, ihnen lange standzuhalten. Die Spanier zogen unter Spinola gen Casale, um mit achtzehntausend Mann die Belagerung wiederaufzunehmen und Toiras zur Kapitulation zu zwingen.

Was Richelieu nicht sagte, was ich aber später erfuhr, war, daß der König vor dem Zusammentreten des Rates fünf unserer besten Regimenter in die Alpen entsandt und Reiter zu Toiras geschickt hatte, ihm zu sagen, er solle schnellstens alle notwendigen Vorräte in Casale anhäufen, während er selbst zur gleichen Zeit Kanonen, Pulver und Getreide, kurz alles, was zu den Bedürfnissen einer großen Armee gehörte, nach Embrun in unsere südlichen Alpen befördern ließ.

Richelieu schloß sein Exposé mit den Worten, man könne mit den Habsburgern natürlich noch Frieden machen, allerdings zu »schlechten, erniedrigenden und beschämenden« Bedingungen, indem man ihnen Casale abträte, das aber für uns doch der Schlüssel zu Italien war, und indem man zuließe, daß sie den Herzog von Nevers aus seinem Herzogtum Mantua verjagten – mit anderen Worten, indem man unsere sämtlichen italienischen Verbündeten preisgäbe, einschließlich Lodena, Parma und der Republik Venedig. Wenn man diese Politik nicht wolle, müsse man fünfzigtausend Mann sammeln und gegen die Spanier ziehen.

Der König forderte die Räte auf, ihre Meinungen abzugeben. Nun, nicht alle Feinde Richelieus waren auch Feinde des Krieges gegen Spanien. Die Mehrheit war sogar sehr empfindlich für den Ehrenpunkt, und es kam gar nicht in Frage, unsere Verbündeten im Stich zu lassen. Bérulle und Marillac fühlten sich übertölpelt und isoliert. In ihren Augen war die Befragung des Rates eine leere Zeremonie: Die Entscheidung stand bereits fest. Und weil sie den König nicht anzugreifen wagten, fielen sie – es war unglaublich – wütend über Richelieu her. »Ihr opfert Eurer Größe«, rief Monsieur de Marillac, »den Frieden eines ganzen Staates, das Glück eines ganzen Volkes … Ihr wollt nur die Narretei befriedigen, die Euch treibt, das Haus Österreich kleinzukriegen … Ihr zielt darauf ab, Frankreich mit allen Ländern Europas zu verfeinden …«

Der König, der diese persönlichen Angriffe ungehörig fand und die polemische Wendung, die Marillac der Beratung gab, mißbilligte, erhob sich, forderte Schweigen und sprach mit starker und entschlossener Stimme: »Nicht wir haben den Frieden gebrochen. Gebrochen hat ihn der Spanier. Der Spanier ist in Mantua eingefallen mit fünfundvierzigtausend Mann. Nun! wenn die Spanier den Krieg wollen, sollen sie ihn haben, bis über beide Ohren!«

* * *

Der arme Kardinal Bérulle starb, wenn ich mich recht entsinne, Anfang Oktober, doch konnte diese Nachricht Marillac nicht besänftigen, im Gegenteil. Es war, als trüge er nun allein die Bürde der göttlichen Botschaft auf seinen Schultern und müsse sie, um seines Seelenheils willen, dem König mitteilen. Er wiederholte sie ihm bis zum Überdruß, wann immer sein Amt ihm zu sprechen erlaubte, und sosehr Seine Majestät ihn für den Fleiß, den Eifer, die Fähigkeiten schätzte, mit denen er dieses

Amt ausübte, ließ Sie eine zunehmende Ungeduld erkennen, die Marillac nicht einmal bemerkte, so fest war er überzeugt, der Krieg gegen die Spanier sei das Gottloseste auf der Welt.

Das ging so weit, daß er Richelieu anbot, sein Amt als Siegelbewahrer niederzulegen. Der Kardinal war baff.

»Was soll das?« fragte er. »Erscheint Euch die Regierung ungerecht?«

»Aber nein, Eminenz! Meinen Rückzug wünsche ich mir seit zwanzig Jahren.«

»Hat dieser Wunsch etwas mit dem Tod des armen Kardinals von Bérulle zu tun?«

»Nein. Mein Ersuchen entspringt einfach dem Wunsch, meinen Abschied zu nehmen.«

»Nun, dann tragt es dem König vor, aber ich bezweifle, daß er es annimmt. Wir stehen vor einem Krieg, zu einem solchen Zeitpunkt kann man nicht ein Ministeramt aufgeben, und schon gar nicht ein Ministeramt von so großer Bedeutung wie das Eure. Daran ist gar nicht zu denken.«

Dieses zumindest unzeitgemäße Ersuchen wurde bald dem ganzen Hof bekannt, und unsere bösen Mäuler wußten sich vor Kommentaren nicht zu lassen. Die einen sagten, Marillac wolle den König allein durch das Gewicht seiner Demission davon abbringen, in den Krieg einzutreten, die anderen, »der Siegelbewahrer hat gut daran getan, zur Tür hinausgehen zu wollen, denn es kommt der Tag, da man ihn aus dem Fenster werfen wird«.

Indessen konnte der König nicht nach Italien aufbrechen, ohne sich mit seinem Bruder geeinigt zu haben, der sich noch immer von unserem schlimmsten Feind, dem Herzog von Lothringen, feiern ließ, was, wie Richelieu gemeint hatte, »ein harter Knochen« war. Wir wären damit nie zu Rande gekommen, hätte nicht Maria von Gonzaga an Gaston geschrieben und ihn gebeten, auf sie zu verzichten, denn eine heimliche Vermählung, die Ludwig XIII. verärgern würde, brächte ihren Vater, der in Mantua von den Kaiserlichen belagert wurde, in große Gefahr, sein Heil hänge ganz vom König von Frankreich ab.

Doch der Verzicht Maria von Gonzagas genügte nicht, die Dinge voranzubringen. Gaston klammerte sich wie toll an seine maßlosen Forderungen nach Ländereien, Titeln und Geldern, womit er bewies, daß das Geld für ihn mehr zählte als

Maria. Und als ich die Geschichte Catherine erzählte, sagte sie, das Mädchen tue klug daran, ihn nicht zu heiraten.

Der König, der Paris nicht verlassen wollte, solange Gaston nicht zurückgekehrt war, andererseits auch nicht länger warten wollte, beschloß, zunächst Richelieu mit dem Gros der Truppen nach Italien zu senden, um selbst nachzukommen, sobald er mit seinem Bruder Frieden geschlossen hätte.

Catherine war verzweifelt, als sie aus meinem Mund von diesem Aufbruch hörte. Sie fürchtete, Richelieu werde mich abermals als Dolmetsch mitnehmen wollen nach Italien. Und ihre Befürchtungen wurden ihr zur Gewißheit, als mir am Tag nach dem Königlichen Rat ein reitender Bote meldete, der Kardinal wünsche mich dringend im Palast zu sehen. Catherine schlang mit aller Kraft ihre Arme um mich und sagte unter Tränen, dieses »dringend« heiße doch, daß der Beschluß schon feststehe und daß der Kardinal mich ihr entreißen wolle, um mich in die Kälte der Alpen zu entführen, wo ich mit Sicherheit von einer Kugel niedergestreckt oder zerfetzt oder womöglich sogar von der Pest getötet würde.

»Mein Lieb«, sagte ich, »›dringend‹ aus dem Munde des Kardinals hat nichts weiter zu bedeuten, denn ihm fehlen immer Sekunden an der Minute und Minuten an der Stunde, um seine gewaltige Arbeit zu bewältigen. Was er mir heute mitteilen will, weiß ich wirklich nicht und will es auch noch nicht vermuten. Im übrigen bin ich nicht der einzige Edelmann am Hof, der Italienisch spricht. Marschall von Créqui zum Beispiel, um nur einen zu nennen.«

»Aber er ist alt und krank.«

»Krank ist er nicht mehr. Es geht ihm bestens, und sein Alter hindert ihn nicht, wie immer den Unterröcken nachzulaufen.«

Was keine sehr gewöhnliche Bemerkung von mir war.

»So wie Ihr, Monsieur, es vor Eurer Heirat auch tatet«, sagte Catherine im Ton eines urteilenden Richters. »Und wie Ihr es zweifellos morgen in Italien wieder tun werdet«, setzte sie mit bebender Stimme hinzu. »Gott, wie ich dieses Land hasse! Samt all seinen Bewohnern, Männern wie Frauen! Frauen vor allem! Mit ihren jettschwarzen Augen, ihrem matten Teint, ihren dunklen Haaren! Sagt, was Ihr wollt, aber dieses ganze Schwarz haben sie nicht umsonst! Glutöfen alle! Ausgemachte Huren! Teufelinnen!«

»Madame«, sagte ich, »Ihr geht zu weit! Ihr beschimpft das italienische *gentil sesso*.«

»Gentil sesso!« schrie sie. »Immer habt Ihr Euer *gentil sesso* im Mund! Und traut Euch auch noch, es zu verteidigen!«

Du lieber Gott! dachte ich, kann ich nicht ein Wort sagen, ohne daß es mir im Munde umgedreht wird? Und immer gegen mich? Und wieder ist Catherine völlig besessen von ihrer Eifersucht! Hätte ich von den italienischen Schwestern doch niemals und schon gar nicht so freundlich gesprochen! Ach, Leser! daß wir mit unseren empfindlichen Frauen nie vorsichtig genug sein können! Egal, ob man unschuldig ist oder schuldig, es reicht ein Nichts, ein bloßer Anschein, und sie flammen lichterloh! Es gibt nur noch Verdächtigungen, Indizienjagden, Unterstellungen, und dann die Verhöre, immer dieselben Verhöre. Und das schlimmste ist, daß kein Wort der Vernunft diese Tollheit einzudämmen vermag. Es hätte zum Beispiel nicht das mindeste genützt, Catherine zu sagen, wie sinnlos es sei, sich im voraus durch meine angenommene künftige italienische Untreue schrecken zu lassen, weil es noch gar nicht heraus war, ob Richelieu mich überhaupt mitnehmen wollte.

Nun, das schöne Geschlecht redet doppelt so schnell wie das bärtige, darum meine ich, man sollte einem Sturm nie mit Sturm begegnen. Dabei geht man leicht unter. So hielt ich denn still unter Donner und Blitz. Aber was, Leser, macht die schwere Galeone wie die leichte Fregatte, wenn der Sturm zu groß wird? Sie flieht vor dem Unwetter. Und genau das tat ich mit der Begründung, außer Ludwig dürfe niemand in diesem Reich den Kardinal von Richelieu warten lassen.

* * *

»Mein Cousin«, sagte Richelieu in seiner raschen, gebieterischen Weise, sowie ich in dem Lehnstuhl saß, den er mir gewiesen hatte, »während ich in den Alpen stark beschäftigt sein werde, erwarten Euch viele Aufgaben in Paris. Deshalb nehme ich Euch nicht mit in die Kälte. Marschall von Créqui und Graf von Sault werden Euch als Dolmetsch ersetzen.«

Gott sei Dank! dachte ich. Also muß ich nicht von einer Kugel erschossen oder zerfetzt werden, nicht an der Pest verderben noch in Höllengluten vergehen.

»Graf von Sault?« fragte ich überrascht.

»Sein Italienisch hat sich bedeutend verbessert, seit er in Susa war und sich durch tägliches Reden mit den Einwohnern geübt hat. Jedenfalls findet Marschall Créqui, der es wissen muß, daß er jetzt sehr gut spricht.«

Ich schmunzelte im stillen. Diesmal war der Kardinal für mein Gefühl entweder schlecht informiert, oder er war, das *gentil sesso* betreffend, ein wenig naiv: die »Einwohner von Susa«, dank deren Graf von Sault Italienisch gelernt hatte, begrenzten sich bekanntlich auf die zwei Schwestern, die uns Logis boten und sich in seine Gunst teilten, während ich als Opfer meiner Tugend draußen blieb. Aber daß der schöne Graf dabei ihre Sprache lernte, ist der Beweis, daß der tüchtige Mann wirklich keine Mühe scheute, sich zu bilden und seine Kenntnisse zu erweitern.

Ja, nichts geht uns leichter in den Kopf als eine fremde Sprache, die man von Angesicht zu Angesicht lernt, von Mund zu Mund, könnte man sagen, und wenn die Liebe mit im Spiel ist.

»Mein Cousin«, fuhr Richelieu fort, »Ihr kennt, glaube ich, den Domherrn Fogacer.«

»In der Tat, Eminenz. Er war der Kommilitone und Mentor meines Vaters an der Medizinischen Hochschule zu Montpellier, und ich kenne und bewundere ihn von klein auf.«

»Er soll am Hof Auge und Ohr des Apostolischen Nuntius sein.«

»Eminenz, wer weiß das besser als Ihr? Ich bin mir jedoch sicher, daß der Domherr Fogacer dem Nuntius nichts entdeckt, was Ludwig schaden könnte.«

»Seht Ihr ihn oft?«

»Meine Tür steht ihm jederzeit offen, und mein Tisch ist stets für ihn gedeckt.«

»Bedauert, nach Eurer Kenntnis, der Apostolische Nuntius, daß Ludwig gegen die Spanier und die Kaiserlichen einschreitet, um ihre Angriffe auf Mantua und Casale abzuwehren?«

»Ich glaube ziemlich sicher, nein, denn nach dem letzten Königlichen Rat zu Fontainebleau erschien Fogacer mir sehr zufrieden, daß er dem Nuntius die Nachricht von unserem Kriegseintritt überbringen konnte.«

»Und was schließt Ihr daraus?«

»Daß der Heilige Vater auf die spanische Scheinheiligkeit

nicht hereinfällt. Der sehr katholische König gibt sich als großer Vorkämpfer gegen die Protestanten aus, und in Wahrheit greift er katholische Fürstentümer wie das Mailändische und jetzt das Mantuanische an, um sie zu unterwerfen und zu besetzen. Laut Fogacer beginnt der Papst für seine eigenen Staaten zu fürchten, und er weiß, wenn die Spanier sich erst ihrer bemächtigten, werden sie ihn zum Vasallen machen.«

»Wenn diese Analyse stimmt, mein Cousin«, sagte Richelieu nach kurzer Überlegung, »leistet ein jeder, der Ludwig in seiner antispanischen Politik unterstützt, auch dem Heiligen Vater einen großen Dienst. Ob der Domherr Fogacer unter diesen Bedingungen geneigt wäre, dem König in seinen Vorhaben zu dienen?«

»Sicherlich«, versetzte ich. »Darf ich Fogacer fragen, Eminenz? Und wenn er ja sagt, was soll er tun?«

»Nichts, was mit seiner Robe nicht vereinbar wäre. Es geht darum, im Beichtstuhl diese oder jene bewußte Person anzuhören. Sie haben alle feine Ohren und ein ausgezeichnetes Gedächtnis, aber, weil das Fleisch schwach ist, auch einige Sünden zu beichten.«

»Heißt das, Eminenz, daß ich unseren Domherrn, nachdem er die bestimmten Personen im Beichtstuhl gehört hat, zu Tisch bitten soll? Und nachher alles, was er mir berichtet hat, zu Papier bringen und Ludwig und Euch mitteilen soll?«

»Genau das. Und weil Ihr nicht fragt, mein Cousin, weshalb ich den Domherrn gern als eine Art Relais zwischen Euch und mir wüßte, will ich Euch hierüber aufklären. Ich muß immer befürchten, daß besagte Personen auf dem Weg zu Monsieur de Guron oder zu Euch mal verfolgt und somit überführt werden. Aber wer kann etwas dabei finden, wenn sie in eine Kirche zur Beichte gehen? Die Rapporte, die Ihr mir, sie betreffend, nach Italien senden werdet, unterzeichnet Ihr mit dem Namen eines griechischen Philosophen, jedesmal eines anderen.«

Hierauf erkundigte sich der Kardinal höflich nach dem Ergehen der Frau Herzogin von Orbieu, und ohne meiner Antwort länger als nötig zuzuhören, ließ er mich von einem Musketier zur Tür seines Hauses geleiten. Was nicht nur Höflichkeit war, man gelangte ebenso schwer in sein Haus hinein wie wieder hinaus.

Im Hof des Palais empfing mich das zärtliche Wiehern meiner Accla, die mich witterte, noch ehe sie mich sah. Ich hatte diesmal nur wenige Leute bei mir: Nicolas und vier Schweizer, denn laut einem königlichen Erlaß waren die privaten Eskorten derzeit auf ein Minimum zu beschränken, um die Bewegungen der Regimenter in der Kapitale nicht zu behindern.

Die gute Accla erhielt längst nicht so viele Liebkosungen, wie sie erwartete, so sehr drängte es mich, zu Catherine zu eilen und sie aus ihrer Sorge zu erlösen. Doch anscheinend war ich nicht der einzige, der sich sorgte, denn sobald Nicolas konnte, lenkte er sein Tier an meine Seite.

»Monseigneur, darf ich eine Frage stellen?« begann er mit etwas bebender Stimme.

»Hier?« sagte ich. »Kannst du nicht warten, bis wir zu Hause sind?«

»Monseigneur, die Frage ist für mich wichtig, schließlich ist mein Schicksal an Eures gebunden.«

»Schicksal! was für ein großes Wort!«

»Monseigneur, das Leid unserer Angehörigen wäre groß, wenn wir von einer Kugel getötet würden.«

»Oder an der Pest stürben? Oder eher in glutvollen Armen vergingen?«

»Monseigneur, Ihr höhnt. Aber denkt doch, wie die Frau Herzogin über Euren Tod weinen würde!«

»Oder Henriette über deinen!«

»Monseigneur, Ihr schraubt mich.«

»Ach, nicht doch! Stell deine Frage, Nicolas, aber mach es kurz.«

»Monseigneur, in zwei Worten nur: Gehen wir?«

»Nicolas, deinen zwei Worten fehlt ein drittes: wohin?«

»Ihr wißt schon, wohin. Man schreit es ja auf dem Pont-Neuf aus, Monseigneur, die ganze Stadt weiß es.«

»Und du weißt auch schon, wohin wir gehen?«

»Ja, Monseigneur. Außerdem hörte ich von meinem Bruder, Monsieur de Clérac, daß die Musketiere des Kardinals Order haben, im Quartier zu bleiben, ihre Pferde zu striegeln und neu zu beschlagen.«

»Nun verrate mir doch, Nicolas, woher ein Hauptmann der Königlichen Musketiere weiß, was bei den Musketieren des Kardinals vorgeht?«

»Wir spionieren sie ein bißchen aus, wir sind ja gewissermaßen ihre Rivalen.«

»Ein bißchen?«

»Vor allem fürchten wir, sie könnten vor uns in den Kampf ziehen.«

»Du sagst ›wir‹. Noch bist du kein Musketier.«

»Und heilfroh, es noch nicht zu sein, weil ich Euch diene, Monseigneur.«

»Du dienst mir, Nicolas, und hast die Unverfrorenheit, mich nach einem Staatsgeheimnis zu fragen?«

»Staatsgeheimnis!« sagte Nicolas. Und mit einer Naivität, die mich belustigte und rührte, setzte er hinzu: »Soviel verlange ich gar nicht!«

»Nun ja!« sagte ich versöhnlich. »Das Verlangen ist noch kein Vergehen. Warte, bis wir im Hôtel des Bourbons sind. Dann sage ich Madame, wie es damit steht.«

Ich sage wie gewohnt »Hôtel des Bourbons«, aber nur der Abkürzung halber, denn so heißt nicht mein Haus, sondern meine Straße. Das Hôtel selbst wurde nie von einer königlichen Familie bewohnt. Übrigens ist es ein bißchen zu groß für uns, aber weil es unter Franz I. erbaut wurde, hat es mit seinen steinernen Fensterkreuzen eine Eleganz, in die ich ganz verliebt bin, weshalb ich es mit vieler Sorgfalt und viel Geld instand halte.

Um mich gegen nächtliche Überfälle von Verbrechern zu wappnen, habe ich, wie mein Vater, das Haus dazugekauft, das meinem auf der anderen Straßenseite gegenüberliegt, und dort meine Schweizer einquartiert. Wenn mein Tor bei Nacht von verwegenen Strolchen angegriffen würde, sähen sie sich zu ihrem Schaden zwischen zwei Musketenfeuer gestellt. Meine Schweizer haben in der Rue des Bourbons einen guten Ruf, sie sind nicht streitsüchtig, nicht laut, und ihre Erscheinung, ihre Statur und ihr Benehmen beruhigen unsere Nachbarn. Einer, der sein Stadthaus verkaufen wollte, um sich aufs Land zurückzuziehen, hob den Käufern gegenüber hervor, daß die Rue des Bourbons die sicherste Straße von Paris sei, denn schon bei Ansicht meiner Schweizer nähmen die Halunken die Beine in die Hand.

Sowie Catherine das Haustor des Hôtel des Bourbons in den Angeln gehen und die Hufe unserer Pferde im Hof klappern hörte, kam sie auf die Freitreppe gelaufen, und ich, schon abgesessen von meiner Accla, rief ihr auf lateinisch zu: *»Maneo!«*[1], weil ich nicht wollte, daß das Gesinde es vor ihr höre. Und Catherine, bei den guten Schwestern von Nantes erzogen, verstand mich, ihr schönes Gesicht erblühte in hellster Freude, sie wirbelte die Stufen so geschwind herunter, daß sie die letzte verfehlte und mir in die Arme flog.

Wie seltsam, daß diese Umarmung mir jetzt so deutlich gegenwärtig ist als ein goldener Augenblick meines Lebens! Ich weiß nicht, ob die Macht, die den Himmel regiert, mir eines Tages ihr Paradies öffnen wird und ob ich an jenem ätherischen Ort der ewigen Seligkeit teilhaftig sein werde. Für mich – aber bitte, sagen Sie das nicht meinem Pfarrer – besteht das Paradies aus den Menschen, die ich hier auf Erden liebe.

* * *

Am achtundzwanzigsten Dezember 1629 verlieh Ludwig vor dem zu diesem Zweck versammelten Großen Rat Richelieu den Titel eines Generalleutnants der Königlichen Armeen, womit er alle Autorität über die Marschälle von Frankreich, also Bassompierre, Schomberg, Créqui und La Force, erhielt, die am nächsten Tag mit ihm nach Italien gingen.

Es war nicht das erstemal, daß Ludwig seine Macht auf Richelieu übertrug. Er hatte es in La Rochelle bereits getan, bevor er, durch das windige und kalte Wetter an der Küste angegriffen, zur Genesung für einige Wochen nach Paris heimkehrte.

Etwas eifersüchtig indessen auf die große Autorität, die er dem Kardinal überließ, konnte er sich die herbe Anmerkung nicht verkneifen: »Ohne mich habt Ihr nicht mehr Autorität denn ein Kochtopf.« Eine Bosheit, über die er den Kardinal aber am folgenden Tag durch liebevolle, von Herzen kommende Worte tröstete.

Tatsächlich wurde Ludwigs pessimistisches Wort gründlich widerlegt. Die Marschälle merkten schnell, daß der Kardinal die Schlachten Henri Quatres besser kannte als sie selbst, daß er viel mit Karten arbeitete (die sie selbst nur selten zu Rate zogen), daß sein Kundschafterdienst hervorragend organisiert war, daß er den Verlauf jeder Unternehmung bis ins letzte

1 (lat.) Ich bleibe!

durchdachte, aber ebensogut auch in der Hitze des Augenblicks entscheiden konnte.

Immer wieder habe ich gesagt, daß Richelieu, der mittellose Nachgeborene, niemals die Soutane gewählt hätte, sondern den Küraß, wäre es nicht um den Erhalt eines Bistums gegangen, das seiner Familie sonst verfallen wäre. Mit welchem Stolz hatte er besagten Küraß während der Belagerung von La Rochelle getragen und mit welch sichtlicher Befriedigung trug er ihn auch am neunundzwanzigsten Dezember 1629, als er in aller Frühe an der Spitze von zweiundzwanzigtausend Mann Paris verließ. Ich sah ihn auf seiner schönen rotbraunen Stute, mit wehendem Helmbusch, in weißen Stiefeln, ein rostrotes Gewand mit Goldstickerei unterm schimmernden Küraß.

Ich wußte, daß es bei dem Marschtempo der Infanterie über anderthalb Monate dauern würde, bis die Armee Briançon erreicht hätte, daß aber die Kurierreiter des Kabinetts doppelt so schnell waren, vor allem sicherer als die Post, und so erwartete ich Nachrichten nicht vor anderthalb Monaten. Tatsächlich traf wenig später ein mit Wachs gesiegelter Umschlag ein, doch der war fliederfarben und obendrein parfümiert. Teufel! dachte ich, sollte der Kardinal sich dem Geschmack unserer Gecken anbequemt haben?

Das Geheimnis klärte sich auf, sowie ich das Siegel des Schreibens erbrach, das gleich zwei Briefe enthielt: einen an mich von Graf von Sault und einen zweiten von Richelieu an den König, offensichtlich aber vom Grafen nach Diktat geschrieben.

Hier nun der an mich adressierte Brief des Grafen von Sault. So ernst Richelieu dem König die vorgefundene Situation in dem seinen schilderte, so launig und fröhlich schrieb mir der Graf. Wie hätte ich es auch anders erwarten können von einem Edelmann, der nichts so sehr wünschte, als sein Italienisch in Susa in guter Gesellschaft zu vervollkommnen. Ach, Leser! Es gab mir doch einen kleinen Stich, daß ich nicht an des Grafen Stelle war! Wie sauer einem die Tugend werden kann, sogar in Gedanken!

Hier also der Brief des Grafen, auf dessen Orthographie ich um der Leserlichkeit willen verzichte:

Mein lieber Herzog, kaum hatten wir in Kälte und Schnee den Montgenèvre-Paß überquert, als Charpentier und die beiden anderen Sekretäre Seiner Eminenz eines schönen, wenn auch eisigen Morgens niesend, hustend und fiebrig erwachten, so daß dem Herrn Kardinal keine andere Wahl blieb, als seinen Brief an den König mir zu diktieren. Nun fand er bei der Durchsicht meines Schreibens aber »meine Schrift unleserlich, meine Orthographie unsicher, meine Syntax fehlerhaft« (Ihr wißt, wie verschwenderisch der Kardinal loben kann ...), und so bat er mich, dieses Schreiben an Euch zu senden, damit Ihr es noch einmal abschreibt, ehe Ihr es Seiner Majestät überstellt. Ich bitte Euch tausendmal um Vergebung für dieses Pensum, für das ich voll verantwortlich bin. Leider, mein Lieber, sind wir gar nicht in Susa. Ich schreibe Euch von Chiomonte, wo ich seitens der Bewohner die schönsten Elogen über Euch höre: über Eure Eleganz, Eure Freigebigkeit und die *estrema gentilezza d'animo*[1], mit welcher Ihr in Eurer Karosse einen Bauern nach Susa mitnahmt, der nach zehn Jahren seine Hacke von einem ungetreuen Vetter zurückholen wollte. Kurzum, ich höre so wunderbare Dinge über Euch, daß ich mich gefaßt mache, Euch in fünfzig Jahren – falls ich das erlebe – hier, zum Kirchenheiligen verwandelt, in den Fenstern der *chiesa communale* zu erblicken. In dieser frommen Hoffnung umarme ich Euch von Herzen.

Graf von Sault

Und nun der vom Kardinal an Seine Majestät gerichtete Brief:

Sire, entgegen all unseren Vereinbarungen und in erneutem Bruch seiner Verpflichtungen verbietet uns der Herzog von Savoyen, durch sein Landesgebiet zu ziehen, um Casale Beistand zu leisten. Mehr noch, wie ich höre, ließ der Herzog von allen seinen Gütern Heu und Lebensmittel abtransportieren, damit unsere Armee sich nicht im Land verproviantieren könne. Angesichts dieses neuen Verrats halte ich es für das beste, anzugreifen und Savoyen künftig als Feindesland zu betrachten. Sire, ich erwarte Eure Befehle als Euer wie immer demütiger, treuer und ehrerbietiger Diener.

Richelieu

Ludwig wurde tiefrot, als er die verdrießlichen Nachrichten über den Herzog von Savoyen las, den er so lange mit seltener Milde in Anbetracht ihrer familiären Bande behandelt hatte. Der

1 (ital.) Die außerordentliche Herzensgüte.

Sohn des Herzogs war bekanntlich mit der Schwester des Königs verheiratet. Doch die Familienbande hielten seinem Zorn nicht länger stand. »Meiner Treu!« sagte er, »wenn er Krieg will, soll er ihn haben!« Diesmal setzte er nicht hinzu »bis über beide Ohren«, doch ich würde wetten, daß er es dachte.

In den langen Wochen, die ich auf Nachrichten von Richelieu wartete, empfing ich mehrmals Fogacer zum Mittagessen, und er gab mir die im Beichtstuhl gehörten Berichte weiter. Es war erschreckend, was in gewissen Kreisen des Hofes und der Stadt über den König und über Richelieu geredet wurde. Exakt wiederholte ich all diese niederträchtigen Reden dem König. Nur einmal, ein einziges Mal, erlaubte ich mir, nicht ohne Scham und Unbehagen, ein Wort zu ändern, weil es den Toren, der es gesprochen, in große Gefahr gebracht hätte.

Dieser Tor war mein Halbbruder, der Herzog von Guise. Der Leser erinnert sich vielleicht, daß dieser als junger Mann, zum Abscheu und Schrecken des Gesindes, in seinem Pariser Hôtel einen Löwen aufzog, um mangels Geist und Wissen wenigstens Mut zu zeigen. Wirklich bestaunte der Hof ein, zwei Tage lang diese *bravura*, dann war man es satt und zog über den Gernegroß her. Und wie zu erwarten, ging die Zähmung des Raubtiers schief. Denn als der Löwe seine Geschäfte wie gewohnt auf den Teppichen des vornehmen Hauses machte, wurde er eines Tages von einem Diener hart angefahren und sogar mit einem Scheuerbesen bedroht. Der Löwe, so groß wie sein Herr, ließ sich die Frechheit nicht bieten, sprang und zerfleischte dem Mann die Kehle. Alles schrie nach dem Herzog, der aber bei seinem Kartenspiel um so wenig nicht gestört werden wollte. Er befahl seinen Soldaten, das Tier zu erschießen und nebst dem Diener im Garten zu verscharren.

Doch zurück zu unseren Hammeln. Wie sich herausstellte, hatten kurz vor Richelieus Aufbruch zum zweiten Italienfeldzug Bassompierre und der Marschall Louis de Marillac (der Bruder des Siegelbewahrers) den Herzog von Guise in seinem Hôtel besucht. Das Gespräch drehte sich um Richelieu und geriet derart in Hitze, daß unser Trio, weil es die Ungnade des Kardinals glühend wünschte, diese schon für gewiß nahm und phantasierte, was dann mit ihm geschehen solle. »Hier«, sagte Fogacer, »zögerte die Lauscherin ein wenig, mir das Nachfolgende zu enthüllen. Erst auf meine dringliche Frage gab sie an, daß Marschall von Marillac für seinen Tod plädiert habe, Bassompierre für Kerker und der Herzog von Guise ebenfalls für den Tod, den schimpflichsten Tod selbstverständlich.«

Ich war über diese unglaublichen Reden außer mir. Doch obwohl ich den Herzog nicht eben schätzte, waren wir Söhne derselben Mutter. Und würde er so hart bestraft, wie seine Bosheit es verdiente, fiele seine Ungnade auf meine liebe Patin zurück, die verwitwete Herzogin von Guise, die ich bekanntlich sehr liebte und die seit einiger Zeit so krank war, daß sie das Bett nicht mehr verließ.

Ich eröffnete mich hierüber Fogacer, und er meinte: »Mein Freund, es schadet weder dem Kardinal noch dem Herzog von Guise, wenn Ihr seine Wortwahl ein wenig korrigiert und ihn statt des Todes zum Beispiel die Verbannung wählen laßt, eine immerhin mildere Strafe. Zudem klingt es besser im Ohr: Marillac für Tod, Bassompierre für Kerker, der Herzog für Verbannung. Der größte Herr wählt das kleinste Übel.«

Ich dankte Fogacer und trug dem König die Version vor, die nach Fogacer »besser im Ohr klang«. Trotzdem wurde das königliche Antlitz bei Anhörung meiner Enthüllung zu Stein. »Was für elende Tröpfe!« sagte er. »Sie reden, wie wenn es schneit, und glauben, daß es keine Konsequenzen hat. Sie täuschen sich.«

Die Wochen vergingen, ein ganzer Monat, und erst gegen Ende März 1630 erreichte den König wieder ein Brief des Kardinals. Ich mußte ihn vor dem Großen Rat verlesen.

Der Inhalt dieses Briefes war folgender: Am fünfzehnten März, noch von Chiomonte aus, das der Leser schon kennt, und wäre es nur durch die spaßige Prophezeiung des Grafen von Sault, mich eines Tages in den Fenstern der Dorfkirche verewigt zu sehen, hatte Richelieu ein Ultimatum nach Susa gesandt und für die königliche Armee freie Bewegung auf den Straßen des Herzogtums verlangt. Die Antwort, die er erhielt, war ganz nach der Art des Herzogs von Savoyen: vage, ausweichend, aufschiebend. Also beschloß der Kardinal anzugreifen. Er marschierte ohne jeden Schußwechsel in Susa ein, der Herzog von Savoyen hatte sich nach Turin aufgemacht. Der Kardinal verfolgte ihn auf seinem Weg nach Turin, doch ohne an eine Belagerung zu denken, und als er mehrere Meilen vor der Stadt in einem Dorf namens Rivoli Rast hielt, erfuhr er, daß an tausend savoyardische Soldaten sich nach Pinerolo geflüchtet hatten, einer kleinen, befestigten Stadt. Er schickte Marschall von Créqui mit siebentausend Mann zur Erkundung des Ortes. Doch als sie anlangten, stand der leer. Aus Furcht vor der Überzahl waren die savoyardischen Truppen ohne Gegenwehr entwichen. Créqui besichtigte die Feste Pinerolo mit dem Blick des Soldaten, war von seiner Eroberung entzückt und schickte sogleich einen Reiter mit einem Brief zum Kardinal. Den machte Créquis Schilderung derart neugierig, daß er mit verhängten Zügeln herbeieilte. Und kaum angelangt und ebenfalls auf dem Gipfel der Begeisterung, schrieb er an den König und pries die – kampflose – Einnahme von Pinerolo als einen »großen Sieg«. Allerdings war der hohe strategische Wert dieser Feste unstreitig.

* * *

»Monsieur, nur ein Wort, bitte.«

»Schöne Leserin, ich höre.«

»Mir scheint, Sie verfallen hier in eine Unart, die mich bei den Historikern oft ärgert. Sie sprechen in belehrendem Ton vom hohen strategischen Wert einer Festung, erklären aber nicht, weshalb. Man fragt sich, ob sie es selber wissen.«

»Schöne Leserin, verleumden Sie die Historiker nicht! Natürlich wissen sie es, nur erscheint ihnen dieser strategische Wert wohl zu offensichtlich, um einer Erklärung zu bedürfen.«

»Und Ihnen, Monsieur, ist Ihnen der von Pinerolo offensichtlich?«

»Zweifellos! Und weil ich, liebe Freundin, mir Ihre Geneigtheit erhalten möchte, will ich versuchen, ihn ohne Gelehrsamkeit zu erklären. Doch erlauben Sie mir zuerst einen kleinen Rückgriff. Bisher gingen wir davon aus, daß für den König von Frankreich Casale der Schlüssel zu Italien sei, jene Stadt, die Toiras seit mehreren Monaten hartnäckig gegen eine mächtige, von Spinola befehligte spanische Armee verteidigte. Nun, genau besehen, hat aber Casale, wenngleich eine viel größere Stadt als Pinerolo, lange nicht denselben strategischen Wert!«

»Wie das?«

»Zum ersten liegt Casale viel zu weit von der französischen Grenze entfernt: Um von Briançon Hilfe nach Casale zu bringen, sind fünfundvierzig Meilen zurückzulegen. Hingegen sind es von Briançon nach Pinerolo nur fünfzehn Meilen.«

»Wenn ich Sie recht verstehe, Monsieur, ist der Schlüssel zu Italien dem Tor Frankreichs bedeutend näher gerückt.«

»Ihr Wort, Madame, trifft den Nagel auf den Kopf. Bedenken Sie nur, liebe Freundin, wie unvergleichlich diese fünfzehn kleinen Meilen, die Briançon von Pinerolo trennen, die Nachrichtenübermittlung, die Versorgungstransporte und notfalls die Verstärkung erleichtern. Dagegen liegt Casale gefährlich weit von Frankreich und dazu noch zwischen zwei feindlichen Städten, Turin, das dem Herzog von Savoyen, unserem jetzt erklärten Feind, gehört, und Mailand, wo die Spanier sitzen.«

»Nur sagten Sie doch aber, daß Casale viel größer ist als Pinerolo.«

»Liebe Freundin, der strategische Wert einer Festung hat nichts mit ihrer Größe zu tun, vielmehr damit, wie schwer sie zu erobern ist. Und Pinerolo, das die Franzosen Pignerol nennen, hat eine ausgezeichnete Lage auf einem hohen Hügel, mit weiter Sicht auf das Umland, so daß jede feindliche Annäherung beizeiten zu beobachten ist. Den Donjon umschließt ein Kastell, das wiederum von Türmen mit Schießscharten verteidigt wird. Der König und der Kardinal haben diese ursprüngliche Anlage aber noch verstärkt, um sie uneinnehmbar zu machen. Sie umgaben das Kastell nicht mit einer, sondern mit zwei aufeinanderfolgenden Mauern, aber nicht etwa rund, sondern rechtwinklig verlaufenden Mauern, die beide Zinnen und Wachttürme tragen. Überdies wurden diese Mauern nicht lotrecht gebaut, sondern schräg, so daß das Untere mehr einwärts liegt als das Obere und es nahezu unmöglich ist, Sturmleitern anzustellen: Sie fänden keinen ausreichenden Stand.

Ein Torgebäude bewacht den Zugang zu den beiden Mauerzügen. Man tritt über eine Brücke ein, die auf Säulen steht und von viereckigen Türmen bewacht wird.«

»Monsieur, eine letzte Frage. Da wir Pinerolo oder Pignerol nun haben – geben wir Casale auf?«

»Aber nein! Wenn wir Casale aufgäben, würden die spanischen Truppen, die es belagern, sofort gegen Mantua, unseren Freund und Verbündeten, ziehen, den schon die kaiserlichen Österreicher bedrohen.«

»Also ist der Krieg noch nicht zu Ende?«

»Sagen Sie nicht, *der* Krieg, Madame, sagen Sie, die Kriege: nämlich einerseits der, den König und Kardinal gegen die Spanier und die Kaiserlichen führen, und andererseits der Krieg der Königin, der Königinmutter, Gastons, Marillacs, der Frömmler und der Großen gegen den König und seinen Minister. Und dieser letzte Krieg, Madame, wird in jenem Jahr 1630 deutlich erbitterter und grausamer.«

NEUNTES KAPITEL

Erst nach langen, mühseligen Verhandlungen – und indem er beträchtliche Summen zahlte – gelang es Ludwig, seinen Bruder aus Lothringen nach Paris zurückzuholen. Wie gesagt, der Gedanke, seinem Vaterland verpflichtet zu sein, streifte Gaston nicht einmal. Im Gegensatz zum älteren Bruder schwebte der Geist Henri Quatres nicht über ihm.

Damit er nun in der Hauptstadt bliebe, ernannte ihn Ludwig zum »Generalleutnant von Paris«, ein Titel, der Gaston sehr schmeichelte, der ihm aber, so einträglich er war, keine Macht gab, denn alle königlichen Truppen waren Ludwig und Richelieu unterstellt. Gaston konnte nur die Wachen befehligen, die den Parisern – schlecht und recht – zum Schutz vor dem Gesindel dienten, das mit Erlöschen der Lichter die Straßen beherrschte.

Der drückenden Sorge um den Bruder enthoben, brach der König mit seiner Armee am achtundzwanzigsten April von Paris auf und erreichte am zweiten Mai Lyon. Die beiden Königinnen hatten Order, ihn dort am fünften Mai mit starker Begleitung einzuholen. Und ohne daß ich mit diesem Troß etwas zu tun hatte, folgte ich ihm ebenso wie Fogacer und der Apostolische Nuntius, der die beginnenden Verhandlungen zwischen den Spaniern und uns aus nächster Nähe beobachten wollte.

Ich reiste am neunundzwanzigsten April, und wie ich mich entsinne, hatte ich am Vorabend einen langen Kopfkissenplausch mit Catherine. So tief traurig sie war, daß ich sie nun doch wieder auf unbestimmte Zeit verlassen mußte, war sie trotzdem neugierig genug zu fragen, warum Ludwig die Königinnen nach Lyon befahl.

»Sicherlich«, sagte ich, »um sie dem Einfluß der Pariser Kabalen und dem Marillacs zu entziehen. Letzteres ist freilich nur halb geglückt, denn die Königinmutter hat sich lautstark geweigert, ohne Monsieur de Marillac nach Lyon zu gehen. Und Ludwig mußte sich beugen, obwohl der Platz eines Siegelbewahrers unstreitig in Paris ist und nicht in Lyon.«

»Findet Ihr das nicht einen Beweis von Schwäche?«

»Im Gegenteil! Ludwig hat damit Geduld und Weitsicht bewiesen. Ein Konflikt mit der Königinmutter jetzt, da er in den Krieg nach Italien zieht, wäre verhängnisvoll. Gott weiß, was sie in der Kapitale im Verbund mit Gaston anrichten könnte, der ja jederzeit bereit ist, seinem Bruder einen bösen Schabernack zu spielen.«

»Mein Gott!« sagte Catherine, »wie tut der arme König mir leid! Was für eine traurige Familie! Seine schlimmsten Feinde – Mutter und Bruder!«

»Nehmt seine Gemahlin hinzu, mein Lieb, und das Bild ist vollständig.«

»Was, die Königin, eine Feindin des Königs?«

»Ihrer Aufführung nach jedenfalls. Habt Ihr seinerzeit vom Chalais-Prozeß gehört?«

»Wenig. Bedenkt, Lieber, daß ich damals in Nantes lebte, in tiefster Provinz, und nichts von dem wußte, was am Hof vor sich ging.«

»Nicht das Erfreulichste, kann ich Euch versichern. Chalais, ein törichter Edelmann, mußte gestehen, daß er sich ›vierzehn Tage mit der Absicht trug, den König zu ermorden‹. Der Prozeß endete mit der Enthauptung des Dummkopfs. Im Verlauf der Untersuchungen jedoch stellte sich heraus, daß die Königin unterm Druck des spanischen Gesandten sich einverstanden erklärt hatte, wenn der König stürbe, ihren Schwager Gaston zu heiraten, den Nachfolger seines Bruders auf Frankreichs Thron.«

»Welchen Vorteil hätte Spanien davon gehabt?«

»Die Königin wäre, mit Gaston vermählt, Königin von Frankreich geblieben und hätte mittels des spanischen Gesandten Mirabel nach wie vor wichtige Informationen über Frankreichs Politik geliefert.«

»Gott im Himmel!« rief Catherine. »Das war ja doppelter Verrat, an ihrem Gemahl und ihrem König! Und was tat Ludwig, als er die schreckliche Nachricht hörte?«

»Was sollte er tun? Für einen christlichsten König kommt eine Scheidung nicht in Betracht.«

»Verzieh er Anna den doppelten Verrat?«

»Er wird ihn ihr wohl erst auf seinem Sterbebett verzeihen.«

»Und wie kann er so viele Jahre mit der Königin wie Mann und Frau leben?«

»Er muß es. Die Königin soll Frankreich doch einen Dauphin gebären.«

»Und was würdet Ihr tun, Monsieur, wenn ich Euch verraten würde?« fragte sie mit schelmischer Miene.

»Keine Frage, ich brächte Euch um«, sagte ich und warf mich, den bösen Wolf mimend, über sie.

»Meine Güte!« rief sie kichernd, »nie hätte ich gedacht, daß der Tod so süß sein kann! Gnade, edler Herr, erbitt ich und begehr ich nicht!«

* * *

Von der langen Reise nach Lyon, auf der ich Fogacer und seinen jungen Begleiter in meiner Karosse mitnahm, ist mir zweierlei in Erinnerung geblieben. Das eine war eine Beobachtung, die ein unerwartetes Licht auf Fogacer warf, und das andere ein »Bericht«, den er mir unbedingt gleich wiedergeben wollte, weil er ihm größte Wichtigkeit beimaß. Und mit Recht, Leser, wie sich zeigen wird.

Während unserer holprigen Fahrt fiel mir auf, daß Fogacer, der doch immer »Mundfertige«, wie mein Vater sagte, häufig die Stimme dämpfte oder ganz schwieg, wenn der kleine Geistliche, der ihn begleitete und der sehr hübsch war, in Schlummer fiel oder dem Schlummer auch nur nahe schien. Meiner Schätzung nach war er noch keine siebzehn Jahre alt. Er hieß Saint-Martin, und wenn er schlief, hatte er tatsächlich etwas von einem Heiligen, einem Engel sogar, soviel Unschuld, soviel kindliches Vertrauen lagen dann auf seinem Gesicht.

Fogacer, der sich in meinem Beisein wohl scheute, ihn uneingeschränkt zu betrachten, warf immer wieder einen flinken, flüchtigen Blick nach ihm, doch selbst dann sprach aus seinen Augen eine grenzenlose Liebe, eine Liebe, schien mir, die, wenn es drauf ankäme, jedes Opfer bringen würde. Und ich dachte, daß doch jedes Gefühl erhaben ist, gleichviel, wem es gilt, wenn es solche Selbstentsagung einschließt.

Erst als der kleine Saint-Martin fest schlief, enthüllte mir Fogacer *sotto voce* den angekündigten »Bericht«.

»Die Quelle«, sagte er, »ist absolut vertrauenswürdig. Im übrigen kennt Ihr sie, Ihr seid ihr bei Guron begegnet.«

Obwohl wir vertraulich sprachen, nannte Fogacer keinen Namen, so vorsichtig, als könnten die Polster der Karosse Ohren haben. Was ich zu hören bekam, übertraf allerdings meine schlimmsten Erwartungen, und ich lauschte ihm atemlos.

Hier nun, Leser, was Fogacer mir erzählte und was ich sogleich für den König niederschrieb.

»In der Nacht vor ihrer Abreise von Paris empfing die Königinmutter einen Besucher, der seine scharfen Gesichtszüge im Mantel verbarg. Das Gespräch fand ohne Zeugen statt, ohne sichtbaren wenigstens, denn unsere Lauscherin, durch das geheimnisvolle Gebaren aufmerksam geworden, heftete ihr hübsches Ohr an die Tür und vernahm als erstes, daß der Besucher ihrer Herrin sich der ›Geächtete‹ nannte.«

»Von dem Burschen habe ich doch gehört!« sagte ich verblüfft.

»Ich auch«, sagte Fogacer, »zumal es mein Bischof war, der ihm die Strafe auferlegte, weil er etlichen dummen Leuten das Geld aus der Tasche gezogen hatte, indem er ihnen die Zukunft weissagte und behauptete, Zauberkräfte zu besitzen. Protegiert jedoch von einem großen Herrn, der genauso abergläubisch war wie die Gevatterinnen von den Hallen, entging er Kerker und Galgen. Unverfroren machte er sich seine Kirchenstrafe zum Ruhm und nannte sich fortan der Geächtete. Und weil die Menschen sind, was sie sind, steigert dieser Name seinen Nimbus und vermehrt seine Kundschaft.«

»Und einen solchen Aufschneider ruft die Königinmutter?«

»Nun, es ist nicht das erstemal, daß eine Königin oder ein König von Frankreich einen Wahrsager befragt! Aberglauben ist nicht auf die kleinen Leute begrenzt.«

»Und was wollte die Königinmutter von dem Halunken wissen?«

»Wartet's ab, lieber Freund«, sagte Fogacer, »es ist seltsam und beunruhigend genug.«

»Und wie benahm er sich?«

»Überaus vorsichtig. Der Geächtete ist kein Kind, dem man das Brot in Scheiben buttert. Er ist gerieben und legt keinen allzu großen Wert darauf, eines Tages am Galgen zu baumeln. Die erste Frage der Königinmutter war: Wie seht Ihr die Zukunft des Kardinals?«

»Zum Teufel!«

»Antwort des Geächteten: Vorläufig sehr gut, aber das kann sich ändern.«

»Was für uns beide genauso gelten könnte.«

»In der Tat. Zweite Frage: Setzt der Kardinal verbotene Mittel ein, um sich beliebt zu machen?«

»Beim schönen Geschlecht jedenfalls nicht«, sagte ich.

»Lieber Freund, mit demjenigen, bei dem der Kardinal sich, womöglich durch ›hexerische Mittel‹, beliebt macht, ist ja wohl der König gemeint … Die Königinmutter, die von den großen Geschäften nichts versteht, versteht ebensowenig, welche großen Dienste Richelieu Ludwig erwiesen hat und wie sie sich die Anhänglichkeit des Königs für den ›besten Diener, den er jemals hatte‹, erklären soll. Es müssen also ›verbotene Mittel‹ sein, diabolische wohlverstanden, die in den Augen der Königinmutter das Unerklärliche erklären.«

»Und die Antwort des Mannes?«

»Sehr schlau: Es kann sein, daß der von Eurer Majestät Genannte verbotene Mittel besitzt, man kann sie aber nicht ausmachen, weil er sie hinter sichtbaren Vorzügen verbirgt.«

»Sichtbare Vorzüge! Vortrefflich! Die sichtbaren Vorzüge gefallen mir!«

»Dritte Frage. Und damit, mein Freund, verlassen wir die Farce und geraten ins Drama. Die dritte Frage also: Gebietet Richelieu über geheime Mittel, um sich gegen Schüsse zu feien?«

»Oh, mein Gott! Denkt sie wahrhaftig an Mord?«

»Ich fürchte es, und der Geächtete fürchtete es auch, denn er tat, als habe er den Sinn der Frage nicht verstanden. Seine Antwort: Wenn der Kardinal sich in Italien an gefährliche Orte begibt, kann kein Mittel der Welt ihn davor schützen.«

»Gut gesprochen!«

»Und nun die vierte und letzte Frage der Königinmutter: Kann der Kardinal in der Zukunft von einer Hellebarde erstochen werden?«

»Ehrwürdiger Domherr, damit wird klar, daß die Königinmutter an einen Hinterhalt denkt. Und was sagte der Geächtete?«

»›Eure Majestät wolle mir vergeben, aber ich sehe nicht über die künftigen fünf Jahre hinaus, und innerhalb dieser fünf Jahre kann ich nichts von einem Hellebardenstoß gegen besagte Person erkennen.‹«

»Ein Hoch auf den Mann!« rief ich. »Ihm sei ein langes Leben ohne Kerker und Galgen vergönnt!«

Ich erinnere mich keiner Etappe von Paris bis Lyon, so zergrübelte ich mir das Hirn aus Sorge um den Kardinal. Nicht nur, daß die Königinmutter eine Medici war – denn wie es die Geschichte bezeugt, waren die Medici ein mörderisches Geschlecht –, ich fürchtete auch, daß die Königinmutter bei ihrem geringen Verstand und der Wut, mit der sie ihre Rachegefühle nährte, sich tatsächlich zu Unternehmungen hinreißen ließe, die ihr im Fall des Erfolgs wie des Scheiterns nur ewige Verbannung einbringen konnten. Zum Unglück war sie so beschränkt und gleichzeitig so von ihrem Groll erfüllt, daß sie sicherlich nicht einmal bemerkt hatte, wie zurückhaltend der Geächtete ihre gefährlichen Fragen beantwortete.

Sobald wir Lyon erreichten – diese schöne Stadt der zwei Flüsse und einer Halbinsel darin –, überließ ich es Fogacer, uns eine Unterkunft zu beschaffen, und eilte in aller Hast zum erzbischöflichen Palast, wo der König logierte.

Mit Ausnahme von Beringhen und dem Leibarzt Bouvard war um Seine Majestät niemand zugegen. Schon im Nachtgewand, halb auf seinem Himmelbett liegend und den Rücken von großen Kissen gestützt, hielt Seine Majestät zwischen den Knien einen Napf mit wohlriechender, dampfender, dicker Suppe, die er mit sichtlicher Wonne und so geräuschvoll schlürfte, daß meine liebe Patin es schon »gewöhnlich« genannt hätte. Doch was scherte es Ludwig, daß man ihn verfressen fand. Er rühmte sich dessen sogar. Unersättlich wie sein Vater, dachte ich eines Tages, nur daß es bei Henri die Frauen waren.

Was meinen Vater angeht, so beklagte er immer, daß Ludwig so viel aß, und wunderte sich, daß der selige Doktor Héroard ebenso wie sein Nachfolger, Doktor Bouvard, ihn nicht zu zügeln versuchten, weil diese Maßlosigkeit der Gesundheit des Königs schadete, denn seine Eingeweide waren schwach und bereiteten ihm häufige Leiden.

Als Ludwig mich erblickte, erriet er sofort, daß etwas Ungewöhnliches vorlag, und machte Beringhen und Bouvard ein Zeichen, sich ans andere Ende des Gemachs zurückzuziehen.

»Sioac«, sagte er, »nimm hier auf dem Schemel Platz. Und nun sprich, was bringst du mir?«

Leser, ich bekenne, daß es mir nicht leichtfiel, den bewußten Bericht zu verlesen, während Ludwig so geräuschvoll seiner Suppe zusprach. Das Schlürfen dauerte indes nur bei der ersten und zweiten Frage der Königinmutter an, die ja beide auch eher dumm als bösartig waren.

Das änderte sich, als es um Erschießen und Hellebardenstöße ging. Ludwig sank der Löffel in die Suppe, er erbleichte vor Zorn, seine Lippen zitterten. Doch der Zorn verebbte. Das Blut kehrte in Ludwigs Wangen zurück.

»Von allen, die Kabalen anstiften, macht mir die Königinmutter am meisten zu schaffen. Sie ist rachsüchtig bis zum Exzeß, und weil sie keinen Funken Verstand hat, lernt sie aus ihren Fehlschlägen nichts. Sioac! Hat man jemals eine solche Narretei gehört? Eine Königinmutter will den Minister ihres Sohnes ermorden, den besten Diener, den er jemals hatte!«

Die Augen halb geschlossen, schien Ludwig sich melancholischen Gedanken hinzugeben.

»Beringhen«, rief er, »nimm mir den Napf weg, ich habe keinen Hunger mehr.«

Dann seufzte er und sagte wie zu sich selbst: »Es hilft nichts, eines Tages muß ich diesem Treiben ein Ende setzen.«

* * *

Vorm erzbischöflichen Palais wartete meine Kutsche, und Fogacer begleitete mich zu unserem Domizil, einem kleinen, aber angenehmen Haus. Drinnen sah ich Nicolas hin und her gehen und nach Anweisung der Wirtin Teller und Gedecke auftragen. Die Frau erschien mir klein und angenehm wie ihr Haus und umfing mich sogleich mit schalkhaftem Blick. Sie habe Diener und Magd wegen »Faulheit und Unzucht« entlassen müssen, erklärte sie, und sei glücklich, an Monsieur de Clérac eine so bereitwillige Hilfe gefunden zu haben.

Nicolas half ihr, ja, aber ob das bereitwillig geschah, bezweifelte ich. Seiner mürrischen Miene nach fühlte er sich vielmehr gedemütigt, Teller zu tragen, anstatt im Hof unsere Pferde zu striegeln und ihre Eisen zu überprüfen. Außerdem warf er unfreundliche Blicke auf uns, denn viel zu beschäftigt mit Fogacers Eröffnungen, hatte ich ihn die ganze Reise über nicht in meinen Wagen gerufen. Besonders wütend aber schien er auf Saint-Martin zu sein, vermutlich fand er, daß um diesen kleinen »Affen« zuviel Gewese gemacht werde.

Unsere Wirtin, Madame de Monchat, saß unserer Mahlzeit

vor und schien es ausnehmend zu genießen, so viele Männer um sich zu haben. Die Ärmste ahnte ja nicht, daß zwei davon sich nichts aus dem *gentil sesso* machten und die anderen zwei sich gelobt hatten, ihren Frauen treu zu sein.

Müde von der langen Reise, hoffte ich, mich einmal auszuschlafen. Daraus wurde nichts, zu früher Morgenstunde klopfte ein Bote des Kardinals ans Tor und meldete, daß Seine Eminenz meiner italienischen Übersetzung bedürfe. Verdammt, dachte ich, wo ist denn Graf von Sault, daß ich wieder für ihn einspringen muß? Sie können sich wohl vorstellen, Leser, wie unwillig ich auf die Beine kam.

Es lag nicht in der Gewohnheit des Kardinals, sich zu entschuldigen, wenn er einen Herzog und Pair in aller Herrgottsfrühe hatte wecken lassen. Gleichwohl erklärte er mir, daß Graf von Sault, der seit längerem an einem Backenzahn litt, sich diesen in Lyon endlich habe ziehen lassen, weil seine Wirtin ihn versicherte, es gebe in der Stadt einen Bader, der ungewöhnlich geschickt und behutsam sei.

Nun, und ein Dolmetsch war dem Kardinal an diesem Morgen unerläßlich, denn er wollte in Kürze den päpstlichen Legaten Barberini und dessen Sekretär Mazarini[1] empfangen. Und der, fuhr der Kardinal fort, sei »der hellste Kopf und derjenige von beiden, der am glücklichsten zu verhandeln wisse«. Gewiß zwitschere Mazarini recht nett Französisch, Barberini aber gar nicht, so daß Mazarini ihm jeweils übersetzen müsse, was zwischen ihm und dem Kardinal besprochen werde.

»Und von Euch möchte ich wissen«, erklärte Richelieu, »was Mazarini genau auf italienisch zu Barberini sagt. Darin wird Eure Aufgabe bestehen, mein Cousin.«

»Diese Aufgabe, Eminenz, könnte ich vielleicht besser erfüllen, wenn ich vorher wüßte, um was es geht.«

Wie der Leser weiß, durfte man dem Kardinal keine Fragen stellen und mußte deshalb kleine Umwege machen, wenn einen besagte Fragen unerläßlich dünkten.

»Ich wollte es eben präzisieren«, sagte Richelieu leicht pikiert. »Es geht um folgendes: Der Papst möchte zwischen den Spaniern und dem König von Frankreich vermitteln, um eine

1 Mazarin, der Richelieu nach dessen Tod, 1642, nachfolgte als Erster Minister und nach dem Tod Ludwigs XIII. die Staatsgeschäfte für den unmündigen Ludwig XIV. führte, bis er 1661 starb.

Konfrontation auf italienischem Boden zu vermeiden, weil er meint, daß diese Konfrontation für seine Staaten verheerend sein könnte. Diese Vermittlung ist nicht nur christlich gedacht, sie gibt dem Papst auch die Möglichkeit, weder für die eine noch die andere kriegführende Seite Partei zu nehmen. In Wahrheit aber begünstigt er damit uns, denn allein durch die Tatsache, daß die Verhandlung stattfindet, erkennt der Papst die Anwesenheit der Franzosen in Italien als ebenso legitim an wie die der Spanier. Was nun sicherlich nicht die Position Philipps IV. von Spanien ist, der ja immer der Ansicht war, er habe das Mailändische in frömmster Absicht besetzt. Denn«, fuhr Richelieu ironisch fort, »hat er vorher nicht jedesmal seine Theologen befragt, ob der Herr diese Aneignung erlaube?«

Die Verhandlung hatte in einem kleinen Salon statt, nur der König saß, zu seiner Rechten stand Richelieu, ich zu seiner Linken, auf gleicher Augenhöhe mit Legat Barberini und Giulio Mazarini.

Francesco Barberini war ein Verwandter Papst Urbans VIII. Italienischem Brauch gemäß, hatte der Papst gleich nach seiner Wahl für das Glück seiner Familie gesorgt und seinen Bruder Antonio sowie seine Neffen Francesco und Antonio zu Kardinälen ernannt.

Francesco, den ich hiermit vorstelle, ein künstlerisch interessierter Geist, widmete fortan sein ganzes Geld, seine Zeit, all seine Gedanken der Erbauung des berühmten Palazzo Barberini, der wohl der prächtigste unter den römischen Palästen unseres Jahrhunderts ist. Nun übertrug der Papst ihm aber auch einige diplomatische Missionen, die er aus Nachlässigkeit schlecht versehen hätte, wäre nicht Giulio Mazarini für ihn eingetreten. Bei der gegenwärtigen Begegnung beschränkte sich Seine Eminenz Francesco Barberini nach tiefer Verneigung vor Seiner Majestät auf ein wohlgedrechseltes französisches Kompliment, dessen Urheber er schwerlich sein konnte, denn er strauchelte zwei-, dreimal in seinen Sätzen, was sie fast unverständlich machte. Offenbar wollte Francesco Seiner Majestät aber sagen, daß sein Sekretär, il Signor Mazarini, seine Mission näher erläutern werde. Und nach neuerlicher tiefer Verneigung vor dem König gab er die ganze Zeit über kein Wort mehr von sich, sondern zog sich, die Augen halb geschlossen, in seine Gedanken zurück, die wahrscheinlich den Bau seines herrlichen Palastes betrafen.

Giulio Mazarini war damals achtundzwanzig Jahre alt und nach allem, was man aus Rom, Paris und Madrid hörte, *il più elegante cavaliere della creazione*,[1] ein Liebling der Damen, die seinen höflichen Manieren, seinen zarten Rücksichten, seinen Kleidern von erlesenem Geschmack nicht widerstehen konnten, vor allem aber natürlich nicht seinen lebhaften, samtigen Augen, seinen fein gezeichneten Lippen und den goldenen Worten, die ihnen entströmten.

Doch Mazarini gefiel auch den Männern, freilich um anderer Vorzüge willen. Obwohl er nur wenige Monate im Heeresdienst verbracht hatte, weil Disziplin und Routine ihm widerstrebten, war er für seine Tapferkeit berühmt, die wirklich tadellos war und von der ich noch ein glänzendes Beispiel geben werde.

Bei alledem hatte Mazarini Geist im Überfluß, der geradezu ins Herz der Probleme zielte und die Lösung dafür fand. Richelieu bewunderte ihn, und das wollte etwas heißen, denn außer sich selbst bewunderte der Kardinal nur wenige Menschen. Hinzu kam, was Mazarini betrifft, ein Charakter, der sich geschmeidig den Umständen anzupassen vermochte, ohne jemals starr zu werden, ohne auch je sein Ziel aus den Augen zu verlieren.

Der Gruß, den Giulio Mazarini dem König erwies, bevor er sprach, war unendlich graziös und erfreute Seine Majestät, liebte Sie doch, ohne schwul zu sein, schöne Männer, sofern sie nicht grob und rüde waren.

»Sire«, sagte Mazarini in einem italienisch singenden Französisch, »ich bin Euer sehr unterwürfiger Diener und ersuche Eure Majestät, die Botschaft anhören zu wollen, die Seine Heiligkeit der Papst Seiner Eminenz Francesco Barberini, seinem Legaten, anvertraut hat, dessen bescheidener Mittler ich nur bin.«

»Ich höre, Monsieur«, sagte der König.

»Sire«, fuhr Mazarini fort, »Seine Heiligkeit, bewegt von der Sorge, daß Franzosen und Spanier sich anschicken, auf italienischem Boden ihr Blut zu vergießen, fragte den Spanier, zu welchen Bedingungen er auf die Belagerung Mantuas verzichten würde.«

1 (ital.) Der eleganteste Kavalier der Schöpfung.

»Und was war die Antwort?« fragte der König.

»Sire«, sagte Mazarini, »ich wage diese Bedingungen kaum zu wiederholen, so maßlos erscheinen sie mir.«

»Wiederholt sie bitte dennoch, Monsieur!« sagte der König. »Wir sind gesinnt, sie anzuhören.«

»Sire, der Spanier würde auf eine Belagerung Mantuas verzichten, wenn Eure Majestät Pinerolo und Casale aufgeben würde.«

Schweigen folgte auf das schamlose Angebot. Ich sah Ludwig blaß werden und mit den Zähnen knirschen, ich fürchtete, er bräche gleich in hellen Zorn aus. Doch abermals zügelte er sich, wandte sich Richelieu zu und bedeutete ihm, statt seiner zu antworten.

»Sire«, sagte Richelieu, »es ist ein sehr seltsamer Tausch, den man uns da anbietet – ein Tausch, bei dem die beiden Tauschobjekte nicht denselben Wert haben, nicht einmal annähernd ... Einerseits würde Eure Majestät an Spanien zwei befestigte Städte abtreten, deren eine, Casale, übrigens seit einem Jahr ohne jeden Erfolg vom Spanier belagert wird. Und als wäre Casale nicht genug, sollen wir auch noch Pignerol hergeben, das wir gerade erst erobert haben. Die eine wie die andere Stadt ist fest gebaut und besitzt außerordentlichen strategischen Wert. Und was bietet man uns dafür? Das Versprechen, Mantua nicht zu belagern! Ihr habt recht gehört, Sire, ein Versprechen! Nichts als ein Versprechen, geschrieben auf schönem Papier und mit einem sicherlich sehr eleganten fürstlichen Siegel geziert. Sehr leichte Münze, Sire, verglichen mit den soliden Mauern von Casale und Pignerol, und sehr billig für den, der dies Versprechen gibt, denn das Blatt Papier, worauf es geschrieben steht, kann sogar ein Kind an einer Kerze verbrennen.«

»Sire«, sagte Mazarini, »darf ich auf die Darlegung Seiner Eminenz des Kardinals Richelieu antworten?«

»Bitte antwortet, Monsieur«, sagte Ludwig mit kühler Verbindlichkeit.

»Eminenz«, sagte Mazarini, »es ist dem Heiligen Vater nicht entgangen, daß die Bedingungen des Generals Coalto[1] maßlos

1 Coalto befehligte die Armee der Kaiserlichen, während Spinola die spanische Armee befehligte, die das von Toiras verteidigte Casale belagerte.

sind, wie ich mir bereits zu bemerken erlaubte, bevor ich sie nannte. Dennoch ist es von großem Vorteil zu verhandeln, auch wenn man die Bedingungen des Gegners nicht akzeptiert. Solange man redet, kämpft man nicht, und mit der Zeit kann der Aspekt der Dinge sich auch wandeln. Deshalb, wenn ich mich auf den Standpunkt Frankreichs stelle – was ich sehr gerne tue, Sire –, würde ich sagen, daß es mir nicht in Eurem Interesse zu sein scheint, Sire, Coalto die schneidende und verächtliche Antwort zu geben, die diese Vorschläge zweifellos verdienen.«

Ich traute meinen Ohren nicht. Demnach hatte der Papst zweierlei Politik: öffentlich eine Spanien freundliche und insgeheim eine Frankreich günstige. Und für mein Gefühl ging Mazarini sogar noch weiter: Er bot uns mit halbem Wort seine Dienste an.

Diese Nuance vermerkten auch Ludwig und Richelieu, und sie begannen Mazarini mit anderen Augen zu betrachten.

»Monsieur«, sagte Ludwig, »ich danke Euch für die guten Dispositionen, die Ihr hinsichtlich meiner Person und meinem Reich bezeigt. Ich weiß Euch dafür größten Dank. Was Eure Empfehlung angeht, die mir weise scheint, so werde ich mit meinem Cousin, Kardinal von Richelieu, und auch mit meinem Rat erörtern, welche Entscheidung wir treffen wollen, und sobald diese getroffen ist, werde ich sie Coalto und zu gleicher Zeit durch Euch Seiner Heiligkeit mitteilen.«

Mazarini hatte allen Grund, mit diesen Worten zufrieden zu sein, besagten sie doch unausgesprochen, daß wir den Papst und ihn selbst in dieser Affäre als Vermittler akzeptierten. In geraffter Form übersetzte er das Ganze dem Kardinal Barberini ins Italienische, dem aber Barberini nur zerstreute Aufmerksamkeit schenkte.

Nachdem beide gegangen waren, wechselte der Kardinal *sotto voce* einige Worte mit dem König, ich entfernte mich und sah zum Fenster hinaus. Dann hörte ich Ludwig nach Beringhen rufen, der den Großkämmerer herbeiholen sollte, der denn auch im Nu zur Stelle war.

Der König trug ihm auf, die beiden Königinnen zu benachrichtigen, daß er am nächsten Tag Lyon verlassen und mit seiner Armee nach Grenoble gehen werde, daß er aber wünsche, sie möchten in Lyon bleiben, weil sie es hier sicherlich angenehmer hätten als anderswo. Was Monsieur de Marillac anging, so ließ der König ihn fragen, ob er es vorziehe, in Lyon zu bleiben oder mit ihm nach Grenoble zu gehen. Worauf Monsieur de Marillac, sein hohes Alter und seine Gebrechen vorschützend, antwortete, er bleibe lieber in Lyon. In Wahrheit wollte unser Erzfrömmler bei der Königinmutter bleiben, um sie in ihrer Ablehnung eines Krieges gegen Spanien weiterhin zu bestärken.

Der König ging am siebenten Mai mit seiner Armee nach Grenoble, und ich folgte dem Lindwurm mit meinen Schweizern und Nicolas, den ich diesmal aber öfter in meine Karosse rief; dann übernahmen die Schweizer unsere beiden Pferde. Und froh, vor dem schneidenden Morgenwind geschützt zu sein, fiel Nicolas, vom Stuckern der Kutsche gewiegt, alsbald in Schlaf.

Fogacer nutzte es, mir allerhand Fragen zu stellen, und ich antwortete, indem ich meine Worte siebenmal umdrehte, bevor ich den Mund auftat. Denn einerseits wollte ich Fogacer für die Hilfe belohnen, die er dem Kardinal und dem König erwies, indem er die Spitzel im Beichtstuhl vernahm, andererseits aber, da ich wußte, daß Fogacer meine Antworten dem päpstlichen Nuntius weitergeben würde und somit dem Papst, erwog ich sorgsam, was Seiner Heiligkeit mitzuteilen nützlich war und was besser nicht.

»Ich will ja nicht indiskret sein«, sagte Fogacer – eine Formulierung, die man wählt, wenn man eben das beabsichtigt –, »aber ich wüßte doch gern, warum die Königinnen in Lyon gelassen wurden. Grenoble ist eine so schöne Stadt mit großen und bequemen Häusern, wo sie in keiner Weise gefährdet wären, denn der Krieg ist in weiter Ferne.«

»Ich weiß die Gründe nicht«, sagte ich, »wir können sie nur erraten. Daß sie in Lyon bleiben, hat vermutlich nichts mit ihrer Sicherheit zu tun.«

»Ich nehme an«, sagte Fogacer, »es hat einen politischen Grund.«

»Wenn er politisch ist«, versetzte ich, »dürfte er die Königinmutter betreffen. Und nur um das Manöver zu kaschieren, ließ man auch die Königin dort.«

»Und worin sollte das Manöver bestehen?« fragte Fogacer mit seinem gewundenen Lächeln, die Brauen nach den Schläfen hin gesteilt.

»Die Königinmutter zu hindern, wenn in Grenoble Rat gehalten wird, sich öffentlich für einen Frieden um jeden Preis mit dem sakrosankten Spanien in die Schanze zu werfen.«

»Was allerdings«, sagte Fogacer, »für feindliche Ohren ein wahres Labsal gewesen wäre, und sei es nur für die gewisser Gesandten. Sie hätten ihren Herren sofort fröhliche Berichte zugehen lassen über die Uneinigkeit innerhalb der königlichen Familie Frankreichs und über die unzweifelhaft daraus zu folgernde Schwäche bei der Fortführung des Krieges.«

»Indessen«, sagte ich, »muß ja eine Art Rat zusammenkommen, um mit dem König zu entscheiden, ob Krieg geführt werden soll oder nicht.«

»Nur wird es eben nicht der Große Rat sein«, sagte Fogacer, »weil die Königinmutter sowie etliche der Herren Räte in Lyon geblieben sind. Demnach wird in Grenoble lediglich der einfache Kriegsrat zusammentreten, bestehend aus den Marschällen von Frankreich und den Feldmarschällen. Die aber sind über die von den Kaiserlichen angebotenen ›unannehmbaren und schandhaften‹ Friedensbedingungen so entrüstet, daß sie einmütig für den Krieg stimmen werden.«

»Und damit«, sagte ich, »wäre es also geglückt, die Königinmutter der Beratung fernzuhalten, was man ja wohl einen hübschen Schachzug nennen darf.«

* * *

Das Votum des Kriegsrates, der am zehnten Juni in Grenoble zusammentrat, war in der Tat einstimmig. Er verwarf die Angebote der Kaiserlichen und beschloß, Savoyen zu besetzen, sowohl um den regierenden Herzog für seine Schofeleien zu strafen wie auch um Faustpfänder zu nehmen und sich damit gegen einen feindlichen Angriff zu sichern. Die Eroberung Savoyens ging blitzschnell – Chambéry, Rumilly und Annecy waren in vierzehn Tagen genommen –, und der König war hoch entzückt.

»Warum das, Monsieur? Warum entzückte es Ludwig, sich dieser Städte zu bemächtigen, die ihm nicht gehörten?«

»Na nun, wer spricht da? Sind Sie es, schöne Leserin, die sich unangemeldet in meine Erzählung einmischt? Mich dreist unterbricht? Und vor allem anklagende Fragen über meinen König stellt?«

»Und wenn ich um Verzeihung bitte, Monsieur? Würde Ihnen, statt reuiger Zerknirschung, ein Wörtchen des Bedauerns genügen, sich zu besänftigen? Sie sollen für gewöhnlich doch so duldsam gegen das *gentil sesso* sein, das Sie so sehr lieben.«

»Darf ich dem entnehmen, meine Freundin, daß ein Wörtchen des Bedauerns Ihre Selbstherrlichkeit weniger schmerzen würde als reuige Zerknirschung?«

»Bestimmt. Sollte eine Dame einem Edelmann das Bonbon nicht immer hoch hängen, gerade wenn die Dame im Unrecht ist?«

»Ist das Ihr ›Wörtchen des Bedauerns‹?«

»In der Tat, Monsieur.«

»Das genügt, liebe Freundin. Wenn der Sünder aussieht wie Sie, kann ich seinen Tod nicht wollen.«

»Wie galant!«

»Und besser noch: hier die Antwort auf Ihre Frage. Der König bemächtigt sich dieser Städte, um sich Faustpfänder gegen die Spanier zu schaffen, und nicht, um sie zu behalten. Mit dem Ende des Krieges wird er sie ihrem Besitzer zurückgeben, genauso wie sein Vater es 1601 machte, als der Herzog von Savoyen sich töricht vermaß, Grenoble zu belagern. Henri fiel in Savoyen ein, und sobald Frieden war, gab er dem Herzog von Savoyen seine Städte wieder. Er behielt nur ein paar Stücke Land, um sein Reich abzurunden.«

»Und Ludwig wird das gleiche tun?«

»Ja! Mit Ausnahme von Pignerol wird er alles zurückgeben, dann aber nicht mehr dem armen Herzog, der jetzt fast auf den Tod darniederliegt, sondern seinem Sohn und Erben, dem Prinzen von Piemont, der, wie Sie wissen, ein reizendes Fräulein geheiratet hat: Christine von Frankreich. Sie wollen doch nicht, liebe Freundin, daß Ludwig seinem Schwager das Gefieder rupft?«

»Noch ein Wort, bitte, Monsieur. Warum war Ludwig auf dem Gipfel der Freude, als er mit der Eroberung Savoyens in die Fußstapfen seines Vaters trat?«

»Ludwig wurde im Jahr dieser Eroberung, 1601, geboren, und seine Kindheit wurde von den Geschichten gewiegt, die seine Entourage ihm darüber erzählte. Sie wissen doch, Madame, daß Ludwig, von der Wiege an jeder mütterlichen Zuneigung beraubt, als Kind nur eine Liebe hatte: seinen Vater, der zugleich sein Abgott und sein Vorbild war. Deshalb wurde auch Ludwig ein Soldatenkönig, doch ohne jeden Sinn für Raub und Eroberungen, sondern einzig, um sein Recht und das seiner Verbündeten zu verteidigen. Wissen Sie, daß er sich als Knabe wünschte, einmal ›Ludwig der Gerechte‹ zu heißen? Das war, genau besehen, eine Art Gelöbnis, und er hat es gehalten. Indessen, Madame, möchte ich Sie darauf hinweisen, daß Gerechtigkeit zwei Funktionen hat: Sie garantiert die Unversehrtheit des Besitzes, aber sie bestraft auch die Bösewichter, die sie nicht respektieren.«

»Und wird der König die Bösewichter endlich bestrafen?«

»Sie können ganz sicher sein, Madame, daß er sie zum gegebenen Zeitpunkt unerbittlich bestrafen wird.«

ZEHNTES KAPITEL

Am achtzehnten Juli 1630 – Ludwig haßte diesen Tag – kam im Italienfeldzug die Wende. Bis dahin hatten die Waffen des Königs Sieg um Sieg erfochten. Sie hatten Pignerol genommen, Savoyen erobert, das herzogliche Heer bei Veillane geschlagen und das von Toiras verteidigte Casale gehalten.

Aber der Feldzug hatte noch einen zweiten Strang, der nicht weniger gewichtig war. Während die Spanier Casale belagerten, rückten aus dem verheerten Deutschland die Kaiserlichen durchs Veltlin heran und umzingelten Mantua, das bekanntlich durch Erbfolge einem französischen Fürsten, dem Herzog von Nevers, zugefallen war. Der Kaiser bestritt dieses Erbe und forderte das Herzogtum für einen seiner Verwandten.

Tatsächlich ging es dem Kaiser aber um mehr. Da die spanischen Habsburger das Mailändische besetzt hatten, wollten die österreichischen Habsburger, wenn sie erst Mantua hätten, sich aus nächster Nähe den ganzen italienischen Norden einverleiben: ein frommes, von den spanischen Theologen empfohlenes und abgesegnetes Geschäft und die erste Etappe des Weltreichs, das dem Haus Habsburg in der Bibel vom Propheten Daniel verheißen worden war.

Der Herzog von Nevers war gewiß ein Herr von hohem Rang, doch was hilft der Rang, wo es an Wollen und Können fehlt? Seine Verteidigung Mantuas war verschlafen und schwach, und diese mangelnde Wachsamkeit nützten die Kaiserlichen, die Stadt durch Überrumpelung zu nehmen. Am achtzehnten Juli 1630 blieb dem Herzog von Nevers gerade noch die Zeit, sich nach Ferrara zu flüchten, wo er vermutlich sofort wieder in tiefen Schlummer fiel. Die Stadt aber wurde entsetzlich geplündert.

Nichts reist so schnell wie eine böse Nachricht, und seltsam, ein Unglück kommt nie allein. Kaum hatten wir untröstlich den Fall Mantuas vernommen, da trafen Eilboten unserer Marschälle ein und meldeten, daß in mehreren Feldlagern die Pest ausgebrochen war, eines unserer Regimenter sei bereits dezimiert.

Der König berief unverzüglich einen Kriegsrat ein, denn im Umkreis befanden sich mehrere Marschälle mit ihren Truppen. In aller Herrgottsfrühe wurde ich dazubestellt und fand außer dem König und dem Kardinal auch den Pater Joseph, Monsieur Brulard de Léon (den ich nur flüchtig kannte), den Rat Bouthillier, aber von den Marschällen nur Schomberg und Créqui, alle unausgeschlafen und mit traurigen, langen Gesichtern. Der König, blaß, doch entschlossen, fragte die Marschälle als erstes, ob sie es für möglich hielten, Mantua zurückzuerobern.

»Sire«, sagte Créqui, »das hieße für uns: durchs Mailändische ziehen und die Spanier schlagen, dann ins mantuanische Land und die Kaiserlichen schlagen, falls die beiden Armeen unser Nahen nicht schon erfahren und sich zusammengeschlossen haben, um uns mit Übermacht zu zermalmen.«

»Schomberg, was ist Eure Meinung?«

»Die Unternehmung wäre zu gefährlich, Sire, weil wir uns viel zu weit von unseren Basen entfernen würden.«

»Mein Cousin?« wandte sich Ludwig an den Kardinal.

»Sire, auch ich denke, daß man sich der Geographie beugen muß: Mantua liegt unseren Grenzen zu fern, als daß wir uns auf so zweifelhafte Kämpfe einlassen dürften. Meines Erachtens muß verhandelt werden, damit man wenigstens Zeit gewinnt. Und es müßten eigentlich zwei Verhandlungen geführt werden: eine mit Spanien über Casale, für die wir um die Vermittlung des Papstes und Mazarinis ersuchen könnten, und die andere, ohne Vermittler, um unsere Differenz mit dem Kaiser beizulegen.«

Hier wurde mir angst, fürchtete ich doch, wegen meiner Deutschkenntnisse zum österreichischen Gesandten bestimmt zu werden, aber der Kardinal hatte offenbar anderes mit mir vor, denn er fragte den Pater Joseph und Monsieur Brulard de Léon, ob sie gewillt seien, Rücksprache mit den Kaiserlichen aufzunehmen. Das Wort »gewillt« im Munde des Königs oder des Kardinals ergötzte mich immer wieder, und der Leser weiß, warum. Diesmal tat es mehr als mich ergötzen. Es erleichterte mich.

Hierauf beurlaubte der König seine Räte, nur den Kardinal und mich bat er zu bleiben, was mir doch eher als gutes Vorzeichen für meine neue Mission erschien.

Kaum hatte die Tür sich hinter den Scheidenden geschlossen, wandte sich Richelieu an den König.

»Obwohl ich weiß, Sire, daß Grenoble nicht weit von Lyon liegt, bin ich doch baß erstaunt, daß Monsieur de Marillac den Fall von Mantua fast ebenso schnell erfahren hat wie wir, denn das beweist das Sendschreiben, das ich heute von ihm erhielt.«

»Und was sagt er über den Fall von Mantua?« fragte der König.

»Ich will nicht behaupten, daß er triumphiert oder Schadenfreude empfindet, aber offensichtlich bereitet ihm dieser schwere Rückschlag für unsere Armeen keinen Kummer. ›Wir werden uns‹, schreibt er, ›mit jedem neuen Tag wohl auf noch viele solcher schlechten Nachrichten gefaßt machen müssen.‹«

»Wer anderen Unglück prophezeit, der wünscht es im stillen«, sagte Ludwig. »Diesem Narren geht sein Spanien so über alles, daß er es immer siegreich sehen will, sogar über sein eigenes Vaterland.«

»Ich fürchte auch«, sagte Richelieu, »daß die Kabale sich diesen Sieg des Feindes entschieden zunutze machen wird, und weil man sich an Euch nicht heranwagt, Sire, wird man auf mich einschlagen. Vielleicht wäre es das beste, Sire, wenn Ihr nach Lyon ginget und damit der Gegenpartei ein wenig den Wind aus den Segeln nähmt, sonst verklagt man mich womöglich noch, ich wolle Euren Tod, indem ich Euch an pestverseuchten Orten festhalte.«

»Ich überlege es mir«, sagte Ludwig in der verschlossenen Art, die er immer annahm, wenn er dem Eindruck begegnen wollte, er gebe Richelieu in allem nach.

»Sire«, sagte der Kardinal, »der Wille Eurer Majestät geschehe. Und sollte Eure Majestät sich zur Abreise entschließen, wünschte ich, daß der Herzog von Orbieu mit Euch geht, und sei es nur, um sich mit dem Domherrn Fogacer und seinen ›Beichtkindern‹ in Verbindung zu setzen. Gott weiß, wie nötig es ist, uns in diesen schwierigen Tagen über alles Gehetze und alle Umtriebe auf dem laufenden zu halten.«

Wie vorauszusehen, reiste der König, und ich durfte mit. Von Grenoble nach Lyon ist es auf der Landkarte eine kurze Entfernung, aber der Weg war lang, und das bei drückender Hitze. Hinzu kam, daß wir an den Etappen auf ziemlich miserable Quartiere trafen, und überall war die Rede nur von der

Pest, die anscheinend fast genauso schnell wie wir gen Norden reiste.

Einen Großteil der Reise legte ich in meiner Karosse zurück, zweimal wurde ich von Ludwig in seine eingeladen: das erstemal zusammen mit Monsieur de Guron und dem königlichen Leibarzt Bouvard, das zweitemal allein. Da Bouvard sehr redegewandt und Guron ein großer Schwätzer war, holte Ludwig mich wahrscheinlich, weil er wußte, daß ich schweigen konnte, wenigstens in seiner Gegenwart.

Als ich nun sah, wie Seine Majestät sich ins Polster lehnte und die Augen schloß, dachte ich, daß er schlafen wolle oder doch so tat, um sich meines Schweigens zu versichern, also ließ auch ich die Lider sinken. Zuerst dachte ich an meinen Vater, wie sein Alter doch so schön von Margots blondem Haar vergoldet wurde, wie der liebenswerte Miroul ihm nach wie vor Gesellschaft leistete, die tüchtige Mariette seine Wirtschaft führte und für Töpfe und Braten sorgte, dann wanderten meine Gedanken von der einen Familie zur anderen, zu meiner Catherine, meine ich, und meinem kleinen Emmanuel, die ich nun in wenigen Tagen wiedersehen sollte, wodurch meine Ungeduld, nach Paris zu kommen, noch mehr wuchs. Und wie meine beiden, Mutter und Sohn, mir so vor die Augen traten, war ich dermaßen gerührt, daß ich von meinen Wachträumen allgemach in Schlafträume hinüberglitt.

»Nun, nun, Sioac!« sagte auf einmal Ludwig mit halb ernster, halb amüsierter Stimme, »Ihr schlaft! Schlaft in Gegenwart Eures Königs! Was für ein unerlaubter Verstoß gegen die Etikette!«

»Ach, Sire«, sagte ich auffahrend, »ich bitte tausendmal um Vergebung! Aber weil ich Euch, Sire, mit geschlossenen Augen sah, dachte ich, Ihr wäret eingeschlummert, und so sank auch ich ganz sacht in Schlummer.«

»Seid froh, Sioac«, sagte Ludwig mit großem Seufzer. »Wie wünschte ich, an Eurer Stelle zu sein! Aber wie sehr ich mich auch mühe, ich finde keinen Schlaf.«

»Eure Majestät macht sich vielleicht großen Kummer um Mantua?«

»Nein. Mantua ist ein Rückschlag in einem Krieg, in dem es immer auf beiden Seiten Niederlagen und Erfolge gibt. Nein, nein! Nicht Mantua bekümmert mich, sondern meine leibliche

Hülle. Oft leide ich an Kopfschmerzen, aber heute ist es nicht einmal das, und trotzdem fühle ich mich matt und sonderbar.«

»Sonderbar, Sire?«

»Als Bouvard heute morgen meinen Puls maß, versicherte er, daß ich kein Fieber habe. Ich bin also nicht krank. Ich habe auch keine Schmerzen, weder im Kopf noch im Magen oder im Gedärm. Aber gut geht es mir auch nicht, ich bin, wie man so sagt, nicht auf dem Posten.«

»Sire, das wird am Stuckern des Wagens liegen und an den schlechten Nachtquartieren. Sobald Ihr wieder zu Lyon in Eurem schönen Schlafgemach seid, Sire, wird das Unbehagen Euch verlassen, und Ihr schlaft wie ein Engel.«

»Möge der Himmel dich erhören, Sioac!«

Ludwig beurlaubte mich an der nächsten Etappe, vermutlich wollte er sich von Doktor Bouvard untersuchen lassen. Ich kehrte in meine Karosse zurück, wo Fogacer mit gerührter Miene über den Schlaf des kleinen Saint-Martin wachte. Der Domherr legte den Finger an den Mund zum Zeichen, daß ich schweigen solle, was ich gern tat, denn mein Gespräch mit Ludwig hatte mich nachdenklich und traurig gestimmt. Das Schweigen dauerte indes nicht, denn Saint-Martin erwachte, und Fogacer, immer um seine Belehrung bemüht, schilderte ihm den erzbischöflichen Palast zu Lyon, für dessen Ausbau Richelieu viel Mühe und Geld aufgewendet hatte, ohne das Bauwerk am Ufer der Saône doch vollenden zu können.

»Dann spiegelt sich der Palast also in der Saône?« fragte Saint-Martin.

»Ja«, sagte Fogacer, »und das macht einen Teil seiner Schönheit aus. Außerdem ist er reich beleuchtet und im Winter gut geheizt.«

Ein Stück vor dem Palast stiegen Fogacer und Saint-Martin aus, um im Hause eines befreundeten Priesters einzukehren. Ich setzte meinen Weg durch eine Gasse fort, die zu dieser Morgenstunde noch nicht von Karren, Fußgängern und Reitern verstopft war, so daß ich die Karosse des Königs einholen konnte. Ich sah ihn aus dem Wagen steigen und die Stufen zum Palast hinaufgehen. In respektvollem Abstand folgte ich, hielt jedoch inne, als ich oben auf der Treppe die Königinmutter auftauchen sah. In statuarischer Massigkeit stand sie dort, die Unterlippe hochmütig vorgeschoben, mit gespitzten Brauen, flammenden

Augen, nicht unähnlich einem Drachen von Weib, das mit der Rute in der Hand sich anschickt, einen kleinen Schulschwänzer Mores zu lehren.

»Nun, mein Herr Sohn«, begann sie mit lauter Stimme, »jetzt steht Ihr schön da! Ihr habt den Krieg verloren, und warum? Weil Ihr auf die guten Ratschläge hörtet, die Euch Richelieu gab! Fallen Euch endlich die Schuppen von den Augen? Worauf wartet Ihr noch, ihn zu entlassen?«

»Madame«, sagte der König, sich tief verneigend, doch mit funkelnden Augen und eisiger Stimme, »ich habe Mantua nicht verlieren können, weil Mantua nicht mir gehörte, und also habe ich den Krieg nicht verloren. Dafür habe ich Susa, Pignerol und ganz Savoyen erobert. Ich halte Casale nach wie vor. Und was den Herrn Kardinal angeht, mögen die Unbelehrbaren sagen, was sie wollen, so ist er doch der beste Diener, den Frankreich jemals hatte.«

Hiermit machte der König seiner Mutter eine neuerliche tiefe Verneigung, umrundete das Monument aus Starrsinn und Stolz, betrat straffen Schrittes den erzbischöflichen Palast und eilte zu seinem Gemach, wohin ich ihm auf sein Zeichen folgte.

»Sioac!« sagte er, indem er sich auf sein Bett warf, »habt Ihr diese herabsetzenden Reden gehört? Meine Mutter hat mich ein Vierteljahr nicht gesehen, und alles, was sie mir zu sagen weiß, ist: Ihr habt den Krieg verloren! Entlaßt den Kardinal! Was, zum Teufel, habe ich den Göttern getan, daß ich eine solche Mutter habe? Sioac, schreibt unverzüglich an den Kardinal, er soll zu mir nach Lyon kommen. Bei dieser sich überall verbreitenden Pest muß mit dem Feind auf jeden Fall ein Waffenstillstand geschlossen werden, und dazu brauchen wir den Kardinal. Sollen die Marschälle sich in Grenoble um die Truppen kümmern, damit sie nicht desertieren. Beeilt Euch, Sioac, schreibt den Brief und bringt ihn mir. Ihr werdet sehen«, setzte er wütend hinzu, »die Königinmutter wird jetzt jeden Tag, jede Stunde, jede Minute fordern, daß ich den Kardinal entlassen soll. Hat man je einen solchen Starrsinn gesehen?«

Am nächsten Tag wirkte der König, nach einer guten Nacht in einem guten Bett, besser erholt, nicht mehr so matt und »sonderbar«, wie er mir beim Erwachen zu sagen geruhte, nachdem Bouvard seinen Puls gemessen hatte. Und mit der Ankunft Richelieus zwei Tage darauf war er wieder ganz »auf dem Posten«. Der Kardinal brachte eine nicht gerade gute, aber doch willkommene Nachricht. Dank der Schläue und Beharrlichkeit Giulio Mazarinis hatten die Spanier sich für Casale auf eine Notlösung eingelassen: Toiras und die Franzosen sollten die Zitadelle behalten und die Spanier Stadt und Schloß besetzen. Der Waffenstillstand sollte bis zum fünfzehnten Oktober dauern. Wenn die französische Armee bis dahin nicht vor den Mauern von Casale erschienen sei, müsse Toiras mit seinen Truppen die Zitadelle räumen.

Dieser Waffenstillstand dünkte mich nun so seltsam, daß ich mich hierüber Fogacer eröffnete, denn zweifellos hatte Mazarini den Pakt doch nach päpstlicher Anregung ausgeknobelt und den kriegführenden Parteien aufgedrückt.

»Mein Freund«, meinte Fogacer, »seit die Kaiserlichen Mantua besitzen, haben sie die Hände frei. Aber die Spanier wollen keinesfalls, daß sie ihnen in Casale beispringen, und der Papst schon gar nicht. Denn sind Spanier und Kaiserliche auch derselben Habsburger Brut entsprungen, heißt das noch lange nicht, daß sie einander innig lieben, dazu finden die Iberer die Kaiserlichen viel zu besitzergreifend und der Papst erst recht.«

Seltsam, wieviel ich auch in meinem Gedächtnis forsche, kann ich mich doch nicht entsinnen, an welchem Tag genau der König zu Lyon von der Krankheit ergriffen wurde, die ihn ums Haar hinweggerafft hätte. War es am Samstag, dem einundzwanzigsten September 1630, oder am Sonntag, dem zweiundzwanzigsten? Natürlich weiß ich, daß das Datum nebensächlich ist, wenn es sich um ein Ereignis von solcher Tragweite handelt, daß es beinahe die Geschicke des Reiches verändert, und zum Schlimmsten verändert, hätte. Gleichwohl finde ich es ein wenig beunruhigend, daß die Geschichte ein so denkwürdiges Datum nicht zu präzisieren vermag.

Bis zu Ludwigs Rückkehr nach Lyon hatte die Königinmutter im erzbischöflichen Palast gewohnt, nun aber, weil sie entweder Lyon noch im September zu erstickend fand oder aber es vorzog, dem König fern genug zu sein, um unbehelligt den Klüngel zu empfangen, der sich gegen seine Politik verschworen hatte, zog sie auf die andere Seite der Saône, in die Abtei Ainay, einen eher ländlichen Ort, wo sie ihren Sohn zu einer Sitzung des Großen Rats empfing, und zwar an ebenjenem Tag, dessen Datum ich nicht genau weiß.

Auf dieser Ratstagung geschah nichts, was man nicht hätte vorhersagen können. Vehement plädierten die Königinmutter und Marillac für einen Frieden um jeden Preis. Die übrigen Ratsmitglieder fanden es ehrlos, alles aufzugeben, und wollten den Kampf fortsetzen. Und weil der König sich, wie erwartet, in demselben Sinn aussprach, gingen Marillac und die Königinmutter aus dieser Konfrontation aufs neue geschlagen hervor.

Nun, wir hatten die Abtei Ainay kaum verlassen, als die Krankheit des Königs begann: Er wankte, legte, um sein Gleichgewicht zu halten, die Hand auf Richelieus Schulter, klagte mit erstickter Stimme über einen jähen Schmerz im Kopf und daß ihn Schauer durchliefen. Richelieu führte ihn in seine Karosse und ließ diese, um mit dem Umweg über die Brücke keine Zeit zu verlieren, mit der Fähre über den Fluß setzen, so daß sie vor dem erzbischöflichen Palast an Land kam. Wir stützten den König rechts und links, um ihm die Stufen hinaufzuhelfen, und sobald er in seinem Gemach war, rief man die Ärzte.

Schon säten aber die Klatschmäuler vom Hof Panik im Palast, indem sie in alle Winde schrien, der König habe die Pest, und die Pest verbreite sich jetzt über den ganzen Palast und werde uns alle töten.

Doktor Bouvard, der Ludwig mit Beringhens Hilfe entkleidete, sah sofort, daß es nicht an dem war, und trat auf Richelieus inständige Bitte vor die Tür, um die Höflinge zu beruhigen, denn schon verkündigten etliche, sie würden, um der Ansteckung auszuweichen, sofort ihre Koffer packen und den Ort schleunigst verlassen. Ich begleitete Bouvard, um dem Klagen, Schluchzen und Heulen der kopfscheuen Gesellschaft Einhalt zu gebieten. Bei unserem Anblick wich alles mit einem Entsetzen zurück, als wären wir selbst von der Pest ergriffen. Mit Stentorstimme gab ich also bekannt, daß der König nicht die Pest habe, und erbat Ruhe, um dem Doktor Bouvard Gehör zu verschaffen.

»Es ist absolut sicher«, sprach Bouvard, »daß der König nicht die Pest hat, denn er weist keines der Anzeichen dieser Seuche auf, er hat keine Geschwülste, keine Beulen und keine Purpurröte.«

Trotzdem war die Menge durch diese Worte nur halb beruhigt, und ich riet Bouvard, seine Worte näher zu erläutern, wozu er sich nur widerwillig herbeiließ, denn unsere Ärzte hüllen sich zu gerne in die Geheimnisse ihres erworbenen Wissens.

»Die Anzeichen«, sagte Bouvard also, »an denen man erkennt, ob ein Mensch von der Pest befallen ist, sind zum ersten eine dicke Schwellung unter der rechten Achsel, welche man Pestgeschwulst nennt. Zum zweiten schwarze Pusteln am Bauch, die sogenannten Pestbeulen, und zum dritten kleine Eiterpunkte auf der Brust, die sogenannte Purpurröte. Seine Majestät weist keines dieser Symptome auf. Sie hat also nicht die Pest.«

Hierauf nahm ich wieder das Wort, empfahl den Anwesenden in entschlossenem Ton, sich still zurückzuziehen und keinen Lärm zu machen, um den König nicht zu stören. Dann zogen unterm Befehl des Comte de Guiche zwölf Gardisten auf, die Tür zu bewachen, und bei ihrem Anblick zogen sich die Höflinge, wenn auch zögernd und unwillig, aus dem königlichen Vorzimmer zurück. Und weil sie nun nicht mehr von der Pest lamentieren konnten, entschädigten sie sich damit, wie ich nachher hörte, die königliche Krankheit dem Kardinal anzulasten, der Seine Majestät an verpestete Orte verschleppt habe. Diese These wurde von Königin Anna aufgegriffen und offen unterstützt, und als sie Richelieu auf einem Flur begegnete, sagte sie wütend zu ihm: »Da haben wir es nun, was diese schöne Reise gebracht hat!«

Bouvard rief alle Ärzte des Hofes zur Konsultation, und sie stellten fest, daß der Bauch des Königs hart und geschwollen war und er überdies »durch die hintere Pforte« einen ständigen blutigen Durchfall absonderte. Worauf sie einen Aderlaß vornahmen, was mich in größte Sorge versetzte in Anbetracht all des Blutes, das der König bereits verloren hatte. Als ich dies später meinem Vater berichtete, schrie er auf vor Zorn. Denn, Leser, es wäre sehr irrig, wenn du glauben solltest, daß alle unsere Ärzte den Aderlaß guthießen, eine aus Italien gekommene Behandlungsmethode, die auf einem unzulässigen Vergleich beruhte: Wenn das Wasser eines Brunnens faulig ist, braucht man nur eine bestimmte Menge abzuziehen, damit der Brunnen wieder klares Wasser spendet. Ebenso müsse man einem kranken Körper das schlechte Blut abziehen, damit er wieder reines und gesundes Blut produziert. Aber woher weiß man, sagte mein Vater, ob das abgezogene Blut schlecht ist oder nicht?

Zwei Tage lang stieg Ludwigs Fieber unaufhaltsam, während der blutige Durchfall weiterging. Sein Atem wurde kurz und fiel zeitweilig ab bis zum Ersticken.

»Wenn Ihr seht, daß ich in Gefahr bin«, sagte der König mit schwacher Stimme zu Pater Suffren, der ihm Trost zuzusprechen versuchte, »laßt es mich rechtzeitig wissen. Ich habe keine Angst vorm Tod.«

Am siebenundzwanzigsten September gaben die Ärzte ihn verloren, Pater Suffren jedoch, der ihm dies nicht mitzuteilen wagte, sagte, es wäre gut, an diesem seinem Geburtstag zu beichten und zu kommunizieren.

»Gut«, sagte Ludwig, »zumal ich fürchte, daß mein Geburtstag mein Todestag wird.«

Dann fuhr er fort, ohne daß sein Gesicht irgendwelche Traurigkeit oder Furcht zeigte: »Ich werde heute neunundzwanzig Jahre alt.«

Wer weiß, warum vor einem Tod oft ein Moment eintritt, in dem der Kranke wieder zu Kräften zu kommen scheint, so als täusche die Krankheit vor, ihn zu verschonen, nur um desto stärker wiederzukehren und ihn dahinzuraffen.

Dieser Nachlaß trat auch bei Ludwig ein. In der Nacht vom Achtundzwanzigsten zum Neunundzwanzigsten schien es ihm besser zu gehen, am Vormittag des Neunundzwanzigsten begann jedoch ein schwerer Rückfall. Von elf Uhr an verlor er solche Mengen Blut, daß man ihn endgültig aufgab, und wiederum beichtete und kommunizierte er. Armer König, was konnte er dem Pater Suffren anderes sagen, als was er nicht zwei Tage zuvor schon gesagt hatte? Sündigt man auf dem Sterbebett?

Nachdem er kommuniziert hatte, befahl Ludwig, weil ein König von Frankreich nun mal öffentlich geboren werden und sterben muß, die beiden Flügel seines Schlafgemachs zu öffnen. Die Höflinge traten herein und fielen beim Anblick des abgezehrten Ludwig schweigend auf die Knie.

»Ich bitte all jene um Vergebung«, sagte der König, »die ich gekränkt habe, und werde nur zufrieden sterben, wenn ich weiß, daß Ihr mir verzeiht.«

Nun geschah etwas Bemerkenswertes, das angesichts der Tragik der Stunde aber nahezu unbeachtet blieb. Ludwig machte seiner Frau ein Zeichen, sich zu nähern, und küßte sie schweigend auf beide Wangen. Er machte Richelieu das Zeichen und küßte auch ihn.

Aber nicht einmal rief er seine Mutter zu sich. Auf seinem Sterbebett bat er alle um Verzeihung, ihr aber verzieh er nicht, so tief waren noch die Wunden, die die mütterliche Lieblosigkeit und Verachtung ihm in seinem kurzen Leben geschlagen hatte. Und weil er eine so gewissenhafte Seele war, dachte er wahrscheinlich, daß es nicht recht wäre, ihr gegenüber eine Geste zu machen oder eine Empfindung vorzutäuschen, die ihm nicht von Herzen kam.

Doktor Bouvard bat den Großkämmerer, er möge die Höflinge auffordern, sich in die Galerie vor dem Gemach zu verfügen, während die Flügel der Tür geöffnet blieben, damit durch die vielen Menschen im königlichen Gemach nicht die Atemluft knapp werde. Was ohne unnötigen Lärm geschah, die meisten spürten, daß die Wache lang sein werde, und ließen sich auf den Teppichen nieder. Um das Bett saßen auf Lehnstühlen nur die Königinmutter, die Königin, Gaston, Marillac und Richelieu. Die Ärzte, die Edelleute der königlichen Kammer und ich hielten uns meist stehend im Hintergrund. Doktor Bouvard, der mich seit langem kannte, ließ mir von einem Diener einen Schemel bringen, was mich sehr erleichterte, denn nach einer Stunde taten mir vom langen Stehen die Beine weh.

Auf Verlangen des Königs war das Gemach reichlich durch Kandelaber mit duftenden Kerzen erhellt, und so konnte ich die Gesichter der das Sterbebett umgebenden Familie gut beobachten, die ihren König so wenig liebte.

Anna von Österreich war wohl noch am meisten ergriffen, freilich aus Gründen, die sehr viel mehr ihr Schicksal als das Ludwigs betrafen. Obwohl mehrmals schwanger, hatte sie die Frucht nie ausgetragen, sie hatte Frankreich noch keinen Dauphin geboren, und wenn sie Witwe würde, wäre sie nichts mehr am Hof. Ihre einzige, schon früher genährte Hoffnung war, dann Gaston zu heiraten. Sie hatte von jeher eine Neigung für ihn gehabt, ihr bißchen Verstand paßte auch gut zu Gastons Leichtsinn und seinen Clownerien. Was aber wäre, wenn Gaston König würde? Welche Gelüste, diese oder jene zu heiraten, kämen ihm dann in den Sinn? Er entschwirrte ebenso leicht, wie er sich fangen ließ. Er war die Marionette seiner Räte und sein Kopf eine Mühle, die sich nach dem Wind ihrer Phantasien drehte. Artig auf ihrem Lehnstuhl sitzend, hielt Anna ein Spitzentuch in Händen, das sie im gegebenen Moment wohl für einige Tränen zücken konnte. Indessen warf sie aber verstohlene Blicke nach Gaston, der sie nicht einmal bemerkte, weil er wie geblendet und der Erde entrückt war durch die Vorstellung, König zu werden. Nach meinem Dafürhalten würde der erste Akt seiner Herrschaft auf traurige Weise dem der Mutter gleichen, nachdem Henri Quatre ermordet worden war: Er würde unverzüglich, zu seinem eigenen Gebrauch, die Schatztruhen leeren, und wenn er sich alle Taler angeeignet hätte, mit denen das Reich eine machtvolle Armee unterhalten konnte, würde er um jeden Preis Frieden mit Spanien schließen.

Massig, daß die Hüften über den Sitz ihres Lehnstuhls hinausquollen, den Rumpf gerade, den Kopf arrogant erhoben, sah die Königinmutter mit einem Gesicht, das eine wohlfeile Betrübnis zeigte, Ludwig in den Fängen des Todes. In Wahrheit hatte sie von ihren sechs Kindern nur das am wenigsten liebenswürdige geliebt: Gaston.

Obwohl sie es sich nicht anmerken ließ und es niemals eingestanden hätte, war diese Agonie für die Königinmutter ein Tag der Glorie und Vergeltung. Im Jahr 1617 hatte der inzwischen großjährige Sohn ihr mit Gewalt die Macht entrissen, die sie ihm unrechtmäßig vorenthalten hatte. Mehr noch, er hatte sie verbannt, und obwohl er sie schließlich zurückgerufen hatte, konnte sie nie mehr auch nur ein Fitzelchen Macht erlangen. Und genauso, wie sie immer vermeinte, daß sie als Königinmutter alle Rechte habe, während alle Pflichten ihm oblagen, mußte die politische Macht nun wieder ihr zufallen: diese Macht, die sie so sehr liebte und die sie so schlecht ausgeübt hatte. Jetzt waren, Gott sei Dank, die Jahre der Ohnmacht und der Demütigung vorbei. Sie setzte voll auf Gaston, sobald er König wäre. Er hatte wenig Interesse für die großen Geschäfte und lebte ganz seinem Vergnügen. Sofern er nur gut mit Geld versehen war, scherte alles andere ihn wenig. Also würde sie unumschränkt herrschen können. Was Richelieu anbetraf, so wäre er, wenn der König die Welt verließe, nur mehr ein Vogelfreier, allseits von Haß und Hellebarden bedroht. Falls das für ihn nicht noch ein zu sanfter Tod wäre.

Monsieur de Marillac, der neben ihr saß, betete. Er hatte sich verziehen, daß er wegen seines Alters und seiner Gebrechen nicht auf Knien beten konnte. Ich sah seine Lippen murmeln, aber wenn ich die Gebete auch auswendig wußte, die er sprach, wie sollte ich wissen, welche Gedanken sie begleiteten? Und doch versuchte ich mich daran. Denn endlich kam unser Fanatiker ja ans Ziel. Bis hierhin hatte er den König oder Richelieu nie zu überzeugen vermocht, daß die einzige eines katholischen Königs würdige Politik die des Tridentiner Konzils sei, daß man nach dem Krieg im Languedoc, anstatt den Protestanten jenen »verhaßten« Gnadenfrieden zu gewähren, die Ketzerei und alle, die ihr anhingen, innerhalb des Reichs und in ganz Europa ein für allemal hätte ausrotten müssen. Diese gewaltige Aufgabe erforderte, daß Frankreich sich in tiefer Einigkeit mit den Kaiserlichen und den Spaniern zusammenschloß. Um ihre Freunde zu werden, waren gewiß einige kleine Konzessionen unerläßlich: auf Pignerol verzichten, auf Susa, auf Casale; es mußten unsere italienischen Freunde aufgegeben und diese ewigen, für das Reich so ruinösen Kriege beendet werden, die beim Volk überall in Frankreich Unzufriedenheit und Unruhen auslösten.

Ich möchte, daß der Leser sich hier vergegenwärtige, daß Monsieur de Marillac ein überaus respektabler Mann war. Ein aufrichtiger Katholik, treuer Gemahl, ein strenger, doch liebevoller Vater, mildtätig gegen die Armen und ein untadeliger, fähiger und arbeitsamer Minister, der ein sittenreines Leben führte, das nur aus Pflichten und Tugenden bestand. An diesem glänzenden Küraß gab es indes zwei Makel. Der erste war, daß er, wenn er allsonntäglich der Messe lauschte und dem christlichen Gebot, seinen Nächsten zu lieben, gleichzeitig mit all seiner Glut ein Massaker an einer Million Protestanten herbeiwünschen konnte.

Und der zweite Makel, der die schöne Rüstung verunzierte, bestand darin, daß der Glaubenskampf des Monsieur de Marillac nicht frei war von persönlichem Interesse. Er wußte sehr wohl, daß der Triumph seiner Politik zugleich sein eigener sein würde, denn wenn Richelieu vom Erdboden verschwände, beriefe die Königinmutter an dessen Stelle selbstverständlich ihn.

Was nun den Kardinal anging, der da inmitten der königlichen Familie saß, die so leidenschaftlich den Tod des Königs und den seinen herbeisehnte, so blickte er niemanden an, und niemand gönnte ihm einen Blick. Er machte den Eindruck, als werde mit dem letzten Seufzer des Sterbenden auch er die Welt verlassen. Und wie er da mit unendlichem Kummer den Herrn aus seinem Leben scheiden sah, dem er mit soviel Hingabe und Liebe gedient hatte, fragte es sich, ob Richelieu nicht schon mehr tot als lebendig war.

* * *

Was dann geschah, wurde von allen, die dort zugegen waren, als ein Wunder betrachtet. Gegen elf Uhr abends setzt erneut der blutige Durchfall ein, und stärker als je zuvor. Man gibt den Patienten verloren, dessen Körper so radikal an Säften verliert, doch gerade das rettet ihn. Ludwig hatte nämlich nicht an Dysenterie gelitten, wie die Ärzte glaubten, sondern an einem inneren Geschwür, das zum Glück aufbrach und sich jetzt mit dem Blut ausleerte.

Die Genesung trat ebenso schnell ein, wie die Krankheit ausgebrochen war. Das Fieber sank, der Schmerz verschwand, der Kranke fiel in friedlichen Schlummer. Am nächsten Morgen wollte er aufstehen und Suppe essen.

Ach, wie viele verlorene Hoffnungen für Marillac und die königliche Familie! Wieviel enttäuschter Ehrgeiz! Und soviel wieder und wieder geschürter und nun ungestillter Haß!

Doch noch ist die Partie nicht verloren: Die beiden Königinnen besprechen sich im geheimen. Der König ist noch schwach und bedarf der Schonung. Kann man aus seiner Schwäche nicht Vorteil ziehen und ihm auf sanftestem Wege die Entlassung Richelieus abringen?

Königin Anna tupft sich mit ihrem Spitzentuch die nicht geweinten Tränen ab, setzt sich liebreich ans Kopfende zu ihrem Gemahl, und mit reizender Verlegenheit, indem sie auf ihren Zustand verweist (wieder einmal erwartet sie einen Dauphin), spricht sie von ihrer grenzenlosen Erleichterung, ihn gerettet zu sehen, nachdem sie tödlich gelitten habe in dem Gedanken, ihn zu verlieren … Hierauf bittet sie ihn, fleht ihn an, Richelieu zu entlassen, »den Urheber all unserer Leiden und namentlich des Euren, Sire«.

Auch Ludwig ist sehr weich gestimmt. Er drückt der Königin seine Hoffnung und seine herzlichen Wünsche aus, auf daß ihre Schwangerschaft diesmal gelinge, und bittet sie »vielmals um Entschuldigung, daß er bis dahin nicht gut mit ihr gelebt habe«.

Ist das Großmut oder Ironie? Denn wer sich hätte entschuldigen müssen, wäre doch eher diese törichte Frau gewesen, sowohl für ihren Leichtsinn in der Affäre Buckingham wie für ihre trübe Rolle in der Affäre Chalais, vor allem aber für die verräterischen Informationen, die sie so lange über die französische Politik nach Spanien gemeldet hat.

Aber Ludwig fühlt sich zu schwach, um sich und mithin sie nicht zu schonen. Zwar insgeheim stark beunruhigt, in diesem Moment einer so taktlosen Zumutung zu begegnen, will er mit Anna keinen Streit anfangen, der sich Tag für Tag fortsetzen würde. »Meine Liebe«, sagt er, »Ihr habt tausendmal recht, aber Ihr werdet verstehen, daß ich Euren Wünschen nicht willfahren kann, solange der Frieden mit Spanien nicht unterzeichnet ist.«

Die kleine Königin nimmt die ausweichende Antwort für bare Münze. Triumphierend eilt sie zur Königinmutter, der aber dieser Triumph nun durchaus nicht gefällt, denn wenn es auf der Welt jemanden gibt, dem der König nachgeben darf, dann seiner Mutter und niemandem sonst. Sie beschließt also, mit all ihrer Gewichtigkeit den Sieg davonzutragen.

Diese zweite Demarche entsetzt den König. Wenn er Königin Anna auch nicht eben hochschätzt, empfindet er für sie doch eine gewisse Zuneigung. Seine anfänglichen Schwierigkeiten, die »Ehe zu vollziehen«, hatte er schließlich überwunden. Und Doktor Bouvard, dem die Kammerfrau, die den Nachtdienst versieht, jeden Morgen berichtet, was sich zwischen den Gatten abgespielt hat, führt peinlich genau Buch über die Liebesbeziehungen des königlichen Paares. Einsichtig vermerkt er, wenn der König mit seiner Gemahlin nur einmal Liebe gemacht hat, er habe seine monarchische Pflicht erfüllt, weil er einen Dauphin wolle. Wenn es aber zwei- oder dreimal war, so bedeute das offensichtlich, daß er daran Vergnügen fand. Damit dreht Doktor Bouvard im voraus allem Geschwätz den Hals um, das über Ludwigs Frigidität umläuft, allerdings haben Bosheit und Verleumdung seit je ein zäheres Leben als die schlichte Wahrheit.

Noch bevor die Königinmutter majestätisch auf einem Lehnstuhl vor seinem Bett Platz nimmt, weiß Ludwig, was sie von ihm fordern wird und mit welchen Worten und, wenn er nein sagt, mit welchem Geschrei sie die Ablehnung quittieren wird. Sogleich kommt Ludwig dem mit der Ergebung zuvor, die einem guten Sohn gegenüber der verehrten Mutter ziemt. Er wisse, was sie will, sagt er, und er sei ihrem Verlangen gern zugänglich. Sein Entschluß stehe fest. Aber die Ausführung müsse ein wenig warten, denn selbstverständlich könne er nichts machen, bevor er nicht wieder in Paris sei.

Die zweite ausweichende Antwort, und allein die Tatsache, daß es nun deren zwei sind, eine für Anna und die andere für sie, hätte die Königinmutter hellhörig machen sollen. Aber die *finezza* ist nicht ihre Stärke. Sie frohlockt: Sie kam, sah und siegte. Nur mußte sie dem König Geheimhaltung versprechen, sie darf ihren Sieg nicht hinausposaunen, wie sie es so sehr wünschte, solange er nicht in den Louvre zurückgekehrt ist.

Tatsächlich war Ludwigs Ungeduld groß, nach Paris heimzukehren – er hoffte sich in der guten Luft von Versailles völlig zu erholen –, und so brach er auf ohne den Hof, ohne die Königinnen, ohne Richelieu. In Roanne jedoch wurde ihm der Friedensvertrag vorgelegt, den der Pater Joseph und Brulard de Léon mit dem Kaiser zu Regensburg unterzeichnet hatten, er war darüber höchst entrüstet und schickte ihn per Eilboten an Richelieu mit der Order, sowie er in Roanne einträfe, einen Großen Rat unter Vorsitz der Königinmutter abzuhalten zu dem einzigen Zweck, den Vertrag zu diskutieren und zu verwerfen.

Als Richelieu seinerseits besagten Vertrag las, spie er Feuer und Flammen. Das war kein Vertrag, das war eine Kapitulation! Wir sollten alles preisgeben: Pignerol, Susa, Casale, während der Kaiser nichts hergäbe, schon gar nicht das jüngst eroberte Mantua. Wir würden unsere italienischen Verbündeten im Stich lassen müssen, und dieser Verrat würde Frankreich de facto zum Verbündeten des Kaisers, wenn nicht zu seinem Vasallen machen.

Erst später erfuhr Richelieu, was in den Köpfen unserer Abgesandten vorgegangen war. Als sie zu Regensburg hörten, daß Ludwig im Sterben liege, schlossen sie daraus, daß auch der Kardinal vernichtet sei, und in dem daraus entstehenden Chaos, weil Gaston und die Königin wenig Sinn für die großen Geschäfte hatten, sei es das beste, mit dem Kaiser Frieden zu schließen, gleichviel zu welchem Preis.

Als ich hörte, daß man in Roanne in Abwesenheit des Königs und unter Vorsitz der Königinmutter beraten würde, ahnte ich das Schlimmste. Weil aber die Königinmutter in ihrem bißchen Grips glaubte, daß Richelieu, sowie er nach Paris käme, von

Ludwig entlassen werden würde, hielt sie es für unnütz, den König auf diesem Feld zu bekämpfen, zumal der Rat einstimmig besagten Vertrag als infam und entehrend ablehnte. Marillac war also der einzige, der sich dafür aussprach. Seit der Genesung des Königs erlebte er düstere Tage und sah, wie ihm die beiden großen Ziele seines Lebens davonschwammen: die Eroberung der Macht und die Ausrottung der Ketzerei. Bitter und wütend griff er Richelieu wegen eines unbedeutenden Details im Vertrag an, indem er unterstellte, Richelieu habe über dieses Detail gelogen. Der kleine Heckenkrieg führte zu nichts. Der Vertrag wurde verworfen, und die Marschälle erhielten Befehl, den Krieg in Italien fortzusetzen.

Richelieu reiste Ende Oktober nach Paris, und ich folgte ihm, doch anstatt das Schiff auf der Loire zu nehmen wie die Königinmutter und Richelieu, die beide im scheinbar besten Einvernehmen standen, fuhr ich in meiner Karosse und erreichte am fünften November Paris, genauer gesagt, betrat ich Schlag Mittag in meinem Hôtel des Bourbons festen Boden.

Meine Einfahrt in den Hof verursachte natürlich einigen Lärm, doch wurde ich auf der Treppe nicht von Catherine empfangen, wie ich es erwartete, sondern von Henriette, die aber zu mir sprach, indem sie Augen nur für Nicolas hatte.

»Monseigneur«, sagte sie, »habt keine Sorge. Die Frau Herzogin ist zu Bett.«

»Ist sie krank?« fragte ich beunruhigt.

»Nein, nein! Und der Beweis ist, daß sie sich gebadet und geschminkt hat. Seit Eurem Brief aus Roanne erwartete sie Euch jeden Tag, jede Stunde, aber wenn sie nicht mit Emmanuel beschäftigt ist, flüchtet sie sich in ihr Himmelbett und zieht die Vorhänge zu. Und nicht etwa, weil sie krank wäre«, fuhr Henriette lächelnd fort. »Oder wenn das eine Krankheit ist, dann habe ich sie auch.«

Hierauf fiel Henriette stürmisch Nicolas in die Arme, während ich im Laufschritt die Treppen hinaufeilte.

»Monsieur«, sagte Catherine, als sie bei meinem Eintritt zwischen den Vorhängen hervorsah, »wie abscheulich von Euch, mich so lange allein zu lassen! Redet mir bloß nicht von Euren Pflichten. Eure erste Pflicht bin ich! All diese Kriege und Intrigen sind Unsinn. Euer Platz ist hier, bei mir, bitte, werft die Kleider ab, so schnell Ihr könnt.«

»Liebste, ich bin nicht gewaschen, nicht rasiert«, sagte ich.

»Desto besser, dann habe ich Euch im Naturzustand, als der Wilde, der Ihr, Gott sei Dank, im Herzen seid. Sagt, habt Ihr mich betrogen?«

»Madame, ich war Euch von Anfang bis Ende meiner Reise ehern treu.«

»Schwört Ihr das?«

»Ich schwöre es bei allen Heiligen, bei Eurem Haupt, bei meinem, bei dem von Emmanuel, Nicolas, Henriette und dem ganzen Gesinde.«

»Was für Umstände, Monsieur, und wie Ihr mit Eurem Entkleiden trödelt. Müßt Ihr denn jedes Band einzeln aufknüpfen? Ehrlich, wart Ihr mir treu?«

»Ich sagte es schon, Madame, und wiederhole es: ehern.«

»Und Ihr schwört es?«

»Ja, ich schwöre es.«

»Wißt Ihr, daß ich Euch meine Krallen ins Herz schlage, wenn Ihr lügt?«

»Madame, solltet Ihr Euch in meiner Abwesenheit in eine Tigerin verwandelt haben? Dann setze ich ja mein Leben aufs Spiel, wenn ich mich in Eure Nähe getraue.«

»Solltet Ihr, Monsieur, so feige geworden sein, daß Ihr Euch nicht in meine Nähe traut?«

»Das sei ferne!« rief ich, »eine Minute, und ich werde es Euch beweisen!«

Worauf ich zu ihr hinter die Vorhänge schlüpfte, und wahrhaftig, die folgenden Minuten waren für jede ernstliche Unterhaltung verloren.

Dann wollte ich Emmanuel sehen, der im Kabinett neben unserem Zimmer schlief. Honorée war bei ihm und machte mir bei meinem Eintreten eine tiefe Reverenz, halb aus Ehrerbietung und halb, denke ich, um mir zu versichern, daß ihre wunderreichen Quellhügel unvermindert sprudelten. Was ich auch sah und weshalb Catherine mich in die Hand kniff und mir mit zischender Stimme zuraunte: »Ihr laßt Euch doch durch diese Abnormitäten nicht beeindrucken?«

»Aber nein!« sagte ich heuchlerisch und nahm Emmanuel in meine Arme. Doch schien mein Gesicht, das er in der langen Zwischenzeit wohl vergessen hatte, ihm nicht zu gefallen, denn sofort streckte er seine Patschhand aus und zog mich am

Schnurrbart. »Was habe ich für eine Familie!« rief ich lachend, »der eine kneift mich, der andere zieht mich am Bart!«

Damit sollte aber die lange Siesta nicht zu Ende sein, ich legte Emmanuel wieder schlafen, dankte Honorée, ohne sie diesmal eingehender zu betrachten, und kehrte mit Catherine zurück in unser Bett, als wäre es ein Zauberschiff, das uns vor allen Stürmen außer unseren eigenen beschützte.

»Was sehe ich?« sagte Catherine, als ich erschöpft und schnaufend die Augen schloß. »Ihr wollt schlafen? An meiner Seite schlafen? Wo ich so viele Fragen an Euch habe!«

»Fragt, Liebste, fragt«, sagte ich seufzend, »ich werde antworten, so gut ich kann.«

»Ist es wahr, daß Ludwig in Lyon zwei Handbreit vom Tode war?«

»Es ist wahr.«

»Und daß ein Wunder ihn rettete?«

»Kein Wunder, sondern ein Abszeß, der aufgebrochen ist.«

»Ist es wahr, wie man vom Hof hört, daß man den Kardinal, wenn Ludwig gestorben wäre, exekutiert hätte?«

»Das ist leider sehr wahrscheinlich. Viele hatten seinen Tod geschworen: Epernon, La Rochefoucauld, Marillac.«

»Der Minister?«

»Nein, sein Bruder, der Marschall von Frankreich. Manch einer, wie Monsieur de Troisville, Leutnant der Musketiere, verkündete sogar, wenn er den Befehl erhielte, würde er es wie 1617 Monsieur de Vitry mit Concini machen und den Kardinal aus nächster Nähe niederschießen.«

»Wärt Ihr als einer seiner treuesten Diener etwa auch erschossen worden?« fragte Catherine mit bebender Stimme.

»Kaum. Wenn ein Großer verurteilt wird, tötet man nicht seine Diener. Schließlich war es ihre Pflicht, ihrem Herrn treu zu dienen.«

»Es wäre Euch also nichts geschehen?«

»Das ist nicht gewiß. Vielleicht hätte man mich vom Hof verbannt oder sogar aus Paris. Dann hätten wir in Orbieu leben müssen, und mir wären keine Missionen mehr anvertraut worden. Was mich wenig geschert hätte. Der spanischen Politik der Königinmutter und Gastons hätte ich sowieso nicht dienen wollen.«

Das Schweigen, das hierauf eintrat, deutete ich mir so, daß

es Catherine ziemlich grämen würde, aus Paris verbannt zu sein, daß sie dafür aber sehr erleichtert wäre hinsichtlich meiner häufigen Abwesenheiten. Andererseits wäre sie, auch wenn ich nicht viel zu Hofe ging, entzückt, wenn ich verbannt würde, weil der Hof für sie aus einem Heer hungriger Reifröcke bestand, die nichts anderes als die Hosen der Edelmänner im Sinn hatten.

»Seid Ihr sicher, daß man Euch nicht töten würde?« fragte sie.

»Doch, doch! Nicht nur, daß ich ja immer gut bewacht bin, würde man es auch nicht wagen, Hand an den Patensohn der Herzogin von Guise zu legen.«

»Noch eine Frage.«

»Die letzte?«

»Ich schwöre es bei meiner heiligen Namenspatronin! Wird die Kabale gegen den Kardinal weitergehen, wenn der Frieden in greifbare Nähe rückt?«

»Mehr denn je, meine Liebe, so widersinnig es ist! Denn diesen Köpfen geht jegliche Vernunft ab.«

ELFTES KAPITEL

»Schöne Leserin, auf ein Wort, bitte!«

»Wie denn, Monsieur? Jetzt sprechen Sie mich an? Das ist neu. Was für ein kurioser Rollentausch! Wo drückt Sie der Schuh?«

»Wenn ich sehe, Madame, wie eifrig Sie einen Band meiner Memoiren nach dem anderen lesen, wüßte ich doch zu gern, was Sie über Ludwig denken.«

»Ehrlich gesagt, nicht viel Gutes. Seine Abneigung gegen Frauen, der verspätete ›Vollzug‹ seiner Ehe, die Tatsache, daß er lieber mit seinen Favoriten lebte als mit seiner Gemahlin, sein verschlossener und schwieriger Charakter, all das hat ihn mir nicht eben liebenswert gemacht. Außerdem meinte ich, bei ihm einen Hang zur Bosheit zu erkennen, Sie sprachen davon, daß er die Leute, die er strafen wollte, ›tantalisierte‹, indem er sie durch Hinhalten glauben machte, sie könnten seinem Zorn entgehen. Ist das nicht etwas seltsam bei einem christlichsten König? Wie erklären Sie dieses Raffinement im Strafen?«

»Aus seiner Jugend, Madame, seiner durch seine Mutter und die Concinis unerträglich bedrückten Jugend. Damals lernte Ludwig warten, schweigen, nochmals warten und seinen Groll nähren, bis er mit sechzehn Jahren, nachdem er seine Anhänger sorgsam ausgewählt und mit Meisterhand ein Komplott geschmiedet hatte, überraschend und hart zuschlug. Die Concinis mußten sterben, seine Mutter in die Verbannung gehen. Und trotzdem heißt es bei den Hetzern vom Hof bis heute, er sei schwach, weich, ein Zauderer, eine Puppe in Richelieus Händen.«

»Wenn ich Sie recht verstehe, Monsieur, hat sich Ludwigs Gewohnheit, zu schweigen und die anderen hinzuhalten, mit der Zeit zu einer Regierungsmethode entwickelt. Er beschwichtigt seine Feinde durch Schweigen oder durch falsche Versprechen, und im gegebenen Moment, wenn sie schon glaubten, die Partie gewonnen zu haben, greift er durch. Demnach kann ich mich im folgenden wohl auf dramatische Dinge gefaßt machen?«

»In der Tat. Es handelt sich um nichts weniger als eine Palastrevolution, die ein Scherzbold vom Hof als ›la journée des dupes‹, den ›Tag der Geprellten‹, bezeichnet hat, ein so treffender Ausdruck, daß er in die Geschichte einging.«

»Und wer waren diese Geprellten?«

»Die Königinmutter, Marillac und einige andere.«

»Und wer war es, der sie prellte?«

»Wer wenn nicht der König?«

»Der König?«

»Ja, Madame, der König! Ludwig ist viel eher ein Machiavelli denn ein passives Werkzeug in Richelieus Händen.«

»Prellerei, Monsieur, ist aber kein sehr appetitliches Verfahren.«

»Gemach! Sie haben recht, wenn die Geprellten gute und ehrenwerte Leute sind. Handelt es sich jedoch um eine Kabale, die sich verräterisch und aufsässig gegen ihren König richtet, die das Vaterland schwächt und kein anderes Ziel hat, als einen großen Staatsdiener zu vernichten, damit man Frankreich zum Vasallen Spaniens machen und nun in ganz Europa eine blutige Bartholomäusnacht gegen die Protestanten veranstalten kann, dann, Madame, ist solch ein Mittel erlaubt.«

* * *

Der »Tag der Geprellten« war der zehnte oder elfte November. Auch hier vermag die Geschichte das Datum nicht exakt zu benennen. Und ich kann es ebensowenig, weil ich ein paar Tage in Orbieu war, wohin Monsieur de Saint-Clair mich gerufen hatte, damit ich mit eigenen Augen sähe, welche Schäden ein Brand in den Pferdeställen verursacht hatte. So erfuhr ich die Ereignisse denn, als ich kurz darauf nach Paris zurückkehrte, vom Domherrn Fogacer, der ja immer glänzend informiert war. Doch wie hätte es auch anders sein können, da er im Dienst des Nuntius Bagni und mithin des Papstes stand?

Im übrigen nahm Fogacer, wie sich der Leser erinnern wird, den Spionen des Kardinals die Beichte ab, aus deren profanem Teil ich den Honig gewann, mit dem ich den Kardinal fütterte.

Der erste Akt der »Geprellten« hatte sich, wie man sah, zu

Lyon abgespielt: Der genesende, aber noch schwache Ludwig empfängt an dem Bett, das beinahe sein Sterbebett geworden wäre, nacheinander die beiden Königinnen, die ihn mit der Frage bedrängen, ob er endlich nun den Kardinal entlassen werde. Er bejaht, oder vielmehr gibt er vor, es zu bejahen. Aber um Richelieu wegzuschicken, sagt er zu der einen, müsse er warten, bis der Frieden mit Spanien unterzeichnet sei. Um Richelieu loszuwerden, sagt er zu der anderen, müsse er erst wieder in Paris sein. Beide Königinnen nehmen diese ausweichenden Antworten für bare Münze und verlassen strahlend die Szene.

Der zweite Akt der »Geprellten« spielt sich zu Paris ab, im Petit-Luxembourg, wo die Königinmutter wohnt. Er wurde mir von Fogacer berichtet, der am frühen Morgen hört, daß die Königinmutter dem Hof habe mitteilen lassen, daß sie bis Mittag niemanden empfange außer dem König, weil sie am Tag zuvor Medizin genommen habe. Die Zocoli – denn sie ist die Überbringerin dieser Nachricht – teilt Fogacer noch eine zweite, verwunderlichere mit: Sobald der König in den Mauern der Königinmutter eintreffe, solle der Haushofmeister alle Türen des Palastes verriegeln. Die Zocoli setzt aber hinzu, daß sie für alle Fälle, sobald der Majordomus durch den Palast gegangen sei, heimlich den Riegel der Tür zur kleinen Kapelle wieder öffnen werde. Nachdem Fogacer der Zocoli Absolution erteilt hat, eilt sie, weil ich nicht erreichbar bin, zu Herrn von Guron, der flugs den Kardinal benachrichtigt.

Leser, nun stelle dir vor, wie der Kardinal die beunruhigenden Meldungen der Spionin aufnimmt, nach denen die Königinmutter den König am nächsten Tag einzuschließen gedenkt, um ihm die Leviten zu lesen. Erinnere dich bitte, daß ich sagte, alles bei Richelieu sei übergroß, die Empfindlichkeit wie das Genie. Um kleine Ursachen – wie den Nasenstüber, den der König ihm zu Nîmes versetzt hatte – erblaßt er, zittert, vergießt Tränen, doch das dauert nicht. Bald strafft sich Richelieu, wird wieder Herr seiner Seele und handelt nach reiflicher Überlegung mit gewohnter Energie.

Im Augenblick freilich fällt ihm jede Überlegung schwer, denn Vernunft und Erregung stoßen hart gegeneinander: Soll und darf er sich in das Vieraugengespräch der Königinmutter und des Königs einschalten? Materiell kann er es gewiß, die kleine Tür zur Kapelle wird dank der Zocoli offen sein. Aber darf er in ein privates Gespräch zwischen dem König und der Königin einbrechen? Zieht er damit nicht Ludwigs Bannstrahl auf sich?

Andererseits, wird die Königin, die so Geheimes vorhat, die Situation nicht nutzen, um dem König wilde Verleumdungen über Richelieu und seine Verwandten vorzutragen, wenn er nicht zugegen sein kann, um sich zu verteidigen? Schon am Tag zuvor hat sie alle seine Angehörigen entlassen, die Richelieu in verschiedenen Stellungen ihres Palastes untergebracht hatte, und sich besonders gegen Madame de Combalet erbittert, der sie so ausgefallene Pläne unterstellte, wie den Grafen von Soissons heiraten zu wollen, der, nachdem er den König und Gaston vergiftet hätte, König von Frankreich werden solle und die Combalet Königin von Frankreich.

Weiß Gott, wie dieser Unsinn sich im armen Hirn der Königinmutter hat einnisten können, doch nun glaubt sie dran wie ans Evangelium.

War es nicht schon sehr demütigend für Richelieu, daß der König in Lyon beiden Königinnen seine Entlassung zugesagt hat? Seit ihrer Rückkehr nach Paris haben sie die Neuigkeit rings um sich verbreitet und jedem erstbesten ausgeplappert, so daß besagte Entlassung jetzt beim ganzen Hof herum ist und jederzeit erwartet wird. Richelieu merkt es zu jeder Stunde, an jedem Ort, die Höflinge geben sich gegenüber dem Minister, als stünden »außerordentliche Veränderungen« unmittelbar bevor. Das »außerordentlich«, ein Ausdruck von Richelieu selbst, bedarf keiner Erläuterung. Richelieu ist niedergeschmettert.

Diese Entlassung disputieren die Königinmutter und der König also zur Stunde hinter verschlossenen Türen, und für Richelieu ist die Versuchung groß, sich einzumischen. Aber groß sind auch die Gefahren. Ludwig hält ehern auf die Etikette. Er verlangt von seiner Entourage beständigen und kleinlichen Respekt. Er duldet nicht, daß man in seiner Gegenwart zu laut spricht, und schon gar nicht, daß man zankt oder schreit oder ungehörige und vulgäre Wörter gebraucht.

Nachdem er die Gefahren sorgfältig erwogen hat, entschließt sich der Kardinal. Er überschreitet den Rubikon. Zweifellos wird sein Eindringen in ein Gespräch des Königs mit seiner Mutter bei Ludwig Empörung auslösen. Doch weiß Ludwig

Wesentliches von Unwesentlichem zu unterscheiden. Wird diese eine Verletzung der Etikette ihn vergessen lassen, welche immensen Dienste der Kardinal ihm so viele Jahre geleistet und für die Ludwig ihm auch ohne Knauserei Dankbarkeit und Zuneigung bezeugt hat? Was die Königinmutter betrifft, so ist vorauszusehen, daß sie gegen Richelieu auf ihre Weise mit Heftigkeiten, Beschimpfungen und Anklagen losbrechen wird, auf die er, demütig, ergeben und ehrerbietig, ohnehin nichts erwidern darf. Und wenn sie dann die Beherrschung verliert und mit schimpflichen Worten seine Entlassung fordert, um so besser: Ludwig erträgt Bevormundungen nicht.

Ich denke, der Kardinal wird, in makelloser Soutane wie stets, nicht ohne heftiges Herzklopfen durch die entriegelte Tür der kleinen Kapelle eingetreten sein. Als Oberaufseher des Hauses der Königinmutter kannte er jeden im Palast und gelangte ungehindert zu dem Salon, wo Mutter und Sohn sich im Gespräch befanden.

Der König ist allein gekommen, die Königinmutter hat nur zwei oder drei Kammerfrauen um sich, die aber in ihren Augen nicht existieren, womit sie sich sehr täuscht, denn eine davon ist die Zocoli, und ihr ist es zu verdanken, daß man erfahren hat, was an jenem Tag geschah, zumal sie als Frau eines Italieners das Kauderwelsch der Königinmutter sehr wohl verstand.

Als Richelieu den Salon betrat, wo die Begegnung statthatte, zeigte sich der König stark verärgert, daß der Kardinal sich ungerufen in sein Vieraugengespräch mit der Königinmutter einmischte. Weil er jedoch nicht wußte, daß sie befohlen hatte, alle Türen zu verriegeln, war er nicht weiter erstaunt, ihn zu sehen. Die Königinmutter hingegen war regelrecht sprachlos über dieses Erscheinen und mag sich in ihrer Einfalt gefragt haben, ob Richelieu etwa wie der Teufel die Kunst beherrsche, durch Mauern zu gehen.

Richelieu grüßte nacheinander mit tiefer Verneigung den König und die Königin, worauf ein längeres Schweigen eintrat. Der König wahrte, ohne einen Ton zu äußern, seine mißbilligende Miene, die Königin aber, hochrot im Gesicht, mit flammenden Augen, hochgehendem Busen, schien an dem Punkt, zu platzen.

»Ich bin fast sicher«, sagte in heiterem Ton Richelieu, »daß Eure Majestäten über mich gesprochen haben.«

Kann sein, die Königinmutter hätte diese Intervention besser ertragen, wenn Richelieu mit dem ernsten Pomp eines spanischen Ministers gesprochen hätte. Der lockere Ton aber, den er gebrauchte, brachte sie vollends aus der Fassung, so daß sie ihrem Zorn freien Lauf ließ – und ich kann es nur wiederholen, wer die Königinmutter nicht in Wut gesehen hat, der hat nichts gesehen.

Zuerst plusterte sie sich wie eine Gans, die zum Angriff startet, dann sprudelte sie los, dabei rang sie Arme und Hände, raufte sich die Haare, knüpfte sogar ihr Mieder auf, während sie eine Sturzflut von Wörtern erschallen ließ, der kein Mensch gewachsen war. Sogar Henri Quatre, dem doch ein Organ zu Gebote stand, sich einem ganzen Heer mitzuteilen, hat nie vermocht, seine Gemahlin zum Schweigen zu bringen, wenn sie einmal im Zuge war. Und während sie schrie und gestikulierte, geriet sie gleichzeitig in immer stärkere Erregung, dicke Schweißtropfen liefen ihr übers Gesicht und zogen häßliche Spuren in ihre Schminke.

»Ebbene, sì! Noi parliamo di te!«[1] schrie sie aus Leibeskräften.

»Madame, Ihr seid Königin von Frankreich«, sagte der König, »sprecht bitte Französisch und duzt nicht den Herrn Kardinal.«

Doch Ludwig begriff sofort, er hätte ebensogut versuchen können, einen Sturzbach mit einem Kiesel aufzuhalten.

»Ebbene sì! Noi parliamo di te come del più ingrato e più cattivo degli uomini!«[2]

»Madame, was tut Ihr?« sagte der König. »Ein Streit in meiner Gegenwart!«

»È vero tu mi devi tutto, miserabile! La tua situazione, il tuo potere, la tua fortuna. Io ti ho dato più di un milione d'oro!«[3]

»Madame«, sagte Ludwig, »es ziemt sich nicht, an die eigenen Wohltaten zu erinnern.«

»Aber was habe ich denn getan, Madame?« sagte mit bebender Stimme Richelieu, und Tränen rollten über seine Wangen.

1 (ital.) Jawohl! Wir sprechen von dir.

2 Jawohl! Wir sprechen von dir als dem undankbarsten und schlechtesten aller Menschen!

3 Es ist doch wahr, daß du mir alles verdankst, Elender! Deine Stellung, deine Macht, dein Vermögen. Über eine Million in Gold habe ich dir gegeben!

»Tu mi hai tradito! Traditore! Perfido! Furbo! Brigante!«[1]

»Aber Madame, Madame!« sagte der König. »Was macht Ihr? Was macht Ihr? Ihr streitet vor mir!«

»E tu vuoi maritare tua nipote al conte de Soissons, perfido!«[2]

»Madame«, sagte Ludwig, »das ist Küchenklatsch. Madame de Combalet kennt ihren Rang und hat nie an dergleichen gedacht!«

»Ebbene sì!« sagte die Königinmutter, indem sie sich an Richelieu wandte und noch einmal so laut schrie. *»Tu vuoi maritare tua nipote, miserabile, al conte de Soissons! Basterà allora che il Rè e Gastone per colpa tua siano avvelenati. Ecco Soissons Rè! E la Combalet regina!«*[3]

»Aber Madame«, sagte der König erschrocken, »wer hat Euch diese Heirat und diesen Doppelmord in den Kopf gesetzt? Das ist doch reiner Unfug!«

»Ma è vero!« brüllte die Königinmutter. *»Ecco Soissons Rè! E la Combalet regina! Quella femmina da nulla! E il peggio, è la più grande puttana del reame! Un rifiuto di donna!«*[4]

»Madame, Madame, was redet Ihr?« sagte der König. »Was tut Ihr? Ihr streitet, Ihr schreit in meiner Gegenwart ungehörige und anstößige Worte!«

Erschüttert, weinend fällt Richelieu vor der Königin auf die Knie, küßt den Saum ihres Kleides, versichert, wenn er sie gekränkt habe, so ohne es zu wollen. Er sei bereit, sich allem zu unterwerfen, was sie von ihm verlange, er werde sogar, um die Ehre der Königin zu decken, die Fehler anerkennen, die er nicht begangen habe, und wolle alles tun, was sie ihm zu befehlen beliebe. Kurz, er ist ganz Ehrerbietung, Unterwerfung und Demut. Aber er ist auch sehr geschickt: Weil er ihren heillosen Haß kennt, geht es gar nicht darum, die Königin zu besänftigen, vielmehr hofft er, den König durch seinen mustergültigen Gehorsam zu rühren.

1 Du hast mich verraten! Du Verräter! Schlitzohr! Betrüger! Räuber!

2 Und du willst deine Nichte mit dem Grafen von Soissons verheiraten, du Schlitzohr!

3 Aber ja! Du Elender willst deine Nichte mit dem Graf von Soissons verheiraten! Dann brauchst du den König und Gaston nur noch vergiften zu lassen, und Soissons ist König! Und die Combalet Königin!

4 Aber es ist wahr! Dann ist Soissons König! Und die Combalet Königin! Dieses armselige Frauenzimmer! Und das schlimmste, sie ist die größte Hure im Reich! Ein Dreckstück von Weib!

Die Königinmutter versteht selbstverständlich nichts von diesen Feinheiten. Sie sieht ihren Feind am Boden und will ihn vollends zertreten.

»Voi siete furbo, miserabile. Anche le vostre lacrime sono false! Voi sapete recitare bene la commedia! Ma non sono che smorfie!«[1]

Hierauf wendet sie sich an Ludwig und erklärt in gebieterischem Ton, daß er wählen solle zwischen ihr und diesem Diener und daß sie an keinem Großen Rat mehr teilnehmen werde, solange Richelieu dort sei. Auf dieses Ultimatum antwortet Ludwig mit keiner Silbe. Er bittet Richelieu, sich zurückzuziehen. Dann grüßt er die Königinmutter und nimmt Urlaub, er habe es sehr eilig, sagt er, nach Versailles zu kommen. Und mit großen Schritten verläßt er den Salon.

Im Hof des Luxembourg warten seine Karosse, seine Musketiere und – Richelieu. Ludwig eilt an seinem Minister vorüber, ohne ein Wort an ihn zu richten, ohne ihn überhaupt eines Blickes zu würdigen, besteigt seinen Wagen, gibt dem Kutscher das Zeichen, die Pferde ziehen an, die Königlichen Musketiere sitzen auf, und der Zug verläßt den gepflasterten Hof mit einem Höllenlärm, der Richelieu wie Totengeläut in den Ohren gellen muß.

Er ist nicht der einzige, der dem Aufbruch zusah. Die Fenster des Luxembourg sind mit Höflingen besetzt, die kaum so lange warten, bis Richelieu zu Fuß seine nahe Wohnung erreicht hat, um der Königinmutter freudevoll zu melden, daß der Verräter nun endlich in Ungnade ist.

In Wahrheit ist dies erst der zweite Akt der »Geprellten«, und indem Ludwig zu niemandem ein Wort sagt, Richelieu nicht eines Blickes würdigt, läßt er den Hof und mithin die Königinmutter in dem Glauben, daß sie triumphiert habe und Richelieu verloren sei. Warum er so handelt? Ganz klar. Was Richelieu betrifft, so ist die scheinbare Ungnade nur vorgetäuscht, um ihn für seine Einmischung in das Vieraugengespräch zu bestrafen. Es ist nichts anderes als ein weiterer, etwas grausamerer Nasenstüber, wie Ludwig sie dann und wann seinem treuesten Diener versetzt, um ihn daran zu erinnern, wer

1 Ihr seid ein Gauner, Elender! Sogar Eure Tränen sind falsch! Ihr versteht Euch aufs Komödiespielen! Alles Theater!

der König ist und daß man ihm den gehörigen Respekt schuldet.

Die Strafe ist hart, aber zeitlich begrenzt. Ludwig taucht seinen Minister in Höllenqualen, aber wenig später zieht er ihn heraus und schenkt ihm wieder seine Gnade.

Für die Königinmutter hingegen wird die Strafe erbarmungslos und ohne Ende sein. Doch gefällt es dem König in der Tat, sie zu »tantalisieren« und ihr vor den Demütigungen des Scheiterns die Wonnen des Triumphs zu gönnen. In Wahrheit ist er längst entschlossen, sich von den »Unzuträglichkeiten« der Königinmutter zu befreien, wie er sich in seinem maßvollen Stil ausdrückt. Und ihr scheinbarer Sieg hat noch einen anderen Vorteil. Er verleitet viele der Gegner, sich bloßzustellen, und die Lauscherinnen und Lauscher des Kardinals haben leichtes Spiel, sie zu identifizieren, ihre Reden und Pläne zu melden. Derweise kann die gesamte Kabale ohne die mindeste Duldsamkeit für deren Anführer zerschlagen werden.

In Versailles, fern vom Hof und von Paris, atmet Ludwig auf. Sein Sohn wird später dort dem Prunk huldigen. Er aber liebt die Einfachheit. Versailles ist damals noch ein Jagdhaus mit zwei, drei kaum möblierten Räumen. Es ist keine königliche Residenz. Nie werden der Große Rat noch die Minister und erst recht nicht der Hof dorthin eingeladen.

* * *

»Mein lieber Domherr, da Ihr hier zugegen wart, was geschah in Versailles zwischen Ludwig und Saint-Simon?«

»Nichts, was Saint-Simon nicht verraten hätte«, sagte Fogacer mit seinem langen, gewundenen Lächeln. »Aber er gab es nur hinter vorgehaltener Hand und sehr behutsam einigen wenigen zu verstehen, darunter mir, der ich, wie Ihr wißt, dem Nuntius Bagni diene.«

»Und was war das?«

»Ein Märchen, oder was meine Kirche eine apokryphe Geschichte nennt.«

»Was also?«

»Er behauptet, in Versailles angelangt, habe der König ihn gefragt, ob er seiner Meinung nach Richelieu entlassen solle. Darauf habe er für Richelieu gesprochen.«

Ich lachte laut auf.

»Da sehe einer«, rief ich, »wie dieser beschissene kleine Reitknecht dem Sieg nachträglich zu Hilfe eilt und sich eine Rolle beilegt, die er bestimmt niemals gespielt hat!«

»Ihr glaubt ihm nicht?«

»O doch!« sagte ich übertrieben eifrig. »Absolut!«

»Ich auch«, sagte Fogacer, »und der Nuntius Bagni ebenso. Denn nach Luynes hat Ludwig keinem seiner Favoriten mehr eine politische Rolle zugebilligt. Für mein Gefühl stand die Entscheidung des Königs schon fest, bevor er Versailles erreichte: Richelieu zu behalten und die Königinmutter fortzuschicken. Davon bin ich überzeugt, und ich denke, die Entscheidung fiel in dem Moment, als die Königinmutter zu Ludwig sagte, wenn er den Kardinal nicht entlasse, werde sie nicht mehr am Königlichen Rat teilnehmen. Mit anderen Worten, wenn er ihr nicht gehorche, lege sie den Staatsapparat lahm.

Ebensowenig glaube ich«, fuhr Fogacer fort, »daß Richelieu, in Paris allein seinen Höllenqualen überlassen, den Plan faßte, nach Pontoise zu fliehen und von dort nach Le Havre zu gehen, um sich in der Stadt, die ihm gehört, in Sicherheit zu bringen. Sein Freund, Kardinal de La Valette, will ihm hiervon abgeraten haben mit dem berühmt gewordenen Satz, der meines Erachtens ebenso apokryph ist: ›Wer das Vaterland verläßt, verliert es.‹«

»Die Geschichte kenne ich«, sagte ich. »La Valette erzählt sie des langen und breiten, indem er sich kräftig rühmt, aber auch ich bin überzeugt, daß sie falsch ist. Denn für den Kardinal hätte eine Flucht bedeutet, daß er die abseitigen, von der Königinmutter gegen ihn erhobenen Anklagen als wahr anerkannte. Vor allem aber – nach Le Havre zu fliehen, in die Stadt, die ihm gehört und wo er sich befestigen konnte, hätte Rebellion gegen den König bedeutet. Richelieu aber kannte sein Leben lang nur eine Pflicht, die in diesem Moment zu verleugnen Torheit gewesen wäre, nämlich auf die Befehle des Königs zu warten und, wenn diese kamen, ihnen zu gehorchen, wie immer sie lauteten. Aber, mein lieber Domherr – verzeiht meine Ungeduld –, wann rief Ludwig denn Richelieu nun zu sich?«

»Saint-Simon behauptet, daß er auf Befehl des Königs von Versailles aus einen ihm gehörigen Edelmann zu Richelieu geschickt habe.«

»›Einen ihm gehörigen Edelmann‹, daß ich nicht lache!« sagte ich. »So spricht ein Prinz. Wie er sich bläht, unser neugebackener kleiner Herzog!«

»Nun, ich denke«, sagte Fogacer, »daß Ludwig nicht bis Versailles, das heißt drei Stunden, gewartet hat, um den Kardinal den Höllenflammen zu entreißen, in die er ihn gestoßen hatte. Kaum über die Stadtgrenze hinaus, wird er einen Musketier zu Richelieu geschickt haben, damit der Kardinal unverzüglich zu ihm komme. Was an sich eine außerordentliche Ehre war, denn Versailles ist, wie Ihr wißt, Ludwigs kleines Refugium. Dorthin lädt er außer Graf von Soissons niemanden ein, und er logierte Richelieu auch in dem Zimmer, wo sonst Soissons schlief. Ach, mein lieber Siorac! Wie sehr wünschte ich in diesem Moment, ich hätte mich verdoppeln können, um gleichzeitig sowohl in Versailles als auch im Palais du Luxembourg zu sein und zu erfahren, was zur selben Zeit beim König und was bei der Königinmutter geschah. Jedoch tröstete ich mich schnell über diese Unmöglichkeit, denn im Luxembourg spielte sich eine Komödie ab, nicht ohne tragische Züge, die ich um nichts auf der Welt hätte verpassen mögen.

Durch die Tatsache, daß der König ohne Blick, ohne Wort an Richelieu vorübergegangen war, fest überzeugt, daß Richelieus Ende gekommen sei, verkündigt die Königinmutter dies öffentlich, und schon läuft die Nachricht von Mund zu Mund und wird am ganzen Hof mit grenzenloser Befriedigung aufgenommen.«

»Beim Auftritt Marillacs war ich bereits dabei«, sagte ich. »Scheinheilig fragte er den anwesenden Staatssekretär Bullion: ›Was gibt es? Ist etwas vorgefallen? Sagt mir, was geschehen ist!‹ Damit wollte er wohl dem Hof weismachen, daß er nichts von den Unternehmungen der Königinmutter wisse, die er ihr höchstwahrscheinlich doch selbst eingeflüstert hatte. Sofort nach seinem Eintritt bestätigt ihm die Königinmutter, welch glänzenden Sieg sie davongetragen hat, und verkündet auch gleich, er solle, sobald der Kardinal verschwunden ist, dessen Amt übernehmen. Marillac nimmt ohne Zögern an, obwohl die Klugheit ihm hätte raten müssen, das Wort des Königs abzuwarten, um sich als sein Erster Minister zu betrachten.

»Nach dem Gespräch mit Marillac ordnet die Königinmutter, die von ihrem Wutausbruch noch ganz aufgelöst ist, ihre

Kleider, läßt sich von ihren Kammerfrauen neu frisieren und schminken und streckt sich erschöpft, aber tief glücklich halb auf ihr Bett hin, den Rücken gegen das Kopfende des Himmelbetts gelehnt. Sie befiehlt ihrem Majordomus, die Türen ihres Gemachs zu öffnen. Sogleich strömt der Hof herein, der sich durch die Barrieren kaum im Zaum halten läßt. Dieser Menge entsteigt nun ein Konzert der Lobeserhebungen und Schmeicheleien für die Königinmutter. Sie schlürft sie in vollen Zügen. Sie genießt zugleich ihren Triumph und ihren Ruhm.«

»Ist es nicht unfaßlich«, fragte Fogacer, »daß sie so denken kann, da der König keinen Ton gesagt hat?«

»Für diese große Schreihälsin«, versetzte ich, »ist ein Schweigen eben bedeutungslos. Der König hat geschwiegen, also ist er einverstanden. Sie hat Richelieu verjagt, und in ihrem wirren, kindischen Kopf heißt das, sie hat die Macht zurückerobert und wird sie nun allein und unumschränkt wieder ausüben wie in der Zeit ihrer Regentschaft. Und schon verteilt sie, Marillac an ihrer Seite, glücklich und triumphierend Posten an ihre Favoriten. Ihr Gehirn ist so bestellt, daß sie vergißt, was sie vergessen will, und glaubt, was sie glauben will. Sie denkt nicht an das Jahr 1617, als der erst sechzehn Jahre alte König ohne Vorwarnung ihre beiden infamen Günstlinge exekutieren ließ und sie selbst in ihre Gemächer einsperrte, bevor er sie in die Verbannung schickte. Im süßen Rausch des ihr gespendeten Weihrauchs vergißt sie vor allem, daß der König der Gesalbte des Herrn ist und außer seiner Legitimität alle Instrumente der Macht in Händen hält: die gesetzgebenden Körperschaften, die Armee, den Staatsschatz. Mehr noch, sie vergißt, daß sie ihn nicht liebt, daß auch er sie nicht liebt, daß ihre Beziehungen lediglich Protokoll und Zeremonie sind und daß bei dem, was sie erwartet, kein Gefühl eine Rolle spielen wird.«

»Und wie war Euer Eindruck von ihr?« fragte Fogacer.

»Natürlich war die Verblendung der armen Königinmutter zu einigem Spott angetan«, sagte ich. »Seit seiner dramatischen Machtergreifung hat Ludwig einen täglichen Kampf gegen sie, gegen ihre Heftigkeiten und Verbohrtheiten geführt. Und da bildet sie sich nun ein, er werde ihr sein Szepter überlassen, nachdem sie ihn aufs neue tief verletzt hat, indem sie in seiner Gegenwart seinen Minister mit Beschimpfungen überschüttete. Trotzdem tat sie mir auch ein bißchen leid: Es war nicht ihre Schuld, daß sie so borniert war, ohne jede Kenntnis und Bildung, ohne das geringste Wissen, und immer von höfischen Filous und Speichelleckern umgeben und von Fanatikern beherrscht. Wenn sie wenigstens ein bißchen Herz hätte, um ihr Ungenügen wettzumachen, aber sie hat nie jemanden geliebt, nicht ihren Gemahl, nicht ihre Freunde, nicht einmal ihre Kinder, mit Ausnahme von Gaston, dem sie trotzdem jedesmal die Leviten las, wenn sie ihn sah.«

»Und obwohl sie während ihrer Regentschaft und danach soviel Unheil angerichtet hat, tat sie Euch leid?« meinte Fogacer zweifelnd.

»Für mein Gefühl war es, wenn man übers Lachen hinaus war«, sagte ich, »doch auch ein jämmerliches Schauspiel, wie die dicke alte Frau, halb auf ihr glanzvolles Lager hingegossen, den Weihrauch dieser Schwätzer und Zierpuppen vom Hofe schlürfte, die doch allesamt nicht mehr als ein Spatzenhirn haben. Sie erlebte einen herrlichen Traum und ahnte nicht, wie nahe der Tarpejische Felsen dem Capitol liegt.[1] Mein lieber Domherr, es ist wahrhaftig ein Jammer, daß der Herrgott Euch zu Euren liebenswerten Tugenden nicht auch noch die Gabe der Gleichzeitigkeit verliehen hat, sonst könntet Ihr mir jetzt noch erzählen, was sich in Versailles zutrug und wie Richelieu und der König einander begegnet sind.«

»Immerhin weiß ich Euch jemanden zu empfehlen, der Euren Wunsch befriedigen kann: Monsieur de Guron.«

»Guron? Wie kam der dorthin?«

»Richelieu nahm ihn mit nach Versailles.«

»Warum das?«

»Vielleicht bedurfte er bei diesem so überaus bedeutsamen Schritt seines Lebens einer freundschaftlichen Begleitung. Wie schade, daß Ihr, mein lieber Herzog, nicht in Paris wart, denn dann hätte er Euch mitgenommen.«

Kaum in meiner Karosse, gab ich dem Kutscher Befehl, zum Haus von Monsieur de Guron zu fahren, diesem treuen aller treuesten Diener von König und Kardinal.

»Monseigneur«, sagte Nicolas, »darf ich etwas fragen?«

1 Im alten Rom wurden die Generäle im Triumphzug zum Capitol geführt. Neben dem Capitol lag der Tarpejische Felsen, von dem man die zum Tode Verurteilten stürzte, und dieses Los konnte auch siegreiche Generäle treffen, wenn sie das Vertrauen der Republik verloren hatten.

»Du darfst.«
»Speisen wir bei Monsieur de Guron?«
»Nein. Wir laden ihn auf den Abend zum Souper zu uns ein.«
»In Anbetracht der Stunde, die es jetzt ist, und der Beredsamkeit von Monsieur de Guron steht zu fürchten, daß wir zu spät zum Mittagessen kommen.«
»Richtig.«
»Die Frau Herzogin wird ärgerlich sein und sich beunruhigen.«
»Kann sein.«
»Sie wird Euch womöglich Vorwürfe machen.«
»Holla! Die Frau Herzogin von Orbieu macht mir nie Vorwürfe. Höchstens ein paar Bemerkungen.«
»Meine Henriette mir aber auch.«
»Vermutlich, Nicolas.«
»Und was machen wir dann, Monseigneur?«
»Wir sind gegen unsere Gemahlinnen ganz Reue und Unterwerfung.«
»Aber warum?«
»Weil sie recht haben, Nicolas. Es ist sehr mißlich, das beste Essen der Welt bereiten zu lassen und es dann allein zu verspeisen.«
»Aber für meine Verspätung kann ich nichts. Ich gehorche nur meinem Herrn.«
»Und ich den meinen. Es ist höchst wichtig für mich, schnellstens zu wissen, was sich in Versailles zwischen Richelieu und dem König abgespielt hat.«
»Warum sagen wir der Frau Herzogin nicht diesen Grund?«
»Weil Entschuldigungen solcher Art eine Frau nicht besänftigen. Besser, ich verspreche ihr zum Ausgleich ganz ergebenst ein kleines Geschenk.«
»Gütiger Himmel, Monseigneur! Dann muß ich das auch tun.«
»Tu es, Nicolas! Darf man der armen Henriette ein Geschenk vorenthalten?«
»Es ist nur, Monseigneur, daß ich nicht das nötige Geld dafür habe.«
»Das übernehme ich.«
»Monseigneur, Ihr seid der beste Herr, den es gibt!«

»Ich tue für dich nur, was meine Herren für mich tun, und nur so, glaube ich, kann die Welt besser werden.«

Leser, da ich dir hiermit im voraus andeute, was Nicolas und mich bei unserer Heimkehr erwartete, überlasse ich es deinen ehelichen Erfahrungen, dir die Szenen auszumalen, und überspringe die Stunden, bis Monsieur de Guron zur Abendstunde an meiner festlichen Tafel erschien.

Als Vielfraß und Feinschmecker in einem erwies Monsieur de Guron dem Mahl große Ehre, das Catherine mit größter Sorgfalt komponiert hatte und für das der wortreiche Gast ihr nicht nur das Lob des Kenners zollte, sondern wovon er die Hälfte auch ganz allein verschlang.

Zu gern hätte Monsieur de Guron noch länger bei Tisch verweilt, um sich an Catherines und Henriettes Anblick zu weiden, doch zog ich ihn fort in mein Kabinett, begierig, seiner Erzählung zu lauschen.

»Die versöhnliche Begegnung des Königs und des Kardinals«, sagte er, »ereignete sich in zwei Akten, einem ersten im Beisein von Saint-Simon, dem Marquis de Mortimar, Monsieur de Beringhen und mir. Der zweite, zwischen dem König und Richelieu, fand ohne Zeugen statt, und ich wüßte darüber nichts, wenn Richelieu mir anderntags nicht das Wesentliche mitgeteilt hätte. Der erste Akt war Sentiment, der zweite Politik.«

»Der erste also.«

»Als Beringhen öffnete, trat Richelieu ein, indem er den König anblickte, als würde er von Gottvater in seinem Paradies empfangen; und er eilte, vor ihm niederzuknien. Ludwig hob ihn sogleich empor, faßte ihn bei den Schultern, drückte ihn an sich, und er hätte ihn auf beide Wangen geküßt, glaube ich, wenn sie von Tränen nicht so naß gewesen wären. Und auf Richelieus leidenschaftliche Dankesworte erwiderte er nüchtern, da er in ihm den besten und ergebensten Diener gefunden habe, sei er der Ansicht, daß es seine Pflicht sei, ihn zu beschützen. Wenn der Kardinal es an Dankbarkeit oder Respekt gegenüber der Königinmutter hätte fehlen lassen, würde er gewiß anders handeln. Doch sei das bei weitem nicht der Fall. Was die Königinmutter angehe, so sei sie durch die Lügen und Machenschaften höfischer Intriganten der Kabale ausgenutzt worden. Und, was immer sie künftig auch sagen und tun werde, gegen Intrigen werde er ihn, seinen besten und ergebensten Diener, immer verteidigen. Nun, mein lieber Herzog, was sagt Ihr dazu?«

»Daß der König Richelieu Gerechtigkeit erweist, ohne deshalb seine Mutter zu belasten. Womit er sich diplomatisch zeigt. Er will nicht als ›schlechter Sohn‹ dastehen, weder in Frankreich noch im Ausland. Was den zweiten Akt angeht, den vertraulichen zwischen dem König und Richelieu, so vermute ich, daß Richelieu Euch nicht ohne Grund davon erzählt hat.«

»Sicherlich nicht, mein lieber Herzog«, sagte Guron, »zumal er mir erlaubt oder, wenn Euch das lieber ist, empfohlen hat, es Euch weiterzusagen und, ohne jede Einschränkung, auch den Domherrn Fogacer einzuweihen, mithin den Nuntius und mithin den Papst.«

»Daran sieht man, wer den König die subtilen Umwege der Diplomatie gelehrt hat. Mein lieber Guron, ich bin ganz Ohr.«

»Nun, nachdem die Zeugen sich entfernt hatten, wiederholte Richelieu dem König, wie unendlich dankbar er Seiner Majestät sei, daß Sie ihn vor seinen Feinden beschütze. Nachdem er das Problem aber in seinem Geist gedreht und gewendet habe, denke er, er tue am besten daran, sich jetzt von den Geschäften zurückzuziehen. Denn auch wenn er die Königinmutter überaus ehre und niemals die Absicht gehegt habe, ihr zu schaden, sei er sich doch klar darüber, daß sie auf immer unversöhnlich sei. Es sei also leider vorauszusehen, daß diese Aversion ständig unlösbare Schwierigkeiten hervorrufen werde. Immer wieder würde er der Undankbarkeit, der Tyrannei, der Willkür geziehen werden, und unter solchen Bedingungen hätte er nicht mehr die notwendige Autorität, seine Aufgabe gut zu erfüllen. Er verehre sie unendlich, doch dürfe es nicht sein, daß er ungewollt die Ursache andauernder Zwistigkeiten zwischen der Königinmutter und ihrem Sohn werde, darum wolle er lieber gehen und sich in der Einsamkeit seines Landsitzes verschließen. Nun, mein lieber Herzog, was haltet Ihr von dieser schönen Auslassung?«

»Einerseits, daß sein Blick in die Zukunft alle Aussichten hat, sich zu bewahrheiten: So starrsinnig, wie die Königinmutter ist, wird sie nicht versäumen, sich tagtäglich neu gegen ihn zu erbittern. Andererseits bietet sich dem König unter dieser Voraussicht eine neue Wahl. Die Königinmutter hat Seiner Majestät in ihrer groben und vulgären Art ein Ultimatum gestellt: entweder Richelieu oder ich. Sehr viel liebevoller und feiner, doch allein dadurch, daß er dem König seine Demission anbietet, schlägt Richelieu Schritt für Schritt, natürlich unausgesprochen, aber doch deutlich, die Alternative vor: Früher oder später wird Eure Majestät zwischen der Königin und mir wählen müssen. Interessant wäre nun zu wissen, was der König geantwortet hat.«

»Seine Antwort war klug und klar. Einerseits lehnte er Richelieus Demission entschieden ab: Der Kardinal müsse das Ruder der Geschäfte in der Hand behalten, das sei ein unwiderruflicher Befehl. Dann erklärte er, daß er seine Mutter respektiere, daß er aber ›mehr seinem Staat als seiner Mutter verpflichtet sei‹. Schließlich sagte er – ein Satz, der mich durch seine Anspielungen ziemlich saftig dünkte –, ›wenn die Königinmutter imstande wäre, ihm beim Regieren mit weisem Rat zu helfen, wäre er glücklich, sich ihrer Hilfe zu bedienen. Doch leider! (ein Seufzer) leider könne sie das nicht!‹ Im übrigen, fuhr er fort, handle es sich nicht um die Königinmutter, sondern um die höfische Kabale (ein Wort, das Ludwig nie ohne Zähneknirschen aussprach). ›Die Kabale ist es, die diesen Sturm angefacht hat. Und an die Kabale werde ich mich halten!‹«

Und wirklich, gleich am nächsten Morgen, ohne jemanden zu konsultieren, nicht einmal Richelieu, griff der König durch. Sein Vorgehen war methodisch, rasch und unnachgiebig. Bei den Hetzern, die bislang nur von der »Schwäche und Weichlichkeit« des Königs gesprochen hatten, war das Staunen groß, und die Tränen und das Zähneknirschen fanden kein Ende. Was die Königinmutter anging, wurde sie, vorerst jedenfalls, nicht angetastet. Doch sowie der Hof erfuhr, daß der König Richelieu nach Versailles gerufen habe, stand das Luxembourg auf einen Schlag verödet, und die Königinmutter sah sich verzweifelt allein. Ohne daß es ihr im mindesten bewußt wurde, hatte ihre wütende Attacke auf Richelieu ihr selbst geschadet. Sie schob ihre Niederlage natürlich jenem Riegel zu, den man, wie sie glaubte, vergessen hatte zu schließen. Sie verwechselte »Ursache« und Wirkung, ohne zu bedenken, daß die Ursache eine ganz andere Wirkung hätte zeitigen können, zum Beispiel, wenn sie Richelieu nicht so zügellos angegriffen hätte.

ZWÖLFTES KAPITEL

Im Gegensatz zu allem, was die bösen Mäuler am Hof zu schwatzen wußten – und was seitdem zur Genüge wiedergekäut wurde –, war es nicht »der rote Mann«, wie sie den Kardinal einfallslos und gehässig nannten, der die unnachgiebige Unterdrückung der Kabale vornahm und ausführte. Es war der König, und der König allein. Obwohl Richelieu die Strafmaßnahmen billigte, inspirierte er sie in keiner Weise und legte nicht Hand mit an. Womit er große Mäßigung und Zurückhaltung bewies, denn das Ziel des Komplotts war immerhin seine Verbannung gewesen und sehr wahrscheinlich sein Tod.

Der erste, den es traf, war der Siegelbewahrer Marillac, denn Ludwig hielt ihn für den Hauptschuldigen an den Hetzkampagnen; lange genug hatte er gegen die antispanische Politik des Königs und Richelieus seinen zugleich offenen und versteckten Krieg geführt.

Leser, um dir Marillacs Schicksal zu erzählen, laß mich einige Stunden zurückgreifen. Nach seinem warmherzigen Gespräch mit Richelieu schickte der König Reiter an seine Staatssekretäre mit der Aufforderung, nach Versailles zur Beratung zu kommen: was bis dahin bekanntlich nie vorgekommen war.

Um es kurz zu machen, hier die Staatssekretäre, die nach Versailles befohlen wurden: La Ville-aux-Clercs, Bullion, Bouthillier und Marillac. Leser, Sie lesen richtig: Marillac! Nun, Marillac wußte in diesem Moment noch ebensowenig wie die Königinmutter, daß Richelieu inzwischen nach Versailles gerufen worden war. Sie wußten nur von der extremen Kälte, die der König Richelieu bei seinem Aufbruch vom Luxembourg bezeigt hatte. Und sie schlossen daraus, daß der König die Staatssekretäre nur nach Versailles bestellte, um Richelieu zu entlassen und statt seiner Marillac zu ernennen.

Hoffnung hat das Verführerische und Gefährliche, daß sie eine bloße Wunschvorstellung zu einer gesicherten Wahrheit machen kann. Vor seinem Aufbruch nach Versailles ging Marillac und holte von zu Hause die Siegel. Tränen in den Augen, erzählte sein Kaplan mir später, wie er den Kasten mit den Siegeln geöffnet und sie lange betrachtet habe, so als nehme er, da er nun zum Ersten Minister berufen würde, von ihnen Abschied. Alle vier lagen sie da: das große königliche Siegel samt seinem Kontersiegel, das Siegel des Dauphins und dessen Kontersiegel. Freilich war der Dauphin noch nicht geboren, doch seine beiden Siegel erwarteten ihn schon, untrennbar von denen seines Vaters.

Von diesem Kasten verwahrte allein der Siegelbewahrer den einzigen Schlüssel, den er brauchgemäß, ohne ihn jemals abzulegen, an einer goldenen Kette um den Hals trug. Dieser Schlüssel war für den Siegelbewahrer, was Stab und Mitra für einen Bischof sind. Er bezeichnete zugleich sein Amt und seine Würde.

Und wenn das Wort Würde auf einen Offizier des Königs zutraf, dann unbedingt auf Monsieur de Marillac. Groß, hager, schwarz gewandet, mit tiefliegenden, blitzenden Augen und Adlernase, mit dünnen Lippen, langem Kinn, sparsamen Gesten bot er bei jeder Gelegenheit eine geradezu olympische Erscheinung und sprach mit gebieterischer Stimme, als kenne er keinen Irrtum, war er durch seine lebenslange, tiefe Frömmigkeit doch der göttlichen Erleuchtung teilhaftig.

Er wohnte in Paris in der Rue de Tournon, wo ich zwei- oder dreimal war zu der Zeit, als Marillac und Richelieu sich – ohne viel Erfolg – um eine Annäherung bemühten. Sein Haus war weder geräumig noch warm, noch gut möbliert. Auch schien sein Gesinde sich auf ein Minimum zu begrenzen: ein Kaplan, ein Kutscher, ein Koch und zwei Diener. Keine Spur von einer Kammerjungfer, und man weiß, warum … Dennoch, auch wenn für Monsieur de Marillac das Fleisch nur Sünde hieß und der Leib eine Hülle war, die ein guter Christ abzuwerfen sich bestreben mußte, um endlich als reine, unsterbliche Seele zu erstehen, war er weiblichen Reizen nicht so abhold, daß er sich nicht verheiratet und, Witwer geworden, aufs neue geheiratet hätte.

Sein karg bestelltes Hauswesen hatte die bösen Mäuler am Hof zu behaupten veranlaßt, Marillac sei ein Knicker und Knauser. Gerechterweise muß man aber sagen, daß Marillacs Börse karg gefüllt war. Der integre Minister hatte sich durch seine Ämter nicht bereichert. Und zweimal mit Frauen ohne Vermögen verheiratet, blieben ihm zum Leben nur seine Bezüge als Staatssekretär und als Königlicher Rat. Auch zusammengenommen, ergab das keinen Reichtum. Was für die anderen Staatssekretäre nur ein Zubrot war, war für Marillac die einzige Einnahmequelle. Kein Grundbesitz, keine Weinberge, kein Landhaus. Sein ganzer Besitz war das Haus in der Rue de Tournon.

Bitterkalt war es an jenem Novemberabend 1630. Auf der Straße draußen warteten Kutsche, Kutscher und Pferde zu langer Fahrt auf den gefrorenen Wegen nach Versailles. Ehe er das Haus verließ, streifte Marillac seine dicken Pelzhandschuhe über, da klopfte es, was ihn angesichts der späten Stunde verwunderte. Herein trat sein Kollege, der Staatssekretär Monsieur de La Ville-aux-Clercs, der mir später erzählte, anstatt zu tun, was ihm befohlen war, habe er sich tausend Meilen weit weg gewünscht.

»Monsieur«, sagte er, bemüht, seine Stimme zu festigen, »der König hat mich beauftragt, Euch diesen Brief persönlich zu überbringen.«

Er überreichte Marillac besagtes Sendschreiben, als verbrenne es ihm die Finger. Von Vorgefühlen erfaßt, öffnete Marillac das Schreiben mit zitternden Händen. Und er las:

Monsieur,
mit Erhalt dieses Briefes, habt Ihr Euch nach Gratigny zu begeben, in Begleitung von Monsieur de La Ville-aux-Clercs, der Euch den Ort, der Euch erwartet, weisen und Euch in den Morgenstunden neue Instruktionen davon geben wird.

Ludwig

»Monsieur«, sagte Marillac, sobald seine Stimme wieder vernehmlich wurde, »bitte, nehmt Platz!«

La Ville-aux-Clercs setzte sich, nicht weil er das Bedürfnis hatte, sondern weil Marillacs Blässe ihm sagte, daß dessen Beine ihn nicht mehr trügen. Auch verlangte er nach einem Glas Wasser, nicht weil ihn dürstete, vielmehr schien ihm, daß Marillac die Stärkung nötig habe.

Und tatsächlich, als der Diener eine Karaffe und zwei Gläser brachte, leerte Marillac das seine auf einen Zug.

»Monsieur«, sagte er dann, »ich nehme an, daß Ihr mir, wenn Ihr mir morgen weitere Instruktionen geben sollt, heute abend nichts sagen könnt.«

»In der Tat, Monsieur, ich darf es nicht«, sagte La Ville-aux-Clercs.

»Darf ich trotzdem eine Frage stellen?«

»Gern, sofern es nicht eine ist, die ich nicht beantworten darf.«

»Und wenn es eine solche ist?«

»Dann würde ich Euch bitten, Monsieur, mir mein Schweigen verzeihen zu wollen.«

»Monsieur«, fuhr Marillac mit schwacher Stimme fort, »ist der Herr Kardinal von Richelieu in Versailles beim König?«

»Er ist dort«, sagte La Ville-aux-Clercs.

Hierauf folgte ein langes Schweigen.

»Monsieur«, sagte endlich Marillac, »erlaubt Ihr, daß ich mich einige Augenblicke zurückziehe?«

La Ville-aux-Clercs bejahte es, und Marillac verließ wankenden Schrittes den Raum. Er holte aus seiner Schlafkammer einen Beutel mit Talern und ging in seine kleine Kapelle.

»Mein Vater«, sagte er zu seinem Kaplan, »wollt Ihr an meiner Statt den Koch und den Zweiten Diener entlassen? Der Erste Diener soll bleiben und das Haus hüten, bis ich es verkaufe. Wollt Ihr bitte den Leuten auch ihren Lohn auszahlen?« setzte er hinzu, indem er ihm den Beutel übergab.

»Ich tue alles, was Ihr verlangt, Monsieur«, sagte der Kaplan, »aber was ist denn, Monsieur? Seid Ihr krank?«

»Der König verbannt mich.«

»Gütiger Gott!« sagte der Kaplan und setzte hinzu: »Monsieur, darf ich Euch in die Verbannung begleiten, um Euch weiter die Tröstungen unseres heiligen Glaubens zu spenden?«

»Von Herzen gern«, sagte Marillac, »ich wäre glücklich darüber, wenn nur der König es erlaubt. Wollt Ihr erst einmal tun, um was ich Euch bat? Unser Aufbruch ist nahe.«

Der Kaplan ging, schwach und wankend schleppte sich Marillac zu seinem Betpult, kniete nieder und betete, das Gesicht in den Händen.

Er war siebenundsechzig Jahre alt und gebrechlich. Leere war um ihn. Er hatte seine zweite Frau verloren. Sein ältester Sohn war bei der Belagerung von Montauban am Fieber gestorben. Seinen jüngsten, der Franziskaner war, sah er selten und seine Tochter nie, denn sie war im Carmel. Er fühlte sich grausam allein in der Welt.

Die Kutsche von Monsieur de Marillac folgte auf dem Weg nach Glatigny derjenigen von La Ville-aux-Clercs und wurde selbst von zehn Bogenschützen zu Pferde begleitet, die ihn zugleich schützten und bewachten.

Um ein Uhr in der Nacht erreichte Marillac Glatigny und das angewiesene Quartier. Auf der Schwelle seines Gemachs fragte Marillac, ob er La Ville-aux-Clercs den Kasten mit den Siegeln und den Schlüssel an seinem Hals jetzt gleich übergeben solle. La Ville-aux-Clercs, der verstand, welche Gefühle sich hinter dieser Frage verbargen, antwortete, die Übergabe könne ohne weiteres bis zum Morgen warten.

So verbrachte Marillac denn die letzte Nacht in Gesellschaft der königlichen Siegel, und nachdem er vermutlich wenig und schlecht geschlafen hatte, weckte er seinen Kaplan, damit er ihm in der Hauskapelle die Messe lese.

Durch einen merkwürdigen Zufall begann der Meßtext mit den Worten: »Jene, die um der göttlichen Wahrheit willen leiden, empfehlen ihre Seele dem Schöpfer.« Kaum hatte Marillac die tröstliche Botschaft des Herrn vernommen, als eine Hand sich auf seine Schulter legte, nur leicht in Wahrheit, und doch dünkte sie ihn schwer.

»Mein Freund«, sagte La Ville-aux-Clercs, »es ist Zeit, zu unserem Bestimmungsort aufzubrechen.«

»Monsieur«, sagte Marillac, »wollt Ihr erlauben, daß wir die Messe zu Ende hören?«

»Selbstverständlich«, sagte La Ville-aux-Clercs, etwas beschämt wegen seiner Ungeduld.

In Wahrheit aber ging ihm der Auftrag, den er da erfüllte, so zu Herzen, daß er ihn baldmöglichst hinter sich bringen wollte.

Nach beendeter Messe und in Gegenwart des Kaplans und des Leutnants, der die Wachen befehligte, übergab Marillac den Kasten mit den Siegeln und den einzigen Schlüssel dazu an La Ville-aux-Clercs.

Nun begann eine lange Reise, die Marillac nach Châteaudun führte, wo er im Schloß eingesperrt und Tag und Nacht von Bewaffneten bewacht wurde, sogar – was ihn sehr demütigte – wenn er seine Notdurft verrichtete. Für alles hatte er selbst aufzukommen, auch für die Ernährung seiner Bewacher. Weil er aber weder Siegelbewahrer noch Königlicher Rat mehr war, erhielt er keine Bezüge mehr. Seine magere Barschaft war in kurzem erschöpft, und er sah sich gezwungen, auf sein Pariser Haus zu borgen, bis er es verkaufen konnte. Um seinem Leben einen Sinn zu geben, beschäftigte sich Monsieur de Marillac mit einer Übersetzung der Psalmen. Es half ihm wenig. Nach knapp zwei Jahren, 1632, starb er, und mehr an seiner Ungnade, sagt sein Kaplan, als an einer Krankheit.

* * *

Erlaube mir, Leser, nach Versailles zurückzukehren: Der Große Königliche Rat ernannte auf Vorschlag des Königs Monsieur de Châteauneuf zum Siegelbewahrer und Monsieur Le Jay zum Ersten Präsidenten des Pariser Gerichtshofes. Beide waren Freunde Richelieus, so daß er nun ruhiger schlafen konnte. Sobald die Sitzung geschlossen war, eilte ich nach Paris und fand Catherine in Unruhe über mein langes Ausbleiben. Sie stellte mir Frage um Frage nach Monsieur de Marillac, die ich ihr freilich erst Tage später beantworten konnte, nachdem ich La Ville-aux-Clercs gesprochen hatte, der von dem ihm befohlenen Auftrag noch ganz bewegt war.

»Armer Marillac!« sagte Catherine, »so hoch gestiegen und so tief gefallen!«

»Meine Liebe, vergeßt nur bitte nicht, wieviel Übles Marillac gegen Richelieu ins Werk gesetzt hat, er war nun einmal der denkende Kopf des ganzen Klüngels, und im Fall seines Sieges hätte er Frankreich zum Vasallen Spaniens gemacht.«

»Ihr habt recht, trotzdem tut er mir leid. Und gleichzeitig verwünsche ich diese Erzfrömmler, die wie er nur darauf aus sind, die Protestanten, die unter uns leben, mit Feuer und Schwert zu bedrohen. Und was ich bei Marillac überhaupt nicht verstehe, ist, wie ein Mann seines Formats den Einfluß der Königinmutter auf den König dermaßen überschätzen konnte? Und wie er den König so unterschätzen konnte, daß er sich einbildete, Ludwig werde einen großen Staatsdiener einer Mutter opfern, für die er doch von Kind auf weder Liebe noch Achtung hatte?«

»Ja, das bleibt ein Rätsel, meine Liebe, und es hat zwei Väter: Fanatismus und Ehrgeiz. Beide sind von Natur aus blind.«

»Wißt Ihr«, sagte Catherine, »mir tut aber auch La Ville-aux-Clercs sehr leid, daß er einen so traurigen Auftrag erfüllen mußte, zumal er mir den Eindruck machte, als ich ihm bei Marschall Schomberg begegnete, daß er um eine tote Lerche weinen würde.«

»Wenn er Euch so leid tut, meine Liebe, könnt Ihr ihn gleich doppelt beklagen. Denn kaum nach Versailles zurückgekehrt, erhielt er von Ludwig Befehl, unverzüglich wieder nach Paris zu eilen und nun der Königinmutter die Ungnade ihres Favoriten zu verkünden. Und nach allem, was ich hörte, gingen ihm die Worte nur darum flüssig von den Lippen, weil sie vom König im voraus festgelegt worden waren.«

»Harte Worte?«

»Urteilt selbst. Bei der hohen und hochmütigen Dame vorgelassen, grüßte La Ville-aux-Clercs ehrerbietig die Königinmutter, die noch immer halb auf ihrem Bett hingegossen lag inmitten der Menge ihrer Speichellecker, die zu diesem Zeitpunkt noch nicht wußten, was sich in Versailles zugetragen hatte.

›Madame‹, sagte La Ville-aux-Clercs, ›ich habe Euch eine Botschaft vom König, Eurem Sohn, zu übermitteln.‹

›Ich höre‹, sagte die Königinmutter in herablassendem und unwirschem Ton, so als flöße ihr alles von jener Seite Kommende nichts als Mißtrauen und Verachtung ein.

›Seine Majestät‹, sagte La Ville-aux-Clercs, ›hält dafür, daß der Siegelbewahrer die Grenzen überschritten hat, indem er Eurer Majestät seinem Dienst widersprechende Meinungen einflößte.‹

›Monsieur, was soll dieses Kauderwelsch heißen?‹ fragte die Königinmutter.

›Es soll heißen, Madame, der König ist der Ansicht, daß der Siegelbewahrer sehr übel daran tat, Euch so feindliche Gefühle gegen den Kardinal einzuflüstern, daß Eure Majestät schließlich den König um seine Entlassung ersucht hat.‹

›Und das war wohlgetan!‹ schrie die Königinmutter, der die Höflinge sogleich murmelnd beistimmten.

›Es sieht aber doch nicht so aus, Madame‹, sagte La Ville-aux-Clercs mit engelhafter Sanftmut, ›denn soeben hat der König Monsieur de Marillac abberufen und in ein scharf bewachtes Schloß eingesperrt.‹

›Was soll das? Was soll das?‹ stieß die Königin in einer Mischung aus Zorn und Furcht hervor. ›Ist das wieder eine *bugia*[1]?‹

›Nein, Madame! Das ist gesicherte Wahrheit.‹

›*Maggiordomo!*‹ rief die Königinmutter voller Wut. ›*La mia*

1 Lüge.

carrozza! Subito! Diener, Kutscher, spannt meine Pferde an! *Subito! Subito!* Ich muß nach Versailles.‹

›Fahren wir alle nach Versailles!‹ rief da ein Höfling, ›und holen wir Richelieu mit Gewalt heraus!‹

›Monsieur‹, entgegnete ihm La Ville-aux-Clercs in festem Ton, ›erlaubt, Euch zu sagen, daß Eure Worte zumindest unbesonnen sind. Außer daß sie nach Rebellion klingen, sind sie auch ganz unvernünftig. Der König wird in Versailles von seinen Musketieren und zwei Eliteregimentern bewacht. Glaubt Ihr, diese Herren lassen es zu, daß Ihr gegen den Ersten Minister des Königs Gewalt anwendet?‹

›Aber ich!‹ schrie die Königinmutter, fester denn je entschlossen, ›ihre Pferde anzuspannen‹, ein Wort, das am Hof berühmt wurde, als die Dame all ihre Macht verloren hatte. ›Aber ich fahre! Ich fahre nach Versailles! Und ich fahre allein. Ich will mit dem König sola a solo sprechen! Dann werden wir ja sehen, ob er mir nicht Rechenschaft schuldet!‹

›Madame‹, sagte La Ville-aux-Clercs, ›es wäre sehr ärgerlich für den Respekt, den man Euch in diesem Reich schuldet, wenn Ihr nach Versailles führet, ohne eingeladen zu sein, und der König Euch gar nicht empfänge. Übrigens wird er wahrscheinlich bereits abgefahren sein, wenn Ihr dort eintrefft.‹

Dies war nun, wie die Königin gesagt hätte, eine *bugia pietosa*[1], wie Monsieur de La Ville-aux-Clercs mir nachher gestand, deren augenblickliche Wirkung aber durchaus wohltuend war.

›Dann fahre ich nicht!‹ sagte die Königin genauso entschlossen, wie sie eine Minute früher trompetet hatte, sie fahre. ›Dann warte ich hier, daß der König kommt und sich dafür entschuldigt, meine Worte in den Wind geschlagen zu haben!‹

›Diese Szene‹, sagte La Ville-aux-Clercs, als er mir das Ganze erzählte, ›erschien mir um so peinlicher, als ich bemerken konnte, wie das Heer der Schmeichler, das die Bettstatt der Königin umgab, in dem Maße, wie die Wahrheit über Marillacs Ungnade bekannt wurde, sich nach und nach verkrümelte, so daß am Ende nur noch ein Dutzend übrig war – die getreuesten, oder einfach die dümmsten.‹«

* * *

1 Fromme Lüge.

Ich will dir nicht verhehlen, Leser, daß ich dir nur mit einigem Unbehagen vom Fortgang der schrecklichen Strafmaßnahmen erzähle, die der König über die Teilnehmer an der Kabale verhängte. Wenigstens ein Fall bereitete mir Kummer.

Ich meine den Bruder des Siegelbewahrers, Marschall Louis de Marillac, Generalissimus der Italienarmee, der sich derzeit im Feldlager von Foglizzo befand und Auftrag hatte, Casale zu entsetzen.

Es ist wahr, daß Louis de Marillac die Antipathie, um nicht zu sagen den Haß, teilte, den sein Halbbruder, der Siegelbewahrer, für den Kardinal hegte. Und weil er ein unbesonnener, streitlustiger und großmäuliger Mensch war, der zuwenig dachte und zuviel sprach, verstieg er sich eines Tages in Gesellschaft des Herzogs von Guise und Bassompierres zu der Äußerung, wenn er den Befehl erhielte, würde er, wie es Vitry im Jahr 1617 mit Concini gemachte habe, dem Kardinal mit einem Schuß den Schädel zertrümmern.

Weil diese Worte in den Gemächern der Königinmutter fielen, die sie mit Wonne vernahm, entgingen sie auch den hübschen Ohren der Zocoli nicht. Sie gelangten auf den gebräuchlichen Wegen über Fogacer zu mir, der ich sie dem König weitersagte, der diese unbedacht dahingeredeten, aber doch bedrohlichen Worte in einem Winkel seines Gedächtnisses verwahrte, um sich ihrer bei gegebenem Anlaß zu erinnern.

Dieser Anlaß ergab sich, als der König, nachdem er in dem denkwürdigen Rat zu Versailles beschlossen hatte, Michel de Marillac zu verbannen, sich besann, daß diese Maßnahme seinen Halbbruder erbittern könnte, der als Generalissimus der Italienarmee über dreißigtausend Mann gebot. Es stand also zu fürchten, daß der Marschall aus Entrüstung über das Los seines Bruders an Rache denken und in seinem geringen Verstand zur offenen Rebellion gegen den König übergehen werde. Zwar hatte er in Italien die Marschälle Schomberg und La Force zur Seite, beide ehern königstreu, doch konnte er sich ihrem Einfluß entziehen und die ihm direkt unterstellten sechstausend Mann nach Paris zurückführen, Schaden anrichten und damit der Kabale zu neuer Hoffnung verhelfen.

So wurde denn beschlossen, den Kabinettsboten Lépine zu Marschall Schomberg ins Feldlager Foglizzo mit einem Brief des Königs zu entsenden, der ihm befahl, Marschall Louis de

Marillac auf der Stelle zu verhaften und unter angemessener Eskorte nach Paris zu bringen.

Dieser Lépine muß ein verdammt guter Reiter gewesen sein, galt es doch, Foglizzo um jeden Preis noch vor der Post zu erreichen. Ein einziger Brief, der vorher von Paris bei Louis de Marillac einträfe, konnte Feuer ans Pulverfaß legen. Lépine dürfte mehrere Pferde zuschanden geritten haben, denn er traf am einundzwanzigsten November vor Mittag in Foglizzo ein. Und was nun geschah und was, wie man ahnen wird, höchst dramatisch war, erfuhr ich von meinem guten und unwandelbaren Freund, Marschall Schomberg, der mir alles genau erzählte, indem er hinzufügte, dies sei der schmerzlichste Tag seines ganzen Soldatenlebens gewesen.

Meine schöne Leserin hat sicherlich nicht vergessen, daß Schomberg als der treueste Ehemann Frankreichs galt, und die Damen des Reiches, auch meine, hielten ihn ihren Männern als leuchtendes Beispiel vor. Dazu besaß er sämtliche Vorzüge, welche die heiligen Bücher uns anempfehlen, ohne daß er darum, was ja das Ganze verdorben hätte, auch nur einmal der Sünde des Stolzes verfiel. Kurzum, er wäre uns allen in Hof und Stadt ein Vorbild gewesen, wenn seine Vollkommenheit uns nicht von vornherein entmutigt hätte.

Bei so vielen beneidenswerten Tugenden besaß Schomberg selbstredend auch die allerseltenste, nämlich Dankbarkeit. Und wie man sich vielleicht entsinnen wird, hatte er mich vor Jahren in sein dankbares Herz geschlossen, weil ich beim König für ihn eingetreten war – was immer gefährlich sein konnte –, auf daß Seine Majestät ihn von den böswilligen Verleumdungen reinwasche, die ihn in Ungnade zu stürzen trachteten.

Im zweiten Kapitel dieses Bandes beschrieb ich die Marschälle Bassompierre, d'Estrées und Créqui, doch wäre dieses farbenreiche Tableau unvollständig, wenn ich ihm nicht den Marschall de La Force hinzufügte, der in unserem Fall sich mit Schomberg und Marillac im Feldlager Foglizzo befand.

La Force war sein Name als Herzog. Eigentlich hieß er Nompar de Caumont, Herr der Schlösser Castelnau und Milandes im Périgord, dem ich durch die teuersten Erinnerungen meiner jungen Jahre verbunden bin. Der Vater dieses Nompar de Caumont, François, hatte eine schöne Cousine namens Isabelle, die mein Großvater, der Baron von Mespech, geheiratet hat: eine Ehe, die sowohl glücklich wie unglücklich war, glücklich durch die Liebe, die sie füreinander empfanden, unglücklich aber, weil sie glühende Katholikin war, er hingegen strenger Protestant und beide ziemlich unnachgiebig in ihrem Glauben. Im Jahr 1630 in Foglizzo war der Marschall de La Force bereits einundsiebzig Jahre alt, dabei aber rüstig und lebenslustig. Seine ganze Familie wie auch meine waren für ihre erstaunliche Langlebigkeit berühmt, und ich habe begründete Hoffnung, daß mein Großvater, der Baron von Mespech, ebenso wie François de Caumont, Herzog de La Force, so spät wie möglich in die ewige Seligkeit eingehen werden.

Marschall de La Force hätte als Herzog und Dienstältester den Vortritt vor Schomberg und Marillac gehabt, und so war er etwas pikiert, als er am Tag zuvor – ich betone, am Tag bevor der Kabinettsbote Lépine eintraf – einen Brief des Königs erhalten hatte, der ihn über die Ernennung des Marschalls von Marillac zum Generalissimus informierte. Dieser Brief war tatsächlich am zehnten November verfaßt und abgesandt worden, das heißt vor dem wütenden Angriff der Königinmutter auf Richelieu, als ein letztes Zugeständnis des Königs an seine Mutter. Er hatte sie gegen den Kardinal duldsamer stimmen wollen, indem er den Bruder ihres Günstlings beförderte. Es war nun grausame Ironie des Schicksals, daß der Brief, den Lépine überbrachte und der Marillacs Festnahme befahl, einen Tag nach dieser Beförderung in Foglizzo eintraf. Ich wette, daß noch nie in der Geschichte Frankreichs der Tarpejische Felsen dem Capitol so nahe gelegen hat.

Die Stunde indes war freundlich. Trotz der Kälte strahlte die Sonne, der Schnee glitzerte. Und die drei Marschälle, alle drei große Esser, schickten sich fröhlich an zu speisen. In dem Moment erschien der Kabinettsbote Lépine und übergab Schomberg wortlos (wie es ihm befohlen war) den Brief, den Schomberg, beiseite tretend, öffnete und zu lesen begann. Da trat La Force, immer eingedenk, daß er Herzog und Dienstältester war, hinzu, warf über Schombergs Schulter einen Blick auf das Schreiben und sagte leise: »Monsieur, lest Euren Brief woanders.« Schomberg stimmte zu, steckte das Schreiben in seinen Ärmelaufschlag und sagte: »Meine Herren, bitte speist ohne mich. Nach dem Diner befassen wir uns mit dem Brief des Königs.«

Erschüttert durch das soeben Gelesene, rief Schomberg seinen Adjutanten, Feldmeister Puységur, und befahl ihm, die Hauptleute der Garden in seinem Kabinett zu versammeln.

»Meine Herren«, sagte Schomberg ernst, als sie erschienen waren, »ich erhalte soeben einen Brief des Königs, der mich betrübt und der Euch sehr seltsam anmuten wird. Ich soll zur Stunde den Herrn Marschall von Marillac verhaften. Ich muß Euch nicht in Erinnerung rufen, daß ein Befehl ein Befehl ist. Es steht uns nicht zu, ihn zu bewerten, sondern nur, ihn auszuführen. Meine Herren, kann ich mich auf Eure Tatkraft und Euren Gehorsam verlassen?«

Hierauf trat der dienstälteste Gardehauptmann einen Schritt vor.

»Herr Marschall«, sagte er mit der lauten und klar artikulierten Stimme, die man im Heeresdienst lernt, »Ihr könnt Euch darauf verlassen.«

Dann wiederholten die anderen Hauptleute, indem auch sie vortraten, mit derselben Stimme denselben Satz.

»Puységur«, sagte nach einer Zeit Schomberg, »seht einmal diskret nach, ob das Mahl der Herren Marschälle Marillac und La Force beendet ist, und wenn dem so ist, dann bittet sie zu mir.«

Zehn Minuten später treten die beiden Marschälle ein. Vom Anblick der Gardehauptleute überrascht, fragt in gereiztem Ton Marillac: »Was sollen die Offiziere hier? Wir werden doch nicht in ihrer Gegenwart den Brief des Königs bereden!«

»Leider«, sagt Schomberg, »sind die Herren eben wegen des königlichen Briefes hier.«

Damit überreichte er Marillac den Brief des Königs.

Marillac las, erbleichte, wankte, dann straffte er sich, indem er Schrecken und Entrüstung mit Not beherrschte.

»Was soll das? Gestern zum Generalissimus erhoben und heute festgenommen! Was soll das heißen?«

»Monsieur«, sagte Schomberg, der Marillacs streitbaren Charakter kannte und einen Ausbruch befürchtete, »Ihr kennt mich, ich bin Euer Freund. Und ich bitte Euch, Geduld zu bewahren. Es kann sein, daß es sich um ein Mißverständnis handelt und die Sache weiter nichts auf sich hat.«

»Monsieur«, sagte Marillac, der sich gefaßt hatte, »es ist dem Untertan in der Tat nicht erlaubt, gegen seinen Herrn aufzubegehren. Ich werde mich an den Ort und in das Gefängnis begeben, das der König mir befiehlt.«

* * *

»Mein Lieber«, sagte Catherine, als ich ihr dies zwei Jahre später erzählte, »warum hört Ihr hier auf? Die Geschichte war doch damit nicht zu Ende? Sagt mir alles.«

»Es fällt mir sehr schwer, Euch die Fortsetzung zu erzählen, ja auch nur daran zu denken, denn Marillac wurde verurteilt, und leider verurteilt dieses Urteil jene, die es sprachen.«

»Warum?«

»Weil es ungerecht war.«

»Monsieur, ich bin sprachlos: Ihr kritisiert den König!«

»Leider, ja! Aber ich tue es voll Trauer, nur mit halbem Wort, nur vor Euren lieblichen Ohren und hinter wohlverschlossener Tür.«

»Mein Freund, Ihr habt zuviel gesagt, um nicht noch mehr zu sagen.«

»Nun ja, man hätte Marillac in die Bastille sperren können wie Bassompierre, und ein paar Jahre dort, das wäre schon ziemlich hart gewesen. Aber nein! Ihm wurde ein Prozeß gemacht! Und man hat ihn zum Tode verurteilt!«

»Und warum?«

»Aus Staatsräson. Der König wollte ein Exempel statuieren, das die Kabale abschrecken und ihr jegliche Lust auf neue Komplotte nehmen sollte.«

»Aber auf welcher Basis konnte man ihm denn den Prozeß machen? Doch nicht, weil er gesagt hatte, er würde, wenn man ihm den Befehl gäbe, Richelieu erschießen?«

»Nein, kein Richter hätte ihn für diese soldatische Prahlerei verurteilt, der ja übrigens auch keine Tat gefolgt war. Die Anklage wurde ganz anders erstellt. Der König ließ Marillacs Vergangenheit durchforschen, und so entdeckte man, daß beim Bau der Zitadelle von Verdun, der seiner Verantwortung unterstanden hatte, zahlreiche Unterschlagungen passiert waren.«

»Ist das wahr?«

»Wer weiß es? Ich wette, daß, wenn man die militärischen Bauten untersuchte, die anderen Marschällen anvertraut waren, man zu keinem besseren Ergebnis kommen würde, ohne daß deshalb besagte Marschälle in die eigenen Taschen gewirtschaftet haben müssen. Denn um solche Bauten wimmeln zahlreiche Ingenieure, Handwerker, Lieferanten und Intendanten, die immer günstige Gelegenheiten finden können, ihre Barschaft aufzubessern. Übrigens hat Marillac das auch gesagt, der sich wacker verteidigte, so daß der Prozeß sich zwei Jahre hinzog. Zum Schluß entschieden nach sorgfältiger Auswahl dreiundzwanzig Richter, und selbst unter diesen so sorgfältig ausgewählten fanden sich nur dreizehn, die ihn schuldig sprachen, und zehn nicht schuldig.«

»Er wurde also zum Tode verurteilt?«

»Ja, zur größten Befriedigung des Königs und zum größten Mißfallen Richelieus, der die Schlachtung eines Sündenbocks politisch sinnlos und moralisch ärgerlich fand.«

»Hat er interveniert?«

»Oh, ja! Und das wird oft vergessen. Richelieu erwirkte beim König einen Gnadenerlaß.«

»Was heißt das?«

»Eine Amnestie.«

»Und warum wurde Marillac trotzdem hingerichtet?«

»Weil er den Gnadenerlaß ablehnte.«

»Gott im Himmel!« rief Catherine. »Er hat die Begnadigung abgelehnt, die ihn vorm Tod gerettet hätte? Was für ein Wahnsinn! Das hieß ja seinen Kopf selbst auf den Block legen!«

»Dieser Wahnsinn, meine Liebe, nennt sich Ehrenpunkt. Wenn der schon bei einem Edelmann starr ist, um wieviel starrer erst bei einem Soldaten: Marillac erklärte, da er unschuldig sei, bedürfe er keiner Gnade.«

»Er hätte sich doch auch denken können, daß der König ihn begnadigen würde, weil er ihn im Grund seines Herzens für unschuldig an den Verbrechen hielt, die ihm vorgeworfen wurden.«

»Meine Liebe, Ihr seid nicht auf den Kopf gefallen!«

»Aber Marillac war es! Er hätte sich auch sagen können, daß er den König, wenn er seine Begnadigung ablehnte, tödlich beleidigte.«

»Ihr habt tausendmal recht. Eine königliche Gnade abzulehnen kommt einer Majestätsbeleidigung gleich. Und genau das muß Ludwig empfunden haben, denn er ließ den Dingen nun ihren Lauf, und am zehnten Mai 1632, um halb fünf Uhr nachmittags, wurde Marschall von Marillac auf der Place de Grève enthauptet.«

* * *

Wenn du erlaubst, Leser, kehren wir zum »Tag der Geprellten« zurück, vielmehr zu dem Tag danach, dem zwölften November 1630. Die Königinmutter ist noch ganz echauffiert, aber ihre Standpunkte und Ansprüche haben sich keinen Deut bewegt. Ich würde sogar sagen, daß sie nichts von dem, was passiert war, begriffen hat, so daß sie für ihre Versöhnung mit Richelieu die Rückkehr Marillacs in sein Amt zur Bedingung machte. Mein Gott! dachte ich, was ist das für ein seltsam träges Hirn, das nie die Wirklichkeit wahrnehmen und sich den neuen Gegebenheiten anbequemen kann? Für sie bleibt Richelieu immer der Bösewicht, der alles Schlimme verursacht hat. Ludwig ist ein schlechter Sohn, weil er ihr nicht gehorcht, und seine antispanische Politik eine Kränkung des Herrgotts.

In dem Versuch, diese felsenharte und verstockte Gegnerin zu erweichen, schickt der König ihr den Staatssekretär Claude de Bullion. Einen gewiefteren Gevatter als diesen Bullion fand man im ganzen lieblichen Frankreich nicht. Er ist ein Mann zweier Jahrhunderte, denn 1600 war er schon zwanzig, und aus dem vergangenen Jahrhundert trägt er um den Hals noch immer eine große gefältelte Krause à la Medici, die ihm eine Aura von Ehrwürde und alter Zeit verleiht, zumal auf seinem runden Schädel auch noch etwas wie ein geistliches Käppchen sitzt und seine Brust ein großes Kreuz des Heilig-Geist-Ordens ziert. Trotzdem ist er kein Frömmler, sondern ein Finanzier, ich meine, ein Mann, der das Talent hat, Geld mit Geld zu machen.

Er hat eine hohe Stirn, eine starke Nase, ein volles Gesicht, das ihm eine gutmütige Miene verleiht, die korrigiert, aber nicht bestritten wird durch einen prüfenden Blick und ein schlaues Lächeln. Als Mitglied des Königlichen Rats, Meister der Einnahmen und Staatssekretär hat er hohen Persönlichkeiten und sogar dem König bedeutende Summen geliehen, und wie der Leser weiß, ist der Profit um so größer, je länger man sich manchmal in Geduld fassen muß, um sein Eigentum zurückzubekommen. Selbstverständlich konnte ein so durchtriebener Mann nur das »Pfarrkind dessen sein, der Pfarrherr«

ist, und weil sein Pfarrherr Richelieu war, diente er ihm mit aller Ergebenheit, die natürlich gut belohnt wurde.

So bittet unser Bullion denn um Audienz bei der Königinmutter. Die erhält er. Und natürlich ist das erste Wort der Dame ein Sarkasmus.

»Wie, Monsieur, Ihr kommt mich besuchen! Man wird Euch für einen Verbrecher halten! Wird Euch exkommunizieren!«

»Madame«, sagt er, »mich schickt der König, Euer Sohn, um eine Einigung zu finden.«

»Habe ich recht gehört?« sagt die Königinmutter in hochfahrendem Ton. »Eine Einigung? Und mit wem?«

»Ihr könnt es nicht umgehen, im Königlichen Rat dem Kardinal zu begegnen.«

»Nein, nein!« sagt sie, »kommt nicht in Frage! Eher erwürgt man mich, als mich dahin zu bringen, daß ich irgend etwas gegen meinen Willen tue.«

»Madame«, sagt Bullion, »die Position, die Ihr einnehmt, ist vom Zorn diktiert. Und das ist die gefährlichste von allen.«

»Was schert das mich!«

»Aber, Madame, es ist der König, der Euch durch meinen Mund drängt, besagte Einigung anzunehmen.«

»Aber ich sehe überhaupt nicht ein, warum es notwendig ist, daß ich zum Rat komme, und erst recht nicht, daß ich dort Richelieu begegne. Ich warte, bis dem König über diesen Hanswurst die Augen und Ohren aufgehen!«

»Sind sie denn verschlossen, Madame?«

Hierauf gibt sie keine Antwort, doch an ihrem Zorn erstickend, fährt sie fort: »Gott zahlt nicht alle Tage, aber am Ende zahlt er! Ich habe Zeit, dieser Hanswurst wird schon sehen! Eher verschreibe ich mich dem Teufel, als daß ich mich nicht räche!«

Als Bullion mir diese Audienz erzählte, fragte er mich schließlich: »Was mag sie damit gemeint haben: ›Gott zahlt nicht alle Tage, aber am Ende zahlt er‹?«

»Vielleicht ist es ein Kirchenwort, vielleicht von Kardinal de Bérulle, und soll wohl bedeuten, daß Gott früher oder später die Übeltäter straft.«

»Nun«, sagte Bullion, »dann muß die Königinmutter kein allzu großes Vertrauen in die göttliche Strafe setzen, denn sie fügte ja hinzu: ›Ich habe Zeit, dieser Hanswurst wird schon sehen!‹ Und dann, was wirklich der Gipfel ist: ›Eher verschreibe ich mich dem Teufel, als daß ich mich nicht räche.‹ Erst Gott, dann der Teufel! Die Königinmutter scheint sich nicht sehr sicher in der Wahl ihrer Verbündeten, um Richelieu zu erledigen.«

Und nun, Leser, folgte Demarche auf Demarche bei der Königinmutter, damit sie sich bereitfinden möge, den Kardinal zu empfangen. Pater Suffren, der Nuntius Bagni sprachen bei ihr vor, ohne daß man Madame beruhigen konnte. Man beschimpfe sie, sagte sie, man trete sie mit Füßen, man schleife sie durch den Kot, man stelle sie an den Pranger. Die Situation war ausweglos.

»Und nun, Monsieur, wird eine Person die Szene betreten, die mir wenig schmeckt, nicht wahr?«

»Na nun, schöne Leserin, sind Sie es?«

»Ja, ich bin's, wenn Sie gestatten.«

»Nichts könnte mir lieber sein. Ich hatte längst das Gefühl, Sie verübelten es mir ein wenig, daß ich Sie nicht mehr so oft anrede wie früher.«

»Richtig. Die Frau Herzogin von Orbieu hat mich voll und ganz ersetzt. Aber was hilft es? Und was können Sie dafür? Auch Ehefrauen haben Rechte.«

»Was soll das heißen, ›auch Ehefrauen‹?«

»Der Ausdruck kam mir nur so. Ich kann ihn nicht erklären. Aber wenn Sie erlauben, mische ich mich einfach hier und da wieder ein, wie einst.«

»Sagen Sie mir zuerst, wen Sie mit der Person meinen, die Ihnen wenig schmeckt?«

»Den Narr Gaston.«

»Ja, allerdings. Jedesmal wenn sein großer Bruder in einer tödlichen Klemme steckt, kommt Gaston und macht die Lage noch schwieriger und verworrener. Kaum sieht er den König in großer Verlegenheit, weil die Königinmutter sich weigert, in seinem Rat zu sitzen, fordert er auf Teufel komm raus Gelder und Stellen für seine Gierschlünde, indem er droht, das Reich zu verlassen, wenn er nicht bekommt, was er will. Und wirklich, die Folgen wären höchst gefährlich, könnten sie doch einen Bürgerkrieg gegen den König heraufbeschwören, den Lothringen und die niederländischen Spanier mit Sicherheit unterstützen würden. Unser Gaston ist nicht bescheiden. Für Le Coigneux verlangt er das Präsidentenamt des Pariser Gerichtshofes und für Puylaurens hundertfünfzigtausend Livres und das Versprechen eines Herzogtums.

Nicht ohne Widerwillen sagt der König zu, sein Verlangen im Prinzip zu erfüllen. Drei Wochen vergehen, und der Preis steigt: Nun verlangt Gaston für Le Coigneux, der Geistlicher ist, auch noch den Kardinalshut. Der König und sein Großer Rat sehen keinen Ausweg. Soeben haben sie erfahren, daß Le Coigneux trotz seiner Soutane auf das *gentil sesso* versessen ist, und zwar nicht diskret, wie es sich gehörte. Er hat einer Frau Kinder gemacht, die ihm in Paris einen öffentlichen Prozeß androht.

Nun, beim Papst um den Kardinalshut für einen ausschweifenden Priester nachzukommen ist ausgeschlossen. Doch ohne klare Absage läßt man die Dinge schleifen. Aber die Gierschlünde werden ungeduldig. Und am dreißigsten Januar 1631, um neun Uhr morgens, fällt Gaston an der Spitze einer bedeutenden und recht bedrohlichen Suite in Richelieus Haus ein und schreit, da der Kardinal seine Zusagen nicht eingehalten habe, betrachte er ihn nicht mehr als seinen Freund. Nach dieser Drohung geht er und besucht die Königinmutter. Am selben Abend hört man durch die Zocoli, daß die Königinmutter Gaston Edelsteine im Wert einer Goldmillion übergeben habe, die anscheinend zur Aushebung von Truppen dienen und zur Finanzierung einer Revolte dienen sollen. Der Fall ist klar. Mutter und Sohn verbünden sich gegen den König.«

»Und was macht nun der König?«

»Raten Sie, schöne Leserin! Wenn Sie aber nicht raten wollen, blättern Sie einfach die Seite um.«

DREIZEHNTES KAPITEL

Es war einige Monate nach den schwerwiegenden Entscheidungen, die zu Compiègne hinsichtlich der Königinmutter gefaßt wurden, als ich mit Fogacer ein sehr interessantes Gespräch hatte, nicht über das Geschehen selbst – das war ohnehin jedermann so ziemlich bekannt –, sondern über die Hintergründe und verborgenen Antriebe dieses Geschehens, das den Verlauf der Regierung Ludwigs XIII. von Grund auf ändern sollte.

Das Gespräch hatte in meinem Pariser Hôtel des Bourbons bei einer Flasche Burgunderwein statt, dem Fogacer alle Ehre erwies, den ich aber nicht anrührte.

Zunächst schilderte ich ihm, auf Ludwigs ausdrückliche Empfehlung hin, alles bis in jede Einzelheit. Ludwig hatte seine Mutter verbannt, und weil er fürchtete, an den Höfen Europas als »schlechter Sohn« zu gelten, war er höchst interessiert, daß Fogacer dem Nuntius Bagni und dem Gesandten Contarini die wahren Tatsachen unterbreite. Der Papst und Venedig waren mittlerweile unsere sichersten Freunde, weil auch sie die Spanier und ihren unersättlichen Eroberungswillen fürchteten.

»Mein lieber Herzog«, sagte Fogacer, »was meint Ihr, hat Ludwig Schloß Compiègne wirklich ohne jeden Hintergedanken gewählt, nur um dort Landluft zu atmen? Nicht nur, daß seine Liebe Versailles und Saint-Germain gehört, ist Schloß Compiègne doch auch in Stadtmauern eingezwängt und überdies unbequem und leicht verfallen. Es hat sogar so wenige angemessene Gemächer, daß der Hof sehr beengt gelebt haben muß und die königlichen Personen, die ausländischen Gesandten und die Staatssekretäre kaum standesgemäß untergebracht werden konnten.«

»Ja, warum Compiègne, mein lieber Fogacer, da es doch schönere und näher gelegene Residenzen gibt? Diese Frage stellte sich, denke ich, mehr als einem der dort Anwesenden. Doch leider war die Königin so starrsinnig, daß selbst diese ungewöhnliche Wahl sie nicht hellhörig machte. Und das ist bedauerlich, denn hätte sie bedacht, daß ihre Verbannung so nahe bevorstünde, hätte sie vielleicht ein wenig Wasser in ihren sauren Wein gegossen. Doch wer weiß? Die arme Königin war tatsächlich so kindisch zu glauben, wenn sie in ihrem Trotz beharrte, könnte sie nur gewinnen. Und kaum in Compiègne angelangt, zeigte sie sich widerspenstiger denn je. Sie verkündete allseits, daß sie in Compiègne ebensowenig wie in Paris im Großen Rat des Königs sitzen werde, wenn sie dort auf Richelieu treffe. Beachtet, Fogacer, mit welchem Fleiß der König die Emissäre vervielfacht, die er zur Königinmutter sendet, um sie zur Teilnahme am Großen Rat zu bestimmen. Zuerst ist es Châteauneuf, der neue Siegelbewahrer. Kaum jedoch öffnet der Unglückliche den Mund, als die Königinmutter schreit: ›*La mia risposta è no!*‹[1] Dann schickt Ludwig ihr ihren Favoriten, Doktor Vautier, auch wenn dieser Mittler ihm wenig gefällt. Doch auch ihm antwortet sie: ›*Certamente no!*‹ Nun schickt Ludwig Marschall Schomberg, aber das Geschrei wird noch entschiedener: ›*No, no! No! Poi no!*‹[2] Endlich schickt ihr der König seinen Beichtvater, und sie antwortet ihm hochmütig: ›*Il mio no è molto categorico!*‹[3] Schließlich wird der Comte de Guiche zu ihr gesandt, und rasend vor Zorn schreit sie, diesmal auf französisch: ›Man soll mich mit all diesen Gesandten verschonen! Um mich in den Rat zu holen, müßte man mich an den Haaren hinschleifen!‹«

»Offensichtlich, mein lieber Herzog, seid auch Ihr der Meinung«, sagte Fogacer, »daß Ludwig alle diese Emissäre einen nach dem anderen zu ihr schickte, nicht weil er hoffte, die Königin von ihrer Weigerung abzubringen – dazu kannte er sie viel zu gut –, sondern weil er den Gesandten und den Ministern zeigen wollte, daß die Königin unversöhnlich war und blieb. Meinem Eindruck nach wollte er, daß es allen in die Augen springt: Die Königin lähmt den Staatsapparat, darum ist die Maßnahme, die er ergreifen wird, nämlich sie in Compiègne einzusperren, eine Notwendigkeit.

Heißt das«, fragte Fogacer weiter, »daß die Sitzung des Kö-

1 Meine Antwort ist nein!
2 Nein, nein, und nochmals nein!
3 Mein Nein ist kategorisch!

niglichen Rats, der in Compiègne besagte Einsperrung der Königinmutter beschloß, nur abgehalten wurde, um einer bereits gefaßten Entscheidung mehr Gewicht und Legitimität zu geben?«

»Davon bin ich insgeheim überzeugt, mein lieber Fogacer.«

Vor Zufriedenheit mit seinem eigenen Scharfsinn sprach Fogacer darauf meinem Burgunder so tüchtig zu, daß die Flasche bald leer war.

»Und jetzt, mein Sohn«, sagte er dann, »fühle ich mich ermutigt, Euch um einen Bericht von dieser berühmten und wenig geheimen Ratssitzung zu bitten, auf der Richelieu, wie man hört, ja ganz exzellent gewesen sein soll.«

»Daß diese Sitzung wenig geheim war, ist richtig, denn bevor sie stattfand, erhielten die Räte den Auftrag, ihr Stattfinden in ihrer Umgebung bekanntzumachen. Und Ihr habt auch recht, zu vermuten, daß Richelieu exzellent war. Eine Versammlung hat immer etwas von einer Theateraufführung, und darin brilliert der Kardinal nun einmal, so nüchtern und zurückhaltend er sonst wirkt. Bedenkt aber auch, daß es vor einer Theateraufführung eine Probe gibt, und es wäre ein Irrtum, zu glauben, daß der König dem Exposé seines Ministers nichts hinzugefügt oder nichts darin gestrichen hätte.«

* * *

Abgesehen von dem genauen Tag im Februar 1631, an dem die hochwichtige Sitzung des Königlichen Rats in Compiègne abgehalten wurde, erinnere ich mich an alles, und vor allem, daß es kalt war zum Steinespalten, so daß die Ratsmitglieder trotz eines großen Feuers im riesigen Kamin des großen Saals fast mit den Zähnen klapperten. Und es mag sein, daß ihnen sogar fast die Zunge gefror, denn sie hielten den Mund, als der König sie um ihre Meinung fragte, nachdem er die Debatte über das Los der Königinmutter eröffnet hatte. Als der König sah, daß sie sich scheuten, über das Schicksal eine königliche Person zu befinden, die ihrem Rang nach die zweite Person im Staate war, erteilte er, ohne lange zu fackeln, Richelieu das Wort, der nun, als er zu diesem letzten Kampf antrat, alles andere war als ein wackerer Recke mit geschlossenem Visier und gesenkter Lanze. Ganz im Gegenteil. Er stand zur Rechten des Königs und ein wenig hinter ihm, um ihm die Vorderbühne zu überlassen, aber sehr aufrecht in seiner makellosen Soutane und das Kinn erhoben. So machte er den Eindruck von Energie, der selbst durch seine vor Müdigkeit hohlen Augen, seine mageren Wangen und sein schon ergrauendes Haar nicht bestritten wurde. Er sprach wie gewohnt ohne Notizen, mit angenehmer, wohlartikulierter Stimme, doch ohne jede Spur klerikaler Salbung. So heftig die Angriffe auch sein mochten, blieb er auf diesen Sitzungen stets ruhig, gleichmütig und heiter, er vertraute auf die Richtigkeit seiner Sichten und auf sein Vermögen, sie zur Geltung zu bringen.

Die Tatsache, daß der König ihm als letztem das Wort erteilte, gab ihm übrigens einen unerhörten Vorteil, wußte doch jeder, daß der König und sein Minister in allen Reichsdingen *mano nella mano*[1] marschierten, wie die Königin gesagt hätte. Bekanntlich erblickte sie darin die Wirkung diabolischer Zaubermittel. Doch die weniger abergläubischen königlichen Räte urteilten anders darüber: Richelieus politisches Talent machte sie einfach staunen.

»Meine Herren«, sagte der Kardinal, »da Seine Majestät mir befiehlt, meine Meinung zu sagen, kann ich Ihr nur gehorchen, so schwierig, ja so heikel die Entscheidung auch ist, die wir zu treffen haben. Um diese Entscheidung recht zu verstehen, muß man sie zunächst in den historischen Kontext stellen, in dem wir uns befinden und der weit entfernt ist, uns günstig zu sein. Frankreich ist nun einmal von Staaten umringt, die seinen Untergang wollen. Im Norden die spanischen Niederlande. Im Osten Lothringen. Im Westen und Südwesten die Kaiserlichen, in Italien das spanische Mailand. Im Süden schließlich die Iberische Halbinsel. Weil es ihnen nie gelang, die unbesieglichen Armeen des Königs im Felde zu schlagen, versuchen diese Feinde Frankreich zu schwächen, indem sie Wirren und Aufruhr stiften durch Personen, die mehr wie Spanier fühlen denn wie Franzosen.

Meine Herren«, fuhr er nach einer Pause fort, »es würde uns nichts nützen, die Augen davor zu verschließen, daß königliche Personen an diesen Wirren beteiligt sind. Und wenn wir ihnen ein Ende setzen wollen, dürfen wir nicht vergessen, welchen

1 (ital.) Hand in Hand.

Respekt und welche Ehrerbietung wir diesen Personen entgegenbringen. Was mich angeht, sehe ich vier Lösungen, um die unerträglichen Umtriebe zu beenden, die jetzt die Fundamente des Staates bedrohen.

Die erste wäre, sich mit Monsieur zu einigen. Seine Majestät hat es Gott weiß wie oft versucht und ihm gegeben, was er wollte. Doch kaum hatte Monsieur diese Gaben erhalten, verlangte er mehr. Daher die neue, höchst kostspielige Einigung, die aufs neue gebrochen wurde: ein Bruch, dem sofort neue Forderungen folgten. Meine Herren, Ihr werdet einräumen, daß eine Fortsetzung dieses Weges hieße, den Schatz der Bastille zu ruinieren.

Die zweite Lösung wäre, sich mit der Königinmutter zu einigen. Da ich ihr früher mit Eifer diente und ihr überaus dankbar bin für die Wohltaten, mit denen sie mich überhäufte, wünschte ich diese Lösung von ganzem Herzen. Nur leider ist sie völlig unmöglich. Die Königinmutter möchte, daß ich ihr gehöre und nicht dem König, daß ich ihre Politik mache und nicht die des Königs. Mit einem Wort, sie möchte regieren und alles bestimmen. Die einzige Möglichkeit, sie zu befriedigen, wäre, ihr wieder das Ruder des Staates in die Hände zu geben. Natürlich hieße das Abdankung, und genauso natürlich könnte der König dem nicht einmal im Traum zustimmen.

Die dritte Lösung wäre, daß ich mich von den Geschäften zurückziehe. Ich bevorzuge diese Lösung und schlage sie vor. Da ich indessen sehr wohl weiß, daß man mich angreift, weil man den König nicht anzugreifen wagt, sehe ich voraus, daß man nach meinem Weggang noch heimtückischere und noch häufigere Angriffe auf seine Autorität und seine Politik unternehmen wird. Wenn Ihr mir eine ländliche Metapher gestatten wollt, stelle ich folgende Frage: Nähme man einer Schäferei die Hunde, würde dann nicht die Herde angegriffen und schließlich der Schäfer?

Die vierte Möglichkeit ist, die Kabale gänzlich zu zerschlagen. Weil sie aber ihre Quelle, ihre Stärke und ihre Stütze allein in der Königinmutter hat, sehe ich keinen anderen Weg, als die Königinmutter vom Hof zu entfernen. Jedoch ist dies eine so delikate Maßnahme, daß ich mich enthalte, sie vorzuschlagen. Aber wenn der König und der Königliche Rat sich dazu durchringen, werde ich nicht abstehen, mich dieser Entscheidung zu beugen, obwohl ich in meinem Wunsch, mich zurückzuziehen, beharre.«

Richelieu verneigte sich gegen den Rat, verbeugte sich tief vor dem König und trat drei Schritte zurück, als wollte er bescheiden im Bühnengrund verschwinden.

Dies war das viertemal, daß Richelieu seine Demission anbot, da sie aber jedesmal vom König kategorisch abgelehnt worden war, schlossen auch die Räte sie umgehend aus. Und mit unendlicher Vorsicht, als gingen sie auf Eiern, stimmten sie für eine Entfernung der Königinmutter, indem sie zugleich unaufhörlich ihre tiefe Bindung an ihre königliche Person beteuerten und zu bemerken gaben, daß es, da es sich um die Mutter des Herrschers handelte, dem König und einzig und allein dem König gebühre, hierüber zu entscheiden.

Dann nahm der König das Wort, stellte fest, daß die Räte die vom Kardinal vorgeschlagene Maßnahme hinsichtlich der Königinmutter einstimmig gebilligt hatten. »Was mich angeht«, setzte Ludwig nüchtern hinzu, »so halte ich sie für gut und gedenke sie ungesäumt in die Tat umzusetzen.«

* * *

Das »ungesäumt« war im Mund des Königs kein leeres Wort. Auf der Stelle befahl er acht Kompanien französischer Garden, fünfzig Chevaulegers und fünfzig Gensdarmes nach Compiègne, und am dreiundzwanzigsten Februar 1631 in der Morgenfrühe forderte er den Hof, die Minister, die Gesandten auf, sich unverzüglich zum Aufbruch bereitzumachen. Und all diese Menschen verließen mit großem Lärmen und Holterdipolter den Ort, ohne daß man, auf königlichen Befehl, die Maria von Medici hiervon unterrichtete.

Dies geschah trotzdem im letzten Moment, und zwar durch die Königin, die sich damit wieder einmal ungehorsam gegen die Anweisung des Königs zeigte. Doch zu spät. Die Königinmutter war eine große Langschläferin. Es dauerte seine Zeit, sie zu wecken. Trotz allem Tohuwabohu des Aufbruchs hatte sie, mit umnebeltem Kopf, kaum erst die Augen geöffnet, als Marschall d'Estrées und La Ville-aux-Clercs sie zu sprechen verlangten. Ohne die geringste Sorge um das Dekorum, noch zu Bett, ungekämmt, ungeschminkt, empfing sie die Herren.

Der Leser wird sich erinnern, daß sie so unbekümmert, aufgeknöpft wegen der Hitze und lang auf den Teppich im Louvre hingestreckt, auch ihren Gardehauptmann empfing, um ihre Befehle zu erteilen. Doch möge der Leser dies nicht falsch verstehen. Die Königinmutter hatte niemals Liebhaber. Ihr unbekümmertes Gebaren war Geringschätzung und Hochmut, nichts weiter.

»Mein Freund«, fragte Catherine, als ich ihr diese Dinge erzählte, »warum mußten es zwei sein, die der Königinmutter verkündigten, daß sie in Compiègne, fern von Paris und vom Hof, bleiben müsse?«

»Ich nehme an, weil La Ville-aux-Clercs die Regierung des Königs repräsentierte und Marschall d'Estrées die Garnison der tausendsechshundert Mann, die die Königinmutter bewachen sollten.«

»Mein Gott, warum so viele Soldaten?« fragte Catherine.

»Weil zu befürchten stand, daß Gaston, der die Waffen gegen seinen Bruder erhoben hatte, versuchen würde, die Königinmutter zu befreien: Der präsumtive Thronfolger Frankreichs befreit seine Mutter aus den Klauen des bösen Sohnes und greift ihn dann mit der Hilfe und dem Segen der Spanier und der Kaiserlichen an.«

»Wäre das denn möglich gewesen?«

»Möglich war es, aber sicherlich nicht mit Gaston ... Was immer Gaston anfing, er brachte es nie zum Ende. Denkt an La Rochelle. Er wollte Generalissimus der Belagerung sein, und nach wenigen Wochen ließ er sein Kommando sausen, um sich wieder den Pariser Lustbarkeiten zu ergeben.«

Wenn auch etwas überrascht, die Königinmutter in einem solchen Zustand anzutreffen, beugte La Ville-aux-Clercs brav das Knie und übergab ihr den Brief des Königs. Sie öffnete ihn, las, faltete ihn und sagte, ohne Erregung zu zeigen: »Der König will mich in Moulins einsperren.« – »Madame«, sagte Marschall d'Estrées, »Moulins gehört Euch. Es ist Euer Haus. Ihr seid dort immer gern gewesen. Und Ihr werdet dort alle Freiheit und Autorität genießen.«

»Und was antwortete sie auf diese beschwichtigenden Worte?« fragte Catherine. »Hat sie geschrien?«

»Nein, sie schrie nicht, sie weinte.«

»Mein Gott!« sagte Catherine, »endlich eine weibliche Reaktion! Ihr werdet sehen, am Ende tut sie mir doch noch leid. Und was machen die beiden Abgesandten? Die Königinmutter weinen zu sehen ist selbst für einen Marschall peinlich.«

»Nun, sie warten, daß sie entlassen werden. Und plötzlich, noch mit dicken Tränen auf den Wangen, schreit sie: ›Ich habe nichts getan, was eine solche Behandlung verdiente!‹«

»Und geht sie denn nun nach Moulins, wie der König es ihr befiehlt?« wollte Catherine wissen.

»Ph! Dem König gehorchen! Wo denkt Ihr hin! Sie schützt alle möglichen Gründe vor, um die Reise aufzuschieben: In Moulins sei die Pest – was nicht stimmt. Das Schloß sei verfallen – was falsch ist. Sie gehe nur nach Moulins, wenn man ihr Doktor Vautier wiedergebe – was ausgeschlossen ist, der König hat ihn in die Bastille gesteckt. Und endlich eine letzte Ausrede: Man wolle sie nur nach Moulins bringen, um sie an die Rhône zu schaffen, damit man sie auf einer Galeere einschiffen könne nach Marseille und von dort zurück nach Florenz, wo sie ohne Ehren, ohne Besitz, ohne Rückhalt bei entfernten Verwandten leben solle, die sie nie gesehen habe.«

»Und was ist sie als Gefangene in Compiègne?«

»Was wohl, wenn man so wenige Möglichkeiten hat? Wenn es schön ist, geht sie auf der Schloßterrasse mit Marschall d'Estrées spazieren, der die Höflichkeit in Person ist. Und entweder jammert sie, ergeht sich in endlosen Klagen, die d'Estrées mit teilnahmsvoller Miene anhört, oder sie liest mit lauter Stimme aufrührerische Pamphlete gegen den König und Richelieu vor, die d'Estrées nicht zu hören vorgibt. Übrigens steht es ihr frei, sich in der Stadt Compiègne frei zu bewegen, aber aus Hochmut lehnt sie es ab. Ihr fehlt ihr Luxembourg, und es fehlen ihr vor allem ihre Hofschranzen und Speichellecker. Ihre Tage verrinnen in trübem Grau, das von Zeit zu Zeit ein Hoffnungsschimmer erhellt. Eines Tages verkündet ihr Madame de Fargis in einem Brief, daß laut Horoskop ihr königlicher Sohn vor Jahresende sterben werde … Das würde alles ändern! Und was für schöne Träume: im Triumph nach Paris heimzukehren und grenzenlose Autorität über Gaston zu haben, den neuen König.«

»Mein Freund! Malt Ihr sie nicht in zu schwarzen Farben?«

»Mir scheint, die Farben können gar nicht schwarz genug sein. Die Königinmutter hat ihre Töchter nie geliebt und ihren ältesten Sohn schon gar nicht. Und was Gaston angeht, macht sie sich wahrscheinlich Illusionen darüber, was er täte, wenn er an die Macht käme. Er ist viel zu eitel, glaube ich, um sie ihr zu überlassen, und seine Räte werden ihn bestimmt nicht dazu drängen. Aber lassen wir diese schäbigen Träume vom Tod. Allen Horoskopen zum Trotz geht es Ludwig bestens.«

* * *

Die Mutter ist in Compiègne eingesperrt, trotzdem ist Ludwig mit seiner schrecklichen Familie nicht fertig. Denn unter dem tugendsamen Vorwand, seine Mutter zu befreien, hat Gaston von der Goldmillion, die sie ihm gab, Truppen ausgehoben und sich in Orléans festgesetzt, das er zu befestigen beginnt. Und was das schlimmste ist, er hat Edelleute aus großem Haus zu sich gerufen, und vier sind seinem Ruf bereits gefolgt: der Herzog von Elbeuf, der Herzog von Bellegarde, der Herzog von Roannez und der Comte de Moret, ein legitimierter Sohn von Henri Quatre. Leser, daß Sie sich nicht täuschen: Es sind nicht Ritter mit liebreichem Herzen, die untröstlich sind über die Gefangenschaft der Königinmutter, sondern schlaue und verschlagene Herrschaften, die auf Ludwigs nahen Tod und auf den aufgehenden Stern Gaston setzen, den präsumtiven Thronfolger Frankreichs, denn die Königin hat immer noch keinen Dauphin.

Was Gaston betrifft, ist seine Unternehmung nichts als leeres Gefuchtel. Wenn er seine Mutter wirklich aus Compiègne befreien wollte, hätte er im Norden von Paris Position bezogen und nicht im Süden. Ludwig gibt sich keiner Täuschung hin, und sowie er Compiègne verlassen hat, marschiert er an der Spitze seiner Armee geradewegs nach Orléans. Gastons Reaktion läßt nicht auf sich warten. An der Spitze seiner Gold-Soldaten – sie sind zu kostbar zum Vergeuden – und seine wenig interessierten Herzöge an seiner Seite, flüchtet er und erreicht in Gewaltmärschen Besançon, das derzeit Spanien gehört. Aber auch dort fühlt er sich weder recht sicher noch so recht gewürdigt, die Spanier – die besten Infanteristen der Welt – sehen auf diesen Königssohn herab, der eine Armee aushebt, um sich dann nicht zu schlagen. Darum geht Gaston nach Lothringen, wo der Herzog, für den er der beste Trumpf gegen Frankreich ist, ihn freundschaftlich aufnimmt. Für ihn ist seine kindische Epopöe zu

Ende. Aber sie ist es nicht in Ludwigs Augen. Gastons Hanswurstiaden kennt er schon zu lange, als daß sie ihm jetzt zu schaffen machten, wohl aber, daß er vier große Herren mit sich genommen hat. Dies war der gefährliche Anfang einer Koalition der großen Feudalherren, die sich an allen Ecken Frankreichs gegen die königliche Macht erheben konnten. Sofort reagiert Ludwig und verfaßt gegen die vier Abtrünnigen eine Erklärung, worin er sie des höchsten Majestätsverbrechens anklagt.

»Wieso des ›höchsten‹, Monsieur? Gibt es ein Majestätsverbrechen minderen Grades?«

»Ah, Sie sind es, schöne Leserin?«

»Hatten Sie mir nicht erlaubt, Sie zu unterbrechen, wenn ich eine Frage habe, Monsieur, oder soll ich ganz hinter der Herzogin von Orbieu zurücktreten?«

»Auf keinen Fall. Das höchste Majestätsverbrechen betrifft allein die Person des Königs. Das Majestätsverbrechen zweiten Grades gilt für Komplotte gegen Minister, Marschälle und Provinzgouverneure.«

»Schön und gut, Monsieur. Aber warum werden Gastons Komparsen angeklagt und nicht Gaston selbst?«

»Madame, wie könnte man den Thronfolger anklagen? Kann der regierende König seinen Nachfolger unter Anklage stellen? Was würde aus der Dynastie?«

»Noch eine Frage, Monsieur. Bedeutet die Anklage auf das höchste Majestätsverbrechen den Tod?«

»Mehr noch, Madame! Sie kann einschließen, daß nach dem Tod der Name und das Wappen gelöscht, sämtliche Besitztümer eingezogen, Häuser und Schlösser niedergerissen, Wälder verbrannt werden und vor allem, daß der Leichnam kein christliches Grab erhält und eingeäschert wird.«

* * *

Ludwig zwang seinen jüngeren Bruder zur kampflosen Aufgabe, und auf seiner Rückkehr nach Paris, wohin der Kardinal ihm vorausgeeilt war, nahm der König mich in seiner Karosse mit. Viel Vergnügen hatte ich daran nicht, denn ich mußte ihm als Sekretär dienen, und er diktierte mir die ganze Fahrt über Namen, worauf ich im folgenden noch zu sprechen komme.

Ludwig war ein in jeder Hinsicht gestrenger Fürst, der die

Vorschriften, die er erlassen hatte, auch selbst gewissenhaft einhielt und darauf achtete, daß sie von seinen Untertanen befolgt wurden. Und nachdem er die Erklärung, daß die abtrünnigen Herzöge des höchsten Majestätsverbrechens schuldig seien, beim Burgunder Gerichtshof hatte bestätigen lassen, wollte er, daß auch der Pariser Gerichtshof als der oberste Frankreichs sie registriere, und stellte ihm gleich nach seiner Ankunft durch La Ville-aux-Clercs besagte Erklärung zu.

Zu seiner großen Überraschung und seinem Zorn aber verweigerte der die Registrierung. Ludwigs Zorn, Leser, glich in nichts dem seiner Mutter, da war kein Geschrei, kein echauffiertes Gefuchtel. Sein Zorn war kalt, beherrscht und äußerte sich in knappen Worten. Er befahl dem Gerichtshof, sich in gesamter Körperschaft und zu Fuß im Louvre einzufinden und ihm den Bescheid über die Verweigerung der königlichen Erklärung zu übergeben.

Dies nun wurde zur großen Gaudi fürs Pariser Volk, das die würdigen Herren in ihren Roben in langer Prozession und bei feinem Nieselregen fürbaß durch die Straßen ziehen sah. Mindestens an jeder Straßenecke fragte sie ein Witzbold, ob sie so von Armut geschlagen seien, daß sie ihre Kutschen verkaufen mußten … Schließlich wurden die Gerichtsherren im Louvre in den großen Saal geführt, wo nun die Höflinge sich am Anblick der durchnäßten Kater mit den hängenden Nasen weideten, sie ihrerseits auf den Arm nahmen und mit tausend Spitzen bedachten.

Eine volle Stunde ließ man sie warten, dann erschien der König, und ohne jedes Wort zu ihrem Empfang rief er ihnen ins Gedächtnis, daß der Pariser Gerichtshof zwei Aufgaben habe: über Zivilsachen in Berufung zu befinden und die königlichen Erlasse zu registrieren. Jedoch überschreite der Gerichtshof mißbräuchlich seine Rechte, wenn er sich ein Urteil über den Inhalt besagter königlichen Erlasse anmaße. Nicht ohne Schärfe forderte er den Gerichtspräsidenten auf, ihm die »Verweigerung«, wie sie im Louvre kurz genannt wurde, auszuhändigen. Der König warf einen Blick drauf, zerriß sie in vier Teile und gab sie Beringhen mit der Weisung, sie zu verbrennen. Hierauf schickte er die Gerichtsherren zurück an ihre Arbeit.

Nun beobachtete ich aber, daß die Herren gar nicht so bußfertige Miene machten, wie ich erwartet hatte, und befragte deshalb Fogacer.

»Warum sollten sie?« sagte er. »Dazu bestand gar kein Anlaß. Unsere dicken Kater haben, im Gegenteil, einen schlauen Schachzug getan. Sie haben sich das Wohlwollen des künftigen französischen Königs gesichert, indem sie sich der Erklärung des Majestätsverbrechens gegen seine Anhänger verweigerten. Worauf sie sich wieder beim regierenden König in Gunst gesetzt haben, indem sie seine Erklärung ohne Murren und Knurren schließlich doch registrierten. Somit stehen sie vor beiden Seiten gut da.«

»Und was haltet Ihr von den sich häufenden Horoskopen, die alle den Tod des Königs prophezeien, die einen für Ende August, die anderen für Ende Oktober?«

»Zunächst einmal, mein lieber Herzog, wird die Astrologie von unserer Heiligen Kirche als ketzerisch verdammt, denn niemand kennt die Zukunft als der Herrgott. Und dann ist die Idee, den Tod eines Menschen aus der Konstellation der Gestirne zum Zeitpunkt seiner Geburt ablesen zu wollen, eine unsägliche Dummheit. Wenn Ihr wollt, daß ein Astrologe den nahen Tod Eures geschworenen Feindes prophezeit, braucht Ihr ihm doch nur einen hübsch prallen Beutel in die Hand zu drücken und das erwünschte Todesdatum zu nennen.«

Wie gesagt, war ich mit dem König nach Compiègne gegangen, dann nach Orléans und kehrte nun endlich zurück nach Paris, und während Seine Majestät den Gerichtshof zur Räson brachte, eilte ich in die Rue des Bourbons. Um ein Haar wäre ich gestolpert und gestürzt, als ich die Freitreppe hinauflief, so klopfte mir das Herz, doch klopfte es noch ganz anders, als ich meine Catherine in die Arme nahm.

»Mein Lieber«, sagte Catherine, »Ihr kommt gerade recht. Das Essen steht auf dem Tisch. Ich sehe Euch an, daß Ihr einen Bärenhunger habt.«

»Hunger, mein Lieb, habe ich auf Euch.«

»Nein, nein!« rief sie, »keinen Tumult auf leeren Magen, bitte! Ihr selbst habt mich das périgordinische Sprichwort gelehrt: Nach dem Pansen das Tanzen. Nach – habt Ihr gehört? Nicht vorher! Kommt, lieber Herr, Euer Teller wartet.«

Nach dem Essen brachte die Amme unseren kleinen Emmanuel herein, der nun in sein drittes Jahr ging und schon auf festen kleinen Beinen umherstapfte. Sowie er mich sah, warf er seine Ärmchen empor und stürzte auf mich zu mit den Worten:

»Ah, mein kleiner Papa!« Denn klein nannte er alles, was er liebte, seinen Bär, seine Puppe, seinen Hund, seinen Kasper.

Ich war mein Leben lang so sehr in Kinder vernarrt, daß ich die galligen Menschen nicht begreifen kann, die andere, ob groß, ob klein, nicht um sich ertragen und auch Hunde, Katzen oder Pferde nicht, die einem doch so liebenswerte Gesellschaft sind, wenn man sie selbst großgezogen hat.

Mir scheint, daß solche Menschen das Schönste unseres Daseins versäumen, nämlich zu lieben und geliebt zu werden. Ich kann mir auch nicht vorstellen, wie sie in solch öder Verschlossenheit sich selber lieben können.

»Daß Ihr von Orléans in der Karosse des Königs heimgekommen seid, ist doch eine große Ehre, nicht wahr?« fragte Catherine.

»Eine große Ehre schon«, sagte ich, »aber keine große Freude, denn der König hat mir die Liste derjenigen diktiert, die in Verbannung gehen müssen.«

»Könnt Ihr mir sagen, wer es ist?«

»Das kann ich, denn zur Stunde sind sie bereits alle verhaftet. Die Liste ist lang: die Prinzessin Conti, die Herzogin d'Elbeuf, die Herzogin von Ornano, Madame de Lesdiguières, Madame du Fargis ...«

»Mein Gott! Lauter Damen! Und sie werden alle verbannt?«

»Liebchen, bedenkt, daß die Kabale der Reifröcke die allerschlimmste war. Doch keine Bange, auf der Liste fehlt es auch an Männern nicht. Ich nenne Euch nur den Pater Suffren ...«

»Den Beichtvater des Königs?«

»Ja, ja! Er hat intrigiert. Dann Doktor Vautier, den Leibarzt der Königinmutter, der bereits eingekerkert wurde. Und Bassompierre, der in der Bastille sitzt.«

»Bassompierre in der Bastille!«

»Er war, wie Ihr wißt, einer der Treuesten unter den Getreuen Henri Quatres, nur leider hat er sich inzwischen mit der Prinzessin Conti vermählt.«

»Eurer Halbschwester, mein Lieber!«

»Ja, leider! ... Schade für Bassompierre, denn nach und nach übernahm er die gefährliche Feindseligkeit seiner Gemahlin gegen den Kardinal. Im übrigen wähnte er sich, weil er eine Prinzessin geheiratet hatte, auch als Prinz und wurde immer hochnäsiger und bissiger.«

»Und warum wird er jetzt härter gestraft als die Herzöge?«

»Weil er ein sehr guter General ist und großen Schaden anrichten könnte, wenn ein Bürgerkrieg ausbräche. Eine von Gaston befehligte Armee zerstreut sich beim kleinsten Hauch wie eine Pusteblume. Aber eine von Bassompierre befehligte Armee könnte sogar einer Armee des Königs zu knacken geben.«

»Und was sagt das Pariser Volk dazu, daß die Königinmutter eingesperrt ist und so viele große Herrschaften verbannt werden?«

»Das Volk kümmert es wenig. Es kennt von den hohen Damen und Herren doch höchstens die Karossen, die mit Trara und Gepolter durch die engen Pariser Gassen brausen. Und wehe dem armen Schelm, der nicht rasch genug zur Seite springt! Er wird zerquetscht, ohne daß der glänzende Zug wegen solcher Kleinigkeit auch nur anhalten würde.«

* * *

Nun, Leser, was die Königinmutter anging, bewegten sich die Dinge keinen Deut. Nach Moulins wollte sie nicht. Ihr wurde Nevers vorgeschlagen. Sie lehnte ab. Dann Blois, aber sie wollte nicht.

Sie schrieb, sie habe »eine solche Behandlung von ihrem Sohn nicht verdient, und diese werde weder von Menschen noch von Gott gutgeheißen«. Da man sie einmal nach Compiègne verbannt habe, bleibe sie dort, man werde sie dort nur fortbringen können, wenn man sie »an den Haaren wegschleife«. (Sie hatte eine Vorliebe für dieses Bild, wie der Leser bemerkt haben wird.) Sie setzte hinzu, sie habe nur einen Wunsch, nämlich daß man sie von diesen Tausenden von Soldaten befreie, die sie gefangenhielten.

Da Richelieu in diesen Dingen nicht einen Finger hatte rühren wollen, weder was das Los der anderen Verbannten, noch was die Königinmutter betraf, bin ich fest überzeugt, daß Ludwig ihn auch in keiner Weise darüber konsultierte, wie dieses seltsame Ersuchen und das nicht minder seltsame Beharren der Königinmutter, in Compiègne zu bleiben, zu beantworten sei.

* * *

Das Verlangen der Königinmutter kam mir durch Monsieur de Guron zu Ohren, der mich bat, sein »bescheidenes« Mittagsmahl mit ihm zu teilen, von dem ich im voraus wußte, daß ich höchstens den fünften Teil davon essen würde, so pantagruelisch würde es sein.

Wie staunte ich, als seine Tür mir von der Zocoli geöffnet wurde, die Haare aufgesteckt wie eine Dame, kunstreich geschminkt und in einem Kleid, das zwischen dem adeligen Reifrock und dem bürgerlichen Kotillon die Mitte hielt. Beinahe hätte ich ihr, da ich sie so geputzt sah, die Hand geküßt. Doch kaum erblickte sie mich, als sie mir auch schon in die Arme flog und sagte, ich gefiele ihr von allen Edelmännern des Reiches am besten, und es sei ein Jammer, daß ich meiner Herzogin ein so treuer Gatte sei, sonst würde sie sich mir mit Haut und Haar ergeben.

»Aber was, zum Teufel, hast du hier zu suchen, Kleine?« fragte ich sie.

»Die Königinmutter hat mich nach dem ›Tag der Geprellten‹ vor die Tür gesetzt, weil sie den Verdacht hatte, daß ich es war, die den Riegel der kleinen Kapellentür geöffnet hat, durch die der Herr Kardinal hereinkam. Und als Monsieur de Guron mich auf der Straße und quasi im Rinnstein sah, hatte er ein christliches Erbarmen und nahm mich in sein Gesinde auf.«

»Und fühlst du dich wohl, meine Gute, in deiner neuen Anstellung?«

»Weiß Gott«, rief die Zocoli, »ich bin entzückt. Tagsüber ist wenig zu tun. Dafür viel in der Nacht.«

Schon erschien auch Monsieur de Guron, mit blitzenden Augen, rot im Gesicht, mehr breit als hoch, und ich hatte einen neuen Begrüßungssturm zu überstehen.

Erst nach der Hälfte des Mahls, als Guron halb gesättigt war (ich war es längst gänzlich), eröffnete er mir: »Ich bin beauftragt, Euch mitzuteilen – da Ihr in dieser Sache eine Mission erhalten werdet –, daß die Königinmutter jetzt in Compiègne bleiben will und daß sie verlangt, man solle die Soldaten abziehen, die sie bewachen. Was meint Ihr, mein lieber Herzog, was das bedeutet?«

»Daß sie so nahe wie möglich an den spanischen Niederlanden bleiben will; daß sie, sobald ihre Bewacher verschwinden, fliehen und sich dem Zugriff des Königs entziehen wird. Wenn sie nicht in die spanischen Niederlande geht, dann zumindest in einen französischen Ort nahe der Grenze.«

»Gut gedacht. Und wie kann der König, obwohl es an Lauschern um sie wimmelt, nicht wissen, daß sie sich mit dieser Absicht trägt?«

»Natürlich weiß er es. Kennt man schon den Namen der von ihr begehrten französischen Zuflucht?«

»Selbstverständlich. Es handelt sich um die Feste La Capelle, die in unmittelbarer Nähe des spanisch besetzten Avesnes liegt. Sie wird vom Marquis de Vardes befehligt und in seiner derzeitigen Abwesenheit von seinem Sohn, einem kleinen Heißsporn, der insgeheim zugesagt hat, die Königinmutter in seinen Mauern aufzunehmen. Und da nun sollt Ihr Euch einschalten, mein lieber Herzog. Während der König den jungen Vardes an den Hof ruft und ihn so lange wie nötig festhält, begebt Ihr, mein lieber Herzog, Euch mit verhängten Zügeln nach Gournay in der Normandie, wo sich der Marquis de Vardes derzeit aufhält, überredet ihn, nach La Capelle zurückzugehen und der Königinmutter seine Tore zu verschließen.«

»Und warum wurde ich zum *missus dominicus* erwählt?« fragte ich.

»Der Marquis de Vardes steht im Rang sehr hoch, und der König meint, daß er ihm seine Befehle wenigstens durch einen Herzog übermitteln muß.«

»Und was, meint Ihr, wird die Königinmutter tun, wenn sie die Tore von La Capelle verschlossen findet?«

»Das überlegt Euch selbst, mein lieber Herzog: eine Dummheit natürlich. Sie wird die Spanier von Avesnes um Gastrecht ersuchen, ohne irgend zu bedenken, daß sie dann als ›Abtrünnige gegen König und Vaterland‹ nie mehr den Fuß nach Frankreich setzen kann.«

Hier trat Schweigen ein.

»Ich möchte Euch, mein lieber Herzog, eine delikate Frage stellen«, sagte schließlich Guron. »Glaubt Ihr, daß der König, als er den Hof und die Königinmutter nach Compiègne einlud, schon daran dachte, was sich daraus ergeben würde?«

»Um aufrichtig zu sein, ich bin davon überzeugt. Warum wäre er sonst dem Verlangen der Königinmutter gefolgt, die bewachenden Truppen abzuziehen? Er kennt sie zu gut, um nicht zu wissen, was sie mit ihrer Freiheit anfangen wird.«

»Demnach hätte der König«, sagte Guron, »die Königinmutter Schritt für Schritt zu ihrem Fehler gedrängt.«

»Ganz sicher!«

»Mein Gott!« rief Guron. »Zeigt Ludwig damit nicht eine gewisse Ähnlichkeit mit dem von Machiavelli geschilderten Fürsten? Wer hätte ihm das angesehen? Wie der Schein doch täuscht!«

»Aber das muß er, mein lieber Guron. Das Wesentliche des Fürsten, den Machiavelli beschreibt, ist ja gerade, daß er nicht machiavellistisch wirkt. Wo bliebe die *finezza*, wenn man sich nicht über ihn täuschte?«

VIERZEHNTES KAPITEL

Ich hatte vorgehabt, zu meinem Besuch beim Marquis de Vardes in Gournay die eine Hälfte meiner Schweizer mitzunehmen, aber Richelieu, bei dem ich nach Seiner Majestät vorsprach, erklärte, meine Eskorte werde aus zwanzig königlichen Musketieren unterm Befehl von Monsieur de Clérac bestehen, um mir beim Marquis de Vardes größere Autorität zu verschaffen. Auch würde ich in einer Karosse mit dem königlichen Wappen reisen, zusammen mit meinem Junker und Graf von Sault.

Wenn die vielen Unkosten auch nicht meinetwegen gemacht wurden, schmeichelte mir dies doch im stillen, obwohl ich mich auch mit einer gewissen Unruhe fragte, ob ich all diese Menschen auf der langen Reise etwa aus meiner Tasche verköstigen und beherbergen solle. Kaum aber hatte ich vom Kardinal Urlaub genommen, als Charpentier in seinem Vorzimmer mich dieser Sorge enthob, indem er mir mit breitem Lächeln eine hübsch gerundete Börse überreichte. Und als ich fragte, ob ich dafür Rechenschaft geben müsse, sagte er: »Nein, nein! Die Mühsal will der Kardinal Euch nicht aufhalsen. Solltet Ihr etwas erübrigen, verfahrt damit nach Eurem Belieben.«

Dieses »nach Eurem Belieben« dünkte mich taktvoll, und ich gratulierte mir, es bei dieser Mission mit Richelieu zu tun zu haben und nicht mit dem König, denn der König, der unnötige Ausgaben und Luxus verabscheute, war für sich selbst und alle anderen knauserig wie keiner guten Mutter Sohn in Frankreich, während der Kardinal, der auf Repräsentation hielt, diese auch für seine Diener wollte und sie deshalb für die Arbeiten oder Aufträge, die sie für ihn erfüllten, gut entschädigte.

Als ich Catherine ankündigte, daß ich wieder auf Reisen gehen müsse, erntete ich, wie vorauszusehen, Tränen und Vorwürfe, denn Catherine fand, ich liebte allein den König und Richelieu; sie sei für mich doch »das fünfte Rad am Wagen«; ich hätte sie nur geheiratet, um es in meinen Nächten bequem zu haben, und anderes der Art.

Doch ich schloß sie einfach in die Arme, küßte sie tausendmal und flüsterte ihr ins Ohr, daß ich ja nur auf drei, vier Tage fortginge, daß meine Mission in keiner Weise Gefahr bedeute und daß sie mein süßes Herz und mein Goldengel sei. Und während ich sie so liebkoste, sagte ich mir, daß jeder unserer Fehler sich auch mit einer Tugend paare und daß Catherine zwar gewiß eine äußerst besitzergreifende, aber auch überaus liebevolle Gattin war.

Meine Catherine hatte ihre Tränen kaum getrocknet, als plötzlich mit großem Lärmen unser Tor aufging, die zwanzig Musketiere unter Monsieur de Clérac in unseren Hof einritten und Graf von Sault der königlichen Karosse entstieg.

Catherine hieß sogleich Madame de Bazimont die Herren von Sault und von Clérac in unserem Salon mit Wein und Leckereien bewirten und ebenso die Musketiere im Hof. Sie selbst aber führte als stolze Mama all den fremden Männern unseren kleinen Emmanuel vor.

Da Richelieu mir Eile befohlen hatte, mußte ich zum Aufbruch drängen. Höflich lud ich Monsieur de Clérac zu Graf von Sault und mir in die königliche Karosse ein, doch Clérac lehnte ab, er wollte an der Spitze seiner Musketiere reiten. Und vor Freude, mit seinem Bruder zusammen zu sein, tat Nicolas das gleiche. Womit er unrecht hatte, denn er war so lange Ritte nicht mehr gewöhnt, und als wir in Gournay anlangten, konnte er nur noch mit steifen Beinen gehen, zum großen Vergnügen der Musketiere.

Das Schloß des Marquis de Vardes im normannischen Gournay verdiente diesen Namen eigentlich nicht, denn es hatte nur einen einzigen Turm, der freilich sehr alt und sehr stattlich war. Und weil Monsieur de Vardes für reich galt, sagte ich mir, daß er wohl ein Knicker sein müsse, wenn er seiner Wohnstatt nicht die Türme hinzufügte, auf die sein alter Adel ihm ein Anrecht gab. Meine Vermutung bestätigte sich, denn so vollkommen höflich er Graf von Sault und mich auch willkommen hieß, zeigte er sich doch erschrocken bei der Vorstellung, all die Musketiere versorgen zu sollen, worüber ich ihn dank meiner gutgefüllten Börse zum Glück schnell beruhigen konnte.

Man muß zugeben, daß Mutter Natur den Marquis aber auch nicht großzügig ausgestattet hatte, denn er war klein und hohlbrüstig von Gestalt, und seltsam, sogar seine Gesichtsöffnungen,

Augen, Mund, Nasenlöcher, waren auffallend klein. Dafür sprach Monsieur de Vardes aber mit einer so volltönenden und starken Stimme, daß man sie eine Meile weit im Umkreis hören konnte. Auch fehlte es ihm weder an Geist noch an Entschlußkraft, wie sich in unserem Gespräch bald zeigte.

»Marquis«, begann ich ohne Umschweife, »Ihr seid Gouverneur der Feste La Capelle, die in Euer Abwesenheit von Eurem Sohn befehligt wird. Leider ist er in seinem jugendlichen Ungestüm im Begriff, einen Fehler zu begehen, der ihm und womöglich auch Euch als Majestätsverbrechen angerechnet werden wird, wenn wir ihn nicht schleunigst vor dem schlimmsten Verrat bewahren.«

»Was hat er getan? Was hat er getan?« fragte leichenblaß Monsieur de Vardes.

»Im Augenblick noch nichts. Doch müssen wir verhindern, daß er es morgen tut. Marquis, es handelt sich um ein Staatsgeheimnis, über das Ihr absolut schweigen müßt. Die Sache ist die: Morgen abend wird die Königinmutter aus Schloß Compiègne entweichen und in nördlicher Richtung bis La Capelle fliehen. Euer Sohn hat versprochen, ihr die Tore zu öffnen und ihr Asyl zu geben, solange sie will.«

»Was soll das?« rief Monsieur de Vardes, und seine starke Stimme blieb ihm in der Kehle stecken. »Ich vertraue ihm das Kommando über La Capelle an, und dann macht er so etwas! Ohne mich, seinen Vater, zu fragen! Wie kommt der Tollkopf dazu, dem König einen solchen Tort anzutun? Das ist schimpflicher Verrat, unverzeihliche Dummheit! Doch nun erklärt mir, Herzog, welches Interesse die Königinmutter haben kann, bei uns Zuflucht zu suchen?«

»La Capelle ist eine Festung«, sagte ich. »Die Königinmutter wird glauben, sich hinter Euren Mauerzinnen in besserer Verhandlungsposition gegenüber dem König zu befinden. Und wahrscheinlich hofft sie, wenn er sie in La Capelle belagern kommt, daß dann die Spanier aus dem nahen Avesnes ihr zu Hilfe eilen.«

»Und mein Sohn will meinen Namen und mein Geschlecht mit dieser Rebellion verbinden!« rief der Marquis. »Die Pest über diesen Grünschnabel! Gleich morgen früh«, setzte er hinzu, indem er mit der Behendigkeit eines Jungen aus seinem Lehnstuhl emporsprang, »gleich morgen früh reite ich hin und drehe dem Rotzbengel die Nase um! Taugenichts der! Galgenvogel! Laßt mich nur hinkommen, dann soll er seine Dummheit und seine Sünden beweinen!«

»Marquis«, sagte ich, »Ihr werdet Euren Sohn nicht in La Capelle finden. Als der König über die Pläne der Königinmutter unterrichtet wurde, hat er ihn in den Louvre befohlen und hält ihn dort zurück, ohne der Dinge irgend Erwähnung zu tun.«

»Was!« schrie Monsieur de Vardes zornbebend, »und inzwischen ist La Capelle ohne jedes Kommando, da können ja die Spanier von Avesnes die Feste überrumpeln, ohne daß Vater oder Sohn zur Stelle sind. Diese Desertion ist eine Niedertracht!«

»Marquis«, sagte ich, »da Ihr so schnell eine Eskorte nicht beisammen haben werdet, erlaubt Ihr, Euch meine anzubieten? Die Kosten dafür begleiche ich aus königlichen Mitteln.«

Dieses Argument rührte an den schwachen Punkt des Marquis, und selbstverständlich durfte ich mich von meiner Eskorte nicht trennen und ungeschützt nach Paris zurückkehren.

Nach dem Souper, das von mehr als mönchischer Dürftigkeit war, bat ich Graf von Sault in mein Zimmer, der sich auf meine Bitte jeden Eingriffs in das vorangegangene Gespräch enthalten hatte, und ich fragte ihn, welchen Eindruck er von unserem Gastgeber gewonnen habe.

»Zunächst fragte ich mich, ob Vater und Sohn nicht unter einer Decke steckten«, sagte er, »denn es erschien doch sehr unverständlich, daß ein so junger Mann es sich in den Kopf gesetzt hätte, sich gegen den König aufzulehnen zu einem Zeitpunkt, da alle Aufrührer mit Verbannung oder Bastille bestraft werden. Doch der Zorn des Alten beseitigte meinen Verdacht. Jetzt frage ich mich nur, was geschieht, wenn der Sohn von Monsieur de Vardes inzwischen nach La Capelle zurückgekehrt ist und sich weigert, seinem Vater die Tore zu öffnen?«

»Ein schöner Salat, denke ich!«

»Und angenommen, die Königinmutter kommt noch hinzu, was macht Ihr dann, Monseigneur? Wollt Ihr sie festnehmen?«

»Gott sei Dank, habe ich dazu nicht den Befehl. Und ich würde mein Hemd verwetten, daß der König auch niemanden auf die Spur der Königinmutter setzen wird, was ihm ja leichtfiele, da er die Stunde ihrer Flucht ebenso kennt wie ihren Weg.«

»Und warum?«

»Weil er seine Mutter lieber außerhalb des Reiches weiß als drinnen.«

»Und Ihr meint, daß sie diesen heillosen Fehler begehen wird, sich zu den Spaniern zu flüchten, wenn sie La Capelle verschlossen findet?«

»Der König denkt, daß sie es tun wird. Er kennt ihren Charakter: grenzenloser Trotz und geringes Urteilsvermögen. Der König hat die Truppen aus Compiègne abgezogen und weiß, daß sie keinen Augenblick zögern wird, dem eben geöffneten Käfig zu entfliehen, weil sie glaubt, ihrem Sohn einen bösen Streich zu spielen, den sie aber in Wahrheit sich selber spielt.«

* * *

Gegen zehn Uhr abends standen wir unter den Mauern von La Capelle. Eine Wolke, schwarz wie Tinte, verbarg uns jäh den glänzenden Mond, der unsere Wege bisher erhellt hatte. Auf einmal war es stockfinstere Nacht, und wir mußten Fackeln anzünden, um uns zurechtzufinden. Das Tor von La Capelle war, wie erwartet, hoch, eisenbeschlagen und sicherlich dreifach verriegelt. Monsieur de Clérac ließ zwei seiner Musketiere klopfen, was sie mit Vergnügen und viel Spektakel taten. Nach einer Weile erschien über den Torzinnen ein zerstrubbelter Kopf.

»Meine Herren«, rief der Wächter, »seid Ihr Männer der Königinmutter?«

In dem Moment kam Monsieur de Vardes aus der Karosse gesprungen wie ein Springteufel aus dem Kasten.

»Holla!« schrie er mit Stentorstimme, »eine Fackel her, damit der Galgenstrick mich erkennt! Nein, nein, Sergeant, wir sind nicht von der Königinmutter, wir sind treue Untertanen des Königs von Frankreich und gehorchen ihm allein. Und jetzt öffne, Kerl!«

»Es ist nur, Herr Marquis, weil wir Befehl haben, nur der Königinmutter zu öffnen.«

»Und Befehl von wem, Höllenbraten? Von meinem Sohn! Wer befiehlt in La Capelle? Mein Sohn oder ich? Wer hat den königlichen Auftrag zu diesem Befehl? Öffne, Sergeant, und zwar schnell, oder ich lasse das Tor in die Luft jagen und euch alle mit!«

Die Drohung wirkte, Die Zinnen besetzten sich im Nu mit schreienden und fuchtelnden Gestalten, die Flüche gegen den Sergeanten ausstießen, und in Kürze tat sich das Tor auf, so daß der Marquis, ich, Graf von Sault, Clérac und unsere Musketiere einziehen konnten.

Wir hatten kaum in einem zugigen Saal um einen Tisch aus rohem Holz Platz genommen, als überraschend ein schmucker junger Mann hereintrat. Seine hübschen Züge und seine langen, gelockten Haare wurden aber nicht eben durch einen lebhaften Blick ergänzt, und ich sagte mir, daß der Sohn des Marquis de Vardes wohl mehr durch sein Aussehen als durch Geistesgaben glänzte.

»Herr Vater«, sagte er, indem er sich verneigte, »ich entbiete Euch meinen Respekt.«

Der Marquis bedeutete ihm mit einer Geste, sich zu setzen und den Mund zu halten. Schweigen trat ein. Der Marquis maß seinen Sohn eine Weile mit funkelnden Augen, und um einer Auseinandersetzung zwischen Vater und Sohn zuvorzukommen, stellte ich dem jungen Mann einige Fragen.

»François«, sagte ich, »wie kamt Ihr dazu, der Königinmutter in La Capelle Gastrecht anzubieten?«

»Ich habe es ihr nicht angeboten«, erwiderte der Sohn. »Ich wurde in ihrem Namen inständig darum ersucht.«

»Von wem?«

»Dem Comte de Moret.«

»Ach, Comte de Moret!« rief der Marquis voller Verachtung.

»Der Comte de Moret«, erklärte François, »kam von Compiègne eigens nach La Capelle, um mich zu bitten, ja anzuflehen, ich möge der Königinmutter in La Capelle Aufnahme gewähren.«

»Und Ihr habt zugesagt?«

»Ja, Monseigneur.«

»Ohne zu bedenken, daß die Königinmutter dem Befehl des Königs zuwiderhandelt, wenn sie Compiègne aus eigenen Stücken verläßt, und daß Ihr Euch zu ihrem Komplizen macht, wenn Ihr sie in La Capelle aufnehmt?«

»Sie tat mir so leid, Monseigneur. Und das Ersuchen erschien mir so bedeutend, da ein Prinz von Geblüt es mir antrug.«

»Der Comte de Moret ist kein Prinz von Geblüt«, sagte Monsieur de Vardes. »Er ist ein königlicher Bastard.«

»Und wie kommt es«, fragte ich, »daß Ihr dem Comte de Moret die Zusage gabt, ohne zuvor den Marquis de Vardes zu fragen, der nicht nur Euer Vater, sondern auch der Gouverneur von La Capelle ist?«

»Ich dachte, daß er nicht einverstanden sein würde.«

»Warum?«

»Weil mein Herr Vater den Kardinal und seine Politik bewundert.«

»Ihr glaubtet also, Ihr könntet die Dinge besser beurteilen als Euer Vater?«

»In diesem Fall, ja.«

»Aber der König hält Kardinal Richelieu in hoher Wertschätzung, seit Jahren verteidigt er ihn gegen die verschiedenen Kabalen. Meint Ihr, Ihr versteht besser als Seine Majestät, was dem Reich frommt?«

Hierauf blieb François stumm, und der Marquis de Vardes sagte, diesmal ohne jede Schärfe, nur mit Resignation: »Mein Herr Sohn, Ihr seid der größte Schafskopf der Schöpfung.«

»François«, fragte ich, »seid Ihr von selbst an den Hof gegangen?«

»Nein, Monsieur! Der König forderte mich dazu auf.«

»Und was hat er Euch gesagt?«

»Kein Wort.«

»Da er Euch rief, kam Euch dennoch nicht der Verdacht, daß er über Euer Vorhaben, die Königinmutter in La Capelle aufzunehmen, Bescheid weiß?«

»Nein, Monseigneur. Und weil das Schweigen des Königs anhielt, bat ich um meinen Urlaub, den Seine Majestät mir verweigerte.«

»Ihr seid doch aber hier?«

»Weil ich geflohen bin.«

»Geflohen!« schrie der Marquis auf. »Himmelsakra! Soll das heißen, Ihr habt den Louvre ohne königliche Erlaubnis verlassen?«

»So ist es«, sagte François und senkte den Kopf.

Sprachlos sahen wir einander an.

»François«, schrie der Marquis de Vardes, »wißt Ihr, was Ihr da getan habt? Einen solchen Ungehorsam kann Seine Majestät Euch niemals verzeihen! Euch bleibt nur dreierlei: lebenslängliche Verbannung, die Bastille oder sogar das Henkersbeil.«

»Marquis«, sagte ich, als Monsieur de Vardes mir hiernach mein Zimmer zeigte, »für mein Gefühl muß Euer Sohn unverzüglich das Land verlassen.«

»Das denke ich auch. Aber wohin kann er gehen? In die Niederlande? Nach Lothringen? Nach Deutschland? Die Länder sind unsere Feinde, und ein Aufenthalt dort würde den Vorwurf des Verrats nur bekräftigen.«

»Es bleibt England«, sagte ich. »In London habe ich eine Freundin, Lady Markby. Sie ist eine hohe und reiche Dame, die Euren Sohn in ihr Gesinde aufnehmen und ihn auf einen guten Weg bringen könnte.«

* * *

»Monsieur, auf ein Wort, bitte.«

»Haben Sie eine Frage, schöne Leserin?«

»Mehrere, wenn Sie erlauben. Zuerst die: Warum ist es ein solches Vergehen, wenn die Königinmutter nach Avesnes zu den Spaniern flüchtet?«

»Weil die Spanier unsere schlimmsten Feinde sind. Ihre Gastfreundschaft zu erbitten heißt, das Vaterland und den König zu verraten.«

»Aber Gaston hat soundso oft das gleiche getan. Nach allem, was ich nun schon gelesen habe, ist er doch schon mehrmals zum Herzog von Lothringen gegangen, der ebenfalls unser schlimmster Feind ist.«

»Das ist nicht dasselbe. Gaston ist, wie ich mehrmals betonte, der präsumtive Thronfolger, weil sein älterer Bruder keinen Dauphin hat. Wohin er auch geht, Gaston verliert weder sein Geblüt noch seinen Rang, noch sein Erbrecht. Hingegen ist die Königinmutter außerhalb des Reiches nicht mehr Königinmutter. Sie ist nichts mehr, und anders als Gaston hat sie keine Zukunft. Dieses ›nichts‹ bedeutet immense sowohl materielle wie moralische Verluste. Sie verliert Paris, sie verliert den Louvre, sie verliert ihre schönen Residenzen in den Provinzen, sie verliert vor allem ihr prächtiges Palais du Luxembourg, das sie so sehr liebt. Sie läßt ihren Besitz hinter sich, Einkünfte von über einer Million, ungeachtet der großzügigen jährlichen Gratifikationen des Königs. Sie ist nicht mehr die höchste Fürstin Frankreichs. Sie kann nicht mehr am Königlichen Rat teilnehmen oder aber sich weigern, daran teilzunehmen, eine andere

Art, ihre Macht zu zeigen. Sie hat nicht mehr den geringsten Einfluß auf die Reichsgeschäfte.«

»Meinen Sie, daß Ludwig sie eines Tages nach Frankreich zurückrufen wird?«

»Ich bin überzeugt, daß er es nicht tut. Darf ich zur Abwechslung jetzt Sie etwas fragen? Nur müßte ich Sie bitten, sich dazu an die Stelle der Königinmutter zu versetzen.«

»Gut, ich versuche es.«

»Die Königinmutter ist also aus Compiègne geflohen. In Sains erfährt sie, daß die Feste La Capelle sich ihr nicht öffnen wird. Hierauf ergeht sie sich in Beschuldigungen: Sie habe Frankreich ja nicht verlassen wollen, da La Capelle ihr aber verschlossen blieb, habe sie das Reich verlassen müssen, und genau das hätten ihre Feinde gewollt. Was halten Sie von dieser Anklage?«

»Daß daraus ein kindisches schlechtes Gewissen spricht. Die Königinmutter war keinesfalls gezwungen zu tun, was ihre ›Feinde‹ wollten. Sie konnte nach Compiègne zurückkehren oder in eine andere französische Stadt gehen, zum Beispiel nach Saint-Quentin, um erneut mit dem König zu verhandeln.«

»Ausgezeichnet! Statt dessen, schöne Leserin, trifft sie am 30. Juli 1631 um vier Uhr nachmittags in Avesnes ein und steigt in Abwesenheit des Gouverneurs in einem bescheidenen Gasthof ab, zu bescheiden für die Prunkgewohnte, und so ist sie zehn Tage später in Brüssel, wo sie von den Spaniern nicht mit allen Ehren, sondern nur mit einigen empfangen wird.«

»Warum nur mit einigen?«

»In Paris, im Königlichen Rat, im Kampf gegen Ludwigs antispanische Politik war die Königin der spanischen Regierung überaus nützlich. In Brüssel ist ihr die herrische alte Dame nicht mehr viel wert. Schon leicht enttäuscht, schreibt sie Ludwig einen Brief. Was hätten Sie ihm an ihrer Stelle geschrieben?«

»Himmel, Monsieur! Was Sie von mir verlangen!«

»Nur mutig! Folgen Sie einfach Ihrem Instinkt!«

»Nun, ich hätte gesagt, daß ich den Kopf verloren hätte und mich deshalb aber sehr unglücklich fühle. Ich hätte den König um Verzeihung gebeten, daß ich mich im Kapitel Richelieu so uneinsichtig gezeigt habe, und meinen Sohn gebeten, mir meine unselige Flucht zu vergeben und die Rückkehr an den Hof zu erlauben, ich würde mich künftighin jeglicher Reden und Taten gegen den Kardinal enthalten.«

»Schöne Leserin, Sie sind vier Jahrhunderte zu spät geboren. Sie hätten eine geradezu vollkommene Königinmutter abgegeben, und der König hätte nach Erhalt Ihres Briefes nicht anders gekonnt als Ihr Los zu bessern, zunächst sicherlich nicht ohne Mißtrauen und ohne einige Prüfungen. Aber ach! die wirkliche Königinmutter schrieb dem König, ohne ihm einen Olivenzweig zu reichen. Im Gegenteil! Ihr Schreiben ist voller Haß und Rachsucht, und vor allem strotzt es von schamlosen Lügen. Erlauben Sie, daß ich es zusammenfasse: Wenn ich heute außerhalb Frankreichs bin, so ist das einzig die Schuld des Kardinals. Er hat mich in die Flucht getrieben. (Es war jedoch der König, und allein der König, der die Truppen, die sie bewachten, auf ihre Bitte hin abgezogen hat.) Es war der Kardinal, der mir die Falle La Capelle gestellt hat. (In Wahrheit war es der Comte de Moret, der den jungen François de Vardes dazu bewog, seiner Herrin das Stadttor von La Capelle zu öffnen.) Doch weiter: Indem Richelieu La Capelle einnahm (Richelieu hat La Capelle niemals eingenommen, die Feste ergab sich von selbst ihrem Gouverneur), hat er mich gezwungen, die Grenze zu überschreiten, was ich immer am meisten gefürchtet habe. (Warum hat sie es dann getan?) Ferner erklärt sie, daß sie die Grenze überschritten habe, weil sie von der Kavallerie des Königs verfolgt worden sei. (Pure Erfindung. Es gab weit und breit keine königlichen Soldaten außer den Musketieren, die, als sie an La Capelle vorüberzog, friedlich schliefen.) Der Brief der Königinmutter gipfelt in dem Vorwurf, der Kardinal wolle Mutter und Sohn aus Frankreich verjagen. Was eine weitere Lüge ist. War es Richelieu, der Gaston wiederholt gezwungen hat, nach Lothringen zu gehen, und der die Königinmutter zwang, nach Brüssel zu gehen?«

»Und was schließen Sie aus alledem, Monsieur?«

»Daß die Königinmutter, nachdem sie den Krieg auf dem einen Feld verloren hat, ihn kindisch durch einen Brief zu gewinnen versucht, den sie auch noch veröffentlicht, womit sie ihre Chancen nun erst recht verschlechtert hat. Und sollten es ihre Räte gewesen sein, die ihr diese Kampfschrift diktierten, hätten sie nicht mehr Urteil als sie selbst bewiesen, und wir dürfen uns auf weitere ebenso ungeschickte Initiativen gefaßt machen.

Denn daß die Königinmutter den Brief veröffentlicht, der ihren Sohn anklagt, heißt doch, daß sie die ihrem Sohn feindlichen Reiche auffordern will, sich ihrer Sache anzunehmen und sie zu unterstützen. Und weil der König sich gegen diese falschen öffentlichen Anklagen verteidigen muß, wird nun auch seine Antwort veröffentlicht. Sie hält sich in maßvollen Worten. Sie schont die Königinmutter. Sie klagt sie nicht der Lügen an, sondern staunt nur, daß ›jene, die sie diesen Brief schreiben ließen, sich nicht geschämt haben, unwahre Tatsachen vorzubringen‹.

Bedauerlicherweise, schöne Leserin, leidet die Königinmutter, wie Sie wissen, an heillosem Starrsinn. Montaigne sagt zu diesem Thema: ›Starrsinn ist der sicherste Beweis von Dummheit.‹ Meines Erachtens hätte er seiner Definition noch Hochmut und schlechtes Gewissen hinzufügen können, denn der Starrsinnige versucht immer, sich selbst wie den anderen die Schwäche seiner Gründe zu verhehlen, indem er ungefähre Angaben, Ausflüchte oder Ungenauigkeiten benutzt.

Zum Starrsinn der Königinmutter kommt noch ein Element hinzu: das Gefühl ihrer Straflosigkeit. In Frankreich hatte sie tatsächlich keinerlei Sanktionen zu befürchten, sie war die zweite Person im Staat. Aber seit sie willentlich die Grenze überschritten hat, liegen die Dinge anders. Damit ist sie unendlich verletzbar geworden, und weil sie sich dies nicht im mindesten bewußt macht, fährt sie in ihren Attacken fort. Unbesonnen und kindisch in Haß und Rachsucht, verfällt sie darauf, ein Schreiben gleichen Wassers wie jenen Brief an ihren Sohn nun auch an den Pariser Obersten Gerichtshof zu senden. Sie geht noch weiter, sie erhebt beim Gerichtshof Klage gegen Richelieu!

Was, zum Teufel, hat sie sich dabei gedacht? Es wäre zum Lachen, wenn es nicht zum Weinen wäre, auch um sie. Denn dieses schamloses Vorgehen erbittert den König in solchem Maße, daß er persönlich vors Oberste Gericht geht, den verleumderischen Charakter des mütterlichen Antrags klarstellt, ihn zu unterdrücken befiehlt und die Räte der Königinmutter als des höchsten Majestätsverbrechens schuldig verklagt. Nicht nur das, er zieht sämtliche Einkünfte seiner Mutter in Frankreich ein und beschlagnahmt sie, und sie macht zum erstenmal in ihrem Leben die demütigende Erfahrung, bestraft zu werden.

Und das, schöne Leserin, ist eine weit schwerere Sanktion, als es auf den ersten Blick erscheinen mag. Denn Ludwig weiß, wie schrankenlos seine Mutter Geld vergeudet und von jeher vergeudet hat. Denken Sie nur daran, daß es der erste Akt ihrer Regentschaft war, den von Henri Quatre so emsig angehäuften Staatsschatz der Bastille zu plündern, und wie schnell ihr all dieses Geld zwischen den Fingern zerrann. Von da an machte sie Schulden, für die der Staat aufkommen mußte. Trotzdem, sparen Sie sich Ihre Tränen, schöne Leserin. Als die Königinmutter vom Louvre nach Compiègne ging und von Compiègne nach Brüssel, nahm sie wie stets all ihr Geschmeide mit, und das waren so viele und so schwere Stücke, daß sie in einer speziellen Kutsche transportiert werden mußten. Hätte sie in ihrem Exil ein bißchen hausgehalten und ab und zu ein Schmuckstück verkauft, hätte sie bis ans Ende ihrer Erdentage behaglich leben können.

Was den König angeht, der sich als Kind immer wünschte, einmal ›Ludwig der Gerechte‹ zu heißen, so hat er lange überlegt, bevor er seiner Mutter Güter und Einkünfte entzog. Was ihn schließlich zu dieser Maßnahme bewog, muß die Erinnerung an jene Goldmillion gewesen sein, die die Königinmutter ihrem jüngsten Sohn gegeben hatte, damit er eine Armee gegen ihn sammle. Damit stand sein Entschluß fest. Er wollte verhindern, daß französische Steuergelder ins feindliche Ausland flossen und der Königinmutter halfen, einen neuen Bürgerkrieg im Vaterland anzuzetteln, dem sie den Rücken gekehrt hatte.«

»Eine letzte Frage, Monsieur: Was wird nun aus ihr?«

»Die Antwort auf Ihre Frage, schöne Leserin, ist nicht ganz einfach, denn sie umfaßt etliche Jahre, in denen die Königinmutter von Flandern nach England, von England nach Holland, von Holland nach Deutschland zog. Überall wurde sie zunächst freundlich aufgenommen, doch machte sie sich so rasch unbeliebt, daß man sie bald verabschiedete. Und weil sie bedenkenlos ausgab, hatte sie bald keinen Schmuck mehr zu versetzen und geriet in solche Bedrängnis, daß sie in Köln von einem unbezahlten Hotelier hinausgeworfen worden wäre, hätte Rubens ihr nicht geholfen. Zu klug übrigens, sie zu sich einzuladen, bot er ihr eins seiner Häuser zu freier Nutzung. Er kannte die Königinmutter seit langem, bekanntlich hat er ihr

Leben auf vierundzwanzig Leinwänden festgehalten, die einen Flügel des Palais du Luxembourg zieren.

In Frankreich wurde zweimal die Frage erhoben, ob man ihrer Verbannung nicht ein Ende setzen und ihr die Heimkehr erlauben solle. Das erstemal 1637 durch Pater Gaussin, der diese Frage dem König vortrug, doch der König lehnte ab. ›Sie ist vollends spanisch geworden‹, sagte er, ›und weil sie zu starrsinnig ist, um ihre Meinung zu ändern, würde sie nur wieder Unruhen stiften.‹

Als der König 1639 von seinem Beichtvater erneut bedrängt wurde, befragte er seine Minister in schriftlicher Form über die Rückkehr der Königinmutter. Sie befanden einstimmig, daß diese nicht wünschenswert sei. Die Königinmutter starb am dritten Juli 1642 in dem Haus von Rubens. Sie lebte sehr einsam dort, Rubens war vor ihr gestorben, und ihre Räte hatten sich längst davongemacht wie Ratten von einem sinkenden Schiff.«

FÜNFZEHNTES KAPITEL

Nachdem die Königinmutter sich selbst aus Frankreich verbannt hatte und die von ihr angestiftete Kabale zerstreut und zerschlagen war, wollte Ludwig urbi et orbi zeigen, in wie hoher Wertschätzung er den Minister hielt, der ihm inmitten so vieler Prüfungen so trefflich gedient hatte: Er erhob das Erbland des Kardinals von Richelieu zum Herzogtum und zur Pairie.

Der Kardinal-Herzog schwor am fünften Dezember 1631 den Treueid vor den Pairs, zu denen ja auch ich gehörte. Es versteht sich, daß die Erhebung des Kardinals in diesen hohen Adelsrang bei nicht wenigen Anwesenden grimmiges Zähneknirschen auslöste. Für den Augenblick hatte der König die Kabale besiegt, doch der Haß gegen Richelieu flammte immer aufs neue auf. Weder die Königinmutter noch Gaston enthielten sich weiterer Versuche, den Minister zu stürzen. Mit unseren Feinden im Ausland verbündet, die Königinmutter mit den niederländischen Spaniern, Gaston mit dem Herzog von Lothringen, wirkten sie für einen Bürgerkrieg in ihrem eigenen Land, gegen ihr eigenes Blut.

Doch war Ludwig dank Richelieu und seinen Spionen bestens über ihre Unternehmungen unterrichtet. So erfuhr er, daß die Königinmutter sich bemühte, die Festungen längs unserer Nordgrenze für ihre Sache zu gewinnen, so wie sie es schon mit La Capelle versucht hatte. Darum verlegte er eine Armee in die Champagne, und als er hörte, daß der Gouverneur von Calais bereit war, seine Stadt der Königinmutter auszuliefern, jagte er an der Spitze einer anderen Armee mit verhängten Zügeln dorthin, entließ den Gouverneur und ersetzte ihn durch Monsieur de Chaumont. Hierauf stieß er, wie mir berichtet wurde, einen großen Seufzer der Erleichterung aus, denn der Hafen von Calais in Händen der Königinmutter hätte bedeutet, daß die niederländischen Spanier in Frankreich hätten eindringen können, wann immer sie wollten.

Dann wandte sich Ludwig gegen seinen erklärten Feind, den Herzog von Lothringen, Gastons Freund und Bundesgenosse in allem, was Gaston bisher gegen seinen Bruder unternommen hatte.

Wie der Herzog von Savoyen in Italien, so gehörte der Herzog von Lothringen zu jener Gattung von Möchtegern-Königen, die immer versuchen, sich auf Kosten ihrer Nachbarn ein Königreich zusammenzukratzen. So wollte Karl IV. von Lothringen zu gern die Stadt Bar und das Land Barrois annektieren, das einer zweifelhaften Erblinie nach seiner Gemahlin Nicole zustand. Das Barrois war aber leider ein Lehen der französischen Krone, und besagte Krone gab ihre Lehen nicht so leicht ihren Nachbarn ab.

Hinter diesem Beschwerdegrund Karls IV. verbarg sich noch ein anderer. Er fand es skandalös, daß die Franzosen noch immer die drei Bistümer Metz, Toul und Verdun beanspruchten. Diese Okkupation ging auf Heinrich II. zurück, ohne daß er diese Städte nachweislich erobert hatte. Die Wirklichkeit sah anders aus. Die lutherischen deutschen Fürsten hatten ihn damals gerufen, sie zu besetzen, um zu verhindern, daß der Herzog von Lothringen sie sich aneigne, was ihn sehr gestärkt hätte, denn die drei Städte waren reich, hielten große Messen ab und prosperierten durch fruchtbaren Handel mit dem Osten. Und Heinrich II. besetzte die drei Bistümer, weil dies unsere Ostgrenze gegenüber Lothringen und dem Kaiser festigte.

Henri Quatre, klug wie stets, verstärkte die Handhabe auf die drei Bistümer, und Ludwig XIII. übertrug Richelieu die Befestigung Verduns, um seine Ostgrenze noch unangreifbarer zu machen. Was den Haß des Herzogs von Lothringen auf Frankreich nur steigerte. Weil er es aber nicht offen angreifen konnte, bereitete er ihm, wie man sah, einen versteckten und hinterhältigen kleinen Krieg, indem er Gastons Extratouren gegen seinen Bruder unterstützte.

Nachdem die Kabale niedergeworfen war, mußte darum auch Lothringen zur Räson gebracht werden, und ohne einen Schuß Pulver marschierte der König dort ein.

Ich nahm an diesem Feldzug teil, weil der Herzog zwar Französisch sprach wie Sie und ich, in Ludwigs Gegenwart aber vorgab, nur Deutsch zu können. Die kindische Komödie dauerte nicht. Der Herzog sah ein, daß meine Übersetzungen vom Deutschen ins Französische und vom Französischen ins Deutsche die Verhandlung viel zu sehr in die Länge zogen, wo er uns doch lieber heute als morgen aus seinem Land abziehen sah.

Allerdings blieben wir länger als gewollt. Und zwar aus folgendem Grund. Bevor Ludwig Paris verließ, hatte er auf Richelieus Anregung ein außerordentliches Gericht geschaffen, das für Staatsverbrechen zuständig war. Gegen dieses Chambre de l'Arsenal genannte Gericht liefen unsere Gerichtsherren Sturm, weil es ihr Monopol schmälerte. Obwohl sie durchaus begriffen, daß die Länge und die Aufschübe im Prozeß des Marschalls von Marillac ihnen diesen Rüffel eingetragen hatten, denn der König wollte schnelle und exemplarische Verfahren für Staatsverbrecher.

Nach Ludwigs Aufbruch nach Lothringen nun, durch die Abwesenheit des Herrschers erkühnt und stets bestrebt, die eigenen Rechte zu verteidigen und sogar zu mehren, verbot der Gerichtshof der Chambre de l'Arsenal zusammenzutreten. Als Ludwig von diesem Autoritätsmißbrauch hörte, geriet er über die Anmaßung in jenen kalten Zorn, den seine Entourage fürchtete. »Was soll das?« sagte er zähneknirschend. »Mein Gerichtshof wagt es, mir zu trotzen?«

Der Entschluß war wie immer schnell gefaßt. Er schickte unter starker Eskorte einen Marschall und den Siegelbewahrer nach Paris und forderte die Gerichtsherren auf, in ihren eigenen Karossen zu ihm nach Metz zu kommen.

Schöne Leserin, täuschen Sie sich hierüber nicht. Diese Reise war schon an sich eine Strafe. Zum ersten, weil sie im kalten Dezember über vereiste Straßen führte und weil alles zu Lasten der Reisenden ging: Nachtlager an den Etappen, Verköstigung, Heu und Ställe für die Pferde. Nun, der König wußte gut, daß unsere habsüchtigen Richter die Hände lieber über den Talern der Kläger schlossen, als sie für eigene Ausgaben zu öffnen.

Etwas weniger reich und völlig zerschlagen in Metz angelangt, quartierten sich die Gerichtsherren ein, wie sie konnten, und der König ließ sie noch zwanzig Tage warten, ehe er ihnen Audienz gewährte. Endlich empfing er sie, und das, um ihnen auf eine Weise die Flügel zu stutzen, die in jedem Punkt an die Saftigkeiten seines Vaters erinnerte.

»Meine Herren«, sagte er, »ich will Eure Vorhaltungen nicht mehr hören, und ich dulde nicht, daß Ihr Euch in Dinge einmischt, die meine Sache sind. Dieser Staat ist monarchisch. Alle Dinge hängen vom Willen des Fürsten ab, der Richter einsetzt, wie es ihm gefällt. Ich dulde nicht, daß Ihr gegen die königliche Autorität streitet. Ihr seid nur befugt, über Meister Pierre und Meister Jean zu urteilen. Wenn Ihr in Euren Machenschaften fortfahrt, beschneide ich Euch die Nägel, daß es weh tut.«

Nachdem er dem Gerichtshof derweise die Flötentöne beigebracht hatte, kehrte Ludwig am neunten Februar 1632 mit seiner Armee nach Frankreich zurück, und diesmal, dank ganz spezieller Gnade Seiner Majestät, machten die Herren vom Gerichtshof die Reise auf Staatskosten, was ihnen, wie Henri Quatre gesagt hätte, »ein kleiner Löffel Honig war nach all dem Essig, den sie hatten schlucken müssen«. Bei unserem letzten Souper zitierte ich Nicolas zu seinem hellen Vergnügen den originalen Ausspruch: »Fliegen fängt man besser mit einem Löffel Honig als mit einem Faß Essig.«

* * *

Endlich wieder daheim, mußte ich Catherine bei Tisch alles des langen und breiten berichten, was sie mit Genugtuung anhörte. Dann rückte sie mit ihren Hintergedanken heraus.

»Und bei wem wohntet Ihr in Metz?«

»Bei einer älteren Dame.«

»Macht Ihr sie nicht mit Absicht älter?« fragte sie mißtrauisch.

»Mit Absicht nicht«, sagte ich, »allerdings kenne ich mich im Alter von Damen nicht besonders aus. Vielleicht«, setzte ich mit einer Spur Bosheit hinzu, »fragt Ihr hiernach den guten Schomberg.«

»Wieso Schomberg?«

»Weil ich das Zimmer mit ihm teilte.«

»Ach! Ein Marschall von Frankreich und ein Herzog und Pair in einem Zimmer? Warum mußtet Ihr Euch denn ein Zimmer teilen?«

»Der Platzmangel zwang dazu. Metz ist eine schöne und gute Stadt, aber nicht sehr groß, und wir waren viele.«

»Und wie«, kam sie vom Hahn auf den Esel, »fandet Ihr die Lothringerinnen?«

»Was soll ich Euch dazu sagen, meine Liebe?«

»Die Wahrheit.«

»Ich steckte bis zum Hals in Verhandlungen und habe sie nicht gesehen.«

»Es kann doch nicht sein, daß Ihr sie nicht gesehen habt. Zum Teufel! Ihr seid doch nicht blind, schon gar nicht auf dem Gebiet.«

»Gut, dann würde ich sagen, daß sie eher groß sind.«

»Wie groß?«

»Manche, nach flüchtigem Blick, fast so groß wie ich.«

»Ihr habt sie wohl sehr von nahem gemessen?«

»Madame, ich sagte: auf flüchtigen Blick.«

»Nun, einerlei!« Und die Batterie wechselnd, setzte sie mit unendlicher Verachtung hinzu: »Große Frauen, große Füße.«

»Kann sein. Die habe ich nicht gesehen. Ihr wißt ja, die Füße bleiben unterm Reifrock versteckt.«

»Dann habt Ihr also auf die Reifröcke gestarrt und ihr Schaukeln verfolgt, wenn Lothringerinnen vor Euch auf der Straße gingen.«

»Diese reizende Wellenbewegung, Madame, die dem weiblichen Becken zu danken ist, gibt es nicht nur in Metz zu sehen. Ich habe sie auch bei Euch bewundert.«

»Wann?«

»Zum erstenmal in Eurem Haus in Saint-Jean-des-Sables, als Ihr nach unserer ersten Unterhaltung davongingt. Um durch die Tür zu kommen, bewegtet Ihr Euch graziös zur Seite, damit Euer Reifrock durch die schmale Öffnung paßte. Und das machtet Ihr mit einem allerliebsten Schwung Eures Oberkörpers und Eures Reifrocks, und ich war total entzückt.«

»Wie, mein Herz! An dieses Detail erinnert Ihr Euch? Und ich fürchtete so sehr, Ihr würdet mich linkisch finden.«

»Linkisch, meine Liebste! Ganz im Gegenteil, ich fand Euch anbetungswürdig.«

»Ach, Monsieur, welch goldene Sprache Ihr zu führen wißt! Und wie hübsch Ihr die Dinge sagt!«

Damit schlang sie mir beide Hände um den Hals, erstickte mich mit ihren Küssen wie auch ich sie mit meinen. Und willst du den Grund meiner Seele kennen, Leser, dann wisse, was ich oft gedacht habe: nämlich daß ich nur darum glücklich bin, ein Mann zu sein, weil es auf der Welt Frauen gibt. Und daß ich alle Tage glühende Gebete zum Himmel sende und Dank sage, Dank, mein Gott, daß du Eva erschaffen hast.

Am Tag nach unserem Wiedersehen klopfte in der Frühe der bewußte kleine Geistliche bei mir an und fragte, ob ich wohl heute oder morgen den Herrn Doktor der Medizin und Domherrn Fogacer empfangen könne. Durch Nicolas ließ ich Henriette, die Catherine als einzige bei ihrem morgendlichen Putz stören durfte, fragen, ob wir zum Mittagessen Fogacer empfangen könnten? Die Antwort war ja, und ich freute mich, denn so wie ich Fogacer von den Verhandlungen zu Metz berichten konnte, würde ich nun von ihm hören, was sich inzwischen in Paris zugetragen hatte.

»Mein lieber Herzog«, sagte Fogacer, als wir uns nach dem Essen zum Gespräch zurückzogen, »der König hat in Metz den Spruch getan: ›Dieser Staat ist monarchisch.‹ Wie erklärt Ihr dann aber, daß in einem monarchischen Staat die Ausschreier vom Pont-Neuf Gastons Angriffe auf Richelieu und indirekt auf den König verlesen oder vielmehr ausschreien dürfen, die voller Lügen, Bosheiten und Beleidigungen stecken? Vor allem, wieso antwortet der König darauf durch die Feder eines Jean Sirmond oder anderer Skribenten?«

»Wahrscheinlich«, sagte ich, »weil es dem König lieber ist, daß Gastons Bosheiten auf dem Pont-Neuf ausgeschrien werden, statt insgeheim von Hand zu Hand zu gehen.«

»So wird es sein«, sagte Fogacer. »Aber wißt Ihr denn auch, mein lieber Herzog, daß die Ausschreier auf dem Pont-Neuf immer mehr am Verschwinden sind? Ja, am Verschwinden! Und ohne daß man sie etwa verbietet oder verhaftet hätte. Und das ist dem Ehrwürdigen Doktor der Medizin Théophraste Renaudot zu verdanken.«

»Wer ist das?«

»Ein sonderbarer und seltener Vogel: ein Philantrop, der die Armen umsonst behandelte und die Reichen seinen Kollegen überließ, denn sonst hätten sie ihm das Handwerk gelegt. Natürlich war Renaudot kein armer Mann, der von seinen Patienten leben mußte. Und davon hatte er offenbar viele, und weil er ihnen zuhörte – eine seltene Tugend –, lernte er viel über Menschen und Dinge. So kam er auf die Idee, eine Agentur zu gründen, auch kostenlos, die denen Arbeit schaffte, die keine hatten, und denen Arbeiter vermittelte, die welche suchten. Und wieder lernte er viel, so daß er auf die neue Idee kam, alles, was er erfahren hatte, in einer ›Gazette‹ zu veröffentlichen, die er auf seine Kosten drucken läßt, die einmal in der Woche erscheint und einen enormen Erfolg hat.«

Ja, Leser, und niemand in Frankreich war daran mehr interessiert – und zwar vom ersten Tag an – als Richelieu und der König, die sich nichts zu vergeben meinten, wenn sie in besagter »Gazette« Artikel drucken ließen. Der König berichtet mit seiner gewohnten Genauigkeit und seinem etwas schroffen Stil über die von ihm geleiteten militärischen Operationen, und der Kardinal schreibt in seinem eleganten lateinischen Stil über Politik und Diplomatie. Das aber bedeutet das Aus für jene Pamphlete, die man auf dem Pont-Neuf ausgeschrien hat. Die »Gazette« sagt alles, oder zumindest alles, was der König und sein Minister wollen, daß man es wisse. Ah, Leser! Sie merken wohl, daß der Staat jetzt wirklich »monarchisch« wird, indem er mit einem Schlag die wachsende Macht vereinnahmt, die sich ihm entgegenstellen konnte: die Presse.

»Leider«, sagte Fogacer, »gibt es noch eine andere große Macht: die Großen. In der Vergangenheit erwies sich ihre Stärke höchst erfolgreich gegen Heinrich III.«

»Die Dinge haben sich geändert. Heinrich III., so geistvoll er war, hatte zuviel Gelder an seine Entourage und seine Favoriten verschleudert, um eine starke Armee aufzubauen. Glaubt Ihr, daß eine bewaffnete Liga großer Herren heutzutage auch nur den Schatten einer Chance hätte gegen den Soldatenkönig, gegen seine exzellenten Marschälle, seine starken Armeen und gegen Richelieus bewundernswerte Verwaltung?«

»Sicherlich nicht«, sagte Fogacer. »Allerdings sind einige dieser Großen auch große Tollköpfe, und ich fürchte, daß sie in ihrem bißchen Grips die Sache immer noch für möglich halten.«

Hierin täuschte er sich nicht. Und tatsächlich glaubte Gaston die Herren zu starkem Widerstand organisieren zu können. Nach der raschen Niederlage Lothringens in die spanischen Niederlande geflüchtet – eine Erfahrung, die ihn nichts lehrte –, faßte er den Plan zu einer Rebellion der Großen Frankreichs gegen seinen Bruder. Denn er wußte, wie sehr diese Großen Richelieu und den König haßten: Schon seit sechs Jahren war der Kardinal mit Zustimmung des Königs dabei, die Türme ihrer Schlösser bloßzulegen, ihre Gräben zuzuschütten, ihre Zugbrücken zu zerstören, ihre Mauern zu schleifen, zu dem Zweck, daß aufsässige Feudalherren auch nicht eine Stunde mehr einer königlichen Armee widerstehen konnten.

Einige unter ihnen erlitten noch schwerere Verluste. Wie man sah, verlor der große Montmorency, Nachkomme zweier Konnetabeln, deren jeder der bewaffnete Arm seines Königs gewesen war, durch Richelieu seinen Titel eines Admirals von Frankreich nebst den dazugehörigen Funktionen. Schlimmer noch, man entzog ihm das Prisenrecht, das ihm pro Jahr ein Vermögen eingebracht hatte, das Richelieu lieber in die Staatskasse lenkte. Dabei wollte Richelieu selbst, als er Großmeister der Marine wurde, die enormen Bezüge, die ihm dafür zustanden, nicht annehmen. Er fügte diese Aufgabe also *gratis pro Deo* seinem gewaltigen Tagewerk hinzu und baute dem Staat eine Kriegsmarine auf, die eines großen Königreiches würdig war. Eine solche Denkweise war Montmorency wie den anderen Großen fremd: In den Augen eines hohen Feudalherrn ging das persönliche Interesse immer über das Reichsinteresse.

Sie können sich vorstellen, Leser, wie Montmorency hiernach den Kardinal liebte. Außerdem war seine Gemahlin, übrigens eine charmante kleine Person, die für Dichtkunst und Dichter schwärmte, eine Verwandte der Medici. Demzufolge, auch wenn es eine dumme Folge war, haßte sie Richelieu und trieb ihren Mann, den sie liebte, aus allen Kräften auf einen Weg, der ihm zum Verhängnis werden sollte.

Durch die Geographie ebenso wie durch Gefühle und Ressentiments stand der Herzog von Guise, Gouverneur der Provence, dem Herzog von Montmorency sehr nahe, der zugleich Gouverneur des Languedoc war. Und das wußte Gaston, also nahm er über den Abbé d'Elbène Rücksprache mit dem einen und dem anderen auf, vertraute ihnen an, daß er von neuem mit einer Armee in Frankreich einfallen werde, und bat sie, gleichzeitig ihre jeweiligen Provinzen gegen die königliche Macht zum Aufstand zu führen.

Gaston hatte Witz und ein Dutzend Ideen am Tag, aber weil er nicht gründlich dachte, taugten sie alle nichts. War aber nun schon der Plan schlecht, war die Ausführung noch viel schlechter. Schwankend und wechselhaft, wie er war, hatte Gaston eine Sache kaum angefangen, als er sie auch schon satt wurde und sich eilends wieder in sein lothringisches Nest verkroch.

Auf das Beispiel La Rochelle muß ich nicht zurückkommen. Und was die Soldaten anlangte, die er rekrutiert hatte, um seinem Bruder in Orléans die Stirn zu bieten, so erwiesen sie sich als so kläglich, daß sogar ein ganzes Regiment von ihnen einer königlichen Korporalschaft nicht standhalten konnte. Von den dreien, Gaston, Guise und Montmorency, hatte nur letzterer militärische Erfahrung. Er hatte in Italien gedient und dem Herzog von Savoyen Veillane genommen. So scharte er gegen den König einige wackere Edelmänner des Languedoc um sich, ja, aber deren Zahl reichte nicht aus, und es war abzusehen, daß seine kleine Armee beim ersten Scharmützel schmelzen würde wie Butter an der Sonne.

* * *

Auf meinem Gut Orbieu war ein Streit zwischen dem Verwalter und dem Pfarrer entbrannt, und mit königlicher Erlaubnis begab ich mich dorthin, aber allein. Catherine glaubte schwanger zu sein und wollte nicht in der stuckernden Karosse reisen.

Der Streitfall, der mir vorgetragen wurde, verwunderte mich. Monsieur de Saint-Clair wollte in meiner Abwesenheit die Messe im Chor hören, auf dem vergoldeten Gestühl, das mir vorbehalten war. Und der Pfarrer wollte es nicht. Ich entschied, daß Monsieur de Saint-Clair, wenn ich nicht zugegen war, je einmal von zweien im Chor auf meinem Platz sitzen solle und das nächstemal in der ersten Reihe der Kirche. Obwohl die Lösung genauso absurd war wie der Streit, stellte er wieder Ruhe her.

Am folgenden Tag inspizierte ich die Gebäude, besichtigte das Schloß, die Kirche, die Ställe, immer in Begleitung von Monsieur de Saint-Clair und Arnold, dem Mann, der sich in Orbieu auf alles verstand: Maurern, Tischlern, Schlossern, Malern und was weiß ich noch. Er war einer von meinen Schweizern, bei dem ich diese wunderbare Vielfalt von Talenten entdeckt und den ich darauf von seiner Soldatenpflicht entbunden hatte. Ich ließ ihn unter meinen Fronbauern die aufgewecktesten jungen Burschen auswählen, damit sie ihm bei seinen Arbeiten halfen. Und er erwies sich wahrhaftig als so kostbar, daß ich ihn auf meinem Land ansiedelte. Ich stellte ihm alles zur Verfügung, damit er sich zwischen Schloß und Kirche ein Haus bauen konnte, und damit er nicht immer nach den Weibern der anderen starrte, wählte ich ihm in Montfort-l'Amaury eine schmucke Jungfer, der ich eine kleine Mitgift gab, so daß er eine Familie gründen konnte. Seit er verheiratet und in sein schöne Haus eingezogen war, nannten ihn die Bauern »Monsieur Arnold« und, was mich erstaunte, auch die anderen Schweizer, die nie den mindesten Neid oder Verdruß erkennen ließen, daß Arnold so weit über sie aufgestiegen war.

Am Tag vor meiner Rückkehr nach Paris lud ich den Pfarrer zu Tisch, und hätte ich nur auf mein gutes Herz gehört, hätte ich auch Léontine, seine Schaffnerin, eingeladen, die sich seiner treulich annahm, sogar etwas mehr als nötig, wie es hieß. Doch wer vermöchte eine liebende Frau in ihrer Ergebenheit aufzuhalten? Trotzdem verzichtete ich auf meine Idee, damit hätte ich sie als Paar behandelt. Und ich begnügte mich, Léontine eine Flasche meines besten Weins zu schicken, als ihr geliebter Pfarrer mit mir Mahlzeit hielt. Der Pfarrer, Miremont mit Namen, aß und trank tüchtig, und als er sich endlich in allen Stücken gestärkt fühlte, rückte er nicht ohne Zögern mit dem heraus, was er auf dem Herzen hatte: Sein Bischof hatte ihm seit einem Vierteljahr keinen Lohn bezahlt.

»Habt Ihr Euch beschwert?«

»Nein, nein! Das hätte mich im Bistum in schlechtes Licht gerückt. Wer gegen solche Vergeßlichkeiten protestiert, bekommt gar nichts mehr.«

»Vergeßlichkeiten!« sagte ich, »es ist doch schlichtes Unrecht! Zumal der Bischof nie zu spät dran ist, wenn seine Kommissare seinen Teil der Ernte einziehen kommen. Ich werde ihm sofort schreiben.«

»Um Gottes willen, Monseigneur, tut es nicht! Dann hat er mich mein Leben lang gefressen.«

Ich beruhigte seine Befürchtungen, und sobald er fort war, schrieb ich besagtem Bischof einen halb scharfen, halb milden Brief, um ihm in Erinnerung zu rufen, daß ich das Kirchendach auf meine Kosten habe reparieren lassen, weil das Bistum die Reparatur Jahr um Jahr verschoben hatte. Indessen sei ich nicht gesinnt, meinem Pfarrer auch noch an seiner Statt den Lohn zu zahlen. Ich hoffte, daß die Kleinigkeit sich leicht zwischen ihm und mir regeln lasse, ohne daß ich ein Wort mit dem König reden müsse, der, wie er wohl wisse, sehr kitzlig sei für die Art, wie die Bischöfe mit ihren armen Pfarrern umgingen.

* * *

»Monsieur, auf ein Wort, bitte!«

»Sie hier, schöne Leserin? Was gibt es?«

»Kann der König einen Bischof absetzen?«

»Nein. Aber er kann entscheiden, daß nach dem Tod besagten Bischofs das Bistum nicht in seiner Familie bleibt.«

»Wie? Dann ist ein Bistum also eine Art erbliches Privileg?«

»Allerdings. Der König ernennt den Titular jeder Abtei und jedes Bistums, und das ist eine sehr schöne Belohnung für eine treue Familie, der Seine Majestät ihre Dankbarkeit bezeigen will, denn sie ist mit beträchtlichen Einnahmen verbunden. Mehr noch, wenn der König es will, wird die Bischofswürde in einer Familie erblich. Sie ist im Prinzip dem zweitgeborenen Sohn vorbehalten, der von Geburt an benachteiligt ist, weil Titel und Grundbesitz dem ältesten zufallen. Das Bistum ist für den jüngeren Sohn einer Familie nicht nur ein ehrenwerter und geachteter Titel, es bringt ihm auch, wie gesagt, gute, manchmal sogar sehr gute Einnahmen.«

»Anders ausgedrückt, man braucht keine Berufung, um Bischof zu werden, nicht einmal unbedingt eine Ausbildung dazu. Aber ist das nicht ein verwerfliche Einrichtung, Monsieur?«

»Schöne Leserin, ich würde sie sogar gottlos nennen. Ein Bistum ist heutzutage weit eher eine Einnahmequelle denn ein Priesteramt. Der Bischof kümmert sich wenig um seine Kirchen, seine Pfarrer und seine Gemeinden. Daher der traurige Zustand der Dorfkirchen, das Elend der Landpfarrer, der Abfall der Gläubigen. Der Bischof ist ein großer Herr. Und so lebt er auch, Bankett folgt auf Bankett und Liebschaft auf Liebschaft. Mein Halbbruder, der selige Kardinal von Guise, hatte keine Scheu, sich in seinem Bischofspalast eine Konkubine zu halten und ihr Kinder zu machen. Aber um Vergebung, schöne Leserin, wenn ich unser Gespräch abkürze: ich sehe Monsieur de Saint-Clair mit eiligen Schritten und aufgeregter Miene kommen.«

* * *

»Monseigneur«, sagte Saint-Clair, »der Herzog von Guise steht vorm Tor und verlangt Einlaß. Er wünscht Euch zu sprechen.«

Verdattert erhob ich mich.

»Guise! Woher weißt du, ob es wirklich der Herzog von Guise ist?«

»Vom Wappen an seiner Karosse.«

»Ist er in Begleitung?«

»Wenig für einen Herzog, etwa zehn Reiter alles in allem.«

»Und welchen Eindruck machen sie?«

»Hübsche Herrchen, blond und rosig. Für Eure Schweizer wären sie, wenn es drauf ankäme, nur ein Happs.«

»Du vergißt, daß ich die Hälfte meiner Männer in Paris gelassen habe, um mein Haus und meine Familie zu schützen.«

»Auch die Hälfte wäre ausreichend, die Gecken in die Flucht zu schlagen, wenn sie Streit mit uns suchten. Aber so sehen sie nicht aus.«

»Trotzdem, gib Hörner Bescheid, unsere Schweizer sollen sich waffnen und vor der Freitreppe ein Ehrenspalier bilden, das sich notfalls in einen Kampftrupp verwandeln kann.«

Hierauf gürtete ich meinen Degen, stülpte meinen schönsten Federhut auf und erwartete den Gast, ziemlich verwundert über diesen unerwarteten Besuch, auf der Freitreppe. Ich habe das Gedächtnis des Lesers über meine Geburt so oft aufgefrischt, daß er schon sehr vergeßlich sein müßte, um nicht mehr zu wissen, daß ich die Frucht einer heimlichen Liebe war, und zwar der verwitweten Herzogin von Guise und meines Vaters, des Marquis de Siorac. Der gegenwärtige Herzog von Guise war also mein Halbbruder, so wie die Prinzessin Conti meine Halbschwester war. Während meine Beziehungen zu der Prinzessin durch all die Komplimente, die ich ihrer Schönheit machte, nicht ganz unfreundlich waren, blieben die Beziehungen zu meinen Brüdern Guise kalt und distanziert. Außerdem waren sie mit Leib und Seele der Kabale verhaftet und sahen in mir eine Marionette des Kardinals, der in ihren Augen der leibhaftige Satan war.

Ich hatte die Freitreppe kaum erreicht, als die Karosse des Herzogs von Guise, von seinen Herren gefolgt, in Sicht kam. Der Diener öffnete den Schlag, klappte den Tritt auf, und der Herzog setzte den Fuß auf den Boden. Nun begann zwischen ihm und mir eine stumme und für mein Gefühl etwas komische Szene. Sowie der Herzog seiner Karosse entstieg, zog ich meinen Hut und grüßte ihn mit weitem Hutschwenk. Er zog seinerseits den Hut und grüßte mich mit etwas weniger weitem Schwenk. Womit er bekundete, daß der Herzog von Guise, Gouverneur der Provence, über dem Herzog von Orbieu rangierte, weil er von seiner Familie, indem er sich die Mühe machte, als erstes männliches Kind geboren zu werden, den Titel Herzog und Pair geerbt hatte, während es mich große Anstrengungen und mancherlei Missionen und Gefahren gekostet hatte, bis der König mir diesen Titel verlieh.

Daß er auf dem kleinen Unterschied bestand, fand ich dumm und geckenhaft. Daher rührte ich mich keinen Deut vom Fleck, anstatt dem Herzog von Guise auf den Stufen entgegenzugehen, und sagte von der Treppe herab mit einladender Geste: »Mein lieber Herzog, seid mir herzlich willkommen.«

»Ich danke Euch, mein Cousin«, sagte der Herzog von Guise, ohne sich seinerseits einen Deut zu rühren, offenbar wartete er, anstatt zu mir heraufzusteigen, daß ich die Treppe zu ihm hinunterkäme.

Alles geschah nun, als hätte eine böse Fee mit ihrem Zauberstab uns in Steine verwandelt. Verflucht, dachte ich, wenn dieser alberne Kerl hierherkommt, so doch, weil er etwas will! Kann er sich in dem Fall nicht die Mühe machen, ein paar Stufen hochzusteigen, ohne daß ich ihn abholen muß?

»Mein lieber Herzog«, sagte ich schließlich, »es ist kalt. Ich werde stehenden Fußes einen Diener anweisen, in meinem Salon ein großes Feuer zu machen, und wenn Ihr Monsieur de Saint-Clair folgen wollt, führt er Euch hin. Bei dieser Kälte sind wir dort zu einer kleinen Plauderei besser aufgehoben.«

Hierauf grüßte ich ihn mit allem Respekt und ging. Ich hatte das Problem nicht gelöst, aber wenigstens in einer Weise umschifft, daß es in dieser dummen Bataille des Protokolls weder Sieger noch Besiegten gab. Und wirklich, wenige Minuten später, als im kleinen Salon ein hohes und helles Feuer flammte, erschien der Herzog von Guise, gönnte mir zum erstenmal im Leben eine Umarmung, und auf meine Bitte setzte er sich und schlürfte durstig einen Becher heißen Wein, der ihn augenblicklich erquickte.

Hier will ich einen kleinen Einschub in Klammern machen.

Schöne Leserin, daß ich den Herzog von Guise nicht liebte, soll Sie nicht um das Vergnügen einer Beschreibung bringen. Von seinem berühmten Vater hatte er den hohen Wuchs, die Stattlichkeit und Eleganz wie auch ein männlich schönes Gesicht geerbt. Trotzdem besaß er weder die Kühnheit noch den Ehrgeiz seines Vaters, sosehr er sich auch bemühte, sich entsprechend zu geben. Wie seinem Vater, der ja bekanntlich in Blois unter den Klingen der »Fünfundvierzig« starb, weil er sich an die Stelle seines Königs hatte setzen wollen, war auch ihm in seinen Unternehmungen ein Gran Narretei eigen.

»Mein lieber Herzog«, sagte er, »ich habe zwei Bitten an Euch. Die erste ist, daß Ihr mir und meinen Edelleuten ein Nachtlager gewährt. Die zweite ist, daß Ihr mir einen Rat gebt in der gefährlichen Lage, in der ich mich befinde.«

»Was das Nachtlager angeht, mein lieber Herzog«, sagte ich nach kurzer Überlegung, »so versteht sich das von selbst, ebenso Speise und Trank für Euch und Eure Herren, ohne Eure Tiere zu vergessen. Aber auf meinen Rat dürft Ihr nicht rechnen.«

»Verweigert Ihr ihn mir?« fragte er mit unruhiger Miene, »Ihr, den man überall für sein gutes Urteil und seine Großmut rühmt?«

»Wißt Ihr, mein lieber Herzog, ich halte von der Rolle des Ratgebers nichts, sie ist die undankbarste der Welt. Entweder wird der Rat verworfen, und man fühlt sich mit zurückgesetzt, oder er wird angenommen, und wehe einem, wenn er in ein Unheil mündet. Der Beratene hält es einem bis an sein Lebensende vor!«

»Ich werde Euch nichts vorhalten«, sagte Guise. »Das schwöre ich Euch.«

»Nun, was ist es mit der gefährlichen Lage, in die Ihr nach Euren Worten geraten seid?«

»Der König hat mir befohlen, unverzüglich nach Paris zu kommen, und ich weiß nicht, ob es klug ist, diesem Befehl zu folgen.«

»So«, sagte ich, »und warum?«

»Der königliche Ruf versetzt mich in unsägliche Unruhen und Ängste.«

»Ängste? Ihr, den man so tapfer kennt! Und was fürchtet Ihr?«

»Nur Ungutes: Verbannung, Bastille oder das Henkersbeil.«

»Teufel!« sagte ich verdutzt. »Das ist ernst. Mein lieber Herzog«, fuhr ich nach kurzem fort, »ich bin weder Richter noch Prokurator, ich werde Euch keine Fragen stellen, aber demnach müßt Ihr doch meinen, daß Ihr Euch in Eurer Schuldigkeit gegenüber dem König schwer vergangen habt, wenn Ihr so grausame Strafen fürchtet.«

»In Wirklichkeit«, sagte der Herzog von Guise, »ist alles nur Richelieus Schuld.«

»Ah, das dachte ich mir«, sagte ich mit einer Ironie, die ihm entging.

»Ich nehme Euch zum Zeugen. Wozu mußte er den Einzug der Taille[1] verändern? Bisher wurde sie von den Steueragenten jeder Provinz eingezogen, und der Gouverneur überwies die eingegangene Steuersumme an den König. Aber auf einmal setzt Richelieu königliche Kommissare ein, die die Taille direkt an der Quelle eintreiben, ohne daß sie erst über die Provinzstände geht.«

»Warum mag er das wohl gemacht haben?« fragte ich und stellte mich dumm.

»Aus niedrigem und schäbigem Sparsamkeitssinn. Nach dem alten System konnten die Steuereintreiber gewisse Beträge davon einbehalten, ehe sie die eingezogenen Gelder an den König übersandten.«

Und, dachte ich, der Provinzgouverneur wird sicherlich nicht den kleinsten Anteil davon eingestrichen haben.

»Diese neuen königlichen Kommissare, die jetzt die Taille einziehen«, fuhr Guise fort, »kaufen ihr Amt beim König, das heißt, auch daran verdient der Schatz. Aber nun stellt Euch vor, in welche Aufregung all jene in meiner Provinz geraten sind, die durch diese infame Neuerung betroffen und geschädigt wurden. Es gab Aufruhr im Volk, Aufstände beinahe. Und die hat der König mir verübelt.«

»Warum Euch?«

»Weil ich besagte Unruhen nicht niederschlug. Aber wie sollte ich? Traf der Schaden nicht mich in erster Linie?«

Genauso aber dachten die Feudalen: Das Interesse des Reiches zählte nicht, legitim war nur ihres.

1 Königliche Steuer, die vom dritten Stand, also von Bürgern und Bauern, gezahlt werden mußte. 1610 hatte die Taille dem Staat 11,5 Millionen beschert, 1643 erbrachte sie 44 Millionen (Anm. d. Ü.).

»Man kann verstehen«, sagte ich, »daß Ludwig unzufrieden ist, daß Ihr diese Unruhen nicht niedergeschlagen habt. Aber deshalb wird er doch Euren Hals nicht dem Henker überantworten?«

»Es gibt noch etwas anderes, das schwerer wiegt«, sagte Guise mit einem Seufzer.

»Das schwerer wiegt? Was denn?«

»Entschuldigt, mein Cousin, ich bin zum Schweigen verpflichtet, darüber darf ich nichts weiter sagen.«

»Es wäre auch überflüssig«, sagte ich. »Ich weiß, was Ihr mir verschweigt. Ihr habt Euch unüberlegt auf eine Allianz mit Gaston und Montmorency eingelassen. Sobald Gaston mit einer Armee in Frankreich einrückt, soll Montmorency das Languedoc gegen den König aufbringen und Ihr die Provence.«

»Kennt etwa Richelieu diese Pläne?« fragte Guise erbleichend und preßte seine Hände gegeneinander, damit sie nicht zitterten.

»Woher wüßte ich davon, wenn er sie nicht kennte?«

»Dann bin ich verloren!«

»Mein lieber Guise, das wart Ihr schon, als Ihr Euren unsinnigen Plan gefaßt habt. Wo fändet denn Ihr Soldaten, die der Infanterie des Königs und erst recht seiner glanzvollen Kavallerie standhalten könnten? Woher wolltet Ihr Kanonen, Munition und Sold nehmen? Und wo hättet Ihr das Gold aufgetrieben, das man braucht, um einen Krieg zu unterhalten?«

»Sagt, Orbieu«, rief Guise aus, der meine Bemerkungen gar nicht mehr hörte, »was ratet Ihr mir, da Ihr doch alles wißt?«

Ich sah ihn zugleich staunend und verdutzt an.

»Aber«, sagte ich, »bitte begreift doch, daß ich Euch nicht raten kann, zumal Ihr jetzt aus eigenem Mund dieses Komplott bestätigt habt.«

»Und warum?«

»Aber, mein lieber Guise, aufgrund Eurer Pläne wird Euch der König des Majestätsverbrechens anklagen, sofern das nicht schon geschehen ist, und mit dem Moment, da ich Euch einen Rat gebe, kann ich als Euer Komplize betrachtet werden.«

»Bin ich denn jetzt so etwas wie ein Aussätziger«, sagte Guise, »in dessen Nähe sich niemand mehr wagt?«

»Ich nehme Euch heute und für die Nacht bei mir auf, mehr kann ich nicht tun. Ihr habt tausendmal recht, Euch in großer

Gefahr zu wähnen, aber es ist an Euch, und allein an Euch, zu entscheiden, was Ihr tun wollt.«

Guise verließ mich in der eisigen Frühe des nächsten Morgens ohne jeden Dank für meine Gastfreundschaft. Ich bat Monsieur de Saint-Clair, ihn zu unserem Eingangstor zu begleiten unter dem Vorwand der Ehrerweisung, in Wahrheit aber, um zu beobachten, welche Richtung er nähme: nach Norden oder nach Süden. Und als der Herzog von Guise samt seinen Begleitern davonzog, folgte ihnen der verächtliche Blick meiner Schweizer, die die Pferde unserer Gäste versorgt, gestriegelt und zum Teil neu beschlagen hatten, ohne daß sie zum Abschied das kleinste Geldstück erhalten hatten.

Ich war so begierig zu wissen, welchen Weg Guise einschlagen würde, den nach Paris oder den in die Provence, daß ich Saint-Clair, als er vom Eingangstor zurückkam, entgegenlief, und zwar so schnell, daß der gute Nicolas mir kaum folgen konnte.

»Nun?« rief ich ihm schon von weitem zu, »welche Richtung hat er genommen?«

»Nach Süden.«

»Gott sei Dank!« rief ich. »Dann kehrt er zurück in die Provence.«

Und mit großen Schritten eilte ich zu meinem Haus, Nicolas immer dicht auf den Fersen.

»Monseigneur«, sagte Nicolas, als wir die Freitreppe erreichten, »darf ich etwas fragen?«

»Frage!«

»Warum seid Ihr so froh, daß Herr von Guise den Weg nach Süden nimmt?«

»Weil das heißt, daß er in seine Provence heimkehrt, anstatt nach Paris zu gehen.«

»Und warum ist es wichtig, daß er in die Provence heimkehrt?«

»Weil er sie verlassen wird.«

»Um Vergebung, Monseigneur, das verstehe ich nicht. Es ist gut, daß er in die Provence heimkehrt, weil er sie verlassen wird?«

»Aber, ja! Kaum angelangt, wird er all seine Taler zusammenkratzen, seine Kisten und Kasten packen und, nicht ohne einen wehmütigen Blick auf seinen Gouverneurspalast, sein Schloß, wo er so glänzende Feste gab, ins Ausland gehen, wahrscheinlich nach Italien.«

»Warum gerade Italien, Monseigneur?«

»Weil es am nächsten liegt und ihn an seine Provence erinnern wird. Und wenn er fort ist, sind nur noch Gaston und Montmorency im Komplott, und die Provence bleibt dem König treu.«

SECHZEHNTES KAPITEL

Schöne Leserin, ich bitte im voraus, mir zu vergeben, denn Ihre Augen werden abermals weinen. Und ich bekenne, daß auch mir das unglückliche Los großen Kummer macht, das den Herzog von Montmorency ereilte.

Die Götter hatten ihm alles geschenkt: eine hohe Abkunft, illustre Ahnen, ein Marschallamt von Frankreich, das Gouvernement einer Provinz, in der man gerne lebt, eine Erscheinung, die ihn am Hof zum Musterbild männlicher Schönheit machte, eine anbetungswürdige Gattin, die nur ihn anbetete, eine warmherzige und großmütige Liebenswürdigkeit, die ihm viele Freunde schaffte, eine so fabelhafte Gesundheit, daß sein Arzt ihm ein langes Leben verhieß, und nicht zuletzt war er dank seiner Besitztümer so vermögend, daß es für zwei oder drei Leben in Prunk und Verschwendung gereicht hätte. Und die Frage, schöne Leserin, die ich mir stelle, ist: Wie konnte Montmorency alles, was er war und was er hatte, aufs Spiel setzen für ein so törichtes, ich möchte fast sagen kindisches Wagestück wie jenes, das was ich nun erzählen will, da man mit einem lateinischen Dichter doch von ihm hätte sagen können: »Er wäre zu glücklich gewesen, hätte er sein Glück gekannt.«

Es stimmt allerdings, daß er, wie man sah, ernsthaften persönlichen Groll gegen Richelieu hegte. Daß er seinen Titel Admiral von Frankreich und sein Prisenrecht verlor, hatte ihn um bedeutende Amtsbefugnisse und große Einkünfte gebracht.

Doch lebte er auch in einer Umgebung, in der jeder aus unterschiedlichen Gründen Richelieu haßte. Seine Gemahlin, Marie-Félicie des Ursins, mit den Medici verwandt, wünschte dem »Verfolger« der Königinmutter den Tod an den Hals. Der Bischof d'Elbène, den Montmorency bewunderte, dachte, wenn Richelieu gestürzt würde, könnte man endlich das Tridentiner Konzil umsetzen und die Protestanten mit Feuer und Schwert ausrotten. Und der Herzog von Guise, Gouverneur der nahen Provence, träumte ebenfalls von einer großen Zukunft. Die

Umstände schienen ja günstig. Die Gesundheit des Königs war heikel, Horoskope prophezeiten seinen Tod vor Jahresende, und selbstverständlich würden all jene, die sich vor diesem Tod in Gastons Lager sammelten, dann ihre Belohnung erhalten.

In den Sendschreiben, die Gaston über den Bischof von Elbène an Montmorency gehen ließ, karessierte er ihn sehr. Montmorency war von den drei Verschwörern der einzige, der das Kriegshandwerk verstand. Während der Belagerung von La Rochelle hatte er auf Ludwigs Befehl gegen Soubise gekämpft, der hinter den königlichen Linien »Schaden« anrichtete, und hatte ihn gezwungen, sich nach England einzuschiffen. Später hatte er sich im Italienfeldzug ausgezeichnet, als er dem Herzog von Savoyen Veillane und Saluzzo nahm.

Nichts beweist, daß Gaston für den Tag, da er König würde, Montmorency das Konnetabelnamt versprochen hat, eine höchste Würde, die zwei seiner Ahnen innehatten. Aber indem er ihm schrieb, daß die Armee, mit der er ins Reich einzumarschieren gedenke, vom Herzog von Lothringen und von den Spaniern rekrutiert worden sei, scheint er ihn willentlich hinters Licht geführt zu haben. Denn letztlich war wenig los mit diesem Heer: eine kleine Söldnerarmee aus miserablen Soldaten. Möglich ist aber, daß auch Gaston, der nur in seinen Träumen lebte und vom Kriegführen nichts verstand, sich als erster über deren Wert täuschte.

Sowie Gaston voll illusorischer Hoffnungen in Frankreich eindrang, wurde er abgefangen und verfolgt, aber nicht angegriffen, und zwar von der Kavallerie des Marschalls de La Force und von der Infanterie des Marschalls Schomberg, das heißt von zwei Formationen, die in Europa nicht ihresgleichen hatten. Schöne Leserin, jetzt fragen Sie vielleicht, warum besagte Kräfte, anstatt sich Gaston an die Fersen zu heften, seine armselige kleine Armee nicht sofort angriffen? Nun, La Force und Schomberg durften nicht das Risiko eingehen, in einem Kampf den potentiellen Thronfolger Frankreichs womöglich zu verwunden oder gar zu töten. Und das wußte niemand besser als Gaston, der sich aufgrund seiner Unantastbarkeit von Zeit zu Zeit erlaubte, das Schwert gegen seinen älteren Bruder zu ziehen, ohne die mindeste Gefahr zu laufen.

Außerdem zog er sich, sobald die Situation ihm ein wenig brenzlig erschien, immer rasch zurück und ging nach Hause, das heißt zu den Feinden seines Vaterlands. Es war wirklich nur ein kleiner Krieg, in dem er sich glorios als Armeechef aufspielte und dann mit seinem Bruder wieder Frieden schloß, wobei er ihm ein paar Vorteile abnötigte, zumeist finanzielle.

Nichtsdestoweniger versuchte Gaston bei seinem Marsch durch Frankreich ins Languedoc und zu Montmorency die Städte an seinem Weg für seine Sache zu gewinnen, indem er verkündigte, er müsse den Minister stürzen, der den König versklavt habe.

Das Argument war ein bißchen grob und glich stark jenen Dummheiten, die tagtäglich von den Ausrufern auf dem Pont-Neuf zur Anheizung der Kabale ausgestoßen worden waren. Dijon ließ sich nicht darauf ein, auch nicht das Burgund und letztlich überhaupt keine Stadt, die Gaston für seine Sache zu gewinnen trachtete. Vielmehr schlugen sie ihm ihre Tore vor der Nase zu.

Montmorency beklagte sich später, daß Gaston, den er gebeten hatte, seinen Einmarsch zu verschieben, zu früh in Frankreich eingedrungen war, wodurch sein Verbündeter nicht die nötige Zeit hatte, das Volk im Languedoc zum Aufstand gegen die königliche Macht zu bewegen. Aber dies ist nur eine der Illusionen bei einer Unternehmung, die deren mehr enthielt. Früher oder später wäre es doch aufs selbe hinausgekommen. Von einigen Bischöfen abgesehen, die sich aus den bekannten Gründen zugunsten von Montmorency aussprachen, die aber in einem militärischen Konflikt wenig zählten, brachte Montmorency niemanden für seine Sache auf. Toulouse, die größte und schönste Stadt des Languedoc, ließ wissen, sie bleibe in Königstreue fest. Die Protestanten, die Ludwig unendliche Dankbarkeit für den Gnadenfrieden wußten, verschlossen sich jedem Ruf zur Rebellion. Abgesehen von ein paar Edelleuten, die sich Montmorency aus Freundschaft anschlossen, erhob sich die Bevölkerung nicht. Und Montmorency sah sich zu einem kleinen Gewaltstreich innerhalb der Ständeversammlung des Languedoc genötigt, die er in seinem Schloß Pezenas einberufen hatte.

Für mein Gefühl bedeckte er sich mit dem, was er dort vollbrachte, nicht eben mit Ruhm, und klug war es schon gar nicht. Zwischen dem König und den Ständen war jene erwähnte Vereinbarung über den Einzug der Taille getroffen worden, mit der die Bürger zufrieden waren. Auch Montmorency hatte sie gebilligt und unterzeichnet. Und plötzlich nun, vor den versammelten Ständen, prangerte er sie an. Groß war die Entrüstung, und die königlichen Abgeordneten erhoben lautstarkes Gezeter, ohne daß jedoch unverschämte Worte fielen. Trotzdem faßte Montmorency einen Entschluß, der in den Annalen einzigartig bleibt: Er ließ die Abgeordneten, die ihn mißbilligten, festnehmen, und als der Erzbischof von Narbonne, welcher der Versammlung vorsaß, gegen die brutale Maßnahme protestierte, ließ er auch ihn einkerkern.

In der hierauf folgenden Konfusion beschlossen die ihm hörigen Abgeordneten, die Provinz zu bewaffnen, ohne jedoch zu sagen und klarzustellen, gegen wen man sie bewaffnete. Die dumme kleine List täuschte niemanden, und sowie der König erfuhr, was geschehen war, erklärte er alle, die seinen Bruder Gaston in seinem Vorhaben eines Bürgerkriegs unterstützten, des höchsten Majestätsverbrechens für schuldig.

Gleichzeitig ließ er, schnell wie stets in seinen Entscheidungen, die französischen Garden, die Schweizergarden und die Regimenter Navarra und Vervins zu den Waffen greifen und zog gegen die Rebellen. Allein diese Namen hätten Montmorency das Fürchten lehren müssen, hätte er dafür ein Gehör gehabt. Was ihn statt dessen das Fürchten lehrte und in Verzweiflung stürzte, war Gastons Armee, als dieser im Juli in Lunel eintraf.

Hafen der Gnade! Was für ein Sammelsurium armer Teufel das war! Ausgelaugt, humpelnd, hustend, erschöpft. Sie waren wohl zu schnell marschiert, ohne hinreichende Pausen an den Etappen, und waren zu schlecht ernährt.

Schlechte Katz, schlechte Ratz! Derartiges konnte man Ludwig nicht nachsagen, der fast wie ein Vater über die Gesundheit seiner Soldaten wachte. Und auch Richelieu nicht, der als bewunderungswürdiger Intendant dafür sorgte, daß Brot, Wein und Suppe pünktlich zur Stelle waren, daß die Verletzten sofort an den Etappen versorgt und die Kranken abgesondert und behandelt wurden.

Ich erzähle an späterer Stelle, wie, ich will nicht sagen der Kampf, aber das Scharmützel von Castelnaudary verlief, wo Gastons kleine Armee im Handumdrehen geschlagen und aufgerieben wurde. Montmorency, am ganzen Leib verwundet, wurde ins Capitol, das Gerichtsgebäude von Toulouse, transportiert, sowohl um seine Wunden zu behandeln, wie um ihm den Prozeß zu machen. Noch vor dem Prozeß schickte Richelieu mich an sein Leidenslager, ein Besuch, der in keiner Weise vorwegnahm, was man über ihn beschließen würde: Tod oder Vergebung. Richelieu, der die Vernunft selber war, versuchte nur durch meine Vermittlung zu verstehen, was im Kopf dieses großen Feudalherrn vorgegangen war, daß er sich Hals über Kopf in eine Unternehmung hatte stürzen können, obwohl er von vornherein wußte, daß sie verloren war.

Ich befürchtete, daß Montmorency mich, der ich als eine der verdammten Seelen des Kardinals galt, gar nicht empfangen wollte, doch dem war nicht so. In der Abgeschiedenheit, in der er gehalten wurde, war er wahrscheinlich auf Nachrichten begierig. Sein Empfang war weder gut noch schlecht. Es ist schwer, hochfahrend zu sein, wenn man von Kopf bis Fuß mit Verbänden bedeckt ist. Der blutigste umgab seine Kehle, und ich fürchtete schon, er werde nicht reden können, der Arzt hatte mir gesagt, ihm sei, als man ihn vom Schlachtfeld trug, das Blut aus dem Mund geflossen. Tatsächlich war seine Stimme schwach und langsam, doch vernehmlich. Und seltsam, nicht ich, sondern er stellte die erste Frage.

»Herzog«, sagte er, »ich nehme an, Ihr wollt mir eröffnen, was man mit mir vorhat?«

»Keineswegs, Monseigneur.«

Herzöge und Pairs sind einander gleich, meine Anrede »Monseigneur« war von der Etikette diktiert und bezog sich auf seine illustre Abstammung und darauf, daß er Marschall war, was ihn eine Stufe über mich stellte.

Obwohl sein Gesicht gleichmütig blieb, merkte ich doch an einem Wimpernschlag, daß Montmorency in seiner jetzigen Lage für diese Höflichkeit nicht unempfänglich war.

»Monseigneur«, fuhr ich fort, »wenn ich gekommen wäre, um Euch mitzuteilen, was über Euch beschlossen ist, wäre ich in Begleitung des Siegelbewahrers erschienen.«

»Richtig.«

Er verstummte, und weil ich seine siedende Angst spürte, versuchte ich ihn ein wenig aufzuheitern.

»Monseigneur, noch ist keine Entscheidung gefallen. Der König und sein Minister beraten noch über Euch.«

»Ha!« sagte Montmorency mit tiefer Bitterkeit, »ich weiß, wie die Dinge in solchem Fall ablaufen. Richelieu legt dem König ein Memoire vor, worin er zuerst für Milde plädiert und dann für Strenge. Nach der Verteidigung die Anklage. Wenn Ihr mir versprecht, meine Worte nicht zu wiederholen, sage ich Euch, daß ich dieses Vorgehen für scheinheilig halte.«

»Monseigneur, ich verspreche, Eure Worte nicht zu wiederholen«, sagte ich.

»Und warum?« fuhr er fort, sich selbst die Frage stellend, auf die er sicherlich meine Antwort hören wollte. »Weil Richelieu, wenn er den Tod des Sünders will, viel zu schlau ist, um seiner Anklage nicht mehr Biß zu geben als seiner Verteidigung. Es ist also eine falsche Unparteilichkeit, die sich als echte ausgibt.«

Montmorency schwieg, das Reden hatte ihn angestrengt. Und dem, was er gesagt hatte, konnte ich eigentlich nur zustimmen. Weil ich aber weder zustimmen noch widersprechen durfte, blieb ich stumm. Außer im Politischen war Montmorency ein feinsinniger Geist, er erriet, was ich dachte, und wurde zugänglicher gegen mich. Ich erinnere mich, daß Fogacer mir einmal sagte: ›Nicht nur weil er schön, sondern auch weil er feinsinnig war, waren die Damen in ihn vernarrt.‹ Das schöne Geschlecht mag weder Tölpel noch Trottel.

»Nun, Herzog«, sagte er mit einem Anflug von Munterkeit, »was wollt Ihr denn von mir wissen?«

»Monseigneur«, sagte ich, »Gott sei Dank, bin ich kein Richter und kein Prokurator. Dennoch wage ich Euch zu fragen, warum Ihr Euch auf den Angriff bei Castelnaudary eingelassen habt, obwohl Ihr doch vorher schon wußtet, daß die Geschichte verloren war.«

»Oh! Das wußte ich noch viel eher! Ich wußte es gleich, als Gaston nach Lunel kam und ich sein Heer sah. Beim Anblick dieses jämmerlichens Haufens war mir klar, daß der beim ersten Zusammenstoß mit den Königlichen zerrieben würde.«

»Und wußtet Ihr zu dem Zeitpunkt, Monseigneur, daß der König jeden des höchsten Majestätsverbrechens für schuldig erklärte, der Gaston unterstützte?«

»Das wußte ich.«

»Wußtet Ihr, daß Schomberg Castelnaudary besetzt hatte und die Stadt befestigte?«

»Auch das wußte ich.«

»Wußtet Ihr, daß Ludwig an der Spitze seiner Eliteregimenter das Rhônetal herunterkam, um auf Euch zu treffen, so daß Ihr nicht nur von Schomberg im Westen bedroht wart, sondern auch von dem von Norden anrückenden König?«

»Ich wußte es.«

»Und was beschloß Gaston in dieser Lage?«

»Castelnaudary zu erobern und Schomberg anzugreifen.«

»Aber von Lunel nach Castelnaudary ist es ein weiter Weg, in welchem Zustand war denn Gastons elende kleine Armee, als sie ankam?«

»Elend eben.«

»Ihr hattet also keine Hoffnung zu siegen?«

»Keine.«

»Was wolltet Ihr dann, als Ihr kämpftet?«

»Für mich?«

»Ja, Monseigneur, für Euch.«

»Nach letztem heißen Kampf den Tod.«

»Gab es keine andere Lösung? Zum Beispiel konntet Ihr Gaston verlassen, der selbst ja weder Gefangenschaft noch Tod riskierte, und lieber den Weg ins Exil nehmen wie Guise.«

»Allerdings, das hätte ich tun können. Aber das wäre gegen die Ehre gewesen.«

Ich war sprachlos.

»Es wäre gegen die Ehre gewesen?«

»Natürlich! Ich hatte Gaston mein Wort gegeben. Konnte ich ihn verraten?«

Ich hatte große Lust, ihm hierauf zu antworten, daß es Schlimmeres gab, als Gaston gegenüber sein Wort zu brechen: nämlich den König zu verraten. Ich weiß nicht, ob Montmorency meinen Gedanken erriet, aber seine Müdigkeit vorschützend, setzte er unserem Gespräch jäh ein Ende. Mit vielen Dankesworten schied ich, ziemlich erstaunt über seine Offenheit, die mich sehr anrührte, denn ich spürte die Verzweiflung heraus, seinen Tod verfehlt zu haben, wie er ihn gewünscht hatte: inmitten der Schlacht und die Waffe in der Hand.

* * *

Nach seinem Sieg bei Castelnaudary nahm Schomberg den Weg nach Paris und wählte als letzte Etappe Montfort-l'Amaury, weil er mich auf meinem Landsitz Orbieu besuchen wollte. Ich freute mich darüber und Catherine ebenso, denn in ihren wie in aller anderen Augen war der Marschall das Musterbild ehelicher Treue, und wäre es nach ihr gegangen, hätte ich ihn viel öfter gesehen, damit seine Treue auf mich abfärbe. Wenn ich ihr entgegenhielt, daß ich sie noch nie betrogen hatte, erwiderte sie, bis jetzt ja, aber sie sei ständig in Unruhe, denn sowie eine hübsche Frau irgendwo auftauche, würden meine Augen leuchten und mein Körper durch sein Beben verraten, wie groß mein Appetit sei.

»Ist es nicht ungerecht«, sagte ich zu Nicolas, »daß die Frau Herzogin mich schuldig spricht, bevor ich es bin?«

»Um Vergebung, Monseigneur«, sagte Nicolas, »aber mit allem Respekt muß ich sagen, daß die Frau Herzogin vielleicht nicht so unrecht hat, wenn sie Euch in der Weise schildert beim Anblick einer hübschen Frau.«

»Nicolas«, sagte ich streng, »du bist ein Verräter. Als mein Junker müßtest du meine Partei ergreifen.«

»Vor der Frau Herzogin«, meinte Nicolas mit dem unverschämtesten Lächeln, »tue ich das immer. Aber Euch gegenüber wäre es mir irgendwie peinlich zu lügen.«

»Die Pest über dich, Kerl!« rief ich. »Jetzt nimmst du mich auch noch hoch! Nicolas, habe dir schon einmal eine Ohrfeige gegeben?«

»Nein, Monseigneur, solche Art Herr seid Ihr nicht.«

»Trotzdem, mach dich drauf gefaßt, wenn du mich noch einmal schraubst.«

Hiermit packte ich ihn beim Genick, natürlich ohne ihm wirklich weh zu tun. Und was glauben Sie? Der Schlingel lachte und lachte, unter Grimassen, als ob ich ihn erwürgen wollte.

Doch zurück zu Schomberg, Leser, der mir, obgleich er sich prächtiger Gesundheit erfreute, traurig verstimmt erschien. Catherine ließ uns nach dem Essen allein, angeblich um nachzusehen, ob Emmanuel auch gut schlafe, in Wahrheit aber, weil sie sich einfach nie an ihm satt sehen konnte.

Als ich Schomberg nach dem Kampf bei Castelnaudary fragte, sagte er, er könne mir keinen zusammenhängenden Bericht geben, er sei auf dem Schlachtfeld zu Hause, aber wenn er die Dinge in Worte fassen solle, fühle er sich außerstande. Ich solle ihm sagen, was ich wisse, dann werde er es ergänzen.

So trug ich ihm denn vor, was ich darüber gehört hatte. Schomberg lauschte mir, bald nickte er, bald schüttelte er den Kopf und hob die Augen gen Himmel, was ja wohl heißen sollte, daß meine Darstellung alles andere als wahrheitsgetreu war.

»Ach, mein Freund«, sagte er am Ende, »es stimmt alles nicht: der Weg wie der Kampf. Gaston kam nach Lunel, wo er mit Montmorency zusammentraf, nicht über Toulouse, sondern über die Auvergne.«

»Mir wurde erzählt, Toulouse habe ihm nicht die Tore öffnen wollen.«

»Das hat Toulouse verkünden lassen, aber dazu kam es nicht, weil Gaston gar nicht dort entlangkam. Dijon hat ihm die Tür vor der Nase zugeschlagen. Und als er sich trotzdem den Stadtmauern näherte, schoß man eine Kanonensalve ab, eine Kugel hätte ihn beinahe getroffen. Und wie Ihr seine Söldner schildert, das bleibt noch weit unter der Wirklichkeit. Tatsächlich waren das Galgenstricke, die, ohne irgend Befehl zu haben, plötzlich ein Dorf überfielen, Frauen und Mädchen, sogar Kinder vergewaltigten, die Häuser ausraubten und Beute wegschleppten und zum Schluß alles in Schutt und Asche legten. Als Gaston diese Heldentaten sah, drohte er den Plünderern und Mädchenschändern mit dem Strick. Die Antwort ließ nicht auf sich warten. Am nächsten Morgen war ein Drittel seiner Armee verschwunden.«

»Machten denn die Edelleute, die er unterwegs rekrutierte und die sich ihm aus Haß auf Richelieu anschlossen, den Verlust nicht wett?«

»Sehr unzureichend. Viele, die Gaston aus der Ferne versprochen hatten, sich ihm anzuschließen, entzogen sich in der Nähe. Andere, die zu ihrem Wort stehen wollten, sprachen sich davon frei, als sie den Söldnerhaufen erblickten, mit dem Gaston gegen die Königlichen antreten wollte.

Was mich betrifft, so erfuhr ich von den Spionen, die ja überall auftauchen, wo das Reichsinteresse es erfordert, auf den Tag genau, was in Gastons Lager in Lunel vor sich ging. So hörte ich, daß sie ein Triumvirat gebildet hatten, denn am Ende auch der Comte de Moret, Henri Quatres Bastard, der die Flucht der Königinmutter nach La Capelle begünstigt hatte, sich Gaston und Montmorency angeschlossen.

Als ich von den Spionen wissen wollte, wer von dem Trio befehligte, war die Antwort: im Prinzip alle drei, aber in Wahrheit keiner. So unglaubhaft mir das zuerst erschien, erwies es sich in der Folge dieses Abenteuers doch als dramatisch zutreffend.

Durch die Spione wußte ich von der Absicht der Rebellen, mich in Castelnaudary anzugreifen und, wenn sie mich geschlagen hätten, das Languedoc zu erobern. Mir verschlug es die Sprache. Mich, Schomberg, angreifen, der ich so gut befestigt war, und womit denn, Herrgott? Mit einer Kavallerie, die knapp achthundert Pferde faßte, und einer halb so starken Infanterie, die aus Taugenichtsen bestand. Und das verrückteste war, sie wollten mich in meinen Mauern angreifen, ohne Leitern, ohne Kanonen und wahrscheinlich sogar ohne einen einzigen Sprengsatz, um mein Tor aufzusprengen! Zum Teufel, ich verstehe bis heute nicht, was für eine Kinderei das war.

Als sie ankamen, hatte ich zwei Möglichkeiten: in den Mauern bleiben und sie mit Kanonensalven und fortlaufendem Musketenfeuer empfangen. Aber diese Lösung hatte den Nachteil, daß ich sie zwar vertreiben konnte, aber nicht schlagen.So beschloß ich, sie auf schwache Distanz zu meinen Mauern herankommen zu lassen, auf ein rechts und links von Steilhängen begrenztes Gelände, so daß sich ihrerseits jede schwenkende Bewegung ausschloß. Außerdem war das Gelände von einem Flußlauf gesäumt, der zwar keine richtige Verteidigung bildete, weil man ihn leicht zu Pferde überspringen konnte, aber eine Art moralische Grenze. Die Rebellen mußten sie überschreiten, um die Getreuen des Königs mit dem Degen in der Hand anzufallen.

Wäre Gastons Armee eine richtige Armee gewesen, von einem kriegserfahrenen Hauptmann befehligt, hätte besagter Hauptmann zunächst gewartet, bis alle seine Kämpfer versammelt wären, und dann hätte er, außer Reichweite der gegnerischen Musketen, die Lage studiert, bevor er angriff. Das sind simple Grundsätze, mein lieber Herzog, die der gesunde Menschenverstand diktiert; alles andere lehrt einen das Gelände und das feindliche Feuer. Aber schon als ich einige Mann als Vortrupp ausschickte, begriff ich, daß sie in einer Ordnung vorrückten, die überhaupt nicht erkennen ließ, wer den Angriff führte. Der Comte de Moret kam mit seinen Edelmännern als erster, dann Montmorency mit den seinen, und zum Schluß marschierte endlich Gaston, obwohl er nach dem Geblüt der erste der drei war, der die Rebellion angestiftet hatte. Vor allem aber machte mich baff, daß ihre Attacke wild drauflos erfolgte, ohne Sammlung der Truppen, ohne Abstimmung der Chefs, gerade wie es jedem einzelnen einfiel.

Und sowie der Comte de Moret die königliche Armee erblickte, in Schlachtordnung angetreten, die Musketiere in drei Reihen gestaffelt, zu beiden Seiten die Reiterei, alle schweigsam, ernst, gesammelt, da befiel ihn eine Art Wahnwitz, er drückte sein Pferd über den Graben, warf sich in die Attacke und riß die ihm nachfolgenden Edelmänner mit in den Tod.

Die Schlächterei näherte sich dem Ende, als Montmorency hinzustieß, und als er Moret und die Seinen zerhauen und zerfetzt sah, setzte auch er wie von Sinnen mit seinen Edelleuten über den Graben und stürzte sich, den Degen in der Faust, ins Gewühl. Nun waren die Musketen noch nicht neu geladen, darum wurde es diesmal ein Reiterkampf, wie es sich gehört. Der Herzog hieb mit dem Säbel um sich, wurde von Säbeln getroffen, schließlich aus dem Sattel geworfen und gefangengenommen.«

Leser, hiermit beendete Schomberg seinen Bericht, doch will ich hinzufügen, was er nicht gesagt hat oder nicht sagen wollte. Als endlich Gaston aufs Gelände kam, war alles vorbei. Dabei können Sie sich denken, Leser, wie gern auch er sich in die Schlacht gestürzt hätte, doch sogleich umdrängten ihn seine Diener, seine Räte, seine Edelherren und baten ihn, es nicht zu tun, es wäre sein Tod gewesen. Und ich setze hinzu: auch ihrer.

Also zog Gaston alles, was ihm an Truppen blieb, zurück zum Biwak, und als er am nächsten Tag zur Besinnung kam, schrieb er dem Kardinal-Infanten, der die Niederlande regierte: »Mir blieb das Schlachtfeld«, was buchstäblich zutraf, denn Schomberg war nach dem Scharmützel hinter die Mauern von Castelnaudary zurückgekehrt, nur war es militärisch erzfalsch, denn Gaston hatte den Comte de Moret verloren, den Herzog von Montmorency und eine große Zahl von Edelleuten, das heißt den kampffähigsten Teil seiner kleinen Armee. Die Söldner hatten sich eher gedrückt. Dessen ungeachtet scheute sich Gaston nicht, Schomberg am nächsten Tag einen neuen Kampf anzubieten.

»Und was habt Ihr ihm geantwortet, mein lieber Schomberg?«

»Er bot mir den Kampf doch nur an, denke ich, damit ich ablehnte. Und deshalb sagte ich: ›Monseigneur, Ihr habt gestern wider Willen viele Eurer Edelleute getötet. Ich würde es mir verübeln, Euch heute noch mehr zu töten, und das ohne allen Sinn, denn in Kürze wird der König hier sein mit seiner starken Armee.‹

Gaston ritt stolz davon, als hätte er mich besiegt, und wie ich nachher hörte, schickte er Herrn von Chaudebonne nach Montpellier, wo der König war, um mit ihm in Verhandlung zu treten.«

* * *

Für die Zeit der Verhandlungen mit seinem Bruder blieb Ludwig in Montpellier, Gaston mußte in Béziers haltmachen, die Verhandlungen führten ein Staatssekretär und Herr von Chaudebonne.

Und hier, Leser, trat so deutlich wie nie Gastons Torheit, um nicht zu sagen sein kindisches Wesen, zutage. Obwohl sichtbar und kläglich besiegt, forderte er von seinem Bruder den Mond, einige seiner Forderungen überstiegen so jedes Maß, daß sie nur noch lächerlich waren. Hier sind sie.

Erstens sollte der Herzog von Montmorency begnadigt und freigelassen werden. Zweitens sollte die Königinmutter ihre Besitztümer zurückerhalten. Drittens sollte der König seinem Bruder eine Million in Gold geben, damit er dem König von Spanien und dem Herzog von Lothringen die Kosten erstatten könne, die sie für seine Armee bezahlt hatten.

Es versteht sich von selbst, daß Gaston nichts von alledem bekam, nur die königliche Vergebung für sich und jene seiner Edelleute, die mit ihm vor Castelnaudary gewesen waren. Die Klausel schloß diejenigen seiner Räte aus, die in Brüssel geblieben waren, Le Coigneux, Monsigot und Vieuville, die der König und der Kardinal für die eigentlichen Anstifter von Gastons Rebellionen hielten. Als Gaston Gnade für Montmorency verlangte, antwortete der König ungerührt: »Montmorency hat gegen meine Truppen gekämpft, er wurde ergriffen, wie er eine Armee gegen mich führte, und der Degen in seiner Hand war blutig vom Blut meiner treuen Untertanen.«

Der Satz gab Gaston zu denken, er konnte ihn auf sich selbst beziehen. Er sah sein Leben bedroht, und weil er sich in Frankreich nicht sicher fühlte, floh er wieder nach Brüssel.

* * *

Was mich betrifft, so ging ich auf Richelieus Befehl nach Toulouse und blieb dort, bis Montmorency verurteilt und hingerichtet war, dann kehrte ich zurück nach Paris, wo meine süße Geliebte mich über all die Schrecken dieses Bruderkriegs tröstete. Doch der Kardinal – der alles wußte, auch meine Heimkehr – ließ mir nur einen glücklichen Tag mit Catherine, dann ließ er mich durch einen Musketier zu sich holen. Ohne viele Worte zu verlieren, wollte er wissen, was Montmorency mir bei meinem Besuch in Toulouse gesagt hatte, als ich an seinem Leidenslager war. Meinen Bericht hörte er begierig an und speicherte alles in seinem phänomenalen Gedächtnis. Schließlich kam ich zu dem Punkt, daß Montmorency sehr bald begriffen habe, daß die Sache verloren war, er Gaston aber nicht im Stich lassen wollte, weil das gegen seine Ehre ging.

»Die Ehre!« rief der Kardinal. »Diese großen Herren führen immer dies eine Wort im Mund! Aber die Ehre respektieren sie nur untereinander! Jenseits ihres kleinen Kreises wird sie mißachtet und vergessen. Montmorency hat Ludwig dreimal Treue geschworen. Das erstemal bei der Krönung, das zweitemal, als der König ihn zum Marschall von Frankreich ernannte, und das drittemal, als er Gouverneur des Languedoc wurde. Und was hat Montmorency mit diesen Schwüren und Treueiden gemacht? Mit Füßen getreten hat er sie, ohne daß sein Gewissen sich jemals meldete. Erinnert Euch, was die Guises seinerzeit aus Heinrich III. gemacht haben: einen armen König ohne Hauptstadt. Und was tat unsere Königinmutter, als sie Regentin war? Die Ärmste lief den Großen mit Goldsäcken nach, um sie wieder zum Gehorsam zu rufen, was sie jedoch lediglich anregte, ihr neue Rebellionen zu bieten.«

Und nach einem Schweigen setzte Richelieu, indem er ein Wort Ludwigs aufgriff, hinzu: »Monarchisch wird dieser Staat nur, wenn der König gegenüber diesen Leuten seine Fänge und Krallen schärft.«

* * *

Zurück im Hôtel des Bourbons, zog meine Catherine mich gleich in den kleinen rosa Salon mit, den sie so liebte. Was Richelieu von mir gewollt habe, wollte sie wissen. Und weil es um keine Geheimnisse ging, erzählte ich.

»Und hat er auch nach Montmorencys Prozeß gefragt?«

»Das brauchte er nicht. Er war ja, wenn auch streng verborgen, dabei. Hingegen hat der König sich völlig ferngehalten, er blieb in seinen Gemächern im erzbischöflichen Palast. Und jeden Abend ließ er sich von Richelieu unterrichten.«

»Fahrt fort, Lieber.«

»Bevor der Prozeß begann, schickte der Kardinal Monsieur de Guron zu Montmorency, um ihn darauf hinzuweisen, daß er als Herzog und Pair ein Recht darauf habe, in Paris verurteilt zu werden und nicht in Toulouse. Worauf Montmorency erwiderte: ›Nein, nein, ich streite nicht um mein Leben.‹«

»Und wie betrug er sich vor den Richtern?«

»In Toulouse heißen die Richter Capitouls, nach dem Capitol, wo sie sitzen.«

»Capitouls, wie hübsch! Aber armer Montmorency!« setzte sie hinzu, »wie mag er sich in diesem Capitol gefühlt haben?«

»Was glaubt Ihr denn, meine Liebe? Daß er im Kerker saß? Hafen der Gnade! Er schlief in einem schönen Zimmer, von zwei Dienern umsorgt.«

»Und wie benahm er sich im Prozeß?«

»Mit vollendeter Grazie. Freimütig beantwortete er die Fragen der Capitouls, auch wenn sein Freimut ihn noch mehr belastete. Bei seinen Geständnissen zeigte er weder Großmäuligkeit noch *bravura*, sondern eine Art höflicher Reue. Vollkommen gewiß, welches Urteil die Capitouls über ihn fällen würden, ließ er sich für den Tag des Abschieds vom Leben ein Gewand aus reinweißem Leinen machen.«

»Reinweißes Leinen! War das nicht ein bißchen knabenhaft?«

»War es nicht auch ein bißchen anrührend?«

»Aber warum weiß?«

»Ich denke, Montmorency wollte, wenn er seine irdische Strafe abgebüßt hatte, im Kleid der Unschuld vor Gott erscheinen.«

»Und was wurde aus seinem riesigen Besitz?«

»Kurz vor der Verurteilung erfuhr er, daß seine Güter auf Befehl des Königs konfisziert werden sollten.[1] Er schrieb an den König und bat, über gewisse Möbel verfügen zu dürfen. Der König stimmte zu. Und Montmorency vermachte Richelieu einen kleinen Salon, dessen Hauptstück ein Gemälde von Caracci war, das den Tod des heiligen Sebastian darstellt. Dies war keine *captatio benevolentiae*[2] noch eine Bitte um Gnade, er wollte einfach wiedergutmachen, daß er dem Kardinal das Gemälde unfreundlich verweigert hatte, als der ihn einmal darum bat.«

Hier unterbrach Catherine unvermittelt meine Erzählung und wollte wissen, bei wem ich in Toulouse gewohnte habe.

»Bei Graf de la Haute-Frau, dem Gouverneur der Stadt. Allerdings sah ich ihn nicht oft, er war sehr beschäftigt.«

»War er verheiratet?«

»Ja, und seine Frau Françoise ist, Gott sei Dank, die beste Wirtin, zu allen gut und herzlich, zu ihren Kindern wie auch zu ihren sehr geliebten Enkelkindern.«

»Und wie sah sie aus?«

»Blond, blaue Augen.«

»Und die Figur?«

Da haben wir's! dachte ich und fühlte mich im stillen mächtig gekitzelt.

»Schön rund.«

»Und natürlich hattet Ihr sie sehr gern.«

»Natürlich hatte ich sie sehr gern.«

Schon hörte ich etliche Schlänglein um mein armes Haupt zischen, doch ehe sie mich beißen konnten, sagte ich lieber rasch die Wahrheit.

»Mein Lieb, was habt Ihr dagegen? Ist es nicht selbstverständlich, daß ein Bruder seine Schwester zärtlich liebt?«

»Was sagt Ihr da? Madame de la Haute-Frau ist Eure Schwester? Aber Ihr habt nie von ihr gesprochen!«

»Doch, doch. Als ich meine beiden Brüder in Nantes besuchte, habe ich Euch gesagt, daß ich in Frankreichs Süden zwei Schwestern habe, die beide gut verheiratet sind.«

»Und Eure andere Schwester?«

»Sie heißt Elisabeth, ist sehr elegant, geistreich und führt alles, was sie tut, aufs beste.«

1 Sie wurden später Montmorencys beiden Schwestern übergeben.

2 (lat.) Buhlen um Gunst.

»Und liebt Ihr sie so wie Françoise?«

»Genauso, nur hatten wir, aufgrund unserer Charaktere, früher allerlei Streitigkeiten.«

»Ihr müßt ja auch zugeben, mein Herr Gemahl, daß Ihr kein einfacher Charakter seid.«

»Madame, nur Heilige haben einen einfachen Charakter, und das ist kein besonderes Verdienst, denn sie sind unvermählt.«

Worauf Catherine lachte, was mich sehr erleichterte, denn sie hätte mir die kleine Spitze ja auch übelnehmen können.

»Zurück zu unserer traurigen Geschichte«, sagte sie.

»Traurig war sie wahrhaftig, meine Liebe, denn das höchste Majestätsverbrechen lag klar am Tage. Die Geständnisse des Angeklagten bestätigten es voll. Es gab keinerlei mildernde Umstände. Am dreißigsten Oktober 1632 wurde der Herzog von Montmorency von den Capitouls zur Enthauptung auf der Place du Salin verurteilt. Einem Brauch von Toulouse gemäß, wurde das Urteil zweimal verlesen, das erstemal im Gerichtssaal, das zweitemal in der Kapelle des Capitols.

›Meine Herren‹, erklärte Montmorency mit großer Höflichkeit, ›ich danke Euch und Eurer ganzen Körperschaft, der ich auszurichten bitte, daß ich dieses Urteil der königlichen Justiz als einen Spruch der göttlichen Barmherzigkeit betrachte. Bittet Gott, daß er mir die Gnade erweise, die Hinrichtung christlich zu erleiden.‹«

»Die Worte klingen gewiß höflich«, meinte Catherine, »aber auch widersprüchlich. Wie kann man ein Todesurteil als Spruch der göttlichen Barmherzigkeit bezeichnen? Göttliche Barmherzigkeit drückt sich nicht aus durch das Beil.«

»Vielleicht war Montmorency durch das gerade vernommene Urteil denn doch verstört. Inzwischen hörte es auch der König im erzbischöflichen Palast, in Gegenwart von etwa dreißig Höflingen, die angstbeklommen vernahmen, daß ein hoher Herr wie Montmorency durch das Henkersbeil sterben sollte wie der letzte Mörder.

Vielleicht um den Anwesenden Schweigen zu gebieten, begann der König mit Monsieur de Guron eine Partie Schach zu spielen. Und große Stille herrschte im Gemach, als es an der Tür klopfte. Monsieur de Charlus trat ein, fiel nicht ohne Pomp vor dem König aufs Knie und sagte: ›Sire, ich komme vom Herzog von Montmorency, um Euch sein Kollier des Heilig-

Geist-Ordens und seinen Marschallstab, mit dem Ihr ihn ehrtet, zu überbringen und Euch zu sagen, daß er mit sichtlichem Mißvergnügen stirbt, Euch gekränkt zu haben, so daß er, weit entfernt, den Tod zu beklagen, zu dem er verurteilt wurde, ihn zu milde findet für das von ihm begangene Verbrechen.‹«

»Mein Freund«, sagte Catherine, »was für ein Jammer, daß er dieses ›sichtliche Mißvergnügen‹ nicht früher verspürt hat. Aber wer ist dieser Monsieur de Charlus? Ich höre seinen Namen zum erstenmal.«

»Ein Edelmann mit gutem Herzen und boshafter Zunge. In diesem Moment aber war Monsieur de Charlus alles andere als boshaft, sondern von tiefem Mitgefühl bewegt. Tränen rannen ihm über die Wangen, und immer noch auf Knien vor Seiner Majestät, küßte er ihm die Füße und bat ihn, die Exekution des Herzogs von Montmorency auszusetzen. Hierauf fielen auch alle anwesenden Höflinge aufs Knie und flehten einstimmig um Gnade für den Verurteilten.«

»Und der König?«

»Er hob die Hand. Schweigen trat ein. Und mit ebenfalls von Kummer verzerrtem Gesicht, doch ohne Tränen, sprach Ludwig Worte, die mich durch ihre Strenge erschreckten. ›Nein, meine Herren‹, sagte er, ›es gibt keine Gnade. Montmorency muß sterben. Man darf sich nicht grämen, wenn ein Mensch sterben muß, der es so sehr verdient hat. Man darf nur beklagen, daß er durch seine Schuld in so tiefes Unglück gefallen ist.‹ Was sagt Ihr dazu, meine Liebe?«

»Daß der König ihn ebensogut in die Bastille hätte sperren können wie Bassompierre.«

»Nein, nein! Die beiden Fälle liegen sehr verschieden. Bassompierre ist kein großer Feudalherr und Herzog mit illustrem Namen wie Montmorency. Bassompierre ist Soldat, und ein guter Soldat. Er hat sich zu einem Komplott gegen den Kardinal verleiten lassen, als der König krank in Lyon lag. Das ist kein höchstes Majestätsverbrechen. Er hat intrigiert, aber er hat nicht die Waffen gegen seinen König erhoben. Aus Montmorencys Todesurteil hingegen spricht die ernste Sorge über Gastons neue Strategie. Als Gaston Orléans befestigte, hat er vier Herzöge zum Abfall und zum Kampf gegen den König bewogen. Und weil es nicht zum Kampf kam, war Verbannung ihr Los. Im Fall Castelnaudary konnte Gaston zwei der höchsten Herzöge auf seine Seite ziehen, Guise und Montmorency. Guise floh rechtzeitig ins Ausland, aber Montmorency hat gekämpft, und der König hat an ihm ein Exempel statuiert, das den anderen Herzögen eine energische Warnung sein soll, künftighin nicht auf Sirenengesänge zu hören. Stellt Euch vor, meine Liebe, wenn sich im Reich fünf, sechs Herzöge und Provinzgouverneure gleichzeitig gegen ihren Herrscher erheben! Wäre das nicht die Gelegenheit, von dem die Spanier, Lothringer und Kaiserlichen träumen, um unsere Grenzen zu überschreiten und in unser Land einzufallen?«

* * *

»Leser, die Frau Herzogin von Orbieu will von der Hinrichtung Montmorencys nichts hören, aus Angst, daß es sie zu sehr aufwühlt. Darf ich darum dich um Gehör bitten für meinen Bericht? Immerhin weiß ich interessante Einzelheiten, die ich dir doch nicht vorenthalten möchte.«

»Monsieur! Ich staune! Wie? Ich traue meinen Ohren nicht. Sie schließen Ihre schöne Leserin zum erstenmal vom Gespräch aus?«

»Ich schließe sie nicht aus, ich will nur nicht, daß auch sie in Tränen zerfließt. Zunächst müssen Sie wissen, daß ein Herzog, der zum Tod verurteilt ist, selbst dann noch einige Privilegien genießt. In Toulouse ist es Brauch, daß die Hinrichtung zwei Stunden nach dem Urteilsspruch vollstreckt wird. Man gewährte Montmorency einen ganzen Tag, mit seinem Gewissen ins reine zu kommen. Er erhielt die Erlaubnis, Briefe zu schreiben, und er schrieb drei. Aus Gründen, die ich nicht kenne, ließ der König aber nur einen davon passieren, den an seine Frau Gemahlin. Weiter sollte die Hinrichtung laut Urteilsspruch öffentlich, auf der Place du Salin, stattfinden. Der König befahl, daß sie ohne das Volk statthabe, im Hof des Capitols, und daß nur der Profoß mit seinen Wachmannschaften, die Capitouls und nicht zuletzt der Nuntius Bagni zugegen seien, den ich als Dolmetscher begleitete und der dem Papst einen wahren Bericht der Hinrichtung geben sollte. Denn weil abzusehen war, daß die Schreiberlinge in Gastons Sold nicht verfehlen würden, Falschmeldungen und Niederträchtigkeiten über das Ereignis auszustreuen, wollte der König diese im voraus dementieren.

Ludwig gewährte also Montmorency alle Gnaden, die er konnte, sogar die, von Henkershand nicht berührt zu werden.«

»Und warum?«

»Der Henker, Leser, galt als schimpfliche Person, und die bloße Tatsache, von ihm berührt worden zu sein, war entehrend. Und es gibt noch eine Besonderheit, auf die ich hier hinweisen will. Ohne daß man dies im mindesten beabsichtigte, war die Tatsache, in Toulouse geköpft zu werden, bei allem Unglück eine Art Privileg, denn das Hinrichtungsverfahren war so sicher, daß es die Möglichkeit ausschloß, daß der Henker den ersten Schlag verfehlte und zum großen Leiden und Qual des Delinquenten zwei- oder gar dreimal zuschlagen mußte. Das nämlich war zum Entsetzen der Anwesenden dem armen Marschall von Marillac einige Monate zuvor geschehen. In Toulouse bewegt sich das Beil innerhalb zweier Pfosten, die mit Schienen versehen sind.[1] Der Kopf des Verurteilten wird zwischen diese hölzernen Pfosten gelegt, der Henker braucht nur die Sperre zu lösen, die das Beil in einem Klafter Höhe festhält, und dieses saust in den Schienen mit Blitzesschnelle hernieder, seine Schnelligkeit und sein Gewicht geben ihm eine solche Wucht, daß es mit einem Schlag den Kopf vom Rumpf trennt.

Mir hämmerte das Herz, als Montmorency, von seinem Beichtiger begleitet, ein Kruzifix in Händen und in seinem weißen Gewand, im Hof des Capitols erschien. Wie er durch die hohe Tür heraustrat, blieb er stehen und sah zur Statue Henri Quatres auf.

›Was schaut Ihr, Monseigneur?‹ fragte ihn der Priester.

›Ich schaue auf das Bildnis des großen Königs, dessen Patenkind zu sein ich die Ehre hatte. Ich erinnere mich seiner als eines sehr guten und großmütigen Fürsten.‹

War es eine verschleierte Kritik an der Strenge, die der Sohn dieses großen Königs gegen ihn anwandte? Ich weiß es nicht. Wäre das der Fall gewesen, hätte Montmorency inzwischen vergessen, daß Güte und Großmut Henri Quatre nicht abhielten, einen seiner besten Leutnants, den Marschall von Biron, zum Tode zu verurteilen, ebenfalls wegen Hochverrats.

Leichtfüßig stieg Montmorency die Stufen zum Schafott

1 Die traurig berühmte Erfindung des Doktors Guillotin war also nicht so neu.

hinauf, und als er vor dem Henker stand, sagte er, der solle ihn nicht berühren. Worauf der Henker mit allem Respekt erwiderte, daß er es aber müsse, seine Haare seien zu lang für das Beil. Da ließ Montmorency ihn den Schnitt ausführen, verband sich selbst die Augen, hatte aber Schwierigkeiten, seinen Kopf auf den Block zu legen. Damit diese Schwierigkeiten nicht für Feigheit gehalten würden, sagte er laut, sein Hals trage noch mehrere Wunden von Castelnaudary, darum sei es schwer, ihn richtig zu legen. Dann ermahnte er den Henker achtzuhaben, daß sein Kopf nicht vom Schafott zu Boden rolle, und als er endlich eine bequeme Lage gefunden hatte, sagte er mit starker Stimme: ›Schlag getrost zu.‹ Und hinzu setzte er: ›Herr Jesus, nimm meine Seele gnädig auf.‹

Das Beil sauste nieder, und das Blut spritzte so hoch, daß es die Statue von Henri Quatre befleckte.«

SIEBZEHNTES KAPITEL

Zu Catherines neuerlichem Unmut schickte mich der König mit Fogacer im November 1632 nach Bordeaux, um dort Richelieu, Anna von Österreich und die Chevreuse zu treffen, die von Brouage zurückkehrten, denn Seine Eminenz hatte der Königin dort voller Stolz den Hafen gezeigt, den er aus einem bescheidenen Fischerort geschaffen und zu Lande mit Befestigungsbauten umgeben hatte. Es war tatsächlich ein bemerkenswertes Werk, doch Sie mögen sich vorstellen, Leser, wie groß das Interesse unserer kleinen Königin daran war.

Leider erkrankte Richelieu auf der Rückreise nach Bordeaux, und die bösen Zungen am Hof spotteten, er habe die Gesellschaft zweier Frauen nicht eine Woche ertragen können. Der König, der die Nachricht sogleich erfuhr, schickte, wie gesagt, Fogacer und mich aus, den Mediziner Fogacer, damit er den Minister heile, und mich, um zu verhindern, daß die Entourage der Königin sich Richelieus Schwäche zunutze machte, um ihm zu schaden.

Fogacer besuchte Richelieu und verhehlte mir nicht, daß es ihm ziemlich schlecht gehe. Er hatte einen Abszeß an der Afterpforte, dem die Ärzte mit Diät, Aderlaß und Purgationen beizukommen suchten. Auf Fogacers Rat beendete Richelieu die sinnlose Behandlung und ließ sich von einem guten Wundarzt operieren, der den Abszeß öffnete. Zwei Tage später war der Kardinal, gottlob, wieder wohlauf, nur noch geschwächt von der durchstandenen Diät. Aber wie einst die Köchin Malicou zu meinem Vater sagte: »Hunger ist eine Krankheit, die schnell geheilt ist, wenn man Brot im Kasten hat.«

Ich war in Bordeaux Gast im Haus des Gouverneurs, und kaum war Richelieu wieder auf dem Posten, erhielt ich Besuch von einem Frauenzimmer, das nur mit Mühe zu mir gelangte, so streng achtete man in Bordeaux auf Erscheinung und Manieren von Zugereisten. Man muß allerdings zugeben, daß die Zocoli mit ihrer grellen Schminke, ihrem großzügigen Dekolleté, ihren gewagten Hüftschwüngen und ihrem hohen, überschleunigen Pariser Mundwerk einem Provinzler einiges Unbehagen einflößen konnte.

Monsieur de La Rousselle, der Majordomus des Gouverneurs von Bordeaux, ließ mich deshalb fragen, ob ich die Person kenne und ob ich sie zu empfangen wünsche. Natürlich bejahte ich es, eilte aber stehenden Fußes in meinen kleinen Salon zurück und überließ es Nicolas, meine Besucherin hereinzuführen. Denn stellen Sie sich vor, Leser, was Monsieur de La Rousselle gedacht hätte, wenn er hätte mit ansehen müssen, wie die Zocoli mir an den Hals fliegt und mich wie ein Schlänglein umwindet. Was sie freilich tat, aber später, nicht vor seinen Augen. Und weil ich wußte, daß nur eins auf der Welt die Zocoli wenigstens zeitweise von ihrem unersättlichen Appetit auf das starke Geschlecht abzulenken vermochte, ließ ich ihr sogleich Wein und Leckereien servieren, denen sie auch mit aller Lust zusprach.

»Kind«, fragte ich schließlich, »wie kommst du hierher?«

»Monseigneur, ich bin jetzt Zofe bei der Herzogin von Chevreuse, und weil sie mit der Königin Anna intim ist ...«

»Intim?«

»Intimst. Sie folgt ihr auf Schritt und Tritt, also waren wir mit dem Kardinal in Brouage und sind jetzt wieder in Bordeaux. Aber die Bordelaiser sind ja fürchterlich.«

»Wieso? Es sind doch sehr gute, ehrenwerte und fleißige Leute.«

»Kann sein, Monseigneur, aber ich finde sie kalt wie Gurken. Da suche ich in der ganzen Stadt den Domherrn Fogacer, und überall stoße ich bei den Bordelaisern auf Abscheu und werde weggeschickt.«

»Du suchst den Domherrn Fogacer?«

»Ihr wißt schon, warum«, sagte sie augenzwinkernd.

»Ich verstehe, aber dort, wo er wohnt, läßt man dich sicher nicht ein.«

»Wo wohnt er denn?«

»Im Palast des Bischofs.«

»Zum Teufel!« rief sie und warf die Arme hoch. »Es wird ja immer schlimmer!«

»Bitte, Kind, laß den Teufel aus, wenn du vom Bischof sprichst! Aber du hast Glück, der Domherr Fogacer speist heute zu Mittag bei mir. Soll ich dir auch ein Gedeck bringen lassen?«

»Mit Freuden, Monseigneur.«

Es klopfte, doch nur leise, Nicolas hatte Scheu gehabt, unser Gespräch zu unterbrechen, und als er eintrat, warf er der Zocoli einen zugleich verstohlenen und begehrlichen Blick zu.

»Monseigneur«, meldete er, »Monsieur de La Rousselle ist noch einmal hier. Er fragt, ob Ihr den Herrn Marschall von Schomberg kennt, der ebenfalls im Palast wohnt. Wenn ja, meint er, würdet Ihr ihn vielleicht gern besuchen. Es geht ihm sehr schlecht.«

Ganz aufgeregt, eilte ich und fand meinen armen Freund totenbleich, um Atem ringend und mit geschlossenen Augen auf seinem Lager. Als ich seine Hand faßte, hob er kurz die Lider, es war, als wolle er etwas sagen, aber er konnte nicht. Er röchelte immer mehr, und nach wenigen Minuten war es mit ihm vorbei. Alle Anwesenden fielen auf die Knie, oft in Tränen, die man bei alten Offizieren nicht erwartet hätte, und begannen laut zu beten.

Bei allen gesellte sich zum Kummer die Bestürzung, so stark in sich gegründet war uns Schomberg immer erschienen, so voller Lebenskraft, als könne sie sich niemals erschöpfen. Nie hatte er im Feld, wie andere, an Erkältungen, Halsentzündungen, Reißen, Magenverstimmungen oder Darmkrankheiten gelitten. Er schien von den Göttern so begünstigt, daß man ihn für unverwüstlich hielt.

Fogacer flüsterte mir zu, daß er am Morgen noch all seine Pflichten erfüllt habe wie gewohnt, fröhlich habe er sein Mittagsmahl eingenommen, und plötzlich, als er sich vom Tisch erhob, sei er zu Boden gestürzt, blaß, keines Wortes mehr mächtig. »Man holte mich«, fuhr er fort, »aber er war schon im Sterben, und weil er nicht mehr beichten konnte, gab ich ihm die Letzte Ölung. Aber was hätte dieser Mann auch zu bekennen gehabt, der in dieser verderbten Welt aller Tugenden voll war?«

Da Fogacer mich wanken und wie von Sinnen sah, schloß er mich in die Arme und half mir niederzuknien, woran er wohltat, denn die Beine trugen mich nicht mehr. Da lag nun mein armer Schomberg, niedergestreckt wie ein bronzener Herkules, der von seinem Sockel gefallen war. Doch so erschüttert und unendlich traurig ich auch war, konnte ich doch keine Tränen vergießen. Und als ich beten wollte, war meine Kehle so beklommen von dem Schmerz, den Gefährten zu verlieren, den ich außer meinem Vater am meisten auf der Welt bewundert hatte, daß ich nicht imstande war, mit den Dienern, den Offizieren und Freunden, die an dem Totenbett knieten, das Paternoster zu sprechen. Still, in meine Trauer versunken, nahm ich Abschied von dem guten Freund.

* * *

Als Fogacer die Totenandacht beendet hatte, trat ich zu ihm und sagte leise: »Bei mir wartet eine Büßerin mit italienischem Namen, die Euch die Beichte ablegen möchte.« – »In diesem Augenblick?« fragte Fogacer. »Mein lieber Domherr«, sagte ich, »Ihr wißt, der Dienst für den König duldet keinen Aufschub.« Bevor ich das Zimmer verließ, warf ich noch einen Blick auf den toten Schomberg und sagte mir schweren Herzens: Wie ist es möglich, daß dies der letzte Blick sein soll? Jede Religion, sagte mein Vater, verspricht uns ein Leben nach dem Tod, aber weil noch nie jemand aus dem Jenseits zurückgekehrt ist, der uns gesagt hätte, was an diesem Versprechen ist, beten wir, daß es doch wahr sein möge, und dieses tausendmal wiederholte Beten gibt uns Hoffnung.

Als ich mit Fogacer in meine Gemächer kam und den kleinen Salon betrat, saß die Zocoli, oder vielmehr lag sie, in dem schönsten Sessel dort, als ob sie schlafe, mit halbgeöffneten Lippen, glücklich, wohlig wie eine satte Katze, die sich vorm Feuer aalt. Unweit davon hockte Nicolas auf einem Schemel, die Ellbogen auf den Knien und das verzerrte Gesicht in beiden Händen. Ich hätte ihn nach dem Grund gefragt, doch hatte ich andere Sorgen.

Nach einer kurzen Mahlzeit und ohne über Schombergs Tod zu sprechen, überließ ich den armen Nicolas seiner Zerknirschung und begab mich mit Fogacer und der Zocoli in das angrenzende Kabinett. Nachdem sie auch ihm berichtet hatte, daß sie nun Zofe bei der Herzogin von Chevreuse sei, die mit der Königin auf »intimstem« Fuß stehe, fragte Fogacer, wie sich dies äußere.

»Man geht buchstäblich nicht mehr auseinander!« sagte die Zocoli. »Man umarmt, man küßt sich, man schwatzt und tuschelt und heckt ständig diese und jene kleine Niedertracht aus.

In meiner Straße in Paris, die aber nicht den besten Ruf hat, würde man sagen, sie sind wie Hemd und Arsch.«

»Es geht um die Königin, Kind, um die Königin!« sagte fromm erschrocken Fogacer.

»Deswegen sage ich es ja auch nicht, Ehrwürden«, versetzte die Zocoli, »dazu habe ich viel zuviel Respekt vor den hohen Damen.«

»Kurz«, sagte ich, »es ist nichts wie Geplapper.«

»Geplapper, Vertraulichkeiten, Briefe, die man gemeinsam liest und verfaßt.«

»Politische?«

»Ich denke schon, die Herzogin schreibt zahllose Briefe in alle möglichen Länder: England, Lothringen, Niederlande, Spanien, die ja, soweit ich weiß, nicht alle Freunde unseres Königs sind. Aber die Herzogin ist auch ein As in Liebesbriefen. Die schreibt sie mit größter Sorgfalt, dazu macht sie zuerst Entwürfe, die ich ab und zu aus ihrem Papierkorb fische.«

»Und was steht in diesen Sendschreiben an ihre Bewunderer?«

»Ah! Die Herzogin ist gerieben und gewieft wie keiner guten Mutter Kind in Frankreich. Von ihren Bewunderern fordert sie Anbetung und Unterwerfung. Dafür verspricht sie alles, gibt aber nichts.«

»Und wer ist derzeit der Erwählte?«

»Monsieur de Châteauneuf.«

»Der Siegelbewahrer?«

»Derselbe.«

»Soso!« sagte Fogacer, die Brauen runzelnd und indem er sich in seinem Lehnstuhl straffte. »Das ändert alles!«

»Was meinst du«, fragte ich, »wie weit die Chevreuse es mit Châteauneuf treiben wird?«

»Bis er Richelieu haßt und alles tut, was sie will, und den König verrät. Darum behauptet sie, Richelieu sei in sie verliebt, damit will sie Châteauneuf von ihm trennen. Und sie verspricht ihm alles, wenn er sich ihr ergibt. Hier ist so ein Entwurf von ihrer Hand, wenn Ihr erlaubt, lese ich ihn vor.«

»Wir hören.«

»Ich versichere Euch, schreibt sie an Châteauneuf, daß ich Euch immer leiten werde, und ich befehle Euch, mir nicht nur zu gehorchen, um Eurer Neigung zu folgen, wenn Euch danach ist, sondern um meinen Wunsch zu befriedigen, der darin besteht, absolut über Euren Willen zu gebieten.«

»Und ist der alte Narr dazu bereit?« fragte ich.

»Wenn man ihn mit ihr sieht, ja.«

»Wenn ich meinen Ohren traue«, sagte Fogacer, »ist die Sache ernst im höchsten Grade! Châteauneuf ist Minister, Mitglied des Großen Königlichen Rats, er kennt Staatsgeheimnisse. Dabei schient er in Wahrheit nicht mehr dem König und Richelieu zu dienen, sondern dieser erbitterten Feindin des großen Ministers.«

»Und wie reden die Damen, wenn sie allein sind, über den König und den Kardinal?«

»Ha, Monseigneur!« sagte die Zocoli errötend, »das wage ich nicht zu wiederholen, es ist zu grob und vulgär.«

»Wahrhaftig?«

»Wahrhaftig, Monseigneur! Sie reden untereinander wie die Fischweiber von den Hallen. Die wollen Königin und Herzogin sein? Ich würde mich schämen, deren Wörter in den Mund zu nehmen.«

»Tu es trotzdem.«

»Ich traue mich nicht.«

»Ich befehle es.«

»Wenn Ihr es unbedingt wollt? Als Seine Eminenz der Kardinal an seinem Abszeß litt, haben die Königin und die Chevreuse ihm einen Spitznamen gegeben, den sie immerzu wiederholten und über den sie sich totlachen wollten.«

»Wie lautete der Spitzname?«

»Stinkarsch.«

»Mein Gott!« sagte Fogacer, und sprachlos sahen wir einander an.

»Und jetzt das Böseste, was sie vom König sagen«, befahl ich.

»Nein, nein, Monseigneur, das sage ich nicht! Auf gar keinen Fall! Das würde ich nicht einmal unterm Henkersbeil sagen.«

»Dann gib in deinen Worten wieder, was die Königin ihm vorwirft.«

»Nun, sie sagt, wenn sie noch keinen Dauphin habe, so läge das nicht an ihren dauernden Fehlgeburten, sondern weil der König es nicht bringt.«

»Das ist unerhört!« sagte ich. »Wie kann die Königin mit solchen Unterstellungen den böswilligen Hofklatsch unterstützen?«

»Das heikle an der Sache ist«, sagte Fogacer, »wie man diese Bosheiten dem König mitteilen soll?«

»Wir werden sie nicht dem König sagen«, versetzte ich, »sondern Richelieu. Richelieu ist alles erlaubt.«

Hier ergriff zu unserer Verwunderung die Zocoli das Wort, um die Königin zu verteidigen.

»Monseigneur«, sagte sie, »man darf der Königin das nicht zu sehr verübeln. Der Hof hat sie wegen ihrer vielen Fehlgeburten dermaßen niedergemacht, daß sie nun versucht, die Schuld dem König zuzuschieben.«

»Dann mag der König ihr vergeben«, sagte Fogacer, »wie er es ja schon oft getan hat. Wir haben darüber nicht zu befinden, sondern nur diese Reden weiterzugeben. Ob sie gemein und verwerflich sind, ist nicht unsere Sache.«

Fogacer wollte vor der Zocoli aufbrechen, sicherlich um auf der Straße nicht in der Nähe der auffälligen Person gesehen zu werden. Als er ging, umarmte er mich und sagte mir ins Ohr: »Beweint den armen Schomberg nicht zu sehr. Eher kann man ihn doch beneiden: Er hat sein Leben so gut bestanden, von allen geliebt und verehrt.« Damit enteilte er in seinem hurtigen Schritt. Ich war mir weniger sicher, daß ein gut bestandenes Leben einen über den Tod trösten könne, doch tat mir Fogacers Freundschaft jedenfalls wohl.

Als die Zocoli ging, wollte sie Nicolas und mich umarmen, was ich gern zuließ, aber Nicolas entzog sich dem Frauenzimmer mit bekümmertem und grimmigem Gesicht. Als ich ihn fragte, was er gegen die Zocoli habe, stürzten ihm dicke Tränen aus den Augen.

»Monseigneur«, sagte er, »ich bin ein Schuft! Ich habe meine Henriette betrogen.«

»Mit der Zocoli?«

»Ja. Der Teufel hole die Hexe!«

»Nicht doch, eine so gute Spionin! Beruhige dich, Nicolas, vergiß die göttliche Barmherzigkeit nicht. Der Herrgott verdammt einen Sünder nicht so schnell, wenn er bekennt und bereut.«

»Ach, Monseigneur!« rief Nicolas, und die Tränen strömten ihm nur so über die jungen Wangen. »Das ist doch nicht das

Schlimmste. Das Schlimmste kommt erst, wenn ich in Paris meine Sünde Henriette beichten muß!«

»Du willst es ihr sagen?«

»Ist das nicht meine Pflicht?«

»Aber nein! Das hieße eine Dummheit nach der anderen begehen! Wieso willst du der Ärmsten einen solchen Kummer zufügen, der sie dazu verdammt, dir bis ans Ende der Zeiten zu mißtrauen?«

»Ich weiß nicht. Mein Beichtvater ist ein strenger Mann, es kann gut sein, daß er von mir verlangt, Henriette dieses Geständnis zu machen.«

»Dazu hat er kein Recht. Wozu soll man einer Unschuldigen Leiden bereiten? Beichte lieber dem Domherrn Fogacer. Er kennt das Leben und wird dich nicht verdammen wie so ein lebensfremder Priester.«

Sowie Nicolas wieder Mut gefaßt hatte, schickte ich ihn zu Charpentier, um auszurichten, daß ich um die Ehre bäte, Seine Eminenz baldmöglichst zu sprechen, ich hätte Interessantes zu berichten. Und Nicolas, den ich ermahnte, sich nicht am Ufer der Gironde zu vertrödeln, deren Breite ihn sehr beeindruckte, kehrte tatsächlich zurück wie der Wind und sagte, der Kardinal breche am anderen Morgen um acht Uhr auf nach Paris, ich solle ihm in meiner Karosse folgen, er werde mich an der nächsten Etappe empfangen.

So geschah es. Und ich war es zufrieden, denn diese letzten Novembertage waren sehr kalt und die Karosse des Kardinals angenehm warm durch die Glutbecken, auf die man die Füße stellen konnte.

Richelieu, dem die Tage immer zu kurz waren, hieß mich ohne Umschweife berichten, was ich von der Zocoli gehört hatte. Und ich tat es, so genau und so knapp ich konnte.

Er schien mir stark pikiert zu sein von dem schmutzigen Wort der Königin und der Chevreuse, seine Hinterfront betreffend, doch tat er es als nichtig ab. In ernstliche Erregung versetzte ihn hingegen, daß Châteauneuf sich zum Sklaven der Chevreuse machte. Trotzdem bezeigte er in dieser Sache Zweifel. Und wie hätte ein Mann wie er, von so großer seelischer Festigkeit und überdies so wenig empfänglich für weiblichen Zauber, sich auch in einen Graubart hineinversetzen können, der einer erzkoketten Frau verfallen war?

Gewiß, er wußte bereits, daß Châteauneuf den Ehrgeiz hegte, ihm nachzufolgen, und daß er, als er zu Bordeaux an seinem Abszeß erkrankte, an die Chevreuse geschrieben hatte, er sei »höchst ungeduldig zu erfahren, ob Seine Eminenz an diesem Leiden sterben werde«. Doch war Châteauneuf zu dem Zeitpunkt noch nicht soweit, Verrat zu begehen. Um den Zweifel des Kardinals darüber zu zerstreuen, wie groß die Macht der Chevreuse über ihren alternden Galan war, legte ich ihm jenen Entwurf vor, in dem die Dame in hochmütigen Worten von Châteauneuf unbedingten Gehorsam forderte. Richelieu war baff, und er geriet in große Sorge, daß Châteauneuf den diabolischen Reifröcken Staatsgeheimnisse verraten haben könnte.

Wenn ich mich recht entsinne, dauerte die Reise ungefähr zehn Tage, bis wir Paris erreichten, und die Kälte wurde immer bissiger, je weiter wir nach Norden kamen. In Paris angelangt, ließ Richelieu meine Karosse ohne mich ins Hôtel des Bourbons fahren, samt einem Billett an die Frau Herzogin von Orbieu, worin er ihr sagte, daß er mich zum König mitnehme, mich aber vor Mittag zu ihr schicken werde.

Der König strahlte, seinen Minister wiederzusehen, den einzigen Menschen, der er wirklich liebte und in den er uneingeschränktes Vertrauen setzte. Er drückte ihm beide Hände und bezeugte ihm durch seine Blicke die innigste Freundschaft. Es versteht sich, daß auch ich noch ein wenig von diesem warmherzigen Empfang profitierte, was mir großes Vergnügen bereitete.

Gemäß der Verabredung zwischen Richelieu und mir berichtete ich Seiner Majestät, was die Zocoli mitgeteilt hatte, mit Ausnahme der ungezogenen Reden über Seine Majestät, die Richelieu nicht ohne Grund Ludwig lieber im Vertrauen sagen wollte.

Der König war nicht sonderlich erstaunt, als er von dem Verhältnis zwischen Châteauneuf und der Chevreuse hörte wie auch von der Tyrannei, die sie über ihn ausübte.

»Jetzt ist alles klar«, sagte er. »Erinnert Ihr Euch, wie wir in Lothringen die kleine Festung angriffen, die nach unseren Informationen schwach und schlecht verteidigt wurde, und wie wir plötzlich eine starke Garnison vor uns hatten? Es war offenbar, daß unser Plan verraten worden war. Und das kann nur

Châteauneuf gewesen sein, der in seiner schuldigen Schwachheit die Chevreuse in unseren Angriffsplan einweihte, die davon sofort den Herzog von Lothringen unterrichtet hat.«

Hierauf sagte mir Seine Majestät, daß er am folgenden Tag nach Saint-Germain gehe und daß er Weisung erteilt habe, dort auch Gemächer für die Herzogin von Orbieu und mich zu reservieren. Zu Catherines großer Enttäuschung wurde jedoch nichts daraus, denn wegen ihrer Schwangerschaft hatte sie ständig mit Übelkeit und Erbrechen zu kämpfen, so daß ich sie im Hôtel des Bourbons zurücklassen mußte.

Der fünfundzwanzigste Februar 1633 hat sich meinem Gedächtnis unverlierbar eingeprägt, denn an jenem Tag versammelte Ludwig im großen Saal von Saint-Germain den Ministerrat und den Großen Königlichen Rat, was noch nie vorgekommen war und woraus mehr als einer mutmaßte, daß etwas geschehen würde, weshalb unruhige Blicke vom einen zum anderen gingen, bis die Tür sich hinter uns schloß.

Es trat Stille ein, und das ging schnell, so sehr fürchteten die Räte und Minister die Ermahnungen des Königs, der die Schwätzer zur Ordnung zu rufen pflegte wie ein gestrenger Schulmeister.

»Meine Herren«, sagte der König mit kalter, klarer Stimme, »ich muß Euch heute erneut in Erinnerung rufen, daß alles, was im Ministerrat wie im Großen Rat gesprochen wird, Staatsgeheimnis ist. Ihr habt diese Dinge weder in Teilen noch im Ganzen irgend jemandem weiterzugeben, sonst macht Ihr Euch strafbar gegen die Sicherheit des Staates und des Königs. Jeder Verstoß gegen diese Regel wird künftig unnachsichtig bestraft.«

Ludwig ließ seinen Blick über die Versammelten gleiten und bei Châteauneuf innehalten.

»Monsieur de Châteauneuf«, sagte er in schneidendem Ton, »ich bitte Euch, mir die Siegel zu übergeben.«

Weiß wie Leintuch und schlotternd, trat Châteauneuf vor. Sogleich wichen die Minister und Räte, die sich auf seinem Weg befanden, beiseite, als hätte er die Pest.

Strauchelnd erklomm der Unglückliche die zwei Stufen, die zum König führten, der den Ratsdiener die Siegel entgegennehmen hieß. Nun mußte Châteauneuf aber noch den Schlüssel abgeben, der zu dem Kasten gehörte und den er pflichtgemäß an einer Kette um den Hals trug. Das dauerte seine Zeit, denn Châteauneuf vermochte das Zittern seiner Hände nicht zu beherrschen, als er das Schloß der Kette öffnen wollte. Endlich gelang es, und er überreichte dem Ratsdiener, was so lange seine Ehre gewesen war. Damit aber war seine Demütigung noch immer nicht zu Ende, denn der Gardehauptmann, Monsieur de Gordes, verkündete nun mit unnötig lauter Stimme, daß er ihn in Haft nehmen müsse.

* * *

Schöne Leserin, wie Sie sehen, war Monsieur de Châteauneuf der zweite Siegelbewahrer, der bei Ludwig in Ungnade fiel. Wie sein Vorgänger verbannt und auf Schloß Angoulême eingesperrt, wurde er jedoch, anders als jener, durch seine Leidenschaft fürs schöne Geschlecht gerettet. Er verliebte sich in eine Kammerjungfer, die ihn morgens an- und abends auskleidete. In so milder, und ich würde sagen, zärtlicher Gefangenschaft überdauerte Monsieur de Châteauneuf sehr gut und kehrte, als Ludwig XIII. 1643 starb, quick und munter zurück an den Hof. Durch eine Frau hatte er alles verloren und dank einer anderen überlebt, sagte mein Vater, und als Doktor der Medizin setzte er hinzu: »Manchmal kann ein Gift auch zum Heilmittel werden.«

Der König machte Châteauneuf keinen Prozeß, denn als man sein Haus durchsuchte, fanden sich zwar in großer Zahl Briefe von Madame de Chevreuse, die zweifelsfrei die Indiskretionen des Ministers bewiesen, doch von Richelieu befragt, war Châteauneuf längst nicht so verstört wie erwartet. »Ich bezichtige mich, soviel man will«, sagte er, »die Damen zu sehr geliebt zu haben, aber das übrige sind Weibersparren und Spielereien.« Das Ungewöhnliche an der Affäre war, daß er wenigstens in diesem Punkt recht hatte, denn außer dem Herzog von Lothringen, der die Chevreuse liebte und sich ihre Indiskretionen zunutze machte, nahm keiner der feindlichen Herrscher im Ausland diese ernst, weil sie von einer Frau kamen. Und namentlich der eingebildete spanische Minister Mirabel bemerkte, als er einen Brief unserer Chevreuse erhielt, diese Franzosen hätten alle nicht für zwei Heller Verstand im Kopf. Wenn jene Frau, die sich so schlau wähnte, eines Tages erführe, daß sie verrückt ist, würde sie den Kopf in ihrem Reifrock verstecken. Hiermit warf er ihren Brief ungelesen in den Papierkorb. Womit er selbst, um seinen eigenen Satz abzuwandeln, töricht handelte, wo er sich klug wähnte, denn der Brief enthielt Indiskretionen, die ihm höchst nützlich gewesen wären bei seinen Unternehmungen gegen Frankreich.

* * *

Einige Tage nach der Festnahme von Monsieur de Châteauneuf erhielt ich einen Brief der Herzogin von Chevreuse, überbracht von einem ihrer Reitknechte, der bei dieser Gelegenheit keine Livree trug. Dieser Brief setzte mich in Verlegenheit, denn da ich in den Augen der Chevreuse ein Satansbraten war, weil ich treu zum König und zu Richelieu stand, hatte sie mich nie sehen wollen, »nicht einmal gemalt«, obwohl ihr Gemahl mein Halbbruder war, der mich »mein Cousin« nannte und mir gelegentlich einige Zuneigung bezeigte.

Das Briefchen der Chevreuse lautete wie folgt:

Mein Cousin (mein Gott, welche Ehre sie mir da erwies!), ich würde Euch heute nachmittag gern besuchen. Wenn Euch das paßt, komme ich in einer Mietdroschke, damit Eure Nachbarn nicht an meinem Wappen erkennen, wer ich bin, und ich werde maskiert sein, wenn mein Junker an Euer Tor klopft.

Eure Cousine
Marie-Aimée de Chevreuse

Ich zeigte den Brief Catherine, die wollte, daß ich ablehnte, doch weil der Besuch offenbar politisch war, konnte ich es nicht. Ich riet ihr, wenn sie die Teufelin nicht sehen wolle, sich bei angelehnter Tür in dem Kabinett neben meinem Salon aufzuhalten.

»Nein, nein«, sagte Catherine hochgemut. »Vor Raubkatzen habe ich keine Angst. Ich habe selbst meine Krallen. Ich werde zugegen sein.«

Während des ganzen Mittagessens sagte Catherine keinen Ton, und ich wiederholte ihr vergeblich, daß ich den Tricks und Mittelchen dieser neuen Circe gar nicht zum Opfer fallen könne, zum ersten, weil ich meine Catherine liebe und nie eine andere lieben würde, und dann, weil diese gräßliche Chevreuse eine erbitterte Feindin Richelieus, des Königs und des Staates sei, mithin eine Verräterin an König und Vaterland.

Mein Reden nützte nichts, so überzeugt war Catherine, daß kein Mann, ich sowenig wie jeder andere, der Schönheit, Raffinesse und Koketterie solcher Frauen widerstehen könne.

»Zum Glück werde ich zugegen sein!« sagte sie mit Nachdruck und kampfentschlossener Miene.

Hierauf ließ sie sich in ihrem Zimmer umkleiden, frisch frisieren und schminken. Und während sie ihre Waffen schärfte, sandte ich dem Kardinal durch Nicolas ein paar Zeilen, denen ich den Brief der Chevreuse beifügte, und versprach ihm einen baldigen genauen Bericht. Nicolas, der in Kürze wiederkam, verkündete mir, der Kardinal habe ihm die hohe Ehre erwiesen, ihn zu empfangen, und ihm gesagt, die Nachricht scheine ihm von großem Interesse, er werde darum selbst bei mir hereinschauen, um die Chevreuse zu sehen und zu sprechen.

Schöne Leserin, nun stellen Sie sich folgende Szene vor: Von meinem Majordomus geleitet, betrat Madame de Chevreuse den großen Salon, wo wir sie erwarteten, und da beide Damen einander gleichzeitig eine Reverenz machten, rundeten sich ihre Reifröcke auf das graziöseste um sie. Hierauf erhoben sie sich mit Gesichtern, die von der Freundschaft strahlten, die sie füreinander empfanden, und grüßten sich mit einem Kopfneigen. Betrachtete man die Sache unparteiisch, hatte Madame de Chevreuse bereits große Herablassung gezeigt, indem sie nicht wartete, daß meine Catherine sie als erste grüßte; sie stand im Adelsrang ja weit über ihr. Was das Lächeln betrifft, das sie nun tauschten, so hätte man meinen können, zwei Duellanten grüßten einander höflich mit den Degen, bevor sie mit wildem Eisengeklirr aufeinander losfuhren.

Gottlob passierte nichts dieser Art, die Chevreuse warf weder Zaubersprüche noch unsichtbare Netze über mich, und ich ließ mir nichts von der Erregung anmerken, die ich, offen gestanden, bei ihrem Anblick empfand. Bis zu diesem Tag hatte ich Madame de Chevreuse nur von fern am Hof gesehen, die treuen Diener des Königs und Richelieus mieden ja die Nähe jener Leute, die der Kabale frönten, und die wiederum flohen unsereins wie einen Aussätzigen. Es war also das erstemal, daß ich sie mit eigenen Augen unmittelbar vor mir sah und sie mit zarter, melodiöser Stimme das Wort an mich richtete.

Obwohl nicht hoch gewachsen, war sie doch so schlank, daß sie groß wirkte. Schlank, sage ich, nicht mager, denn an Rundungen fehlte es vorn wie hinten nicht. Ob sie schön war, kann ich nicht sagen, wahrscheinlich fehlten ihr dazu ein paar Grade. Aber ganz sicher war sie überaus hübsch, und gerissen, wie sie war, trug sie jene kindliche und fragile Miene zur Schau, die viele Männer anzieht, für mein Gefühl aber sehr zu Unrecht. Das Oval ihres Gesichts war vollkommen, ihre Züge fein ziseliert, die Augen tiefblau, die Stirn sehr schön und von langen, seidigen blonden Haaren umwogt, und ihre Lippen schließlich, die sie vielfach einsetzte bei ihren verführerischen Mienen, waren üppig und reizend gezeichnet. Auch wenn sie nicht sprach, ließ sie sie ein wenig offen, als ob sie Küsse erwarte. Monsieur de Bautru, der große Witzbold am Hof, sagte von ihr: »Wenn ich sie so ansehe mit ihrem halbgeöffneten Mündchen, fehlte nicht viel, und ich würde mich auf sie stürzen und durch alle Pforten in sie eindringen, die sie will.«

Das Schweigen zwischen Catherine, der Chevreuse und mir begann peinlich zu werden, so beschloß ich, es zu brechen.

»Madame«, sagte ich liebenswürdig, doch ohne zu lächeln, »Ihr verlangtet mich zu sehen, also werdet Ihr mir etwas zu sagen haben.«

»In der Tat, mein lieber Herzog«, sagte Madame de Chevreuse. »Obwohl ich bisher aus bekannten Gründen ja wenig Umgang mit Euch hatte, vergesse ich doch nicht, daß Ihr der Halbbruder meines Gatten seid und daß er Euch ›mein Cousin‹ nennt. Ich bin also berechtigt, falls Ihr es erlaubt, Euch ebenfalls ›mein Cousin‹ zu nennen und Euch um Beistand anzugehen.«

»Meine Cousine«, sagte ich, »Euer Familiengefühl ist ein wenig neu für mich, doch will ich ihm gern entsprechen, wenn Ihr mir bitte sagen wollt, worin ich Euch dienlich sein kann.«

»Mein Cousin«, erwiderte sie mit umflorten Augen, doch ohne daß eine Träne über ihre Wange geflossen wäre, die ihre Schminke verdorben hätte, »ich bin tatsächlich in großer Ratlosigkeit. Der König hat Monsieur de Châteauneuf verbannt, und mich entsetzt der Gedanke, daß Seine Majestät morgen ebenso mit mir verfahren könnte.«

»Meine Cousine«, sagte ich, »Ihr wißt, was der König Euch vorwirft. Und denkt Ihr nicht, daß er Grund hat, Euch übelzuwollen wegen der bösen Streiche, die Ihr ihm gespielt habt, ungeachtet der kleinen Spöttereien, mit denen Ihr ihn persönlich traft?«

»Wie!« sagte die Chevreuse unbedacht, »die weiß der König auch?«

»Der König weiß alles, meine Cousine. Und er kennt auch die Briefe, die Mittler, die Kuriere, die Verhandlungen … Glaubt mir, meine Cousine, Ihr könnt den Mund nicht auftun, ohne daß er nicht quasi im voraus weiß, was Ihr sagen werdet.«

»Dann bin ich verloren!« schrie Madame de Chevreuse.

»Das habe ich nicht gesagt.«

»Nein, nein! Ich sehe es doch aber! Mein Schicksal steht bereits fest. Man wird mich von der Königin wegreißen, vom Hof, von Paris und mich abschieben in einen verlorenen Winkel der Provinz, damit ich künftig ein Klosterleben führe!«

»Nach meiner Kenntnis ist auch das nicht entschieden.«

»Ah, mein Cousin! Wenn ich Euch um eine riesige Gunst bitten dürfte, so wäre es, beim Kardinal zu erwirken, daß er mich auf ein paar Minuten empfängt, um ihm meine Reue zu bekunden und meinen Wunsch, von nun an dem König und ihm zu dienen.«

»Madame, wenn das Euer Anliegen ist, so ist es, kaum ausgesprochen, auch schon erfüllt. Ich habe den Kardinal über Euren Besuch bei mir informiert, er wird in wenigen Augenblicken hier sein.«

»Gott im Himmel!« rief Madame de Chevreuse und sank beinahe in Ohnmacht, was sie indes nicht zur Gänze tat, sie beherrschte ihre Ohnmachten ebenso gut wie ihre Tränen.

ACHTZEHNTES KAPITEL

Um recht zu verstehen, was nun zwischen den beiden Todfeinden in meinem Haus gesprochen wurde, muß ich auf den Konflikt zurückkommen, Leser, der seit langem zwischen Herzog Karl IV. von Lothringen und unserem geliebten Herrscher bestand.

Bemerkenswert ist, daß der Streit nicht von uns ausging, sondern vom Herzog, mag es auch unbegreiflich erscheinen, daß ein so kleiner Kater so oft einen Tiger zu reizen wagte. Der Grund für die Konfrontation war Gaston, der jedesmal, wenn er seinen Bruder herausfordern wollte, den Staub Frankreichs von seinen Stiefeln schüttelte und sich über die Grenze nach Lothringen flüchtete, wo er gute Unterkunft, freundschaftlichen Empfang und einen unbeirrbaren Verbündeten fand.

Karl IV. ging sogar so weit, wie man sah, für ihn eine kleine Armee aufzustellen, die ihm erlaubte, mit Hilfe von Montmorency den König von Frankreich zu bekriegen. Mehr noch, er gab ihm seine Schwester Margarete zur Gemahlin, die Hochzeit wurde heimlich gefeiert, ohne den König von Frankreich zu konsultieren: ein Affront, der uns, als er bekannt wurde, alle sprachlos machte.

Diese Politik Karls IV. erscheint tolldreist und abenteuerlich, und doch hat sie ihre Logik. Die Geschichte hat es so gerichtet, daß dem Herzog sein Herzogtum nur zum Teil gehört, Frankreich besitzt reiche und wichtige Städte dort, die Ludwig keinesfalls hergeben wird, für den Fall nämlich, daß die Kaiserlichen Frankreich angreifen sollten. Es sind für ihn gut bewehrte Bastionen, um eine von Osten kommende Invasion aufzuhalten und zu verzögern. Und deshalb wird der König von Frankreich niemals auf sie verzichten. Gaston gut zu empfangen, wenn er, um Ludwig unter Druck zu setzen, das Reich verläßt, kann von seiten des Herzogs als durchaus kluge Politik erscheinen. Denn solange der König von Frankreich keinen Dauphin hat, ist Gaston sein präsumtiver Thronfolger, und da Ludwigs Gesundheit außerdem so prekär ist, kann der Herzog hoffen, daß Gaston, wenn er bald an Ludwigs Stelle tritt, zugänglicher für den Wunsch seines Schwagers sein werde, was die Herausgabe jener Städte an Lothringen betrifft.

Andererseits kann Ludwig die wiederholten Frechheiten des Herzogs von Lothringen nicht unbeantwortet lassen, namentlich die letzte und ärgerlichste nicht: die für Gaston bereitgestellte Armee.

Also marschiert Ludwig nach der Affäre von Castelnaudary in Lothringen ein, doch nicht, um es zu besetzen. Der östliche Nachbar würde es nicht dulden, wenn Frankreich sich so nahe an seiner Grenze vergrößerte. Im Augenblick geht es lediglich darum, Karl IV. zur Rechenschaft zu ziehen. Doch selber wortbrüchig, glaubt er Ludwigs Wort nicht, und weil er fürchtet, der König werde ihn festnehmen, schickt er ihm seinen Bruder, den Kardinal von Lothringen. Besagter Kardinal ist ein geschmeidiger Mensch. Wie ein Aal gleitet er auch durch die straffsten Finger. Ja und nein gehen bei ihm in eins. Was er heute gebilligt hat, verwirft er morgen. Und in unserem gegenwärtigen Fall ist er bereit, die Gaston geleistete Waffenhilfe zum Kampf gegen Ludwig zu bedauern. Doch verweigert er jede weitere Zusage; die wäre, sagt er, ein Eingriff in die Souveränität des Herzogs von Lothringen. Trotzdem bricht er die Brücken nicht ab. Je weiter die königliche Armee in Lothringen vordringt, desto häufigere Treffen gibt es mit dem Kardinal, aber stets ohne den Willen, zu einem Schlußpunkt zu kommen.

Der Leser wird sich erinnern, daß der Herzog von Savoyen Ludwig gegenüber die gleiche Verzögerungstaktik pflegte: Sowenig wie dem Savoyer nützte sie auch dem Lothringer. Ohne sich den Gesprächen mit dem Kardinal von Lothringen zu entziehen, der in diesen Verhandlungen seinen Bruder repräsentierte, marschierte der König bis ins Herz des Herzogtums, indem er nur jeweils innehielt, um die kleinen und großen Städte an seinem Weg zu unterwerfen. Derweise fielen Pont-à-Mousson, Lunéville und La Neuville in seinen Sack. Wieder empfing er den Kardinal und wieder ohne die geringste Konzession. Da belagerte Ludwig Nancy, und die Stadt Charmes fiel dem Comte de La Suze in die Hände. Nun kam es zu einer neuen Begegnung, in deren Verlauf der Kardinal endlich den Frieden unterzeichnete. Doch am nächsten Tag entglitt uns der Aal abermals, der Herzog nahm sein Wort zurück, und ohne die Belagerung von Nancy aufzugeben, unterwarf der König jetzt Charmes, Épinal und Méricourt. So sehr es den Herzog verdroß, daß ihm sein Herzogtum Stück für Stück zerfiel, blieb er bei seinen knabenhaften Verzögerungen. Schließlich nahm Ludwig Nancy, und da unterwarf sich Karl IV., den Tod im Herzen. Dieser neue Feldzug war kurz, er dauerte vom fünfundzwanzigsten August bis zum fünfundzwanzigsten September, und Ludwig behielt ein großartiges Faustpfand: Nancy. Wenn du, Leser, eine Karte von Frankreichs Norden zu Rate ziehst, wirst du feststellen, daß Nancy die strategische Position von Toul, Verdun und Metz auf das glücklichste vervollständigt. Ein möglicher Angreifer von Osten müßte diese vier nahe beieinander liegenden Städte alle gleichzeitig belagern, um zu verhindern, daß eine, die er ausgelassen hätte, ihm in den Rücken fiele.

* * *

Nach diesen Ausführungen über unsere Zwistigkeiten mit dem Herzog von Lothringen können wir in mein Hôtel des Bourbons zurückkehren, wo der Kardinal und die Herzogin von Chevreuse aufeinandertrafen. Ich sah dem nicht ohne Unbehagen entgegen, wußte ich doch, daß die Chevreuse Seine Eminenz einen »Stinkarsch« genannt hatte und daß er von ihr zu sagen pflegte, sie sei eine »leibhaftige Teufelin«. Doch alles ging äußerst liebenswürdig vonstatten. Sie setzte ihr hübschestes Lächeln auf, machte Richelieu mit zärtlichstem Augenaufschlag eine graziöse Reverenz, und Richelieu erwiderte den Gruß auf das höflichste. Hierauf nahm der Kardinal Platz und ergriff sofort die Initiative des Gesprächs. Zu meiner großen Überraschung bediente er sich dabei der Sprache des Hofes.

»Madame«, sagte er, »Ihr habt, glaube ich, verlangt, mich zu sehen. Und gleich allen Galanen, die Eure wunderbare Schönheit anzieht, folge ich Eurem Befehl.«

Bei einiger Überlegung fand ich, daß sich ein Tröpfchen Essig in diesen Honig mischte, denn man konnte darin eine pikante Reminiszenz jenes Briefes sehen, in dem die Chevreuse von Châteauneuf unbedingten Gehorsam verlangte.

Ob sie diese Spitze gewahrte oder nicht, die Dame ließ es

sich nicht anmerken, und ohne an Charme und Demut nachzulassen, schaute sie aus großen blauen Augen auf Richelieu.

»Eminenz«, sagte sie mit trauriger, klangvoller Stimme, »ich bin nicht blind für die Gefahr, in die ich mich durch vorwitzige kleine Intrigen selbst gebracht habe, die weder meinem Alter noch meinem Geschlecht entsprechen. Ich bekenne Euch, daß ich tief verstört bin bei der Vorstellung, daß mich jetzt eine so schreckliche Strafe treffen könnte, wie Seine Majestät sie seinem Siegelbewahrer auferlegt hat.«

»Allerdings, Madame«, sagte Richelieu ernst, »habt Ihr Seiner Majestät einige schlechte Dienste erwiesen, die dem Staat überaus hätten schaden können, wäre Majestät nicht so wachsam gewesen. Doch seid beruhigt, was Euch angeht, so hat der König noch nichts entschieden.«

»Das beruhigt mich in keiner Weise«, sagte die Chevreuse mit einer kleinen Schmollmiene, die ich ganz reizend fand.

Zu meinem Pech fand ich sie reizend, denn meine Catherine bemerkte es blitzschnell, und das verhieß nichts Gutes für unseren abendlichen Kopfkissenplausch.

»Indessen, Eminenz«, fuhr die Chevreuse fort, »kann die Indiskretion, die Ihr mir vorwerfen könnt, zweierlei Richtungen nehmen. Ich bin sowohl in der Lage, Euch jetzt eine Lothringen betreffende Information von großer und gefährlicher Tragweite für König und Reich zu enthüllen, als ich auch bewirken kann, diese Gefahr im Keim zu ersticken.«

»Madame«, sagte Richelieu mit einer Vorsicht, als bewegte er sich auf vermintem Gelände, »daß wir einander zunächst recht verstehen: Wenn ich Euch hier anzuhören bereit bin, heißt das nicht, daß ich einen Handel mit Euch schließen und etwas zu Euren Gunsten tun kann. Der König allein wird über Euer Los entscheiden. Aber vielleicht ist Seine Majestät in der Tat nachsichtiger gegen Euch, wenn Ihr Eure üblen Dienste durch einen Dienst von großer Tragweite beschließen würdet.«

»Eminenz«, sagte die Chevreuse, »auch wenn Eure Bedingungen mich ein wenig hart dünken, muß ich sie ja wohl akzeptieren. Hier zuerst meine Information: Ich weiß aus absolut sicherer Quelle, daß Karl IV. von Lothringen im Begriff steht, eine starke Armee zur Rückeroberung aller Städte auszuschicken, die Ludwig ihm genommen hat. Ihr lächelt, Eminenz, aber bitte hört mir weiter zu. Ich komme zum Wesentlichen.

Für den Fall, daß Karl damit scheitern sollte, hat er das formelle Versprechen des Kaisers von Österreich, Truppen zur Unterstützung seiner Armeen nach Lothringen zu entsenden.«

Schweigen trat ein, und obgleich Richelieus Gesicht undurchdringlich blieb, erkannte ich in seinen Zügen etwas wie Unwillen, so als sei er, der das Geheimnis natürlich schon kannte, das die Chevreuse ihm da »enthüllte«, erstaunt, daß auch sie es wußte, obwohl sie von früh bis spät überwacht wurde, obwohl man ihre Post öffnete und jeden ihrer Besucher verfolgte und identifizierte.

»Madame«, sagte er nach kurzem, »denkt Ihr wahrhaftig, daß Ihr Karl IV. überzeugen könnt, auf sein kriegerisches Projekt zu verzichten?«

»Eminenz«, erwiderte sie mit verblüffender Unverschämtheit, »nicht allein, daß ich mir sicher bin, den Herzog zur Umkehr bewegen zu können, denke ich sogar, daß ich die einzige bin, die es kann.«

Sollte man in diesem Zusammenhang von Unverschämtheit reden oder von Schamlosigkeit, das fragte ich mich, und ich sah Richelieus Gesicht an, daß auch er es sich fragte, war er doch allzu geneigt, in jeder Frau, und besonders in dieser, nur ein Gefäß der Sünden zu sehen. Allerdings zeigten Augen, Mund und Stimme der Chevreuse sowie eine Art Wallung, die ihren Körper durchpulste, daß sie sich ihrer ganzen Macht über den Herzog von Lothringen bewußt war und daß es ihr auch gar nichts ausmachte, wenn alle Welt den Grund dafür kannte.

»Madame«, sagte Richelieu, knapp und entschieden wie stets, sobald eine Angelegenheit auf den Punkt gebracht war, »so möget Ihr denn morgen zur Reise in Gesellschaft des Herrn Abbé de Dorat aufbrechen, dessen Rolle nur darin bestehen wird, in Form zu bringen, was Ihr mit dem Herzog von Lothringen beschließt. Herr Abbé de Dorat wird morgen mit einer Karosse und einer bedeutenden Suite bei Euch erscheinen. Alle Kosten dieser Reise trägt der König.«

Bei ihrer Rückkehr von Lothringen hätte die Chevreuse sagen können wie Julius Cäsar, als er Pharnakes II. bei Zela geschlagen hatte: Ich kam, sah und siegte.

Obwohl sie andere Waffen einsetzte, überzeugte die Chevreuse den Herzog von Lothringen doch im Handumdrehen, seine Armee zu entlassen. Damit erwies sie dem König von

Frankreich einen gewaltigen Dienst. Besagte Armee mag keinen Heller wert gewesen sein, doch wären die Kaiserlichen ihr zu Hilfe geeilt und in Frankreich und Lothringen einmarschiert, wäre dies ein sehr harter Brocken für Ludwig gewesen.

Nachdem die Chevreuse nach Frankreich zurückgekehrt war, hätte Richelieu der Herzogin, die sich für sein Gefühl mit dieser Mission von ihren Sünden reingewaschen hatte, ihre früheren Verirrungen gern vergeben. Aber Ludwig hörte nicht auf dem Ohr. Er war der Gerechte, vielleicht war er auch ein wenig eifersüchtig auf die Intimität seiner Königin mit jener Circe. Er schickte die Chevreuse in die Verbannung, eine überaus milde allerdings: auf ihre eigenen Güter in der Touraine, in ihr eigenes Schloß, wo sie empfangen konnte, wen und wann sie wollte. Sie durfte sogar nach Tours reisen, um mit Rechtsgelehrten ihre Interessen zu erörtern. In Wahrheit verbrachte sie dort lange Stunden bei ihrem Schuhmacher, ihrem Schneider, ihrem Juwelier. Sie umgarnte den achtzigjährigen Erzbischof von Tours, bis er ihr in der Stadt ein Hôtel vermietete, das ihm gehörte. Und mehrmals lieh er ihr große Summen, die sie ihm nie zurückgab. Woran du siehst, Leser, daß Begehren kein Alter hat.

Einige meinen, sie habe in Tours jüngere Liebschaften gehabt. Andere bestreiten es. Was mich angeht, so fand ich oft, daß die Chevreuse, eine so hohe Dame sie war, durchaus Gemeinsamkeiten mit der Zocoli hatte, und sowenig ich die Zocoli verdamme, verdamme ich auch die Herzogin. Doch habe ich bei Gelegenheit meinen Halbbruder, den Herzog von Chevreuse, einmal gefragt, warum er das Ehebett so schnell verlassen habe, und er mir antwortete mir, ohne mit der Wimper zu zucken: »Es war zu voll.«

* * *

»Nun, schöne Leserin, kein Wort? Hat es Ihnen die Sprache verschlagen? Wo bleiben Ihre klugen Fragen?«

»Ich habe mehrere, Monsieur, aber die erste ist so frivol, daß ich sie nicht zu stellen wage.«

»Madame, hinter einer frivolen Frage kann etwas Ernsthaftes stecken. Also, nur keine Scheu! Sagen Sie, was es ist.«

»Nun, ich habe mich gefragt, ob bei Ihrem ›Kopfkissenplausch‹ an jenem Abend, nach dem Besuch der Chevreuse, Ihr flüchtiges Gefallen an einer Miene der Besucherin wirklich Folgen hatte?«

»Hm, eine echt weibliche Frage!«

»Ist sie ungehörig?«

»In meinen Augen nicht, und ich will auf darauf antworten. In dem Fall, liebe Freundin, gibt es nur zwei Möglichkeiten: Entweder man leugnet, oder man gesteht, und beides ist gleichermaßen von Übel.«

»Also haben Sie geschwiegen?«

»Nein, nein! Schweigen ist kränkend. Ich habe meiner Catherine ein sehr schwarzes Bild der leibhaftigen Teufelin entworfen und gesagt, auch wer sich für den Bruchteil einer Sekunde von ihren Schmollmienen verführen ließe, müßte ein kompletter Esel sein, ginge er ihr dauerhaft auf den Leim.«

»Eine geschickte Antwort.«

»Das sagte Catherine auch. ›Ja, ja, mein Herr‹, meinte sie, ›Ihr seid wirklich nicht auf den Mund gefallen!‹ Trotzdem, mangels Nahrung blieb das Feuer ein Strohfeuer.«

»Dann habe ich noch eine Frage, aber die hat es in sich, sie betrifft Gaston.«

»Was wollen Sie über Gaston wissen?«

»Wenn ich mich recht entsinne, entwich er nach dem Desaster von Castelnaudary im November 1632 nach Brüssel. Darüber haben Sie nichts weiter gesagt, obwohl Sie ausführlich die Einnahme von Nancy erzählt haben, die ein Jahr nach Gastons Flucht aus Frankreich lag.«

»Das ist tatsächlich eine Lücke, Madame. Ich bewundere Ihre Aufmerksamkeit und Ihren Scharfsinn.«

»Wenn es eine Lücke ist, könnten wir sie nicht füllen?«

»Liebe Freundin, Sie glauben gar nicht, wie dieses ›wir‹ mir gefällt! Es beweist, daß meine Memoiren meinen Lesern ebenso gehören wie ihrem Autor. Machen wir uns also an die Arbeit. Diese neue Flucht läßt sich auf zweierlei Weise erklären. Unterwegs nach Brüssel, schreibt Gaston seinem Bruder, daß er Frankreich verlasse, weil der König sein Versprechen nicht gehalten habe, Montmorency zu begnadigen. Ein lügnerischer Vorwand, dem der König sofort energisch widerspricht: ›Weder Euch noch irgend jemand anderem habe ich ein solches Versprechen gegeben.‹«

»Ich nehme an, Sie werden mir auch den wahren Grund nennen?«

»Gaston bekam es mit der Angst. Zum ersten hat es ihn erschreckt, daß Montmorency hingerichtet wurde, der ja nur ein Komplize jener Rebellion war, deren Anstifter und Anführer er, Gaston, gewesen ist. Wenn sein Bruder einen so hohen Herrn zum Tod verurteilte, konnte er seinen jüngeren Bruder dann nicht ebenso in ein Schloß einsperren, wie er es mit der Königinmutter gemacht hatte? Zum zweiten hat er, ohne seinen Bruder zu fragen, sich heimlich mit der Schwester des Herzogs von Lothringen vermählt. Und er weiß, daß sowohl die Wahl seiner Gemahlin – die Schwester eines geschworenen Feindes – als auch die nicht eingeholte Zustimmung des Königs wie schließlich das Geheimhalten der Zeremonie verwerflich sind und daß der König, der überall seine Spitzel hat, davon früher oder später erfahren wird. Und was wird Seine Majestät dann mit Gaston machen?«

»Aber warum geht er nach Brüssel und nicht wieder zu seinen Lothringer Freunden?«

»Gaston ist ein Hansnarr, sein Kopf dreht sich in alle Winde, aber dumm ist er nicht. Er weiß, daß sein Bruder nicht anders kann, als Karl IV. dafür zu strafen, daß er eine Armee gegen ihn aufgestellt und das Kommando seinem verlorenen Bruder übergeben hat. Wenn also Lothringen angegriffen und, wie vorauszusehen, besiegt wird, steht Gaston, wenn er dort angetroffen wird, als Verräter da. Außerdem regierte in Brüssel derzeit die Infantin Clara-Isabella-Eugenia über die Niederlande, eine Enkelin Heinrichs II. von Frankreich und Tochter Philipps II. von Spanien. Weshalb die Iberer sie geringschätzig die *mezza francese*, die Halb-Französin, nannten. Diese hohe Dame nun war von so großer Güte, daß sie sogar von den besetzten Niederländern geliebt wurde. Und wegen ihrer Popularität machte die Regierung in Madrid sie, als ihr Mann starb, zur Gouverneurin der eroberten Provinz.

Ich hatte das Glück, die Infantin Clara-Isabella-Eugenia oft zu sehen (wie ich diese klangvollen Vornamen liebe!), als Ludwig mich nach Brüssel entsandte, um Gaston zur Heimkehr nach Frankreich zu bewegen. Die Infantin drängte ihn ebenfalls in diesem Sinne, doch nicht etwa, weil sie ihn nicht liebte, im Gegenteil. Sie war vernarrt in ihn, weil er ihr durch seine Fröhlichkeit, seine sprunghaften Einfälle und seine Liebenswürdigkeit den freundlichen Hof der Valois in Erinnerung rief, wo sie in ihrer Kindheit sehr glücklich war. Allerdings verschwieg Gaston ihr seine Eskapaden. Die hätte sie nicht gelitten, sie war sehr fromm. Als ich ihr begegnete, war die Infantin siebzig Jahre alt. Zuerst wußte ich nicht, was ich von ihr denken sollte, denn ich sah sie im schwarzen Gewand der Clarissinnen, ohne daß sie dem Orden angehörte. Der Leser weiß – verzeihen Sie, schöne Leserin, daß ich mich auch an ihn wende, ich möchte doch nicht, daß er sich ausgeschlossen fühlt –, ich mache einen großen Unterschied zwischen Frommen und Frömmlern. Die Frommen achte ich hoch, wenn sie nach den heiligen Geboten leben wie Schomberg oder wie Ludwig, aber ich hasse wie die Pest die Frömmler wie Marillac und Bérulle, für die das Evangelium nur ein Instrument der Macht ist.

Als ich die Infantin zum erstenmal in Brüssel sah, war sie, wie gesagt, siebzig, und es bedurfte nur weniger Worte und Blicke, bis ich in ihr die liebenswerteste alte Dame der Schöpfung entdeckte. Die Zeit, die auch die schönsten Gesichter aushöhlt und entstellt, hatte sie mit leichtem Flügel gestreift, sie war gealtert, ohne häßlich zu werden. Ihr Gesicht hatte eine Sanftmut, wie ein frisch erblühtes Mädchen sie kaum hätte aufweisen können. Während alte Gesichter für gewöhnlich die Spuren von Trauer und Bitternis tragen, war das ihre glatt und heiter, und ihre braunen Augen leuchteten vor Güte und Freundlichkeit für die Menschen, unter denen sie lebte.

Das Gewand der Clarissinnen hinderte sie nicht, die Haare in wohlgeformten Locken aufzustecken und von Kopf bis Fuß vor peinlicher Reinlichkeit zu strahlen. Sie sprach mit leiser, melodiöser Stimme, ein Zauber bei einer Frau.

Mir schien es offenbar, daß Gaston in ihr eine neue Mutter gefunden hatte, die ihn mehr liebte und für die er mehr Liebe empfand als für die eigene. Man möge sich aber nicht täuschen. Die Tatsache, daß die Königinmutter ihn seinem älteren Bruder vorzog – vor allem, weil Gaston nicht der König war und sie mit ihm keinen Machtkonflikt hatte –, bedeutete durchaus nicht, daß sie ihn mehr liebte, als ihr hartes Herz, ihr aufbrausender Charakter, ihr ewiges Grollen und dummes Trotzen es überhaupt vermochten.

Wer hätte gedacht, daß gerade die Frömmigkeit der Infantin

ihren Tod verursachen sollte? Im November 1633, als sie bereits stark hustete und geschwächt war, wollte sie unbedingt und gegen ärztlichen Rat an einer Prozession teilnehmen. Sie erkältete sich und starb am zweiten Dezember. Die Belgier bedauerten diesen Verlust sehr, ahnten sie doch, daß der spanische Nachfolger ihnen nicht mehr soviel Wohlwollen entgegenbringen würde wie die *mezza francese*. Aber mehr als alle weinte Gaston. Als der neue Gouverneur der Niederlande, der Marqués de Aytona, in Brüssel eintraf, war Gaston bei seinem bloßem Anblick klar, daß er fortan der Hölle näher war als dem Paradies.

Der Marqués war einer jener starren, rauhen und unendlich hochmütigen Hildalgos, die wähnten, der Herrgott habe Spanien auserwählt und ihm absichtlich das Gold Amerikas beschert, auf daß es mit Hilfe der österreichischen Habsburger in Europa eine universelle Monarchie gründe, der die Niederlande, Italien, Frankreich, England und die lutherischen deutschen Fürstentümer zu unterwerfen seien, um endlich in all diesen Ländern die protestantische Ketzerei auszurotten. Dieses fromme Ziel schloß indessen, und sei es nur als Hintergedanke, die gewalttätige Lust an der Eroberung und Besetzung keineswegs aus.

Als der Marqués zum Gouverneur der Niederlande ernannt wurde, lautete Madrids einzige Maßgabe hinsichtlich Gastons: ihn so lange wie möglich in Brüssel festzuhalten. Alles übrige war seinem Taktgefühl überlassen, aber sein Taktgefühl war nicht sehr entwickelt, der Marqués war viel zu hochmütig, um Takt zu haben. Er lud Gaston nicht mehr an seine Tafel und wies ihn seinem Gefolge zu, wenn er auf den Brüsseler Straßen paradierte. Gaston verstand, daß er kein Gast mehr war, sondern eine Geisel, und beschloß, die Niederlande heimlich zu verlassen, ohne den Marqués um Erlaubnis zu fragen.

Obwohl es Gaston nicht an Finesse gebrach, beging er doch den Fehler, zu der Königinmutter von seinen Fluchtplänen zu sprechen. Und schon plusterte sie sich wie eine Gans und stieß, ziegelrot im Gesicht, händeringend, zerzaust, zerrauft und schwitzend, ihr uns hinreichend bekanntes französisch-italienisches Gezeter aus. Erzählt wurde mir dies nicht von Gaston, sondern von seinem Rat, Monsieur de Puylaurens, der bei der Szene zugegen war, ebenso wie auf seiten der Königinmutter deren Favorit, der Pater Chanteloupe, die während des Dialogs zwischen Mutter und Sohn – falls man das als Dialog bezeichnen will –, je nach dem Standpunkt der königlichen Person, der sie dienten, einander mit bösen Blicken maßen.

Kurzum, die Königinmutter entrüstete sich, daß der Sohn ohne sie, seine Mutter, nach Frankreich zurückkehren wolle. Sie beschimpfte ihn in jeder Weise und schrie, daß sie ihm das niemals erlaube, solange sie lebe.

Gaston verwahrte sich gegen die Schimpfkanonade, auch, sagte er, benötige er ihre Erlaubnis nicht, um nach Frankreich zurückzukehren. Es stehe ihr ja frei, dasselbe zu tun, dazu brauche sie nur Richelieus Bedingungen zu akzeptieren: nämlich Mathieu de Morgues, der für sie die ungehörigen Pamphlete gegen den König verfaßt hatte, und ihren Rat, den Pater Chanteloupe, der königlichen Justiz zu überstellen.

»Der Euch ein so schlechter Berater ist!« erlaubte sich Puylaurens, mit einem verächtlichen Blick auf Chanteloupe, hier einzuwerfen.

Die unerbetene Bemerkung hätte ihn am selben Abend fast das Leben gekostet. Als er bei einfallender Dunkelheit mit einigen Edelleuten die Treppe zu den Gemächern seines Herrn emporstieg, brach eine Schießerei gegen ihn los, die ihm nur einen Streifschuß beibrachte, einen seiner Gefährten aber schwer verwundete. Er hatte wenige Zweifel über den Urheber dieses Attentats und noch weniger Chancen, ihn dafür zu belangen.

Das Attentat wurde am dritten Mai 1634 verübt, und schon am folgenden Tag rief der Marqués de Aytona, hochfahrender denn je, Gaston zu sich und nötigte ihn, eine Erklärung zu unterzeichnen, durch die er sich verpflichtete, in den kommenden fünf Jahren auf jede Einigung mit dem König von Frankreich zu verzichten. Auch hierin bewies der Marqués seinen Mangel an Feingefühl, denn so enthüllte er Gaston, daß die Königinmutter, der einzige Mensch, den er ins Vertrauen gezogen hatte, seinen Fluchtplan an den Spanier verraten hatte.

Was mich anlangt, so kam ich am vierten Mai nach Brüssel mit zwei Briefen für Gaston, beide vom König geschrieben und einander widersprechenden Sinnes. Der eine verkündete Gaston in rauhen und schroffen Worten, daß er nicht mehr nach Frankreich heimkehren dürfe, weil seine Forderungen unzumutbar seien. Der zweite, den Nicolas unter seinem Hemd versteckte, enthielt für Gaston einen Reisepaß mit dem königlichen Siegel, mit dem er nach Frankreich einreisen konnte, auf welchem Weg und durch welche Stadt er wollte. Wie ich mir gedacht hatte, wurde mein sämtliches Gepäck, als ich die erste Nacht in einem sehr reinlichen Brüsseler Gasthof verbrachte, in der Nacht durchwühlt, und der erste Brief des Königs verschwand, doch rührte, wie erwartet, niemand an die Kleider von Nicolas. Und so konnte ich Gaston am nächsten Tag den königlichen Paß überreichen. Kaum hatte er ihn geöffnet und einen Blick hineingeworfen, war er auf dem Gipfel des Glücks; in seiner unverstellten Art fiel er mir um den Hals und umarmte mich unter Tränen. Und als wäre ich plötzlich sein bester Freund, erzählte er mir sein Leben seit dem Tod der Infantin Clara-Isabella-Eugenia bis hin zu dem Streit mit seiner Mutter und dem Mordversuch, dem Puylaurens beinahe zum Opfer gefallen wäre. Diesen Verrat, so schloß er leidenschaftlich, werde er seiner Mutter nie und nimmer verzeihen.

Nun war guter Rat teuer. Auch Puylaurens wußte keinen Ausweg. Und so schlug ich Gaston vor, der Königinmutter zuerst einmal zu erklären, daß er alles Unrecht an ihrem Streit auf sich nehme.

»Donner und Doria!« sagte Gaston zähneknirschend.

»Aber Hoheit«, sagte ich, »dies wäre der berühmte kleine Löffel Honig, den Euer erhabener Vater zur *captatio benevolentiae* zu verabfolgen empfahl.«

Ich weiß nun nicht, ob das lateinische Zitat oder die Autorität seines Vaters größeren Eindruck auf Gaston machte, jedenfalls schluckte er seinen Groll erst einmal hinunter und bat mich seufzend fortzufahren.

»Sodann beruhigt Ihr die Königinmutter damit, wovon sie sicherlich schon weiß, daß Ihr Euch vor dem Marqués de Aytona verpflichtet habt, noch fünf Jahre in Brüssel zu bleiben, und daß Eure edelmännische Ehre es erfordert, Eurem schriftlich gegebenen Wort treu zu sein.«

Leser, es amüsierte mich im stillen, Gaston dies zu sagen, hatte er doch sein Leben lang nie seine Treueide oder Unterschriften in Ehren gehalten. Doch eingedenk seiner eigenen Unbeständigkeit, hatte er gegen diese Komödie nichts einzuwenden.

»Kurzum«, schloß ich, »Ihr seid nunmehr gewillt, nicht zu fliehen, sondern in Brüssel zu bleiben und Eurer betrübten Mutter Gesellschaft zu leisten.«

»Verdammt, mein Cousin«, sagte Gaston, der in seiner Begeisterung die Metaphern durcheinanderbrachte. »Euer Plan ist göttlich! Ihr müßt der Teufel sein! Was meint Ihr dazu, Puylaurens?«

»Daß der Plan ausgezeichnet ist, Hoheit, und daß man ihn schnellstens ins Werk setzen sollte.«

Puylaurens lächelte mir zu, und ich lächelte ihm zu, spürte ich doch, wie ungeduldig der Mann war, nach Paris zu kommen und sich des Herzogtums zu erfreuen, das Richelieu ihm versprochen hatte, wenn es ihm gelänge, den Bruder des Königs zur Heimkehr nach Frankreich zu bewegen.

* * *

Durch die üblen Folgen seiner vorigen Indiskretionen belehrt, hielt Gaston seinen Fluchtplan nun absolut geheim und weihte nur mich in ihn ein, weil ich dabei eine Rolle spielen sollte, wie ich noch darlegen werde.

Am siebenten Oktober unterrichtete Gaston den Marqués, daß er mit seinen Edelleuten in einem wildreichen Waldgebiet südlich von Brüssel jagen wolle. Wonach er zum Abend im nahen Barfüßerkloster die Vesper hören und die Mönche, wenn möglich, um Mahl und Nachtlager ersuchen wolle. Eine Jagd, die so fromm enden sollte, konnte der Marqués nicht verbieten, und so brach Gaston mit seiner Suite am achten Oktober in aller Herrgottsfrühe auf nach besagtem Wald. Er durchquerte ihn aber ohne Aufenthalt, denn sein wahres Ziel war die französische Feste La Capelle, fünfundzwanzig Meilen von Brüssel entfernt.

Gaston hatte berechnet, daß die Strecke in achtzehn Stunden zu bewältigen sein müßte, wenn man stetigen Trab hielte, ohne jede Pause, sogar ohne zu trinken, das heißt, die Reiter konnten bei diesem Gewaltritt nicht anders, als ihre Pferde zuschanden zu reiten. Deshalb bat er mich, der ich einen Tag vorher abreiste, unterwegs in Mons anzuhalten und dort ein Dutzend gute Pferde zu mieten oder zu kaufen, damit man sie gegen die erschöpften Pferde austauschen könne.

»Monsieur, auf ein Wort, bitte.«

»Schöne Leserin, müssen Sie mich wirklich in dieser dramatischen Episode unterbrechen?«

»Es tut mir leid, Monsieur, ich bekenne mich schuldig.«

»Ein solcher Satz, liebe Freundin, ist bei einer Dame reine Koketterie. Doch Scherz beiseite, nun stellen Sie Ihre Frage schon.«

»Gaston flieht. Das freut mich. Aber was wird eigentlich aus seiner Gemahlin, Margarete von Lothringen?«

»Wieder eine sehr weibliche Frage!«

»Da ich ein Weib bin, Monsieur, sind all meine Fragen weibliche. Soll ich, um Ihre Memoiren zu lesen, das Geschlecht wechseln?«

»Das wäre ein Jammer.«

»Monsieur, wollten wir Scherze nicht beiseite lassen?«

»Um Gnade, liebe Freundin, Gnade! Sie sollen das weibliche Vorrecht des letzten Wortes gern behalten. Was Margarete angeht, so hätte sie, zart, wie sie war, diesen infernalischen Ritt von Brüssel nach La Capelle nicht durchgestanden. Und Gaston mußte sie, den Tod in der Seele, der Fürsorge der Königinmutter überlassen.«

»Die Ärmste tut mir leid.«

»Nein, nein! Sie brauchen sie nicht zu bedauern. Margarete war so wunderbar sanft und lieb, daß sie die Tigerin zähmte, die sie in ihrer Einsamkeit sogar liebgewann, so daß man ihr Margarete geradezu aus den Armen reißen mußte, als es soweit war, sie ihrem Gemahl wiederzugeben. Doch war dies für das Paar noch nicht das Ende der Prüfungen. Mit seiner heimlichen Vermählung ohne Einverständnis des Königs hatte Gaston einen jahrhundertealten Brauch verletzt und mithin einen Präzedenzfall geschaffen, den weder der König noch Richelieu dulden konnten. Sie unternahmen alles, um diese Ehe zu lösen, doch wenn sie hierzu auch die Zustimmung der französischen Geistlichkeit erhielten, blieb der Papst, Gastons letzte Hoffnung, bei seiner Ablehnung.«

Aber das ist eine lange Geschichte, die ich jetzt nicht erzählen kann, denn ich bin hier in Mons mit meiner Schweizereskorte und den Pferden, die ich gekauft habe, die aber kaum ausreichend sein dürften, die zu Tode gerittenen Tiere zu ersetzen. Mir ist natürlich klar, daß etliche meiner Leser die mörderische Anstrengung barbarisch finden werden, die den armen

Tieren auferlegt wurde. Es ging aber nicht anders, um der Verfolgung der spanischen Reiter zu entkommen, die den Flüchtigen nachsetzten und ihnen ohne Skrupel den Garaus gemacht hätten, wären sie in ihre Hände gefallen.

In Mons ließ ich meine Karosse hinter mir her zuckeln und bestieg meine Accla, von Nicolas und den Schweizern gefolgt. Gaston und seine Suite waren inzwischen zu mir gestoßen. Schon neigte sich der Tag, und wir fürchteten, daß der restliche Ritt in der Dunkelheit und auf schlechten Wegen sehr schwer werden würde. Als aber die Sonne unterging, stieg am Horizont ein herrlich runder, großer und leuchtender Mond auf, unzweifelhaft ein Geschenk des Himmels, denn mein Lebtag hatte ich nie einen so großen Mond gesehen. Freilich blieb er nicht so groß, je höher er am Himmel emporstieg, trotzdem behielt er seine wunderbare Helligkeit, man hätte in seinem Licht ein Buch lesen können.

Endlich kamen die hohen gezinnten Mauern von La Capelle in Sicht, und kaum langten wir vor dem Tor an, als die Trompeten im Innern der Festung Alarm schmetterten, von allen Seiten Lichter und Leute herbeistürzten und wer weiß wie viele Musketenläufe sich von den Zinnen herab auf uns richteten.

»Wer da?« rief eine starke Stimme.

»Monsieur«, rief Gaston, »ich bin Monsieur, der Bruder des Königs.«

»Ihr wollt mich wohl hochnehmen!« sprach die grobe Stimme von oben, »Monsieur, das kann jeder sagen!« Und Gastons ganze Suite brach in Lachen aus. »Schert euch weg, ihr Tagediebe, oder ihr kriegt Musketenfeuer zu schmecken!«

»Hoheit«, sagte ich zu Gaston, »darf ich mit dem Gouverneur reden?«

»Bitte, tut es!«

Ich trat einen Schritt vor.

»Baron du Becq, kann ich Euch sprechen?«

»Noch so einer! Woher weißt du meinen Namen, Strolch?«

»Ich bin ein Freund Eures Vorgängers, Monsieur de Vardes, mit dem gemeinsam ich verhindern konnte, daß die Feste La Capelle ihr Tor der aus Compiègne geflüchteten Königinmutter öffnete.«

»Wie ist Euer Name, Monsieur?« fragte der Baron schon höflicher.

»Monsieur, ich bin der Herzog von Orbieu, Pair von Frankreich, und der Edelmann, der als erster zu Euch sprach, ist tatsächlich Monsieur, der Bruder des Königs, Herzog von Orléans und Graf von Blois. Er hat einen Reisepaß mit der Unterschrift und dem Siegel des Königs, der ihm erlaubt, nach Frankreich einzureisen. Wenn Ihr wollt, komme ich über die Zugbrücke und lege Euch den Paß vor.«

Nun, bald waren wir alle glücklich in der Festung, und der Gouverneur bat Gaston kniefällig um Vergebung.

»Laßt gut sein, Baron«, sagte Gaston, »Ihr habt Eure Pflicht getan. Macht es noch besser, indem Ihr uns zu essen und zu trinken gebt. Wir haben achtzehn Stunden gedarbt, und ich sterbe vor Hunger.«

* * *

Am nächsten Morgen erwachte ich mit einer Erkältung und Fieber. Baron von Becq schickte mir den Arzt Marcellin, der mit einem Taschentuch vor der Nase an mein Lager trat.

»Keine Bange, ehrwürdiger Doktor«, sagte ich, »ich habe nicht die Pest.«

»Woher wollt Ihr das wissen, Monseigneur?« fragte der Doktor.

»Mein Vater, der Marquis de Siorac, hat zu Montpellier die Medizin studiert und mich einige Grunddinge gelehrt.«

»Und was habt Ihr Euer Ansicht nach?«

»Eine fiebrige Erkältung.«

»Die wir wie behandeln?«

»Kein Aderlaß! Kein Klistier! Keine Diät! Nur Bettruhe und ein wenig Chinin.«

»Monseigneur, leider habe ich kein Chinin. Aber in Vervins ist ein Haus der Jesuiten. Die beziehen es aus Amerika und verkaufen es zu einem Preis, der einem die Tränen in die Augen treibt.«

»Gut, dann schicke ich meinen Junker mit gutgefüllter Börse nach Vervins.«

»Füllt sie doppelt gut, Monseigneur, sonst geht Ihr leer aus.«

Hierauf bezahlte ich den Doktor Marcellin für meine eigene Diagnose und mein eigenes Rezept, dann schickte ich Nicolas mit doppelt gefüllter Börse, mir besagtes Chinin zu beschaffen.

Es klopfte, und Gaston trat herein, Puylaurens im Gefolge.

»Mein Cousin«, sagte Gaston, »ich komme, von Euch Abschied zu nehmen. Der König erwartet mich in Saint-Germain, ich kann ihn nicht länger warten lassen, ohne ihn zu kränken. (Ach, wie oft, dachte ich, hat er ihn im Lauf der letzten vier Jahre gekränkt?) Ich werde nicht versäumen«, fuhr Gaston fort, »Seiner Majestät zu sagen, wie gut Ihr mir mit Rat und Tat bei meiner Flucht geholfen habt, deren Haupthindernis meine Mutter war. Kommt uns nach, sobald Ihr auf den Beinen seid.«

Nun, das Pulver unserer teuren Jesuiten stellte mich binnen zwei Tagen wieder her, so daß ich zum Aufbruch blasen konnte. Weil ich diesmal behaglich in meiner Karosse reiste, traf ich am zweiundzwanzigsten Oktober 1634 in Saint-Germain-en-Laye ein, das heißt nachdem die beiden Brüder sich bereits versöhnt hatten.

Ich wurde sehr gut empfangen vom König und von Richelieu, öffentlich wie vertraulich.

»Beinahe hätte Gastons Zorn auf seine Mutter alles verdorben«, sagte Ludwig. »Zum Glück wart Ihr mit gutem Rat zur Stelle, und ich will Euch dafür danken. Wie wäre es mit dem Marschallamt?«

»Ach, Sire, ich verstehe nichts vom Krieg«, sagte ich.

»Oder soll ich Euch zum Provinzgouverneur ernennen?«

»Sire, das wäre für mich eine Strafe: ein Leben fern von Eurer Majestät.«

»Oder Gesandter in London?«

»Nein, nein, Sire! Ich begehre nichts von alledem, ich bin glücklich, wenn ich Euch dienen darf wie bisher: durch kleine Missionen hier und dort in Europa.«

»Mein Cousin«, sagte der König, »daß Ihr Gaston halft, aus Brüssel zu entkommen, war keine kleine Mission. Ihr habt dem Staat einen großen Dienst erwiesen.«

Das Gespräch mit Richelieu war ebenso schmeichelhaft und vielleicht noch erfreulicher.

»Mein Cousin«, sagte er, »macht mir eine Aufstellung der Ausgaben, die Ihr bei dieser Mission hattet, und vergeßt dabei nicht«, setzte er mit leisem Lächeln hinzu, »das bewußte Pülverchen Chinin.«

Er wußte eben immer alles, man merkte es bei jeder Gelegenheit. Nach jenem leisen Lächeln fuhr er in ernstem Ton fort:

»Letztlich hat Gastons freiwilliges Exil uns sogar Gutes gebracht. Dank Castelnaudary konnten wir einen gewaltigen Schlag gegen unsere hohen Feudalherren führen. Solange Ludwig lebt, fangen sie keine Revolte mehr an. Und dank Gaston und seinen Eskapaden konnten wir Lothringen erobern, und diese Eroberung ermöglicht uns eine entschiedene Stärkung unserer Ostgrenze, denn wie es aussieht, steht uns ein Krieg mit den Kaiserlichen bevor. Kurz, ich kann Euch sagen, daß Gaston uns trotz allem Anschein Gutes erwiesen hat, sowohl durch sein Fortgehen wie durch seine Heimkehr. Die nämlich ist eine empfindliche Schlappe für die Spanier, die mit Gaston ihr kostbarstes Unterpfand für den kommenden Krieg verlieren. Und in der schweren Zeit, die uns erwartet, gibt Gastons Rückkehr der königlichen Familie neuen Zusammenhalt und mithin dem Volk neues Vertrauen, das uns nur nützen kann. Der einzige dunkle Punkt bleiben einige gefährliche Räte in Gastons Entourage. Doch werden wir mit Gottes Hilfe auch dieses Problem bewältigen, ohne daß ich schon weiß, wie und wann. Die Zukunft wird es erweisen.«